J. R. R. Tolkien

YÜZÜKLERİN EFENDİSİ

İKİ KULE

John Ronald Reuel Tolkien, 1892'de Güney Afrika'da doğdu. Dilbilim ve Eski İngilizce konularında uzmanlaştı ve 1945'te Oxford Üniversitesi'nde İngilizce Profesörü oldu. 1959'a kadar bu görevde kaldı. Oxford'da II. Dünya Savaşı'ndan önceki yıllarda Owen Barfield, C. S. Lewis ve Charles Williams gibi yazarlarla birlikte edebi bir çevre oluşturdu. *Yüzüklerin Efendisi*'nin (ve örneğin, C. S. Lewis'in *Kozmik Üçleme*'sinin) temeli bu çevrenin toplantılarında atılmıştır.

Yüzüklerin Efendisi'nin 1954 ve 1955 yıllarında üç cilt halinde yayınlanması, özellikle "saygıdeğer" bir İngiliz Dili ve Edebiyatı profesörünün "fantezi" gibi bir türde eser vermesi, edebiyat eleştirisi çevrelerinde küçük çaplı bir skandala yol açtı. Tolkien'ın 1937'de yayınlamış olduğu *Hobbit* (Mitos/Altıkırkbeş, 1997), daha ziyade masal türüne ait bir çalışma olarak kabul edildiği için üzerinde pek durulmamıştı. Oysa Tolkien, *Yüzüklerin Efendisi*'yle birlikte, *Hobbit*'te başladığı "dünya yaratma" projesinde ısrarlı olduğunu gösterdi.

Yüzüklerin Efendisi'nin yarattığı dalgalanma, "fantezi" türünün, tıpkı o yıllarda bilimkurgu için de olduğu gibi, "saygın" edebiyat türleri arasına kabul edilmesinde önemli rol oynadı; Tolkien'ı izleyen fantezi yazarları, onu ve onun yarattığı "Orta Dünya"yı büyük ölçüde taklit etmekten vazgeçemediler.

Tolkien'ın 1973'teki ölümünden sonra "Orta Dünya"nın Birinci Çağ'ını ele alan *Silmarillion* (1977), oğlu Christopher Tolkien tarafından yayına hazırlandı. Christopher Tolkien 1980'li ve 90'lı yıllar boyunca babasının yarım kalmış elyazmalarını yayınlayarak eksiksiz bir "Orta Dünya" tarihi hazırlamaya gayret etti.

Metis Yayınları
İpek Sokak No. 9, 80060 Beyoğlu, İstanbul

Metis Edebiyat Dizisi
Yüzüklerin Efendisi
İkinci Kısım: İki Kule
J. R. R. Tolkien

Yapıtın Özgün Adı: The Lord of The Rings
Second Part: The Two Towers
İlk Basımı: Büyük Britanya, George Allen and Unwin, 1954
Çevirinin Yapıldığı Basım: HarperCollins Publishers, 1991

Dördüncü Basım: Aralık 1999

Yayın Yönetmeni: Müge Gürsoy Sökmen
Yayına Hazırlayan: Bülent Somay

Kapak Resmi: John Howe
Kapak Grafiği: Semih Sökmen
Dizgi ve Uygulama: Sedat Ateş

Film: Doruk Grafik
Kapak ve İç Baskı: Yaylacık Matbaası
Ciltleme: Sistem Mücellithanesi

ISBN 975-342-181-8

J. R. R. TOLKIEN

İKİ KULE

YÜZÜKLERİN EFENDİSİ

İkinci Kısım

İngilizce'den Çeviren:
ÇİĞDEM ERKAL İPEK

Yayına Hazırlayan ve Şiir Çevirileri:
BÜLENT SOMAY

METİS YAYINLARI

J. R. R. Tolkien

YÜZÜKLERİN EFENDİSİ

•

Birinci Kısım

YÜZÜK KARDEŞLİĞİ

İkinci Kısım

İKİ KULE

Üçüncü Kısım

KRALIN DÖNÜŞÜ

•

J. R. R. TOLKIEN

İKİ KULE

YÜZÜKLERİN EFENDİSİ

İkinci Kısım

İngilizce'den Çeviren:
ÇİĞDEM ERKAL İPEK

Yayına Hazırlayan ve Şiir Çevirileri:
BÜLENT SOMAY

METİS YAYINLARI

J. R. R. Tolkien

YÜZÜKLERİN EFENDİSİ

•

Birinci Kısım

YÜZÜK KARDEŞLİĞİ

İkinci Kısım

İKİ KULE

Üçüncü Kısım

KRALIN DÖNÜŞÜ

•

İÇİNDEKİLER

ÜÇÜNCÜ KİTAP

I BOROMİR'İN AYRILIŞI 11
II ROHAN SÜVARİLERİ 20
III URUK-HAİ 48
IV AĞAÇSAKAL 67
V AK SÜVARİ 100
VI ALTIN KONAK'IN KRALI 122
VII MİĞFER DİBİ 145
VIII İSENGARD'A GİDEN YOL 165
IX KIYIYA VURAN ENKAZ 185
X SARUMAN'IN SESİ 204
XI PALANTÍR 218

DÖRDÜNCÜ KİTAP

I SMÉAGOL'ÜN EHLİLEŞTİRİLMESİ 237
II BATAKLIKLARDAN GEÇİŞ 258
III KARA KAPI KAPALI 278
IV BAHARATLAR VE TAVŞAN YAHNİSİ 292
V BATI'DAKİ PENCERE 309
VI YASAK HAVUZ 334
VII KAVŞAĞA YOLCULUK 348
VIII CİRİTH UNGOL'UN MERDİVENLERİ 359
IX SHELOB'UN İNİ 375
X EFENDİ SAMWİSE'IN SEÇİMİ 388

Haritalar, 407

ÜÇÜNCÜ KİTAP

BÖLÜM I

BOROMİR'İN AYRILIŞI

Aragorn tepeye hızla tırmanmaya devam etti. Arada bir durup yere eğiliyordu. Hobbitler yere çok hafif bastıklarından ayak izlerini okumak Kolcular için bile o kadar kolay değildir; fakat zirveden pek uzak olmayan bir yerde yolu bir pınar kesiyordu ve nemli toprak üzerinde aradığı şeyi gördü.

"İşaretleri doğru okuyorum," dedi kendi kendine. "Frodo zirveye koşmuş. Orada ne gördü acaba? Ama aynı yoldan geri dönüp tekrar aşağıya inmiş."

Aragorn bir an tereddüt etti. Bu kafa karışıklığında kendisine yol gösterecek bir şey görmeyi umarak kendisi de tahta ulaşmayı istiyordu; ama fazla zamanı yoktu. Aniden ileriye sıçradı ve iri kaldırım taşlarını aşıp basamaklardan yukarı zirveye doğru koştu. Sonra tahta oturup etrafa baktı. Fakat güneş kararmış gibiydi; sanki dünya donuk ve uzaktı. Kuzey'den başlayıp tekrar Kuzey'e döndü; uzaktaki tepelerden başka bir şey görmedi; yalnız çok uzakta kartalı andıran büyük bir kuşun geniş halkalar çizerek yavaş yavaş yere doğru alçaldığını gördü.

Tam etrafı gözetlerken keskin kulakları aşağıdan, Nehir'in batı yakasındaki ormanlık alandan gelen sesleri yakaladı. Doğruldu. Bağrışmalar vardı; aralarından dehşet içinde orkların haşin seslerini seçebildi. Sonra birden derinden gelen bir sesle büyük bir boru öttürüldü; ses muazzam bir haykırışla kükreyen şelalelerin üzerine yükseldi, tepelere çarpıp boşluklarda yankılandı.

"Boromir'in borusu!" diye haykırdı Aragorn. "Müşkül durumda!" Basamaklardan aşağıya fırladı, patikadan aşağıya sıçrayıp uzaklaştı. "Eyvah! Bugün üstümde bir uğursuzluk var, ne yapsam ters gidiyor. Sam nerede?"

Aragorn koşarken bağrışmalar giderek yükselmişti, ama şimdi daha zayıftılar ve boru çaresizlik içinde üfleniyordu. Orkların çığlıkları vahşi ve tiz seslerle yükseldi ve aniden boru sesleri kesildi. Aragorn son yamaçtan aşağıya koştu fakat daha tepenin eteğine varmamıştı ki sesler iyice zayıfladı; sola dönüp onlara doğru koşarken geri çekildiler, sonunda tamamen duyulmaz oldular. Aragorn parlak kılıcını çekip *Elendil! Elendil!* diye bağırarak ağaçların içine daldı.

Parth Galen'in bir mil kadar ötesinde, gölden pek uzak olmayan küçük bir açıklık alanda Boromir'i buldu. Sırtını ulu bir ağaca dayamış, sanki dinleniyormuş gibi oturuyordu. Fakat Aragorn onun bir sürü kara tüylü okla deşilmiş olduğunu gördü; kılıcı hâlâ elindeydi ama kabzasına yakın bir yerden kırılmıştı; ikiye yarılmış borusu yanıbaşındaydı. Etrafında ve ayaklarının dibinde bir yığın ork ölmüş yatıyordu.

Aragorn, Boromir'in yanına diz çöktü. Boromir gözlerini aralayıp konuşmaya çalıştı. Nihayet ağzından ağır ağır birkaç söz döküldü. "Frodo'dan yüzüğü almaya çalıştım," dedi. "Çok üzgünüm. Cezamı çektim."

Bakışları devrilen düşmanlarına kaydı; en az yirmisi orada yatıyordu. "Gittiler: Buçukluklar: Orklar onları aldı. Galiba ölmediler. Orklar onları bağladı." Durdu ve gözleri yorgunlukla kapandı. Bir süre sonra tekrar konuştu.

"Elveda Aragorn! Minas Tirith'e git ve halkımı kurtar! Ben yenik düştüm."

"Hayır!" dedi Aragorn, elini tutup alnından öperken. "Sen kazandın! Pek az insan böyle bir zafer kazanmıştır. Huzur içinde ol! Minas Tirith düşmeyecek!"

Boromir gülümsedi.

"Ne tarafa doğru gittiler? Frodo yanlarında mıydı?" diye sordu Aragorn.

Ama Boromir bir daha konuşmadı.

"Heyhat!" dedi Aragorn. "Böyle göçüyor Muhafız Kulesi Hükümdarı, Denethor'un varisi! Acı bir son. Grup darmadağın oldu. Yenik düşen benim. Gandalf'ın bana olan güveni boşmuş. Şimdi ne yapacağım? Boromir Minas Tirith'e gitme işini bana yükledi, gönlüm de bundan yana; ama Yüzük ve Taşıyıcısı nerede? Onları nasıl bulacağım ve Macera'yı felaketten nasıl koruyacağım?"

Bir süre ağlamaktan iki büklüm, Boromir'in eli hâlâ ellerinde diz çöküp öylece kaldı. Legolas ile Gimli onu böyle buldular. Tepenin batı yamaçlarından, ağaçların arasından sanki avlanırmış gibi yavaşça sokularak sessizce gelmişlerdi. Gimli'nin elinde baltası vardı, Legolas'ınkindeyse uzun bıçağı: Bütün okları tükenmişti. Açıklığa gelince şaşkınlıkla kalakaldılar; sonra bir an başlarını kederle öne eğip durdular, çünkü her şey apaçık ortada gibi görünüyordu.

"Heyhat!" dedi Legolas, Aragorn'un yanına gelerek. "Ormanda birçok ork avlayıp öldürdük ama burada olsak daha çok faydamız dokunacakmış. Boruyu işitir işitmez geldik ama belli ki geç kalmışız. Korkarım ölümcül bir yara almışsın!"

"Boromir öldü," dedi Aragorn. "Ben yara almadım çünkü onun yanında değildim. Ben uzakta tepedeyken, o hobbitleri korurken öldü."

"Hobbitler!" diye bağırdı Gimli. "Onlar neredeler o halde? Frodo nerede?"

"Bilmiyorum," diye cevap verdi Aragorn bitkin. "Ölmeden önce Boromir orkların onları bağladıklarını söyledi; ölü olduklarını zannetmiyordu. Onu Merry ile Pippin'i izlemesi için yollamıştım, ama Frodo veya Sam'in yanında olup olmadığını sormadım, sorduğumdaysa artık çok geçti. Bugün bütün yaptıklarım ters gitti. Şimdi ne yapmak lazım?"

"Önce ölüyle ilgilenmeliyiz," dedi Legolas. "Bu kötü orklar arasında leş gibi yatmasına izin veremeyiz."

"Fakat acele etmemiz gerek," dedi Gimli. "O olsaydı bizim oyalanmamızı istemezdi. Eğer Grup'tan herhangi birinin esir düşmüş olma ihtimali varsa orkları izlememiz gerek."

"Ama Yüzük Taşıyıcısı'nın onlarla birlikte olup olmadığını bilmiyoruz," dedi Aragorn. "Onu bırakacak mıyız? Önce onu aramamız gerekmez mi? Şimdi kötü bir seçim var önümüzde!"

"O zaman gelin önce yapmamız lazım gelen şeyi yapalım," dedi Legolas. "Yoldaşımızı gerektiği gibi gömecek veya üzerine bir höyük yapacak ne vaktimiz var ne de aletimiz. Üzerine taşlardan bir tümsek yapabiliriz."

"Bu iş hem zor hem de uzun sürer; taş bulabileceğimiz en yakın yerse su kenarı," dedi Gimli.

"O halde onu kendi ve mağlup ettiği düşmanlarının silahlarıyla birlikte bir kayığa yerleştirelim," dedi Aragorn. "Rauros Şelaleleri'ne yollayıp Anduin'e emanet edelim. Gondor Nehri kötü bir yaratığın, kemiklerine saygısızlık etmemesini sağlar en azından."

Çabucak orkların üzerlerini arayıp kılıçlarını, yarılmış miğferlerini ve kalkanlarını ortaya yığdılar.

"Bakın!" diye bağırdı Aragorn. "İşaretler bulmaya başladık bile!" Korkunç silahların oluşturduğu yığından yaprak biçimli, altın rengi ve kırmızıyla işlenmiş iki bıçak çıkarttı; biraz daha arayınca küçük kırmızı taşlarla bezenmiş siyah kınları da buldu. "Ork aletleri değil bunlar!" dedi. "Bunları hobbitler taşıyordu. Belli ki orklar onları yağmalamışlar ama ne olduklarını bildiklerinden alıkoymaya korkmuşlar: Mordor'un zehirine karşı büyülerle kaplanmış Batılı işi bıçaklar bunlar. O halde eğer hâlâ yaşıyorlarsa arkadaşlarımız silahsız. Ben bunları alıkoyacağım, her şeye rağmen onlara geri vermeyi umarak."

"Ben de," dedi Legolas, "bulabildiğim bütün okları alacağım çünkü sadağım boşaldı." Yığını ve etrafı yoklayıp zarar görmemiş ve orkların genellikle kullandıklarından daha uzun saplara sahip epey ok buldu. Bunları yakından inceledi.

Ve Aragorn ölülere bakıp şöyle dedi: "Burada yatanların birçoğu Mordor halkına mensup değil. Eğer orklar ve türleri hakkında bildiklerim doğruysa, bunlardan bazıları Kuzey'den, Dumanlı Dağlar'dan. Ayrıca burada benim tanımadıklarım da var. Silahları hiç de ork usulü değil!"

Daha iri yapılı, esmer, çekik gözlü, kalın bacaklı ve kocaman elli dört gulyabani asker vardı. Kılıçları, genellikle orkların kullandığı kavisli palalardan değildi, kısa ve enliydi; ayrıca porsukağacından yapılma, boyu ve biçimi insanlarınkine benzeyen yayları vardı. Kalkanlarında garip bir arma bulunuyordu: Kara bir alanın ortasında küçük beyaz bir el; demir miğferlerinin önüne de beyaz metalden işlenmiş bir S rünü yerleştirilmişti.

"Bu işaretleri daha önce görmemiştim," dedi Aragorn. "Ne anlama geliyorlar?"

"S, Sauron demek," dedi Gimli. "Bunu okumak kolay."

"Yo hayır!" dedi Legolas. "Sauron elf rünlerini kullanmaz."

"Ne gerçek ismini kullanır ne de isminin yazılmasına veya telaffuz edilmesine izin verir," dedi Aragorn. "Ayrıca beyaz renk de kullanmaz. Barad-dûr hizmetindeki orklar Kırmızı Göz işaretini kullanır." Bir an düşündü. "S, Saruman demek sanırım," dedi sonunda. "İsengard'da kötülük kol geziyor ve Batı artık güvende değil. Aynı Gandalf'ın korktuğu gibi: Hain Saruman bir biçimde yolculuğumuzdan haberdar olmuş. Gandalf'ın sonunu da biliyor olması ihtimali mevcut. Moria'dan gelen takipçiler Lórien'in gözünden kaçmış olabilirler veya o ülkeden uzak durup İsengard'a başka yollardan gelmiş de olabilirler. Orklar hızla yol alırlar. Fakat Saruman'ın haber almak için kullandığı birçok yol var. Kuşları hatırlıyor musunuz?"

"Bilmecelerle uğraşacak zamanımız yok," dedi Gimli. "Haydi Boromir'i taşıyalım!"

"Fakat sonra bilmeceleri çözmeye çalışmalıyız, eğer doğru yolu seçmek istiyorsak," diye cevap verdi Aragorn.

"Belki de doğru seçim yoktur," dedi Gimli.

Baltasını alıp birkaç dal kesmeye başladı cüce. Bunları kirişlerle bir araya bağlayıp pelerinlerini bu iskeletin üzerine yaydılar. Bu kaba tabutun üzerine yol arkadaşlarının cesedini ve Boromir'le gitmesini uygun bulup seçtikleri, son dövüşünün yadigârlarını yerleştirip kıyıya taşıdılar. Sahile kadar olan mesafe kısaydı ama yine de bu işin pek kolay olmadığını gördüler çünkü Boromir hem uzun, hem de güçlü bir adamdı.

Legolas ile Gimli aceleyle Parth Galen'in eteğine giderken, Aragorn tabuta göz kulak olmak için su kenarında kaldı. Bir mil kadar bir mesafeydi gittikleri; iki kayığı kıyı boyunca aceleyle geri getirmek ise epey vakitlerini aldı.

"Bir tuhaflık var!" dedi Legolas. "Nehir kenarında sadece iki kayık vardı. Diğerinin izini bulamadık."

"Orklar oraya da mı gitmiş?" diye sordu Aragorn.

"Onların izine rastlamadık," diye cevap verdi Gimli. "Ayrıca orklar bütün kayıkları ve eşyaları da alır veya telef ederlerdi."

"Oraya vardığımızda ben zemine bir bakayım," dedi Aragorn.

Artık Boromir'i onu taşıyacak olan kayığın ortasına yatırmışlardı. Gri başlığıyla elf pelerinini katlayarak başının altına yerleştirdiler. Uzun kara saçını tarayarak omuzlarına yaydılar. Lórien'in altın kemeri belinde parıldıyordu. Miğferi yanına yerleştirilmişti; kucağına da yarılmış borusunu ve kılıcının kabzasıyla kınını koydular; ayaklarının altına da düşmanlarının kılıçlarını. Sonra kayığın burnunu diğer kayığın kıçına bağlayarak onu suya çektiler. Sahil boyunca yavaş yavaş küreklere asılıp hızla akan kanala dönerek Parth Galen'in yeşil çimenliğini geçtiler. Tol Brandir'in dimdik yükselen yamaçları parlıyordu:

Artık günün ortasıydı. Onlar güneye doğru ilerledikçe Rauros'un su bulutu yükselmeye ve önlerinde altından bir pus halinde donuk donuk titreşmeye başladı. Şelalenin hızlı akışı ve gümbürtüsü, rüzgârsız havayı sarsıyordu.

Elemle cenaze kayığını çözdüler: Akıp giden suyun bağrındaki kayık ilerlerken, Boromir öylece, huzur içinde yatıyordu. Onlar kendi kayıklarını kürekleriyle akıntıya kapılmasın diye tutarken, akarsu Boromir'i aldı götürdü. Kayık yanlarından yüzerek geçti ve yavaş yavaş, altın ışık içinde siyah bir noktacık kadar küçülerek onlardan ayrıldı; sonra aniden gözden kayboldu. Rauros hiç değişmeden gürlemeye devam etti. Nehir, Denethor oğlu Boromir'i almıştı; Minas Tirith'te, sabahları Ak Kule'de dururken görülmedi bir daha Boromir. Fakat Gondor'da, daha sonraki günlerde, uzun bir zaman boyunca, elf kayığının onu gece, yıldız ışıkları altında şelalelerden ve köpüren gölcükten geçirip Osgiliath'tan aşağıya taşıdığı, Anduin'in haliçlerinden aşırıp Büyük Deniz'e çıkardığı söylenmiştir.

Bir süre için üç yol arkadaşı sessizce ardından baktılar. Sonra Aragorn konuştu. "Onu Ak Kule'den arayacaklardır," dedi, "lâkin ne dağdan ne de denizden geri dönmeyecek." Sonra yavaş yavaş şarkı söylemeye başladı:

Bataklıktan, uzun otlar biten kırlardan, Rohan boyunca gelir,
Yürür gelir Batı Yeli, gelir surlara erişir.
"Ey gezgin yel, Batı'dan ne haberler getirdin bu gece bana?
Selvi boylu Boromir'i gördün mü yıldız ya da ay ışığında?"
"Yedi dereden, geniş boz bulanık sulardan geçerken gördüm onu;
Gördüm boş topraklardan geçtiğini, derken kaybolduğunu
Kuzey'in gölgelerine doğru. Sonra hiç görmedim onu bir daha
Belki Kuzey Yeli duymuştur Denethor oğlunun borusunu ama."
"Ey Boromir! Yüksek surlardan bakıyorum batıya, uzaklara,
Ama kimsenin yaşamadığı boş topraklardan çıkıp
gelmiyorsun bu yana."

Sonra Legolas söyledi:

Eser gelir Güney Yeli Deniz'in ağzından, kum tepelerini,
taşları aşar;
Martı çığlıkları getirir yanında, kapımızda figan eder durur.
"Ey dertli yel, Güney'den ne haberler getirdin bu akşam bana?

Nerede Dürüst Boromir? Geciktikçe keder basıyor insana."
"Sorma bana nerede diye – o kadar çok kemik var ki
Ak sahillerde ve kara sahillerde, fırtınalı göğün altındaki:
O kadar çok kişi geçti ki Anduin'den, akan Deniz'i bulmaya.
Kuzey Yeli'ne sor; onların haberini Kuzey Yeli getirir hep bana."
"Ey Boromir! Kapıdan güneye uzanıyor yol, ta deniz kıyısına,
Ama boz suların ağzından, ağlaşan martılarla çıkıp gelmiyorsun bu yana."

Sonra tekrar Aragorn söyledi:

Kralların Kapısı'ndan eser gelir Kuzey Yeli, aşar gürleyen şelaleleri;
Kulenin etrafında çınlar berrak, soğuk borusunun sesi.
"Ey kudretli yel, Kuzey'den ne haberler getirdin bu gün bana?
Cesur Boromir'den haber var mı? Çok vakit geçti gittiğinden bu yana."
"Amon Hen'in dibinde duydum narasını. Nice düşmanla döğüştü orada.
Yarılmış kalkanıyla kırık kılıcını yoldaşları taşıdı suya.
Dik başı ve güzel yüzüyle dinlenmeye uzattılar vücudunu;
Ve Rauros, altın Rauros şelalesi bağrına bastı onu."
"Ey Boromir! Muhafız Kulesi kuzeye bakacak bundan böyle
Günler sone erene kadar, Rauros'a, altın Rauros şelalesine."

Böylece şarkılarını bitirdiler. Sonra kayıklarını çevirerek, ellerinden geldiğince hızla akıntıya karşı, Parth Galen'e geri götürdüler.

"Doğu Yeli'ni bana bıraktınız," dedi Gimli, "ama ben onun hakkında hiçbir şey söylemeyeceğim."

"Zaten öyle olmalı," dedi Aragorn. "Minas Tirith'te Doğu Yeli'ne katlanırlar ama ondan haber sormazlar. Fakat artık Boromir kendi yoluna koyulduğuna göre biz de kendimizinkini seçme konusunda acele etmeliyiz."

Aragorn yeşil çimleri inceledi, hızla ama dikkatle, sık sık toprağa doğru eğilerek. "Bu topraklara hiç ork gelmemiş," dedi. "Bunun dışında kesin bir şey söyleyemem. Bizim bütün ayak izlerimiz burada, birbiri üzerinden geçip duruyor. Biz Frodo'yu aramaya başladıktan sonra buraya hiç hobbit gelmiş mi bilemem." Nehir kıyısına, pınardan gelen minik derenin Nehir'e damla damla aktığı yerin yakınına geri döndü.

"Burada bazı kesin izler var," dedi. "Hobbitin biri suda oynaşıp çıkmış; ama ne kadar zaman önce bilemeyeceğim."

"O zaman bu bilmeceye ne diyorsun?" diye sordu Gimli.

Aragorn hemen cevap vermedi, konaklama yerine geri dönerek eşyalara baktı. "İki denk eksik," dedi, "ve birinin Sam'inki olduğu kesin: Onunki oldukça büyük ve ağırdı. O zaman cevap şu: Frodo kayıkla ayrıldı ve hizmetkârı da onunla gitti. Hepimiz başka başka yerlerdeyken Frodo geri gelmiş olmalı. Ben, tepeye tırmanırken Sam'le karşılaşıp beni izlemesini söylemiştim; ama belli o öyle yapmamış. Beyinin aklındakileri okumuş olmalı ki, Frodo gitmeden buraya geri dönmüş. Sam'i geride bırakmak pek kolay olmamış Frodo için!"

"Ama neden bizi geride, tek bir söz söylemeden bıraktı gitti?" dedi Gimli. "Bu garip bir hareket!"

"Ve cesurca bir hareket," dedi Aragorn. "Sam haklıydı sanırım. Frodo hiçbir arkadaşını kendisiyle birlikte Mordor'da ölüme sürüklemek istemiyordu. Ama kendisinin oraya gitmesi gerektiğini de biliyordu. Bizden ayrıldıktan sonra korkusunu ve kuşkusunu yenen bir şey olmuş olmalı."

"Belki de avlanan orklar geldiler üzerine, o da kaçtı," dedi Legolas.

"Kaçtığı kesin," dedi Aragorn, "ama, bence orklardan değil." Frodo'nun ani kararının ve kaçışının ardındaki nedenin ne olduğunu düşündüğünü söylemedi Aragorn. Boromir'in son sözlerini uzun süre bir sır olarak sakladı.

"En azından artık birçok şey açıklığa kavuştu," dedi Legolas: "Frodo artık Nehrin bu yanında değil: Kayığı sadece o alabilirdi. Ve Sam de onunla beraber; kendi dengini de ancak o alabilirdi."

"O halde bizim seçimimiz," dedi Gimli, "ya kalan kayığı alıp Frodo'yu izlemek, ya da yayan olarak orkların peşine düşmek olacak. Her iki yönde de pek az umut var. Daha şimdiden kıymetli saatler kaybettik."

"Durun bir düşüneyim," dedi Aragorn. "Umarım şimdi doğru bir seçim yapıp bu mutsuz günün kötü kaderini değiştiririm!" Bir an sessiz durdu. "Orkları izleyeceğim," dedi sonunda. "Frodo'yu Mordor'a kadar götürüp sonuna kadar onunla giderdim; ama şimdi onu yabanda aramaya kalkarsam tutsakları işkenceye ve ölüme terk etmiş olurum. Kalbim sonunda açık açık konuşuyor: Yüzük Taşıyıcısı'nın kaderi artık benim ellerimde değil. Grup üzerine düşen rolü oynadı. Yine de geride kalan bizler, hâlâ gücümüz varken yol arkadaşlarımızı yüz üstü bırakamayız. Gelin! Gidelim artık. Bırakabileceğimiz her şeyi bırakın! Gece gündüz yolumuza devam edeceğiz!"

Son kayığı da çekerek ağaçların arasına taşıdılar. İhtiyaçları olmayan ve taşıyamayacakları eşyaları kayığın altına yerleştirdiler. Sonra da Parth Galen'den ayrıldılar. Boromir'in öldüğü açıklığa geldiklerinde akşam ışığı kararmaya başlamıştı. Burada orkların izini yakaladılar. Bu izleri bulmak için pek de ustalığa gerek yoktu.

"Başka hiçbir halk böyle çiğnemez yeri," dedi Legolas. "Yetişmekte olan şeyleri, yollarına çıkmasa da çiğnemekten ve ezmekten zevk alıyorlar sanki."

"Ama buna rağmen çok hızlı gidiyorlar," dedi Aragorn, "ve yorulmuyorlar. Ayrıca ileride, daha sert olan çıplak topraklarda yolumuzu bulmak için daha çok uğraşmak zorunda kalabiliriz."

"Evet, haydi peşlerine!" dedi Gimli. "Cüceler de hızlı giderler ve orklardan çabuk da yorulmazlar. Yine de bu uzun bir kovalamaca olacak: Bizden çok önce çıktılar yola."

"Evet," dedi Aragorn, "hepimizin cücelerin dayanıklılığına ihtiyacı olacak. Ama haydi! Umudumuz olsun olmasın, düşmanımızın izini takip edeceğiz. Eğer biz daha hızlı çıkarsak, vay geldi başlarına! Üç Soy –elfler, cüceler ve insanlar– arasında dilden dile dolaşan bir efsaneye dönüşecek bir kovalamaca olacak bu. İleri Üç Avcılar!"

Bir ceylan gibi sıçradı ileriye. Ağaçlar arasından koştu. İleri, daha da ileri yönlendirdi onları, artık kararını vermiş olduğu için yorulmadan, hızla. Gölün etrafındaki ormanları arkalarında bıraktılar. Uzun yamaçlara, karanlık, daha şimdiden batan günle kıpkırmızı olmuş göğe karşı kapkara duran yamaçlara tırmandılar. Alacakaranlık bastı. Taşlı topraklara doğru gri birer gölge gibi geçip gittiler.

BÖLÜM II

ROHAN SÜVARİLERİ

Alacakaranlık koyulaştı. Arkalarında, aşağıdaki ağaçların arasına bir sis çökerek Anduin'in soluk sınırları üzerine serildi. Ancak gökyüzü berraktı. Yıldızlar çıktı. Yükselmekte olan ay Batı'ya doğru ilerliyordu; kayaların gölgeleri simsiyahtı. Kayalık tepelerin eteklerine varmışlardı; hızları azalmıştı, çünkü izleri takip etmek artık kolay olmuyordu. Burada Emyn Muil'in dağlık bölgeleri Kuzey'den Güney'e doğru iki uzun devrik dağ sırası halinde uzanıyordu. Her iki dağ sırasının batı yanları da dik ve çetindi, fakat bir sürü sel yatağı ve dar koyaklarla kırışmış doğu yamaçları daha az meyilliydi. Bütün gece boyunca üç yol arkadaşı, ilk ve en yüksek sırtın tepesine tırmanıp sonra diğer yanındaki derin ve dolambaçlı vadinin karanlığına inerek bu girintili çıkıntılı arazide dolanıp durdular.

Burada, tan vaktinden önceki sakin ve serin saatte çok kısa bir süre için dinlendiler. Ay çoktan batmıştı önlerinde, üzerlerinde yıldızlar pırıldıyordu; günün ilk ışığı henüz arkalarındaki tepeleri aşmamıştı. O an için Aragorn tamamiyle yolunu şaşırmış bir haldeydi: Orkların izi vadiye iniyor fakat orada ortadan yok oluveriyordu.

"Ne tarafa dönmüş olabilirler sence?" dedi Legolas. "Kuzey'e İsengard'a doğrudan giden yola mı, yoksa senin tahmin ettiğin hedefleri olan Fangorn'a mı? Ya da Entsuyu'na gitmek için güneye doğru mu?"

"Nehire yönelmezler, hedefleri ne olursa olsun," dedi Aragorn. "Ve eğer henüz Rohan'da işler çığrından çıkmadıysa ve Saruman'ın gücü de çok fazla artmadıysa, orklar Rohirrim alanlarından buldukları en kısa yolu seçeceklerdir. Biz kuzeyi araştıralım!"

Vadi, sıra sıra tepelerin arasında taşlık bir çukur gibi uzanıyordu; dibinde, devrilmiş kayalar arasında damla damla akan bir dere vardı. Sağ yanlarında bir uçurum hiddetle duruyor; sollarında ise gecenin son saatlerinde loş ve gölgeli gri yamaçlar yükseliyordu. Kuzeye doğru bir mil kadar gittiler. Aragorn toprağa eğilmiş, batıdaki tepeye doğru yükselen kıvrımları ve suların açmış olduğu yatakları araştırıyordu. Legolas biraz öndeydi. Aniden bir çığlık attı elf ve diğerleri koşarak ona doğru ilerlediler.

"Avladıklarımızdan bazılarını geçmişiz bile," dedi Legolas. "Bakın!" İşaret etti; onlar da daha önce yamacın eteğine yuvarlanmış kayalar sandıkları şeylerin birbiri üzerine yığılmış bedenler olduğunu gördüler. Beş ölü ork yatıyordu orada. Bir sürü acımasız darbeyle biçilmişlerdi; ikisinin de kelleleri uçmuştu. Toprak onların kara kanlarıyla ıslanmıştı.

"Al bir bilmece daha!" dedi Gimli. "Fakat bu bilmeceyi çözmek için gün ışığına ihtiyacımız var; bizse bekleyemeyiz."

"Yine de neresinden bakarsanız bakın, bilmece çok umutsuz görünmüyor," dedi Legolas. "Orkların düşmanları büyük bir ihtimalle bizim dostlarımız olacaktır. Bu tepelerde yaşayan bir halk var mı?"

"Hayır," dedi Aragorn. "Rohirrimler nadiren gelir buraya, üstelik burası Minas Tirith'ten de uzaktadır. Bizim bilmediğimiz nedenlerle bir grup insan burada avlanıyor olabilir. Yine de böyle olduğunu zannetmiyorum."

"Sence ne?" dedi Gimli.

"Bence düşman, kendi düşmanını yanında getirmiş," diye cevap verdi Aragorn. "Bunlar uzaklardan gelen Kuzeyli Orklar. Katledilmiş olanların arasında o garip nişanlı iri orklardan hiç yok. Sanırım bir tartışma olmuş: Bu işe yaramaz halk arasında pek olağandışı bir şey değildir bu. Belki de yol hakkında bir münakaşa olmuştur."

"Ya da tutsaklar hakkında," dedi Gimli. "Umarım onlar da burada sonlarını bulmamışlardır."

Aragorn, geniş bir daire içindeki zemini inceledi fakat kavgayla ilgili başka bir ize rastlamadı. Yollarına devam ettiler. Daha şimdiden doğu tarafındaki gök soluklaşmaya başlamıştı; yıldızlar soluyor, gri bir ışık yavaş yavaş büyüyordu. Kuzeyde biraz ileride, cılız bir derenin döküle döküle, kıvrıla kıvrıla, vadide taşlık bir yol açmış olduğu bir kıvrıma geldiler. Bu kıvrımın içinde biraz çalı yetişmişti ve her iki yanında çimenlik bazı yerler vardı.

"Nihayet!" dedi Aragorn. "İşte aradığımız izler! Bu su kanalından yukarı: Tartışmadan sonra orkların gittikleri yol bu."

Takipçiler dönerek yeni yollarında hızla ilerlediler. Sanki gece dinlenip dinçleşmişler gibi taştan taşa sıçrıyorlardı. Sonunda gri tepenin zirvesine vardılar; ani bir esinti saçlarının arasından esip pelerinlerini kıpırdattı: Serin seher yeli.

Arkalarını dönünce, Nehir'in üzerinden uzaktaki tepelerin tutuştuğunu gördüler. Gün gökyüzüne sıçradı. Güneşin al kenarları karanlık toprağın omuzları üzerinden yükseldi. Önlerinde, Batı'da, biçimsiz ve kurşuni dünya kıpırtısız uzanıyordu; fakat daha onlar bakarken gecenin gölgeleri eridi ve uyanan toprağın renkleri geri döndü: Yeşil, Rohan'ın engin çayırlarına aktı; suların aktığı vadilerde beyaz bir sis titreşti; sollarında uzaklarda ise, en az otuz fersah uzakta, tepeleri günün doğuşuyla kızaran karlara bulanmış, dimdik zirvelerle yükselen Ak Dağlar duruyordu, mavi ve mor.

"Gondor! Gondor!" diye haykırdı Aragorn. "Umarım daha mutlu bir saatte bakarım yine sana! Henüz yolum güneye, senin parlak derelerine uzanmıyor.

Gondor! Gondor, Dağlar'la Deniz'in orta yerinde
Eserdi Batı Yeli; dururdu ışık Gümüş Ağaç'ın üzerinde
Ve parlak bir yağmur gibi dökülürdü eski Kralların bahçelerine
Ey mağrur surlar! Ak kuleler! Ey kanatlı taç! Altın taht bir de!
Ey Gondor, Gondor! İnsanlar Gümüş Ağaç'ı görecek mi bir daha;
Esecek mi Batı Yeli yeniden, Dağlar'la Deniz'in arasında?

Haydi artık gidelim!" dedi, gözlerini Güney'den ayırıp gitmesi gereken yöne, batıya ve kuzeye çevirerek.

Yolcuların durduğu sırt, ayaklarının dibinden dik bir şekilde alçalıyordu. Altında, yirmi fersah kadar ilerde, dimdik bir uçurumla son bulan geniş ve engebeli bir çıkıntı vardı: Rohan'ın Doğu Duvarı. Böylece Emyn Muil son buluyor, görüş alanlarının sonuna kadar Rohirrimler'in yeşil düzlükleri uzanıyordu.

"Bakın!" diye bağırdı Legolas, üzerlerindeki soluk gökyüzünü işaret ederek. "İşte yine o kartal! Çok yüksekte. Şimdi uzaklaşıyor gibi, bu topraklardan geriye Kuzey'e. Çok hızlı gidiyor. Bakın!"

"Yo, benim gözlerim bile göremiyor onu sevgili Legolascığım," dedi Aragorn. "Gerçekten de çok yüksekte olmalı. Eğer daha önce gördüğümle aynı kuş ise, görevi nedir merak ettim. Ama bakın! Ben daha yakında bir şey görüyorum; bununla acilen ilgilenmemiz gerek. Düzlükte hareket eden bir şey var!"

"Birçok şey var," dedi Legolas. "Bu yaya giden büyük bir grup; fakat daha fazlasını söyleyemem, ne tür yaratıklar olduğunu da bilemem. Fersahlarca uzaktalar: Bence on iki fersah; fakat arazinin düzlüğü insanın mesafeyi tahmin etmesini zorlaştırıyor."

"Her şeye rağmen, artık yönümüzü seçmek için iz sürmemize gerek yok herhalde," dedi Gimli. "Gelin, bir an önce aşağıdaki çayırlara inen bir yol bulalım."

"Orkların seçtiği yoldan daha kestirme bir yol bulabileceğinden emin değilim," dedi Aragorn.

Artık düşmanlarını günün berrak ışığında izliyorlardı. Öyle görünüyordu ki orklar mümkün olduğunca hızlı ilerlemişlerdi. Arada sırada takipçiler orkların düşürdüğü ya da attığı şeylere rastlıyordu: Yiyecek torbaları, sert, gri ekmek kırıntıları ve kabukları, yırtılmış siyah bir pelerin, taşlarda parçalanmış ağır, demir kabaralı bir ayakkabı. İzler onları dik kayaların tepesi boyunca kuzeye yönlendirdi ve zamanla, şarıltıyla aşağıya doğru akan bir derenin bir kayanın içine oyduğu derin bir yarığa vardılar. Bu dar koyakta, kaba bir yol, dik bir merdiven gibi düzlüğe iniyordu.

Aşağıda, beklenmedik bir şekilde Rohan'ın çimenlerine vardılar. Çimenler yeşil bir deniz gibi Emyn Muil'in tam eteğine kadar kabarıyordu. Dökülen akarsu sık su tereleri ve bitkileri arasında gözden kayboldu; ayrıca suyun, uzaktaki Entsuyu Vadisi'ne doğru uzanan hafif meyilli uzun yamaçlardan aşağıya inen yeşil tüneller içindeki şıpırtısını da duyuyorlardı. Kış, arkalarındaki dağlara takılmış kalmıştı sanki. Burada hava daha yumuşak ve sıcaktı; sanki bahar gelmeye başlamış, otlarla yapraklara su yürümüş gibi belli belirsiz bir koku vardı ortada. Legolas derin bir nefes aldı, tıpkı çorak topraklarda uzun bir susuzluktan sonra koca bir yudum içmiş gibi.

"Ah! Yeşil koku!" dedi. "Uzun bir uykudan da iyi bu. Haydi koşalım!"

"Hafif ayaklar burada hızla koşabilir," dedi Aragorn. "Belki de demir pabuçlu orklardan çok daha hızlı. Şimdi onlara verdiğimiz avantajı kapatma şansımız var işte!"

Tek sıra halinde gidiyorlardı; gözlerinde sabırsız bir ışıkla, kesif bir koku almış av köpekleri gibi koşuyorlardı. Hemen hemen tam batılarında, yürüyüş halindeki ork yığını kendilerine çirkin, dar ve uzun bir yol açıyordu; Rohan'ın güzel çimenleri onlar geçtikçe zedelenip kararıyordu. Tam bu anda Aragorn bir çığlık atarak yan tarafa döndü.

"Durun!" diye bağırdı. "Henüz beni takip etmeyin!" Çabucak ana yoldan ayrılarak sağa doğru koştu; çünkü o yana giden, diğerlerinden ayrılan ayak izleri, minik ayakkabısız ayakların izlerini görmüştü. Ancak bunlar pek ileriye gidemeden, yine ana yoldan onlardan önce veya sonra ayrılan ork izleriyle kesişmiş ve tekrar kesin bir kavis çizerek, diğer ayak izlerine karışmışlardı. En uzak noktada Aragorn yere eğilerek otların üzerinden bir şey aldı; sonra koşarak geri geldi.

"Evet," dedi, "bunlar yeterince açık: Hobbit ayak izleri. Pippin'inkiler sanırım. O diğerinden daha küçük. Ve şuna bir bakın!" Güneşte parıldayan bir şey kaldırdı elinde. Yeni açmış bir kayın ağacı yaprağına benziyordu, zarif ve bu ağaçsız düzlükte tuhaf bir şeydi bu.

"Elf pelerininin broşu!" diye bağırdılar Legolas ile Gimli birlikte.

"Boşu boşuna düşmez Lórien'in yaprakları," dedi Aragorn. "Bu şans eseri düşmemiş: İzleyen biri olursa bir işaret olsun diye atılmış. Pippin, sırf bu amaçla yoldan ayrılmış sanırım."

"O halde en azından o hayattaymış," dedi Gimli. "Ve aklını kullanmış, bacaklarını da tabii. Bu yüreklendirici bir bilgi. Boşu boşuna takip etmiyormuşuz."

"Umarım bu cesaretini çok pahalıya ödememiştir," dedi Legolas. "Gelin! Yolumuza devam edelim! O neşeli minik halkın, sığır gibi güdüldüğünü düşünmek yüreğimi dağlıyor."

Güneş öğlen vakti tepeye tırmanıp yavaş yavaş gökyüzünden aşağıya doğru ilerledi. Güney'de, uzaktaki denizden hafif bulutlar yükseldi ve havadaki esintiyle savrulup gitti. Güneş battı. Arkadan gölgeler yükselerek Doğu'dan uzun kollarını uzattı. Avcılar yine de yollarına devam ettiler. Boromir düşeli bir gün olmuştu ve orklar hâlâ önlerinde, uzaktaydılar. Aynı seviyede uzanan düzlükte görünmüyorlardı artık.

Gecenin gölgesi etraflarını sararken Aragorn durdu. Bütün gün süren yürüyüşte sadece iki kere, çok kısa süreyle durmuşlardı ve tan vakti önünde durdukları doğu duvarıyla aralarında yirmi fersah vardı şimdi.

"Sonunda önümüzdeki zor seçimi yapma vakti geldi," dedi. "Gece dinlenecek miyiz yoksa gücümüz kuvvetimiz elverdiğince ilerleyecek miyiz?"

"Eğer düşmanlarımız dinlenmezlerse ve biz uyumak için durursak o zaman bizi çok geride bırakmış olurlar," dedi Legolas.

"Orklar bile yürüyüşleri sırasında duruyorlardır herhalde, değil mi?" dedi Gimli.

"Orklar güneş altındaki açık alanlarda pek nadiren yürür; ama yine de bunlar yürüyor," dedi Legolas. "Belli ki gece de dinlenmeyecekler."

"Eğer gece yürürsek, izlerini takip edemeyiz," dedi Gimli.

"Yol dümdüz; ne sağa, ne sola sapıyor görebildiğim kadarıyla," dedi Legolas.

"Belki karanlıkta size el yordamıyla rehberlik eder, düz bir çizgide götürebilirim," dedi Aragorn; "ama eğer yoldan çıkarsak veya yana saparsak o zaman güneş doğduğunda tekrar izleri buluncaya kadar çok oyalanmış oluruz."

"Ayrıca şu da var," dedi Gimli: "sadece gündüz vakti, yoldan ayrılan izler olup olmadığını görebiliriz. Eğer bir tutsak kaçarsa, ya da içlerinden biri başka bir yöne, diyelim doğuya, Ulu Nehir'e, Mordor'a, götürülecek olursa, bu izleri görmeden geçip, hiç fark etmeyebiliriz."

"Bu doğru," dedi Aragorn. "Fakat eğer geride işaretleri doğru okuduysam, Ak El'in orkları galip geldiler; şimdi bütün grup İsengard'a doğru gidiyor. Şu andaki güzergâhları beni haklı çıkarıyor."

"Yine de onların planlarına güvenmek acelecilik olur," dedi Gimli. "Ayrıca kaçma işine ne demeli? Karanlıkta olsaydı seni broşa götüren izleri geçer giderdik."

"O olaydan sonra orklar iki misli tetiktedir ve tutsaklar daha da yorgun olacaktır," dedi Legolas. "Bir daha kaçan olmaz; tabii eğer bunu biz sağlamazsak. Bunu nasıl yapacağımızı düşünmek bile zor ama önce onlara yetişmemiz gerek."

"Yine de ben bile, birçok geziye katılmış bir cüce olmama ve halkımın öyle az dayanıklılarından sayılmamama rağmen hiç durmadan İsengard'a kadar koşamam," dedi Gimli. "Benim de içim yanıyor, ben de bir an önce yola koyulurdum ama şimdi, daha sonra daha iyi koşabilmek için biraz dinlenmeliyim. Ve eğer dinleneceksek, gecenin körü bu iş için en iyi zamandır."

"Bunun zor bir seçim olduğunu söylemiştim," dedi Aragorn. "Bu tartışmayı nasıl sonuçlandıracağız?"

"Rehberimiz sensin," dedi Gimli, "ayrıca takiplerde de usta olan sensin. Sen seçeceksin."

"Gönlüm bana gitmemi söylüyor," dedi Legolas. "Ama birbirimizi bırakmamalıyız. Ben de senin nasihatına uyacağım."

"Seçimi, kötü bir seçmene verdiniz," dedi Aragorn. "Argonath'tan geçtiğimizden beri benim seçimlerim ters gidiyor." Uzun bir süre, kuzey ve batıda toplanan geceye bakarak sustu.

"Karanlıkta yürümeyeceğiz," dedi sonunda. "İzleri kaybetme ve gelip geçen izleri gözden kaçırma tehlikesi daha önemli geliyor bana. Eğer ay yeterince ışık verseydi bu ışıktan yararlanırdık, ama maalesef! Ay çok erken batıyor ve henüz hem genç hem de solgun."

"Zaten bu gece üzeri örtülü de," diye mırıldandı Gimli. "Eğer Hanım bize Frodo'ya vermiş olduğu armağan gibi bir ışık vermiş olsaydı!"

"O ihsan edildiği yerde daha çok işe yarar," dedi Aragorn. "Esas Görev onunki. Bizimkisi ise, bu zamanın büyük olayları içinde ufak bir mesele. Başından beri nafile bir takiptir belki de, benim seçimimin ne düzeltebileceği, ne de bozabileceği nafile bir takip. Evet, seçimimi yaptım. O yüzden zamanı elimizden geldiğince iyi kullanalım!"

Aragorn kendini yere atarak hemen uykuya daldı, çünkü Tol Brandir'in gölgesinde geçirdiği o geceden beri hiç uyumamıştı. Şafak sökmeden uyanıp kalktı. Gimli hâlâ derin uykudaydı ama Legolas ayakta, rüzgârsız bir gecedeki genç bir ağaç gibi düşünceli ve sessiz kuzeydeki karanlığa doğru bakıyordu.

"Çok çok uzaktalar," dedi üzüntüyle Aragorn'a dönerek. "Bu gece dinlenmediklerini söylüyor gönlüm bana. Artık sadece bir kartal yakalayabilir onları."

"Ne olursa olsun biz yine de izleyebildiğimiz kadar izleyeceğiz," dedi Aragorn. Eğilerek cüceyi uyandırdı. "Haydi! Gitmemiz lazım," dedi. "İz soğuyor."

"Fakat hâlâ karanlık," dedi Gimli. "Legolas tepede durup baksa bile onları güneş yükselmeden göremez."

"Korkarım ister tepeden olsun, ister düzlükten, ister güneş altında ister ay, artık benim görüş sahamdan çıktılar," dedi Legolas.

"Görüş işe yaramadığında toprak bize bilgi verebilir," dedi Aragorn. "Toprak onların nefret dolu ayakları altında inlemiş olmalı." Kulağını çimene yapıştırarak yere uzandı. Orada kıpırdamadan o kadar uzun bir süre yattı ki Gimli onun uyuyakalıp kalmadığını veya baygınlık geçirip geçirmediğini merak etmeye başladı. Şafak vakti pırıltısıyla geldi ve kurşuni bir ışık çoğaldı etraflarında. Sonunda Aragorn ayağa kalktı, artık arkadaşları yüzünü görebiliyorlardı: Solgun ve bitkindi; bakışları da tedirgindi.

"Toprağın söylentisi belirsiz ve karışık," dedi. "Millerce etrafımızda, toprak üzerinde hiçbir şey yürümüyor. Düşmanlarımızın ayakları belirsiz ve uzakta. Fakat atların ayak sesleri çok yüksek. Tam uyumak için yere uzandığımda onları duymuş olduğum geliyor hatırıma; rüyalarıma girmişlerdi: Dört nala giden atlar, Batı'ya giden atlar. Fakat şimdi durmadan bizden uzaklaşıyorlar, kuzeye doğru gidiyorlar. Bu topraklarda neler oluyor merak ediyorum!"

"Haydi gidelim!" dedi Legolas.

Böylece takiplerinin üçüncü günü başladı. Günün, bulutlar ve arada bir görünen güneşle dolu uzun saatleri boyunca kâh hızlı hızlı yürüdüler, kâh koştular ama sanki içlerinde yanan ateşi hiçbir yorgunluk söndüremezmiş gibi hemen hemen hiç durmadılar. Nadiren konuştular. Engin sessizliğin üzerinden geçtiler ve elf pelerinleri, geri plandaki gri-yeşil çayırların önünde soluklaştı; gün ortasının serin güneş ışığında bile, onlar iyice yaklaşmadan elf gözlerine sahip olmayan çok az kişi görebilirdi onları. Sık sık gönüllerinden, *lembas*'ı onlara armağan olarak verdiği için Lórien'in Hanım'ına şükrediyorlardı, çünkü koşarken bile bu yiyecekten yiyerek güçlerini tazeliyorlardı.

Bütün bir gün boyunca düşmanlarının izi, bir mola vermeden, bir yana dönmeden kuzey batıya doğru dümdüz ilerledi. Gün bir kez daha sonuna ererken, arazinin ilerdeki alçak ve kambur yaylaların çizgisine doğru yükselmeye başladığı, uzun, ağaçsız yamaçlara vardılar. Orkların izleri bu yaylalara, kuzeye doğru dönerken silikleşmeye başladı, çünkü toprak sertleşmeye ve otlar kısalmaya başlamıştı. Uzakta sollarında Entsuyu deresi kıvrılıyordu, yeşil bir zeminde gümüş bir iplik gibi. Kıpırdayan hiçbir şey görünmüyordu. Aragorn sık sık hiçbir insan veya hayvan izine rastlamamış olmalarına hayret ediyordu. Rohirrimler'in yerleşim yerleri fersah fersah Güney'de, o anda sis ve bulutlar altında gizlenmiş olan Ak Dağlar'ın ormanlarının saçakları altındaydı; yine de daha önceleri At Beyleri'nin Doğu Emnet'te, ülkelerinin bu doğu bölgesinde sürüleri ve tavlaları vardı; konaklama yerlerinde çadırlarda yaşayan çobanlar kış aylarında bile sık sık buralarda dolanırlardı. Fakat artık bütün ülke bomboştu ve barış sükûnetine hiç de benzemeyen bir sessizlik hâkimdi.

Alacakaranlıkta tekrar durdular. Artık Rohan ovalarında iki kere on iki fersah gitmişlerdi ve Emyn Muil duvarı Doğu'nun gölgeleri arasında kaybolmuştu. Yeni ay, puslu bir gökyüzünde pırıldıyordu ama çok az ışık veriyordu; yıldızlar da örtülmüşlerdi.

"Şu anda kovalamacamızda verdiğimiz molalara ve dinlenmekle geçirdiğimiz zamanlara öyle diş biliyorum ki," dedi Legolas. "Orklar önümüzden kaçıp gittiler, sanki Sauron'un kırbacı bizzat sırtlarındaymış gibi. Korkarım ormana ve karanlık tepelere varmışlardır bile; daha şimdiden ağaçların gölgeleri altına geçiyorlardır."

Gimli dişlerini sıktı. "Bu bütün ümitlerimizin ve uğraşlarımızın hazin sonu!" dedi.

"Ümidimizin sonu olabilir ama uğraşlarımızın değil," dedi Aragorn. "Buradan geri dönecek değiliz. Ama çok yoruldum." Üzerinden gelmiş oldukları, Doğu'da toplanan geceye doğru uzanan yola baktı. "Bu topraklarda hüküm süren garip bir şeyler var. Bu sessizliğe hiç güvenmiyorum. Solgun aya bile güvenmiyorum. Yıldızlar solgun; daha önceleri hemen hiç olmadığım kadar yorgunum; önünde izlemesi gereken açık bir iz olan bir Kolcu'nun olmaması gerektiği kadar yorgun. Düşmanlarımızın hızlanmalarına yardımcı olan ve bizim önümüze görünmez bir engel koyan bir irade var: Kollarımız, bacaklarımızdan çok gönlümüzde olan bir yorgunluk."

"Çok doğru!" dedi Legolas. "Bunu Emyn Muil'den ilk indiğimiz zamandan beri biliyordum. Çünkü bu irade arkamızda değil, önümüzde." Hilal şeklindeki ayın altında kararmakta olan Batı'ya doğru uzanan Rohan ülkesinin üzerinden uzakları işaret etti.

"Saruman!" diye mırıldandı Aragorn. "Ama bizi geri döndüremeyecek! Evet durmamız gerekecek bir kez daha; çünkü bakın! Ay bile toplanan bulutların arkasına çekiliyor. Lâkin kuzeye doğru uzanacak yolumuz, yaylalar ve çayırlar arasından, gün geri gelir gelmez."

Daha önceki gibi ilk kalkan Legolas oldu; belki de gözünü hiç kırpmamıştı. "Kalkın! Kalkın!" diye bağırdı. "Kızıl bir tan vakti var. Ormanın kıyısında garip şeyler bekliyor bizi. İyi mi kötü mü bilemeyeceğim; ama çağrılıyoruz. Kalkın!"

Diğerleri ayağa fırladılar ve derhal yola koyuldular tekrar. Yaylalar yavaş yavaş yaklaştı. Yaylalara vardıklarında öğle vaktine daha bir saat vardı; kuzey yönünde düz bir çizgi halinde uzanan çıplak sırtlara doğru yükselen yeşil yamaçlara. Eteklerinde toprak kuru, çimenler kısaydı, ama onlarla kamış ve saz çalılıkları içinde dolanan derin nehir arasında on mil kadar eninde, çökmüş, uzun bir toprak şerit vardı. En güneydeki yamacın tam batısında, bir sürü ağır ayak tarafından ezilmiş ve yolunmuş halka şeklinde geniş bir alan bulunuyordu. Buradan ork izleri, tepelerin kuru eteklerinden kuzeye doğru dönerek devam ediyordu. Aragorn durarak izleri dikkatle inceledi.

"Burada bir süre dinlenmişler," dedi, "ama dışarı giden izler bile şimdiden eskimiş sayılır. Korkarım yüreğin sana doğru söylemiş Legolas: Orkların, şu anda bizim durmakta olduğumuz yerde durmalarından bu yana tam üç kere on iki saat geçmiş. Eğer hızlarını korudularsa dün akşam gün batımında Fangorn'un sınırlarına varmışlardır."

"Kuzeye ve batıya doğru bakınca yavaş yavaş sis içinde kaybolan otlardan başka bir şey görmüyorum," dedi Gimli. "Tepelere tırmanacak olsak ormanı görür müydük?"

"Hâlâ çok uzakta," dedi Aragorn. "Eğer doğru hatırlıyorsam bu yaylalar kuzeye doğru en az sekiz fersah uzanırlar; sonra da kuzey batıda Entsuyu'nun yayıldığı yerde açık bir arazi vardır, bu da bir on beş fersah tutabilir."

"Evet, yolumuza devam edelim," dedi Gimli. "Bacaklarım mesafeleri unutmalı. Eğer gönlüm daha hafif olsaydı onlar da daha istekli olurdu."

Sonunda, yaylaların çizgisinin sonuna doğru yaklaştıklarında güneş kavuşmaya başlamıştı. Saatler boyunca hiç mola vermeden gitmişlerdi. Şimdi yavaş yavaş ilerliyorlardı, Gimli'nin sırtı da iki büklüm olmuştu. Çalışırken ve yolculuk yaparken taş gibi sert olur cüceler; fakat cücenin gönlündeki bütün umut sönünce, sonu gelmeyen bu yarış üzerinde etkisini göstermeye başlamıştı. Yerdeki bir izi veya işareti araştırmak için arada bir eğilen Aragorn onun arkasından yürüyordu sessiz ve suratsız. Sadece Legolas her zamanki gibi kuş misali hafif adımlarla yürüyor, ayakları sanki yerdeki otlara ancak değiyor, geçerken hiçbir ayak izi bırakmıyordu; elflerin verdiği yollukta ihtiyacı olan bütün gıdayı bulabiliyordu ve bu dünyanın ışığında gözleri açık yürürken bile zihnini elfçe rüyaların garip yollarında dinlendirerek uyuyabilirdi; eğer insanlar buna uyku derlerse tabii.

"Gelin bu yeşil tepeye tırmanalım!" dedi Legolas. Sonunda tepeye varıncaya kadar yorgun argın onu izleyerek uzun yamacı tırmandılar.

Düzgün, çıplak, yaylaların en kuzey ucunda tek başına duran yuvarlak bir tepeydi bu. Güneş kavuşunca akşamın gölgeleri perde gibi indi. Ucu bucağı olmayan kurşuni renkli şekilsiz bir dünyada yapayalnızdılar. Sadece kuzeybatıda, uzakta, ölmekte olan ışığın gerisinde daha koyu bir karanlık vardı: Duman Dağları ile eteklerindeki orman.

"Buradan bize kılavuzluk edecek hiçbir şey göremeyiz," dedi Gimli. "Evet şimdi yeniden mola verip geceyi geçirmeliyiz. Hava soğumaya başladı!"

"Rüzgâr kuzeydeki karlardan esiyor," dedi Aragorn.

"Ve sabah olmadan Doğu'ya dönecek," dedi Legolas. "Ama dinlenin, eğer dinlenmeniz gerekiyorsa. Yine de bütün umudunuzu yitirmeyin. Yarının ne getireceği bilinmez. Güneşin doğuşu genellikle bir şeyler nasihat eder."

"Koşuşturmamız boyunca güneş tam üç kez doğdu ve bize hiç akıl vermedi," dedi Gimli.

Gece gitgide daha da soğudu. Aragorn ile Gimli kesik kesik uyudular; ne zaman uyansalar Legolas'ın başlarında dikildiğini ya da kendi dilinde usul usul bir şarkı mırıldanarak bir ileri, bir geri yürüdüğünü gördüler; o şarkı söylerken yukardaki koyu siyah semada beyaz yıldızlar açıyordu. Böylece geçti gece. Sonunda güneş doğuncaya kadar seherin yavaş yavaş, artık çıplak ve bulutsuz olan gökyüzünde olgunlaşmasını birlikte seyrettiler. Güneş solgun ve berraktı. Rüzgâr Doğu'ya dönmüştü ve bütün sisler yuvarlanıp gitmişti; engin topraklar, acı ışık altında çırılçıplak duruyordu.

Önlerinde, doğu tarafında, günlerce önce Ulu Nehir'den gözlerine ilişmiş olan Rohan Bozkırı'nın rüzgârlı tepelerini gördüler. Kuzey batı yönünde kara Fangorn ormanı azametle yaklaşıyordu; hâlâ on fersah uzaktaydı gölgeli saçakları ve ormanın dış yamaçları derin bir maviye doğru soluyordu. Buranın gerisinde, çok uzakta, adeta gri bulutlar üzerinde yüzer gibi Dumanlı Dağlar'ın son zirvesi olan Methedras'ın beyaz başı ışıldıyordu. Entsuyu ormandan çıkıp onları karşılarcasına akıyordu; dere henüz hızlı ve dar bir yatakta seyrediyordu ve her iki kıyısı da derin bir şekilde yarılmıştı. Orkların izi yaylalardan dereye doğru dönmüştü.

Keskin gözleriyle izleri dereye, sonra da dereden ormana kadar takip eden Aragorn, uzaktaki yeşillik içinde bir gölge, hızla hareket eden kara bir bulanıklık gördü. Kendini yere atarak yeniden dikkatle dinledi. Fakat Legolas parlak elf gözlerini uzun, zarif eliyle gölgeleyerek yanında durmuştu; o bir gölge veya bir bulanıklık değil, bir sürü atlı görüyordu; atlıların ve mızraklarının ucundaki sabah pırıltısı, ölümlülerin görüş sahasının sınırı gerisindeki miniminnacık yıldızların göz kırpışlarına benziyordu. Uzakta onların gerisinde kara bir duman kıvrılan iplikler halinde yükseliyordu.

Boş kırlıkta sessizlik vardı, Gimli otlar arasında hareket eden rüzgârın sesini duyuyordu.

"Atlılar!" diye bağırdı Aragorn ayağa fırlayarak. "Hızlı küheylanlara binmiş bir sürü atlı bize doğru geliyor!"

"Evet," dedi Legolas, "yüz beş atlı var. Saçları sarı, mızrakları parlak. Liderleri de çok uzun boylu."

Aragorn gülümsedi. "Elflerin gözü keskin olur," dedi.

"Yok! Atlılar beş fersahtan biraz daha uzaktalar ancak," dedi Legolas.

"İster beş fersah olsun, ister bir," dedi Gimli, "bu çıplak arazide onlardan kaçamayız. Onları burada mı bekleyeceğiz, yoksa yolumuza devam mı edeceğiz?"

"Bekleyeceğiz," dedi Aragorn. "Yorgunum ve avımızda başarısız olduk. Ya da en azından başkaları bizi geçti; çünkü bu atlılar orkların izlerinden geri dönüyorlar. Bize bir haber verebilirler."

"Ya da mızraklarını atıverirler," dedi Gimli.

"Üç tane boş eyer var ama hobbitleri göremiyorum," dedi Legolas.

"Bize iyi haberler verirler demedim," dedi Aragorn. "Ama ister iyi olsun, ister kötü, haberleri burada bekleyeceğiz."

Üç yol arkadaşı, solgun gökyüzüne karşı kolayca boy hedefi olabilecekleri tepenin başından ayrılıp kuzey tarafındaki yamaçtan yavaş yavaş aşağıya yürüdüler. Pelerinlerine sarınarak tepenin eteğinin biraz üzerinde durdular ve birbirlerine sokularak solmuş otlar üzerine oturdular. Zaman yavaş ve ağır ilerledi. Rüzgâr hafif hafif yokluyordu. Gimli huzursuzdu.

"Bu atlılar hakkında ne biliyorsun Aragorn?" dedi. "Burada oturmuş aniden karşımıza çıkacak ecelimizi mi bekliyoruz acaba?"

"Daha önce onların arasında bulundum," diye cevap verdi Aragorn. "Gururlu ve inatçı ama hakikatli, düşüncede ve eylemde cömert insanlardır; cesurdurlar ama zalim değildirler; bilgedirler ama eğitimsizdirler, hiç kitap yazmazlar da, Karanlık Yıllar'dan önce yaşayan insanların çocuklarının yaptığı gibi şarkılar söylerler. Fakat son zamanlarda buralarda neler olup bittiğini bilmiyorum; Rohirrimler'in şu anda hain Saruman ile Sauron'un tehditleri arasında ne durumda olduklarını da bilemiyorum. Uzun zamandır, bir akrabalıkları olmasa da, Gondor halkıyla dost idiler. Uzun zaman önce yaşanmış ve unutulmuş yıllarda, Genç Eorl onları Kuzey'den getirmişti; onlar daha çok, aralarında hâlâ Rohan Süvarileri gibi uzun ve ince adamların görüldüğü Vadili Sagallar'la ve Ormanlı Kocoğlanlar'la akrabadırlar. En azından orklara bayılmazlar."

"Fakat Gandalf onların Mordor'a haraç verdiklerine dair bir söylentiden söz etmişti," dedi Gimli.

"Buna Boromir'in inandığından daha fazla inanmıyorum," diye cevap verdi Aragorn.

"Yakında gerçekleri öğrenirsiniz," dedi Legolas. "Yaklaşmaya başladılar bile."

Sonunda Gimli bile dört nala giden atların nal seslerini duymaya başladı. Atlılar, izi takip ederek nehirden ayrılmış yaylalara yaklaşıyorlardı. Rüzgâr gibi biniyorlardı ata.

Artık güçlü seslerin haykırışları çayırlar üzerinden çınlayarak geliyordu. Aniden gökgürültüsü gibi bir sesle esip geçtiler; en öndeki atlı yoldan ayrılıp tepenin eteğinden geçerek arkasındaki bölüğü yaylaların batı etekleri boyunca güneye yönlendirdi. Arkasından, zırhlarına bürünmüş, hızlı, parıl parıl parlayan, korkunç ve zarif görünüşlü upuzun bir sıra halinde bir sürü atlı geliyordu.

Atları iri yarı, güçlü ve son derece biçimli hayvanlardı; boz derileri parıltılıydı; uzun kuyrukları rüzgârda dalgalanıyordu; yeleleri mağrur boyunları boyunca örülmüştü. Üzerlerindeki insanlar da onlara yakışıyordu: Boylu poslu, uzun kollu, uzun bacaklıydılar; sarı saçları hafif miğferlerinin altından akıyor, uzun örgüler halinde sırtlarına iniyordu; yüzleri sert ve haşindi. Ellerinde dişbudak ağacından uzun mızraklar, sırtlarında resimli kalkanlar, kemerlerinde ise uzun kılıçları vardı; parlatılmış zırhtan etekleri dizlerine kadar uzanıyordu.

Çifter çifter geçtiler atlarıyla; arada bir içlerinden biri üzengisi üzerinde ayağa kalkarak her iki yanına ve önüne baktığı halde sessizce oturmuş onları izleyen üç yabancıyı fark etmemiş gibiydiler. Atlılar neredeyse geçip gitmişti ki Aragorn aniden kalkarak yüksek bir sesle seslendi:

"Kuzey'den ne haberler var, Rohan Süvarileri?"

Atlılar inanılmaz bir hızla ve ustalıkla küheylanlarına hâkim olarak döndüler ve etraflarını sardılar. Kısa bir süre sonra üç yol arkadaşı kendilerini, arkalarındaki yamaca inip çıkarak etraflarında dolanan ve gitgide daha çok yaklaşan, halka halinde etraflarında dönen atlılar arasında buldular. Aragorn sessizce ayakta duruyor, diğer ikisi de kıpırdamadan oturmuş işler neye varacak diye merak ediyorlardı.

Bir söz söylenmeden, bir komut haykırılmadan, aniden durdu Süvariler. Mızrakları bir orman gibi yabancılara çevrilmişti; atlıların bazılarının elinde yayları vardı ve oklarını kirişe geçirmişlerdi bile. Sonra içlerinden biri ileri doğru sürdü atını. Uzun boylu, diğerlerinden daha uzun boylu bir adamdı; miğferinde at kılından beyaz bir sorguç vardı. Mızrağının ucu Aragorn'un göğsüne yarım metre kalıncaya kadar ilerledi. Aragorn kıpırdamadı.

"Kimsin, bu yurtta ne ararsın?" dedi Süvari, Batı'nın Ortak Dili'ni kullanarak, tıpkı Gondorlu İnsan Boromir'in konuşma biçimi ve tonlamasıyla.

"Bana Yolgezer derler," diye cevap verdi Aragorn. "Kuzey'den geliyorum. Ork avlıyorum."

Süvari atından atladı. Mızrağını, yanına yaklaşıp atından inen birine verdi; kılıcını çekip Aragorn'u dikkatle inceleyerek ve biraz da merakla tam karşısında durdu. Sonunda tekrar konuştu.

"Peşinen sizi de ork sanmıştım," dedi; "ama şimdi görüyorum ki öyle değilmiş. Doğrusu eğer onları bu şekilde avlamaya gidiyorsanız demek ki orklar hakkında pek bir şey bilmiyorsunuz. Orklar hem tez ilerliyorlardı hem de çok iyi kuşanmışlardı; üstelik sayıları da çokçaydı. Ava giderken avlanmak da vardı, eğer onlara yetişmiş olaydınız. Fakat sende tuhaf bir şeyler var Yolgezer." Açık renkli berrak gözlerini Kolcu'ya çevirdi. "Verdiğin bu ad, bir insan adı değil. Ayrıca üstbaşın da tuhaf. Çimenlerden mi bittiniz? Gözümüzden nasıl kaçtınız? Siz elfgillerden misiniz?"

"Hayır," dedi Aragorn. "Aramızdan sadece biri elf, uzaktaki Kuyutorman'daki Ormanlık Diyar'dan gelen Legolas bir elftir. Ancak Lothlórien'den geçmiştik ve Hanım'ın ihsanları ve hediyeleri bize lâyık görüldü."

Süvari onlara daha da artan bir ilgiyle baktı ama bakışları sertleşti. "O halde Altın Orman'da bir Hanım var eski masallarda söylendiği gibi!" dedi. "Çok az kişi onun ağlarından kurtulabilir derler. Bu günler tuhaf günler! Ama eğer onun tarafından kayırılıyorsanız, siz de ağ örücüsünüzdür, büyücüsünüzdür belki de." Aniden Legolas'a ve Gimli'ye soğuk bir nazarla baktı. "Siz neden konuşmazsınız, sessizler?" diye sordu.

Gimli ayağa kalkarak ayaklarını ayırıp sıkı sıkı yere bastı: Eli baltasının sapını kavradı, kara gözlerinde şimşekler çakıyordu. "Bana adını ver at efendisi, o zaman ben de sana benimkini veririm, başka bilgiler de veririm istersen," dedi.

"O konuya gelince," dedi Süvari, cüceye yukardan bakarak, "önce eller söyler kim olduklarını. Yine de benim adım Éomund oğlu Éomer; bana Atçanyurt'un Üçüncü Başkumandanı derler."

"O halde Éomund oğlu Éomer, Atçanyurt'un Üçüncü Başkumandanı, müsaadenle cüce Glóin oğlu Gimli seni ahmakça sözlere karşı uyarsın. Aklının eremeyeceği kadar zarif olan şeyler hakkında kötü konuşuyorsun; seni ancak aklının kıt olması affettirebilir."

Éomer'in gözleri alevlendi, Rohan'lılar hiddetle mırıldanarak ve mızraklarını uzatarak halkayı daralttılar. "Sakalınla, makalınla kelleni uçururdum Cüce Efendi, eğer yerden biraz daha yüksekte olsaydı," dedi Éomer.

"O tek başına değil," dedi Legolas gözden hızlı hareket eden ellerle yayına bir ok yerleştirip gererek. "Eliniz daha inemeden düşer kalırsınız."

Éomer kılıcını kaldırdı; her şey berbat olabilirdi ama Aragorn aralarına sıçrayarak elini kaldırdı. "Bağışlayın Éomer!" diye bağırdı. "Bilginiz arttığında yol arkadaşlarımı neden bu kadar çok kızdırdığınızı anlayacaksınız. Rohan'a karşı hiçbir kötü niyetimiz yok; halkına karşı da yok, ne insanlarınıza ne de atlarınıza. Vurmadan önce hikâyemizi dinlemek istemez misiniz?"

"İsterim," dedi Éomer kılıcını indirerek. "Yalnız, Atçanyurt'ta gezenler bu kuşku dolu günlerde daha az mağrur olurlarsa akıllılık etmiş olurlar. Önce bana asıl adını söyle."

"Önce bana kime hizmet ettiğinizi söyleyin," dedi Aragorn. "Mordor'daki Karanlıklar Efendisi Sauron'un dostu musunuz, düşmanı mı?"

"Ben sadece Yurt Hükümdarı, Thengel oğlu Kral Théoden'e hizmet ederim," diye cevapladı Éomer. "Biz uzaktaki Kara Ülke'nin Gücü'ne hizmet etmeyiz ama daha onunla açık bir cenge de tutuşmuş değiliz; eğer siz ondan kaçıyorsanız bu toprakları terk etseniz iyi olur.

Artık bütün sınırlarımızda huzursuzluk var, tehdit altındayız; ama bizim tek amacımız hür olmak, daha önce yaşamış olduğumuz gibi yaşamak, ister iyi ister kötü olsun el hükümdarına hizmet etmemek. Daha iyi günlerde konukları içtenlikle karşılardık fakat bu günlerde beklenmedik konuklarımız bizi tez ve sert buluyorlar. Haydi söyleyin! Kimsiniz? Kime hizmet edersiniz? Bizim yurdumuzda kimin buyruğuyla ork avlarsınız?"

"Ben hiçbir insana hizmet etmem," dedi Aragorn; "lâkin Sauron'un hizmetkârlarını hangi topraklara giderlerse gitsinler izlerim. Ölümlü İnsanlar arasında orkları benim kadar tanıyan az kişi vardır; onları bu şekilde avlıyor olmamın nedeni mecburiyettir. Takip ettiğimiz orklar arkadaşlarımızın ikisini tutsak ettiler. Böyle bir durumda atı olmayan adam yaya gider ve izleri takip etmek için izin almaya çalışmaz. Düşmanın kaç baş olduğunu da saymaya kalkmaz, kılıcıyla sayarsa o başka. Silahsız değilim."

Aragorn pelerinini geri itti. Kılıcını kavrarken, elf kını pırıldadı ve kınından çekince Anduril'in keskin yanı ani bir alev gibi parladı. "Elendil!" diye haykırdı Aragorn. "Ben Arathorn oğlu Aragorn; bana Gondor'lu Elendil'in oğlu İsildur'un varisi Dúnadan ve Elf Taşı Elessar derler. İşte Kırılan ve yeniden dövülen Kılıç! Bana yardım mı edeceksiniz, engel mi olacaksınız? Çabuk seçin!"

Gimli ile Legolas yol arkadaşlarına hayretle baktılar çünkü onu daha önce böyle bir ruh halinde görmemişlerdi. Sanki onun boyu posu büyümüştü de Éomer küçülmüştü; canlı yüzünde, taştan kral heykellerinde gördükleri gücün ve heybetin kısa bir zuhurunu yakalamışlardı. Bir an için, Aragorn'un alnında, parlayan taç misali beyaz bir alev oynaşıyor gibi göründü Legolas'ın gözlerine.

Éomer geriledi, yüzünde huşu içinde bir bakış vardı. Mağrur gözlerini yere indirdi. "Bu günler gerçekten de tuhaf günler," diye mırıldandı. "Düşler ve efsaneler otların arasından bitiyor gibi."

"Söyle bana bey," dedi, "sizi buraya ne getirdi? Ve o kara sözlerin anlamı ne idi? Denethor oğlu Boromir bir yanıt getirmeye gideli çok oldu; ona ödünç verdiğimiz atlar binicisiz geri geldi. Kuzey'den ne gibi yazgılar getirirsiniz?"

"Seçme yazgısı," dedi Aragorn. "Şöyle söyleyebilirsiniz Thengel oğlu Théoden'e: Önünde bir savaş var, ya Sauron'la birlikte, ya Sauron'a karşı. Artık kimse daha önce yaşadığı gibi yaşayamayacak ve çok az kimse, benim dediği şeye sahip olmaya devam edecek. Lâkin bu büyük meseleleri daha sonra konuşuruz. Eğer şansımız yaver giderse ben kendim krala gideceğim. Şu anda çok sıkışık durumdayım ve yardım istiyorum, en azından haber istiyorum. Arkadaşlarımızı kaçıran bir ork ordusunu izlediğimizi duydunuz. Bize neler söyleyebilirsiniz?"

"Artık onları izlemeniz gerekmediğini," dedi Éomer. "Orklar yok edildi."

"Ya arkadaşlarımız?"

"Orklardan başkasını bulamadık."

"Fakat bu gerçekten çok tuhaf," dedi Aragorn. "Öldürdüklerinize iyice baktınız mı? Orklardan başka ceset yok muydu? Küçük yaratıklardı, size çocuk gibi görünmüş olabilirler, ayakkabısızdılar ve grilere bürünmüşlerdi."

"Ne cüce vardı, ne çocuk," dedi Éomer. "Bütün öldürdüklerimizi saydık, ganimetlerimizi aldık; sonra leşleri üst üste yığıp yaktık, âdetimiz gereğince. Külleri hâlâ tütmekte."

"Biz cücelerden veya çocuklardan söz etmiyoruz," dedi Gimli. "Bizim arkadaşlarımız hobbitti."

"Hobbit mi?" dedi Éomer. "O da ne ola ki? Tuhaf bir ad."

"Tuhaf bir halka ait tuhaf bir isim," dedi Gimli. "Fakat bunlar bizim için çok kıymetli. Görünüşe göre sizler Minas Tirith'i huzursuz eden sözleri duymuşsunuz. O kehanette Buçukluk'tan söz edilir. Bu hobbitler Buçukluklar işte."

"Buçukluklar!" diye güldü Éomer'in yanındaki Süvari. "Buçukluklar! Ama onlar sadece eski türkülerle Kuzey'den gelen çocuk masallarında bulunan küçük insanlardır. Efsanelerde mi, yoksa gün ışığında yeşil toprak üzerinde miyiz?"

"Bir insan her ikisinde de olabilir," dedi Aragorn. "Çünkü bizler değil, bizden sonra gelecek olanlar yaratacaklar zamanımızın efsanelerini. Yeşil toprak mı demiştin? Gün ışığı altında yeşil toprak üzerinde yürüyorsunuz belki ama o da kudretli bir efsanenin konusudur aslında."

"Zaman daralıyor," dedi Süvari, Aragorn'a kulak asmadan. "Güneye doğru tez gitmemiz gerek beyim. Bırakalım bu vahşiler gönüllerinin çektiğini yapsınlar. Ya da onları bağlayıp krala götürelim."

"Rahat dur Éothain!" dedi Éomer kendi dilinde. "Beni biraz rahat bırak. *Atçan*'lara patikada toplanmalarını söyle; Entsığı'na gitmek için hazırlanın."

Éothain kendi kendine söylenerek uzaklaştı ve diğerleriyle konuştu. Kısa bir süre içinde çekildiler ve Éomer'i üç yol arkadaşıyla baş başa bıraktılar.

"Bütün dediklerin tuhaf Aragorn," dedi Éomer. "Ama yine de doğruyu konuşursun, bu apaçık: Yurtlu İnsanlar yalan demezler, o yüzden kolay kolay da kanmazlar. Fakat gene de her şeyi anlatmadınız. Ne yapmam gerekir diye bir karara varmam için görevinizin ne olduğunu tam olarak söylemeyecek misiniz?"

"O dizelerde de söylenmiş olduğu gibi haftalar önce İmladris'ten yola çıktım," diye cevap verdi Aragorn. "Benimle birlikte Minas Tirith'li Boromir de vardı. Görevim Denethor'un oğlu ile birlikte o şehre gitmek ve halkını Sauron'a karşı yaptıkları savaşta desteklemekti. Fakat birlikte yolculuk yaptığım Grup'un başka bir görevi vardı. O konuda şimdi bir şey söyleyemem. Gri Gandalf idi başımız."

"Gandalf!" diye hayretle haykırdı Éomer. "Grihamut Gandalf, Yurt'ta tanınır; fakat sizi uyarayım, adı kralın pek hoşuna giden bir söz değil artık. İnsanların anıları hatırına ülkemizde birçok kez konuk olmuştu; bazen bir mevsim sonra, bazen yıllar sonra dilediği gibi gelir giderdi. Hep tuhaf olayların tellalı oldu: Bela getiren oldu, şimdilerde bazılarının dediği gibi.

"Gerçekten de, bu yaz son gelişinden beri her şey kötüye gitti. O zamanlarda başladı Saruman ile aramızdaki sıkıntılar. O güne kadar Saruman'ı dostumuz kabul etmiştik fakat Gandalf tam o sırada çıkageldi, İsengard ani bir cenge hazırlanıyor diye bizi uyardı. Kendisinin de Orthanc'da mahkûm olduğunu, zor kaçabildiğini söyledi, yardım edelim diye yalvardı. Fakat Théoden onu dinlemedi, o da gitti. Sakın Théoden'in kulaklarına Gandalf adını yüksek sesle söylemeyin! Çok hiddetli. Çünkü Gandalf, sadece Yurt Hükümdarı'nın binmesine izin olan Gölgeyele denen atı, kralın küheylanları arasında en kıymetlisini, *Yılkı*'ların başını aldı. Çünkü bu atın atası, Bey'in insanların dilini bilen büyük atıydı. Yedi gece önce Gölgeyele geri geldi; ama kralın hiddeti azalmadı çünkü at artık vahşileşmiş ve kimsenin kendisini ellemesine izin vermiyor."

"O halde Gölgeyele yolunu ta Kuzey'den tek başına bulmuş," dedi Aragorn; "çünkü Gandalf ile ayrıldıkları yer orasıydı. Lâkin heyhat! Gandalf artık ata binemeyecek. Moria Madenleri'nin karanlığı içine düştü ve bir daha çıkamaz artık."

"Bunlar ağır haberler," dedi Éomer. "En azından benim için ve birçok kişi için öyle; ancak herkes için değil, bunu kendiniz de göreceksiniz, eğer kralın huzuruna gelirseniz."

"Haberler bu ülkede kimsenin tahmin bile edemeyeceği kadar keder verici; gerçi yıl daha fazla ilerlemeden ucu size de acı acı dokunmaya başlayabilir, " dedi Aragorn. "Ulular düştüğünde, başı daha küçüklerin çekmesi gerekir. Benim görevim Moria'dan buraya uzanan uzun yolda Grubumuza rehberlik etmekti. Lórien'den geçip geldik – bir daha onun hakkında konuşmadan önce gerçeği öğrenseniz iyi olacak– oradan da Ulu Nehir boyunca fersahlarca inerek Rauros Şelaleleri'ne. Orada Boromir, sizin katletmiş olduğunuz orklar tarafından öldürüldü."

"Haberleriniz elem yüklü!" diye bağırdı Éomer dehşet ile. "Büyük zararı dokunacak bu ölümün Minas Tirith'e ve hepimize. Çok kıymetli bir kişiydi! Herkes ondan övgüyle söz ederdi. Yurt'a seyrek gelirdi çünkü hep Doğu serhatlarında cenkte olurdu; ama onu görmüştüm. Gondor'un ağırbaşlı insanlarından çok Eorl'un tez canlı oğullarına benzetirdim ben onu; zamanı gelince kendi halkının büyük komutanlarından biri olduğunu kanıtlayacaktı. Ama biz bu kederli haberle ilgili hiç söz duymadık Gondor'dan. Ne zaman öldü?"

"Bu dördüncü gün oluyor o öldürüleli," diye cevap verdi Aragorn; "ve o günün akşamından beri, Tol Brandir'in gölgesinden bu yana yolculuk yapıyoruz."

"Yayan mı?" diye haykırdı Éomer.

"Evet, işte böyle, gördüğün gibi."

Éomer'in gözlerini müthiş bir merak kapladı. "Yolgezer çok zayıf bir ad Arathorn oğlu," dedi. "Ben sana Kanatayak adını takıyorum. Üç dostun maceralarını anlatan türküler saraylarda okunmalı. Dördüncü gün sona ermeden, kırk ve beş fersah saymışsınız tek tek! Elendil'in soyu zorluymuş!

"Fakat şimdi beyim, ne yapmamı dilersiniz! Benim bütün hızımla Théoden'e dönmem gerek. Erlerimin önünde dikkatli konuştum. Daha Kara Ülke ile açık bir cenge tutuşmadığımız doğrudur; ayrıca kralın kulağına yakın yerde durup ona namertçe öğütler verenler de var; ama cenk zamanı yaklaşıyor. Gondor ile eski ittifakımızı bırakacak değiliz, onlar savaştığı sürece onları destekleyeceğiz: Ben ve benimle birlik olanlar böyle der. Doğu Yurt, Üçüncü Başkumandan'ın bölgesi, yani benim denetimim altında; bütün sürülerimizi ve sürülerimize bakan halkı Entsuyu'nun gerisine çekerek buralarda gözcülerle, ayağına tez izcilerden başkasını bırakmadım."

"O halde Sauron'a haraç vermiyorsunuz?" dedi Gimli.

"Vermiyoruz ve hiç vermedik," dedi Éomer gözlerinde şimşeklerle; "fakat bu yalanın söylendiği benim kulağıma kadar da geldi. Birkaç yıl önce Kara Ülke'nin Efendisi büyük paralar karşılığı bizden at almak istedi ama onu geri çevirdik çünkü hayvanları kötüye kullanıyordu. Bunun üzerine o da çapulcu orkları yolladı; onlar da hep kara atları seçerek alabildikleri kadarını aldılar: Bunların çok azı kaldı artık. O yüzden bizim orklarla olan kavgamız kızıştı.

"Fakat bu aralar asıl kaygımız Saruman. Bütün bu topraklar üzerinde hüküm sürmek ister; birkaç aydır da aramızda bir savaş var. Önce orkları, sonra Kurt Biniciler'i, kötü adamları kendi hizmetine aldı ve Geçit'i bize kapattı; yani hem doğudan hem de batıdan kuşatılacağımız belliydi.

"Böylesi bir düşmanla uğraşmak kötüdür: Bir sürü kılığa bürünen, hem kurnaz, hem de gözbağı ustası bir arif. Şimdi birçok insanın hatırladığı kadarıyla orada burada, Gandalf'a çok benzeyen, kukuletalı, pelerinli yaşlı bir adam gibi gezdiği söyleniyor. Casusları bütün ağlardan kurtuluyor ve uğursuz kuşları gökyüzünde dönüp duruyor. Sonu nereye varır bilemem, içim kaygı dolu; çünkü bana öyle geliyor ki dostlarının hepsi de İsengard'da yaşamıyor. Eğer kralın evine gelirseniz kendi gözlerinizle görürsünüz. Gelmeyecek misiniz? Yoksa kuşku dolu bu dar zamanda yardım için gönderildiğinizi sanmam boşuna mı?"

"Gelebildiğim zaman geleceğim," dedi Aragorn.

"Şimdi gel!" dedi Éomer. "Bu kötü zamanda Elendil'in Varisi, Eorl'un Oğulları'na güç verecektir gerçekten de. Batı Emnet'te bile cenk var artık; korkarım sonu bizim için iyi olmayacak.

"Aslında bu kuzeye yaptığım yolculuk için kralın iznini almamıştım, benim yokluğumda kralın evi yeterince korunamaz. Fakat üç gece önce izciler beni, Doğu Duvarı'ndan gelen ork ordusu konusunda uyardılar, aralarından bazılarının Saruman'ın beyaz nişanını taşıdığını söylediler. Böylece en çok korktuğum şeyden, yani Orthanc ile Karanlık Kule arasında bir işbirliğinden kuşkulanarak *atçan*'larımı, kendi ailemden olan adamları yanıma aldım; iki gün önce akşam çökerken, Entormanı'nın kıyısında onları yakaladık. Burada kuşattık onları ve dün şafak vakti cenk ettik. Adamlarımın on beşini ve yirmi atımı kaybettim ne yazık ki! Çünkü orklar bizim saydığımızdan fazla çıktı. Diğerleri de katıldı onlara, Ulu Nehir'i geçip Doğu'dan gelen başkaları: Bu noktanın biraz kuzeyindeki izleri kolayca görünür. Sonra diğerleri de ormandan çıkıp geldi. İsengard'ın Ak Eli'ni taşıyan Büyük Orklar: O tür diğerlerinden daha kuvvetli ve daha kötüdür.

"Her şeye rağmen sonlarını getirdik. Fakat çok uzun zaman oyalandık. Güneyde ve batıda bize gereksinimleri var. Gelmeyecek misiniz? Gördüğünüz gibi yedek at da var. Kılıçlara çok iş düşüyor. Evet, sonra Gimli'nin baltası ile Legolas'ın yayına da bir iş buluruz, eğer benim Ormanın Hanımı ile ilgili düşüncesiz sözlerimi hoş görürlerse. Ülkemdeki herkesin konuştuğu gibi konuşmuştum; ama bana işin doğrusunu öğretirseniz sevinirim."

"Hoş sözleriniz için teşekkür ederim," dedi Aragorn, "gönlüm sizinle gelmeyi diliyor; ama hâlâ bir ümit varken arkadaşlarımı terk edemem."

"Ümit kalmadı," dedi Éomer. "Arkadaşlarınızı Kuzey sınırlarında bulamayacaksınız."

"Yine de dostlarım geçtiğimiz yollarda kalmadılar. Doğu Duvarı'ndan pek uzakta olmayan bir yerde, en azından birisinin hayatta olduğuna dair bir işaret bulduk. Fakat duvar ile yaylalar arasında bir daha izlerine rastlamadık; ister o yana olsun, ister bu yana, yoldan ayrılan bir iz bile yoktu, tabii iz sürmedeki hünerimi hepten kaybettiysem o başka."

"O halde, sizce ne oldu onlara?"

"Bilmiyorum. Onlar da orklarla birlikte öldürülmüş ve yakılmış olabilir; ama siz böyle olmadığını söylüyorsunuz ve ben de bu konuda bir kuşku duymuyorum. Sadece, dövüşten önce onların ormana götürülmüş olabileceklerini düşünüyorum, hatta belki siz daha düşmanlarınızın etrafını çevirmeden. Ablukanızı bu şekilde delip geçen olmadığından emin misin?"

"Biz gördükten sonra hiçbir orkun kaçmadığına yemin ederim," dedi Éomer. "Ormanın kıyısına orklardan önce vardık ve eğer bundan sonra canlı bir şey bu halkayı delip geçtiyse bile o şey bir ork olamaz; ya da biraz elf gücüne sahip olmaları gerekirdi."

"Arkadaşlarımız bizim gibi giyinmişlerdi," dedi Aragorn; "ve sizler bizi gün ışığı altında görmeden geçip gittiniz."

"Bunu unutmuştum," dedi Éomer. "Bu kadar olağanüstü şey arasında herhangi bir konuda emin olmak zor. Bütün dünya bir tuhaflaştı. Cücelerle elfler kol kola bizim bildik kırlarda dolaşıyor; Ormanın Hanımı ile konuşanlar sağ kalıyor; babalarımızın babaları atlarını Yurt'a sürmeden önce eski çağlarda kırılan Kılıç tekrar cenk meydanına geliyor! İnsan böyle zamanlarda ne yapacağına nasıl karar verir?"

"Her zaman olduğu gibi," dedi Aragorn. "İyi ile kötü, geçen yıldan bu yıla değişmedi; üstelik elflerle cüceler arasında bir anlama, insanlar arasında başka bir anlama geliyor da değil. İdrak etmek kişinin kendisine düşüyor, ister Altın Orman'da olsun, ister kendi evinde."

"Öyle ya," dedi Éomer. "Ama ben ne senden kuşku duyuyorum, ne de gönlümün yapmak istediği şeyden. Yine de istediğimi yapmakta özgür değilim. Kral kendisi, şahsen izin verinceye kadar, ellere gönüllerinin dilediği gibi topraklarımızda dolaşma izni vermek bizim yasalarımıza aykırı; üstelik bu buyruk, bu tehlike günlerinde daha da sıkıdır. Benimle kendiliğinizden gelmeniz için size yalvardım ama gelmiyorsunuz. Üçe karşı yüz kişiyle cenge girmekten nefret ederim."

"Kanunlarınızın bu tür bir ihtimal için yapılmış olduğunu zannetmiyorum," dedi Aragorn. "Üstelik ben yabancı değilim; çünkü daha önce bu ülkeye gelmiştim, başka bir isim ve başka bir kılıkla olsa da, bir kereden fazla üstelik; Rohirrim ordusuyla at sürmüştüm. Seni daha önce görmemiştim, çünkü sen gençsin; fakat baban Éomund ve Thengel oğlu Théoden ile konuşmuştum. Daha önceki günlerde, bu toprakların hiçbir asil beyi, hiç kimseyi benimki gibi bir görevi bırakması için zorlamazdı. Benim görevim belli en azından; görevim ilerlemek. Haydi şimdi Éomund oğlu, sonunda seçiminizi yapmak zorundasınız. Bize yardım edin, ya da en kötü ihtimalle bırakın gidelim. Ya da kanunlarınızı yürütmenin yolunu arayın. Eğer öyle yaparsanız, savaşınıza ve kralınıza döneceklerin sayısı azalır."

Éomer bir an için sessizleşti, sonra konuştu. "Her ikimizin de acelesi var," dedi. "Benim yanımdakiler gitmek için huzursuzlanır; geçen her saat ise sizin ümitlerinizi azaltıyor. Benim seçimim şu. Gidebilirsiniz; dahası size at da ödünç vereceğim. Sadece şunu istiyorum sizden: Araştırmanız bitince veya boşuna olduğu ortaya çıkınca, şu anda Théoden'in oturduğu yüksek ev olan Edoras'daki Tekev'e atlarla birlikte dönün Entsığı üzerinden. Böylelikle yanlış akıl yürütmediğimi onlara kanıtlamış olursunuz. Kendimi, belki de hayatımı, sizin iyi niyetinize teslim ediyorum. Gelmemezlik etmeyin."

"Etmem," dedi Aragorn.

Éomer yedek atların yabancılara ödünç verileceğini söylediğinde adamları arasında büyük bir merak ve bir sürü kara, kuşkulu bakış yayıldı; fakat sadece Éothain açık açık konuşmaya cesaret etti.

"Dediğin, Gondor soyundan geldiğini savunan bu bey için tamam olabilir," dedi, "ama kim Yurt atlarının birinin bir cüceye verildiğini duymuş?"

"Kimse," dedi Gimli. "Ve üzülme: Kimse de böyle bir şey duymayacak. İster gözün kalarak ver ister seve seve, ben böyle büyük bir hayvanın sırtına oturmaktansa yürümeyi tercih ederim zaten."

"Fakat şimdi binmen gerek, yoksa bizi yavaşlatırsın," dedi Aragorn.

"Gel, benim arkama bin Gimli dostum," dedi Legolas. "O zaman her şey yoluna girer; ne bir at ödünç almış olursun, ne de bir at yüzünden rahatsız olursun."

Koyu gri, iri bir at getirdiler Aragorn'a; Aragorn ata bindi. "Külteri'dir adı," dedi Éomer. "Umarım seni iyi ve eski sahibi Gárulf'tan daha iyi bir kadere taşır!"

Daha küçük ve hafif ama yerinde durmayan, ateşli bir at getirildi Legolas'a. Adı Tiz idi. Fakat Legolas onlardan eyer ile dizginleri çıkarmalarını istedi. "Bunlara ihtiyacım yok," dedi ve rahatça sıçradı atın üzerine; Tiz'in onun altında terbiyeli ve yumuşakbaşlı olmasına ve sadece söylenen tek bir sözcükle oraya buraya gitmesine şaşakaldılar: Elflerin bütün iyi hayvanlarla ilişkisi böyle olurdu. Gimli arkadaşının arkasına tırmanmış, ona sıkı sıkı yapışmıştı; Sam Gamgee'nin kayıkta olduğundan daha rahat sayılmazdı.

"Hoşça kalın; aradığınızı bulasınız!" diye seslendi Éomer. "Elinizden geldiğince tez dönün; umarım bundan sonra kılıçlarımız birlikte parlar!"

"Geleceğim," dedi Aragorn.

"Ben de geleceğim," dedi Gimli. "Galadriel Hanım meselesi hâlâ aramızda halledilmedi. Daha size kibar konuşmasını öğreteceğim."

"Göreceğiz," dedi Éomer. "Öyle garip şeylerle karşılaştım ki, bir cüce baltasının sevgi dolu darbeleri altında zarif bir hanıma hoş söz söylemeyi öğrenmek beni pek şaşırtmayacak. Hoşça kalın!"

Böylece ayrıldılar. Çok tezdi Rohan'ın atları. Kısa bir süre sonra Gimli geriye baktığında, Éomer'in grubu küçülmüş ve uzaklaşmıştı bile. Aragorn arkasına bakmadı: Yollarında hızla giderken o, başını

Külteri'nin boynuna kadar eğmiş, izlere bakıyordu. Çok geçmeden Entsuyu'nun sınırına vardılar ve orada Éomer'in sözünü ettiği, Bozkır'dan çıkarak Doğu'dan gelen diğer izlere rast geldiler.

Aragorn attan inerek toprağı inceledi, sonra tekrar atına atladı, izlerin bir tarafında kalıp üzerlerinden geçmemeye gayret göstererek biraz doğuya doğru ilerledi. Sonra tekrar attan inip toprağı inceledi ve yayan olarak bir ileri, bir geri gitti.

"Keşfedecek çok az şey var," dedi geri döndüğünde. "Ana yol geri dönen atlıların buradan geçmesiyle iyice karışmış; dışarı giden izleri nehre daha yakın bir yerde olmalı. Fakat doğuya giden bu iz taze ve belirgin. Ters yöne, Anduin'e doğru geri giden ayak izi yok. Artık daha yavaş gitmeli ve ana yoldan, ister o yana olsun ister bu yana, ayak izlerinin ayrılıp ayrılmadığını görmeliyiz. Orklar bu noktadan sonra izlendiklerini fark etmiş olmalılar; yakalanmadan önce tutsaklarını kaçırmak için bir girişimde bulunmuş olabilirler."

Onlar atlarını sürdükçe gün kararmıştı. Bozkır'ın üzerine kül renkli alçak bulutlar geldi. Güneşi bir sis örttü. Fangorn'un ağaçlarla örtülü yamaçları giderek yakınlarında beliriyor, güneş batıya gittikçe yavaş yavaş kararıyorlardı. Sağa veya sola ayrılan bir ize rastlamadılar ama orada burada, arkalarına veya boyunlarına gri tüylü oklar saplanmış, kaçarken düşmüş tek tük orka rast geldiler.

Sonunda akşam ışığı solarken ormanın kıyısına vardılar ve ilk ağaçların arasındaki bir açıklıkta büyük bir ateşin kalıntılarını buldular: Küller hâlâ sıcaktı ve tütüyordu. Küllerin yanında koca bir zırh, miğfer, yarılmış kalkan, kırılmış kılıç, yay, kargı ve başka savaş aletleri yığını vardı. Tam ortada bir kazığa koca bir gulyabani kellesi geçirilmişti; parçalanmış miğferindeki beyaz nişan hâlâ görülebiliyordu. Biraz ileride, dereden pek uzakta olmayan, derenin ormanın kenarından akıp geldiği bir yerde bir tümsek vardı. Yeni yığılmıştı: Yeni kesilmiş otlarla kaplanmış taze toprak: Bunun etrafına on beş mızrak dikilmişti.

Aragorn ile yol arkadaşları savaş alanının etrafını araştırdılar fakat gitgide ışık soldu, kısa bir süre sonra loş ve puslu akşam çöktü. Gece indiğinde Merry ile Pippin'e ait bir ize rastlayamamışlardı.

"Artık başka bir şey yapamayız," dedi Gimli üzüntüyle. "Tol Brandir'e geldiğimizden beri bir sürü bilmeceyle karşılaştık fakat en zor olanı bu. Hobbitlerin yanmış kemikleri artık orklarınkiyle karışmış diye düşünesim geliyor. Bu Frodo için çok kötü bir haber olacak, tabii yaşayıp da bunu duyabilirse; sonra Yarmavadi'de bekleyen yaşlı hobbit için de öyle. Elrond onların gelmesine karşı çıkmıştı."

"Fakat Gandalf çıkmamıştı," dedi Legolas.

"Ama Gandalf kendisi de gelmeyi seçmişti ve ilk kaybolan da o oldu," diye cevap verdi Gimli. "Kehaneti yanlış çıktı."

"Gandalf'ın öğütleri, ister kendi için olsun ister başkaları için, kimsenin güvenliğini öngörmüyordu," dedi Aragorn.

"Öyle işler vardır ki, sonu karanlık bile olsa, bu işlere başlamak, yapmayı reddetmekten daha iyidir. Ama ben henüz bu yerden ayrılmayacağım. Her halükârda burada sabah ışığını beklememiz gerekecek."

Savaş alanının biraz gerisinde, dalları iyice yayılmış bir ağacın altında kamplarını kurdular: Ağaç bir kestane ağacına benziyordu ama yine de, bir önceki yılın geniş kahverengi yapraklarından çoğu uzun yayvan parmaklı kuru eller gibi duruyordu dallarında; bu yapraklar gece melteminde kederle hışırdıyordu.

Gimli titredi. Yanlarında sadece kişi başına bir battaniye getirmişlerdi. "Haydi bir ateş yakalım," dedi. "Artık tehlikeyi umursamıyorum. İsterlerse orklar, mum ışığının etrafına toplanan pervaneler gibi gelsinler!"

"Eğer o talihsiz hobbitler ormanda yollarını kaybettilerse, ateş onları bu tarafa doğru çekebilir," dedi Legolas.

"Başka şeyleri de bu tarafa çekebilir, ne ork ne de hobbit olan başka şeyleri," dedi Aragorn. "Hain Saruman'ın dağ hudutu yakınındayız. Aynı zamanda Fangorn'un tam kıyısındayız; denildiğine göre bu ormanın ağaçlarına dokunmak çok tehlikeliymiş."

"Fakat Rohirrimler dün burada kocaman bir ateş yakmışlar," dedi Gimli, "ve ateş için ağaçları devirmişler, görüldüğü kadarıyla. Yine de işleri bittiğinde geceyi burada emniyet içinde geçirmişler."

"Onlar kalabalıktı," dedi Aragorn, "ayrıca onlar Fangorn'un öfkesine kulak asmaz çünkü buraya çok nadiren gelirler ve ağaçların altına girmezler. Lâkin bizim yolumuz bizi ormanın içine sokacağa benziyor. O yüzden dikkatli olun! Canlı hiçbir dalı kesmeyin!"

"Kesmeye gerek yok," dedi Gimli. "Süvariler yeterince yonga ve dal bırakmış; ayrıca bir sürü kuru odun var etrafta." Yakacak toplamak için ayrıldı ve ateşi yakmaya başladı; fakat Aragorn, sırtı ulu ağaca dayanmış sessizce, düşünceye dalarak oturdu; Legolas tek başına açıklıkta duruyor, uzaktan gelen sesleri dinleyen biri gibi ormanın engin gölgesine bakıyordu.

Cüce minik parlak bir alev tutuşturunca üç yol arkadaşı birbirlerine yaklaşıp, ateşin ışığını başlıklı siluetleriyle gizleyecek biçimde oturdular. Legolas, dalları üzerlerine ulaşan ağaca baktı başını kaldırarak.

"Bakın!" dedi. "Ağaç ateşten memnun oldu!"

Oynaşan gölgeler gözlerini yanıltıyor olabilirdi ama yol arkadaşlarının hepsine de, üstteki dallar aşağı doğru eğilirken sanki diğer dallar o yana doğru bükülüp alevlerin üzerine gelmek istiyorlar gibi gelmişti; kahverengi yapraklar artık dik duruyor, sıcaklığın keyfini çıkaran bir sürü üşümüş ve çatlak el gibi birbirlerine sürtünüyorlardı.

Etrafta sessizlik vardı; aniden, bu kadar yakınlarındaki karanlık ve bilinmezlerle dolu orman, bir sürü gizli amaçları olan düşüncelere dalmış kocaman bir varlık gibi kendisini hissettirdi. Bir süre sonra Legolas tekrar konuştu.

"Celeborn bizi Fangorn'un derinliklerine gitmememiz konusunda uyarmıştı," dedi. "Nedenini biliyor musun Aragorn? Boromir'in duymuş olduğu, ormanla ilgili kıssalar nelerdi?"

"Gondor'da ve başka yerlerde bir sürü masal duydum," dedi Aragorn, "ama Celeborn söylememiş olsaydı bunları sadece, gerçek bilgi yittikçe insanların uydurduğu kıssalar olarak görürdüm. Ben de sana bu konudaki gerçek nedir diye soracaktım. Eğer ormanlı bir elf bilmiyorsa, bir insan nasıl cevap versin?"

"Sen benden daha uzaklara gitmişsin," dedi Legolas. "Bu konuda kendi ülkemde, insanların Ent dedikleri Onodrimler'in çok önceleri burada yaşıyor olduklarından başka hiçbir şey duymadım; çünkü Fangorn yaşlıdır, elflerin ömürlerine göre bile yaşlı."

"Evet, yaşlıdır," dedi Aragorn, "en az Höyük Yaylaları'ndaki orman kadar yaşlıdır ve çok daha büyüktür. Elrond bu iki ormanın akraba olduğunu söyler, Eski Günler'in, insanlar daha uyurken İlkdoğanlar'ın gezindikleri o muazzam ormanlarının son kaleleri. Yine de Fangorn'un kendine ait bazı gizleri vardır. Bunun ne olduğunu bilmiyorum."

"Ben bilmek de istemiyorum," dedi Gimli. "Fangorn'da yaşayan hiçbir şey benim hesabıma rahatsızlık duymasın!"

Nöbet için kura çektiler; ilk nöbet Gimli'ye düştü. Diğerleri uzandı. Derhal uykunun etkisi altına girdiler neredeyse. "Gimli!" dedi Aragorn uykulu uykulu. "Unutma, Fangorn'da yaşayan bir ağaçtan dal kesmek tehlikelidir. Ama kuru dal arayayım derken de çok uzaklaşma. Bırak ateş sönsün daha iyi! Gerektiğinde bana seslen!"

Bunu söyleyip uykuya daldı. Legolas zaten, elflerin usulünce, zarif elleri göğsünde kavuşmuş, gözleri kapanmamış, yaşayan gece ile derin rüyaları birbirine katarak hareketsiz yatıyordu. Gimli, başparmağını düşünceli düşünceli baltasının kenarında bir ileri bir geri gezdirip kamburunu çıkartarak ateşin yanında oturdu. Ağaç hışırdadı. Başka hiçbir ses yoktu.

Aniden Gimli başını kaldırıp baktı; tam ateş aydınlığının kıyısında, bir asaya yaslanmış, koca bir pelerine sarınmış, iki büklüm olmuş yaşlı bir adam duruyordu; geniş siperlikli şapkası gözlerinin üzerine eğilmişti. Gimli, hemen Saruman'ın onları yakalamış olduğunu düşündü, ama bir an için bağıramayacak kadar şaşkın, ayağa fırladı. Onun ani hareketiyle uyanmış olan Aragorn ile Legolas da oturarak baktılar. Yaşlı adam ne konuştu, ne de bir işaret yaptı.

"Senin için ne yapabiliriz baba?" dedi Aragorn ayağa sıçrayarak. "Üşüdüysen buyur gel ısın!" İleri doğru koca bir adım attı ama yaşlı adam gitmişti bile. Yakınlarda adama ait bir iz bulamadılar ve fazla uzaklaşmayı da göze alamadılar. Ay batmıştı ve gece çok karanlıktı.

Aniden Legolas bir çığlık attı. "Atlar! Atlar!"

Atlar gitmişti. Kazıklarını sökerek yok olmuşlardı. Bir süre üç yol arkadaşı, kötü şanslarının bu yeni darbesiyle tedirgin olarak kıpırdamadan sessizce durdu. Fangorn'un dibindeydiler; bu sınırsız ve tehlikeli topraklarda tek dostları olan Rohan'lılarla aralarında fersahlar vardı. Onlar öylece dururken, gecenin içinden uzaklardan kişneyen ve sızlayan atların sesini duyar gibi oldular. Sonra rüzgârın soğuk hışırtısı dışında, her şey yeniden sessizleşti.

"Evet, gittiler," dedi Aragorn sonunda. "Onları ne bulabiliriz ne de yakalayabiliriz; eğer kendi rızalarıyla gelmezlerse, onlarsız başımızın çaresine bakmamız gerekecek. Yayan başladık yolumuza ve hâlâ ayaklarımız var."

"Ayaklar!" dedi Gimli. "Üzerlerinde yürürken, bir yandan da ayaklarımızı yiyemeyiz ama." Ateşe biraz daha yakacak atarak başına çöktü.

"Daha birkaç saat önce bir Rohan atının üzerinde oturmaya gönlün yoktu," diye güldü Legolas. "İyi bir sürücü olacaksın bu gidişle."

"Buna pek şansım olacağa benzemiyor," dedi Gimli.

"Eğer ne düşündüğümü merak ediyorsanız," dedi bir süre sonra Gimli, "bence o Saruman'dı. Başka kim olabilir ki? Éomer'in sözlerini hatırlayın: *Kukuletalı, pelerinli yaşlı bir adam gibi geziniyor.* Böyle söylemişti. Ya atlarımızla birlikte kaçtı ya da onları korkuttu; biz de böylece kalakaldık. Bizi başka belalar da bekliyor, bu sözümü yabana atmayın!"

"Yabana atmıyorum," dedi Aragorn. "Ama aynı zamanda bu yaşlı adamın kukuletası değil de şapkası olduğunu da unutmuyorum. Yine de senin doğru tahmin ettiğinden kuşkum yok, burada tehlikedeyiz, ister gece olsun, ister gündüz. Fakat bu arada, mümkün olduğunca dinlenmekten başka yapabileceğimiz başka bir şey yok. Şimdi bir süre için ben nöbet tutayım Gimli. Uykudan çok düşünmeye ihtiyacım var."

Gece yavaş yavaş geçti. Aragorn'u Legolas izledi, Legolas'ı da Gimli. Nöbetleri yavaş yavaş geçti gitti. Hiçbir şey olmadı. Yaşlı adam bir daha ortaya çıkmadı ve atlar geri dönmedi.

BÖLÜM III

URUK-HAİ

Pippin karanlık ve tedirgin bir rüyaya dalmıştı: Sanki *Frodo, Frodo!* diye seslenen kendi cılız sesini kara tüneller içinde yankılanırken duyuyordu. Fakat Frodo'nun yerine, yüzlerce iğrenç ork yüzü bakıyordu ona gölgelerden, ve yüzlerce iğrenç kol her yandan ona uzanıyordu. Merry neredeydi?

Uyandı. Soğuk hava yüzüne çarptı. Sırtüstü yatıyordu. Akşam yaklaşıyor ve üzerindeki gökyüzü kararmaya başlıyordu. Yana dönünce, rüyasının, uyanıkkenki halinden pek de kötü olmadığını fark etti. El ve ayak bilekleriyle bacakları iplerle bağlanmıştı. Yanında bembeyaz yüzüyle, alnına kirli bir bez parçası sarılmış Merry yatıyordu. Etraflarında kimi oturmuş, kimi ayakta büyük bir ork grubu vardı.

Pippin'in ağrıyan başında yavaş yavaş anılar uyanmaya başladı ve rüya gölgelerinden ayrıldı. Elbette: Merry ile birlikte ormana kaçmışlardı. Başlarına ne gelmişti? Neden öyle Yolgezer'in sözünü hiç dinlemeden fırlayıp gitmişlerdi? Uzun bir süre bağıra bağıra koşmuşlardı – ne kadar uzağa ve ne kadar süre koştuklarını hatırlayamıyordu; sonra aniden bir grup orkun arasında bulmuşlardı kendilerini: Orklar durmuş etrafı dinliyorlardı ve Merry ile Pippin neredeyse kucaklarına düşünceye kadar da onları görmemişlerdi. Orklar bağırınca, ağaçlar arasından bir düzine gulyabani daha dışarı uğramıştı. Merry ile kılıçlarını çekmişlerdi ama orklar dövüşmek istemiyorlardı; Merry birçoğunun kolunu ve elini kestiği halde orkların amacı sadece onları yakalamaktı. Ah sevgili Merry!

Sonra Boromir ağaçlar arasından fırlayıp gelmişti. Orkları savaşmaya zorlamıştı. Birçoğunu öldürmüştü; geri kalanlar da kaçmıştı. Fakat geri dönerken, daha pek ilerleyemeden yeniden saldırıya uğramışlardı; en azından yüz ork vardı; bazıları da çok iriydi ve yağmur gibi ok atıyorlardı: Hep Boromir'e. Boromir ormanlar çınlayıncaya kadar borusunu öttürmüştü ve ilk başlarda orklar yılarak geri çekilmişlerdi; fakat cevap yerine yankılar gelince öncekinden daha büyük bir hiddetle saldırdılar. Pippin daha fazlasını hatırlamıyordu. Hatırladığı son şey Boromir'in bir ağaca yaslanarak vücuduna saplanan bir oku çıkarttığıydı; sonra aniden her yer kararmıştı.

"Herhalde başıma vurdular," dedi kendi kendine. "Acaba zavallı Merry'nin canı çok yandı mı? Boromir'e ne oldu ki? Orklar neden öldürmediler bizi? Neredeyiz ve nereye gidiyoruz?"

Bu soruların cevaplarını bulamıyordu. Üşüyordu, kendini hasta hissediyordu. "Keşke Gandalf Elrond'a bizim de gelmemiz için ısrar etmeseydi," diye düşündü. "Ne işe yaradım ki? Sadece ayak bağı oldum: Bir yolcu, bir yük. Şimdi de beni kaçırdılar ve artık orklara yük olacağım. Umarım Yolgezer veya başka biri gelir de bize sahip çıkar! Ama bunu ummaya hakkım var mı? Bu bütün planları suya düşürmez mi? Keşke kurtulabilseydim!"

Biraz debelendi, tamamen yararsızdı. Yakınlarda oturan orklardan biri güldü ve yol arkadaşına kendi iğrenç dilinde bir şeyler söyledi. "İmkânın varken azıcık dinlen minik ahmak!" dedi sonra Pippin'e, hemen hemen kendi dili kadar korkunç bir biçimde telaffuz ettiği Ortak Dil'de. "İmkânın varken dinlen! Az sonra o bacaklarına bir iş bulacağız. Bizim oraya varmadan, keşke hiç bacağım olmasaydı diyeceksin."

"Eğer bana bıraksalardı, şimdi ölmüş olmayı yeğlerdiniz," dedi diğeri. "Seni ciyak ciyak vikletirdim, seni sefil fare seni." Sarı dişlerini Pippin'in yüzüne yaklaştırarak üzerine eğildi. Elinde uzun testere gibi dişli kara bir bıçak vardı. "Uslu uslu yat, yoksa seni bunla gıdıklayıveririm," diye tısladı. "Dikkatleri üzerine çekme, yoksa bana verilen emri unutuveririm. İsengard'lılara lanet olsun! *Uglúk u bagronk sha pushdug Saruman-glob búbhosh skai*": Kendi dilinde, giderek mırıldanma ve hırlamaya dönüşen uzun ve hiddetli bir söyleve geçti.

Dehşete düşen Pippin ayak ve el bileklerindeki acı arttığı, altındaki taşlar sırtını deldiği halde kıpırdamadan yattı. İçinde bulunduğu durumu daha fazla düşünmemek için bütün dikkatiyle, duyduğu kadarıyla etrafı dinledi. Etrafta bir sürü ses vardı; ork konuşmaları her zaman nefret ve hiddet dolu olurdu ama tartışma gibi bir şeylerin başladığı ve gitgide hararetlendiği açıkça belli oluyordu.

Pippin hayretle, konuşmanın büyük bir bölümünün anlaşılabilir olduğunu fark etti; orkların çoğu günlük dili kullanıyordu. Belli ki iki üç ayrı kabilenin mensupları vardı orada ve birbirlerinin ork lisanlarını anlayamıyorlardı. Ne yapmaları gerektiği konusunda hiddetli tartışmalar geçiyordu aralarında: Hangi yolu seçeceklerdi, tutsakları ne yapacaklardı.

"Onları yoluyla yordamıyla öldürecek zaman yok," dedi biri. "Bu yolculukta eğlenceye ayıracak vaktimiz yok."

"Orası öyle," dedi bir başkası. "Ama neden onları çabucak, hemen şimdi öldürmüyoruz? Bunlar baş belası, üstelik bizim de acelemiz var. Akşam yaklaşıyor, gitmemiz lazım."

"Emirler," dedi üçüncü bir ses derin bir hırıltıyla. "*Buçukluklar HARİÇ hepsini öldürün; onlar en kısa zamanda CANLI olarak getirileceklerdir.* Bana verilen emirler bunlar."

"Neden istiyorlar bunları?" diye sordu birkaç ses. "Neden canlı olarak? Çok mu eğlenceli oluyorlar?"

"Hayır! Birinde Savaş için gerekli bir şey olduğunu, bir elf numarası gibi bir şey olduğunu duydum. Her neyse, her ikisi de sorguya çekilecek."

"Bütün bildiğin bu mu? Neden üstlerini arayıp biz bulmuyoruz o şeyi? Belki bizim işimize yarayacak bir şey bulabiliriz."

"Bu çok ilginç bir değerlendirme," dedi diğerlerinden daha yumuşak ama daha şeytani bir ses küçümseyen bir tonla. "Bunu rapor etmem gerekebilir. Tutsakların üzeri aranıp yağmalanmayacak: *Bana verilen emirler bunlar.*"

"Benimkiler de öyle," dedi derin bir ses. "*Canlı ve ele geçirildikleri şekilde; hiç bozulmadan.* Bana verilen emirler bunlar."

"Ama bu emirler bize geçmez!" dedi daha önceki seslerden biri. "Biz ta Madenler'den öldürmek için, halkımızın öcünü almak için geldik. Ben öldüreceğimi öldürüp sonra kuzeye geri dönmek istiyorum."

"O zaman başka bir şey iste," dedi homurdanan ses. "Bana Uglúk derler. Emirleri ben veririm. İsengard'a en kısa yoldan geri dönüyoruz."

"Saruman mı efendi, Koca Göz mü?" dedi şeytani ses. "Bir an önce Lugbúrz'a geri dönmemiz gerek."

"Eğer Ulu Nehir'i geçersek, geri dönebiliriz," dedi başka bir ses. "Fakat köprülerden geçmeye cesaret edecek kadar kalabalık değiliz."

"Ben geçtim de geldim," dedi şeytani ses. "Kuzeye doğru, nehrin doğu kıyısında kanatlı bir Nazgûl bizi bekliyor."

"Belki, belki! Yani siz tutsaklarımızla kaçıp Lugbúrz'da paraların ve övgülerin hepsini alacaksınız ve bizi At Ülkesi'nde kendi yağımızla kavrulalım diye yayan bırakacaksınız. Hayır, birlik olmalıyız. Bu topraklar tehlikeli: İsyancılar ve eşkiyalarla dolu."

"Öyle, birlik olmalıyız," diye homurdandı Uglúk. "Sana hiç güvenmiyorum minik domuz. Kendi ahırınız dışında hiç cesaretiniz yoktur sizin. Biz olmasaydık hepiniz kaçardınız. Biz savaşçı Uruk-hai'yiz! Büyük savaşçıyı biz öldürdük. Tutsakları biz aldık. Biz Ak El Arif Saruman'ın hizmetkârlarıyız: El bize yiyelim diye insan eti veriyor. İsengard'dan çıktık da geldik biz; sizi buraya kadar getirdik ve bundan sonra da seçtiğimiz yoldan götüreceğiz. Bana Uglúk derler. Sözümü söyledim."

"Gereğinden fazla söyledin Uglúk," diye alay etti şeytani ses. "Lugbúrz'da bunu nasıl karşılarlardı acaba? Uglúk'un omuzlarının, iri bir kelleden kurtarılması gerektiğini düşünebilirler. Bu garip fikirlerin nereden geldiğini sorabilirler. Saruman'dan mı geliyor yoksa? Adamlarını, kendi pis işaretleriyle donatıyor diye kendini ne sanıyor? Benimle, yani güvenilir habercileri Grishnákh ile aynı fikirde olabilir bazıları; ve ben Grishnákh şöyle diyorum: Saruman bir ahmaktır, pis, hain bir ahmak. Ama Koca Göz onun üzerinde.

"*Domuz* ha? Minicik pis bir büyücünün gübrecileri tarafından size *domuz* denmesi hoşunuza gidiyor mu? Eminim ork eti yiyorlardır."

Ork dilinde yüksek sesle bir sürü bağırtı ve çekilen silahların çınlayan şakırtısı karşılık verdi ona. Pippin neler olduğunu görebilmek umuduyla, temkini elden bırakmadan yana döndü. Gardiyanları kavgaya katılmak için gitmişlerdi. Alacakaranlıkta, çok geniş omuzlu, neredeyse yerlere kadar sarkan uzun kollu, kısa boylu, çarpık bacaklı bir yaratık olan Grishnákh'la yüz yüze ayakta duran, iri, kara bir ork gördü; büyük ihtimalle Uglúk'tu bu. Etraflarında bir sürü küçük gulyabani vardı. Pippin bunların Kuzey'den gelenler olduğunu tahmin etti. Bıçaklarını ve kılıçlarını çekmişlerdi ama Uglúk'a saldırma konusunda tereddütlüydüler.

Uglúk bağırdı ve hemen hemen onunla aynı cüssede bir sürü ork koşup geldi. Sonra aniden, hiç uyarmadan ileri atıldı Uglúk ve iki seri darbeyle rakiplerinin ikisinin kellesini uçurdu. Grishnákh kenara çekilip gölgeler arasında kayboldu. Diğerleri çekildiler, aralarından biri geri geri kaçarken Merry'nin yüzükoyun yatan bedenine takılıp küfrederek düştü. Ama belki de böylece hayatı kurtulmuştu, çünkü Uglúk'un adamları onun üzerinden atlayarak, geniş ağızlı kılıçlarıyla bir başkasını biçtiler. Bu sarı dişli muhafızdı. Hâlâ tırtıklı uzun kılıcını elinde tutan cesedi tam Pippin'in üzerine düştü.

"Silahlarınızı bırakın!" diye bağırdı Uglúk. "Ve bu saçmalığı kesin artık! Buradan doğruca batıya gidip merdivenlerden aşağıya iniyoruz. Oradan yaylalara, sonra da nehir boyundan ormana. Ve gece gündüz yürüyeceğiz. Anlaşıldı mı?"

"Tam zamanı," diye düşündü Pippin, "şu çirkin tipin bölüğünü kontrol altına alması biraz vakit alsa yeter." Bir umut ışığı doğmuştu. Kara bıçağın kenarı kolunu çentmiş, sonra da bileğine kaymıştı. Kanın eline damladığını fark etti ama aynı zamanda çeliğin soğuk temasını da derisi üzerinde hissetti.

Orklar yeniden harekete geçmeye hazırlanıyorlardı ama Kuzeyliler'den bir kısmı hâlâ gönülsüzdü; kalanları sindirmek için İsengard'lılar ikisini daha kılıçtan geçirdiler. Bir sürü küfürleşme ve kargaşa vardı. O an için Pippin'i gözleyen yoktu. Ayakları güzelce bağlanmıştı ama elleri sadece bileğinden bağlıydı ve önündeydi. Düğümler zalimlik derecesinde sıkı olduğu halde, iki elini bir arada hareket ettirebiliyordu. Ölü orku yana ittirdi, sonra nefes almaya bile cesaret edemeden bileğindeki düğümü bir yukarı bir aşağı hareket ettirerek bıçağa sürtmeye başladı. Bıçak keskindi ve ölü el, bıçağı sıkı sıkı kavramıştı. İpler koptu! Pippin çabucak ipleri eline alarak bunlardan iki ilmikli gevşek bir bilezik yaparak ellerinden geçirdi. Sonra hiç kıpırdamadan yattı.

"Şu tutsakları alın!" diye bağırdı Uglúk. "Onlara bir numara yapmaya kalkmayın! Eğer geri döndüğümüzde canlı olmazlarsa, başka birileri de ölebilir."

Orkun teki Pippin'i bir çuval gibi kaldırarak başını bağlı elleri arasından geçirdi, sonra kollarından tutup Pippin'in yüzü orkun ensesine yapışıncaya kadar aşağı çekti; sonra da onunla birlikte sarsıla sarsıla ilerledi. Bir başkası Merry'ye aynı şeyi yaptı. Orkun pençeye benzeyen eli Pippin'in kolunu demir gibi kavramıştı; tırnakları etine batıyordu. Gözlerini kapatarak, kötü rüyalarına geri döndü Pippin.

Aniden tekrar taşlı bir zemine fırlatıldı. Gecenin erken saatleriydi ama ince ay batıya doğru devrilmeye başlamıştı bile. Solgun bir sis denizine bakıyor gibi görünen bir uçurumun kenarındaydılar. Yakınlarda dökülen bir suyun sesi vardı.

"İzciler sonunda geri döndü," dedi yakınlardaki bir ork.

"Evet, neler buldunuz?" diye homurdandı Uglúk'un sesi.

"Sadece tek bir atlı; o da batıya doğru gitti. Her şey yolunda şimdilik."

"Şimdilik, belki. Ama bu daha ne kadar sürer? Sizi ahmaklar! Onu vurmalıydınız. Ortalığı ayağa kaldıracak. Sabaha kalmadan o lanet olasıca at yetiştiricileri bizden haberdar olacak. Tabanları iki misli yağlamamız gerekecek şimdi."

Bir gölge Pippin'in üzerine eğildi. Uglúk'tu bu. "Oturun!" dedi ork. "Çocuklar sizi ordan oraya taşımaktan yoruldu. Aşağıya inmemiz gerek, siz de kendi bacaklarınızı kullanacaksınız. Bize yardımcı olun artık. Bağırmak çağırmak, kaçmaya kalkışmak yok. Yapılan numaraları öyle ödetme yollarımız vardır ki, Efendi'nin işine yaramanızı engellemez ama pek de hoşunuza gitmez."

Pippin'in bacaklarındaki ve ayak bileklerindeki kösele şeritleri kesti, saçlarından kaldırıp ayağa dikti. Pippin yere düştü, Uglúk onu yeniden saçlarından tutarak ayağa kaldırdı. Birkaç ork güldü. Uglúk Pippin'in dişleri arasına bir matara sokup gırtlağından aşağıya yakıcı bir sıvı döktü: Pippin kızgın, sıcak bir dalgalanmanın tüm bedenine yayıldığını hissetti. Bacaklarındaki ve ayak bileklerindeki acı geçti. Ayakta durabiliyordu.

"Şimdi sıra öbüründe!" dedi Uglúk. Pippin onun, yakınlarda bir yerde yatmakta olan Merry'ye doğru gittiğini ve onu tekmelediğini gördü. Merry homurdandı. Onu kabaca yakalayan Uglúk, oturma pozisyonuna getirdi ve başındaki bandajı yırtıp attı. Sonra yarasına, küçük tahta bir kutudan çıkardığı kara bir merhem sürdü. Merry bağırarak deliler gibi çırpınmaya başladı.

Orklar ellerini çırparak yuhaladılar. "İlacını bile alamıyor," diye alay ettiler. "Kendisine neyin iyi geleceğini bile bilmiyor. Çok güzel! Daha sonra epey eğleneceğiz."

Fakat o sırada Uglúk'un oyun oynayacak hali yoktu. Acele etmesi gerekiyordu ve gönülsüz adamlarının kaprislerine de katlanmak zorundaydı. Merry'yi ork usulü tedavi ediyordu; tedavisi hızla sonuç verdi. Matarasındaki içeceği hobbitin gırtlağından aşağıya zorla boşalttıktan sonra, ayak bağlarını kesip onu ayağa kaldırınca, solgun ama suratsız ve cüretkâr, oldukça da canlı görünen Merry ayakta durabildi. Alnındaki uzun ve derin yara artık ona rahatsızlık vermiyordu ama ömrünün sonuna kadar alnında kahverengi bir iz taşıdı.

"Hey Pippin!" dedi. "Demek sen de bu küçük araştırma gezisine katıldın? Yatak ve kahvaltı için nereye baş vuracağız?"

"Hadi bakalım!" dedi Uglúk. "Kesin şunu! Dilinize hâkim olun. Birbirinizle konuşmak yok. Yarattığınız herhangi bir sorun diğer tarafa bildirilecek, O size ödetmesini bilir. Yatağınız da kahvaltınız da olacak merak etmeyin: Midenizin kaldıramadığı kadar çok hem de."

Ork takımı aşağıdaki sisli ovaya doğru alçalan dar bir koyaktan inmeye başladı. Aralarına bir düzineden fazla ork girmiş olan Merry ile Pippin de onlarla birlikte indi. Aşağıya vardıklarında çimenlere bastılar ve hobbitlerin yüreği heyecanla doldu.

"Şimdi dümdüz ileri!" diye bağırdı Uglúk. "Batıya ve biraz kuzeye. Lugdush'ı izleyin."

"Ama güneş doğunca ne yapacağız?" dedi bazı Kuzeyliler.

"Koşmaya devam edeceğiz," dedi Uglúk. "Ne sanıyordunuz? Otların üzerine oturup Akderililer'in pikniğimize katılmalarını mı bekleyecektik?"

"Ama güneş ışığında koşamayız."

"Ben arkanızda oldum mu koşarsınız," dedi Uglúk. "Koşun! Yoksa bir daha sevgili deliklerinizi göremezsiniz. Ak El hakkı için! Doğru dürüst eğitilmemiş dağ solucanlarını bu yolculuğa yollamanın âlemi neydi! Koşun, lanet olasıcalar! Gece bitmeden koşun!"

Sora bütün grup, orkların uzun, rahat adımlarıyla koşmaya başladı. Belli bir sıra içinde koşmuyorlar, itişip kakışıyorlar, küfür ediyorlardı; yine de çok hızlıydılar. Her bir hobbitin üç muhafızı vardı. Pippin sıranın arkalarındaydı. Bu hızla ne kadar gidebileceğini düşündü: Sabahtan beri hiçbir şey yememişti. Muhafızlardan birinin kırbacı vardı. Ama şimdilik ork içkisi hâlâ içinde tüm sıcaklığıyla duruyordu. Bütün zekâsı da açılmıştı.

Arada bir, arkalarından durmadan koşan Yolgezer'in kara izlerin üzerine eğilmiş ciddi yüzü geliyordu belleğine. Fakat bir Kolcu bile ork ayaklarının karmakarışık izlerinden başka ne görebilirdi ki? Onun ve Merry'nin minik ayak izleri, önlerinde, arkalarında ve etraflarındaki demir çivili ayakkabıların izleri arasında kaynayıp gidiyordu.

Uçurumdan bir mil kadar gitmişlerdi ki arazi, toprağın yumuşak ve ıslak olduğu geniş, basık bir alana doğru meyletti. Buraya sis çökmüş, hilal şeklindeki ayın son ışınlarıyla soluk soluk pırıldıyordu. Önlerindeki orkların şekilleri soluklaştı ve sonra da sis tarafından yutuldu.

"Hop! Yavaşlayın hele!" diye bağırdı Uglúk arkadan.

Pippin'in aklına aniden bir fikir geldi ve hemen bu fikri hayata geçirdi. Sağa doğru dönüverdi ve başı önünde, onu kavramaya çalışan muhafızlarının uzanamayacağı bir yere, sislerin arasına daldı; çimenlerin üzerine yuvarlandı.

"Durun!" diye bağırdı Uglúk.

Bir anlık bir telaş ve karışıklık oldu. Pippin ayağa fırlayarak koştu. Fakat orklar peşindeydi. Bazıları aniden önünde beliriverdi.

"Hiç kaçma şansım yok!" diye düşündü Pippin. "Ama kendi izlerimi, bozulmadan toprak üzerinde bırakmış olma şansım var." Bağlı olan iki eliyle boynunu yokladı ve pelerininin broşunu açtı. Tam uzun kollarla sert pençeler onu tuttuğu anda broşu yere bıraktı. "Sanırım ebediyen orada kalacak," diye düşündü. "Neden böyle yaptığımı bilemiyorum. Eğer diğerleri kurtuldularsa, büyük bir ihtimalle hepsi Frodo'yla gitmişlerdir."

Kırbacın güderi şeritleri bacaklarına dolandı; Pippin boğazından yükselen çığlığı zor bastırdı.

"Yeter!" dedi Uglúk koşup gelerek. "Daha uzun bir süre koşması gerekecek. İkisini de koşturun! Kırbacı hatırlatmak için kullanın sadece."

"Ama seninle işim bitmedi," diye hırladı Pippin'e dönerek. "Bunu unutmayacağım. Ödemeyi sadece erteledim. Yürrü!"

Ne Pippin, ne Merry yolculuğun geri kalan kısmını pek hatırlayamadılar. Kötü rüyalar ve kötü uyanışlar karışmış, umudun durmadan geride kalıp ufaldığı uzun bir ıstırap tüneline dönüşmüştü. Orklar tarafından belirlenen hıza yetişmeye uğraşarak, arada bir büyük bir marifetle kullanılan zalim kösele şeritlerle okşanarak koştular, koştular. Eğer dururlarsa veya tökezlerlerse, kaldırılıp bir süre sürükleniyorlardı.

Ork içkisinin sıcaklığı gitmişti. Pippin yeniden üşüdü ve kendini hasta hissetti. Aniden çimenlerin üzerine yüzü koyun düştü. Her şeyi yırtan tırnaklı, sert eller onu kavrayıp kaldırdı. Bir kere daha bir çuval gibi taşındı; etrafındaki karanlık arttı: Bu başka bir gecenin karanlığı mıydı, yoksa gözlerinin körlüğü mü, bilemiyordu.

Etrafındaki yaygarayı belli belirsiz fark etti: Sanki orkların birçoğu mola vermek istiyorlardı. Uglúk bağırıyordu. Kendisini yere attıklarını hissetti; kara rüyalar ona hâkim oluncaya kadar düştüğü şekilde kıpırdamadan yattı. Fakat acılardan fazla uzaklaşamadı; kısa bir süre sonra vicdansız ellerin demir temaslarını yeniden üzerinde hissetti. Uzun bir süre oradan oraya atıldı, sarsıldı; sonra yavaş yavaş karanlık azaldı ve uyanıklık dünyasına geri gelip sabah olduğunu gördü. Emirler verildi; o sertçe otların üzerine atıldı.

Bir süre, ümitsizliğiyle savaşarak orada yattı. Başı dönüyordu, fakat bedeninde hissettiği sıcaklıktan, kendisine yine bir yudum içki verdiklerini tahmin ediyordu. Orkun biri üzerine eğilerek ona biraz et ile ince ve kuru bir dilim ekmek attı. Gri bayat ekmeği bütün açlığıyla yedi ama ete dokunmadı. Açlıktan ölüyordu ama bir ork tarafından önüne atılan, ne eti olduğunu tahmin etmeye cesaret bile edemediği eti yiyecek kadar değil.

Doğrulup etrafına bakındı. Merry çok uzakta değildi. Hızla akan dar bir derenin kenarındaydılar. Önlerinde dağlar yükseliyordu: Yüksek bir zirve, güneşin ilk ışınlarını yakalıyordu. Önlerindeki alçak yamaçlarda kara bir leke halinde ormanlar uzanıyordu.

Orklar kendi aralarında bağrışıp tartışıyorlardı; Kuzeyliler ile İsengard'lılar arasında bir kavga her an patlak verecek gibi görünüyordu. Bazıları geride kalan güneyi, uzakları işaret ediyor, bazıları da doğuyu gösteriyordu.

"Pekâlâ," dedi Uglúk. "Onları bana bırakın o halde! Öldürmek yok, daha önce de söylediğim gibi; ama ele geçirmek için bu kadar yol geldiğimiz şeyi bırakmak istiyorsanız bırakın! Ben çaresine bakarım. Bırakın savaşçı Uruk-hai işini yapsın, her zamanki gibi. Eğer Akderililer'den korkuyorsanız kaçın! Kaçın! İşte orman orada," diye bağırdı ileriyi işaret ederek. "Haydi gidin, işte orada! Tek umudunuz o. Haydi gidin! Ama çabuk olun. Yoksa ben diğerlerinin aklını başına getirmek için birkaç kelle daha uçuracağım."

Biraz küfür, biraz itişme kakışma oldu; sonra Kuzeyliler'in çoğu ayrılıp kaçmaya başladı, yüzden fazla ork, nehir boyunca dağlara doğru deliler gibi koştular. Hobbitler İsengard'lılarla kaldı: Kocaman yayları ve kısa enli kılıçları olan vahşi kara bir zümre; en azından seksen tane iri, esmer, çekik gözlü ork. İri ve cesur birkaç Kuzeyli de onlarla kalmıştı.

"Şimdi Grishnákh'ın icabına bakalım," dedi Uglúk; fakat kendi adamlarının bir kısmı bile sıkıntılı sıkıntılı güneye bakıyordu.

"Biliyorum," diye hırladı Uglúk. "O lanet olasıca atlı oğlanlar bizim kokumuzu almışlar. Ama bu tamamen senin suçun Snaga. Senin de öbür izcilerin de kulaklarını kesmek lazım. Ama biz savaşçıyız. Şimdi kendimize at etiyle veya çok daha iyi şeylerle ziyafet çekeceğiz."

Tam o anda Pippin neden bölüktekilerin bazılarının doğuyu işaret ettiklerini gördü. O taraftan boğuk çığlıklar geliyordu ve Grishnákh, arkasında kendisi gibi yirmi kadar orkla göründü yine: Uzun kollu, çarpık bacaklı orklar. Kalkanlarına kırmızı bir göz çizilmişti. Uglúk onları karşılamak için öne doğru bir adım attı.

"Demek geri geldiniz?" dedi. "Fikrinizi değiştirdiniz ha?"

"Emirlerin yerine getirilip getirilmediğini, tutsakların emniyette olup olmadıklarını görmeye geldim," diye cevap verdi Grishnákh.

"Elbette!" dedi Uglúk. "Boşuna uğraş. Ben bana verilen emirlerin yerine getirilip getirilmediğini kendim kontrol ederim. Peki başka ne için geri geldiniz? Aceleyle gitmiştiniz. Arkanızda bir şeyler mi bırakmıştınız?"

"Evet, bir ahmak bırakmıştık," diye homurdandı Grishnákh. "Fakat yanında birkaç tane de yiğit vardı ki bırakılmayacak kadar iyiydiler. Onları yanlış yönlendireceğini biliyordum. Onlara yardım etmeye geldim."

"Mükemmel!" diye güldü Uglúk. "Ama eğer dövüşecek kadar cesaretin yoksa yanlış yolu seçtin demektir. Senin yolun Lugbúrz'aydı. Akderililer geliyor. Sizin şu kıymetli Nazgûl'unuza ne oldu? Yoksa yine altındaki binek hayvanı mı vuruldu? Onu yanınızda getirmiş olsaydınız bu işimize yarayabilirdi – eğer bu Nazgûllar göründükleri gibiyse tabii."

"*Nazgûl, Nazgûl,*" dedi Grishnákh titreyerek ve dudaklarını yalayarak, sanki kelime ona acı bir haz veriyormuşçasına. "O çamurlu rüyalarında bile ulaşabileceğinden çok daha derinlerde olan bir şeyden söz ediyorsun Uglúk," dedi. "*Nazgûl!* Ah! Başardıkları şeyler! Günün birinde bunu söylediğine pişman olacaksın. Maymun!" diye homurdandı hiddetle. "Onların Büyük Göz'ün gözbebeği olduğunu bilmen gerekirdi. Ama kanatlı Nazgûllar: Daha değil, daha değil. Daha onların kendilerini Ulu Nehir'in öte yanında göstermelerine izin vermez, bu kadar erken izin vermez. Onları Savaş için saklıyor – ve başka maksatları için."

"Çok şey biliyorsun galiba," dedi Uglúk. "Hem de gerekenden daha çok. Belki de Lugbúrz'dakiler bunun nasıl ve neden olduğunu merak edebilirler. Ama bu arada, her zamanki gibi, İsengard'lı Uruk-hai bütün kirli işleri yapsın istiyorsunuz. Orada durmuş salyalarını akıtıp durma! Ayaktakımını bir araya topla! Diğer domuzlar ormana doğru tüydüler. Onları izlesen iyi olacak. Ulu Nehir'e canlı olarak varamazsın. Haydi fırla! Hemen! Ensende olacağım."

İsengard'lılar yeniden Merry ile Pippin'i aldılar ve arkalarına attılar. Bunun üzerine bölük yeniden harekete geçti. Saatler saatleri kovalarken onlar koştular; arada bir, sadece hobbitleri yeni taşıyıcılarına aktarmak için durdular. Ya daha hızlı ve daha zorlu olduklarından ya da Grishnákh'ın kafasındaki bir plandan dolayı İsengard'lılar yavaş yavaş Mordor'lu orkların arasından geçtiler ve Grishnákh'ın adamları arkada kaldı. Kısa bir süre sonra da öndeki Kuzeyliler'e yetişmeye başladılar. Orman iyice yaklaşıyordu.

Pippin'in her yeri morarmış ve berelenmişti, ağrıyan başı kendisini taşıyan orkun pis gerdanı ile kıllı kulağında rendelenip duruyordu. Hemen önlerinde kamburlaşmış omuzlar ve sanki tel ile boynuzdan yapılmış gibi durup dinlenmeden bir inip bir çıkan, bir inip bir çıkan, sonsuz bir zamanın kâbustan saniyelerini sayan sert, kalın bacaklar vardı.

Akşamüstü Uglúk'un bölüğü Kuzeyliler'e yetişti. Parlak güneşin, serin ve solgun gökyüzünde de olsa o kış güneşinin ışınları altında gevşemeye başlamışlardı; boyunları bükülmüş, dilleri dışarı sarkmıştı.

"Solucanlar!" diye alay etti İsengard'lılar. "Piştiniz. Akderililer sizi yakalayıp yiyecekler. Geliyorlar!"

Grishnákh'dan gelen bir çığlık bunun sadece bir şaka olmadığını gösterdi. Gerçekten de, atlarını hızla süren atlılar görülmüştü: Hâlâ geride, uzaktaydılar ama batak kumların içinde debelenenlere yaklaşan gel-git gibi orklarla aralarını kapatıyorlardı.

İsengard'lılar Pippin'i hayrete düşüren iki misli bir hızla koşmaya başladılar; yarışın sonunda yapılan mükemmel bir atak gibi. Sonra güneşin batmakta, Dumanlı Dağlar'ın arkasına inmekte olduğunu gördü; toprağın üzerindeki gölgeler uzadı. Mordor'lu askerler de başlarını kaldırıp hızlanmaya başladılar. Orman hem karanlıktı, hem yakın. Daha şimdiden ormanın kıyısındaki birkaç ağacı geçmişlerdi. Arazi gitgide daha da dikleşerek yukarı doğru meyletmeye başlamıştı; ama orklar durmadı. Hem Uglúk, hem de Grishnákh bağırıyor, onları son bir hamle için yüreklendiriyordu.

"Hâlâ başarma şansları var. Kaçacaklar," diye düşündü Pippin. Sonra, orkun omuzunun üzerinden, tek gözüyle geri bakabilecek şekilde boynunu döndürmeyi başardı. Doğu tarafında, uzaktaki atlıların daha şimdiden orklarla aynı hizada, ovada at koşturmakta olduklarını gördü. Batan güneş, atlıların mızraklarını ve miğferlerini yaldızlıyor, dalgalanan soluk saçlarında pırıldıyordu. Orkları çevirip, onların dağılmalarını engelliyorlar ve onları dere boyunca koşturuyorlardı.

Pippin onların ne tür bir halk olduğunu merak etti. O anda Yarmavadi'de daha çok şey öğrenmiş, haritalara falan daha çok bakmış olmayı diledi; fakat o günlerde yolculukla ilgili planlar daha yetkili ellerde gibi görünüyordu ve Gandalf'tan, Yolgezer'den, hatta Frodo'dan bile ayrı düşeceğini hiç hesap etmemişti. Rohan'la ilgili bütün hatırladığı, Gandalf'ın atı Gölgeyele'nin o diyardan geldiği idi. Bu, en azından ümit verici geliyordu kulağa.

"Ama bizim ork olmadığımızı nereden bilecekler?" diye düşündü. "Burada hobbitleri duyduklarını hiç sanmıyorum. Hayvana benzeyen bu orkların katledilmelerine sevinmem gerekir, ama kurtulmuş olmayı da isterdim şahsen." Görünüşe göre Merry ve kendisi, Rohan'lı İnsanlar tarafından fark edilmeden, onları tutsak edenlerle birlikte öldürüleceklerdi.

Atlılardan birkaç tanesinin, at koştururken atış yapacak kadar hünerli okçular olduğu ortaya çıktı. Atış alanına hızla girerek arkada dağınık giden orklara ok atıyorlardı; orklardan birkaçı devrilmişti; atlılar sonra dönüp, durmaya cesaret edemeden deliler gibi atış yapan düşmanlarının oklarından kurtulmak için menzilden çıkıyorlardı. Bu birçok kez tekrarlandı ve bir keresinde oklar İsengard'lıların arasına da düştü. İsengard'lılardan biri tam Pippin'in önünde tökezlenip düştü ve bir daha ayağa kalkamadı.

Süvariler savaş için halkayı daraltmadan gece çöktü. Birçok ork ölmüştü ama tam tamına iki yüz tanesi sağdı hâlâ. Karanlığın ilk saatlerinde orklar bir tümseğe vardılar. Ormanın kıyısı çok yakındaydı, belki de altı yüz metre kadar, ama artık daha ileri gidemiyorlardı. Atlılar etraflarını çevirmişlerdi. Küçük bir bölük Uglúk'un emrine karşı çıkarak ormana doğru koştu: Sadece üçü geri döndü.

"Evet, şu halimize bakın!" diye dudak büktü Grishnákh. "Ne iyi bir kumanda! Umalım ki büyük Uglúk bizi buradan da çıkarsın."

"O Buçuklukları yere indirin!" diye emretti Uglúk Grishnákh'a kulak asmadan. "Sen Lugdush, iki kişi daha alıp başlarında nöbet tut! Eğer o pis Akderililer bizi yaramazlarsa onları öldürmek yok. Anladınız mı? Ben hayatta kaldığım sürece onları sağ istiyorum. Ama bağırmayacaklar ve kurtarılmalarına izin verilmeyecek. Ayaklarını bağlayın!"

Emrin ikinci kısmı merhametsizce yerine getirildi. Fakat Pippin ilk kez olarak Merry'nin yakınında olduğunu fark etti. Orklar bağırıp, silahlarını şakırdatarak büyük bir gürültü yapıyorlardı; hobbitler de bir süre için fısıldaşma imkânı buldular.

"Benim pek bir umudum yok," dedi Merry. "Çok bitkinim. Pek uzağa sürünebileceğimi zannetmiyorum, serbest kalsam bile."

"*Lembas!*" diye fısıldadı Pippin. "*Lembas*: Bende biraz var. Sende de var mı? Sanırım kılıçlarımızdan başka hiçbir şeyimizi almadılar."

"Evet, cebimde bir paket vardı," diye cevap verdi Merry, "ama kum gibi ufalanmıştır. Zaten ağzımı cebime sokamam!"

"Buna gerek yok. Ben..."; fakat vahşi bir tekme Pippin'e gürültünün kesildiğini ve muhafızların dikkatlerinin üzerlerinde olduğunu hatırlattı.

Gece soğuk ve durgundu. Orkların toplandığı küçük tepenin etrafında, tam bir halka halinde, karanlıkta altın kırmızısı parlayan minik nöbet ateşleri yanıyordu. Uzun mesafeli okların menzilindeydiler ama süvariler kendilerini ışıkta göstermiyorlardı ve orklar, Uglúk onları durduruncaya kadar boşu boşuna ateşlere doğru bir sürü ok atıp durdu. Atlılar hiç ses çıkarmıyordu. Gece daha geç bir vakitte, ay pusun içinden çıkınca, arada bir görünmeye başladılar; beyaz ışıkta ara sıra pırıldayan, aralıksız devriyelerle hareket eden gölgemsi şekiller.

"Güneşi bekleyecekler kahrolasıcalar!" diye homurdandı muhafızlardan biri. "Neden bir araya gelip onları yarıp geçmiyoruz? Yaşlı Uglúk ne yaptığını sanıyor, merak ediyorum doğrusu?"

"Merak ediyorsundur," diye homurdandı Uglúk arkasından çıkagelerek. "Yani ben hiç düşünemiyorum öyle mi? Lanet olsun sana! Sen de en az öbür ayaktakımı kadar kötüsün: Solucanlar ile Lugbúrz'un maymunları kadar. Onlarla birlikte saldırmaya çalışmanın bir faydası yok. Onlar bir tek, viyaklayarak tüymeyi bilirler; ayrıca o atlı oğlanların sayısı düzlükte bizim takımı temizlemeye yeter de artar bile.

"Bu solucanların yapabilecekleri sadece tek bir şey var: Karanlıkta gözleri burgu gibi işler. Fakat bu Akderililer de karanlıkta insanların çoğundan daha iyi görürmüş, duyduğum kadarıyla; ayrıca atlarını da unutmayın! Gece sineklerini bile görebilirlermiş, en azından öyle söyleniyor. Yine de bu iyi çocukların bilmediği bir şey daha var: Mauhúr ile adamları ormandalar; her an ortaya çıkabilirler."

Görünüşe göre Uglúk'un sözleri İsengard'lıları yatıştırmak için yeterliydi; fakat diğer orkların hem moralleri bozuktu, hem de asileşmişlerdi. Gerçi birkaç gözcü yerleştirmişlerdi ama çoğu yere uzanmış tatlı karanlıkta dinleniyordu. Gerçekten de hava yine çok kararmıştı; çünkü ay batı tarafındaki kalın bir bulutun arkasına geçmişti; Pippin birkaç metre ötesini bile göremiyordu. Ateşler tepeciği hiç aydınlatmıyordu. Yine de süvariler şafağı bekleyeceğe ve dinlenmeleri için düşmanlarını rahat bırakacağa benzemiyordu. Tepeciğin doğu tarafından gelen ani bir çığlık bir şeylerin yolunda gitmediğini gösterdi. Öyle görünüyordu ki insanların bir kısmı atlarını yakına kadar sürmüş, aşağı süzülüp kamp yerinin kenarına kadar sürünmüş ve birkaç orku öldürdükten sonra yeniden yokolmuşlardı. Bir paniği önlemek için Uglúk o tarafa koştu.

Pippin ile Merry doğruldular. İsengard'lı muhafızları Uglúk ile birlikte gitmişti. Fakat hobbitlerin kaçmak gibi bir niyetleri var idiyse bile çok geçmeden vazgeçtiler. Uzun, kıllı bir kol ikisini de enselerinden yakalayıp onları birbirlerine iyice yaklaştırdı. Grishnákh'ın aralarında beliren koca kafasını ve iğrenç yüzünü belli belirsiz fark ettiler; pis kokulu nefesi yüzlerindeydi. Onları pençeleriyle yoklamaya başladı. Sert, soğuk parmaklar sırtından aşağıya doğru dokundukça Pippin ürperdi.

"Evet, miniklerim!" dedi Grishnákh hafif bir fısıltıyla. "Dinlenmenin keyfini çıkartıyor musunuz? Yoksa çıkartamıyor musunuz? Biraz acemice yerleştirmişler sizi galiba: Kılıçlar ve kırbaçlar bir yanda, berbat mızraklar bir yanda! Ufaklıklar, boylarından büyük işlerle uğraşmamalı." Parmakları yoklamaya devam ediyordu. Gözlerinin gerisinde soluk ama kızgın ateş gibi bir ışık vardı.

Aniden Pippin'in aklına, sanki düşmanının düşünceleri arasından oltasına takılmış gibi bir fikir geldi: "Grishnákh Yüzük'ü biliyor! Uglúk meşgulken onu arıyor: Belki de Yüzük'ü kendisi için istiyordur." Pippin'in içine soğuk bir korku düşmüştü ama aynı zamanda da Grishnákh'ın arzusundan nasıl yararlanabileceklerini düşünüyordu.

"Onu böyle bulabileceğini zannetmiyorum," diye fısıldadı. "Onu bulmak o kadar kolay değil."

"*Bulmak mı?*" dedi Grishnákh: Parmakları dolanmayı bırakarak Pippin'in omuzunu kavradı. "Neyi bulmak? Neden bahsediyorsun ufaklık?"

Pippin bir an için sessiz kaldı. Sonra aniden karanlıkta gırtlağından bir ses çıkarttı: *Gollum, gollum.* "Hiç, kıymetlim," diye ekledi.

Hobbitler Grishnákh'ın parmaklarının seğirdiğini hissettiler. "O-oo!" diye tısladı gulyabani hafifçe. "Demek bunu kastediyorsun! O-oo! Çok, çok tehlikeli miniklerim."

"Belki de," dedi Pippin'in tahminini fark ederek dikkat kesilmiş olan Merry. "Belki de; ama sırf bizim için değil. Yine de sen daha iyi bilirsin. İstiyor musun, istemiyor musun? Ve karşılığında ne vereceksin?"

"İstiyor muyum? İstiyor muyum?" dedi Grishnákh sanki aklı karışmış gibi; ama kolları titriyordu. "Karşılığında ne mi vereceğim? Ne demek istiyorsunuz?"

"Şunu demek istiyoruz," dedi Pippin sözcüklerini dikkatle seçerek, "karanlıkta el yordamıyla aramanın bir faydası yok. Seni bu zahmetten kurtarabiliriz. Ama önce bacaklarımızı çözmen lazım, yoksa ne bir şey yaparız, ne de yerini söyleriz."

"Benim minik körpe ahmaklarım," diye tısladı Grishnákh, "elinizde bulunan her şey ve bildiğiniz her şey, zamanı gelince sizden alınacaktır: Her şey! Sorgucu'yu tatmin edebilmek için söyleyebileceğiniz daha başka şeylerin de olmasını dileyeceksiniz, emin olun öyle olacak: Çok kısa bir süre sonra. Sorguyu aceleye getirmeyeceğiz. Hayır efendim! Ne demeye sağ bırakıldınız sanıyorsunuz? Benim sevgili minik dostlarım, emin olun iyilik olsun diye değil; bu Uglúk'un hatalarından biri bile değil."

"Buna inanmak benim için kolay," dedi Merry. "Ama avınızı henüz eve götüremediniz. Ve ne olursa olsun, işler sizin lehinize olacağa benzemiyor. İsengard'a gitsek bile bundan kâr edecek olan büyük Grishnákh olmayacak: Ne bulursa Saruman alacak. Eğer kendin için bir şeyler istiyorsan, şimdi tam sırası."

Grishnákh hiddetlenmeye başladı. Saruman ismi, onu özellikle sinirlendirmişti adeta. Zaman geçiyor ve kargaşa yatışıyordu. Uglúk veya İsengard'lılar her an dönebilirlerdi. "Sizde mi – ikinizden birinde mi?" diye hırıldadı.

"*Gollum, gollum!*" dedi Pippin.

"Bacaklarımızı çöz!" dedi Merry.

Orkun kollarının korkunç bir biçimde titrediğini hissettiler. "Lanet olsun size, sizi minik haşereler!" diye tısladı. "Bacaklarınızı mı çözeyim? Bedenlerinizdeki bütün düğümleri tek tek açacağım. Sizi kemiklerinize kadar arayamayacağımı mı sanıyorsunuz? Aramakmış! İkinizi de dilim dilim keseceğim. Bacaklarınızı çözeyim de kaçasınız değil mi – ikinizi de kendime alıkoyacağım!"

Aniden onları yakaladı. Uzun kollarında ve omuzlarındaki kuvvet korkunçtu. İkisini de birer koltuğunun altına alıp onları şiddetle iki yanına bastırdı; ağızlarına nefes almalarını engelleyen koca birer el kapatmıştı. Sonra iyice eğilerek ileri atıldı. Tepeciğin kenarına gelinceye kadar hızla ve sessizce ilerledi. Orada, gözcüler arasından bir boşluk bularak, kötü bir gölge gibi gecenin içine, yamaçtan aşağıya, ormadan akıp gelen dereye, batıya doğru süzüldü. O tarafta, sadece tek bir ateşin yandığı geniş bir açıklık vardı.

Birkaç metre gittikten sonra, etrafı gözetleyip dinleyerek durdu. Ne bir şey görünüyordu, ne de duyuluyordu. Neredeyse iki büklüm olmuş yavaş yavaş ilerlemeye devam etti. Sonra çömelerek tekrar dinledi. Sanki ani bir hamleyi göze almış gibi ayağa kalktı. Tam o anda bir süvarinin kara şekli tam önünde yükseliverdi. Bir at burnundan soluyarak geriledi. Bir adam bağırdı.

Grishnákh, hobbitleri de altında sürükleyerek kendini dümdüz yere attı; sonra kılıcını çekti. Kurtulmaları veya kaçmalarındansa tutsaklarını öldürmeye niyetli olduğundan kuşku yoktu; ama bu onun sonu oldu. Kılıç belli belirsiz çınladı ve sol tarafında uzakta duran ateşin ışığında biraz pırıldadı. Karanlıktan bir ok ıslık çalarak geldi: Büyük bir ustalıkla nişan alınmış ya da kader tarafından yönlendirilmişti; ok Grishnákh'ın sağ elini parçaladı. Kılıcını düşürerek viyakladı Grishnákh. Hızla yaklaşan bir atın ayak sesleri duyuldu; Grishnákh henüz ayağa fırlayıp koşmaya başlamıştı ki bir atlı tarafından yere serildi ve bir mızrak onu delip geçti. Tüyleri ürperten bir çığlık atarak kıpırdamadan yığıldı kaldı.

Hobbitler, Grishnákh'ın onları bıraktığı şekilde yere yapışmış halde kalmışlardı. Başka bir atlı hızla arkadaşının yardımına geldi. Görme yetilerindeki özel bir keskinlikten midir yoksa başka bir histen midir bilinmez, at onların üzerinden sıçrayarak geçmişti; ama atın sürücüsü, o an için son derece büzüşmüş duran ve kıpırdamaktan bile korkan, elf pelerinleriyle örtünmüş yatan Pippin ile Merry'yi görmemişti.

Sonunda Merry kıpırdanarak yavaşça fısıldadı: "Şimdiye kadar iyi gitti: İyi de, *biz* şişlenmekten nasıl kurtulacağız?"

Cevap neredeyse hemen geldi. Grishnákh'ın çığlıkları orkları ayağa kaldırmıştı. Tepecikten gelen bağrışlardan ve acı çığlıklardan, hobbitler yokluklarının fark edildiğini tahmin ettiler: Büyük bir ihtimalle Uglúk birkaç kelle daha uçuruyordu. Sonra aniden sağ taraflarından, gözcü ateşleri halkasının dışından, orman ve dağ tarafından orkların karşılık veren sesleri duyuldu. Belli ki Mauhúr gelmiş ve orkları kuşatanlara saldırıyordu. Dört nala giden atların sesi duyuldu. Süvarilerin bir kısmı yeni gelenlerle ilgilenmek için gruptan ayrılırken, ork oklarını göze alarak, herhangi bir yarma hareketini engellemek için tepecik etrafındaki halkayı daraltıyorlardı. Aniden Merry ile Pippin hiç hareket etmeden halkanın dışında kaldıklarını fark ettiler: Kaçışlarını engelleyecek hiçbir şey kalmamıştı.

"Şimdi," dedi Merry, "eğer ellerimiz ve ayaklarımız serbest olsaydı kaçabilirdik. Fakat düğümlere dokunamıyorum, ısıramıyorum bile."

"Uğraşmaya hiç gerek yok," dedi Pippin. "Sana söyleyecektim: Ben ellerimi açmayı başardım. Bu ilmekler göstermelik duruyorlar. Önce bir ısırık *lembas* alsan iyi olacak."

Bileklerindeki ipleri sıyırarak cebinden bir paket çıkarttı. Peksimetler kırılmıştı ama yapraktan kapları içinde hâlâ iyi durumdaydılar. Hobbitlerin her biri ikişer üçer parça yediler. Peksimetlerin tadı onlara o zarif yüzleri, kahkahaları ve artık çok uzaklarda kalmış olan sakin günlerde yenen dört başı mamur yemekleri hatırlattı. Bir süre düşünceli düşünceli yediler karanlıkta oturup, yakındaki savaşın bağırtıları ve seslerine kulak asmadan. Yaşadıkları ana ilk geri dönen Pippin oldu.

"Gitmemiz gerek," dedi. "Bir saniye!" Grishnákh'ın kılıcı yakınlarda duruyordu fakat kılıç onun kullanamayacağı kadar ağır ve hantaldı; o yüzden Pippin emekleyerek gulyabaninin cesedine yaklaştı ve uzun keskin bir bıçağı kınından çekip aldı. Bununla iplerini hızla kesti.

"Şimdi davran!" dedi. "Biraz ısınınca belki yeniden ayakta durmayı becerir, yürüyebiliriz. Fakat her halükârda yola emekleyerek başlasak iyi olacak."

Emeklediler. Çimenler yüksek ve sıktı; bu onların işine yaradı ama bu zorlu, uzun bir uğraş olacaktı. Derin kıyıları arasında kara gölgeler içinde çağıldayarak akan derenin kenarına gelinceye kadar gözcü ateşinden kaçınmaya dikkat ederek yollarında gıdım gıdım ilerlediler. Sonra arkalarına baktılar.

Sesler kesilmişti. Belli ki Mauhúr ile "adamları" ya öldürülmüşler ya da püskürtülmüşlerdi. Süvariler kasvetli, sessiz gece nöbetlerine dönmüşlerdi. Bu çok uzun sürmeyecekti. Gece daha şimdiden iyice sonuna yaklaşmıştı. Bulutsuz kalan Doğu tarafında gökyüzü solmaya başlamıştı bile.

"Saklanmalıyız," dedi Pippin, "yoksa bizi görürler. Bu atlıların bizi öldürdükten sonra ork olmadığımızı fark etmeleri pek işimize yaramaz." Ayağa kalkarak ayaklarını yere vurdu. "O ipler tel gibi kesti her yanımı; ama ayaklarım yeniden ısınmaya başladı. Artık sendeleye sendeleye yürüyebilirim. Senden ne haber Merry?"

Merry ayağa kalktı. "Evet," dedi, "idare edebilirim. *Lembas* yüreklendiriyor adeta! Ork içeceğinden de daha tekin bir his veriyor. Acaba neden yapılmıştı? Bilmemek daha iyidir herhalde. Bu düşünceyi silip atsın diye biraz temiz su içelim haydi!"

"Burdan olmaz, kıyılar çok dik," dedi Pippin. "Şimdi ileri!"

Dönerek yan yana dere boyunca yürüdüler. Arkalarında, Doğu'daki aydınlık arttı. Yürürken dikkatlerini çeken noktaları karşılaştırıp, yakalandıklarından beri başlarına gelen şeyler hakkında hobbit usulü alçak sesle konuştular. Dinleyen hiç kimse sözlerinden, çok acımasız bir şekilde ıstırap çektiklerini, korkunç bir tehlike içinde olduklarını, ümitsizlik içinde cefa ve ölüme doğru gittiklerini, o anda bile bir dost veya emniyetli bir yer bulmanın çok az bir ihtimal olduğunu tahmin edemezdi.

"İyi işler becerdiniz galiba Efendi Took," dedi Merry. "Yaşlı Bilbo'nun kitabında hemen hemen tüm bir bölüm ayrılacaktır sana, tabii ona bunları anlatacak şansım olursa. İyi işti: Özellikle o kıllı hainin küçük oyununu tahmin etmen ve onu oyuna getirmen. Ama izini takip edip broşunu bulan olacak mı merak ediyorum doğrusu. Ben benimkini kaybetseydim kahrolurdum ama korkarım seninkisi gitti artık.

"Sana yetişmek istiyorsam ayak parmaklarımı cilalamam gerekecek. Görünüşe göre Kuzen Brandybuck şu anda önde gidiyor. İşte tam burada giriyorum devreye. Sanırım şu anda nerede olduğumuza dair bir fikrin yoktur; ama ben Yarmavadi'de vaktimi oldukça iyiye kullanmıştım. Şu anda Entsuyu boyunca batıya doğru yürüyoruz. Dumanlı Dağlar'ın en ucu ile Fangorn Ormanı önümüzde."

Daha o konuşurken ormanın kıyısı önlerinde yükseldi. Gece, sanki gelmekte olan Şafak'tan süzülüp kaçmış, ulu ağaçların altına sığınmıştı.

"Devam et Efendi Brandybuck!" dedi Pippin. "Ya da geri dön! Bizi Fangorn hakkında uyarmışlardı. Ama her şeyleri bilen biri bunu da unutmuş olamaz."

"Unutmadım," diye cevap verdi Merry; "ama savaş alanına dönmektense orman gözüme daha iyi görünüyor yine de."

Merry ağaçların muazzam dalları altında başı çekiyordu. Ağaçlar akıl almayacak kadar yaşlı görünüyorlardı. Ağaçlardan kocaman sarkık liken sakallar sallanıyor, meltemde uçuşup savruluyordu. Gözlerini gölgeler arasından, geriye yamaca dikerek baktı hobbitler: O solgun ışıkta, minik, gizlenmiş siluetleriyle Vahşi Orman'ın aralıklarından ilk şafaklarına hayranlıkla bakan, zamanın derinliklerindeki elf çocuklarına benziyorlardı.

Ta Ulu Nehir'in ve Boz Topraklar'ın üzerinden, fersah fersah uzaktan geldi Şafak, alev gibi al rengiyle. Yüksek sesle öttü borular onu karşılamak için. Rohan Süvarileri aniden canlandılar. Borular boruları karşıladı.

Merry ile Pippin, berrak ve serin havada, kişneyen savaş atlarını ve aniden şarkı söylemeye başlayan bir sürü adamı duydular. Güneşin ucu dünyanın sınırından yükselmiş, ateşten bir kemer olmuştu. Sonra muazzam bir bağırtıyla Süvariler Doğu'dan saldırıya geçti; kırmızı ışık zırhlar ve mızraklar üzerinde parıldadı. Orklar bağırarak ne kadar okları kalmışsa fırlattılar. Hobbitler birkaç atlının düştüğünü gördü; fakat hizalarını bozmadan tepeciği aşıp diğer tarafa geçtiler, dönerek yeniden saldırdılar. Hayatta kalan ama birer birer ölüme kadar izlenen çapulcuların çoğu o zaman çözülüp, oraya buraya kaçmaya başladı. Fakat kara bir üçgen şeklinde ilerleyen takımlardan biri azimle orman yönüne gidiyordu. Yamaçtan yukarı çıkıp dosdoğru onları seyreden hobbitlerin olduğu yana yöneldiler. Artık iyice yaklaşıyorlardı ve kaçacakları kesin gibi görünüyordu: Önlerini kesen Süvariler'den üçünü devirmişlerdi bile.

"Çok seyrettik," dedi Merry. "Bak Uglúk orada! Onunla bir kere daha karşılaşmak istemiyorum." Hobbitler dönerek ormanın gölgesine dalıp kaçtılar.

Böylece atlıların Uglúk'a yetişip onu Fangorn'un tam kenarında kıstırdığı o son çarpışmayı göremediler. Uglúk, sonunda orada, atından inerek onunla kılıç kılıca dövüşen Yurt'un Üçüncü Başkumandanı Éomer tarafından öldürülmüştü. Keskin gözlü Süvariler kaçan ve hâlâ koşacak gücü kalmış olan birkaç orku da engin çayırlar üzerinde avladılar.

Savaşta kaybettikleri arkadaşlarını bir höyük altına yatırıp onlara övgüler yaktıktan sonra, Süvariler büyük bir ateş yakarak düşmanlarının küllerini savurdular. Böylece bu akın sona ermiş oldu ve ne Mordor'a, ne de İsengard'a hiçbir haber gitmedi; ama yananların dumanı gökyüzünde yükselerek tetikteki bir sürü göz tarafından görüldü.

BÖLÜM IV

AĞAÇSAKAL

Bu arada hobbitler, dere boyunca batıya yönelip, yamaçlardan dağın tepesine doğru, gitgide Fangorn'un daha da derinlerine dalarak, karanlık ormanda olabildiğince hızlı kaçmaya başlamışlardı. Zamanla orklardan korkuları geçti ve adımları yavaşladı. Garip bir şekilde nefesleri tıkanmaya başladı, sanki oksijen yetersizdi veya etraf nefes alınmayacak kadar havasızdı.

Sonunda Merry durdu. "Bu şekilde ilerlemeye devam edemeyiz," dedi nefes nefese. "Biraz havaya ihtiyacım var."

"Her ne olursa olsun su içelim," dedi Pippin. "Kavruldum." Dereye kıvrıla kıvrıla inen kocaman bir ağaç köküne güçlükle tırmanıp eğilerek, ellerini kepçe gibi kullandı ve dereden biraz su aldı. Su berrak ve soğuktu; Pippin avuç avuç içti. Merry de onu izledi. Su onları canlandırdı ve sanki içlerini açtı; bir süre için ağrıyan ayakları ve bacaklarını biraz ıslatarak ve etraflarında sessiz sessiz duran, her yönde kurşuni bir alacakaranlığa doğru soluncaya kadar sıra sıra dizilen ağaçlara bakınarak derenin kenarında birlikte oturdular.

"Umarım daha şimdiden yolunu kaybetmemişsindir?" dedi Pippin kocaman bir ağaç gövdesine yaslanıp. "En azından bu derenin, Entsuyu mu her neyse, onun yatağını izleyip, tekrar girdiğimiz yerden çıkabiliriz."

"Çıkabiliriz, eğer bacaklarımızda derman kalırsa," dedi Merry; "ve eğer adam gibi nefes alabilirsek."

"Evet, burası çok loş ve havasız," dedi Pippin. "Nedense bana burası Tooklar'ın, ta Tıkışkazası'ndaki İyin'de bulunan Büyük Mekân'daki eski odasını hatırlatıyor: Orası, mobilyaların nesiller boyu hiç kıpırdatılmadığı veya değiştirilmediği kocaman bir mekândı. Yaşlı Took'un yıllar yılı, oda ile birlikte yaşlanıp partallaşana kadar orada yaşadığı söylenir – o yüz yıl önce öldükten sonra da oda hiç değiştirilmemiş. Ayrıca yaşlı Gerontius benim büyük-büyük-büyükbabam olur: Bu da olayın biraz daha eski olduğuna delalet eder. Fakat bunlar, bu ormanın yaşlılığı yanında hiç kalır. Şu dökülen, sallanan liken sakallarıyla bıyıklarına bak! Ağaçların çoğu da yarı yarıya, hiç dökülmemiş partal ve kurumuş yapraklarla dolu. Çok dağınık. Baharda burası nasıl olur hayal bile edemiyorum, tabii eğer bahar buraya geliyorsa; bir bahar temizliği nasıl olurdu hiç hayal edemiyorum."

"Ama her halükârda güneş, arada bir buraya da sızıyordur," dedi Merry. "Burası Bilbo'nun Kuyutorman tarifine benzemiyor, öyle bir duygu da vermiyor. Orası tamamen karanlık ve karaymış, orda karanlık ve kara şeyler yaşarmış. Burasıysa sadece loş ve korkunç derecede ağaçsı. Burada *hayvanların* yaşadıklarını veya uzun bir süre burada kaldıklarını hayal bile edemiyorsun."

"Doğru; hobbitler de yaşayamaz ona bakılırsa," dedi Pippin. "Ayrıca bu ormandan geçmeye çalışma fikrinden de hoşlanmıyorum. Büyük bir ihtimalle yüzlerce mil hiç yiyecek bulamayacağız. Erzakımız ne âlemde?"

"Az," dedi Merry. "Birkaç paket yedek *lembas*'dan başka bir şey almadan kaçtık, gerisini arkada bıraktık." Elf peksimetlerinden geri kalana baktılar: Beş gün kıtı kıtına yetecek kadar birkaç kırıntı, o kadar. "Üstelik ne bir örtü, ne bir battaniye," dedi Merry. "Bu gece üşüyeceğiz, ne tarafa gidersek gidelim."

"Eh, yine de hangi yöne gideceğimize hemen karar versek iyi olacak," dedi Pippin. "Sabah vakti ilerliyor olsa gerek."

Tam o anda, ormanın içlerinde, biraz uzakta sarı bir ışığın belirdiğini fark ettiler: Güneşin ışıkları aniden çizgiler halinde ormanın çatısını delip girmişti adeta.

"Hoppala!" dedi Merry. "Biz bu ağaçlar altındayken güneş bir bulutun arkasına girmiş olmalı, şimdi de tekrar çıktı; ya da açıklığın birinin tepesinden bakabilecek kadar yükseldi. Pek uzakta değil – gel gidip bir bakalım!"

O yerin tahmin ettiklerinden daha uzakta olduğunu gördüler. Zemin hâlâ dik bir şekilde yükseliyor ve gittikçe daha taşlık oluyordu. Yollarına devam ettikçe ışık daha da yayıldı; kısa bir süre sonra önlerinde taştan bir duvar olduğunu fark ettiler: Bir tepenin yan tarafı ya da uzaktaki dağlardan birinin buralara kadar uzanıp aniden yükselen uç noktasıydı bu. Üzerinde hiç ağaç yetişmemişti ve güneş tam cepheden taşlı yüzüne yansıyordu. Eteğindeki ağaçların sürgünleri, o sıcaklığa ulaşmak istercesine sert ve dik olarak uzanmışlardı. Daha önce her şeyin kırık dökük ve kurşuni göründüğü ormanda, artık zengin kahverengi tonları ve parlatılmış deriden gibi duran ağaç kabuklarının pürüzsüz, siyahi grileri parıldıyordu. Ağaçların gövdeleri, taze çimenler gibi yumuşak yeşillerle kıpırdaşıyordu: Etraflarında ilkbaharın ilk günlerini çağrıştıran bir hava vardı.

Taş duvarın yüzünde merdivene benzeyen bir şey göze çarpıyordu: Belki de doğal bir oluşumdu, hava koşullarından ve taşların çatlamasından oluşmuştu, çünkü kaba ve düzensizdi. Yukarılarda, hemen hemen ormanın ağaçlarıyla bir seviyede, uçurumun dibinde bir kaya çıkıntısı vardı. Burada biraz çimenden, kenardaki yabani otlardan ve iki eğik dalı kalmış bir ağaç kütüğünden başka bir şey yetişmemişti: Kütük, sabah güneşinde gözlerini kırpıştırarak orada duran eğri büğrü yaşlı bir adam gibi duruyordu.

"Yukarı çıkıyoruz!" dedi Merry neşeyle. "Bir nefes alıp, etrafa bakma zamanı!"

Binbir zahmetle kayanın tepesine tırmandılar. Eğer bu merdiven yapma bir merdiven idiyse, onlarınkinden daha büyük ayaklar ve daha uzun bacaklar için yapılmıştı. Tutsaklıklarında oluşan kesiklerin ve yaraların ne harika biçimde iyileştiğine ve enerjilerinin nasıl geri döndüğüne hayret edemeyecek kadar sabırsızdılar. Sonunda kaya tabakasının kenarına, hemen hemen yaşlı kütüğün dibine vardılar; sonra ayağa sıçrayıp derin derin nefes alarak ve doğuya bakarak sırtlarını tepeye döndüler. Ormanın üç dört mil kadar içine girmiş olduklarını gördüler: Ağaçların tepeleri yamaçtan aşağıya, ovaya doğru iniyordu. Orada, ormanın kıyısının yakınında, uzun sarmallar halinde kara bir duman döne döne yükseliyor, dalgalanıyor ve onlara doğru sürükleniyordu.

"Rüzgâr dönmeye başladı," dedi Merry. "Tekrar doğuya dönüyor. Burası serin."

"Evet," dedi Pippin; "korkarım bu sadece geçici bir aydınlık, yakında her şey yeniden grilere bürünecek. Ne acı! Bu pejmurde yaşlı orman güneş ışığında ne kadar değişik görünmüştü. Neredeyse burayı sevecektim bile."

"Neredeyse Orman'ı sevecektiniz bile demek! Ne âlâ! Sizden beklenmeyecek bir kibarlık," dedi garip bir ses. "Dönün de yüzlerinize nazar eyleyeyim. Her ikinizi de nahoş bulacağım gibi bir his içersindeyim, lâkin gelin aceleci olmayalım. Dönünüz!" Omuzlarına kocaman, yamru yumru boğumlu birer el kondu; kibarca fakat direnemeden döndürüldüler; sonra kocaman iki kol onları havaya kaldırdı.

Kendilerini olabilecek en olağandışı yüze bakarken buldular. En en azından on dört ayak yüksekliğinde, son derece kuvvetli, hemen hemen hiç ensesi olmayan uzun kafalı, insana, hatta neredeyse trole benzeyen bir surete bakıyorlardı. Yeşil ve kül rengi ağaç kabuğu gibi bir şeylere mi bürünmüş yoksa bu onun derisi mi, pek anlaşılmıyordu. En azından, gövdesinden kısa bir mesafe sonra kolları buruşuk değildi, kahverengi pürüzsüz bir deriyle kaplıydı. Her iki kocaman ayağının yedişer parmağı vardı. Uzun çehresinin alt kısmı yerleri süpüren kül rengi, hemen hemen kökler gibi incecik, uçları ince ve yosunumsu, orman gibi bir sakalla kaplıydı. Fakat o an için hobbitler gözlerinden başka bir şeye pek dikkat edemiyordu. Bu derin gözler şimdi onları, yavaş yavaş ve ağırbaşlılıkla, sanki delip geçerek inceliyordu. Gözler yeşil ışıklarla alacalanmış kahverengiydi. Daha sonraları Pippin sık sık onlarla ilk karşılaştığında hissettiklerini anlatmaya çalışacaktı.

"Sanki gözlerin gerisinde asırların hatırası; uzun, yavaş ve sabit bir düşünce ile dolu muazzam bir kuyu varmış gibi görünüyordu; ama yüzeyi şimdiki zaman ile pırıldıyordu: Tıpkı çok ulu bir ağacın dış yapraklarında veya çok derin bir gölün dalgacıkları üzerinde titreşen güneş gibi. Bilemiyorum ama sanki toprakta yetişen bir şey... uyuyan bir şey de diyebilirsiniz ya da kendisini kök ucuyla yaprak ucu, derin toprak ile gökyüzü arasında gibi hisseden bir şey aniden uyanmış, size de sonsuz yıllar boyunca kendi iç işlerine baktığı yavaş ihtimam ile bakıyor."

"*Hram, Hum,*" diye mırıldandı ses; tahtadan yapılmış, çok derin sesli, nefesli bir çalgınınki gibi derin bir ses. "Hakikaten çok acayip! Aceleye lüzum yok, benim düsturum budur. Şayet sadanızı duymadan size tesadüf etseydim –sadanızdan hoşlandım: latif, cüzî sesler; ne olduğunu tam bilemediğim bir şeyleri hatırlattılar bana– evet, şayet sadanızı duymadan tesadüf etseydim size, minik orklar zanneder, ayaklarımın altında çiğner geçerdim üzerinizden; neden sonra fark ederdim yaptığım hatayı. Çok acayipsiniz, filhakika. Kök ve filiz, çok acayip!"

Pippin hâlâ şaşkınlık içinde olduğu halde artık korkmuyordu. O gözlerin bakışı altında meraklı bir kuşku duyuyordu ama korku yoktu. "Lütfen," dedi, "söyleyin kimsiniz? Ve nesiniz?"

Yaşlı gözlere garip bir bakış, bir çeşit uyanıklık geldi; derin kuyular örtüldü. "*Ham*, şimdi," diye cevap verdi ses; "Eh, ben bir Ent'im; veya bana Ent derler. Evet ya, o kelime Ent idi. Ent'im ben, böyle diyebilirsiniz, sizin konuşma usulünüzce. Bazılarına nazaran ismim *Fangorn*'dur; diğerleri bunu *Ağaçsakal* yapmışlar. *Ağaçsakal* münasip olacaktır."

"Bir *Ent* mi?" dedi Merry. "O da ne? Ama sen kendine ne diyorsun? Gerçek adın ne?"

"Durun hele!" diye cevap verdi Ağaçsakal. "Durun! Bu nasıl sual? Bu kadar aceleye lüzum yok. Üstelik sualleri *ben* soruyorum. Siz *benim* memleketimdesiniz. Ben *sizin* ne olduğunuzu merak ettim. Sizi hatırlayamıyorum. Gençliğimde öğrendiğim cetvelde mevcudunuz yok gibi. Lâkin bu çok, çok uzun bir zaman önceydi; daha yeni cetveller meydana getirmiş olabilirler. Durun bakalım! Durun bakalım! Nasıldı o?

Gelin de öğrenin Canlı Yaratıklar irfanını!
Önce ilk dördünü sayın, yani hür halkları:
Hepsinin en yaşlısı, Elf çocukları;
Cüceler hep kazar, karanlıktır evleri;
Topraktan doğma Entler, dağlar kadar ihtiyar;
Atlara hükmedenler, ölümlü İnsanlar:

Hm, hm, hm.

Kunduz baraj yapar, koç hep sıçrar
Ayı bal peşinde, yaban domuzu savaşçı
Av köpeği doymak bilmez, tavşan korku içinde...

hm, hm.

Kartal yuvasında, sığır çayırda
Karacanın boynuzu var, atmaca en hızlı
En beyaz kuğu, en soğuk yılan...

Hum, hm; hum, hm, nasıldı? Rum tam, rum tam, rumta tum tam. Uzun bir cetvel idi. Lâkin her halükârda siz hiçbir yere oturmuyorsunuz!"

"Biz hep eski listelerin ve eski öykülerin dışında kalmışız zaten," dedi Merry. "Yine de uzun bir zamandır ortalardayız. Bizler *hobbitleriz.*"

"Neden şimdi bir mısra uydurmuyoruz?" dedi Pippin.

"*Yarım porsiyon Hobbitler kovuklarda yaşar.*

Bizi dörtlerin arasına koy, insanların (Büyük Ahalinin) yanına, o zaman anlarsın."

"Hm! Pek fena değil, pek fena değil," dedi Ağaçsakal. "Kâfi. Yani sizler hayatlarınızı oyuklarda idame ettiriyorsunuz, öyle mi? Son derece münasip geliyor kulağa. Bununla beraber size *hobbit* ismini kim vermiş? Bu bana hiç de Elfçe gibi gelmiyor. Bütün kadim kelimeler elfler tarafından peydahlanmıştır: Bunu onlar başlattı."

"Bize başka kimse hobbit demiyor; biz kendi kendimize hobbit diyoruz," dedi Pippin.

"Hum, hmm! Durun bakalım! Bu kadar aceleye lüzum yok! Siz *kendi kendinize* hobbit diyorsunuz, değil mi? Lâkin bunu herkeslere beyan etmemelisiniz. Eğer dikkatli olmazsanız hakiki isimlerinizi ifşa etmiş olursunuz."

"Bu konuya hiç dikkat etmeyiz," dedi Merry. "Aslında ben bir Brandybuck'ım, Meriadoc Brandybuck ama çoğunlukla bana sadece Merry derler."

"Ben de bir Took'um, Peregrin Took ama bana da genellikle Pippin, hatta Pip bile derler."

"Hm, lâkin müşahede ettiğim kadarıyla sizler aceleci bir ahalidensiniz," dedi Ağaçsakal. "Bana olan itimadınızdan dolayı şeref duydum; lâkin hemen her şeyi söylemeniz de doğru olmaz. Bilirsiniz ent vardır, ent vardır; ya da ent vardır ve entlere benzeyen ama ent olmayanlar vardır da diyebilirsiniz. Eğer müsaade buyurursanız size Merry ve Pippin diyeceğim – latif isimler. Ben size *kendi* ismimi söylemeyeceğim, en azından şimdilik." Yeşil bir ışıkla birlikte garip, yarı bilgiç, yarı nükteli bir bakış yerleşti gözlerine. "Evvela, bu çok uzun bir vakit alacaktır: benim ismim durmadan tekamül eder, üstelik ben çok, pek çok zamandır hayattayım; yani *benim* ismim bir hikâye gibidir. Kendi lisanımda, Kadim Entçe'de diyebilirsiniz arzu ederseniz, hakiki isimler size, ait olduklarının hikâyelerini anlatır. Lisanımız çok latif bir lisandır ama bu lisanda herhangi bir şey söylemek çok uzun vakit alır çünkü eğer o kadar uzun vakitte söylemeye ve dinlemeye değmezse biz hiçbir şey söylemeyiz.

"Lâkin şimdi," derken gözleri çok fazla parladı ve "şimdiki zamana" erişti, sanki küçülmüş ve keskinleşmişti, "neler oluyor böyle? Siz, bu olanlar içinde neler yapıyorsunuz? Bundan, şundan ve ondan görüp işitiyorum, (*ve* koklayıp hissediyorum) bu *a-lalla-lalla-rumba-kamanda-lind-or-burúmë*'yi. Af buyurun: Benim buna verdiğim imin bir kısmı böyle, harici lisanlardaki karşılığının ne olduğunu bilmiyorum: Malumunuz, üzerinde bulunduğumuz şey, latif sabahlarda üzerinde durup etrafa nazar ettiğim ve güneş, ormanın gerisindeki çimenler, atlar, bulutlar ve dünyanın gözler önüne serilişi hususunda tefekküre daldığım yer. Neler dönüyor? Gandalf nelerin peşinde? Ve bu – *burárum*," akortsuz büyük bir orgun sesi gibi derin gümbürtülü bir ses çıkardı –"bu orklar ve İsengard'daki genç Saruman nelerin peşinde? Havadise bayılırım. Lâkin çok acele etmeyin."

"Bir sürü şey olup bitiyor," dedi Merry; "biz acele etmeye çalışsak bile, anlatması çok zaman alır. Ama sen bize acele etmeyin diyorsun. Sana her şeyi bu kadar çabuk anlatmalı mıyız? Eğer sana, bize ne yapacağını, kimden yana olduğunu sorarsak ayıp etmiş mi oluruz? Ayrıca Gandalf'ı tanıyor muydun?"

"Evet onu tanıyorum: Hakikaten ağaçlara ehemmiyet veren tek arif odur," dedi Ağaçsakal. "Siz onu tanıyor musunuz?"

"Evet," dedi Pippin üzüntüyle, "tanırdık. Çok iyi bir dosttu ve bizim rehberimizdi."

"O halde sizin diğer sualinize cevap verebilirim," dedi Ağaçsakal. "*Size* bir şey yapmayacağım: Bu lafla kastınız, sizin müsaadenizi almaksızın 'size bir şey yapmak' ise. Birlikte bir şeyler yapabiliriz. *Taraflar* hususunda bir malumatım yok. Ben kendi yolumda giderim; lâkin sizin yolunuz da bir süre benimkiyle birlikte ilerleyebilir. Lâkin Efendi Gandalf'tan, nihayet bulmuş bir hikâyenin kahramanıymış gibi bahsediyorsunuz."

"Evet, öyle," dedi Pippin üzüntüyle. "Hikâye devam ediyor gibi, ama korkarım Gandalf ayrıldı."

"Oo, yapmayın canım!" dedi Ağaçsakal. "Hum, hımm, ah, ha." Uzun uzun hobbitlere bakarak durdu. "Hum, ah, ne söyleyeceğimi bilemiyorum. Yapmayın canım!"

"Eğer daha çok şey dinlemek istersen," dedi Merry, "sana anlatırız. Ama bu biraz zaman alır. Bizi aşağıya indirmek istemez misin?

Güneş varken birlikte güneş altında oturamaz mıyız? Bizi havada tutmaktan yorulmuş olmalısın."

"Hm, *yorulmak* mı? Hayır, yorgun düşmedim. Ben kolay kolay yorulmam. Ve oturmam. Ben pek, hm, bükülgen değilimdir. Lâkin bakın, güneş çekiliyor. Gelin buradan ayrılalım – ne diyordunuz buraya?"

"Tepeyi mi kastediyorsunuz?" diye önerdi Pippin. "Kaya çıkıntısı? Basamak?" diye önerdi Merry de.

Ağaçsakal sözcükleri düşünceli düşünceli tekrarladı. "*Tepe*. Evet, buydu. Lâkin dünyanın bu kısmı teşekkül ettiğinden beri burada duran bir şey için aceleci bir kelime seçmişsiniz. Ziyanı yok. Gelin onu bırakıp gidelim."

"Nereye gideceğiz?" diye sordu Merry.

"Evime; ya da evlerimden birine," diye cevap verdi Ağaçsakal.

"Uzakta mı?"

"Bilmiyorum. Muhtemelen siz uzak dersiniz. Lâkin ne fark eder ki?"

"Şey, görüyorsunuz, yanımızdaki her şeyi kaybettik," dedi Merry. "Çok az yiyeceğimiz kaldı."

"O! Hm! Bu hususta tedirgin olmanıza lüzum yok," dedi Ağaçsakal. "Sizi çok çok uzun süre yeşil tutacak ve büyütecek bir içecek verebilirim. Ve eğer yol arkadaşlığımızı nihayete erdirmeyi dilersek, arzu ettiğiniz herhangi bir noktada sizi memleketimin dışında yere indirebilirim. Haydi gidelim!"

Ağaçsakal hobbitleri birer koluyla kibarca ama sıkı sıkı tutarak, önce koca ayaklarından birini, sonra diğerini atarak onları kaya çıkıntısının kenarına kadar götürdü. Köke benzeyen parmakları kayaları kavrıyordu. Sonra dikkatle ve vakarla basamak basamak inmeye başladı; nihayet Orman'ın zeminine vardı.

Hemen, dereden hiç uzaklaşmadan, uzun, ihtiyatlı adımlarla ağaçlar arasından dağların yamaçlarına doğru durmadan tırmanarak ormanın ta içlerine doğru yola koyuldu. Ağaçların çoğu uyuyor veya onu fark etmiyor gibi görünüyorlardı, tıpkı yanlarından geçen başka yaratıklar gibi; ama bazıları titredi, bazıları da o yaklaşırken dallarını onun başından yukarıya kaldırdı. Bütün bu süre zarfında, Ağaçsakal yürürken uzun, sürekli akan bir ezgiyle kendi kendine konuştu durdu.

Hobbitler bir süre sessiz kaldılar. Garip bir biçimde kendilerini emniyette ve rahat hissediyorlardı; üstelik düşünüp hayret edecek bir sürü şeyleri vardı. Sonunda Pippin yeniden konuşmayı göze aldı.

"Müsaadenle Ağaçsakal," dedi, "sana bir şey sorabilir miyim? Neden Celeborn bizi senin ormanına karşı uyardı? Bize bu ormana girme riskini göze almamamızı söyledi."

"Hmm, öyle mi söyledi?" diye guruldadı Ağaçsakal. "Ben de benzer bir şeyler söyler idim, eğer yolunuz diğer tarafa rast geliyor olsa idi. *Laurelindórenan* ormanlarına bulaşmayın sakın ha! Kadim zamanlarda elfler oraya böyle derdi, lâkin artık ismi kısalttılar: *Lothlórien* diyorlar. Belki de haklıdırlar: Belki de orman soluyordur, serpilip gelişmiyordur. Şakıyan Altın Vadisi Toprakları idi, evvel zaman içinde. Şimdi Düşçiçeği. Ah pekâlâ! Yine de garip bir mahal, dolaşılacak yerler değil. Sizin oradan çıkabilmiş olmanıza hayret ettim ama girebilmiş olduğunuzu işitmek daha da hayret verici: Uzun yıllardır yabancılar böyle bir şey yapmamıştı. Garip bir memlekettir.

"Burası da öyle. Halklar burada felakete uğramıştır. Evet efendim, felakete uğramıştır. *Laurelindórenan lindelorendor malinornélion ornemalin,*" diye mırıldandı kendi kendine. "Onlar orada dünyanın oldukça gerisinde kalıyorlar zannımca," dedi. "Ne bu memleket, ne de Altın Orman dışındaki herhangi bir şey Celeborn'un gençlik yıllarındaki gibidir. Yine de:

*Taurelilómëa-tumbalemorna Tumbaletaurëa Lómëanor,**

derler idi bir vakitler. Her şey farklılaştı ama yer yer hâlâ aynı."

"Ne demek istiyorsun?" dedi Pippin. "Ne aynı?"

"Ağaçlar ve entler," dedi Ağaçsakal. "Olup biteni şahsen ben bile idrak edemiyorum, o yüzden size açıklayamam. Kimimiz hâlâ aynı entleriz, ve kendi usulümüzce hayattayız, lâkin birçok ent uyuşuklaşıyor, ağaçlaşıyor diye de addedilebilir. Ağaçların çoğu sadece ağaçtır tabii ki; lâkin birçoğu yarı ayıktır. Kimisi tamamen ayıktır ve az bir kısmı, eh, ah, *entleşme* yolundadır. Bu her zaman devam edegelir.

"Bir ağaca böyle bir şey olduğunda, bazılarının *kötü* birer yüreği olduğunu müşahede edersiniz. Bunun onların keresteleriyle bir alakası yoktur: Bunu kastetmiyorum. Entsuyu'nda bulunan bazı yaşlı sö-

* "Çokgölgeliorman-derinkaravadi Derinormanlıkvadi Kasvetliülke." Ağaçsakal'ın bu sözü, aşağı yukarı "ormanın derinindeki açıklıklarda kara bir gölge var" anlamına geliyor.

ğütler bilirim; ne yazık ki yıllar önce gittiler! Onların içi oldukça boştu, hatta dökülüyorlardı, lâkin genç bir yaprak kadar asude ve mülayim sözlü idiler. Sonra, dağların altındaki vadilerde bazı ağaçlar vardı, taş gibi sağlamdılar ama baştan aşağıya kötüdüydüler. Bu nevi şeyler çabuk yayılıyor gibi. Bu memlekette çok tehlikeli olan bazı mıntıkalar vardı. Hâlâ, son derece kara bölgeler mevcuttur."

"Uzakta, kuzeydeki Yaşlı Orman gibi mi demek istiyorsun?" diye sordu Merry.

"Öyle, öyle gibi bir şey ama daha beteri. Büyük Karanlık'ın gölgesinin hâlâ kuzeyde bir yerlere sinmiş olduğundan şüphem yok; kötü hatıralar nesilden nesile devredilmekte. Fakat bu memlekette Karanlık'ın hiç kalkmamış olduğu boş vadiler ve benden daha ihtiyar olan ağaçlar var. Yine de muktedir olduğumuz kadarını yapıyoruz. Yabancıları ve çılgınları buraya yaklaştırmıyoruz; yetiştiriyoruz, öğretiyoruz, yürüyoruz, zararlı şeyleri defediyoruz.

"Bizler ağaç çobanlarıyız, biz ihtiyar entler. Artık çok azımız kaldık. Zamanla koyunların çobana, çobanın da koyunlara benzediği söylenir; lâkin bu yavaş yavaş olur ve ne biri, ne diğeri dünyada fazla dayanmaz. Ağaçlar ve entler için daha çabuk gerçekleşir bu ve onlar birbirlerine daha yakındır; asırlar boyunca birlikte ilerlemişlerdir. Çünkü entler elflere daha çok benzer: Kendi kendileriyle, insanlara nazaran daha az alakalıdırlar ve diğer şeylerin içine nüfuz etmede daha başarılıdırlar. Yine de entler insanlara daha çok benzer, elflere nazaran daha kolay değişebilirler, haricin rengine uymakta daha hızlıdırlar da diyebilirsiniz. Ya da en iyisi şöyle demeli: Daha sabit olduklarından, zihinlerini bir şey üzerinde daha uzun süre teksif edebilirler.

"Benim akrabalarımdan bazıları artık tıpkı birer ağaca benziyor; onları harekete geçirmek için daha önemli bir şeylere ihtiyaç var; sadece fısıltı halinde konuşuyorlar. Lâkin ağaçlarımdan bazıları kıvrak dallıdır ve birçoğu benimle konuşabilir. Bu işi elfler başlattı elbette, ağaçları uyandırıp onlara konuşmayı öğretip kendileri de ağaç lisanlarını öğrenerek. Zaten hep her şeyle konuşmayı arzulamışlardır ihtiyar elfler. Derken Büyük Karanlık geldi, onlar da Deniz'den diğer tarafa geçtiler ya da uzaktaki vadilere kaçtılar, kendilerini sakladılar ve bi daha asla gelmeyecek günlerin şarkılarını yaktılar. Bir daha asla. ah, evvel zaman içinde tek bir orman vardı buradan ta Hilal Da rı'na kadar ve burası da sadece Doğu Ucu idi.

"O günler hür günlerdi! Bütün gün yürüyüp şarkılar söyle

ğim, boş tepelerde kendi sadamın yankısından başka ses işitmediğim zamanlardı. Ormanlar Lothlórien ormanları gibiydi, sadece daha sık, daha güçlü, daha gençti. Ve havanın o rayihası! Koca bir haftayı sadece teneffüs etmekle geçirirdim."

Ağaçsakal uzun adımlarla yürümeye devam ederken hemen hemen hiç ses çıkarmayarak sustu. Sonra yeniden söylenmeye başladı ve mırıltılı bir şarkıya geçti. Biraz sonra hobbitler entin kendilerine şarkı söylediğini fark etti:

Bahar vakti gezindim Tasarinan'ın söğütlü kırlarında.
Ah! Nan-tasarion'da ne güzeldir Bahar manzarası, Bahar kokusu!
İşte, dedim, en güzeli bu.
Yaz vakti dolandım Ossiriand'ın karaağaç ormanlarında.
Ah! Ne güzeldir Yaz ışığı, Yaz müziği Ossir'in Yedi Dereleri kıyısında!
İşte, dedim kendi kendime, en mükemmeli bu.
Neldoreth'in kayınlarına vardım Güz vakti.
Ah! Ne güzeldir Sonbahar, altın ve sarı ve ah eden yapraklar Taur-na-neldor'da!
Fazlaydı bunlar arzularımdan da.
Kışın tırmandım Dorthonion dağlıklarındaki çamlara.
Ah! Ne güzeldir Kış rüzgârı, Kış beyazı, kara dallar Orod-na-Thôn'da!
Yükseldi sesim, şarkı söyledim semaya.
Şimdi bütün o topraklar dalgaların altında,
Yürüyorum Ambaróna'da, Tauremorna'da, Aldalómë'de,
Kendi ülkemde, Fangorn diyarında
Köklerin uzun
Yılların yapraklardan da sık olduğu
Tauremornalómë'de.

Şarkısını bitirdi ve sessizce uzun adımlarla yürüdü; bütün ormanda, kulak duyabildiğince, hiçbir ses yoktu.

Gün ilerledi, alacakaranlık ağaçların gövdeleri etrafına sarılmaya başladı. Sonunda hobbitler, önlerinde belli belirsiz yükselen dik ve karanlık bir arazi gördüler: Dağların eteklerine, yüksek Methedras'ın yeşil köklerine varmışlardı. Dağın yanından, daha yukarılardaki kaynağından çıkıp, onları karşılamak için basamaktan basamağa gürültüyle sıçrıyordu genç Entsuyu. Derenin sağında, çimenlerle kaplı, o anda alacakaranlıkta kül rengi görünen uzun bir yamaç vardı. Orada hiç ağaç yetişmemişti ve burası gökyüzüne açılıyordu; yıldızlar daha şimdiden buluttan kıyıları olan göllerde parıldamaya başlamıştı bile.

Ağaçsakal, hızını pek azaltmadan yamaçtan yukarı iri adımlarla ilerledi. Aniden önlerinde geniş bir açıklık gördüler hobbitler. Her biri bir tarafta olmak üzere iki büyük ağaç duruyordu burada, tıpkı canlı kapı sütunları gibi; ama birbirlerine geçmiş, örülmüş dallarından başka kapı yoktu. Yaşlı ent yaklaştıkça ağaçlar dallarını kaldırdılar ve bütün yaprakları titreyerek hışırdadı. Çünkü bunlar yapraklarını dökmeyen ağaçlardandı, yaprakları kara ve cilalıydı; alacakaranlıkta parıldıyordu. Bunların gerisinde, sanki bir tepenin yan tarafına oyularak açılmış geniş bir holün zemini gibi geniş bir düzlük uzanıyordu. Her iki yanda duvarlar, elli ayak yükseliyordu ve her duvar boyunca, içeri doğru ilerledikçe yükseklikleri artan bir dizi ağaç sıralanmıştı.

Uç taraftaki taştan duvar dimdikti ama dip kısmı kemer şeklinde tavanlı, alçak bir bölüm oluşturacak şekilde oyulmuştu: Burası, iç kısımdaki bütün zemini ortada sadece geniş ve açık bir patika bırakarak gölgeleyen ağaçlar hariç, holün tek çatısıydı. Küçük bir dere yukarıdaki pınarlardan kaçmış, ana sudan ayrılarak duvarın dik yüzünden aşağıya damlıyor, üzeri kemerli bölümün önünde ince bir perde gibi gümüşsü damlalarla dökülüyordu. Su tekrar, ağaçlar arasında yerde bulunan taş bir havuz içinde toplanıyor, sonra açık patikanın yanından orman içindeki yolculuğunda Entsuyu'na katılmak üzere dökülerek akıyordu.

"Hm! İşte vasıl olduk!" dedi Ağaçsakal, uzun süren sessizliği bozarak. "Sizi takriben yetmiş bin ent adımı getirdim lâkin bu sizin memleketinizde hangi ölçüye takabül eder bilemem. Her neyse, Son Dağ'ın köklerinin yakınındayız artık. Bu yerin isminin bir kısmı Kaynakkonağı olabilir, eğer sizin dilinize tercüme edecek olursak. Burayı seviyorum. Bu gece burada kalacağız." Onları ağaç dizilerinin arasındaki çimenlerin üzerine bıraktı; hobbitler onu büyük kemere doğru izlediler. O zaman, Ağaçsakal yürürken dizlerinin hemen hemen hiç bükülmediğini, bacaklarının iri adımlar halinde açıldığını fark ettiler. Yere önce kocaman ayak parmaklarıyla (gerçekten de büyük, geniş parmaklardı bunlar) basıyordu.

Bir an, Ağaçsakal dökülen pınarın sağnağı altında durdu, derin bir nefes aldı; sonra güldü ve içeri geçti. Büyük taş bir masa duruyordu burada ama hiç sandalye yoktu. Bu bölümün arka kısmı daha şimdiden oldukça kararmıştı. Ağaçsakal iki kocaman kabı kaldırarak masanın üzerine koydu. İçleri suyla dolu gibiydi; fakat Ağaçsakal ellerini üzerlerine koyunca kaplar derhal, biri altın, biri de koyu yeşil bir ışıkla parlamaya başladı; bu iki ışığın karışımı, genç yapraklardan oluşan bir çatının arasından parlayan yaz güneşi gibi bulundukları bölümü aydınlattı. Arkalarına baktıklarında hobbitler, avludaki ağaçların da parlamaya başladığını gördüler; önce zayıf olan ışık yaprakların her birinin kenarları kimi yeşil, kimi altın rengi, kimi bakır kadar kırmızı bir ışıkla çevrilinceye kadar arttı, ağaç gövdeleri ışıl ışıl bir taştan dökülmüş gibi duruyordu.

"Pekâlâ, şimdi yeniden konuşabiliriz," dedi Ağaçsakal. "Susamışsınızdır herhalde. Belki bitapsınızdır da. Bunu için!" Ağaçsakal bölümün arkasına doğru gitti; o zaman hobbitler burada birkaç tane ağır kapaklı, taştan, uzun kavanozun durmakta olduğunu gördüler. Kapaklardan birini açtı, büyük bir kepçeyi içine daldırıp üç kâse doldurdu; biri kocaman, ikisi daha küçük, üç kâse.

"Burası bir ent evi," dedi, "ve oturmak için hiçbir şey yok korkarım. Ama masaya oturabilirsiniz." Hobbitleri kaldırarak, onları yerden altı ayak yukardaki taş blokun üzerine koydu; burada ayaklarını aşağıya sallandırıp içeceklerini yudumlayarak oturdular.

İçtikleri şey suya, hatta ormanın sınırına yakın yerde Entsuyu'ndan içtikleri suya benziyordu ama yine de bu suda bir türlü adlandıramadıkları bir koku veya tat vardı: Belli belirsizdi ama gecenin serin meltemiyle uzaklardan taşınmış ırak bir ormanın kokusunu andırıyordu. Bu içeceğin etkisi ayak parmaklarından başlayarak kol ve bacaklarından geçip, ta saçlarının uçlarına kadar yukarı ilerledi ve vücutlarına tazelik ve canlılık getirdi. Gerçekten de hobbitler başlarındaki saçların diken diken olduğunu, dalgalandığını, kıvrıldığını ve uzamakta olduğunu hissettiler. Ağaçsakal'a gelince, o ilk önce ayaklarını kemerin gerisindeki havuza soktu, kâsesini, tek, yavaş bir dikişte bitirdi. Hobbitler hiç durmayacak sanmışlardı.

Sonunda kâseyi tekrar yerine koydu. "Ah-ah," diye iç geçirdi. "Hm, hum, artık daha rahat muhabbet ederiz. Siz yere oturabilirsiniz, ben de uzanırım; böylece içecek başıma yükselip de üzerime rehavet çöktürmez."

Bulundukları bölümün sağ tarafında alçak, birkaç ayaktan daha yüksek olmayan ayaklar üzerinde duran, kuru otlar ve eğreltiotları ile kaplanmış büyük bir yatak duruyordu. Ağaçsakal yavaş yavaş bunun üzerine uzandı (sadece tam ortasından belli belirsiz bir bükülmeyle); elleri kafasının arkasında, ışıkların güneş ışığındaki yapraklar gibi oynaştıkları tavana bakarak, boylu boyunca yattı. Merry ile Pippin ottan yastıklar üzerine, onun yanına oturdular.

"Şimdi bana hikâyenizi anlatın, lâkin acele etmeyin!" dedi Ağaçsakal.

Hobbitler, Hobbitköy'den ayrılışlarından itibaren gelişen öykülerini ona anlatmaya başladılar. Herhangi bir sıra takip etmediler çünkü sürekli birbirlerinin sözünü kesip duruyorlardı; sonra Ağaçsakal da sık sık konuşmayı kesiyor, daha önce söylenmiş olan bir noktaya dönüyor veya daha sonraki olaylarla ilgili sorular sorarak ileriye sıçrıyordu. Yüzük hakkında hiçbir şey söylemediler, neden yola koyulduklarını ve nereye gittiklerini anlatmadılar; o da bir neden sormadı.

Ağaçsakal her şeyle son derece ilgiliydi: Kara Süvariler'le, Elrond'la, Yarmavadi'yle, Yaşlı Orman'la, Tom Bombadil'le, Moria Madenleri'yle, Lothlórien ve Galadriel ile. Onlara Shire'ı, Shire'ın kırlarını tekrar ve tekrar anlattırdı. Tam bu noktada çok acayip bir şey söyledi. "O civarda, hm, hiç ente rast gelmiş miydiniz?" diye sordu. "Şey, ent değil de, Enthanım desem daha münasip olacak."

"*Enthanım* mı?" dedi Pippin "Onlar da size benzerler mi?"

"Evet, hm, şey pek değil: Aslında artık bilmiyorum," dedi Ağaçsakal düşünceli düşünceli. "Lâkin sizin topraklarınızı sevmiş olabilirler, o yüzden merak ettim işte."

Ancak, Ağaçsakal Gandalf hakkındaki her şeyle özellikle ilgileniyordu; en çok da Saruman'ın yaptıklarını merak ediyordu. Hobbitler bu ikisi hakkında çok az şey bildikleri için çok yerindiler: Gandalf'ın Divan'da anlattıklarına dair Sam'in vermiş olduğu oldukça belirsiz bir rapor vardı ellerinde o kadar. Fakat her halükârda Uglúk ile bölüğünün İsengard'dan geldiğine ye Saruman'dan efendileriymiş gibi bahsettiklerine emindiler.

"Hm, hum!" dedi Ağaçsakal, sonunda öyküleri dönüp dolaşıp orklar ile Rohan Süvarileri'nin savaşına gelince. "Âlâ, âlâ! Şüphesiz pek çok havadis verdiniz bana. Ancak her şeyi nakletmediniz, yok hakikaten nakletmediniz, katiyen. Lâkin Gandalf'ın arzu ettiği şekilde davrandığınızdan hiç şüphem yok. Çok muazzam bir şey vuku bulmakta, bunu anlayabiliyorum; bunun ne olduğunu ya daha müreffeh, ya da nahoş zamanlarda öğreneceğiz. Kök ve filiz adına; lâkin bu tuhaf bir iş: Kadim cetvellerde olmayan miniklikler bitiveriyor ve o da ne! Dokuz unutulmuş Süvari onları avlamak için yeniden zuhur ediyor, Gandalf onları muazzam bir seyahate çıkartıyor, Galadriel onları Caras Galadhon'da misafir ediyor, orklar Yabaneller'in derinliklerinden çıkıp onları takip ediyor: Hakikaten azametli bir fırtınaya kapılmışlar. Umarım tahammül edebilirler!"

"Peki ya sen?" diye sordu Merry.

"Hum, hmm, Büyük Savaşlar beni pek alakadar etmedi," dedi Ağaçsakal; "onlar daha ziyade elfler ile insanları alakadar eder. Bu Arifler'in işidir: Arifler hep istikbal için dertlenirler. Ben istikbal için dertlenmeyi sevmem. Ben tam manasıyla kimsenin *tarafında* değilim çünkü kimse tam manasıyla benim *tarafımda* değil, eğer kastettiğimi anladıysanız: Kimse ormanlarla benim alakadar olduğum gibi alakadar olmuyor, hatta bugünlerde elfler bile. Yine de elflerden, diğerlerinden hoşlandığımdan daha çok hoşlanıyorum: Çok uzun zaman önce bizi dilsizlikten kurtaran elfler olmuştu; bu, sonradan yollarımız ayrılmış olsa dahi, asla hatırımızdan çıkartamayacağımız büyük bir ihsandır. Bazı başka şeyler de var elbette ki, benim taraflarını *hiç* tutmadığım şeyler; onların tamamen aleyhindeyim: şu *–burárum*" (derin bir iğrenme homurtusu çıkardı yine) "– şu orklar ve ustaları.

"Gölge Kuyutorman'a düşünce bundan kaygılanırdım lâkin Mordor'a çekilince bir süre hiç vesvese etmedim: Mordor çok uzaktaydı. Lâkin gördüğüm kadarıyla artık rüzgâr Doğu'ya dönüyor, bütün ormanların solma günü yakın olabilir. Bu fırtınayı ertelemek için ihtiyar bir entin yapabileceği hiçbir şey yok: Ya buna tahammül edecek, ya da çatlayacak.

"Lâkin Saruman'a gelince! Saruman komşumuz olur: Onu gözardı edemem. Bir şeyler yapmam lazım gelir kanaatimce. Son zamanlarda sık sık Saruman hususunda neler yapabilirim diye düşünüyordum."

"Saruman kim?" diye sordu Pippin. "Onun geçmişiyle ilgili bir şeyler biliyor musun?"

"Saruman bir Arif'tir," diye cevap verdi Ağaçsakal. "Bundan fazlasını söyleyemem. Arifler'in tarihlerini bilmem. Büyük Gemiler Deniz'i aşıp geldiklerinde zuhur etmişlerdi ilk olarak, lâkin Gemiler ile birlikte mi gelmişlerdi bunu bilemem. Saruman aralarında ulu addedilirdi, zannımca. Etrafta dolanıp insanların ve elflerin meselelerine yardım etmeyi bıraktı bir süre önce – siz buna çok önceleri dersiniz; ve Angrenost'a, veya Rohan'lı insanların isimlendirdikleri şekliyle İsengard'a yerleşti. İlk başlarda son derece sakindi lâkin şöhreti artmaya başladı. Ak Divan'ın başına seçildiği söylenir; ama bu pek iyi olmadı. Şimdi merak ediyorum acaba o zamanlar bile Saruman kötü yollara meyletmiş miydi? Lâkin her halükârda komşularına hiç rahatsızlık vermezdi. Ben onunla konuşurdum. Ormanlarımda hep yürüdüğü zamanlar olmuştu. O günlerde kibardı, sürekli benim müsaademi istirham ederdi (en azından tesadüf ettiğimiz zamanlar); ve her zaman dinlemeye şevki olurdu. Kendi başına bulamayacağı pek çok şey anlattım ona; lâkin o bana benzer bir şekilde mukabele etmedi. Bana bir şey anlattığını hiç hatırlamıyorum. Gitgide bu huyu daha da derinleşti; yüzü, hatırımda kaldığı kadarıyla –uzun bir zamandır görmüyorum– taş bir duvarda bulunan pencerelere dönmeye başlamıştı: İçten kepenkli pencerelere.

"Galiba artık neyin peşinde olduğunu anlayabiliyorum. Bizzat bir Güç olmak için entrikalar çeviriyor. Madenden ve çarklardan yapılmış bir zihni var; yetişen şeylere hiç ehemmiyet vermiyor, meğer ki bir an için onun işine yarasınlar. Artık onun kara bir hain olduğu aşikâr oldu. Kötü şahsiyetlerle, orklarla ahbaplık kurmuş. Brm, hum! Daha da beteri: Onlara bir şeyler yapıyor; tehlikeli bir şeyler. Çünkü İsengard'lılar daha ziyade habis insanlara benziyor. Büyük Karanlık'ta zuhur eden kötü şeylerin bir alâmeti de güneşe tahammül edememeleridir; lâkin Saruman'ın orkları nefret dahi etseler, güneşe tahammül edebiliyor. Ne yaptı merak ediyorum doğrusu? Onlar helak ettiği insanlar mı, yoksa insanlar ile orkların melezleri mi? Bu çok kara bir şer olurdu!"

Ağaçsakal bir süre gümbürdedi; yeraltından gelen derin, Entçe bir küfrü telaffuz edermiş gibi. "Bir müddet evvel nasıl oluyor da orklar ormanlarımdan bu kadar serbestçe geçiyor diye meraklanmaya başlamıştım," diye devam etti. "Sadece kısa bir müddet evvel kabahatlinin Saruman olduğunu ve çok evvelden yolları gizli gizli araştırıp sırlarımı keşfettiğini anladım. Şimdi hem o, hem de menfur ahalisi zarar ziyan veriyorlar. Hudutlarda ağaçları kesiyorlar – iyi ağaçları kesiyorlar. Ağaçların bir kısmını sadece devirip çürümeye bırakıyorlar – ork yaramazlığı; lâkin çoğu baltalarla kesilerek Orthanc'ın ateşlerini takviye etmek için taşınıp götürülüyor. Bu günlerde İsengard'dan sürekli duman yükseliyor.

"Köküyle filiziyle lanet olsun ona! O ağaçlar benim arkadaşlarımdı, onları palamutluklarından, cevizliklerinden bilirim; kiminin artık ebediyete kadar kaybolmuş, kendilerine has sesleri vardı. Vaktiyle şakıyan koruların olduğu mahallerde artık kütük ve kaba diken harabeleri var. Çok oyalandım. Her şeyin kayıp gitmesine müsaade ettim. Artık bir nihayete ermeli bu!"

Ağaçsakal ani bir silkinmeyle yatağından kalkıp dikildi ve elini masaya güm diye vurdu. Işık kapları titredi, iki alev huzmesi fışkırttı. Gözlerinde yeşil ateşe benzeyen bir pırıltı vardı; sakalı koca bir çalı süpürgesi gibi dikleşmişti.

"Buna bir nihayet vereceğim!" diye gümbürdedi. "Ve sizler de benimle geleceksiniz. Bana yardım edebilirsiniz belki de. Dolayısıyla kendi dostlarınıza da yardım etmiş olacaksınız; çünkü eğer Saruman kontrol altına alınmazsa Rohan ile Gondor'un, önlerinde olduğu gibi arkalarında da bir düşmanları olacak. Yollarımız birlikte – İsengard'a!"

"Seninle geleceğiz," dedi Merry. "Elimizden geleni yapacağız."

"Evet!" dedi Pippin. "Ak El'in bozguna uğradığını görmek istiyorum. Çok fazla bir işe yaramasam da orada olmak isterim: Uglúk'u ve Rohan'ı geçişimizi hiç unutamayacağım."

"Âlâ! Âlâ!" dedi Ağaçsakal. "Lâkin aceleci konuştum. Aceleci olmamalıyız. Sıcak bastı bana. Kendimi serinletip düşünmem lazım; çünkü *dur!* diye bağırmak bunu yapmaktan daha kolaydır."

Kemere doğru iri adımlarla yürüyerek, kaynağın dökülen damlaları altında bir süre durdu. Sonra gülerek kendini silkeledi; ondan parıldayarak sıçrayan damlalar nereye düştülerse, kırmızı ve yeşil kıvılcımlar gibi yandılar. Sonra dönüp kendini yatağa bıraktı ve sustu.

Bir süre sonra hobbitler onun yeniden mırıldandığını duydular. Parmaklarıyla bir şeyler sayıyor gibiydi. "Fangorn, Finglas, Fladrif, ya, ya," diye iç çekti. "Mesele o ki, çok az kaldık," dedi hobbitlere dönerek. "Karanlıktan evvel ormanlarda gezinen ilk entlerden sadece üç tane kaldı: Bir bendeniz Fangorn, Finglas ve Fladrif – elfçe isimlerimizi söyleyecek olursak; onlara Yapraktutamı ve Derikabuk da diyebilirsiniz hoşunuza giderse. Üçümüzden Yapraktutamı ile Derikabuk bu işte pek bir işe yaramaz. Yapraktutamı uyuklar oldu, hemen hemen ağaçlaştı da denilebilir: Bütün yaz boyu kırlarda dizlerine kadar yükselen otlara gark olmuş, yarı uyur yarı uyanık, ayakta durmaktan hoşlanmaya başladı. Yapraksı saçlar kapladı her yanını. Kış aylarında uyanırdı eskinden; fakat son zamanda kışın dahi yürüyemeyecek kadar uyuşuk oldu. Derikabuk İsengard'ın batısındaki dağ yamaçlarında sürdürüyordu hayatını. En büyük dertler orada çıktı. Orklar onu yaraladı; ahalisi ile ağaç sürülerinin çoğu telef edildi. Yüksek yerlere, en çok sevdiği huş ağaçlarının arasına gitti o da; aşağıya gelmiyor. Yine de daha genç olan ahaliden münasip bir grubu bir araya getirebilirim sanırım – tabii içinde bulunduğumuz zarureti anlatabilirsem onlara: Bir uyandırabilsem onları: Biz aceleci bir ahali değiliz. Bu kadar az sayıda kalmamız ne acı!"

"Madem bu topraklarda bu kadar uzun süredir yaşamışsınız, neden bu kadar azsınız?" diye sordu Pippin. "Çok mu ölen oldu?"

"Yo, hayır!" dedi Ağaçsakal. "İçeriden kimse ölmedi diyebilirsiniz. Bazıları uzun yılların kötü kaderine kurban gitti tabii ki; daha çoğu ise ağaçlaştı. Lâkin hiçbir zaman çok kalabalık olmadık ve hiç çoğalmadık. Hiç entçik –sizin tabirinizle çocuk– olmadı çok uzun yıllar boyunca. Gördüğünüz gibi, enthanımları kaybettik."

"Ne acıklı!" dedi Pippin. "Nasıl oldu da hepsi öldü?"

"*Ölmediler!*" dedi Ağaçsakal. "*Öldüler* demedim ki. Kaybettik, dedim. Onları kaybettik ve artık bulamıyoruz." İç geçirdi. "Ben ekseriyetin bunu bildiğini zannediyordum. Enthanımları arayan entlerin şarkıları Kuyutorman'dan Gondor'a kadar insanlar ve elfler tarafından terennüm edilirdi. Tamamen hatırdan çıkmış olamaz."

"Şey, korkarım henüz şarkılar Dağları aşıp batıdaki Shire'a kadar ulaşmamış," dedi Merry. "Bize biraz daha anlatmaz mısın, ya da şarkılardan birini bize söylemez misin?"

"Evet, söyleyebilirim aslında," dedi Ağaçsakal, bu talepten memnun olmuş görünerek. "Lâkin bunu hakkıyle anlatamam, sadece hülasasını verebilirim; sonra da muhabbetimize bir nihayet vermemiz lazım gelir: Yarın bir divan toplamamız, bazı işler icra etmemiz ve belki de bir seyahate başlamamız icap edecek."

"Bu oldukça tuhaf ve elim bir hikâyedir," diye devam etti biraz sustuktan sonra. "Dünya henüz taze, ormanlar engin ve vahşi iken entler ile enthanımlar –o zamanlar onlar da entkızlardı: Ah! Gençlik günlerimizde Fimbrethil'in, zarif Wandlimb'in o letafeti!– birlikte gezerler, birlikte ikamet ederlerdi. Lâkin inkişaf etme hususunda gönüllerimiz bir değildi: Entler sevgilerini dünyada rast geldikleri şeylere verdiler; enthanımların fikirleri başka yerlerdeydi; çünkü entler azametli ağaçları, vahşi ormanları, yüksek tepelerin yamaçlarını seviyorlardı; dağ ırmaklarından içiyorlar ve sadece ağaçların yolları üzerine dökmüş oldukları meyvalardan yiyorlardı; ayrıca elflerin yaptıklarını öğrenmişler, Ağaçlar ile konuşuyorlardı. Fakat enthanımlar akıllarını daha ehemmiyetsiz ağaçlara, ormanların eteklerinde bulunan güneşe nazır kırlara vermişlerdi; sık çalılıklardaki çakaleriklerine, baharda çiçek açan yabani elma ile kirazlara, yazın sulak yerlerde yetişen yeşil otlara ve güz tarlalarında tohuma kaçan çimenlere çevirmişlerdi gözlerini. Bunlarla konuşmayı arzu ettiklerinden değil; onların söylenen şeyleri duyup bunlara itaat etmelerini arzuluyorlardı. Enthanımlar bunlara kendi arzularına göre büyümelerini, yaprak açmalarını, kendi zevklerine göre meyva vermelerini buyuruyorlardı; çünkü enthanımlar nizam, bereket ve huzur (bununla her şeyin kendi koydukları yerde kalmasını kastediyorlardı) istiyorlardı. Böylece enthanımlar içine girip hayatlarını sürdürmek için bahçeler meydana getirdiler. Lâkin entler dolaşmaya devam etti; bahçelere ara sıra gidiyorduk. Sonra Kuzey'den Karanlık çöktü, enthanımlar Ulu Nehir'i aşarak yeni bahçeler yaptılar, yeni tarlalar sürdüler; onları gitgide daha az görmeye başladık. Karanlık altedildikten sonra enthanımların toprakları çiçek içinde kaldı, tarlaları tahılla doldu. İnsanların birçoğu enthanımların zanaatlarını öğrenerek onlara büyük ölçüde saygı gösterdi; ama biz onlar için sadece birer efsane idik, ormanın içindeki bir sır. Enthanımların bütün bahçeleri harap edildiği halde, işte biz hâlâ buradayız: İnsanlar o topraklara artık Boz Topraklar diyor.

"Hatırlıyorum da, çok önceleriydi –Sauron ile Deniz'in insanlarının muharebeleri esnasındaydı– tekrar Fimbrethil'i görmek istedim. Onu son kez gördüğümde, kadim yılların entkızı haliyle pek bir ilgisi kalmadığı halde, benim için hâlâ çok zarif idi. Enthanımlar icra ettikleri işler sebebiyle iki büklüm olmuş ve kahverengileşmişlerdi; saçları güneşten kavrulup olgun mısır rengini almış, yanakları da elma gibi kızarmıştı. Yine de gözleri hâlâ bizim halkımızın gözlerindendi. Anduin'den geçerek topraklarına gittik: Lâkin bir çöl bulduk orada: Her yer yakılmış, sökülmüştü, çünkü harp bu topraklar üzerinden geçmişti. Ama enthanımlar orada yoktu. Uzun uzun onlara seslendik ve uzun uzadıya aradık taradık; rastladığımız ahaliye enthanımların ne tarafa gittiklerini sual ettik. Bazıları onları hiç görmediklerini söyledi, bazıları onları uzakta, batıda yürürken gördüklerini; bazıları doğuda dedi, bazıları güneyde. Fakat nereye gittiysek onlara rastlamadık. Kederimiz muazzamdı. Yine de vahşi orman bizi çağırdı, biz de icabet ettik. Uzun yıllar, arada sırada tekrar enthanımları aramak için ormandan çıktık, o güzelim isimlerini seslenerek uzaklara kadar yürüdük. Fakat zamanla, bu gezilere daha nadir çıkmaya ve o kadar uzaklara gitmemeye başladık. Artık enthanımlar bizim için sadece birer hatıra; sakallarımız uzadı ve kırlaştı. Elfler entlerin bu arayışlarıyla ilgili bir sürü şarkı yaktı; şarkıların bir kısmı insanların lisanlarına da geçti. Lâkin biz, ne vakit enthanımları düşünsek onların o latif isimlerini mırıldanmakla kifayet ettiğimiz için, biz bu konuda hiç şarkı yapmadık. İstikbalde yine karşılaşabileceğimize inanıyoruz; bir ihtimal, üzerinde birlikte yaşayıp, birlikte mutlu olacağımız bir toprak bulabiliriz bir yerlerde. Fakat bunun, her iki tarafın da şu anda ellerinde olanı tamamen kaybettikten sonra olabileceği kehanet edildi. Ve belki de o vakit yaklaşmaya başlamıştır. Çünkü eskiden Sauron bahçeleri nasıl tahrip edebildiyse, bugünün Düşman'ının da bütün ormanları soldurması muhtemeldir.

"Bu meseleyi anlatan bir elf şarkısı vardı; ya da ben öyle anlıyorum. Ulu Nehir'de bir aşağı, bir yukarı söylenir dururdu. Hiçbir vakit bir ent şarkısı olmadı bu, dikkat buyurunuz: Bu Entçe'de çok uzun bir şarkı olurdu! Lâkin biz bu şarkıyı da can-ı gönülden biliriz ve arada sırada mırıldanırız. Sizin lisanınızda şöyle söylenir:

ENT: *Bahar kayın yaprağını açıp özsuyu yürüdüğünde dala;*
Işık vahşi ormandaki dereye vurup rüzgâr vardığında
yamaca;
Adımlar uzun, nefesler derin, dağ havası keskinken tam,
Geri dön bana! Geri dön! Söyle, güzel değil mi ülkem!

ENTHANIM: *Bahar gelince bahçeye kıra, mısır yapraklanınca;*
Meyve bahçesinde tomurcuklar parlak kar gibi açınca;
Yağmur ve Güneş doldurunca hoş kokularla Yeryüzü'nü,
Kalırım burada, dönemem sana, benim ülkem de güzel
çünkü.

ENT: *Yaz dünyaya yayıldığında, altın rengi bir öğlen vakti*
Uyuyan yaprakların çatısı altında, açılır ağaçların
düşleri;

Rüzgâr Batı'dayken, yeşil ve serinken orman sarayları,
Geri dön bana! Geri dön! Kabul et, en güzel ülke benimki!

ENTHANIM: *Yaz gelip ısıtınca dalındaki meyveyi, kahverengiye çalınca yemiş;*
Saman altın rengi, başaklar beyaz, hasat köye gelmiş;
Bal dökülmüş, elma olgun, rüzgâr Batı'da da olsa
Benim ülkem en güzeli, kalırım burada güneşin altında!

ENT: *Kış gelince hiç acımaz, katleder tepeyi, ormanı;*
Devrilir ağaç, yıldızsız gece yutar güneşsiz günü;
Rüzgâr ölümcül Doğu'dan eser; bense acı yağmurun altında
Seni ararım, sana seslenirim, geri dönerim sana!

ENTHANIM: *Kış gelip de şarkı susunca, çökünce karanlık sonunda;*
Çıplak dal kırılıp, işler bitip, ışık solduğunda;
Ararım seni, beklerim seni, yollarımız rastlaşana dek yeniden:
Düşeriz yollara birlikte, acı yağmur yağarken!

BİRLİKTE: *Batı'ya ulaşan o yola düşeceğiz birlikte,*
Bir ülke bulacağız uzaklarda, gönüllerimizi huzura erdirmeye!"

Ağaçsakal şarkısını bitirdi. "Böyle işte," dedi. "Tabii ki Elfçe bir şey: Lâkayt, çabuk çabuk laflarla yüklü, hemencecik bitiveriyor. Ama hoş sayılır gene de. Lâkin vakitleri olsaydı, entler kendi adlarına daha çok şey söylerlerdi! Fakat şimdi ayağa kalkıp biraz uyuyacağım. Siz nerede durmayı arzuluyorsunuz?"

"Biz uyumak için genellikle uzanırız," dedi Merry. "Durduğumuz yer bizim için uygun."

"Uyumak için uzanır mısınız!" dedi Ağaçsakal. "A, elbette öyle yaparsınız ya! Hm, hum: Unutuyordum: O şarkıyı söylemek zihnimi eskilere döndürdü; sanki genç entçiklerle konuşuyormuşum gibi oldu. Pekâlâ, yatağa uzanabilirsiniz. Ben gidip damlaların altında duracağım. İyi geceler!"

Merry ile Pippin yatağa tırmanarak yumuşak otlar arasına kıvrılıverdiler. Otlar taze, tatlı kokulu ve sıcaktı. Işıklar söndü, ağaçların ışıltısı soldu; fakat dışarıda kemerin altında yaşlı Ağaçsakal'ın, kollarını başının üzerine kaldırmış kıpırdamadan durduğunu görebiliyorlardı. Parlak yıldızlar gökyüzünden çıkarak, Ağaçsakal'ın parmaklarından, başından sıçrayarak ayaklarına yüzlerce gümüşsü damla halinde damlaya damlaya dökülmekte olan suyu aydınlattılar. Damlaların şıkırtısını dinleyen hobbitler uykuya daldı.

Uyandıklarında güneşin büyük avluda ve iç bölmenin zemininde donuk donuk parladığını gördüler. Tepelerinde parça parça yüksek bulutlar doğudan gelen sert rüzgârla koşuyordu. Ağaçsakal ortalarda görünmüyordu; fakat Merry ile Pippin kemerin yanındaki havuzda yıkanırken onun ağaçlar arasındaki patikadan mırıldanıp şarkı söyleyerek geldiğini duydular.

"Hu, ho! Sabah-ı şerifler hayır olsun Merry, Pippin!" diye gümbürdedi onları görünce. "Çok uyuyorsunuz. Bugün, daha şimdiden yüzlerce koca adım attım bile. Şimdi bir şeyler içip Entmeclisi'ne gideceğiz."

Taş bir kavanozdan onlara iki kâse dolusu içecek verdi; fakat bu kez başka bir kavanoz kullandı. Tadı, bir gece öncekinin tadıyla aynı değildi: Daha topraksı, daha zengindi; daha besleyici, tabir caizse daha yiyeceksiydi. Hobbitler yatağın kenarına oturmuş içeceği içip, elf peksimetlerinin minik parçacıklarından çöplenirken (bunu acıktıklarından değil de, daha ziyade bir şeyler yemenin kahvaltının gerekli bir bölümü olduğunu düşündüklerinden yapıyorlardı); Ağaçsakal Entçe, Elfçe ya da başka bir yabancı dilde bir şeyler mırıldanarak ve gökyüzüne bakarak duruyordu.

"Entmeclisi nerede?" diye sorma cesaretini gösterdi Pippin.

"Hu, hı? Entmeclisi mi?" dedi Ağaçsakal dönerek. "Entmeclisi bir mekân değil, entlerin toplaşmasıdır – bu günlerde pek fazla yapılmıyor. Lâkin ben epey entin gelmeyi taahhüt etmesini sağladım. Her zaman buluştuğumuz mahalde buluşacağız: Gizlidere derler insanlar buraya. Bulunduğumuz yerin güneyinde bir yerlerde. Öğleden önce orada olmamız lazım."

Çok geçmeden yola koyuldular. Ağaçsakal, bir önceki gün yaptığı gibi hobbitleri kolunda taşıdı. Avlunun girişinde sağa dönüp, derenin üzerinden bir adım attı ve ağaçların daha seyrek olduğu, büyük devrik yamaçlar boyunca güneye doğru büyük adımlarla ilerledi. Bu yamaçların üzerinde hobbitler huş ve üvez ağaçlıkları gördüler; bunların da gerisinde kapkara çam ormanları yükseliyordu. Kısa bir süre sonra Ağaçsakal tepelerden biraz ayrılarak, ağaçların hobbitlerin o güne kadar gördüklerinden daha iri, daha uzun ve daha sık olduğu derin korulara daldı. Bir süre, Fangorn'a girmeye ilk cesaret ettiklerinde duydukları o boğulmuşluk hissi geri döndüyse de kısa süre sonra geçti. Ağaçsakal onlarla konuşmadı. Kendi kendine derin derin ve düşünceli düşünceli mırıldandı ama Merry ile Pippin mırıltılar arasında hiçbir sözcük seçemedi: Sözler kulağa şöyle geliyordu: *bum, bum, rambum, burar, bum bum, dahrar bum bum, dahrar bum*; sürekli bir nota ve ritim değişikliğiyle böyle devam ediyordu. Arada sırada bir cevap, sanki topraktan veya başlarının üzerindeki dallardan veya belki de ağaçların gövdelerinden gelen bir mırıltı veya bir ses titreşimi varmış gibi geliyordu; ama Ağaçsakal ne durdu, ne de başını çevirdi.

Ağaçsakal adımlarını yavaşlatmaya başladığında yola çıkalı uzun bir süre olmuştu – Pippin "ent adımlarını" saymaya çalıştı ama başaramadı, üç binlerde karıştırdı. Ağaçsakal aniden durdu, hobbitleri yere indirdi, ellerini bükerek ağzına götürdü, öyle ki elleri içi boş bir boru gibi olmuştu; sonra elleri arasından üfleyerek seslendi. Koca bir *hum, ham* sesi, derin bir boru gibi ormanda gürledi ve ağaçlardan yankılanır gibi oldu. Uzaktan birkaç yönden gelen benzer *hum, ham, hum* sesleri yankı değil, cevaptı.

Ağaçsakal artık Merry ile Pippin'i kuş gibi omuzuna koymuş yeniden yürümeye başlamıştı; ara sıra yine bir boru sesi çıkartıyor, her seferinde cevaplar daha yakından ve daha kuvvetli geliyordu. Böyle böyle, sonunda aşılmaz bir duvar görünümündeki, yapraklarını dökmeyen koyu renkli ağaçlara, hobbitlerin daha önce hiç görmemiş oldukları cinsten ağaçlara vardılar: Tam köklerinden itibaren dallanıp budaklanıyordu bu ağaçlar, sıkı sıkıya dikensiz çobanpüskülü gibi kara parlak yapraklarla kaplanmışlardı ve üzerlerinde iri, parlak zeytin renkli tomurcukları olan sert, dik, çiçeksi mahmuzları vardı.

Sola dönüp bu muazzam engelin kenarından dolanan Ağaçsakal birkaç adımda dar bir geçide vardı. Bu geçitten aşınmış bir yol geçiyor ve aniden uzun, dik bir yamaçtan aşağıya iniyordu. Hobbitler, kara yapraklarını dökmeyen yüksek ağaçlarla çevrili, neredeyse bir kâse gibi yusyuvarlak, çok geniş ve çok derin büyük bir çukura inmekte oldukların gördüler. İçerisi dümdüz ve çimenlerle kaplıydı; çukurun tam dibinde yükselen üç tane uzun ve güzel gümüşsü huş ağacı hariç hiç ağaç yoktu. Bu çukurun içine iki patika daha iniyordu: Biri batıdan, biri doğudan.

Birkaç ent, şimdiden gelmişlerdi bile. Diğer patikalardan daha birçoğu geliyordu, kimisi ise Ağaçsakal'ı izliyordu. Entler yaklaştıkça hobbitler onlara bakmaya başladı. Nasıl (en azından bir yabancı gözünde) bir hobbit bir diğerine benzerse, onlar da aşağı yukarı Ağaçsakal'a benzeyen birkaç yaratık görmeyi umuyorlardı; ama böyle bir şeyle karşılaşmayınca çok şaşırdılar. Nasıl bir ağaç bir ağaçtan farklıysa, entler de birbirlerinden öylesine farklıydı: Kimisi aynı ismi taşıyan ama gelişimi ve geçmişi birbirinden ayrı olan ağaçlar kadar; kimisi farklı ağaç cinsleri kadar, huş ağacının kayından, meşenin çamdan farklı olduğu kadar farklıydı. Birkaç tane, dinç ama kadim ağaçlar gibi sakallı ve budaklı, daha yaşlı ent vardı (ancak hiçbiri Ağaçsakal kadar yaşlı görünmüyordu); olgun devrelerindeki orman ağaçları gibi temiz kollu, pürüzsüz derili, uzun, güçlü entler vardı; ama hiç genç ent, hiç fidan yoktu. Toplam iki düzine kadar ent duruyordu çukurluğun geniş çimenlik zemininde, çok daha fazla sayıda ent hâlâ gelmekteydi.

İlk başta Merry ile Pippin gördükleri çeşitlilik karşısında hayrete düşmüşlerdi: O kadar çeşitli şekilden, renkten, gövdelerin kalınlıklarındaki ve yüksekliklerindeki, bacakların ve kolların uzunluklarındaki, (üç ile dokuz arasında değişen) ayak ve el parmaklarının sayılarındaki farklılıktan. Bir iki tanesi Ağaçsakal'la üç aşağı beş yukarı benzerlik gösteriyordu ve kayın veya meşe ağaçlarını hatırlatıyorlardı. Fakat başka çeşitler de vardı. İri yayvan parmaklı elleri ve kısa kalın bacakları olan entler gibi. Bazıları dişbudak ağaçlarını hatırlatıyordu: bir sürü parmakları ve uzun bacakları olan, uzun boylu, dik, gri entler; bazıları (en uzun entler) çam ağacına, diğerleri huş ağacına, üveze, ıhlamura benziyorlardı. Fakat entler Ağaçsakal'ın etrafında toplanıp, başlarını belli belirsiz eğip de alçak ezgili sesleriyle mırıldanarak yabancılara uzun uzun dikkatle bakınca hobbitler hepsinin aynı cinsten olduğunu anladı; ayrıca hepsinin gözleri aynıydı: Hepsi Ağaçsakal'ınkiler kadar yaşlı ve derin değildi, ama hepsinde aynı yavaş, sabit, düşünceli ifade ve aynı yeşil alev vardı.

Bütün grup geniş bir halka halinde Ağaçsakal'ın etrafında toplanır toplanmaz, tuhaf ve anlaşılmaz bir konuşmadır başladı. Entler yavaş

yavaş mırıldanmaya başladılar: Önce biri katıldı sonra diğeri, ta ki hepsi yükselip alçalan bir ritimle birlikte mırıldanmaya başlayana kadar; mırıltı kâh halkanın bir tarafında daha yüksek sesle çıkıyor, kâh orada alçalarak diğer tarafta patlarcasına yükseliyordu. Entçe olduğunu tahmin ettiği bu dilin hiçbir sözcüğünü yakalayamadığı ve anlayamadığı halde, Pippin ilk önceleri bu sesi dinlemekten hoşlandı; fakat zamanla dikkati dağıldı. Uzun bir süre sonra (ve mırıltılar hiç durulma alâmeti göstermeyince) Entçe son derece "acelesiz" bir dil olduğu için, *Günaydın* demekten öteye gidip gitmediklerini; Ağaçsakal'ın yoklama yapıp yapmayacağını, yaparsa Entçe olarak bütün isimleri söylemenin ne kadar süreceğini merak etmeye başladığını fark etti. "Acaba Entçe *evet* ve *hayır* nasıl söylenir," diye düşündü. Esnedi.

Ağaçsakal hemen onu fark etti. "*Hm, ha, hey*, Pippinciğim!" dedi; diğer bütün entler konuşmalarını yarıda kestiler. "Siz aceleci bir ahalidensiniz, neredeyse unutuyordum bunu; zaten her halükârda anlaşılmayan bir lisanı dinlemek yorucu olur. Aşağıya inebilirsiniz artık. İsimlerinizi Entmeclisi'ne bildirdim; onlar da size bakıp birer ork olmadığınız hususunda hemfikir oldular; kadim cetvellerimize yeni mısra ilave edilecek. Henüz pek bir şey konuşamadık lâkin bu bile bizim Entmeclisimiz için hızlı sayılır. Merry ile birlikte bu çukurda dolaşabilirsiniz arzu ederseniz. Eğer su içmek isterseniz, o tarafta kuzey kıyısında güzel bir tatlı su kuyusu mevcuttur. Meclis hakiki manada başlamadan evvel söylenmesi lazım gelen bazı sözler var. Gelip size bakar, işlerin nasıl gittiğini bildiririm."

Hobbitleri yere bıraktı. Onlar da yürüyüp ayrılmadan, yerlere kadar kadar eğildiler. Bu hareketin entleri çok eğlendirmiş olduğu mırıltılarının tonundan ve gözlerindeki alevlerden anlaşılıyordu; ama hemen kendi işlerine döndüler. Merry ile Pippin batıdan inen patikaya tırmanıp yeşil çitin arasındaki açıklıktan baktılar. Çukurluk yerin tam kenarından ağaçlarla kaplı yamaçlar uzanıyor; yamaçların da gerisinde, uzaklarda, en uzaktaki sırtın çam ağaçlarının üzerinde, yüksek bir dağın dik ve beyaz zirvesi yükseliyordu. Sollarında güneye doğru ormanın kül rengi bir uzaklığa doğru alçaldığını görüyorlardı. Orada, çok uzaklarda, Merry'nin Rohan'ın ovaları olduğunu tahmin ettiği soluk yeşil bir pırıltı vardı.

"İsengard nerede acaba?" dedi Pippin.

"Tam olarak nerede olduğumuzu bilmiyorum," dedi Merry; "ama

büyük bir ihtimalle o zirve Methedras'dır ve hatırlayabildiğim kadarıyla İsengard halkası, dağların ucundaki bir çatalda veya derin bir vadide bulunuyormuş. Büyük bir ihtimalle bu büyük sırtın arkasındadır. Orada, zirvenin solunda, sanki bir duman veya bir pus var, sence de öyle değil mi?"

"İsengard neye benziyor acaba?" diye sordu Pippin. "Hem zaten entler bu konuda ne yapabilirler ki!"

"Bilemiyorum," dedi Merry. "İsengard, içinde düz bir alanı ve tam ortasında adına Orthanc dedikleri bir ada veya taştan bir sütunu olan, kayalardan veya tepelerden meydana gelmiş bir çeşit halka sanırım. Saruman'ın burada bir kulesi varmış. Bir kapısı varmış etrafındaki duvarda, belki birden fazla vardır; galiba bir de dere akıyormuş içinden; dağlardan çıktıktan sonra da Rohan Geçidi'nden akıp gidiyormuş. Hiç de entlerin zaptedebilecekleri bir yere benzemiyor. Ama içimde bu entlere karşı garip bir his var: Her nedense onların göründükleri kadar güvenli ve komik olduklarını sanmıyorum. Yavaş, garip, sabırlı, hatta neredeyse mahzun görünüyorlar ama yine de onların *ayaklandırılabileceklerine* inanıyorum. Eğer bu mümkün olursa, karşı tarafta olmak istemezdim."

"Evet!" dedi Pippin. "Ne demek istediğini biliyorum. Oturmuş düşünceli düşünceli geviş getiren bir inek ile saldıran bir boğa arasında oldukça büyük bir fark olabilir; üstelik değişim ani de olabilir. Acaba Ağaçsakal onları ayaklandırabilecek mi? Bunun için uğraşmaya niyeti olduğunu biliyorum. Ama onlar ayaklanmayı sevmiyor. Ağaçsakal kendisi de dün gece ayaklandı, ama sonra yeniden yatıştırdı kendini."

Hobbitler geldikleri yana döndüler. Toplantı halindeki entlerin sesi hâlâ bir inip bir çıkıyordu. Güneş artık yüksek çalılıktan içeri sızacak kadar yükselmişti: Huş ağaçlarının tepesinde parlayarak çukurluk yerin kuzey tarafını serin sarı bir ışıkla aydınlattı. Orada minik, parıltılı bir pınar gördüler. Yaprak dökmeyen ağaçların dibindeki büyük çukurun kenarından yürüdüler –yeniden serin çimenleri ayak parmaklarında, üstelik aceleleri yokken hissetmek çok hoştu– sonra coşkuyla akan suya doğru indiler. Biraz içtiler; temiz, soğuk keskin bir suydu; sonra çimenler üzerindeki güneş parçalarını ve çukurluk yerin zemininden geçen seyir halindeki bulutların gölgelerini seyrederek yosunlu bir kayaya oturdular. Entlerin mırıltıları devam etti. Son derece garip ve mesafeli bir yerdi burası, dünyanın dışında ve başlarına gelen her şeyden çok uzakta. Yol arkadaşlarının yüzleri ve seslerinin özlemi düştü içlerine, özellikle de Frodo ile Sam'in ve Yolgezer'in.

Sonunda ent seslerinde bir duraksama oldu; başlarını kaldırınca Ağaçsakal'ın, yanında başka bir ent ile kendilerine doğru gelmekte olduğunu gördüler.

"Hm, hum, işte yine geldim," dedi Ağaçsakal. "Sıkılmaya başladınız mı, yoksa sabırsızlanıyor musunuz, hı, hmm? Eh, korkarım henüz sabırsızlanmamanız lazım. İlk safhayı geçtik; lâkin hâlâ uzaklarda, İsengard'dan uzakta yaşayanlara ve Meclis'ten önce erişemediklerime bazı şeyleri izah etmem lazım; ondan sonra ne yapmamız lazım geldiği hususunda bir karara varacağız. Mamafih, entler ne yapılması lazım geldiği hususunda bir karara varmak için, bütün keyfiyetlerin ve hadiselerin üzerinden tek tek geçerken harcadıkları kadar vakit harcamazlar. Yine de burada uzun bir müddet daha kalacağımızı inkâr etmenin bir faydası yok: Büyük bir ihtimalle birkaç gün. Bu sebeple size bir arkadaş getirdim. Arkadaşın yakında bir ent evi var. Elfçe ismi Bregalad. Kararını zaten vermiş olduğunu, Meclis'te kalması için bir sebebin olmadığını söylüyor. Hm, hm, aramızda aceleci sayılabilecek tek kişi odur. İyi anlaşırsınız herhalde. Hoşça kalın!" Ağaçsakal dönerek yanlarından ayrıldı.

Bregalad bir süre hobbitleri ciddiyet ve vakarla gözleyerek durdu; onlar ise ent ne zaman bir "acelecilik" belirtisi gösterecek diye merakla ona baktılar. Uzun boyluydu ve genç bir ente benziyordu; dudakları al al, saçları ise gri yeşildi. Rüzgârdaki ince bir ağaç gibi, bükülüp sallanabiliyordu. Sonunda konuştu; sesi yankılı olduğu halde Ağaçsakal'ınkinden daha tiz ve daha netti.

"Ha, hmm, dostlarım, haydi bir yürüyüşe çıkalım!" dedi. "Ben Bregalad'ım, sizin lisanınızda bu Tezmertek anlamına gelir. Lâkin bu sadece bir lâkap tabii ki. Bana bu ismi, ihtiyar bir ente daha sorusunu bitirmeden *evet*, dediğim zaman vermişlerdi. Sonra çok da hızlı su içer, daha bazıları hâlâ sakallarını ıslatırken dışarı çıkarım. Benimle gelin!"

Biçimli kollarını aşağı sarkıtarak hobbitlere uzun parmaklı ellerini uzattı. Bütün o gün boyunca zamanlarını onunla birlikte ormanları dolaşarak, şarkı söyleyip gülerek geçirdiler; çünkü Tezmertek sık sık gülüyordu. Güneş bir bulutun arkasından çıkınca gülüyordu, bir dereye ve ırmağa rast gelince gülüyordu; sonra eğiliyor, ayaklarını ve başını suda ıslatıyordu; bazen ağaçlardan gelen bir sese veya bir fısıltıya gülüyordu. Ne zaman bir üvez ağacı görse kollarını uzatıp şarkı söylüyor ve şarkı söylerken sallanıyordu.

Akşam çökünce onları kendi ent evine getirdi: Yeşil bir bayırın altındaki çimenler üzerine yerleşmiş yosunlu bir kayadan başka bir şey değildi evi. Etrafında halka şeklinde bir dizi üvez yetişmişti ve evin içinde su, bayırdan kaynayan bir pınar vardı, tüm ent evlerinde olduğu gibi. Ormanın üzerine karanlık çökerken bir süre konuştular. Çok uzak olmayan bir yerde Entmeclisi'nin devam eden sesi duyulabiliyordu; fakat sesler artık daha derin ve daha sakindi adeta; arada bir tek bir yüksek ses, diğerleri susarken daha tiz ve daha aceleci bir müzikle yükseliyordu. Fakat yanlarında Bregalad onlarla kendi dillerinde, hemen hemen bir fısıltıyla konuşuyordu; onun Derikabuk'un halkına dahil olduğunu, yaşadıkları toprakların harap edilmiş olduğunu öğrendiler. Bu hobbitlere onun "aceleciliğini" açıklamaya yeterli geldi, en azından orklar konusunda.

"Memleketimde üvez ağaçları vardı," dedi Bregalad yavaş yavaş, hüzünle, "ben bir entçik iken, dünyanın sükûnet devrinde, yıllar ve yıllar önce kök salan üvez ağaçları. En yaşlısı, enthanımları memnun etmeye çalışan entler tarafından dikilmişti; lâkin onlar ağaçlara bir nazar edip, daha beyaz çiçeklerin ve daha zengin meyvaların nerede yetiştiğini bildiklerini söyleyip tebessüm etmişlerdi. Yine de o ırktan, Gül halkından başka hiçbir ağaç bana o kadar güzel görünmez. Dediğim bu ağaçlar serpildiler de serpildiler, ta ki her birinin gölgesi yeşil bir avluya dönüşene, güz aylarında kırmızı yemişleri bir yük, bir güzellik abidesi oluncaya kadar. Kuşlar sürü halinde üzerlerine üşüşürdü. Ben kuşları severim, durmadan cıvıldaştıklarında bile; üvezlerde gereğinden fazla kuş olurdu. Lâkin kuşlar düşmanlaştı, tamahkâr oldu, ağaçları didiklemeye, meyvalarını yemeyip yerlere atmaya başladı. Sonra orklar baltalarıyla gelerek ağaçlarımı kestiler. Gidip ağaçlara uzun isimleriyle seslendim ama onlar titremediler bile; ne işittiler, ne de bir mukabelede bulundular: Ölmüş yatıyorladı.

Ey Orofarnë, Lassemista, Carnimírië!
Ey güzel üvez ağacı, nasıl da üşüşür beyaz tomurcuklar saçlarına!
Ey üvezim benim, gördüm parladığını yaz ortasında,
Kabuğun parlak, yaprağın hafif, sesin serin ve yumuşak;
Altın kırmızısı tacını başında taşıyarak!
Ey ölü üvez, kırlaşmış, kurumuş başında saçların;
Sesin kesilmiş sonsuza dek, tacın darmadağın.
Ey Orofarnë, Lassemista, Carnimírië!

Hobbitler Bregalad'ın, o kadar sevdalı olduğu ağaçların devrilmesi nedeniyle birçok dilde yaktığı, ağıta benzeyen yumuşak şarkısıyla uykuya daldılar.

Ertesi günü de onunla birlikte geçirdiler ama onun "evinden" pek uzaklaşmadılar. Zamanlarının çoğunda bayırın korunağında sessizce oturdular; çünkü rüzgâr daha da soğumuş, bulutlar sıklaşmış ve kurşunileşmişti; çok az güneş vardı ve Meclis'teki entlerin uzaktan gelen sesleri hâlâ bir yükseliyor, bir alçalıyor, bazen yüksek ve güçlü bazen alçak ve üzgün, bazen hızlı, bazen yavaş ve bir ağıt gibi ciddi geliyordu. Bir gece daha çöktü; entler hâlâ aceleyle geçen bulutların ve kesik kesik görünen yıldızların altında toplantılarına devam ediyorlardı.

Üçüncü gün söktü, soğuk ve rüzgârlı. Şafak vaktinde entlerin sesleri büyük bir yaygara koparttı, sonra tekrar alçaldı. Sabah vakti ilerledikçe rüzgâr dindi ve hava bir beklentiyle ağırlaşmaya başladı. Bregalad'ın ent evinin çukuru içinde Meclis'in sesi hobbitlere çok az ulaşıyor olsa da, hobbitler Bregalad'ın artık sesleri dikkatle dinlediğini görebiliyorlardı.

Akşamüstü oldu, batıya dağlara doğru giden güneş, bulutların çatlak ve yarıklarından uzun sarı ışınlar yolluyordu. Aniden her şeyin çok sessiz olduğunu fark ettiler; bütün orman dinleyen bir sessizliğe gömülmüştü. Susan ent sesleriydi tabii ki. Bu ne anlama geliyordu? Bregalad dimdik ve gergin duruyor, geriye kuzeye, Gizlidere'ye doğru bakıyordu.

Sonra bir çatırtı sesiyle çınlayan büyük bir ses duyuldu: *gümbe de güm!* Ağaçlar sanki ani ve şiddetli bir rüzgâr esmişçesine titreyerek eğildiler. Bir sessizlik daha oldu; sonra heybetli davullar misali bir bando müziği başladı ve gürleyen davul sesleri üzerinde yüksek ve güçlü sesle şarkı söyleyen sesler toplanmaya başladı.

Geliyoruz, davul gümbürtüleriyle geliyoruz: Güm güm de
güm güm!

Entler geliyordu: Şarkıları durmadan daha yakından ve daha yüksek duyuluyordu:

Geliyoruz, davullarla zurnalarla geliyoruz: Güm güm de
güm güm!

Bregalad hobbitleri alarak iri adımlarla evinden uzaklaştı.

Çok geçmeden yürüyüşe geçmiş yaklaşan sırayı gördüler: Entler, iri adımlarla yamaçtan aşağıya onlara doğru sallana sallana geliyorlardı. Başlarında Ağaçsakal vardı, arkasında da onu izleyen elli kadar takipçisi; ikişer ikişer, elleriyle böğürlerine vurup usul tutarak, uygun adım ilerliyorlardı. Yaklaştıkça gözlerindeki şimşekler ve kıvılcımlar görülmeye başladı.

"Hum, ham! İşte sonunda geldik, gümbürdeyerek geldik!" diye seslendi Ağaçsakal, Bregalad ile hobbitleri görür görmez. "Gelin, Meclis'e katılın! Gidiyoruz! İsengard'a gidiyoruz!"

"İsengard'a!" diye bağırdı entler bir ağızdan.

"İsengard'a!"

Haydi İsengard'a! İsterse taştan kapılarla sarılmış, kapatılmış
olsun İsengard;
İstediği kadar sağlam, çetin, taş gibi soğuk, kemik kadar çıplak
olsun İsengard,
Gidiyoruz, gidiyoruz, gidiyoruz savaşa, taşı yarıp kapıyı yıkmaya
Çünkü gövde ve dal yanıyor, ocak harlanıyor; biz de gidiyoruz
savaşa!
Kasvet diyarına, kıyametin ayak sesleriyle, davullar çalarak
geliyoruz;
İsengard'a kıyama geliyoruz!
Kıyama geliyoruz, kıyama geliyoruz!

Böyle şarkılar söylediler güneye doğru yürürken.

Gözleri pırıl pırıl parlayan Bregalad, savrularak Ağaçsakal'ın yanında sıraya girdi. Yaşlı ent, hobbitleri kendisi aldı ve yeniden omuzlarına yerleştirdi; böylece şarkı söyleyen grubun önünde kalpleri güm güm atarak ve başlarını dimdik tutarak gururla oturdular. Er geç bir şeylerin olacağını bekledikleri halde entlerdeki değişikliğe çok hayret etmişlerdi. Şimdi bu olanlar, uzun süredir bir setin zaptettiği suyun coşup akmasına benziyordu.

"Hakikaten de entler kararlarını çabuk verdiler, öyle değil mi?" demeye cesaret etti Pippin bir süre sonra, şarkılara ara verildiğinde ve sadece eller ile ayakların ritimleri duyulurken.

"Çabuk mu?" dedi Ağaçsakal. "Hum! Evet, elbette. Benim tahmin ettiğimden de çabuk oldu. Hakikaten, uzun asırlar boyudur hiç böyle ayaklandıklarını görmemiştim. Biz entler harekete geçirilmeyi sevmeyiz; ağaçlarımız ve hayatlarımızın büyük bir tehlike içinde olduğunu bariz bir şekilde görmezsek de hiç harekete geçmeyiz. Bu da, Sauron ile Deniz'in insanları arasında yapılan muharebeden beri hiç vuku bulmamıştı. Bu ork işi, ahlaksızlar *–rárum–* ateşlerini beslemek gibi kötü bir mazeretleri dahi olmaksızın kesiyorlar ağaçları; işte bu bizi çok hiddetlendirdi; bir de bize yardım etmesi gereken komşumuzun hainliği. Arifler'in akıllarının başlarında olması lazım gelirdi: Öyledir de. Ne elflerin, ne entlerin, ne de insanların lisanlarında, bu tür bir hainlik için sarfedilebilecek bir küfür yok. Kahrolsun Saruman!"

"Gerçekten de İsengard'ın kapılarını yıkacak mısınız?" diye sordu Merry.

"Ho, hm, eh, mümkündür, bildiğiniz gibi! Belki de bilmiyorsunuzdur ne kadar güçlü olduğumuzu. Trolleri işitmişsinizdir muhtemelen. Onlar da muazzam surette kuvvetlidir. Lâkin onlar sadece taklittir, Büyük Karanlık sırasında Düşman tarafından entlerin taklidi olarak yapılmış; nasıl orklar elflere karşı yapılmışsa. Biz trollerden daha kuvvetliyiz. Biz toprağın kemiklerinden yaratıldık. Biz taşları ağaçların kökleriyle parçalayabiliriz; hem de çok çabuk, eğer aklımıza koymuşsak çok çok çabuk! Eğer bizi baltayla devirmezlerse, ateş veya büyücülük rüzgârıyla tahrip etmezlerse İsengard'ı un ufak edip, duvarlarını moloza çeviririz."

"Ama Saruman sizi engellemeye çalışacak, öyle değil mi?"

"Hm, ah, evet, öyle. Bunu unutmuş değilim. Hakikaten bu hususta uzun uzun düşündüm. Lâkin, gördüğünüz üzre entlerin çoğu benden birçok ağaç ömrü daha genç. Artık hepsi harekete geçti ve hepsinin aklında tek bir şey var: İsengard'ı paramparça etmek. Lâkin çok sürmeden yeniden mütalaa etmeye başlayacaklar; akşam içkimizi aldığımızda biraz sakinleşecekler. Ne susayacağız ama! Ama bırakın şimdi yürüsünler ve şarkılarını terennüm etsinler! Katedilecek uzun bir yolumuz var önümüzde; düşünecek zamanımız da. Başlamak da bir şey sayılır."

Ağaçsakal yürümeye devam etti, bir süre diğerleriyle birlikte şarkı söyleyerek. Fakat bir süre sonra sesi bir mırıltıya dönüştü, sonra hepten sustu yeniden. Pippin onun yaşlı alnının kırışıklar içinde boğum

boğum olduğunu gördü. Sonunda Ağaçsakal başını kaldırdı ve Pippin onun gözlerinde mahzun bir ifade gördü, mahzun ama mutsuz değil. Gözlerinde bir ışık vardı, sanki yeşil alev, düşüncelerinin kara kuyusunun daha derinlerine batmış gibi.

"Elbette dostlarım," dedi yavaş yavaş, "*kendi* nihayetimize gidiyor olmamız da muhtemeldir: Entlerin son resmi geçidi. Lâkin eğer evlerimizde oturup hiçbir şey yapmasaydık sonumuz zaten yakamıza yapışacaktı, eninde sonunda. Bu fikir uzun zamandır gönüllerimizde inkişaf ediyordu; işte o yüzden yürüyüşe başladık. Bu ani bir niyet değildi. Şimdi, en azından, entlerin son resmi geçitleri hakkı için bir şarkı yakmaya değer. Ah," diye iç geçirdi, "göçmeden önce başka bir ahaliye yardımımız dokunabilir. Yine de, enthanımlarla ilgili şarkıların doğru çıkmasını temenni ederdim. Hakikaten, gönülden görmek isterdim Fimbrethil'i bir kez daha. Lâkin işte dostlarım, şarkılar da tıpkı ağaçlar gibi vakti gelince ve kendi usullerince meyvalarını veriyorlar: Ve bazen de vakitsiz kuruyorlar."

Entler büyük bir hızla, iri adımlarıyla ilerliyorlardı. Arazinin güneye doğru uzanan uzun kıvrımına inmişler, artık batıdaki yüksek sırta tırmanmaya başlamışlardı. Ormanlar altlarında kalmış, önce oraya buraya serpiştirilmiş huş ağaçlarının olduğu yere, sonra da tek tük kuru çam ağaçlarının bulunduğu çıplak yamaçlara varmışlardı. Güneş, önlerindeki tepenin karanlık sırtından batmıştı. Kurşuni renkli alacakaranlık çöktü.

Pippin arkasına baktı. Entlerin sayısı mı artmıştı yoksa, neler oluyordu? Geçmiş oldukları, kasvetli çıplak yamaçların olması gereken yerde ağaç koruları gördüğünü zannetti. Ama bu korular hareket ediyordu! Fangorn'un ağaçları uyanmış, orman ayaklanmış, dağları tepeleri aşıp savaşa gidiyor olabilir miydi? Acaba uyku ve gölgeler onu aldatmış olabilir mi diye gözlerini ovuşturdu; ama kocaman kurşuni şekiller durmadan ilerliyordu. Pek çok ağacın dalları arasında gezinen rüzgârı andıran bir ses duyuluyordu. Entler tepenin kenarına yaklaşmışlardı artık ve şarkı hafiflemeye başlamıştı. Gece çöktü, ortalık sessizleşti: Entlerin ayakları altındaki toprağın, sürüklenen bir sürü yaprağın fısıltıları gibi hafifçe titreyişinden başka bir şey duyulmuyordu. Sonunda zirvede durdular ve aşağıdaki karanlık çukura baktılar: Dağların sonundaki büyük yarık: Nan Curunír, Saruman'ın Vadisi.

"İsengard'ın üzerine gece çökmüş," dedi Ağaçsakal.

BÖLÜM V

AK SÜVARİ

"İliklerime kadar dondum," dedi Gimli kollarını sallayarak ve ayaklarını yere vurarak. Sonunda gün ağarmıştı. Şafak vakti, yol arkadaşları ellerinden geldiğince bir kahvaltı yapmıştı; artık artmakta olan ışıkta, yerde hobbitlerin izini bulabilmek için araştırma yapmaya hazırlanıyorlardı.

"Sonra o yaşlı adamı da unutmayın!" dedi Gimli. "Eğer bir çizme izi bulabilirsem daha mutlu olacağım."

"Bu neden seni daha mutlu edecek?" dedi Legolas.

"Çünkü iz bırakan ayaklara sahip olan yaşlı bir adam, göründüğünden başka bir şey olmayabilir de ondan," diye cevap verdi cüce.

"Belki," dedi elf; "ama ağır bir çizme bile burada iz bırakmayabilir: Otlar hem derin, hem de çok esnek."

"Bu bir Kolcu'yu şaşırtmaz," dedi Gimli. "Eğilmiş bir yaprak bile Aragorn'un okuması için yeterli. Ama onun herhangi bir ize rastlayacağını zannetmiyorum. Dün gece gördüğümüz Saruman'ın kötü bir hayaletiydi. Sabahın şu ışığı altında bile bundan eminim. Gözleri belki şu anda bile Fangorn'dan bize bakıyordur."

"Muhtemeldir," dedi Aragorn; "yine de emin değilim. Ben atları düşünüyorum. Dün gece, onların ürkütülüp kaçırıldıklarını söyledin Gimli. Ama ben öyle düşünmedim. Sen onları duydun mu Legolas? Sana korkmuş gibi geldi mi sesleri?"

"Hayır," dedi Legolas. "Onları açık seçik duydum. Eğer o kadar karanlık olmasaydı ve o kadar büyük bir korku içinde olmasaydık hayvanların ani bir sevinçle delirdiklerini söyleyebilirdim. Atlar, uzun süredir özlemini çektikleri bir arkadaşlarıyla karşılaşınca nasıl konuşurlarsa öyle konuşuyorlardı."

"Bana da öyle geldi," dedi Aragorn; "ama eğer dönmezlerse bilmeceyi çözemeyeceğim. Gelin! Ortalık hızla aydınlanıyor. Önce bakalım, sonra fikir yürütürüz! Buradan, etrafı dikkatle araştırarak kendi konaklama yerimizin yakınından başlayıp yavaş yavaş yamaçtan ormana doğru çıkmalıyız. Bizim görevimiz hobbitleri bulmak, akşamki ziyaretçimiz hakkında ne düşünürsek düşünelim. Eğer şans eseri kaçabildilerse, ağaçların arasına gizlenmiş olmalılar, yoksa görünürlerdi. Burasıyla ormanın kıyısı arasında bir şey bulamazsak, o zaman savaş alanında son bir araştırma yaparız, küllerin arasında. Fakat orada pek ümit yok: Rohan'lı atlılar işlerini iyi yapmışlar."

Yol arkadaşları bir süre emekleyerek elleriyle yeri yokladılar. Ağaç kederle üzerlerinde duruyordu, kuru dalları artık sarkmıştı, soğuk doğu rüzgârında hışırdıyordu. Aragorn yavaş yavaş uzaklaştı. Nehir kıyısındaki nöbetçi ateşinin küllerine vardı ve sonra savaşın yapılmış olduğunu küçük tepeye doğru topraktaki izleri yeniden sürmeye başladı. Aniden yüzü neredeyse otlara değecek gibi yere eğildi. Sonra diğerlerini çağırdı. Koşarak geldiler.

"Sonunda bir habere rast geldik burada!" dedi Aragorn. Onlar görsünler diye kırılmış bir yaprağı, artık solmaya ve kahverengiye dönüşmeye başlamış altın renkli kocaman solgun bir yaprağı kaldırdı. "Burada Lórien'in bir mallorn yaprağı ve üzerinde de kırıntıları var; çimenlerin üzerinde biraz daha kırıntı var. Ve bakın! Yakınlarda kesilmiş ipler var!"

"İpleri kesmiş olan bıçak da burada!" dedi Gimli. Eğilerek, ağır ayakların çiğnediği, içinde kısa dişli bir bıçak olan bir ot öbeğini eline aldı. Bıçağın kını da yanındaydı. "Bir ork silahıymış," dedi bıçağı ihtiyatla tutup, tiksintiyle yontulmuş sapına bakarak: Kısık gözlü, eğri ağızlı korkunç bir kafa şekline sokulmuştu sap.

"Buyurun, şimdiye kadar karşılaştığımız en garip bilmece!" diye hayretini dile getirdi Legolas. "Eli kolu bağlı bir tutsak hem orklardan, hem de etraflarını saran atlılardan kaçmış. Sonra durmuş, hâlâ ortalıklardayken bağlarını bir ork bıçağıyla kesmiş. Ama nasıl ve neden? Çünkü eğer ayakları bağlı idiyse nasıl yürüdü? Eğer elleri bağlı idiyse bıçağı nasıl kullandı? Eğer hiçbiri bağlı değil idiyse, neden ipleri kesti? Sonra da yaptığından memnun kalarak oturup sessiz sessiz yolluğunu yemiş! Mallorn yaprağı olmasaydı bile, bu onun bir hobbit olduğunu kanıtlamaya yeterdi. Bundan sonra da, herhalde, kanatları çıktı ve şakıya şakıya ağaçlara doğru uçtu. Onu bulmak kolay olsa gerek: Bizim de bir çift kanada ihtiyacımız olacak o kadar!"

"Burada birtakım büyüler dönmüş besbelli," dedi Gimli. "O yaşlı adam ne yapıyordu? Legolas'ın okudukları için sen ne diyeceksin Aragorn? Daha iyisini söyleyebilir misin?"

"Belki," dedi Aragorn gülümseyerek. "Yakınlarda sizin dikkate almadığınız başka işaretler de var. Tutsağın bir hobbit olduğu ve buraya gelmeden önce ya ellerinin ya da ayaklarının serbest kalmış olduğu konusunda hemfikirim. Sanırım elleri serbestti, işaretlerden okuyabildiğim kadarıyla; bu noktaya kadar bir ork tarafından *taşınmış*. Orada kan dökülmüş, birkaç adım ötede, ork kanı. Bu noktada derin at nalı ve sürüklenmiş ağır bir şeyin izleri var. Ork atlı tarafından öldürülmüş ve daha sonra cesedi çekilip ateşe götürülmüş. Ama hobbit görülmemiş: 'açıkta' değilmiş, çünkü gece vaktiymiş ve onun da üzerinde elf pelerini varmış hâlâ. Yorgun ve açmış, buna da şaşmamak gerek; devrilen düşmanının bıçağıyla bağlarını kestikten sonra dinlenip uzaklaşmadan bir şeyler yemiş. Fakat yanında alet edevatı veya bohçası olmadan kaçtığı halde cebinde *lembas* olduğunu bilmek insanı rahatlatıyor; bu, belki de, hobbitvari bir şeydir. Hep 'o' dedim ama umarım Merry ile Pippin beraberdirler. Yine de bunu kesin olarak gösterecek hiçbir şey yok."

"Peki arkadaşlarımızdan birinin ellerinin bağlı olmamasını nasıl açıklıyorsun?" diye sordu Gimli.

"Nasıl olduğunu bilmiyorum," diye cevap verdi Aragorn. "Ayrıca neden bir orkun onları kenara taşıdığını da bilmiyorum. Kaçmalarına yardım etmek için değildir, emin olabilirsiniz. Hayır, artık başından beri aklımı karıştıran bir şeyi anlamaya başladım gibi: Boromir öldüğünde orklar neden Merry ile Pippin'i yakalamakla yetindiler? Bizleri aramadılar bile, kampımıza da saldırmadılar; onun yerine bütün hızlarıyla İsengard'a doğru yollandılar. Acaba Yüzük Taşıyıcısı ile sadık yol arkadaşını yakaladıklarını mı düşünüyorlardı? Zannetmem. Efendileri orklara bu tür açık emirler vermezler, kendileri bilseler bile; onlara açık açık Yüzük'ten bahsetmezler: Orklar güvenilir hizmetkârlar değildirler. Ama bence orklara *hobbitleri* yakalama emri verilmişti, ne pahasına olursa olsun canlı olarak. Savaştan önce bu kıymetli tutsaklarla kaçmak için bir girişimde bulunulmuş belli ki. Belki de ihanet söz konusuydu, bu yaratıklarda sık sık görüldüğü gibi; iri ve cesur orkun teki ödül ile tek başına kaçmayı düşünmüş olabilir, kendi çıkarı için. İşte benim öyküm bu. Başka şeyler de çıkartılabilir. Fakat her halükârda şundan emin olabiliriz: Arkadaşlarımızdan en az biri kaçtı.

Bizim görevimiz, Rohan'a dönmeden önce, onu bularak yardım etmek. Madem ki zorunluluk onu o karanlık yere yöneltmiş, Fangorn bizi de yıldırmamalı."

"Hangisi beni daha çok yıldırıyor bilemiyorum: Fangorn mu, yayan olarak aşacağımız Rohan'a giden uzun yol mu," dedi Gimli.

"O halde ormana girelim," dedi Aragorn.

Taze izler bulmak Aragorn'un çok vaktini almadı. Bir noktada, Entsuyu'nun kıyısına yakın bir yerde ayak izlerine rast geldi: hobbit izleriydi bunlar ama bir sonuç çıkarılamayacak kadar belirsiz izlerdi. Sonra yeniden, büyük bir ağacın gövdesinin altında daha çok iz buldular. Toprak çıplak ve kuru olduğu için izler belirsizdi.

"Burada, en azından bir hobbit durarak geriye bakmış; sonra da orman tarafına dönmüş," dedi Aragorn.

"O halde biz de ormana girmeliyiz," dedi Gimli. "Ama bu Fangorn'un görünüşünü hiç sevmedim; üstelik ormana karşı bizi uyardılar da. Keşke izler bizi başka yöne yöneltseydi."

"Hikâyeler ne anlatırsa anlatsın ben ormanın kötü olduğunu zannetmiyorum," dedi Legolas. Ormanın tam kıyısında durarak sanki bir şeyler dinliyormuş gibi öne eğildi; gözlerini iyice açıp gölgelere doğru dikkatle baktı. "Hayır, orman kötü değil; ya da içindeki kötülük her neyse, uzaklarda. Ağaçların yüreklerinin siyah olduğu karanlık yerlerin yankılarını belli belirsiz yakalıyorum sadece. Yakınımızda hiç kötülük yok; yalnızca temkin ve hiddet var."

"Eh, bana hiddetlenmesi için hiç sebep yok," dedi Gimli. "Ben ona hiç zarar vermedim."

"Bu çok doğru," dedi Legolas. "Ama yine de bir zarar görmüş. İçerde bir şeyler oluyor, ya da olacak. Gerginliği hissetmiyor musunuz? Benim nefesimi kesiyor."

"Bana hava ağır geliyor," dedi cüce. "Bu orman Kuyutorman'dan daha seyrek ama küf kokulu ve yıpranmış."

"Çok, çok yaşlı," dedi elf. "O kadar yaşlı ki, neredeyse siz çocuklarla yola çıktığımdan beri hissetmediğim kadar genç hissedeceğim yeniden kendimi. Çok yaşlı ve hatıralarla dopdolu. Eğer barış günlerinde gelmiş olsaydım burada huzur bulabilirdim."

"Bulurdun herhalde," diye homurdandı Gimli. "Elflerin her türü gariptir gerçi ama sen bir Orman Elfi'sin zaten. Buna rağmen beni rahatlattın. Nereye gidersen, arkandan gelirim. Yine de okunla yayını hazır et; ben de kemerimde baltamın bağlarını çözeceğim. Ağaçlara karşı kullanmak için değil," diye ekledi hemencecik, başını kaldırıp altında durdukları ağaca doğru bakarak. "Sadece, verecek bir karşılığım olmaksızın o yaşlı adama gafil avlanmak istemem o kadar. Haydi gidelim!"

Bunun üzerine üç avcı Fangorn ormanına daldı. Legolas ile Gimli, iz sürme işini Aragorn'a bırakmışlardı. Onun da görebileceği az şey vardı zaten. Ormanın zemini kuru ve dökülmüş yapraklarla doluydu; ama kaçakların suyun yakınında kalacaklarını tahmin ederek sık sık derenin kenarına gidiyordu. Böylece Merry ile Pippin'in su içtikleri ve ayaklarını yıkadıkları yere geldi. Burada hepsinin görebileceği kadar açık seçik bir şekilde biri diğerinden daha küçük olan iki hobbitin ayak izleri seçiliyordu.

"Bu güzel bir haber," dedi Aragorn. "Yine de izler iki günlük. Ve öyle görünüyor ki hobbitler bu noktada su boyundan ayrılmışlar."

"O halde şimdi ne yapacağız?" dedi Gimli. "Onları bütün Fangorn'da izleyemeyiz ki. Yeterince tedarikli gelmedik. Eğer onları bir an önce bulamazsak, yanlarında oturup dostluğumuzu ispat için hep birlikte açlıktan ölmekten başka bir faydamız olmaz onlara."

"Eğer gerçekten bütün yapabileceğimiz bu ise, o zaman öyle yapmalıyız," dedi Aragorn. "Haydi gidelim."

Sonunda Ağaçsakal'ın Tepesi'nin keskin ve sarp yamacına vardılar ve yüksek kaya tabakasına doğru yükselen kaba basamaklarıyla taş duvara baktılar. Aceleyle geçen bulutlar arasından güneş ışınları parlıyor ve orman artık daha az kurşuni ve daha az kasvetli görünüyordu.

"Haydi yukarı çıkıp etrafa bir bakınalım!" dedi Legolas. "Hâlâ kendimi nefessiz hissediyorum. Bir süre için daha açık bir hava tatmak isterim."

Yol arkadaşları yukarı tırmandılar. En son Aragorn vardı tepeye, yavaş yavaş hareket ediyor, basamakları ve çıkıntılı kaya tabakasını yakından tarıyordu.

"Hobbitlerin buraya çıktıklarına hemen hemen eminim," dedi. "Ama başka izler de var, ne olduklarını anlayamadığım çok garip izler. Acaba bu çıkıntılı kayadan, ne yana doğru gittiklerini tahmin etmemize yarayacak bir şey görebilecek miyiz?"

Ayağa kalkarak etrafına bakındı, fakat işe yarar hiçbir şey göremedi. Çıkıntı güneye ve doğuya bakıyordu; fakat sadece doğu yönünde manzara açıktı. O tarafta da, gelmiş oldukları ovaya doğru sıra sıra inmekte olan ağaçların tepelerini görebiliyordu.

"Yolumuzu çok dolandırdık," dedi Legolas. "Buraya hep birlikte sağ salim gelebilirdik, eğer Ulu Nehir'i ikinci veya üçüncü gün terk edip batıya sapsaydık. Çok az kişi sonuna gelmeden yolun onları nereye götüreceğini görebilir."

"Ama Fangorn'a gelmeyi düşünmüyorduk ki," dedi Gimli.

"Yine de buradayız işte – bir güzel ağa yakalandık," dedi Legolas. "Bakın!"

"Neye bakın?" dedi Gimli.

"Oraya ağaçların arasına."

"Nereye? Bende elf gözü yok!"

"Sus! Daha alçak sesle konuşun! Bakın!" dedi Legolas işaret ederek. "Ormanın içine, şimdi geldiğimiz yola. Bu o. Ağaçtan ağaca geçerken onu göremiyor musunuz?"

"Gördüm, gördüm şimdi!" diye tısladı Gimli. "Bak Aragorn! Sizi uyarmamış mıydım? İşte yaşlı adam. Kirli, gri çaputlar içinde: İlk başta onu göremememin nedeni buydu."

Aragorn baktı ve yavaş yavaş hareket eden iki büklüm bir şekil gördü. Çok uzakta değildi. Kaba bir asaya dayanmış, yorgun argın yürüyen yaşlı bir dilenciye benziyordu. Başı önüne eğilmişti ve onlardan yana bakmıyordu. Başka topraklarda olsa onu hoş sözlerle karşılarlardı; ama şimdi her biri garip bir beklenti içinde sessizce duruyorlardı: Gizli bir güç –veya kötülük– barındıran bir şey yaklaşıyordu.

Gimli onlara adım adım yaklaşan siluete fal taşı gibi açılmış gözlerle baktı. Sonra aniden, kendini daha fazla denetim altında tutamayarak patladı: "Yayın Legolas! Yayını ger! Hazırlan! Saruman bu. Konuşmasına veya bize büyü yapmasına izin verme! Önce sen vur onu!"

Legolas yayını alarak yavaş yavaş gerdi, sanki başka bir irade ona karşı koyuyormuş gibi. Elinde bir oku gevşekçe tuttu ama bir türlü yaya geçirmedi. Aragorn sessizce duruyordu; yüzü tetikte ve dikkatliydi.

"Neden bekliyorsun? Neyin var?" dedi Gimli fısıldayarak.

"Legolas haklı," dedi Aragorn sakin sakin. "Yaşlı bir adamı habersizce, meydan okumadan, bu şekilde vuramayız, ne kadar korku ve kuşku içinde olsak da. İzle ve bekle!"

Tam o sırada yaşlı adam adımlarını sıklaştırarak şaşırtıcı bir hızla taş duvarın dibine geldi. Sonra onlar kıpırdamadan durmuş aşağıya bakarken o da aniden yukarı baktı. Hiç ses yoktu.

Yüzünü göremiyorlardı: Başında başlığı vardı; başlığının üzerine de geniş kenarlı bir şapka giymişti öyle ki burnunun ucu ve gri sakalı hariç bütün hatları gölgede kalıyordu. Yine de Aragorn'a, sanki başlığıyla kaşlarının gölgeleri arasından keskin ve parlak gözlerin ışıltısını yakalamış gibi geldi.

Sonunda yaşlı adam sessizliği bozdu. "Ne hoş bir tesadüf dostlarım," dedi yumuşak bir sesle. "Sizinle konuşmak istiyorum. Siz mi aşağı ineceksiniz, ben mi yukarı geleyim?" Cevabı beklemeden yukarı tırmanmaya başladı.

"Şimdi!" dedi Gimli. "Durdur onu Legolas!"

"Sizinle konuşmak istediğimi söylemedim mi?" dedi yaşlı adam. "Yayını bırak Efendi Elf!"

Ok ile yay Legolas'ın elinden düştü ve kolları iki yanında sallandı.

"Ve sen Efendi Cüce, lütfen ben yukarı çıkıncaya kadar elini baltanın sapından çek! Bu tür karşılıklara ihtiyacın olmayacak."

Gimli önce bir hamle yaptı ama sonra yaşlı adam basamakları bir keçi gibi çevikçe tırmanırken bir taş gibi hareketsiz kaldı. Bütün yorgunluğu geçmiş gibiydi. Çıkıntılı kayaya adım atarken sanki bir pırıltı, emin olamayacakları kadar kısa süren, gri paçavralar tarafından örtülmüş bir giysi bir an için görünmüşçesine ani beyaz bir parıltı görünüp geçmişti. Sessizlikte Gimli'nin iç çekişi gürültülü bir tıslama gibi duyuldu.

"Ne hoş bir tesadüf, diyorum yine!" dedi yaşlı adam onlara yaklaşarak. Birkaç metre kalınca durdu, başı önde, onlara başlığı altından bakarken asasına yaslandı. "Buralarda neler yapıyorsunuz ki? Hepsi de elf kıyafetlerine bürünmüş bir elf, bir insan ve bir cüce. Belli ki bütün bunların gerisinde dinlemeye değer bir hikâye var. Bu tür şeyler buralarda pek sık olmaz."

"Fangorn'u iyi tanırmış gibi konuşuyorsunuz," dedi Aragorn. "Öyle mi?"

"Çok iyi sayılmaz," dedi yaşlı adam; "bunun için birkaç ömür boyu çalışmak gerekir. Lâkin ara sıra gelirim buralara."

"İsminizi ve bize söyleyeceğiniz şeyin ne olduğunu öğrenebilir miyiz acaba?" dedi Aragorn. "Sabah geçmek üzere ve bekletilemeyecek kadar önemli bir işimiz var bizim."

"Size söylemeyi arzu ettiğim şeyi soruyorsanız onu söyledim: Neler yapıyorsunuz ve kendiniz hakkında anlatacağınız hikâye nedir? Benim ismime gelince!" Birdenbire durarak uzun uzun, yavaş yavaş güldü. Aragorn bu ses karşısında bir ürpertinin, garip soğuk bir ürpertinin bedenini bir uçtan bir uca gezindiğini hissetti; yine de hissettiği korku veya dehşet değildi: Daha ziyade, huzursuz bir uykuda olan birini uyandıran sert bir havanın ani ısırışı ya da soğuk bir yağmurun şaplağı gibiydi.

"İsmim!" dedi yaşlı adam tekrar. "Daha tahmin edemediniz mi? Daha önce duymuşsunuzdur herhalde. Evet, daha önce duymuştunuz. Ama haydi söyleyin, sizin hikâyeniz nedir?"

Üç yol arkadaşı sessizce durdular ve hiç cevap vermediler.

"Görevinizin anlatılmayacak kadar uygunsuz olduğunu düşünesi geliyor kişinin," dedi yaşlı adam. "Ne mutlu ki ben birazını biliyorum. Sanırım iki genç hobbitin ayak izlerini takip ediyorsunuz. Evet, hobbitlerin izlerini. Öyle bakmayın, sanki bu garip ismi hiç duymamış gibi. Duydunuz; ben de duymuştum. Evvelki gün buraya tırmandılar ve hiç ummadıkları biriyle karşılaştılar. Bu sizi rahatlattı mı? Ve şimdi de nereye götürüldüklerini merak ediyorsunuz, öyle mi? Eh, belki bu konuda ben size bazı haberler verebilirim. Ama neden ayakta duruyoruz? Gördüğünüz gibi göreviniz zannettiğiniz kadar acil değilmiş. Gelin oturalım, rahat edelim."

Yaşlı adam dönerek, arkalarındaki uçurumun kıyısında, yuvarlanmış kayaların ve taşların meydana getirdiği bir yığına doğru gitti. Derhal, sanki üzerlerinden bir büyü kalkmış gibi diğerleri de gevşeyip kıpırdadılar. Gimli'nin eli hemen baltasının sapına gitti. Aragorn kılıcını çekti. Legolas yayını aldı.

Yaşlı adam hiç umursamadan eğilerek alçak, düz bir taşın üzerine yerleşti. Sonra gri pelerini açıldı ve kuşku duyulmayacak biçimde adamın beyazlara bürünmüş olduğunu gördüler.

"Saruman!" diye bağırdı Gimli elinde baltasıyla ona doğru atılarak. "Konuş! Arkadaşlarımızı nereye sakladığını söyle! Onlara ne yaptın? Konuş yoksa şapkanda öyle bir oyuk açarım ki bir arif bile bunu onarmayı beceremez!"

Yaşlı adam ona göre çok atikti. Ayağa fırlayarak kocaman bir kayanın tepesine sıçradı. Orada durdu, aniden boyu uzamış, Gimli'nin üzerinde yükselmişti. Başlığı ve gri renkli paçavraları bir yana savrulmuştu. Beyaz giysileri parlıyordu. Asasını kaldırdı ve Gimli'nin baltası elinden kurtulup tıngırdayarak yere düştü. Aragorn'un kıpırtısız elinde sımsıkı duran kılıcı ani bir alevle parladı. Legolas bir çığlık atarak okunu havaya fırlattı: Ok, şimşekten bir alev içinde kayboldu.

"Mithrandir!" diye bağırdı Legolas. "Mithrandir!"

"Ne hoş bir tesadüf diyorum yeniden Legolas!" dedi yaşlı adam.

Hepsi ona baktılar. Saçları gün ışığında kar gibi bembeyazdı; giysileri parlak bir beyazdandı; derin kaşlarının altındaki gözleri pırıl pırıl ve güneşin ışınları gibi deliciydi; gücü elindeydi. Hayret, sevinç ve korku arasında durdular ve söyleyecek tek bir söz bulamadılar.

Sonunda Aragorn kıpırdadı. "Gandalf!" dedi. "Umutların ötesinden, en çok ihtiyacımız olduğu zaman döndün bize! Gözlerimi ne örtmüştü? Gandalf!" Gimli hiçbir şey söylemedi ama gözlerini kapatarak dizleri üzerine çöktü.

"Gandalf," diye tekrarladı yaşlı adam, sanki uzun zamandır kullanılmamış bir sözü hafızasından bulup çıkarır gibi. "Evet, isim buydu. Ben Gandalf idim."

Kayadan aşağı indi ve gri pelerinini alarak örtündü: Sanki güneş parlıyordu da şimdi yeniden bir bulutun arkasına gizlenmişti. "Evet, bana hâlâ Gandalf diyebilirsiniz," dedi; ses eski dostları ve rehberlerinin sesiydi. "Kalk ayağa Gimli'ciğim! Seni suçlayan yok, bana da bir şey olmadı. Gerçekten de dostlarım, hiçbirinizde beni incitebilecek silah yok. Neşelenin! Yeniden karşılaştık. Tam işler yoluna girdiğinde. Büyük fırtına yaklaşıyor ama işler yoluna girdi."

Elini Gimli'nin başına koydu; cüce başını kaldırıp baktı ve aniden gülmeye başladı. "Gandalf!" dedi. "Ama tamamen beyazlar içindesin!"

"Evet, artık beyazım," dedi Gandalf. "Aslında *Saruman'ım* da denilebilir neredeyse, Saruman'ın olması gerektiği gibi. Fakat bırakın şimdi, bana kendinizden söz edin! Ben ateşten ve derin sulardan geçtim ayrıldığımızdan beri. Bildiğimi zannettiğim şeylerin çoğunu unuttum ve unuttuğum şeylerin çoğunu yeniden öğrendim. Uzakta olan birçok şeyi görebiliyorum ama yakında olan birçok şeyi göremiyorum. Bana kendinizden söz edin!"

"Neleri öğrenmek istiyorsun?" dedi Aragorn. "Köprüde ayrıldığımız zamandan beri olanlar uzun bir öykü olacak. Bize önce hobbitlerden bir haber vermeyecek misin? Onları buldun mu, emniyetteler mi?"

"Hayır, onları bulmadım," dedi Gandalf. "Emyn Muil'in vadileri üzerinde karanlık vardı ve kartal bana anlatıncaya kadar esir düştüklerini bilmiyordum."

"Kartal mı!" dedi Legolas. "Çok yukarlarda ve uzakta bir kartal görmüştüm: Son olarak üç gün önce gördüm, Emyn Muil'in üzerinde."

"Evet," dedi Gandalf, "o beni Orthanc'tan kurtaran Yelefendisi Gwaihir idi. Onu önden Nehir'i gözetlesin ve bana haber toplasın diye yollamıştım. Gözleri çok keskindir ama tepelerin ve ağaçların altında olan her şeyi göremez. Bazı şeyleri o gördü, diğerlerini de ben kendim gördüm. Yüzük artık benim veya Yarmavadi'den yola koyulmuş Grup'un herhangi bir üyesinin sunabileceği yardımın dışına çıktı. Neredeyse Düşman'a kendini gösterecekti ama kaçtı. Bu olayda benim de biraz rolüm oldu: Çünkü yüksek bir yere oturup Karanlık Kule ile çekiştim ve Gölge geldi geçti. Sonra yoruldum, çok yoruldum ve karanlık düşünceler içinde yürüdüm."

"O halde Frodo'ya olanları biliyorsun!" dedi Gimli. "Onun işleri ne âlemde?"

"Kesin olarak bilemiyorum. Çok büyük bir tehlikeden kurtuldu ama önünde hâlâ çok tehlike var. Mordor'a tek başına gitmeye karar verdi ve yola koyuldu: Bütün söyleyebileceğim bu."

"Tek başına değil," dedi Legolas. "Biz Sam'in de onunla gittiğini düşünüyoruz."

"Öyle mi!" dedi Gandalf; gözlerinde bir parıltı, yüzünde bir tebessüm vardı. "Gerçekten mi? İşte benim için güzel bir havadis, gerçi yine de beni şaşırtmış sayılmaz. Âlâ! Pek âlâ! Gönlümü ferahlattınız. Bana daha çok şey anlatmalısınız. Şimdi yanıma oturun ve yolculuğunuzun öyküsünü anlatın."

Yol arkadaşları onun ayaklarının dibine yere oturdu; Aragorn hikâyeye başladı. Uzun bir süre Gandalf hiçbir şey söylemedi, hiç soru sormadı. Elleri dizleri üzerinde, gözleri kapalıydı. Sonunda Aragorn, Boromir'in ölümünden ve Ulu Nehir üzerinde yaptığı son yolculuktan söz edince, yaşlı adam içini çekti.

"Bildiğin veya tahmin ettiğin her şeyi söylemedin dostum Aragorn," dedi sessizce. "Zavallı Boromir! Ona ne olduğunu anlayamıyorum. Öyle bir adam için acı bir son: Bir savaşçı, insanların hükümdarı. Galadriel bana onun tehlikede olduğunu söylemişti. Ama sonunda kurtuldu. Böylesi daha iyi. Genç hobbitlerin bizimle gelmesi boşuna değilmiş, sadece Boromir'in hatırı için bile olsa. Ama bu onların oynayacakları tek rol değil. Fangorn'a getirildiler ve onların buraya gelişi dağdaki çığları harekete geçiren küçük taşların yuvarlanışına benziyor. Biz burda durmuş konuşurken ilk gümbürtüleri duyabiliyorum bile. Set yıkıldığında Saruman evinden uzakta yakalanmasa iyi olur!"

"Bir konuda hiç değişmemişsin aziz dostum," dedi Aragorn: "Hâlâ bilmece gibi konuşuyorsun."

"Ne? Bilmece gibi mi?" dedi Gandalf. "Hayır! Çünkü kendi kendime yüksek sesle konuşuyordum. Bu eskiden kalma bir alışkanlık: Konuşmak için o an mevcut olan en akıllı kişi seçilir; gençlere yapılması gereken uzun açıklamalar yorucudur." Güldü ama kahkaha sesi artık, güneşin sıcak ve müşfik ışınları gibiydi.

"Ben artık genç değilim, hatta Kadim Hanedanlardaki insanlara göre bile genç değilim," dedi Aragorn. "Aklındakileri bana daha net bir biçimde açamaz mısın?"

"O zaman ne diyeyim?" dedi Gandalf ve bir an düşünceye daldı. "Kısaca şu anda olayları şöyle görüyorum; eğer düşündüklerimi mümkün olduğunca açık olarak bilmek istiyorsan. Düşman, uzun zamandır Yüzük'ün ortalıkta olduğunu ve bir hobbit tarafından taşındığını biliyor tabii ki. Artık Yarmavadi'den yola koyulan Grup'un sayısını ve her birimizin cinsini de biliyor. Lâkin henüz amacımızı açık olarak anlamış değil. Hepimizin Minas Tirith'e gittiğini varsayıyordu; çünkü eğer bizim yerimizde olsaydı, onun yapacağı şey bu olurdu. Ve onun irfanına göre bu kendi gücüne vurulabilecek ağır bir darbe olurdu. Aniden ortaya çıkarak Yüzük'ü kullanacak ve onu savaşla tahtından indirip yerine geçmek isteyecek güçlü kişinin kim olduğunu bilmediğinden, aslında büyük bir korku içinde. Bizim onu tahtından indirip, yerine *kimseyi* geçirmek istemediğimiz onun aklına hiç gelmeyen bir düşünce. Yüzük'ün kendisini yok etmeye çalışıyor olduğumuz onun en karanlık düşlerine bile girmemiştir daha. Bu da bizim şansımız, bizim umutlarımızı arttıran bir şey, göreceksiniz. O bir savaş hayal ettiği için savaşı başlattı, kaybedecek vakti olmadığını düşünüyordu; çünkü ilk darbeyi indiren, eğer yeterince ağır bir darbe indirebilirse, bir daha vurmak zorunda kalmayabilir. Böylece uzun zamandır hazırlamakta olduğu güçleri artık harekete geçiriyor, zamanından önce. Akıllı ahmak. Çünkü eğer tüm gücünü Mordor'u korumak için kullansaydı ve kimsenin oraya girememesini sağlasaydı; bütün kurnazlığını da Yüzük'ü bulmaya adasaydı o zaman hakikaten umudumuz azalırdı: Ne yüzük, ne de taşıyıcısı kendini ondan uzun süreli sakınamaz. Ama şu anda gözleri evinin yakınlarına bakınacağına uzaklara çevrilmiş; çoğunlukla da Minas Tirith'e bakıyor. Çok yakında bütün kuvveti buraya bir fırtına gibi inecek.

"Çünkü daha şimdiden Grup'u pusuya düşürmek için yolladıklarının işlerini yine başaramadıklarını biliyor. Yüzük'ü bulamadılar. Rehine olarak hobbit de götüremediler. Bu kadarcığını bile yapsalardı bu bizim için çok ağır bir darbe olurdu, hatta ölümcül olabilirdi. Ama gelin onların Karanlık Kule'de soylu sadakatlerinin mükâfatını nasıl alacaklarını düşünerek gönlümüzü karartmayalım. Çünkü Düşman başarısızlığa uğradı – şimdilik. Saruman'a şükürler olsun."

"Yani Saruman hain değil mi?"

"Elbette hain," dedi Gandalf. "İki kere hain. Ne garip değil mi? Son zamanlarda başımıza gelen hiçbir şey İsengard'ın ihaneti kadar üzücü değildi. Bir hükümdar ve komutan olarak bile Saruman'ın çok güçlendiği kabul ediliyordu. Rohan'lı İnsanlar'ı tehdit ediyor, Doğu'dan esas saldırı yaklaşırken onların Minas Tirith'e yardım etmelerini engelliyordu. Yine de, arkadan vuran bir silah, kullanan el için de her zaman tehlikelidir. Saruman kendisi de Yüzük'ü ele geçirmek veya en azından bazı hobbitleri kendi kötü emelleri için tuzağa düşürmek istiyordu. Böylece Saruman ile Sauron arasında kalan düşmanlarımız ancak Merry ile Pippin'i mükemmel bir hızla ve de tam zamanında Fangorn'a getirmeyi başarabildiler, yoksa başka türlü Merry ile Pippin buraya hiç gelmezlerdi!

"Aynı zamanda, yaptıkları planları bozan yeni kuşkularla doldular. Sürmekte olan savaşa dair hiç haber gitmeyecek Mordor'a Rohan' lı atlılar sayesinde; ama Karanlıklar Efendisi, Emyn Muil'de iki hobbitin rehine alındığını ve kendi hizmetkârlarının isteği dışında İsengard'a doğru götürüldüklerini biliyor. Şimdi Minas Tirith'in yanı sıra İsengard'dan da korkmak zorunda kalacak. Eğer Minas Tirith düşerse Saruman ile ters düşecek."

"Arkadaşlarımızın tam arada kalmaları ne kötü," dedi Gimli. "Eğer İsengard ile Mordor'u ayıran başka bir ülke olmasaydı, onlar savaşırken biz de durup seyrederdik."

"Kazanan, her iki taraftan da daha güçlü ve kuşkularını yenmiş olarak çıkardı ortaya o zaman," dedi Gandalf. "Ama Saruman Yüzük'ü ele geçirmezse, İsengard Mordor ile savaşamaz. Bunu yapması da hiç mümkün değil artık. Henüz içinde bulunduğu tehlikeden haberdar değil. Bilmediği çok şey var. Avını ele geçirmek için o kadar sabırsızlanıyordu ki evinde bekleyemedi ve adamlarını yolda karşılamak, onları gizliden gizliye denetlemek için yola çıktı. Fakat bu kez çok geç kalmıştı; savaş bitmiş, o bu taraflara gelmeden olaylar onun müdahale edebileceği halden çıkmıştı. Burada pek oyalanmadı. Zihnine baktığımda kuşkusunu görüyorum. Ormancılık bilgisi hiç yoktur. Atlıların herkesi kesip savaş alanında yaktığını sanıyor; ama orkların yanlarında rehine getirip getirmediklerini bilmiyor. Ayrıca kendi hizmetkârları ile Mordor'lu Orklar arasındaki kavgadan da habersiz; Kanatlı Haberci'den de haberi yok."

"Kanatlı Haberci!" diye bağırdı Legolas. "Onu Sarn Gebir'in üzerinde Galadriel'in yayı ile vurdum ve gökyüzünden indirdim. Bizi korku içinde bırakmıştı. Neyin nesidir bu yeni dehşet?"

"Oklarla yok edemeyeceğiniz bir şey," dedi Gandalf. "Öldürdüğün onun bineğiydi yalnızca. İyi iş başardın; ama Süvari kısa bir süre sonra yeni bir binek buldu. Çünkü o bir Nazgûl idi, şimdilerde kanatlı küheylanlara binen Dokuzlar'dan biri. Kısa bir süre sonra onların dehşeti arkadaşlarımızın son ordularını da gölgeleyecek, güneşlerini örtecek. Ama daha Nehir'i geçmelerine izin verilmedi, ayrıca Saruman Yüzüktayfları'nın büründükleri bu yeni şekli bilmiyor. Onun aklı fikri Yüzük'te. Savaşta Yüzük var mıydı? Bulundu mu? Ya Yurt'un Hükümdar'ı Théoden Yüzük'e rastlar da gücünü öğrenirse? Onun tehlike olarak gördüğü bu; o yüzden Rohan'a yapacağı saldırıyı iki-üç misline çıkartmak için İsengard'a geri kaçtı. Ama bütün bu zaman zarfında çok yakınında, o kendi ateşli düşünceleriyle haşır neşir olurken hiç göremediği başka bir tehlike daha vardı. Ağaçsakal'ı unuttu."

"Yine kendi kendine konuşmaya başladın," dedi Aragorn yüzünde bir tebessümle. "Ben Ağaçsakal ile müşerref olamadım. Ve Saruman'ın iki katlı ihanetini tahmin ettiğim halde iki hobbitin Fangorn'a gelmesinin, bize uzun ve meyvesiz bir kovalamaca yaşatmaktan gayri ne işe yarayacağını anlamış değilim."

"Bir dakika durun!" diye bağırdı Gimli. "Önce bilmek istediğim başka bir şey daha var. Dün gece gördüğüm sen miydin yoksa Saruman mıydı, Gandalf?"

"Kesinlikle ben değildim," diye cevap verdi Gandalf, "o yüzden herhalde Saruman'ı görmüşsünüzdür. Demek birbirimize o kadar çok benziyoruz; o zaman senin şapkamda açmayı dilediğin o onarılmaz delik de böylece affedilebilir."

"İyi, iyi!" dedi Gimli. "Sen olmadığına memnun oldum."

Gandalf yeniden güldü. "Öyle sevgili cüceciğim," dedi, "her konuda birbirimize karıştırılmıyor olmamız hoş. Bunu gayet iyi bilmiyor muyum zannediyorsunuz! Fakat, elbette beni böyle karşıladığınız için sizi hiç suçlamadım. Düşman ile ilgili bir meselede kendi ellerinden bile kuşku duymalarını sık sık öğütlediğim dostlarıma nasıl yapabilirdim bunu? Çok yaşayasın Glóin oğlu Gimli! Belki bir gün her ikimizi de yan yana görür de aramızdaki fark konusunda kendin bir hükme varırsın!"

"Ya hobbitler!" diye araya girdi Legolas. "Buralara kadar onları aramaya geldik ve sen onların yerini biliyor gibisin. Neredeler şimdi?"

"Ağaçsakal ve entlerle birlikteler," dedi Gandalf.

"Entler!" diye hayretini haykırdı Aragorn. "O halde derin ormanlarda yaşayanlar ve ağaçların dev çobanlarıyla ilgili anlatılan eski efsanelerde gerçek payı var öyle mi? Dünyada hâlâ ent var mı? Onların sadece kadim günlerin bir hatırası olduklarını sanıyordum, tabii eğer bir Rohan efsanesinden başka bir şey idiyseler."

"Rohan efsanesi!" diye bağırdı Legolas. "Hayır, Yabaneller'deki her elf, yaşlı Onodrim ile onların o uzun hüznünü anlatan şarkılardan söylemiştir. Yine de bizim aramızda bile onlar sadece birer hatıradır. Eğer onlardan birini hâlâ bu dünya üzerinde yürürken görürsem kendimi gerçekten tekrar genç hissedeceğim! Ağaçsakal ha! Bu sadece Fangorn'un Ortak Lisan'a çevrilmiş bir hali; ama yine de sanki belli bir kişiden bahseder gibisin. Bu Ağaçsakal da kim?"

"Ah! Şimdi çok soru sormaya başladınız," dedi Gandalf. "Bu uzun ve yavaş hikâye hakkında bildiğim azıcık şey, şu anda dinlemeye vaktinizin yetmeyeceği kadar uzun bir masal olurdu. Ağaçsakal, Fangorn'dur, ormanın bekçisi; entlerin en yaşlısı, güneşin altında Orta Dünya'da yaşayan en yaşlı canlıdır. Ben de onunla karşılaşacağını umarım Legolas. Merry ile Pippin şanslıydılar: Onunla burada, tam bu oturduğumuz yerde karşılaştılar. Çünkü iki gün önce buraya gelerek onları dağların köklerindeki evine taşıdı. Buraya sık sık gelir, özellikle de kafası karışıkken; dış dünyanın söylentileri onu rahatsız ettiği zamanlar. Dört gün önce onu ağaçlar arasında uzun adımlarıyla yürürken gördüm; galiba o da beni gördü çünkü duraksadı; ama onunla konuşmadım çünkü düşünceler içindeydim ve Mordor'un Gözü ile cebelleştikten sonra yorulmuştum; o da konuşmadı, adımı bile seslenmedi."

"Belki o da senin Saruman olduğunu düşünmüştür," dedi Gimli.

"Ama ondan sanki bir dostunmuş gibi söz ediyorsun. Ben Fangorn'un tehlikeli olduğunu zannederdim."

"Tehlikeliymiş!" dedi Gandalf. "Ben de çok tehlikeliyim: Karşına çıkabilecek en tehlikeli şey üstelik, Karanlıklar Efendisi'nin tahtı önüne canlı olarak götürülmekten gayri. Sonra Aragorn da tehlikeli, Legolas da tehlikeli. Tehlikelerle sarılmışsın Glóin oğlu Gimli; çünkü sen de, kendince tehlikelisin. Elbette Fangorn ormanı korku dolu – elinde baltaları hazır bekleyenler için daha bile korkutucu üstelik; Fangorn'un kendisi de korkunçtur; ama yine de bilge ve iyi niyetlidir. Fakat artık ağır ve uzun hiddeti bardağın kenarına kadar kabarmaya başladı ve bütün orman bununla dopdolu. Hobbitlerin gelişi ve getirdikleri haberler bardağı taşırdı: Yakında bir sel gibi akacak; ama bu akıntının yönü Saruman'a ve İsengard'ın baltalarına yönelmiş vaziyette. Eski Günler'den beri olmamış bir şey olmak üzere: Entler uyanarak güçlü olduklarını fark edecekler."

"Ne yapacaklar?" diye sordu Legolas hayretle.

"Bilmiyorum," dedi Gandalf. "Kendilerinin de bildiğini zannetmiyorum. Merak ediyorum." Sessizleşti, başı düşünceyle eğildi.

Diğerleri ona baktılar. O anda kucağında havaya doğru açık duran ellerine yukarıda seyreden bulutlar arasından geçen güneşin ışını düştü: Sanki elleri, bir kabın suyla dolduğu gibi ışıkla dolmuştu. Sonunda başını kaldırarak doğrudan güneşe baktı.

"Sabah ilerlemeye başladı," dedi. "Birazdan gitmemiz gerekiyor."

"Arkadaşlarımızı bulmaya ve Ağaçsakal'ı görmeye mi gideceğiz?" diye sordu Aragorn.

"Hayır," dedi Gandalf. "Gitmen gereken yol, o yol değil. Ben ümit dolu sözler söyledim. Ama sadece ümit dolu. Ümit zafer demek değildir. Savaş, sadece Yüzük kullanılırsa kesin bir zafere ulaşabileceğimiz savaş, hem bizim hem de dostlarımızın kapısında. Bu beni büyük bir üzüntüyle ve büyük bir korkuyla dolduruyor: Çünkü çok şey zarar görecek; her şey de yok olabilir. Ben Gandalf'ım, Ak Gandalf, ama Siyah hâlâ daha kudretli."

Ayağa kalkıp ellerini gözlerine siper ederek doğuya baktı, sanki uzaklarda hiçbirinin göremediği şeyleri görebiliyormuş gibi. Sonra başını salladı. "Hayır," dedi alçak bir sesle, "bizden çıktı artık. En azından gelin, buna memnun olalım. Artık Yüzük'ü kullanmak için aklımız çelinemez. Ümitsizliğe yakın bir tehlikeyle yüzleşmeye gitmeliyiz; yine de artık o ölümcül tehlike geçti."

Döndü. "Gel, Arathorn oğlu Aragorn!" dedi. "Emyn Muil vadisinde yaptığın seçime pişman olma; buna boşuna bir kovalamaca deme. Sen kuşkular arasından doğru görünen yolu seçtin: Seçim adildi ve ödüllendirildi. Böylece zamanında karşılaştık; başka türlüsü çok geç olabilirdi. Fakat yol arkadaşlarını arama macerası bitti. Senin bir sonraki yolculuğun verdiğin söz ile damgalanmış. Edoras'a gidip Théoden'i konağında araman gerek. Çünkü sana ihtiyaçları var. Artık Andúril'in ışığı, bu kadar uzun süredir beklediği savaş için açılmalı. Rohan'da bir savaş var; şerlerin en karası orada: Théoden'in işleri rast gitmiyor."

"O halde o genç, neşeli hobbitleri göremeyecek miyiz bir daha?" dedi Legolas.

"Ben öyle bir şey söylemedim," dedi Gandalf. "Kim bilebilir? Sabırlı olun. Gitmeniz gereken yere gidip, ümidinizi koruyun. Edoras'a! Ben de oraya gidiyorum."

"Bu, ister yaşlı olsun ister genç, kimsenin yürüyemeyeceği kadar uzun bir yol," dedi Aragorn. "Korkarım ben daha oraya varmadan savaş çoktan bitmiş olur."

"Göreceğiz, göreceğiz," dedi Gandalf. "Şimdi benimle gelecek misiniz?"

"Evet, yola birlikte çıkarız," dedi Aragorn. "Ama eğer dilersen oraya benden önce varacağından kuşkum yok." Ayağa kalkarak uzun uzun Gandalf'a baktı. Diğerleri, ikisi karşılıklı durmuş birbirlerini süzerlerken sessizlik içinde onları seyrettiler. Eli kılıcının kabzasında duran insan silueti, yani Arathorn oğlu Aragorn'un gri silueti uzundu ve bir taş kadar sertti; sanki denizin sisleri arasından bir kral daha önemsiz insanların kıyısına adım atmış gibi duruyordu. Onun önünde, yaşlı şekil beyaz, artık içinden tutuşturulmuş bir çeşit ışıkla parlayan, iki büklüm, yıllarla yüklenmiş ama kralların kuvvetini aşan bir güçle eğilmiş duruyordu.

"Doğru konuşmuyor muyum Gandalf," dedi Aragorn sonunda, "istediğin yere benden daha hızlı gitmez misin? Ve şunu da söylüyorum: Sen bizim komutanımız ve bayrağımızsın. Karanlıklar Efendisi'nde Dokuz tane var. Ama bizde yalnızca Bir tane, onlardan daha kudretli: Ak Süvari. Ateşten ve cehennemden geçti; artık ondan korkacaklar. Onun başı çektiği her yere gideriz."

"Evet, hep birlikte seni izleyeceğiz," dedi Legolas. "Ama önce, sana Moria'da ne olduğunu öğrenmek içimi rahatlatacak, Gandalf. Bize anlatmayacak mısın? Nasıl kurtulduğunu dostlarına anlatmak için olsun biraz oyalanamaz mısın?"

"Daha şimdiden çok oyalandım zaten," diye cevapladı Gandalf. "Zaman kısıtlı. Ama önümüzde harcayacak bir yılımız dahi olsaydı, size her şeyi anlatmazdım."

"O halde ne anlatacaksan, zamanın müsaade ettiği kadarıyla anlat!" dedi Gimli. "Haydi Gandalf, Balrog ile nasıl başa çıktın, anlat bize!"

"Onun adını anma!" dedi Gandalf, bir an için yüzünden bir ıstırap bulutu geçer gibi oldu ve ölüm kadar yaşlı, sessizce oturdu. "Uzun süre düştüm," dedi sonunda yavaş yavaş, sanki geçmişi güçlükle hatırlıyabiliyormuş gibi. "Uzun süre düştüm, o da benimle düştü. Ateşi etrafımdaydı. Yanmıştım. Sonra derin bir suya daldık, her yer karanlıktı. Ölümün gelgiti kadar soğuktu: Neredeyse yüreğimi dondurdu."

"Durin'in Köprüsü yanında uzanan uçurum derindir ve kimse derinliğini ölçememiştir," dedi Gimli.

"Yine de, bir dibi var, ışığın ve bilginin ötesinde," dedi Gandalf. "Sonunda oraya vardım, taşın en uç kaynağına. O hâlâ benimleydi. Ateşi sönmüştü ama artık balçık gibi bir şey, insanı boğarak öldüren yılanlardan daha güçlü bir şey olmuştu.

"Zamanın hesabının tutulmadığı yerde, yaşayan toprağın çok altında dövüştük. Durmadan kenetlendi bana ve durmadan biçtim onu, sonunda karanlık tünellere kaçıncaya kadar. O tüneller Durin'in halkı tarafından yaratılmamışlardı Glóin oğlu Gimli. Cücelerin en derin mağaralarının çok çok altında, dünya isimsiz şeyler tarafından kemirilir. Sauron bile bilmez bunları. Ondan da yaşlıdırlar. Ben orada yürüdüm ama günün ışığını karartmak için onların haberlerini verecek değilim. O çaresizlik anında düşmanım tek çarem idi, onu izledim, peşini bırakmadım. Böylece beni Khazad-dûm'un gizli yollarına getirdi: hepsini çok iyi biliyordu. Durmadan yukarıya çıktık, ta ki Sonsuz Merdiven'e varıncaya kadar."

"Çok önceleri kaybolmuştu o merdiven," dedi Gimli. "Çoğu kişi onun efsaneler dışında hiç yaratılmamış olduğunu, bazıları da harap edilmiş olduğunu söyler."

"Yaratılmış ve harap edilmemiş," dedi Gandalf. "Binlerce kesintisiz sarmal basamakla, sonunda Gümüşçatal'ın zirvesi olan canlı Zirak-zigil kayasından oyulmuş Durin Kulesi'ne çıkıncaya kadar, en alttaki zindandan en yüksekteki uca kadar gidiyor.

"Orada, Celebdil'de yalnız bir pencere vardı karlar içinde; tam önünde de dar bir aralık, dünyanın pusları üzerinde baş döndüren bir kartal yuvası vardı. Güneş burada şiddetle parlıyordu ama altındaki her şey buluta sarınmıştı. Buradan dışarı fırladı ve ben tam arkasından giderken yepyeni bir alevle parladı. Görecek kimse yoktu ama belki de sonraki asırlarda Zirve Savaşı'nın şarkıları söylenir." Gandalf aniden güldü. "Ama şarkıda ne diyecekler? Uzaktan bakanlar dağın tepesini bir fırtına aldı zannetmişlerdir. Gökgürültüsünü duymuşlar ve Celebdil'e yıldırım düştü de ateşten bir sürü dile bölünerek geri sıçradı demişlerdir. Bu yetmez mi? Etrafımızda koca bir duman yükseldi, buhar. Buz, yağmur gibi düşüyordu. Düşmanımı aşağıya attım; bu yüksek yerden düşerken dağın bir yanına çarptı ve ölürken düştüğü yeri de parçaladı. Sonra beni karanlık aldı; düşünceden ve zamandan ayrıldım ve anlatmayacağım uzak yollarda dolandım.

"Çıplak olarak yollandım geriye – kısa bir süre için, görevim tamamlanıncaya kadar. Ve dağın tepesinde çıplak olarak yattım. Arkadaki kule un ufak oldu, pencere de yok olmuştu; harap olan merdiven yanmış ve kırılmış taşlarla boğuldu. Tek başımaydım, unutulmuştum dünyanın sert boynuzu üzerinde, kaçacak bir yerim olmaksızın yatıyordum. Orada, yıldızlar üzerimden dönüp geçerken yukarı bakarak yattım; her günüm yeryüzündeki bir ömüre denkti. Kulaklarıma yavaş yavaş bütün toprakların bir araya toplanmış cılız söylentileri geldi: Filiz verenlerle ölenler; şarkı ile ağıt ve haddinden fazla yüklenmiş taşın bitmek tükenmek bilmeyen yavaş homurtusu. Sonunda Yelhükümdarı Gwaihir tekrar buldu beni; alıp götürdü.

"'Sonsuza kadar senin yükün olmakmış nasibim,' dedim, 'kara gün dostum benim'.

"'Bir yüktün,' diye cevap verdi, 'ama artık değilsin. Pençelerimde bir kuğunun tüyü kadar hafifsin. Güneş senin içinden geçip parlıyor. Aslında artık bana ihtiyacın olduğunu düşünmüyorum: Düşmen için seni bıraksam da rüzgârda uçardın.'

"'Sakın beni bırakma!' dedim nefesim tıkanarak, çünkü yeniden içimde yaşamı hissetmiştim. 'Beni Lothlórien'e taşı!'

"'Bu zaten seni bulmam için beni yollayan Galadriel Hanım'ın emriydi,' diye cevap verdi.

"Böylece Caras Galadhon'a gittim ve sizin bir süre önce ayrılmış olduğunuzu öğrendim. Geçen günlerin zayıflatmak yerine şifa verdiği o toprakların yaşlandırmayan zamanında gezindim. Sıhhat buldum ve beyazlara büründürdüler beni. Öğüt verdim, öğüt aldım. Oradan bilinmedik yollardan geldim ve bazılarınıza haberler getirdim. Aragorn'a şunu söylemem söylendi:

Nerede şimdi Dúnedain, Elessar, Elessar?
Soydaşların neden uzaklardalar?
Kaybolanın ortaya çıkma vakti yakın,
Vakti geldi Gri Dostların Kuzey'den oraya varmasının,
Ama karanlık senin yolun, kısmetine düşen bu
Ölüler kolluyor Deniz'e çıkan yolu.

Legolas'a da şu sözleri yolladı Hanım:

Legolas Yeşilyaprak, uzun süre yaşadın
Yaprakların altında keyfince. Ama Deniz'den sakın!
Martının çığlığını duyarsan bir gün kıyıda,
Gönlün dinlenemez bir daha ormanlarda."

Gandalf susarak gözlerini kapattı.

"Yani bana hiç mesaj yollamadı mı?" dedi Gimli ve başını önüne eğdi.

"Hanım'ın sözleri karanlıktır," dedi Legolas, "ve alanlara çok az şey ifade eder."

"Bu teselli vermiyor," dedi Gimli.

"Ne o halde?" dedi Legolas. "Ölümün hakkında sana da her şeyi söylemesini mi isterdin?"

"Evet, söyleyecek başka şeyi yoksa."

"Ne o?" dedi Gandalf gözlerini açarak. "Evet, onun sözlerinin ne anlama geldiğini tahmin edebiliyorum. Özür dilerim Gimli! Mesajları bir kez daha aklımdan geçiriyordum da. Ama elbette sana da sözler yolladı, üstelik ne karanlık ne de hüzünlü bunlar.

"'Gloin oğlu Gimli'ye,' dedi, 'Hanım'ının selamlarını söyle. Saç tutamının taşıyıcısı, nereye giderseniz gidin düşüncelerim sizinle olacaktır. Lâkin baltanızı doğru ağaca indirmeye özen gösterin!'"

"Ne kutlu bir saatte döndün bize Gandalf," diye bağırdı cüce, garip cüce dilinde yüksek sesle şarkı söylerken zıplayıp hoplayarak.

"Haydi, haydi!" diye bağırdı baltasını sallayarak. "Artık Gandalf'ın kellesi kutsal olduğuna göre, yarmak için başka bir baş bulalım!"

"Onu bulmak için çok uzaklara bakman gerekmeyecek," dedi Gandalf oturduğu yerden kalkarak. "Haydi! Ayrı düşmüş dostların kavuşmasına ayrılan zamanın tümünü harcadık. Artık acele etmek gerek."

Yeniden eski, pejmürde pelerinine sarındı ve önden ilerledi. Onu izleyerek çabucak yüksek kaya çıkıntısından indiler ve tekrar orman içinden, Entsuyu kıyısı boyunca geriye yollandılar. Fangorn'un kıyısının gerisindeki çimenler üzerinde yeniden duruncaya kadar başka bir şey konuşmadılar. Ortalıkta atlarının izi yoktu.

"Geri dönmemişler," dedi Legolas. "Yorucu bir yürüyüş olacak!"

"Ben yürümem. Zaman daralıyor," dedi Gandalf. Sonra başını kaldırarak uzun bir ıslık çaldı. Ses o kadar net ve o kadar kulak deliciydi ki, diğerleri, o sakallı, ihtiyar dudaklardan böyle bir sesin çıkmasını duymaktan hayret içinde kaldılar. Üç kez ıslık çaldı; sonra uzaktan, belli belirsiz, doğu rüzgârı altındaki ovalardan bir atın kişneme sesinin geldiğini duyar gibi oldular. Merak içinde beklediler. Çok geçmeden atların ayak sesleri geldi, ilk önceleri sadece çimenler üzerine uzanmış olan Aragorn'a toprağın hafifçe titreşmesi gibi geldi sesler, daha sonra gitgide yükselerek ve hızlı bir atış olarak belirginleştiler.

"Bir attan fazla geliyor," dedi Aragorn.

"Elbette," dedi Gandalf. "Hepimiz bir ata fazla geliriz."

"Üç tane var," dedi Legolas ovaya doğru bakarak. "Bakın nasıl da koşuyorlar! İşte Külteri ve dostum Tiz de onun yanında! Ama önden seyirten bir başkası var: Çok iri bir at. Daha önce benzerini hiç görmemiştim."

"Bir daha göremezsin de," dedi Gandalf. "Bu Gölgeyele. *Yılkı*'nın başıdır, atların efendisi; Rohan Kralı Théoden bile daha iyisini görmemiştir. Nasıl da kurşun gibi parlıyor, hızlı bir nehir gibi aksamadan koşuyor! Benim için geldi: Ak Süvari'nin atı. Savaş'a birlikte gidiyoruz."

Yaşlı arif daha konuşurken, iri at koca adımlarla yamaçtan yukarı çıktı; hayvanın tüyleri parıldıyor, yelesi atın hızının yarattığı yel ile dalgalanıyordu. Diğer ikisi artık iyice geriden izliyordu onu. Gölgeyele Gandalf'ı görür görmez yavaşlayarak yüksek sesle kişnedi; sonra hafif bir tırısla ona yaklaştı, mağrur başını eğerek koca burnunu yaşlı adamın boynuna sürttü.

Gandalf onu okşadı. "Yarmavadi'den burası çok uzun bir yol dostum," dedi; "ama sen hem akıllısın hem de hızlı; tam ihtiyaç anında geliyorsun. Haydi uzaklara gidelim birlikte; bir daha bu dünyada hiç ayrılmayalım!"

Çok geçmeden diğer atlar da geldiler ve sanki bir emir beklermiş gibi sessizce bir kenarda durdular. "Hemen Tekev'e, efendiniz Théoden'in konağına gideceğiz," dedi Gandalf, onlara ciddi bir tavırla hitap ederek. Onlar da başlarını eğdiler. "Zaman azalıyor, o yüzden müsaadenizle dostlarım sizlere binmemiz lazım. Elinizden geldiğince hızlı gitmenizi rica ediyoruz sizden. Külteri Aragorn'u, Tiz de Legolas'ı taşıyacak. Ben Gimli'yi önüme alacağım ve Gölgeyele kabul ederse ikimizi birden taşıyacak. Şimdi biraz, su içinceye kadar, oyalanacağız."

"Şimdi dün geceki bilmecenin bir kısmını anlayabiliyorum," dedi Legolas çevik bir hareketle Tiz'in sırtına atlarken. "İlk başta ister korkudan kaçmış olsunlar ister başka şeyden, atlarımız komutanları Gölgeyele ile karşılaşmış ve onu neşeyle selamlamış demek ki. Onun yakınlarda olduğunu biliyor muydun Gandalf?"

"Evet, biliyordum," dedi arif. "Düşüncelerimi ona yöneltip acele etmesini söyledim; çünkü dün, bu toprakların güneyinde, uzaktaydı. Beni hızla geri götürür tekrar!"

Gandalf Gölgeyele'yle konuştu sonra; at hızla, ama diğerlerinin de yetişebileceği bir tempoda yola koyuldu. Kısa bir süre sonra aniden geri dönerek nehir kıyılarının alçak olduğu bir yer seçti; suyun içinden ilerleyerek onları tam güneyde, ağaçsız ve geniş, düz bir alana götürdü. Rüzgâr, bitip tükenmek bilmeyen otlar boyunca gri dalgalar gibi geçiyordu. Ne bir yol, ne bir iz vardı, ama Gölgeyele ne duruyor, ne duraksıyordu.

"Théoden'in Ak Dağlar'ın yamaçları altındaki konaklarına doğru dümdüz bir yol tuttu," dedi Gandalf. "Böylesi daha çabuk olur. Doğu Emnet'te, kuzeye giden ana yolun olduğu yerde, nehirin öte yanında toprak daha serttir ama Gölgeyele çayırlar çimenler içinden geçen bütün yolların girdisini çıktısını bilir."

Saatler boyunca dere tepe düz gittiler. Genellikle otlar o kadar uzun oluyordu ki sürücülerin dizlerine kadar yükseliyor, küheylanları kurşuni-yeşil bir denizde yüzüyor gibi görünüyordu. Bir sürü gizlenmiş su birikintisine, ıslak ve tehlikeli bataklıkların üzerinde dalgalanan dönümlerce ayakotlarına rast geldiler; ama Gölgeyele yolu yine de buldu ve diğer atlar onu, onun otlar içinde biçtiği yoldan izlediler. Yavaş yavaş güneş gökyüzünden Batı'ya doğru indi. Koca ovanın üzerinden bakan sürücüler bir an için uzaklarda otların içine batan kırmızı bir ateş gördüler. Gözün görüş sahasının sınırlarında, her iki yanda dağların omuzları al al pırıldıyordu. Bir duman yükselip güneşin diskini kan rengine karartır gibi oldu; sanki güneş yeryüzünün kenarından aşağı inerken otları tutuşturmuş gibi.

"Orada Rohan Geçidi var," dedi Gandalf. "Şimdi hemen hemen tam batımızda. İsengard da o tarafta."

"Büyük bir duman görüyorum," dedi Legolas. "Ne olabilir ki?"

"Muharebe ve savaş!" dedi Gandalf. "Yolunuza devam edin!"

BÖLÜM VI

ALTIN KONAK'IN KRALI

Günbatımının, yavaş yavaş çöken alacakaranlığın ve çökmekte olan gecenin içinden sürdüler atlarını. Sonunda durup atlardan indiklerinde, Aragorn'un bile her yanı kaskatı kesilmiş, yorulmuştu. Gandalf onlara sadece birkaç saatlik bir istirahat için izin verdi. Legolas ile Gimli uyudu; Aragorn sırtüstü uzanarak boylu boyunca yattı; fakat Gandalf asasına yaslanarak doğu ve batı yönünde karanlığın içine baktı. Her şey sessizdi; yaşayan bir şeye ait ne bir işaret, ne bir ses vardı. Gece, ürperten bir rüzgârın sürüklediği uzun bulutlarla kapanmıştı tekrar kalktıklarında. Soğuk ayın altında bir kez daha yola koyuldular, gün ışığında gittikleri hızla.

Saatler geçti ama onlar atlarını sürmeye devam etti. Gimli uyuklamaya başladı ve Gandalf onu yakalayıp sarsmasaydı oturduğu yerden düşebilirdi. Yorgun fakat mağrur olan Külteri ile Tiz, önlerinde zar zor görülebilen gri bir gölge halindeki, yorulmak bilmez liderlerini izlediler. Kilometreler aktı. Büyüyen ay bulutlu Batı'dan battı.

Havaya ısıran bir soğuk geldi. Yavaş yavaş Doğu'daki karanlık, soğuk bir kül rengine soldu. Sollarında uzakta duran Emyn Muil'in kara duvarlarının üzerinden kırmızı ışık huzmeleri yükseldi. Berrak ve parlak bir şafak söktü; eğilmiş otların arasından fırlayan bir rüzgâr yollarını süpürdü. Gölgeyele aniden kıpırdamadan durarak kişnedi. Gandalf ileriyi işaret etti.

"Bakın!" diye bağırdı; onlar da yorgun gözlerini kaldırdılar. Önlerinde Güney'in dağları duruyordu: yol yol kara şeritlerle bölünmüş, beyaz tepeli dağlar. Çimenlik topraklar, dağların eteklerindeki tepelere doğru yükseliyor ve henüz tan vaktinin ışıklarının değmemiş olduğu loş ve karanlık bir dizi vadiye doğru akıyor, ulu dağların içlerine kadar yollarını buluyorlardı. Bu dar vadilerin en genişi, sanki tepeler arasındaki uzun bir uçurum gibi yolcuların tam önüne açılıyordu. İç taraflarda, uzakta gözlerine, tek ve uzun bir zirvesi olan bir dağ yığını çarptı; vadinin tam ağzında, bir nöbetçi gibi tek başına bir tepe yükseliyordu. Eteklerinde, gümüş bir tel gibi vadiden çıkan bir dere akıyordu; yamacında ise doğan güneşin parıltısı çarptı gözlerine; altın gibi parlayan bir şey sanki.

"Konuş Legolas!" dedi Gandalf. "Orada, önümüzde ne gördüğünü anlat bize!"

Legolas, yeni doğan güneşin aynı hizadaki oklarından gözlerini sakınarak ileri baktı. "Karlardan gelen beyaz bir dere görüyorum," dedi. "Onun çıktığı yerden yeşil bir tepenin gölgesi doğuya doğru yükseliyor. Bir hendek, çok yüksek bir sur ve dikenli bir çit çevreliyor burayı. Bunun içinden de evlerin çatıları yükseliyor; tam ortasında, yeşil bir taraça üzerine yerleştirilmiş, yükseklerde büyük bir insan konağı duruyor. Bu konağın damı altınla kaplıymış gibi görünüyor bana. Işığı topraklar üzerine, uzaklara kadar parlıyor. Kapılarındaki direkler de altından. Orada parlak zırhlar içinde adamlar duruyor; fakat avlulardaki başka her şey henüz uykuda."

"Edoras derler o avlulara," dedi Gandalf, "ve Tekev de o altın konaktır. Orada Rohan Yurt'unun Kralı, Thengel oğlu Théoden oturur. Günün doğuşuyla geldik. Artık yol önümüzde açıkça uzanıyor. Ama bizim daha dikkatli sürmemiz gerekecek atlarımızı; çünkü savaş var ve Rohirrim, yani At Beyleri uyumaz, uzaktan öyle görünse bile. Silahlarınızı çekmeyin, kaba bir söz sarfetmeyin, bunu hepinize öğütlerim; ta ki Théoden'in tahtının önüne gelinceye kadar."

Sabah etraflarında parlak ve berraktı yolcular dereye vardıklarında; kuşlar şarkılar söylüyordu. Dere hızla ovaya akıyordu, oradan da tepelerin etekleri gerisinde geniş bir dirsek yaparak yollarını kesiyor, sonra da kamışlarla dolu yatağında akan Entsuyu'nu beslemek için doğuya, uzaklara yöneliyordu. Toprak yeşildi: Islak kırlarda ve derenin otlu kıyılarında bir sürü söğüt ağacı yetişmişti. Bu güney topraklarında söğütler daha şimdiden parmak uçlarından kızarmaya, yaklaşan baharı hissetmeye başlamışlardı. Derenin alçak kıyıları arasında, atların sık sık geçerek iyice çiğnedikleri bir sığlık vardı. Yolcular buradan geçtiler ve yukardaki topraklara doğru ilerleyen, izlerle dolu geniş bir yola vardılar.

Surlu tepenin eteğinde yol yüksek ve yeşil bir sürü höyüğün gölgesinden geçti. Höyüklerin batı taraflarında çimenler, sanki sürüklenip gelmiş karla kaplanmış gibi beyazdı: Minik çiçekler, sayısız yıldız gibi çıkmıştı çimler arasından.

"Bakın!" dedi Gandalf. "Otların içindeki parlak gözler ne hoş! Hephatırla denir onlara, bu ülkenin insanları ise *simbelmynë* derler çünkü her mevsim açar bu çiçekler ve ölü insanların yattıkları yerde biterler. İşte! Théoden'in atalarının uyuduğu büyük höyüklere geldik."

"Yedi höyük solda, dokuzu da sağda," dedi Aragorn. "Altın konak inşa edileli birçok insan nesli geçmiş."

"Al yapraklar beş yüz kere döküldü Kuyutorman'daki yurdumda o zamandan beri," dedi Legolas, "bu da bize çok az bir süre gibi gelir."

"Ama Yurtlu Süvariler'e uzun bir süre gibi geliyor," dedi Aragorn, "öyle ki bu konağın yükselişi şarkılardaki bir anı gibi geliyor onlara, o kadar; daha önceki yıllar da zamanın pusu içinde kaybolmuş. Artık bu toprakların kendilerine ait olduğunu, yurtları olduğunu söylüyorlar; lisanları da kuzeydeki akrabalarından ayrıldı." Sonra elfe ve cüceye yabancı olan bir dilde yavaş yavaş bir şeyler mırıldanmaya başladı; yine de dinlediler, çünkü şarkıda güçlü bir ezgi vardı.

"Bu, Rohirrim lisanı galiba," dedi Legolas; "çünkü bu ülkenin topraklarına benziyor; yer yer zengin ve dalgalı, yer yer dağlar kadar sert ve katı. Ama Ölümlü İnsanların hüznüyle yüklü olmasından gayri ne dediğini tahmin edemiyorum."

"Ortak Lisan'da şöyle söylenir," dedi Aragorn, "tercüme edebildiğim kadarıyla.

Nerede şimdi at, nerede süvari? Nerede çalan borular?
Nerede zırh ve miğfer, nerede uçuşan saçlar?
Nerede harpın teline dokunan el, nerede yanan kızıl ateş?
Nerede bahar, nerede hasat, nerede uzayıp giden başaklar?
Gelip geçti hepsi, dağdaki yağmur, kırdaki yel gibi;
Batı'da günler tepelerin gerisindeki gölgeler içinde kaybolup gitti.
Kim toplayacak şimdi yanan kuru ağacın dumanını?
Kim görecek Deniz'den dönüp gelen, akan yılları?

"Böyle söylemiş unutulmuş bir şair yıllar önce Rohan'da. Kuzey' den çıkıp gelen Genç Eorl'un ne kadar uzun boylu ve zarif olduğunu hatırlamış; bütün atların atası olan küheylanı Felaróf'un ayaklarında kanatlar varmış. İnsanlar akşamları böyle söylerler şarkılarında hâlâ."

Bu sözlerle yolcular sessiz höyükleri geçtiler. Tepelerin yeşil sırtlarına doğru döne döne yükselen yolu izleyerek sonunda rüzgârların yaladığı büyük surlara ve Edoras'ın kapısına vardılar.

Kapıda oturan parlak zırhlar içindeki bir sürü adam hemen ayağa fırlayıp mızraklarıyla yolu kapadılar. "Durun hele, tanınmadık yabancılar!" diye bağırdılar Atçanyurt dilinde, yabancıların isim ve görevlerini sorarak. Gözlerinde merak vardı, ama pek dostça değildiler; Gandalf'a kara kara bakıyorlardı.

"Sizin lisanınızı iyi anlarım," diye cevapladı Gandalf aynı lisanda, "yine de çok az yabancı becerir bunu. O halde neden Ortak Dil'de konuşmuyorsunuz Batı'da âdet olduğu üzere, eğer size cevap verilmesini arzuluyorsanız?"

"Bizim dilimizi bilenlerden ve bize dost olanlardan gayri kimsenin bu eşikten aşmaması Théoden Kral'ın buyruğudur," diye cevap verdi nöbetçilerden biri. "Bu cenk zamanında kendi budunumuzdan ve Gondor yurdundaki Mundburg'dan gelenlerden gayri kimse hoş karşılanmaz. Böylesine garip kuşanmış, bizim atlarımıza çok benzeyen atlara binmiş, sakınmadan ova üzerinden gelen sizler de kimlersiniz? Uzun zamandır burada gözcü tutarız; sizi uzaktan uzağa gözledik. Şimdiye kadar ne sizin kadar garip atlılar gördük, ne de seni taşıyan at kadar mağrur bir at. O *Yılkı*'lardan biri, eğer gözlerimiz bir çeşit gözbağıyla bağlanmadıysa. Konuş, sen büyücü müsün, Saruman'ın bir casusu musun, yoksa onun zanaatının yarattığı bir hayal misin? Konuş, hem de tez yoldan!"

"Biz hayalet falan değiliz," dedi Aragorn, "üstelik gözleriniz de sizi yanıltmıyor. Çünkü bu bindiklerimiz gerçekten sizin atlarınız, senin de sormadan önce çok iyi bildiğin gibi, sanırım. Lâkin hırsızlar, öyle çaldıkları ahırlara geri sürmezler atlarını. İşte Külteri ve Tiz, daha iki gün önce Yurt'un Üçüncü Komutanı Éomer'in bize ödünç verdiği atlar. Şimdi onları geri getiriyoruz, ona söz vermiş olduğumuz gibi. Yoksa Éomer geri dönüp sizi geleceğimiz konusunda uyarmadı mı?"

Gözcünün gözlerinde rahatsız olmuş bir ifade belirdi. "Éomer hakkında söyleyecek sözüm yok," diye cevap verdi. "Eğer bana dedikleriniz doğru ise şüphesiz ki Théoden de duymuştur. Ola ki, gelişiniz tamamen beklenmedik değildir. Daha iki gece önce Solucandil gelip Théoden'in eşikten hiçbir yabancının aşmayacağı buyruğunu bildirdi bize."

"Solucandil mi?" dedi Gandalf gözcüye dik dik bakarak. "Başka bir şey söyleme! Benim işim Solucandil'le değil; Yurt'un Hükümdarı' nın kendisiyle. Acelem var. Bizim geldiğimizi haber vermeye gitmeyecek misin, veya bu iş için birini yollamayacak mısın?" Bakışlarını adama doğru çevirirken gözleri kaşlarının altından parladı.

"Evet, gideceğim," diye cevap verdi adam yavaş yavaş. "Ama hangi adları bildireceğim? Senin için ne diyeceğim? Yaşlı ve halsiz durursun şimdi ama herhalde için zalim ve serttir."

"Güzel gözleyip, güzel konuşuyorsun," dedi arif. "Çünkü ben Gandalf'ım. Geri döndüm. Ve iyi bak! Ben de bir atı geri getiriyorum. İşte, başka hiçbir elin ehlileştiremeyeceği Koca Gölgeyele. Yanımda da Arathorn oğlu Aragorn var, Kralların varisi, üstelik Mundburg'a gidiyor. Aynı zamanda elf Legolas ile cüce Gimli de burada, yoldaşlarımız. Git şimdi efendine bizim onun kapısına geldiğimizi, eğer bizi konağına kabul edecek olursa onunla konuşacak bir çift lafımız olduğunu söyle."

"Garip adlar veriyorsun doğrusu! Ama bu adları söylediğin gibi aktaracağım ve efendimin isteğini öğreneceğim," dedi gözcü. "Biraz burada bekleyin, ben de onun istediği yanıtları getireyim geleyim. Çok fazla bir şeyler ummayasınız! Bunlar kara günler." Yabancıları arkadaşlarının dikkatli gözetiminde bırakarak hızla uzaklaştı.

Bir süre sonra geri döndü. "Peşim sıra gelin!" dedi. "Théoden girmenize izin verdi; ama üstünüzdeki silahları, tek bir asa bile olsa eşikte bırakmanız gerek. Kapıgözcüleri onları korur."

Karanlık kapılar savrularak açıldı. Yolcular, rehberlerinin peşi sıra tek sıra halinde içeri girdi. Kesilmiş taşlarla döşenmiş, kâh yukarı doğru döne döne uzanan, kâh ustaca yerleştirilmiş basamaklarla kısa bir mesafe tırmanan geniş bir yol gördüler. Bir sürü ahşap ev, bir sürü kara kapı geçtiler. Yolun yanında, taştan bir kanalda, berrak bir dere akıyor, pırıldıyor, mırıldanıyordu. Sonunda tepeye vardılar. Burada, eteğinde at başı şeklinde yontulmuş bir çeşmeden parlak bir pınarın çıktığı yeşil terasın üzerinde, yüksek bir düzlük vardı; çeşmenin altında suların döküldüğü ve akan dereyi besleyen geniş bir havuz vardı. Yeşil terastan yukarı doğru taştan yüksek ve dar bir merdiven çıkıyordu ve en üst basamağın her iki yanında taştan oturma yerleri yontulmuştu. Burada, kınlarından çektikleri kılıçları dizlerinin üzerinde gözcüler oturmuştu. Sarı saçları omuzlarına kadar örülmüştü; güneş yeşil kalkanlarından rengârenk yansıyor, uzun zırhları parıl parıl parlıyordu ve tüm heybetleriyle ayağa kalktıklarında ölümlü insanlardan daha uzun boylu görünüyorlardı.

"İşte kapılar önünüzde," dedi rehber. "Ben artık cümle kapısındaki işime dönsem gerek. Sağlıcakla kalın! Umarım Yurt Hükümdarı size karşı merhametli olur!"

Dönerek hızla yoldan aşağıya gitti. Diğerleri, uzun boylu gözcülerin bakışları altında uzun merdivenden çıktılar. Yukarıda sessiz duruyor, hiçbir söz söylemiyorlardı gözcüler; ta ki Gandalf merdivenin başındaki, taşlarla döşenmiş terasa adımını atıncaya kadar. Sonra aniden berrak seslerle kendi dillerinde kibarca karşıladılar onları.

"Selam olsun size ırak ellerden gelenler!" dediler ve barışçılıklarının işareti olarak kılıçlarının kabzalarını yolculara doğru çevirdiler. Güneş ışığında yeşil taşlarda şimşekler çaktı. Sonra gözcülerden biri öne bir adım atarak Ortak Lisan'da konuştu.

"Ben Théoden'in Kapıgözcüsü'yüm," dedi. "Háma'dır adım. İçeri girmeden önce silahlarınızı bırakmanızı istemek zorundayım."

O zaman Legolas Háma'nın eline gümüş kabzalı bıçağını, sadağını ve yayını verdi. "Bunlara iyi mukayyet olun," dedi, "çünkü bunlar Altın Orman'dan geliyor; Lothlórien'in Hanım'ı verdi onları bana."

Adamın gözlerine merak doldu, silahları aceleyle duvar kenarına bıraktı, sanki tutmaya korkarmış gibi. "Hiçbir er bunlara dokunamaz, söz sana," dedi.

Aragorn bir süre tereddüt içinde durdu. "Kılıcımı bırakmaya, Andúril'i bir başkasının eline vermeye razı değilim," dedi.

"Bu Théoden'in buyruğu," dedi Háma.

"Yurt'un Hükümdarı olsa dahi, Thengel oğlu Théoden'in hükmünün Elendil'in Gondor'a varis olarak bıraktığı Arathorn oğlu Aragorn'un rızasına üst olması bana pek makul gelmedi."

"Burası Théoden'in evidir, Aragorn'un değil, Gondor Kralı olsa ve Denethor'un tahtında otursa bile," dedi Háma, hızla kapıların önüne bir adım atıp yollarını keserek. Kılıcı şimdi elindeydi ve ucu yabancılara çevrilmişti.

"Bunlar boş lakırdılar," dedi Gandalf. "Théoden'in talebi gereksiz ama onu reddetmek de boşuna. Krallar kendi divanlarında kendi usullerini uygularlar, bu ister ahmaklık olsun, ister bilgelik."

"Doğrudur," dedi Aragorn. "Bir oduncu kulübesinde bile evin efendisinin buyurduğunu yapardım, eğer taşıdığım kılıç Andúril olmasaydı."

"Adı her ne ise ne," dedi Háma, "onu buraya bırakacaksın, Edoras'daki insanların hepsiyle tek başına cenk edeceksen o başka."

"Tek başına değil!" dedi Gimli, baltasının keskin yerini elleyip, sanki gözcü genç bir fidanmış da, o da onu devirmeyi aklına koymuş gibi kara kara bakarak. "Tek başına değil!"

"Haydi, haydi!" dedi Gandalf. "Şurada hepimiz dostuz. Ya da öyle olmamız lazım gelir; çünkü eğer kavga edersek, elimize geçecek olan tek ödül Mordor'un kahkahası olacaktır. Benim acelem var. En azından işte *benim* kılıcım, yiğit Háma. Onu iyi sakla. Glamdring derler ona, çünkü çok zaman önce elfler yapmıştı onu. Şimdi bırak da geçeyim. Haydi Aragorn!"

Aragorn yavaş yavaş kemerini çözdü ve kılıcını kendi elleriyle diklemesine duvara dayadı. "Onu buraya dayıyorum," dedi; "ama sana ona dokunmamanı emrediyorum; bir başkasının da ellemesine izin verme sakın. Bu elf kını içinde, Kırılan ama yeniden yapılan Kılıç durmakta. İlk kez zamanın derinliklerinde Telchar yapmıştı onu. Elendil'in varislerinden başka kim Elendil'in kılıcını çekerse ölümünü bulur."

Gözcü geriye çekilerek hayretle Aragorn'a baktı. "Sanki unutulmuş günlerden bir türkünün kanatlarında çıkıp geldin," dedi. "Buyurduğun gibi olacak beyim."

"Eh," dedi Gimli, "eğer Andúril yoldaşlık edecekse benim baltam da burada kalabilir, utanmadan." O da baltasını yere koydu. "Madem her şey gönlünüzce oldu bırakın da gidip efendinizle konuşalım."

Gözcü hâlâ tereddüt içindeydi. "Asan," dedi Gandalf'a. "Bağışla ama o da kapıda kalmalı."

"Aptallık bu!" dedi Gandalf. "Sağduyu başka şeydir, kabalık başka şey. Ben yaşlı biriyim. Eğer yürürken bastonuma dayanamayacaksam, Théoden kendisi benimle konuşmak için topallaya topallaya gelinceye kadar burada otururum."

Aragorn güldü. "Herkesin bir başkasına vermeye güvenemeyeceği, sevdiği bir şeyleri vardır. Ama yaşlı bir adamı desteğinden mahrum mu edeceksiniz? Haydi, geçmemize izin vermeyecek misiniz?"

"Büyücü elindeki asa, yaşlılık için destekten daha fazla bir şey olabilir," dedi Háma. Gandalf'ın yaslandığı dişbudak asaya dikkatle baktı. "Yine de kuşkudayken bir insan kendi aklına güvenmeli. Bence siz dostsunuz ve hiç kötü amacı olmayan onurlu kişilersiniz. Girebilirsiniz."

Muhafızlar ağır kol demirlerini kaldırarak, koca menteşelerinde homurdanan kapıları yavaş yavaş içeri doğru açtılar. Yolcular içeri girdi. Tepedeki temiz havadan sonra içerisi karanlık ve sıcak geldi onlara. Hol uzun ve genişti; gölgeler ve zayıf ışıklarla doluydu; muazzam direkler yüksek çatıyı taşıyordu. Fakat orada burada, derin saçakların altından doğuya bakan pencelereden parlak güneş ışığı huzmeleri içeri dökülüyordu. Yayılan ince duman sarmallarının üzerinde, çatıdaki hava deliğinden gökyüzü soluk ve mavi görünüyordu. Gözleri alıştıkça yolcular zeminin rengârenk taşlarla döşenmiş olduğunu gördüler; ayaklarının altında dallanıp budaklanan rünler ile garip nişanlar birbirine geçiyordu. Derken direklerin de zengin bir biçimde oyulmuş, altın ve zor seçilen renklerle donuk donuk parlamakta olduğunu gördüler. Duvarlara bir sürü dokuma örtü asılmıştı ve bunların üzerlerinde kimisi yıllarla donuklaşmış, kimi gölgede kalarak kararmış, kadim efsanelerin resimleri vardı. Fakat bu suretlerin birine güneş ışınları düşmüştü: Ak bir ata binmiş, genç bir adam. Koca bir boruyu üflüyor, sarı saçları rüzgârda uçuşuyordu. Atın başı kalkmış, kişnerken burun delikleri kızararak açılmıştı ve uzaktaki cengin kokusunu alıyordu. Yeşil-beyaz gürüldeyen su, hızla akarak, dizleri hizasında dönüyordu.

"Bakın, Genç Eorl!" dedi Aragorn. "Böyle sürmüştü atını Kuzey' den Celebrant Meydan Savaşı'na."

Dört yol arkadaşı ilerlediler, divanhanenin tam ortasında uzun bir ocak içinde yanan berrak odun ateşini geçtiler. Ondan sonra durdular. Holün uzak köşesinde, ocağın arkasında, kuzeye, kapılara doğru bakan yerde üç basamaklı bir yükselti vardı; yükseltinin tam ortasında da kocaman altın kaplama bir taht. Üzerinde oturan adam taşıdığı yıllarla öylesine iki büklüm olmuştu ki, neredeyse bir cüce gibi duruyordu; ama beyaz saçları hem uzundu, hem de gür; alnına yerleştirilmiş ince altın bir taçtan iri örgüler halinde uzanıyordu. Tam alnının orta yerinde tek bir beyaz elmas parlıyordu. Sakalları, karlar gibi dizlerine düşmüştü; ama gözleri hâlâ parlak bir ateşle yanıyor, yabancılara bakarken parıldıyordu. Tahtının gerisinde beyazlara bürünmüş bir kadın duruyordu. Ayaklarının dibinde basamaklar üzerinde, soluk bilge yüzlü, ağır kapaklı gözlere sahip, pörsümüş bir adam oturuyordu.

Bir sessizlik oldu. Yaşlı adam tahtında kıpırdamadı. Sonunda Gandalf konuştu. "Selam sana Thengel oğlu Théoden! Geri döndüm. Çünkü dikkatli ol! Fırtına yaklaşıyor ve eğer teker teker yok olmak istemiyorlarsa artık bütün dostların birleşme zamanı geldi. "

Yaşlı adam yavaş yavaş, kemikten beyaz bir sapı olan kısa siyah bir asaya tüm ağırlığıyla dayanarak ayağa kalktı; böylece iki büklüm olduğu halde hâlâ uzun boylu olduğunu gördüler ve gençliğinde gerçekten de yapılı ve mağrur biri olduğunu.

"Seni selamlıyorum," dedi; "belki de seni hoş karşılamamızı umuyorsundur. Ama doğrusunu söylemek gerekirse, senin burada nasıl karşılanacağın konusunda kuşkular var Efendi Gandalf. Sen hep felaket tellalı oldun. Sorunlar seni kargalar gibi kovalıyor; ne kadar sık gelirsen o kadar kötü oluyor. Seni kandıracak değilim: Gölgeyele'nin sürücüsüz geri döndüğünü duyduğumda atın geri döndüğüne sevindim ama binicisinin olmayışına sevindiğim kadar değil; ve Éomer senin sonunda uzaktaki yuvana gittiğini söylediğinde yas tutmadım. Ama uzaktan gelen haberlerin pek azı gerçek olur. İşte yine çıkageldin! Ve seninle birlikte, belli ki, her zamankinden daha büyük bir felaket geliyor. Neden seni hoş karşılayayım Gandalf Felakettellalı? Bunu de bana." Tekrar yavaş yavaş tahtına oturdu.

"Çok adil konuştunuz efendim," dedi kürsünün basamaklarında oturan soluk adam. "Oğlunuz Théodred'in Batı Sınırı'nda öldürüldüğü haberi geleli daha beş gün olmadı: Oğlunuz, sizin sağ kolunuzdu, Yurt'un İkinci Kumandanı. Éomer'e pek güven yok. İdare ona kalsa, surlarınızı koruyacak pek adam kalmayacak. Daha şimdi Gondor'dan Doğu'da Karanlıklar Efendisi'nin harekete geçtiğini duyduk. İşte tam bu saati seçiyor gezginimiz dönüş zamanı olarak. Gerçekten, seni ne diye hoş karşılayalım Bay Felakettellalı? *Láthspell* takıyorum adını, Karahaber yani; kara haber, kötü bir konuktur derler." Adam gaddarca güldü, ağır gözkapaklarını bir an için kaldırıp yabancıları karanlık gözleriyle süzerken.

"Senin akıl sahibi biri olduğun söylenir dostum Solucandil; mutlaka efendine büyük bir desteksindir de," diye cevapladı Gandalf yumuşak bir sesle. "Yine de bır adam iki yolla kötü haber getirir. Ya kötülük yapan biridir; ya da iyi zamanda insanları yalnız bırakır ama kara günde yardım getirmek için gelir sadece."

"Öyle," dedi Solucandil; "ama bir üçüncü tür daha var: Kemik toplayıcısı, diğer insanların kaygılarıyla uğraşan, cenk zamanı semiren leş kargası. Sen ne zaman yardım getirdin bize Felakettellalı? Veya şimdi ne gibi bir yardım getiriyorsun? Buraya son geldiğinde, sen bizden yardım istedin. O zaman efendim sana istediğin atı seçip gitmeni buyurdu; herkesi hayretlere boğarak tüm edepsizliğinle Gölgeyele'yi seçtin. Efendim çok kederlendi; yine de bazıları, senin bu yurttan olabildiğince hızla uzaklaşmış olmanın büyük bir bedel olmadığını düşündü. Sanırım bir kez daha aynı şeylerin patlak vermesi uzak bir olasılık değil: Yardım getirmeye değil aramaya geldin. Adamlar mı getiriyorsun? Atlar, kılıçlar, mızraklar mı getiriyorsun? Yardım diye ben buna derim; bize şu anda gerekenler bunlar. Ama o kuyruğundakiler de kimin nesi? Grilere bürünmüş üç derbeder avare; sen ise dördünüz arasında en dilenci kılıklı olanısın!"

"Nedense konağındaki misafirperverlik son zamanlarda biraz azalmış Thengel oğlu Théoden," dedi Gandalf. "Kapındaki haberciler yol arkadaşlarımın isimlerini sana bildirmediler mi? Rohan'lı hükümdarların böylesine üç konuğu ağırladıkları pek görülmemiştir. Kapılarına öyle silahlar bıraktılar ki bir sürü ölümlü insana bedeldir, hatta daha kudretlidir. Giysileri gri çünkü onları elfler giydirdi ve böylelikle senin divanhanene gelinceye kadar büyük tehlikelerin gölgelerinden geçebildiler."

"O halde Éomer'in demiş olduğu gibi Altın Orman'ın Hanım Büyücüsü'yle işbirliği yaptığınız doğru?" dedi Solucandil. "Buna şaşmamak gerek: Dwimordene'de durmadan düzenbazlık ağları dokunur."

Gimli öne bir adım attı ama aniden Gandalf'ın elinin kendisini omuzundan kavradığını hissetti ve taş gibi kaskatı durdu.

Dwimordene'de, Lórien'de
İnsanların gezindiği görülmez pek,
Çok az ölümlüye nasip olmuştur
Oradaki hiç sönmeyen parlak ışığı görmek.
Galadriel! Galadriel!
Pınarının suyu berrak;
Ak elindeki yıldız apak;
Bozulmamış, lekesiz yaprak ve toprak
Dwimordene'de, Lórien'de
Ölümlü İnsanlar'ın hayallerinden bile güzel hem de.

Böyle söyledi şarkısını Gandalf yavaş yavaş ve sonra aniden değişti. Paçavra halindeki pelerinini kenara savurarak dikleşti; artık asasına dayanmıyordu; kesin ve soğuk bir sesle konuşuyordu.

"Arifler bildikleri kadar konuşur Gálmód oğlu Gríma. Akılsız bir solucan olmuşsun. O yüzden sesini kes ve çatallı dilini dişlerinin gerisinde tut. Yıldırımlar düşünceye kadar bir uşakla ağız dalaşına girmek için geçmedim ateş ile ölümden."

Asasını kaldırdı. Bir gökgürültüsü sesi duyuldu. Güneş doğuya bakan pencerelerden silinmişti; bütün divanhane aniden gece gibi karardı. Ateş için için yanan korlara dönüştü. Sadece kararmış ocağın önünde bembeyaz ve upuzun duran Gandalf görünebiliyordu. Karanlıkta Solucandil'in sesinin tısladığını duydular: "Size asasını içeri sokmasına izin vermemenizi söylememiş miydim efendim? O salak Háma bize sadakatsizlik etti!" Bir yıldırım çatıyı yarmış gibi bir şimşek çaktı. Sonra her şey sessizleşti. Solucandil yüzükoyun yere uzanmıştı.

"Şimdi Thengel oğlu Théoden, bana kulak verecek misin?" dedi Gandalf. "Yardım istiyor musun?" Asasını kaldırarak yukardaki bir pencereyi işaret etti. Orada karanlık açılıyor gibi oldu ve aralıktan yukarda, uzakta bir parça parlak gökyüzü göründü. "Her şey karanlık değil. Cesaretini topla Yurt Hükümdarı; çünkü daha iyi bir yardım bulamazsın. Ümitsizlik içinde olanlara verilecek öğüdüm yok. Yine de sana öğütler verip, sözler söyleyebilirim. Dinleyecek misin bunları? Bunlar bütün kulaklar için değildir. Kapılarının önüne gelip etrafa bakmanı istiyorum. Çok uzun zamandır gölgelerde oturdun, sapkın masalları, çarpıtılmış fısıltıları dinledin."

Théoden yavaşça tahtından indi. Divanhanede yeniden soluk bir ışık belirmeye başladı. Kadın aceleyle kralın yanına gidip koluna girdi; yaşlı adam sendeleyen adımlarla yükseltiden indi ve yavaş yavaş divanhaneden geçti. Solucandil hâlâ yerde yatıyordu. Kapılara vardılar; Gandalf kapıları çaldı.

"Açın!" diye bağırdı. "Yurt Hükümdarı geliyor!"

Kapılar açıldı ve keskin hava ıslıklar çalarak içeri doldu. Tepede bir rüzgâr esiyordu.

"Muhafızlarını merdivenin altına yolla," dedi Gandalf. "Ve siz hanımefendi onu bir süre benimle bırakın. Ben ilgilenirim onunla."

"Git hemşirem kızı Éowyn!" dedi yaşlı kral. "Korku zamanı geçti."

Kadın geri dönerek yavaş yavaş eve girdi. Kapılardan geçerken dönüp arkasına baktı. Serinkanlı bir acıma duygusuyla krala bakarken gözlerindeki ifade ciddi ve düşünceliydi. Yüzü çok zarif, uzun saçları altından bir nehir gibiydi. Gümüş kemerli beyaz giysileri içinde ince ve uzundu, ama güçlü görünüyordu, çelik gibi sertti; kralların kızıydı. Böyle gördü Aragorn ilk kez gün ışığında Rohan Hatunu Éowyn'i ve onun zarif olduğunu düşündü, zarif ve soğuk; tıpkı henüz erginliğe ulaşmamış soluk bahar sabahı gibi. Kadın da aniden onun varlığını fark etti: Kralların uzun boylu varisi, geçen birçok kışla bilgeleşmiş, gri pelerinli, gizli ama kadının hissedebildiği bir güç taşıyan biri. Bir an için taş gibi hareketsiz durdu sonra aceleyle dönerek gitti.

"Şimdi efendim," dedi Gandalf, "topraklarınıza bakın! Bu hür havayı bir içinize çekin yeniden!"

Yüksek terasın tepesindeki sundurmadan Rohan'ın, derenin gerisinde uzaktaki bir griliğe doğru solan yeşil topraklarını görüyorlardı. Yağmur, rüzgârın savurduğu perdeler gibi iniyordu. Tepelerindeki ve batıdaki gökyüzü hâlâ gökgürültüleri içersinde karanlıktı; gizlenmiş dağların tepelerinde şimşekler oynaşıyordu. Ama rüzgâr kuzeye dönmüştü; Doğu'dan gelen fırtına daha şimdiden hızını kaybetmeye başlamış, güneye denize doğru yuvarlanıyordu. Aniden bulutların içindeki bir açıklıktan bir güneş ışını saplanır gibi aşağıya indi. Dökülen sağnak gümüş gibi pırıldadı; uzakta dere titreyen bir cam gibi parladı.

"Burası o kadar karanlık değil," dedi Théoden.

"Hayır," dedi Gandalf. "Ne de bazılarının zannettiği gibi yıllar omuzlarına o kadar ağır çökmüş. Dayandığın desteği fırlat at!"

Siyah asa kralın elinden çatırdayarak taşların üzerine düştü. Uzun süren sıkıcı bir işin üzerine eğilerek çalıştıktan sonra sırtı tutulmuş biri gibi yavaş yavaş belini doğrulttu kral. Artık uzun boyuyla dimdik duruyordu; açılmakta olan gökyüzüne bakarken gözleri masmaviydi.

"Son zamanlarda düşlerim karaydı," dedi, "ama kendimi yeni uyanmış gibi hissediyorum. Şimdi keşke daha önce gelmiş olsaydın diyorum Gandalf. Çünkü şu anda bile, geç kaldın korkarım, evimin son günlerini görmeye yetiştin. Eorl oğlu Brego'nun yaptırmış olduğu yüksek konak artık çok uzun süre kalmayacak ayakta. Yüksek tahtı ateşler yutacak. Ne yapılabilir?"

"Çok şey," dedi Gandalf. "Önce Éomer'i çağırt. Sizin dışınızda herkesin Solucandil dediği o Gríma'nın öğütleri sayesinde onu mahkûm ettiğinizi düşünmekte haksız mıyım?"

"Haklısın," dedi Théoden. "Benim buyruklarıma karşı geldi ve divanhanemde Gríma'yı ölümle tehdit etti."

"Bir adam aynı anda hem sizi sevip hem de Solucandil'i ve öğütlerini sevmeyebilir," dedi Gandalf.

"Bu olabilir. Ne dersen onu yapacağım. Háma'yı çağırın bana. Bir kapımuhafızı olarak güvenilmez olduğunu kanıtladığına göre onu ulak yapalım bari. Suçlu, suçluyu yargıya getirecek," dedi Théoden. Sesi merhametsizdi ama yine de Gandalf'a bakarak gülümsedi; gülümserken yüzündeki bir sürü endişe çizgisi düzeldi ve bir daha geri gelmedi.

Háma çağrılıp Éomer'i getirmeye yollandıktan sonra Gandalf Théoden'i bir taşa oturttu; kendisi de kralın önünde en üst basamağa oturdu. Aragorn ile arkadaşları yakında duruyordu.

"Duymanız gereken her şeyi anlatacak kadar zaman yok," dedi Gandalf. "Yine de eğer umutlarım yanlış çıkmazsa çok geçmeden daha ayrıntılı konuşabileceğim bir zaman gelecek. Dikkat edin! Çok büyük bir tehlike içindesiniz, Solucandil'in zekâsı bile böyle bir tehlikeyi rüyalarınızın arasına dokuyamazdı. Ama bakın! Artık rüya görmüyorsunuz. Yaşıyorsunuz. Gondor ile Rohan ayrı değildir. Düşman tahminlerinizin çok üstünde güçlü ama bizim onun henüz tahmin edemediği bir konuda ümidimiz var."

Çabuk çabuk konuşuyordu artık Gandalf. Sesi alçak ve gizemliydi, kraldan başka kimse söylediklerini duymuyordu. Ama o konuştukça Théoden'in gözlerindeki ışık daha bir canlı parlamaya başladı, sonunda oturduğu yerden bütün haşmetiyle kalktı; yanında Gandalf, birlikte bu yüksek yerden Doğu'ya baktılar.

"Doğrusu," dedi Gandalf, bu kez yüksek, kuvvetli ve net bir sesle, "o yönde uzanıyor bütün ümitlerimiz, en büyük korkumuzun çöreklendiği tarafta. Felaket hâlâ pamuk ipliğine bağlı. Yine de ümit var, eğer bir süre daha teslim olmadan ayakta kalabilirsek."

Diğerleri de artık gözlerini doğuya çevirmişlerdi. Aralarındaki fersah fersah toprak üzerinden uzaklara, görüş mesafelerinin sınırına kadar baktılar; ümit ile korku düşüncelerini karanlık dağların gerisine, Gölgeler Ülkesi'ne taşımaya devam etti. Yüzük Taşıyıcısı şimdi neredeydi? Felaketi hâlâ taşımakta olan pamuk ipliği gerçekten de ne kadar inceydi! Legolas'a öyle geldi ki sanki uzakları gören gözlerini zorlayınca bir beyazlık pırıltısı görmüştü: Çok uzakta, ihtimal, güneş Muhafız Kulesi'nin sivri tepesinin birinden parıldayıp kaybolmuştu. Ve daha da uzakta, nihayetsizce ırak ama yine de orada olan bir tehdit, alevden cılız bir dil vardı.

Yavaş yavaş tekrar oturdu Théoden, sanki yorgunluk Gandalf'ın iradesine karşı çıkarak yeniden onu ele geçirmek için mücadele edermiş gibi. Dönüp büyük konağına baktı. "Heyhat!" dedi, "bu kem günler benim olsun da bana, barışı hak ettiğim şu kocamış günlerimde denk gelsin. Yiğit Boromir'e ne yazık! Gençler yok oluyor, yaşlılar sağ kalıp kuruyor." Dizlerini buruşuk elleriyle kavradı.

"Parmakların bir kılıç sapını kavrasalardı eski güçlerini daha iyi hatırlarlardı," dedi Gandalf.

Théoden ayağa kalkarak elini yan tarafına götürdü; ama kemerinde kılıç yoktu. "Gríma nerelere gizledi onu?" diye söylendi kendi kendine.

"Bunu alın kutlu beyim!" dedi berrak bir ses. "Bu her zaman sizin hizmetinizdeydi." İki adam sessizce merdivenlerden çıkmış, en üst basamaktan bir iki basamak altta duruyorlardı. Éomer oradaydı. Başında miğfer, göğsünde zırh yoktu ama elinde kınından çekilmiş bir kılıç tutuyordu; diz çökerken kılıcın kabzasını efendisine uzattı.

"Bu ne hal?" dedi Théoden sertçe. Éomer'e döndü; adamlar hayret içinde artık mağrur ve dimdik duran krala bakıyorlardı. Tahtında büzüşmüş oturan veya bir sopaya yaslanmış bıraktıkları yaşlı adam neredeydi?

"Bu benim suçum beyim," dedi Háma titreyerek. "Éomer serbest bırakılacak diye anlamıştım. Gönlüm o kadar hoş oldu ki belki bir kusur etmişimdir. Yine de, yeniden Yurt'un bir Komutanı ve hür biri olduğuna göre, bana buyurduğu şekilde kılıcını ona götürdüm."

"Sizin ayaklarınız dibine bırakayım diye, beyim," dedi Éomer.

Bir sessizlik anı içinde Théoden, hâlâ önünde diz çökmekte olan Éomer'e baktı. İkisi de kıpırdamadı.

"Kılıcı almayacak mısınız?" dedi Gandalf.

Théoden yavaşça elini uzattı. Parmakları kabzayı kavrarken, seyredenlere sanki zayıf kolu yeniden sertlik ve güç kazanmış gibi geldi. Aniden kılıcı kaldırıp, ışıklar saçarak ve ıslıklar çalarak havada döndürdü. Sonra müthiş bir nara attı. Rohan dilinde savaşa çağrı şarkısını söylerken sesi berrak bir şekilde çınlıyordu.

Kalkın, kalkın Théoden'in Süvarileri!
Uğursuzluk kapımızda, doğuda karanlık.
Eğerleyin atları, çalın boruları!
İleri Eorloğulları!

Çağırıldıklarını sanan muhafızlar merdivenlerden yukarı fırladılar. Hükümdarlarına hayretler içersinde bakakaldılar ve yekvücut halinde kılıçlarını çekerek hükümdarlarının ayağının dibine bıraktılar. "Emret!" dediler.

"*Westu Théoden hál!*" diye bağırdı Éomer. "Tekrar özüne döndüğünü görmek ne hoş. Bir daha asla senin elem getirdiğin söylenmeyecek Gandalf!"

"Kılıcını geri al, kızkardeşim oğlu Éomer!" dedi kral. "Háma, git benim kendi kılıcımı bul! Gríma onu saklamıştı. Gríma'yı da bana getir. Şimdi Gandalf, bana verecek öğüdün olduğunu söylemiştin, eğer dinler isem. Nedir öğüdün?"

"Öğüdümü tuttunuz zaten," diye cevap verdi Gandalf. "Çarpık akıllı bir adamdansa Éomer'e güvenmenizdi, öğüdüm. Pişmanlık ve korkuyu bir yana atmanızdı. Yapılması gerekenleri yapmanızdı. At binebilen herkesin hemen batıya yollanması gerekir, Éomer'in de size önermiş olduğu gibi: Önce Saruman tehdidini yok etmeliyiz, henüz vaktimiz varken. Eğer başaramazsak, düşeriz. Eğer başarırsak, o zaman bir sonraki işle yüzleşeceğiz. Bu arada burada kalan halkınız, kadınlar, çocuklar ve yaşlılar, dağlardaki barınaklarınıza kaçmalı hemen. Onlar böyle kötü günler için hazırlanmamış mıydı zaten? Yanlarına erzak alsınlar ama oyalanmasınlar veya yüklerini mücevherlerle – ister büyük olsun, ister küçük– ağırlaştırmasınlar. Söz konusu olan yaşamları."

"Bu öğütler şimdi bana hoş geliyor," dedi Théoden. "Söyleyin bütün budunum hazırlansın! Ama konuklarıma gelince – doğru söylemiştin Gandalf, konağımdaki konukseverlik azaldı diye. Bütün gece at sürdünüz ve sabah da ilerlemekte. Ne uyudunuz, ne bir şeyler yediniz. Bir konuk evi hazırlanacak: Bir şeyler yedikten sonra burada uyuyacaksınız."

"Hayır beyim," dedi Aragorn. "Henüz yorgun kişilere istirahat yok. Rohan'lı erler bugün yola çıkmalı; biz de balta, kılıç ve yayla, onların yanında süreceğiz atlarımızı. Baltayı, kılıcı, yayı sizin duvarlarınıza yaslanıp dursunlar diye getirmedik Yurt'un Hükümdarı. Ayrıca Éomer'e, kendi kılıcımla onun kılıcının birlikte kınlarından çekileceklerine dair söz vermiştim."

"Artık utkumuz için ümit var gerçekten!" dedi Éomer.

"Ümit, evet," dedi Gandalf. "Fakat İsengard güçlüdür. Ayrıca başka tehlikeler de durmadan yaklaşıyor. Oyalanmayın Théoden, biz gittikten sonra. Halkınızı bütün hızınızla tepelerdeki Dunharrow Sığınağı'na götürün!"

"Hayır Gandalf!" dedi kral. "Sen kendi iyileştirme hünerinin gücünden habersizsin. Öyle olmayacak. Ben de gideceğim cenge, gerekirse cengin önünde düşmek için. Böyle olursa daha rahat uyurum."

"O zaman Rohan'ın mağlubiyeti bile şanlı olur şarkılarda," dedi Aragorn. Yakınlarda duran silahlı adamlar silahlarını şakırdatarak bağırdı: "Yurt'un Hükümdarı at sürecek! İleri Eorloğulları!"

"Fakat halkınız hem korumasız, hem de başsız kalmamalı," dedi Gandalf. "Kim yol gösterecek onlara ve sizin yerinize kim yönetecek?"

"Gitmeden önce bunu düşünürüm," diye cevap verdi Théoden. "İşte geliyor danışmanım."

Tam o sırada Háma yeniden divanhaneden çıktı. Arkasında, iki adamın arasında sinmiş Solucandil Gríma geliyordu. Yüzü kül gibiydi. Gün ışığında gözlerini kırpıştırdı. Háma diz çökerek Théoden'e altından tokalı ve yeşil taşlarla bezenmiş kınında uzun bir kılıç sundu.

"İşte hükümdarım, eski kılıcınız Herugrim," dedi. "Onun dolabında bulundu. Anahtarları ortaya çıkarmakta gönülsüzdü. Orada, insanların aradığı daha bir sürü şey var."

"Yalan söylüyorsun," dedi Solucandil. "Zaten bu kılıcı efendin kendi vermişti bana saklayayım diye."

"Şimdi de geri istiyor senden," dedi Théoden. "Bu seni üzüyor mu?"

"Elbette ki hayır efendim," dedi Solucandil. "Sizi ve sizin malınız olan her şeyi elimden geldiğince gözetirim. Ama kendinizi yormayınız, gücünüzü fazla harcamayınız. Bırakın bu usandırıcı konuklarla diğerleri ilgilensin. Etiniz neredeyse sofraya konmak üzere. Yemeğe gitmeyecek misiniz?"

"Gideceğim," dedi Théoden. "Sofrada yanıma, konuklarım için de yiyecek konsun. Ordu bugün hareket edecek. Habercileri yollayın! Eldekiler hemen toparlansın! Her er ve silah taşıyabilecek kadar gücü olan her delikanlı, atı olan herkes, öğleden sonraki ikinci saatten önce kapının önünde atları üzerinde olsunlar!"

"Sevgili efendim!" diye bağırdı Solucandil. "Tam korktuğum gibi. Bu büyücü sizi büyülemiş. Atalarınızın Altın Konağını, bütün hazinenizi koruyacak kimse kalmayacak mı burada? Kimse Yurt'un Hükümdarı'nı korumayacak mı?"

"Eğer bu büyü ise," dedi Théoden, "bana senin fısıltılarından daha tekin geliyor. Senin hekimliğin çok geçmeden beni dört ayak üzerinde süründürecekti az kalsın. Hayır, tek bir kişi kalmayacak, hatta Gríma bile kalmayacak. Gríma da at sürecek. Git! Kılıcının üzerindeki pası temizlemeye ancak vaktin var."

"Merhamet beyim!" diye zırıldadı Solucandil yerlerde sürünerek. "Sizin hizmetinizde yıpranmış gitmiş birine acıyın. Beni yanınızdan uzak komayın! Ben en azından, diğerleri gittikten sonra yanınızda kalayım. Sadık Gríma'nızı yanınızdan uzak komayın!"

"Merhametimi kazandın," dedi Théoden. "Seni yanımdan ayırmayacağım. Ben de adamlarımla cenge gidiyorum. Sana, yanımda gelip, bağlılığını kanıtlamanı buyuruyorum."

Solucandil, bir yüzden diğerine baktı. Gözlerinde, tuzağa düşmüş bir hayvanın, çevresinde düşmanlarının oluşturduğu halkada bir boşluk ararken takındığı ifade vardı. Dudaklarını, uzun soluk dili ile yaladı. "Yaşlı da olsa böylesi bir karar beklenir Eorl Hanedanı'ndan bir hükümdardan," dedi. "Ama onu gerçekten sevenler, onun eksilen yıllarına kıyamazlar. Ne yazık ki çok geç kaldığımı görüyorum. Öbürleri, beyimin ölümüne daha az kederlenecek olanlar, onu çoktan kandırmışlar. Onların işlerini bozamazsam da, en azından şu sözlerimi duyun beyim! Sizin düşüncelerinizi bilen ve buyruklarınıza saygı gösteren birinin Edoras'da bırakılması gerek. Sadık bir vekilharç belirleyin. Bırakın danışmanınız Gríma sizin dönüşünüze kadar –ki buna duacıyım ama aklı başında hiç kimse bu konuda bir ümit beslemez– dönüşünüze kadar her şeye gözkulak olsun."

Éomer güldü. "Eğer bu yakarma da seni cenkten kurtaramazsa, pek soylu Solucandil," dedi, "daha az saygın olan hangi memuriyeti kabul buyurursun? Bir çuval unu dağlara taşımayı mı – tabii güvenip de sana çuvalını emanet eden çıkarsa?"

"Yok Éomer, sen Efendi Solucandil'in aklındakileri tam anlamamışsın," dedi Gandalf, delici bakışlarını onun üzerine çevirerek. "Hem cüretlidir o, hem de kurnaz. Şimdi bile tehlike ile oyun oynayıp bir el kazandı. Benim değerli zamanımın saatlerini daha şimdiden boşa harcadı. Çök yılan!" dedi aniden korkunç bir sesle. "Karnının üzerine çök! Saruman seni satın alalı ne kadar oldu? Vaat edilen ödül neydi? Bütün insanlar ölünce, hazineden kendi payını alıp arzu ettiğin kadını mı seçecektin? Çok uzun zamandır onu gözkapaklarının altından süzüp, adımlarını izledin."

Éomer kılıcına davrandı. "Bunu zaten biliyordum," diye mırıldandı. "Bu yüzden, divanhanenin kanunlarını unutarak onu daha önce öldürebilirdim. Fakat başka nedenler de var." İleri doğru bir adım attı ama Gandalf onu eliyle durdurdu.

"Éowyn emniyette artık," dedi. "Ama sen Solucandil, sen gerçek efendin için elinden geleni yaptın. En azından bir şeyler hak ettin. Yine de Saruman yaptığı pazarlıkları unutma eğilimindedir. Sana, bu sadık hizmetini unutmasın diye, bir an önce gidip onu uyarmanı öneririm."

"Yalan söylüyorsun," dedi Solucandil.

"O söz dudaklarından çok sık ve çok kolay çıkıyor," dedi Gandalf. "Ben yalan söylemiyorum. Bakın Théoden, burada bir yılan var! Onu güvenip yanınıza alamazsınız ama geride de bırakamazsınız. Onu öldürmek doğru olurdu. Ama o her zaman şimdiki gibi değildi. Bir zamanlar insandı ve kendince size hizmette bulundu. Ona bir at verin gitsin hemen, nereye gitmek isterse. Yapacağı seçimle bir hükme varırsınız."

"Duyuyor musun bunları Solucandil?" dedi Théoden. "Bu senin seçimin: Benimle birlikte cenge gelip bize sadık olup olmadığını kanıtlamak; ya da dilediğin yere gitmek. Ama o zaman, eğer bir daha karşılaşırsak yufka yürekli olmam."

Solucandil yavaş yavaş doğruldu. Yarı kapalı gözlerle onlara baktı. En son da Théoden'in yüzünü inceledi ve sanki konuşacakmış gibi ağzını açtı. Sonra aniden dikleşiverdi. Elleriyle bir şeyler yaptı. Gözleri parıldadı. Gözlerinde öyle bir garaz vardı ki adamlar önünde gerilediler. Dişlerini gösterdi; sonra tıslayan bir nefesle kralın ayakları dibine tükürdü ve bir yana doğru fırlayarak merdivenlerden aşağıya kaçtı.

"Peşinden gidin!" dedi Théoden. "Dikkat edin başka kimseye bir zararı dokunmasın; ama ona bir zarar vermeyin, yolundan alıkoymayın. Eğer dilerse bir at verin."

"Onu sırtına alacak bir at çıkarsa," dedi Éomer.

Muhafızlardan biri merdivenlerden aşağıya koştu. Bir başkası taraçanın dibindeki kuyuya giderek miğferiyle su çekti. Bu suyla Solucandil'in kirlettiği taşları temizledi.

"Gelin şimdi konuklarım!" dedi Théoden. "Zaman elverdiğince dinlenin."

Tekrar büyük konağa girdiler. Daha şimdiden altlarındaki kasabada tellalların bağırdığını, savaş borularının öttüğünü duyuyorlardı. Çünkü kral, kasabadaki adamlar ve yakınlarda oturanlar silahlanıp toparlanır toparlanmaz hareket edecekti.

Éomer ve dört konuk kralın sofrasına oturdu; aynı zamanda krala hizmet eden Éowyn hanım da oradaydı. Çabuk çabuk yiyip içtiler. Théoden Gandalf'ı Saruman konusunda sorguya çekerken diğerleri sessiz kaldılar.

"Hainliği ne zaman başlamış, kim bilebilir ki?" dedi Gandalf. "Her zaman kötü değildi. Bir zamanlar Rohan'ın dostu olduğuna hiç kuşkum yok; yüreği soğumaya başladığı zaman bile sizi hâlâ faydalı buluyordu. Fakat uzun zamandır sizin felaketinizi planlıyor, hazır oluncaya kadar dostluk maskesini takıyordu. O yıllarda Solucandil'in işi kolaydı ve sizin bütün yaptıklarınız hemen İsengard'da duyuluyordu; çünkü sizin topraklarınız açıktı, yabancılar girip çıkıyordu. İradenizi elegeçirmiş olduğu için diğerleri bakıp hiçbir şey yapamazken Solucandil'in fısıltısı hep kulağınızdaydı, düşüncelerinizi zehirliyor, yüreğinizi soğutuyor, elinizi kolunuzu zayıflatıyordu.

"Fakat ben kaçıp sizi uyarınca o zaman maske yırtıldı, görebilen gözler için. Ondan sonra Solucandil hep sizi geciktirmek için fırsat kollayarak, gücünüzün tümünü toplamanızı engelleyerek tehlikeli bir oyun oynamaya başladı. Hünerliydi: Durumuna göre insanların dikkatini köreltiyor veya korkularını körüklüyordu. Kapıdaki tehlike batıdayken, kuzeye doğru boşu boşuna yapılacak bir takibe herkesi göndermek gerektiği konusunda nasıl canla başla kışkırtmıştı sizi hatırlamıyor musunuz? Éomer'in ortalığı talan eden orkları izlemesini yasaklamanız için sizi ikna etmişti. Eğer Éomer sizin ağzınızdan konuşan Solucandil'in sesine karşı gelmeseydi o orklar, yanlarında çok önemli bir ödülle, çoktan İsengard'a varmış olurlardı. Gerçi bu ödül Saruman'ın her şeyden çok arzuladığı ödül değildi ama yine de en azından benim grubumun iki üyesiydi; size bile henüz açık açık söyleyemeyeceğim gizli bir ümidi benimle paylaşan kişilerdi. Şimdi nelere maruz kalacaklarını veya Saruman'ın bizim felaketimiz için neler öğrenmiş olabileceğini bir tahayyül edin hele."

"Éomer'e çok şey borçluyum," dedi Théoden. "Sadık bir yüreğin asi bir dili olabilir."

"Şunu da söyleyin," dedi Gandalf, "çarpık gözlere gerçeğin yüzü ekşi gelebilir."

"Gerçekten de gözlerim neredeyse tamamen kör olmuş," dedi Théoden. "Her şeyden çok da sana borçluyum konuğum. Bir kez daha tam zamanında geldin. Gitmeden önce sana bir armağan vermek isterim, dilediğin bir armağanı. Bana ait olan bir şeyin adını ver, yeter. Şimdilik sadece kılıcımı kendime saklıyorum!"

"Zamanında gelip gelmediğimi daha bilmiyoruz," dedi Gandalf. "Fakat armağanınıza gelince beyim, ihtiyacıma uygun bir şey seçeceğim: Hızlı ve emin. Bana Gölgeyele'yi verin! Daha önce ödünç verilmişti sadece, tabii buna ödünç denilebilirse. Fakat artık onu büyük bir tehlikeye süreceğim, siyaha gümüş kakacağım: Kendime ait olmayan hiçbir şeyi riske atmak istemem. Zaten daha şimdiden aramızda bir sevgi bağı oluştu."

"İyi seçim yapıyorsun," dedi Théoden; "ve onu artık büyük bir kıvançla veriyorum sana. Yine de büyük bir armağan o. Gölgeyele gibisi yoktur. Onda, eskilerin kudretli küheylanlarından birinin ruhu var. Bir daha öylesi gelmez. Diğer konuklara da, silah depomda bulunabilecek şeyleri armağan ediyorum. Kılıca gereksiniminiz yok ama Gondor'dan atalarıma armağan olarak verilmiş miğferler, hünerli ellerden çıkmış zırhlar var. Gitmeden önce bunlardan kendinize seçin; hayırlarını göresiniz!"

Erler kralın deposundan savaş giysileri taşıyıp getirdiler; Aragorn ile Legolas'ı parlayan zırhlarla kuşattılar. Miğferler ve yuvarlak kalkanlar da seçtiler Aragorn ile Legolas: Kalkanların kabartmaları altın ile kaplanmış; yeşil, kırmızı ve beyaz taşlar kakılmıştı. Gandalf zırh almadı. Eğer onun boyuna posuna göre bir tane bulunacak olsaydı bile Gimli'nin zincirden zırha ihtiyacı yoktu, çünkü Edoras'ın hazinesinde, Kuzey'deki Dağ'ın altında dövülmüş kısa zırh yelekten daha iyisi bulunamazdı. Ama o da, yuvarlak kafasına iyi uyan demir ve deriden bir miğfer buldu; bir de küçük kalkan seçti. Kalkanda Eorl Hanedanı'nın nişanı olan yeşil üzerine beyaz işlenmiş, koşan bir at vardı.

"Umarım seni iyi korur!" dedi Théoden. "Bunu, Thengel zamanında benim için yapmışlardı, ben çocukken."

Gimli eğilerek selam verdi. "Çok onur duydum Yurt Hükümdarı, sizin nişanınızı taşıyacağım için," dedi. "Aslında, bir at tarafından taşınmaktansa, bir atı taşımayı tercih ederim. Ayaklarımı daha çok seviyorum. Ama, belki de, daha ayaklarım üzerinde durup dövüşeceğim yere gelmemişimdir."

"Öyle olabilir," dedi Théoden.

Kral ayağa kalktı ve Éowyn derhal elinde şarapla geldi. "*Ferthu Théoden hál!*" dedi. "Bu kabı al ve mutluluk anında iç. Sağlıcakla git, sağlıcakla gel!"

Théoden kaptan içti; sonra kadın kabı konuklara sundu. Aragorn'un önünde dururken bir an duraksadı ve ona baktı; gözleri parlıyordu. O da kızın zarif yüzüne bakarak gülümsedi; ama içmek için kabı alırken elleri kızınkilere değdi; bu temasla kızın titrediğini fark etti. "Selam sana Arathorn oğlu Aragorn!" dedi kız. "Selam sana Rohan Hatunu!" diye cevap verdi adam ama artık yüzünde bir endişe vardı ve gülümsemiyordu.

Hepsi içtikten sonra kral divanhaneden kapılara doğru ilerledi. Burada muhafızlar onu bekliyor, tellallar duruyordu; Edoras'da kalmış olan veya etrafta oturan bütün beyler ve üst rütbeli kişiler toplanmışlardı.

"Dinleyin!" dedi Théoden. "Ben de gidiyorum ve bana öyle geliyor ki bu benim son at sürüşüm. Benim hiç çocuğum yok. Oğlum Théodred öldürüldü. Kız kardeşim oğlu Éomer'i kendime varis yapıyorum. Eğer her ikimiz de geri dönemezsek o zaman aranızdan yeni bir hükümdar seçersiniz. Ama şu anda birisine, arkamda bırakacağım budunumu emanet edeceğim, benim yerime onları idare etsin diye. Hanginiz kalacaksınız?"

Hiç kimse konuşmadı.

"Bana önereceğiniz kimse yok mu? Budunumun güvenebileceği?"

"Eorl Soyundan biri olmalı," diye cevapladı Háma.

"Ama Éomer'i bırakamam; o da kalmaz zaten," dedi kral; "ve soyumuzun son üyesi de o."

"Ben Éomer demedim," diye cevap verdi Háma. "Üstelik o soyun son üyesi değil. Éomund'un kızı Éowyn var, onun kız kardeşi. O korkusuz ve yüce gönüllüdür. Herkes onu sever. Bırakın biz gidince Eorl-oğulları'na o hükümdar olsun."

"Öyle olsun," dedi Théoden. "Tellallara bildirin, halka Éowyn Hatun'un onları yöneteceğini söylesinler!"

Sonra kral kapılarının önündeki bir taş koltuğa oturdu; Éowyn onun önünde diz çökerek ondan bir kılıç ile zarif, kısa bir zırh aldı. "Hoşça kal kızkardeşim kızı!" dedi. "Zamanımız karanlık bir zaman ama belki yine de Altın Konak'a geri döneriz. Fakat Dunharrow'da insanlar kendilerini uzun süre savunabilirler; eğer cengimiz yaver gitmezse, kaçabilenler oraya gelir."

"Böyle demeyin!" diye cevap verdi kız. "Dönüşünüze kadar geçecek her gün bir yıl gibi gelecek bana." Fakat konuşurken gözleri yakında duran Aragorn'a kaydı.

"Kral geri dönecek," dedi Aragorn. "Korkma! Kötü kaderimiz Batı'da değil Doğu'da."

Kral yanında Gandalf ile merdivenlerden indi. Diğerleri de onları izledi. Kapıya doğru ilerlerken Aragorn geriye baktı. Tek başına ayaktaydı Éowyn, merdivenlerin başında, konağın kapıları önünde; kılıç önünde dik duruyordu, elleri kılıcın kabzasındaydı. Artık zırhlar içindeydi ve güneş altında bir yıldız gibi parlıyordu.

Gimli, baltası omuzunda Legolas ile birlikte yürüyordu. "Eh sonunda yola koyuluyoruz!" dedi. "İnsanlar işten önce bir sürü lafa ihtiyaç duyuyor. Baltam elimde sabırsızlanıyor. Gerçi sırası gelince bu Rohirrimler'in ellerinin de insafsız olacağından kuşkum yok. Bununla beraber, bu bana uyan bir harp değil. Ben cepheye nasıl gideceğim? Keşke bir heybe gibi Gandalf'ın eyer kayışına tutturulacağıma, yürüyerek gidebilseydim."

"Bu çoğu yerden daha emniyetli bir yer sanırım," dedi Legolas. "Yine de eminim saldırılar başlayınca, Gandalf ya da Gölgeyele'nin kendisi seni memnuniyetle yere indirecektir. Balta bir binici silahı değil."

"Cüceler de süvari değildirler. Orkların boyunlarını vururum ben, insanların kellelerini traş etmem," dedi Gimli, baltasının sapını okşayarak.

Cümle kapısında genç, ihtiyar, hepsi atlarının üzerinde hazır koca bir insan ordusuyla karşılaştılar. Binden fazla kişi toplanmıştı. Mızrakları filiz veren orman gibiydi. Théoden ilerleyince yüksek sesle ve mutlulukla bağırdılar. Kimisi kralın atı Karyele'yi hazır bekletiyor, kimisi Aragorn ile Legolas'ın atlarını tutuyordu. Gimli kaşlarını çatmış huzursuz duruyordu ama Éomer atını çekerek Gimli'ye yaklaştı.

"Selam Glóin oğlu Gimli!" diye haykırdı. "Senin sopanın gölgesinde incelikli konuşmayı öğrenemedim, bana söz vermiş olduğun gibi. Ama ne dersin, aramızdaki tartışmayı bir yana bıraksak mı? En azından ben bir daha Ormanın Hanımı hakkında kötü konuşmayacağım."

"Bir süre için hiddetimi unutacağım Éomund oğlu Éomer," dedi Gimli; "ama eğer olur da sen Galadriel Hanım'ı kendi gözlerinle görecek olursan bir gün, o zaman onun tüm hanımlar içinde en zarifi olduğunu kabulleneceksin, yoksa dostluğumuz biter."

"Öyle olsun!" dedi Éomer. "Fakat o zamana kadar beni hoş gör ve bunun bir göstergesi olarak da benim atıma bin. Gandalf Yurt'un Hükümdarı ile başta olacak; ama atım Ateşayak ikimizi de yüklenir, eğer istersen."

"Sana gerçekten teşekkür ederim," dedi Gimli çok memnun olarak. "Seve seve gelirim seninle, eğer arkadaşım Legolas da bizim yanımızda sürerse atını."

"Dediğin gibi olacak," dedi Éomer. "Legolas solumda, Aragorn da sağımda; kimse cesaret edemeyecek önümüze çıkmaya!"

"Gölgeyele nerede?" dedi Gandalf.

"Otlakta keyfince koşuyor," diye cevap verdiler. "Hiç kimsenin kendisini ellemesine izin vermiyor. İşte orada derenin sığlığında, söğütler arasında bir gölge gibi koşuyor."

Gandalf ıslık çalarak atın adını yüksek sesle söyledi; hayvan uzakta başını sallayarak kişnedi ve dönerek bir ok gibi sahibine geldi.

"Eğer Batı Yeli gözle görünür bir bedene bürünecek olsaydı, aynı böyle görünürdü," dedi Éomer koca at koşup arifin önünde dururken.

"Armağan kendiliğinden verilmiş zaten görünüşe göre," dedi Théoden. "Ama duyun hepiniz! Burada, konuğum Gandalf'ın soyumuz devam ettiği sürece en bilge danışman, gezginler arasında en hoş karşılanacak kişi, Yurt'un beylerinden biri, Eorloğulları'nın bir komutanı olduğunu duyuruyorum; atların prensi Gölgeyele'yi de ona veriyorum."

"Sana teşekkür ederim Théoden Kral," dedi Gandalf. Sonra aniden gri pelerinini geriye atıp şapkasını kenara savurdu ve atın sırtına sıçradı. Ne miğfer, ne de zırh giyiyordu. Kar gibi saçları rüzgârda özgürce dalgalanıyor, beyaz giysileri güneş altında göz kamaştırıyordu.

"Ak Süvari'ye iyi bakın!" diye haykırdı Aragorn ve herkes onun sözünü dinledi.

"Kralımız ile Ak Süvari!" diye bağırdılar. "İleri Eorloğulları!"

Borular öttü. Atlar gerildi ve kişnedi. Mızraklar, kalkanlar üzerinde takırdadı. Derken kral elini kaldırdı ve ani bir rüzgârın patlak vermesi gibi Rohan'ın son ordusu, yıldırım misali Batı'ya doğru sürdü atlarını.

Düzlüğün çok ilersinde Éowyn, mızraklarının parıltısını görüyordu, kıpırdamadan, tek başına sessiz konağın kapıları önünde dururken.

BÖLÜM VII

MİĞFER DİBİ

Onlar Edoras'tan ayrılırken güneş Batı'ya yönelmeye başlamıştı bile; ışığı dalga dalga uzanan bütün Rohan çayırlarını altın rengine çevirip tam gözlerine geliyordu. Ak Dağlar'ın eteklerindeki tepelerde kuzeybatıya doğru uzanan, üzerinden çok gelinip gidilmiş bir yol vardı; onlar da bu yeşil topraklarda bir alçalan bir yükselen, minik ama hızlı nehirleri üzerinde bir sürü sığlık olan bu yolu takip ettiler. İleride uzaklarda, sağlarında Dumanlı Dağlar yükseliyordu; onlar ilerledikçe gitgide daha kararıyor, daha yükseliyorlardı. Güneş yavaş yavaş battı önlerinde. Ardından akşam geldi.

Ordu yoluna devam etti. Onları yönlendiren zorunluluktu. Geç varmaktan korktukları için ellerinden geldiğince hızla sürdüler atlarını; çok nadiren durdular. Hızlı ve dayanıklıydı Rohan'ın küheylanları, ama aşılacak mesafe de çok uzundu. Kuş uçuşu kırk fersah kadar tutardı Edoras'tan, kralın adamlarının Saruman'ın ordularını oyalamayı başardığını umdukları İsen'in ırmak geçitlerine.

Gece onları sarmaladı. Sonunda konaklamak için durdular. Yaklaşık beş saattir at sürüyorlardı ve batıdaki çayırlarda epey ilerlemişlerdi, yine de yolculuklarının yarısından fazlası önlerindeydi hâlâ. Büyük bir halka halinde, yıldızlı gök ve yükselmekte olan ay altında geçici ordugâhlarını kurdular. Hiç ateş yakmadılar çünkü olayların nasıl geliştiğinden emin değillerdi; ama etraflarına halka halinde atlı gözcüler diktiler; ayrıca öncüler ileriye giderek arazinin kıvrımlarından gölgeler gibi geçti. Yavaş ilerleyen gece, hiçbir haber getirmeden ve hiçbir tehlike işareti göstermeden geçti. Tan vakti borular çaldı, bir saat içinde yola koyuldular.

Tepelerinde henüz bulut yoktu ama savaşın ağırlığı havada hissediliyordu; yılın o mevsimi için hava sıcaktı. Doğan puslu güneşin ardında, yavaş yavaş onu gökyüzünde yukarı doğru izleyerek artmakta olan bir karanlık, Doğu'da toplanan büyük bir fırtınayı çağrıştıran bir karanlık vardı. Ve uzakta Kuzeybatı'da, Dumanlı Dağlar'ın eteklerinde başka bir karanlık, Arif Vadisi'nden yavaş yavaş sürünerek çıkan bir gölge kuluçkaya yatmış gibiydi.

Gandalf geride kalıp Éomer'in yanında atını süren Legolas'a yaklaştı. "Soyunun keskin gözlerine sahipsindir sen Legolas," dedi; "ve o gözler bir fersah öteden ispinoz ile serçeyi birbirinden ayırır. Söyle bana, İsengard taraflarında bir şeyler görebiliyor musun?"

"Arada fersahlar var," dedi Legolas, o yana bakıp uzun ellerini gözlerine siper ederek. "Bir karaltı görüyorum. Bu karaltı içinde hareket eden şekiller var, nehrin kıyısında, uzakta büyük şekiller; ama ne olduklarını bilemiyorum. Gözlerimi bozan sis veya bulut değil: Bu bir gücün toprak üzerine düşürdüğü, her şeyi kaplayan bir gölge; yavaş yavaş nehirden aşağı doğru ilerliyor. Sanki ucu bucağı olmayan ağaçların altındaki alacakanlık dağlardan aşağı doğru akıyor."

"Arkamızdan da Mordor'un fırtınası geliyor," dedi Gandalf. "Karanlık bir gece olacak."

Yolculuklarının ikinci günü ilerledikçe havadaki ağırlık arttı. Akşamüstü karanlık bulutlar onları yakalamaya başladı: Göz kamaştıran ışıklarla beneklenmiş kocaman dalgalı kenarları olan basık bir sayvan. Kan kırmızı güneş tütmekte olan sisin içine battı. Atlıların mızraklarının ucu, ışığın son huzmeleri Thrihyrne'ün dik yamaçlarını tutuştururken, ateşe bulanmıştı: Artık günbatımında tırtıklı dişleri olan üç boynuz gibi bakan Ak Dağlar'ın en kuzeydeki kolunun çok yakınındaydılar. Son kırmızı aydınlıkta öncü kolundaki adamlar siyah bir nokta gördüler: kendilerine doğru yaklaşan bir atlı. Durarak onu beklediler.

Eğri büğrü miğferli, yarılmış kalkanlı yorgun bir adam geldi yanlarına. Yavaş yavaş atından indi, bir süre soluklanarak durdu. Sonunda konuştu. "Éomer burada mı?" diye sordu. "Sonunda yetiştiniz ama hem çok geç, hem de çok az bir güçle geldiniz. Théodred öldüğünden beri her iş kem gider oldu. Dün, büyük kayıplar vererek geri püskürtüldük İsen'den; birçoğu nehri geçerken yok oldu. Sonra gece taze kuvvetler çıkageldi bizim ordugâha karşı. Bütün İsengard boşalmış olsa gerek. Saruman vahşi dağlıları ve nehirlerin gerisindeki Dunland'ın çobanlarını da silahlandırmış; bunları da üzerimize saldı. Bizden üstün çıktılar. Kalkandan duvar yıkıldı. Batıağıl'dan Erkenbrand, toplayabildiği kadar adamı Miğfer Dibi'ndeki istihkâmına çekti. Kalanlar dağıldı.

"Éomer nerede? Ona ilerde hiç ümit olmadığını söyleyin. İsengard'ın kurtları oraya da gelmeden Edoras'a dönsün."

Théoden sessizce, adamlarının arkasında, adamın göremeyeceği bir yerde durmuştu; derken atını ileri sürerek öne çıktı. "Gel, önümde dur Ceorl!" dedi. "Ben buradayım. Eorloğulları'nın son ordusu ileri sürdü atlarını. Cenk görmeden geri dönmezler."

Adamın yüzü hayret ve mutlulukla aydınlandı. Kendine çeki düzen verdi. Sonra çentikli kılıcını krala sunarak diz çöktü. "Emredin hükümdarım!" diye bağırdı. "Beni bağışlayın! Düşünmüştüm ki..."

"Benim kar kış altında yaşlı bir ağaç gibi, Tekev'de iki büklüm olduğumu düşünmüştün. Sen atını cenge sürdüğünde öyle idi. Ama batı yeli dalları silkeledi," dedi Théoden. "Bu adama yeni bir at verin! Sürün atlarınızı Erkenbrand'a yardım etmeye!"

Théoden konuşurken Gandalf atını biraz ileri sürüp tek başına durarak kuzeyde İsengard'a, batıda kavuşan güneşe doğru bakmıştı. Derken geri döndü.

"Sür atını Théoden!" dedi. "Miğfer Dibi'ne sür atını! İsen Geçitleri'ne gitme ve ovada oyalanma! Bir süre sizden ayrılmam gerekecek. Gölgeyele ile ben çok acil bir işe gidiyoruz." Aragorn'a, Éomer'e ve kralın maiyetine dönerek şöyle bağırdı: "Ben geri dönünceye kadar Yurt'un Hükümdarı'na iyi bakın. Miğfer Dibi'nde beni bekleyin! Elveda!"

Gölgeyele'ye bir şeyler söyledi ve at ok gibi ileri atıldı. Daha onlar bakarken gözden kaybolmuştu bile: Gün batımında gümüşten bir şimşek, otlar üzerinde bir yel, gözden kaçıp giden bir gölge. Karyele kişneyerek geriledi, onu takip etmek için sabırsızlanıyordu; ama ancak kanatlı ve hızlı bir kuş ona yetişebilirdi.

"Bu ne anlama geliyor?" dedi muhafızlardan biri Háma'ya.

"Gandalf Grihamut'un acelesi var," diye cevap verdi Háma. "Her zaman beklenmedik bir anda gelir ve gider."

"Eğer burada olaydı, Solucandil bunu açıklamakta zorluk çekmezdi," dedi bir başkası.

"Gerçekten de öyle," dedi Háma; "ama ben kendi adıma, Gandalf'ı tekrar görünceye dek bekleyeceğim."

"Belki çok beklersin," dedi bir başkası.

Ordu, İsen Geçitleri'ne giden yoldan ayrıldı ve yönünü güneye çevirdi. Gece çöktü, onlar yine de yollarına devam ettiler. Tepeler yaklaşmaya başladı ama Thrihyrne'ün yüksek zirveleri kararmakta olan gökyüzü altında seçilmez olmuştu bile. Birkaç mil kadar ileride, Batıağıl Vadisi'nin öte kısmında, yeşil bir koyak, dağlar arasında büyük bir girinti uzanıyor, bu girintiden de tepelere doğru bir vadi açılıyordu. Bu yörenin insanları, buraya sığınan eski savaşların bir cengâveri anısına buraya Miğfer Dibi diyorlardı. Thrihyrne'ün gölgesi altında, kargaların uğrak yeri olan zirveler her iki tarafta da muazzam birer kule gibi yükselip ışığı kesinceye kadar, kuzeyden içeri doğru gitgide daha da dikleşerek ve daralarak dolanıyordu bu vadi.

Miğfer Dibi'nin ağzındaki Miğfer Kapısı'nda, kuzey yönündeki uçurumdan dışarı doğru fırlamış, topuk şeklinde bir kaya vardı. Burada, bu mahmuzun üzerinde, kadim taşlardan yüksek surlar bulunuyordu; surların içinde de yüksek bir kule. İnsanlar, Gondor'un ihtişamının yaşandığı çok eski günlerde, deniz krallarının bu kaleyi buraya devlerin elleriyle yaptırmış olduklarını söylüyorlardı. Boruşehir denirdi buraya çünkü kulede çalınan bir boru, gerisindeki Miğfer Dibi' nde sanki çoktan unutulmuş ordular, tepelerin altındaki mağaralardan savaşa çıkıyorlarmış gibi yankılanırdı. Ayrıca insanların yapmış olduğu, Boruşehir'den güneydeki uçuruma doğru uzanan başka bir sur, vadinin girişini koruyordu. Bunun altından geçen bir su yolu ile de, Dip Deresi dışarı çıkıyordu. Dere yatağı, Borukaya diplerinde bir yerde dönüyor, sonra geniş ve yeşil, üçgen şeklindeki toprak parçasının tam ortasından geçip Miğfer Kapısı'ndan hafifçe aşağı doğru meylederek Miğfer Hendeği'ne doğru gidiyordu. Orada Dip Vadisi'ne dökülerek Batıağıl Vadisi'ne çıkıyordu. Burada, Miğfer Kapısı'ndaki Boruşehir'de, Yurt'un Batıağıl sınırlarının amiri olan Erkenbrand yaşıyordu şimdi. Günler, savaş tehdidiyle kararırken, aklıselim sahibi biri olduğu için, surları tamir ederek, kaleyi daha da sağlamlaştırmıştı.

Önden giden öncülerin bağırtıları ve boru sesleri duyulduğunda Atlılar hâlâ Koyak'ın ağzının önündeki alçak vadideydi. Karanlık içinden oklar vızıldadı. Bir öncü hızla geri gelerek, kurt binicilerinin artık vadide olduklarını, İsen Geçitleri'nden güneye doğru bir ork ve vahşi insan ordusunun aceleyle ilerlediğini, görünüşe göre de Miğfer Dibi'ne doğru geldiklerini bildirdi.

"O yöne doğru kaçarken budunumuzdan birçoklarının katledilmiş olduğunu gördük," dedi gözcü. "Sonra başlarında bir başkan olmaksızın o yana, bu yana doğru giden dağılmış gruplara denk geldik. Erkenbrand'a ne olduğunu kimse bilmiyor gibi. Daha Miğfer Kapısı'na varmadan ele geçmesi işten bile değil; henüz öldürülmediyse elbette."

"Gandalf'ı hiç gördünüz mü?" diye sordu Théoden.

"Evet, beyim. Birçoğumuz, çimen üzerindeki yel gibi, düzlükte oraya buraya gidip gelen bir at üzerinde, beyazlar içinde yaşlı bir adam gördük. Bazıları onun Saruman olduğunu düşündü. Gece çökmeden önce İsengard'a doğru gittiği söyleniyor. Bazıları daha önce Solucandil'in de görüldüğünü söylüyor, yanında bir grup ork ile kuzeye doğru gidiyormuş."

"Gandalf'a rastlarsa Solucandil için hoş olmaz," dedi Théoden. "Bununla beraber şimdi hem yeni, hem eski, her iki danışmanımı da özlüyorum. Fakat bu sıkışık durumda, Erkenbrand orada olsun olmasın Miğfer Kapısı'na doğru ilerlemekten başka şansımız yok Gandalf ın da söylemiş olduğu gibi. Kuzey'den gelen ordunun büyüklüğü belli mi?"

"Çok büyük," dedi öncü. "Kaçan adam, düşmanı çift görürmüş; ama yine de ben cesur yürekli adamlarla konuştum, düşmanın ana gücünün, bizim burada sahip olduğumuz gücün birkaç katı olduğundan kuşku yok."

"O halde tez olalım," dedi Éomer. "Kale ile aramızdaki düşmanları yarıp geçelim. Miğfer Dibi'nde birçok kişinin saklanabileceği yüzlerce mağara var; oradan da gizli yollar tepelerin üzerine çıkıyor."

"Gizli yollara güvenme," dedi kral. "Saruman uzun zamandır bu topraklarda casusluk yapıp duruyor. Yine de orada daha uzun süre dayanabiliriz. Haydi gidelim!"

Aragorn ile Legolas öncü kolda Éomer ile birlikte gidiyorlardı artık. Karanlık gecede yollarına devam ettiler; karanlık derinleştikçe daha da yavaşladılar. Yolları güneye doğru, dağların eteklerindeki loş kırışıklıklara doğru daha da yükselerek ilerliyordu. Önlerinde az sayıda düşman buldular. Orada burada başıboş gezen ork takımlarına rast geldiler; fakat orklar, Süvariler onlara varıp onları biçemeden kaçtılar.

"Pek zaman almayacak kanımca," dedi Éomer. "Düşmanlarımızın başı, yani Saruman veya ileri sürdüğü komutanı her kim ise o, kralın ordusunun yaklaşmakta olduğunu anlayacak çok geçmeden."

Arkalarında savaş söylentileri fazlalaştı. Artık, karanlıktan taşınıp gelen savaş şarkılarını duyuyorlardı. Tekrar geri baktıklarında, Dip Vadisi'nden yukarı epey tırmanmış olduklarını anladılar. Tam o sırada meşaleleri gördüler, arkalarındaki karanlık kırlara kırmızı çiçekler gibi yayılmış veya uzun titreşen sıralar halinde ovadan yukarı doğru kıvrılan ateşli ışıkların sayısız noktacıkları. Orada burada daha büyük alevler yükseliyordu.

"Çok büyük bir ordu," dedi Aragorn. "Hemen peşimizdeler."

"Ateş getiriyorlar," dedi Théoden, "ve gelirken de ister kuru ot olsun, ister kulübe, ister ağaç, her şeyi yakıyorlar. Burası zengin bir vadiydi ve bir sürü çiftlik evi vardı. Vah halkıma ne yazık!"

"Keşke günü gelseydi de onların üzerlerine dağlardan bir fırtına gibi inseydik!" dedi Aragorn. "Önlerinden kaçmak bana çok koyuyor."

"Daha ileriye kaçmamıza gerek yok," dedi Éomer. "Miğfer Kapısı'nın iki fersah altında, koyağı bir baştan bir başa geçen eski hendek ile bir sur olan Miğfer Suru pek uzakta değil artık. Orada durup cenk edebiliriz."

"Hayır, Sur'u koruyamayacak kadar az sayıdayız," dedi Théoden. "Surun uzunluğu bir mil kadardır, surdaki gedikse oldukça geniş."

"Zorda kalırsak gedikte artçılarımızın nöbet tutması gerekecek," dedi Éomer.

Süvariler yukardaki derenin ve dere boyunca ilerleyen Boruşehir yolunun çıktıkları yer olan Sur'daki yarığa geldiklerinde ortalıkta ne yıldız vardı, ne de ay. Kale duvarı, kara bir çukurun gerisindeki yüksek bir gölge misali aniden önlerinde yükseliverdi. Onlar atlarını yukarı sürerken bir gözcü kim olduklarını sordu.

"Yurt Hükümdarı Miğfer Kapısı'na sürüyor atını," diye cevap verdi Éomer. "Konuşan Éomund oğlu Éomer'dir."

"Bu umutların ötesinde bir haber," dedi gözcü. "Tez olasınız! Düşman hemen ardınızda."

Ordu gedikten geçerek üst kısımdaki çimenlik bayırda durdu. Erkenbrand'ın Miğfer Kapısı'nı korumak için pek çok adam bırakmış olduğunu ve o zamandan bu zamana birçok kişinin de buraya kaçtığını öğrendiler memnuniyetle.

"Bin kadar piyademiz var," dedi Sur'u koruyanların başındaki ihtiyar Gamling. "Ama çoğunun başından çokça kış geçmiştir benim gibi; ya da çok az kış, şuradaki oğlumun oğlu gibi. Erkenbrand'dan ne haber? Dün, onun Batıağıl'ın en iyi Süvarileri'yle beriye çekildiği haberi geldi bize. Ama daha buraya varmadı."

"Korkarım daha gelemeyecek," dedi Éomer. "Öncülerimiz onun hakkında hiç haber toplayamadılar ve düşman arkamızdaki bütün vadiyi dolduruyor."

"Umarım kaçmıştır," dedi Théoden. "Kudretli bir adamdı. Onda Miğfer Balyozel'in bahadırlığı yeniden yaşam bulmuştu. Ama onu burada bekleyemeyiz. Artık bütün gücümüzü suruların ötesine çekmeliyiz. Yeterince tedarikli misiniz? Biz yanımızda çok az erzak getirdik, çünkü açık cenge sürmüştük atlarımızı, bir yeri kuşatmaya değil."

"Arkamızda, Miğfer Dibi'nin mağaralarında Batıağıl'ı budununun üç bölümü var, yaşlısı genci, kadını çocuğu," dedi Gamling. "Ama çokça yiyecek, bir sürü hayvan ve yemleri de orada toplandı."

"Bu çok iyi," dedi Éomer. "Vadide bırakılan her şeyi ya yakıyorlar, ya da mahvediyorlar."

"Eğer mallarımıza el koymak için Miğfer Kapısı'na gelecek olurlarsa, bunu pahalıya ödeyecekler," dedi Gamling.

Kral ile Süvariler geçmeye devam ettiler. Dere geçidinde attan indiler. Uzun bir sıra halinde atlarını rampadan çıkartarak, Boruşehir kapılarından içeri soktular. Burada büyük bir neşe ve yeniden yeşeren umutlarla karşılandılar; çünkü artık hem kasabada, hem de surlarda görevlendirilebilecek kadar adam vardı.

Éomer süratle adamlarını hazırladı. Kral ve maiyeti Boruşehir'deydiler; ayrıca burada Batıağıl halkından da epey adam vardı. Fakat Éomer sahip olduğu gücün büyük bir bölümünü Dip Surları'na, surların kulesine ve gerisine dizdi, çünkü eğer saldırı kararlı ve büyük bir güçle yapılacak olursa buranın savunması daha zordu. Atlar bu görev için ayrılan nöbetçilerle Miğfer Dibi'nin derinlerine götürüldü.

Dip Surları yirmi ayak yüksekliğindeydi ve o kadar kalındı ki, ancak çok uzun boylu bir adamın üzerinden bakabileceği yükseklikte bir siper ile korunan surların üzerinde, dört adam yan yana yürüyebilirdi. Orada burada, içlerinden ok atılabilecek gedikler vardı. Bu mazgallı siperlere Boruşehir'in dış avlularındaki bir kapıya inen bir merdivenle ulaşılabiliyordu; gerideki Miğfer Dibi'nin surlarına da üç kat merdivenle gidilebiliyordu; fakat ön yüzü dümdüzdü ve surlardaki koca taşlar öyle büyük bir hünerle yerleştirilmişti ki, birleşme yerlerinde ayak basacak yer bulunmuyordu; surun en tepesi, denizin oymuş olduğu bir uçurum gibi havada asılı kalmıştı.

Gimli surdaki siperliğe dayanmış duruyordu. Legolas siperliğin üzerine oturmuş yayıyla oynuyor, karanlığa doğru bakıyordu.

"Şimdi keyfim yerine geldi işte," dedi cüce taşlara vurarak. "Dağlara yaklaştıkça yüreğim daha da canlanır. Buradaki taşlar güzel. Bu ülkenin sağlam kemikleri var. Surları çıkarken ayaklarımın altında hissettim. Bana bir yıl müddet ve soyumdan yüz kişi verin, burasını orduların üzerine kırılan dalgalar gibi çarpıp parçalanacağı bir yer haline getireyim."

"Buna hiç kuşkum yok," dedi Legolas. "Lâkin sen bir cücesin ve cüceler garip bir halktır. Ben burasını sevmedim; gün ışığında da daha fazla sevmeyeceğim belli. Ama sen benim içimi rahatlatıyorsun Gimli; üstelik senin yakınlarda bir yerde, güçlü kuvvetli bacakların üzerinde, güçlü baltanla duruyor olman beni memnun ediyor. Yanımızda senin soyundan daha çok kişinin bulunuyor olmasını dilerdim. Ama her şeyden çok Kuyutorman'ın iyi okçularından yüz kişi isterdim. Onlara ihtiyacımız olacak. Rohirrimler'in kendilerine göre iyi okçuları var ama burada çok azlar, çok az."

"Ok atmak için ortalık karanlık," dedi Gimli. "Aslında uyku zamanı. Uyku! Buna ihtiyacım olduğunu hissediyorum galiba, bu güne kadar hiçbir cücenin hissetmediği kadar. At binmek yorucu bir işmiş. Yine de baltam elimde sabırsızlanıyor. Bana bir dizi ork boynu ve baltamı sallayabileceğim kadar bir yer verin, bütün yorgunluğum geçer!"

Zaman yavaş geçiyordu. Uzakta, vadide dağınık ateşler hâlâ yanıyordu. İsengard orduları artık sessizlik içinde ilerliyordu. Meşalelerinin, koyağı sıra sıra dolanıp çıktığı görünüyordu.

Aniden Sur'dan, bağırtılar, çığlıklar ve öfke dolu savaş naraları patlak verdi. Surun kenarından aşıp, gedikte sık bir biçimde biriken alevli odunlar göründü. Sonra bunlar dağılarak gözden kayboldu. Adamlar kırlardan dört nala gelip, Boruşehir kapısına giden rampayı çıktılar. Batıağıl artçıları içeri sürülmüşlerdi.

"Düşman kapıda!" dediler. "Elimizdeki son oka kadar hepsini harcadık ve Sur'u ork cesetleriyle doldurduk. Fakat bu onları fazla alıkoymaz. Daha şimdiden, karınca sürüsü gibi birçok noktadan tepeye tırmanmaya başladılar bile. Ama onlara meşale taşımamaları gerektiğini öğrettik."

Artık geceyarısını geçmişti. Gökyüzü tamamen kararmıştı ve ağır havanın durağanlığı fırtınayı haber veriyordu. Aniden bulutlar gözleri kör eden bir şimşekle dağlandı. Dallanıp budaklanan şimşek batıdaki tepelere doğru indi. Bir bakımlık an içinde, surlardaki gözcüler kendileri ile Miğfer Suru arasındaki mesafeyi beyaz bir ışık altında gördüler: Kimi bodur ve geniş, kimi uzun ve çirkin, uzun miğferli, samur renkli kalkanlı, kara kara şekiller kaynıyor, kıpırdaşıyordu. Yüzlerce ve yüzlercesi Miğfer Suru'ndan aşıp gedikten geçerek öte yana boşalıyordu. Kara akıntı, uçurumdan uçuruma surlara doğru akıyordu. Vadide bir gökgürültüsü gümbürdedi. Yağmur kamçılarcasına yağmaya başladı.

En az yağmur kadar sık oklar siperin üzerinden vızıldayarak geldi ve tınlayarak taşlara düşüp sekti. Bazıları bir hedef buldu. Miğfer Dibi taarruzu başlamıştı ama içeriden ne bir ses, ne bir meydan okuma duyulmuştu; karşılık olarak hiç ok atılmıyordu.

Saldıran ordular, kayaların ve surun sessiz tehdidi karşısında durdular. Şimşek, karanlığı tekrar tekrar yırtıp açıyordu. Sonra orklar çığlıklar atıp, kılıç ve kalkanlarını sallamaya başladılar ve siperler üzerinde açıkta duran her şeye bulut halinde oklar fırlattılar; şaşkınlık içindeki Yurtlular, savaş fırtınasıyla savrulan koca bir tarla dolusu kara darı gibi görünen düşmana baktılar; her bir başak dikenli ışıkla parlıyordu.

Pirinç borular öttü. Düşman ileri atıldı, kimi Dip Surları'na, kimi Boruşehir kapılarına çıkan rampaya ve geçide doğru. Buraya en iri orklar ve Dunland kırlarının en vahşi adamları toplanmıştı. Bir an için tereddüt ettikten sonra ilerlemeye devam ettiler. Şimşek çaktı, üzerine İsengard'ın korkunç elinin işlenmiş olduğu her bir miğfer ve kalkan göründü. Kayanın zirvesine vardılar; kapılara doğru ilerlediler.

Derken sonunda bir cevap geldi: Bir ok fırtınası ve taş sağnağı karşıladı onları. Dalgalandılar, dağıldılar ve geri kaçtılar; sonra yeniden saldırdılar, dağıldılar, yeniden saldırdılar; her seferinde, kabaran deniz gibi daha yüksekte bir noktada durdular. Yeniden borular çalındı ve gürleyerek bastıran adamlar ileri doğru hamle etti. Bir yandan ortalarında iki ulu ağacın gövdesini taşırken bir yandan da kalkanlarını tepelerinde çatı gibi tutuyorlardı. Arkalarında ork okçular toplaşmış, surlardaki okçulara sağnak halinde ok yolluyorlardı. Kapılara vardılar. Güçlü kollar tarafından savrulan ağaçlar kulakları yırtan bir gümbürtüyle kalaslara kuvvetle vurdu. Yukardan hızla fırlatılan taşlarla ezilip düşen her bir kişinin hemen iki kişi alıyordu. Koca koçbaşları tekrar tekrar savrulup kapılara vurdu.

Éomer ile Aragorn Dip Surları'nda yan yana duruyorlardı. Seslerin uğultusunu ve koçbaşlarının gümbürtüsünü duydular; sonra aniden parlayan bir ışıkta kapılardaki tehlikeyi gördüler.

"Haydi!" dedi Aragorn. "Birlikte kılıçlarımızı çekme vakti geldi!"

Bir ateş gibi koşturarak sur boyunca hızla ilerlediler, basamakları çıktılar ve Kaya üzerindeki dış avluya geçtiler. Koşarlarken bir avuç kadar güçlü kuvvetli, kılıç kuşanmış adam topladılar yanlarına. Kasaba surunun batı tarafında, köşede, uçurumun sur ile birleşecek şekilde uzandığı yerde, küçük bir yan kapı vardı. O tarafta dar bir patika sur ile Kaya'nın dik kenarı arasından büyük kapıya doğru dolanıyordu. Éomer ile Aragorn birlikte kapıdan fırladılar, adamları da yakından onları izledi. Kılıçları, tek bir kılıçmışçasına kınlarından şimşek gibi çıktı.

"Gúthwinë!" diye bağırdı Éomer. "Yurt adına Gúthwinë!"

"Andúril!" diye bağırdı Aragorn. "Dúnedain adına Andúril!"

Yandan saldırarak vahşi adamların üzerine hızla atıldılar. Andúril bir kalktı, bir indi beyaz bir ışıkla parlayarak. Surun üzerinde ve kulede bir bağırışma oldu: "Andúril! Andúril savaşa giriyor. Kırılmış olan Kılıç yeniden parlıyor!"

Dehşete düşen koçbaşı taşıyıcıları ağaçları ellerinden bırakarak vuruşmak için döndüler; ama kalkandan duvarları şimşek gibi bir vuruşla dağıldı, onlar da bir anda ya biçildiler ya da Kaya'nın aşağısındaki taşlı dereye devrilerek süpürülüp gittiler. Ork okçular bir süre deliler gibi atış yaptıktan sonra kaçıştılar.

Éomer ve Aragorn kapıların önünde durdular bir an için. Gökgürültüsü artık uzaktan gümbürdüyordu. Şimşekler hâlâ Güney'deki dağlar arasında, uzaklarda oynaşıyordu. Kuzey'den yeniden sert bir yel esmeye başlamıştı. Bulutlar parçalanmış, sürükleniyorlardı; yıldızlar aralardan bakmaya başladılar; Ay Koyak tarafındaki tepelerin üzerinden batıya doğru ilerliyor, fırtına enkazı arasından sarı sarı parlıyordu.

"Zamanında gelemedik," dedi Aragorn kapılara bakarak. Koca menteşeler ve kol demirleri eğrilmişti; kütüklerin çoğu çatlamıştı.

"Yine de burada, surların önünde duramayız onları korumak için," dedi Éomer. "Bak!" Geçidi işaret etti. Daha şimdiden koca bir ork ve insan yığını derenin gerisinde toplanmaya başlamıştı. Oklar ıslık çalarak etraflarındaki taşlar üzerinden sekiyordu. "Gel! Geriye dönüp, içerden taş mı yığacağız yoksa kirişlerle destek mi yapacağız bir bakalım. Haydi gel!"

Dönüp koştular. Tam o anda, katledilmiş olan orklar arasında hareketsizce yatan bir düzine kadar ork ayağa fırladı, hızla ve sessizce peşlerinden geldi. İkisi Éomer'in ayaklarına doğru atılarak onu çelmelediler; kaşla göz arasında üzerine atlamışlardı bile. Fakat o ana kadar hiç kimsenin dikkatini çekmemiş olan kara ve ufak bir şekil ileri doğru atılarak boğuk bir nara savurdu: *Baruk Khazâd! Khazâd ai-mênu!* Bir balta savrularak ortalığı sildi süpürdü. İki ork kellesiz yere düştü. Kalanlar kaçtı.

Éomer, tam Aragorn dönmüş onun yardımına koşarken, sendeleyerek ayağa kalktı.

Yan kapı yeniden kapatıldı, demir kapı içerden sürgülendi ve arkasına taşlar yığıldı. İçeride her şey emniyete alındıktan sonra Éomer döndü: "Sağ olasın Glóin oğlu Gimli!" dedi. "Saldırırken yanımızda olduğunu anlamamıştım. Ama genellikle beklenmedik konuklar, en sağlam dost çıkarlar. Oraya nasıl geldin?"

"Uykumu dağıtmak için sizi izledim," dedi Gimli; "ama baktım ki dağlılar bana göre çok büyük, ben de bir taş üzerine oturup sizin kılıç oyunlarınızı seyredeyim dedim."

"Borcumu ödemem pek kolay olmayacak," dedi Éomer.

"Gece bitmeden bir sürü şansın olabilir," diye güldü cüce. "Ama ben halimden memnunum. Şimdiye kadar, Moria'dan çıktığımızdan beri odundan başka bir şey biçmemiştim."

"İki!" dedi Gimli baltasını okşayarak. Surların üzerindeki yerine geri dönmüştü.

"İki mi?" dedi Legolas. "Benim listem daha kabarık; ama artık kullanılmış ok aramam gerekecek, benimkilerin hepsi bitti de. Buna rağmen benim hikâyem en azından yirmi kişilik. Ama bu da ormanda birkaç yaprak sayılır ancak."

Gökyüzü artık çabuk çabuk açılıyor ve alçalan ay pırıl pırıl parlıyordu. Ama aydınlık Yurt Süvarileri'ne çok az umut getirdi. Önlerindeki düşman azalacağına artmıştı sanki; hâlâ çok sayıda düşman vadideki yarıktan içeri doluşup duruyordu. Kaya'daki saldırı sadece kısa bir vakit kazandırmıştı onlara. Kapılara yapılan taarruz iki misline çıkmıştı. İsengard orduları Dip Surları'nın üzerine doğru bir deniz gibi gürlüyordu. Orklar ile dağlılar surların dibinde bir uçtan bir uca kaynaşıyordu. Uçlarında çengeller olan ipler, siperlerin üzerinden savunucuların kesmesine veya geri atmasına imkân bırakmayacak bir hızla fırlatılmaya başladı. Yüzlerce uzun merdiven dayandı. Birçoğu parçalanarak aşağı atıldı ama yerlerini çok daha fazla sayıda merdiven aldı ve orklar bu merdivenlerin üzerine Güney'in karanlık ormanlarındaki maymunlar gibi sıçradı. Ölüler ve yaralılar sur dibine, fırtınada savrulan kiremit parçaları gibi yığıldı; bu korkunç yığın durmadan yükseldi ama düşman gelmeye devam ediyordu.

Rohan'lı adamlar yoruldu. Bütün okları bitmiş, bütün mızrakları atılmıştı; kılıçları çentilmiş, kalkanları yarılmıştı. Aragorn ve Éomer üç kez canlandırmıştı onları, üç kez Andúril düşmanı surlardan uzaklaştıran çılgın bir hamleyle şimşekler çaktırmıştı.

Derken Miğfer Dibi'nin gerisinde bir yaygara yükseldi. Orklar fareler gibi, derenin aktığı su yolundan sürünüp girmişlerdi. Orada uçurumların gölgesi altında toplanmışlar ve yukardaki taarruz en sıcak anına gelinceye ve savunmadaki adamların hemen hemen hepsi surların tepesine koşuncaya kadar beklemişlerdi. Ondan sonra ileri atılmışlardı. Daha şimdiden birkaç tanesi Miğfer Dibi'nin ağzından geçmiş, atların arasına girmiş, muhafızlarla boğuşuyordu.

Gimli, uçurumlarda yankılanan hiddetli bir nara ile duvardan aşağı atladı. "*Khazâd! Khazâd!*" Az sonra istemediği kadar iş vardı elinde.

"Ay, oy!" diye bağırdı. "Orklar suru aştı. Ay-oy! Haydi Legolas! İkimize de yetecek kadar var. *Khazâd ai-mênu*!"

Yaşlı Gamling Boruşehir'den aşağıya baktı ve bütün o kargaşanın arasından cücenin o gür sesini duydu. "Orklar Miğfer Dibi'nde!" diye bağırdı. "Miğfer! Miğfer! İleri Miğferliler!" diye bağırdı arkasında bir sürü Batıağıllı adamla Kaya'nın tepesindeki merdivenlerden aşağı sıçrarken.

Hücumları hiddetli ve aniydi; orklar çekilmeye başladı. Çok geçmeden koyağın dar yerlerinde sıkıştılar ve hepsi ya öldürüldü ya da viyaklayarak Miğfer Dibi'nin kanyonlarına, gizli mağaraların muhafızlarının eline düştüler.

"Yirmi bir!" diye bağırdı Gimli. İki eliyle vurduğu bir darbe ile son orku da ayaklarının dibine devirmişti. "Benim sayım Efendi Legolas'ınkini geçti yine."

"Bu fare deliğini tıkamamız gerek," dedi Gamling. "Cücelerin taşlar konusunda marifetli oldukları söylenir. Bizden yardımını esirgeme usta!"

"Biz taşlara savaş baltaları veya tırnaklarımız ile şekil vermeyiz," dedi Gimli. "Ama elimden geldiğince yardım ederim."

Ellerinin altında bulabildikleri yuvarlanmış küçük kayalar ile kırılmış taşları topladılar; Gimli'nin nezareti altındaki Batıağıllı adamlar, sadece daracık bir çıkış kalıncaya kadar su kemerinin iç kısmını kapattılar. Sonra yağmur ile kabarmış olan Miğfer Dibi deresi, tıkanan yolu üzerinde çalkalanıp köpürdü ve yavaş yavaş uçurumdan uçuruma soğuk su birikintileri halinde yayıldı.

"Yukarısı daha kuru olacak," dedi Gimli. "Gel Gamling, surun tepesinde işler ne âlemde bir bakalım!"

Yukarı tırmanınca Legolas'ı, Aragorn ile Éomer'in yanında buldu. Elf, uzun bıçağını biliyordu. Su kemerinden içeri sızma girişimleri engellendiğinden beri, bir süre için taarruzda bir durgunluk olmuştu.

"Yirmi bir!" dedi Gimli.

"Âlâ!" dedi Legolas. "Ama benim sayım artık iki düzine oldu. Yukarıda biraz bıçak oyunu oldu da."

Éomer ile Aragorn yorgun bir biçimde kılıçlarına dayanmışlardı. Sollarında, uzakta, Kaya'da savaşın takırtısı ve yaygarası yeniden yükseldi. Ancak Boruşehir tıpkı denizdeki bir ada gibi hâlâ dayanıyordu. Kapıları harap olmuştu; fakat kirişlerden ve taşlardan oluşan barikatı hiçbir düşman aşamamıştı henüz.

Aragorn solgun yıldızlara ve artık vadiyi çevreleyen batı tepelerinin ardına doğru meyletmeye başlamış olan aya baktı. "Yıllar kadar uzun bir gece bu," dedi. "Gün daha ne kadar ayak direyecek?"

"Şafak çok uzak değil," dedi onun yanına tırmanıp gelmiş olan Gamling. "Ama korkarım şafağın bize pek yararı olmayacak."

"Yine de şafak hep insanların umudu olmuştur," dedi Aragorn.

"Ama bu İsengard yaratıkları, Saruman'ın kötü düzenlerinin ürünü olan bu yarı orklar ve gulyabani adamlar, onlar güneşten yılmazlar," dedi Gamling. "Dağlılar da pek aldırmazlar. Seslerini duymuyor musunuz?"

"Duyuyorum," dedi Éomer; "ama benim kulaklarıma yalnızca

kuşların çığlıkları veya hayvanların böğürmeleri gibi geliyor."

"Yine de aralarında Dunland dilinde bağırışan epey kişi var," dedi Gamling. "Ben o dili bilirim. İnsanların kadim bir dilidir, bir zamanlar Yurt'un batı vadilerinde konuşulurdu. Duyasınız! Bizden nefret ediyorlar ve hallerinden memnunlar; çünkü sonumuzun geldiğinden eminler. 'Kral, kral!' diye bağırıyorlar. 'Krallarını yakalayacağız. Forgoil'e ölüm! Samankafalara ölüm! Kuzey'in hırsızlarına ölüm!' Bize böyle adlar takıyorlar. Beş yüz yıldır Gondor hükümdarının Yurt'u Genç Eorl'a verip onunla ittifak yaptığında duydukları kederi unutamadılar. O eski nefreti ateşledi Saruman. Ayaklandırıldıklarında çok kızgın bir budun olurlar. Artık ne akşam karanlığı, ne şafak dinlerler, Théoden'i ele geçirinceye veya kendileri yok oluncaya kadar."

"Yine de gün bana umut getirecek," dedi Aragorn. "Eğer insanlar savunursa Boruşehri kimsenin alamayacağı söylenmez mi?"

"Ozanlar öyle diyor," dedi Éomer.

"O halde şehri savunup ümit etmeye devam edelim!" dedi Aragorn.

Daha onlar konuşurken yüksek boru sesleri duyuldu. Sonra bir çatırtı, şimşek gibi bir alev ve duman görüldü. Miğfer Dibi deresinin suları tıslayarak ve köpürerek döküldü: Artık sular boğulmuyordu, surda koca bir ağız gibi açılan bir delik patlak vermişti. Bir kara şekiller ordusu buradan içeri aktı.

"Saruman'ın şeytanlığı!" diye bağırdı Aragorn. "Biz konuşurken yeniden su kemerinden sızmışlar, ayaklarımızın dibinde Orthanc'ın ateşini yakmışlar. *Elendil, Elendil!*" diye bağırdı gediğe doğru atılırken; ama tam o atlarken mazgallı siperlere yüzlerce merdiven birden dayandı. Surun üzerinden ve altından son taarruz, kumdan bir tepeyi süpüren kara bir dalga gibi geldi. Savunma silinip süpürülmüştü. Süvariler'in bir kısmı geriye, gitgide Dip'in daha da içerlerine çekilmiş, çekilirken düşüp çarpışarak, adım adım mağaralara doğru gerilemişti. Diğerleri geriye, hisara doğru yollarını açmaya çalışıyordu.

Geniş bir merdiven Dip'ten Kaya'ya ve Boruşehir'in arka kapısına doğru tırmanıyordu. Aşağılarda bir yerde Aragorn duruyordu. Elinde Andúril hâlâ ışıldıyordu; birer birer merdivene varabilen düşmanlar kapıya doğru geçerken, kılıcın dehşeti onları bir süre alıkoydu. Daha yukarıdaki basamaklarda Legolas diz çökmüştü. Yayı gerilmişti fakat elinde tek bir ok kalmıştı ve merdivene yaklaşmaya cüret eden ilk orku vurmak için dikkatle bakıyordu.

"Şimdilik kaçabilenlerin hepsi sağ salim girdi içeri Aragorn," diye bağırdı. "Geri gel!"

Aragorn geri dönerek merdivenden hızla yukarı çıktı; ama koşarken yorgunluktan tökezledi. Derhal ileri atıldı düşmanları. Bağırarak geldi orklar, uzun kollarını onu yakalamak için uzattılar. En öndeki, Legolas'ın son okunun boynuna saplanmasıyla öldü ama geri kalanlar onun üzerinden atlayarak ilerledi. Derken yukardaki dış surlardan koyverilen kocaman bir kaya merdivene çarptı ve onları Miğfer Dibi'ne geri fırlattı. Aragorn kapıya ulaştı ve hızla çarpılarak kapandı kapı.

"İşler kötüye gidiyor dostlarım," dedi Aragorn kaşlarında biriken terini kolu ile silerek.

"Yeterince kötü," dedi Legolas, "ama sen aramızdayken umutsuz değil henüz. Gimli nerede?"

"Bilmiyorum," dedi Aragorn. "Onu en son surun gerisinde yerde çarpışırken gördüm ama düşman bizi birbirimizden ayırdı."

"Heyhat! Bu kötü bir haber," dedi Legolas.

"Sağlam ve güçlüdür o," dedi Aragorn. "Mağaralara geri kaçmış olmasını temenni edelim. Bir süre için orada emniyette olur. Bizden daha emniyette. Öyle bir barınak, tam bir cücenin zevkine göredir."

"Umudum bu olmalı," dedi Legolas. "Ama bu tarafa doğru gelmiş olmasını tercih ederdim. Efendi Gimli'ye benim hikâyemin otuz dokuzu bulduğunu söylemek isterdim."

"Eğer mağaralara gitmeyi becerebilirse, senin sayını yine geçecektir," diye güldü Aragorn. "Onunkisi gibi işleyen bir balta hiç görmemiştim."

"Gidip kendime biraz ok aramalıyım," dedi Legolas. "Şu gece bir sona ulaşır da ok atmak için daha çok ışık olur belki."

Aragorn artık hisara geçmişti. Orada üzüntüyle, Éomer'in Boruşehir'e varamadığını öğrendi.

"Hayır, Kaya'ya gelmedi," dedi Batıağıllı adamlardan biri. "En son olarak onu, etrafına adamlarını toplamış, Miğfer Dibi'nin ağzında çarpışırken gördüm. Gamling de onunlaydı, cüce de; ama ben onların yanına varamadım."

Aragorn uzun adımlarla iç avludan geçip kulenin üst bölümüne çıktı. Dar pencerenin önünde kapkara görünen kral burada durmuş vadiye bakıyordu.

"Haberler nedir Aragorn?" dedi kral.

"Miğfer Dibi Suru'nu aldılar beyim; bütün müdafaa çöktü; ama beri yandaki Kaya'ya çok kişi kaçtı."

"Éomer burada mı?"

"Hayır beyim. Ama adamlarınızın çoğu Dip'e geri çekildi ve bazıları Éomer'in onların arasında olduğunu söylüyor. Dar yerlerde düşmanı durdurup mağaralara girebilirler. O zaman şansları ne olur bilemem."

"Bizden daha fazla olur. Epey erzakları olduğu söyleniyor. Oradaki hava da, yukardaki kayalardaki yarıklardan oluşan hava bacaları nedeniyle, hoştur. Kimse, kararlı adamları yararak içeri giremez. Uzun süre dayanabilirler."

"Fakat orklar Orthanc'tan şeytanlıklar getirmiş," dedi Aragorn. "Patlayan bir ateşleri var; onunla Sur'u aldılar. Eğer mağaralara giremezlerse, içeridekileri oraya hapsedebilirler. Ama artık kendi savunmamızı düşünmeliyiz biz."

"Bu hapiste yıpranıyorum," dedi Théoden. "Eğer adamlarımın önünde at sürerken mızrağımı huzur içinde bir yere saplayabilseydim, belki o zaman yeniden cenk alanının neşesini hisseder ve böylece ererdim sonuma. Ama burada pek bir işe yaramıyorum."

"Burada, en azından Yurt'taki en sağlam istihkâmda korunuyorsunuz," dedi Aragorn. "Sizi, Edoras'ta, hatta dağlardaki Dunharrow'da bile Boruşehir'de savunabildiğimiz gibi savunamazdık."

"Boruşehir'in bugüne kadar hiç düşmediğini söylerler," dedi Théoden; "ama artık gönlümde bir kuşku var. Dünya değişiyor ve bir zamanlar güçlü görünenlerin artık güvenilmez olduğu çıkıyor ortaya. Hangi kule bu denli kalabalığa ve bu kadar gözü dönmüş bir nefrete ayak direyebilir? İsengard'ın gücünün bu kadar büyüdüğünü bilseydim, Gandalf'ın bütün hünerine rağmen, onlarla karşılaşmak için bu kadar gözüpekçe ileri atılmazdım belki. Verdiği öğüt, sabah güneşi altında görüldüğü kadar hoş görünmüyor şimdi."

"Her şey olup bitinceye kadar Gandalf'ın öğüdü hakkında bir hükme varmayın, beyim," dedi Aragorn.

"Sona pek fazla zaman kalmadı," dedi kral. "Ama benim sonum burada, tuzağa düşmüş yaşlı bir porsuk gibi olmayacak. Karyele, Külteri ile gözcülerimin atları iç avluda. Şafak sökende adamlara Miğfer'in borusunu çalmalarını buyuracağım ve atımı ileri süreceğim. O zaman benimle sürer misin atını Arathorn oğlu? Belki bir yol açıp şanımıza yakışır bir son buluruz – tabii arkamızda kalıp bize ağıt yakacak biri olursa."

"Atımı seninle sürerim," dedi Aragorn.

Müsaade isteyerek surlara geri gitti, adamları yüreklendirerek, saldırının en sıcak olduğu yerlerde yardımını esirgemeyerek bütün surları bir döndü. Legolas da onunla geldi. Aşağıdan patlayan ateşler yukarıya doğru sıçrayarak taşları sarsıyordu. Kancalı ipler fırlatılıyor, merdivenler dayanıyordu. Tekrar tekrar orklar dış surların tepesine çıkıyor ve savunmacılar tekrar onları aşağı atıyordu.

Sonunda Aragorn düşmanın oklarına kulak asmayarak büyük kapıların üzerinde durdu. Bakarken doğuda göğün solmaya başladığını gördü. Boş elini baş parmağı dışarı gelecek şekilde, ateşkeş işareti olarak kaldırdı.

Orklar naralar atarak alay ettiler. "Aşağıya gel! Aşağıya gel!" diye bağırdılar. "Eğer bizimle konuşmak istiyorsan aşağıya gel! Kralını da dışarı çıkar! Bizler savaşan Uruk-haileriz. Eğer kendi gelmezse biz onu deliğinden çıkartırız. Sıvışıp gizlenen kralınızı çıkartın ortaya!"

"Kral isterse gelir, isterse kalır," dedi Aragorn.

"O halde sen burada ne yapıyorsun?" diye cevap verdiler. "Neden bakınıyorsun? Ordumuzun büyüklüğünü mü görmek istiyorsun? Bizler savaşan Uruk-haileriz."

"Şafağı görmek için baktım," dedi Aragorn.

"Şafağa ne olmuş?" diye alay ettiler. "Biz Uruk-haileriz: Biz savaşı gece olsun gündüz olsun, iyi havada olsun, kötü havada olsun terk etmeyiz. Öldürmeye geldik, ister güneş olsun, ister ay. Şafağa ne olmuş?"

"Kimse yeni günün neler getireceğini bilemez," dedi Aragorn. "İşler sizin aleyhinize dönmeden gidin."

"Aşağı in, yoksa seni vurup düşürürüz surdan," diye bağırdılar. "Burası ateşkes yapılacak yer değil. Sana söyleyecek bir şeyimiz yok."

"Benim hâlâ söyleyeceğim bir şey var," diye cevap verdi Aragorn. "Daha hiçbir düşman Boruşehir'i alamadı. Gidin, yoksa bir tekiniz bile sağ kalmaz. Geriye, Kuzey'e haber götürecek tek bir ork bile canlı bırakılmayacak. İçinde bulunduğunuz tehlikeyi bilmiyorsunuz."

Orada, düşman ordularının önündeki yıkıntı halindeki kapıların üzerinde tek başına dururken o kadar büyük bir güç ve öyle bir krallık havası taşıyordu ki Aragorn, vahşi adamların birçoğu durup omuzları üzerinden geriye vadiye baktılar; bazıları da kuşkuyla gökyüzüne baktı. Ama orklar yüksek sesle güldüler; bir ok ve mızrak sağnağı başladı duvardan aşarak. Aragorn aşağıya atladı.

Bir gümbürtü duyuldu; bir ateş topu patladı. Biraz önce üzerinde durduğu kapının kemeri ufalanıp tozu dumana katarak çöktü. Barikat, sanki yıldırım düşmüş gibi dağıldı. Aragorn kralın kulesine koştu.

Fakat tam etraftaki orklar kapı yıkılırken saldırmaya hazırlanarak bağırışıyordu ki, arkalarında, uzaktaki bir rüzgâr gibi bir mırıldanmadır başladı ve şafakla birlikte gelen garip bir haberle haykıran bir sürü sesin çıkardığı bir yaygaraya dönüştü. Kaya'nın üzerindeki orklar, dehşet söylentilerini duyup dalgalanarak geriye baktılar. O zaman yukardaki kuleden ani ve korkunç bir biçimde, Miğfer'in büyük borusu öttü.

Sesi duyan herkes titredi. Orkların çoğu kendilerini yüzü koyun yere atıp kulaklarını pençeleriyle kapattı. Miğfer Dibi'nden yankılar, üst üste boru sesleri geldi, sanki her bir uçurum ve tepede kudretli bir haberci duruyormuş gibi. Fakat surlardaki adamlar yukarı bakıp merakla dinlediler; çünkü yankılar bitmek bilmiyordu. Boru sesleri durmadan tepeler arasında dolaşıyordu; artık daha yakından ve daha yüksek olarak birbirlerine cevap veriyorlar, hiddetle ve özgürce bağırıyorlardı.

"Miğfer! Miğfer!" diye bağırdı Süvariler. "Miğfer uyandı ve savaşmak için geri geliyor. Théoden Kral için Miğfer geliyor!"

Ve bu bağırışla kral geldi. Atı kar gibi beyazdı, kalkanı altındandı ve mızrağı uzundu. Sağ yanında Aragorn vardı, Elendil'in varisi; onun arkasından Genç Eorl Hanedanı'ndan beyler geliyordu. Gökyüzü ışıkla aydınlandı. Gece uzaklaştı.

"İleri Eorloğulları!" Bir nara ve büyük bir gürültüyle saldırdılar. Kapılardan aşağıya coşarak aktılar, geçitten süpürüp geçtiler ve İsengard orduları arasından, otlar arasındaki yel gibi geçip gittiler. Arkalarında, Miğfer Dibi'nden, mağaralardan çıkan ve düşmanı süren adamların naraları duyuluyordu. Kaya'da bırakılan bütün adamlar akmaya başladı. Ve tepelerde çalınan boru sesleri durmadan yankılandı.

Atlarını sürmeye devam etti kral ile yoldaşları. Önlerindeki komutanlar ve savaşçılar ya düşüyor, ya kaçıyordu. Ne ork, ne insan karşı durabildi onlara. Arkaları Süvariler'in kılıçlarına ve mızraklarına, yüzleri de vadiye dönmüştü. Bağrıştılar, ağlaştılar, çünkü günün yükselmesiyle hem korkuya hem de büyük bir hayrete kapılmışlardı.

Böyle çıktı Kral Théoden Miğfer Kapısı'ndan ve yolunu büyük Hendek'e doğru yararak açtı. Grup orada durdu. Etraflarındaki ışık parlaklaştı. Güneşin mızrak gibi ışıkları doğu tepeleri üzerinde alevlendi ve mızraklarının üzerinde oynaştı. Fakat onlar atlarının üzerinde sessizce oturdular ve Miğfer Dibi Koyağı'na baktılar.

Manzara değişmişti. Daha önceleri yeşil vadinin olduğu yerde, durmadan yükselen tepeleri örten çimenlik yamaçlarda, artık bir orman yükseliyordu. Kocaman ağaçlar, çıplak ve sessiz duruyordu, sıra sıra, birbirine dolanmış dalları ve kır başlarıyla; büklüm büklüm kökleri uzun yeşil otlar arasına gömülmüştü. Altlarında karanlık vardı. Hendek ile bu isimsiz ormanın kenarı arasında sadece iki fersah açıklık vardı. Bu açıklığa Saruman'ın mağrur orduları sinmişti; kral ile ağaçların dehşeti arasında. Hendek'in tepesi onlardan tamamen arınıncaya kadar Miğfer Kapısı'ndan aşağı doğru aktılar, ama Hendek'in altında kaynaşan sinekler gibi toplaştılar. Koyağın kenarlarından sürünerek tırmanıp kaçmak için boşuboşuna fırsat kolladılar. Vadinin doğu yanı çok dik ve çok taşlıktı; soldan, batıdan ise kaçınılmaz sonları yaklaşıyordu.

Orada, aniden tepenin sırtından bir atlı belirdi; beyazlara bürünmüştü, doğan güneşte parlıyordu. Daha alçak tepelerde borular çalınıyordu. Onun gerisinde, yamaçtan aşağıya aceleyle inen bin kadar piyade vardı; kılıçları da ellerindeydi. Tam ortalarında uzun boylu ve güçlü bir adam yürüyordu iri adımlarla Kalkanı kırmızıydı. Vadinin kenarına gelince, büyük siyah bir boruyu dudaklarına götürdü ve gür bir sesle üfledi.

"Erkenbrand!" diye bağırdı Süvariler. "Erkenbrand!"

"Ak Süvari'ye bakın!" diye bağırdı Aragorn. "Gandalf yine geldi!"

"Mithrandir, Mithrandir!" dedi Legolas. "Bu gerçekten de büyücülük! Haydi! Büyü bozulmadan şu ormana bir bakmak istiyorum."

İsengard orduları gürledi, bir o yana bir bu yana savrulup, korkudan korkuya yönelerek. Yeniden boru çalındı kuleden. Kralın grubu Hendek'teki gedikten saldırdı. Batıağıl'ın efendisi Erkenbrand tepelerden sıçradı. Aşağı sıçradı Gölgeyele, dağlarda kendinden emin adımlarla sıçrayan bir ceylan gibi. Ak Süvari tepelerine indi, onun gelişinin yarattığı dehşet düşmanı çıldırtmıştı. Vahşi adamlar onun önüne yüzü koyun kapandılar. Orklar dönerek bağrıştılar ve hem kılıçlarını, hem mızraklarını fırlatıp attılar. Gitgide artan bir rüzgâr önündeki kara bir duman gibi kaçtılar. Bağıra çağıra ağaçların kucak açmış gölgeleri altına girdiler ve o gölgeden hiçbiri canlı olarak çıkmadı bir daha.

BÖLÜM VIII

İSENGARD'A GİDEN YOL

Böylece, güzel bir sabahın aydınlığında Kral Théoden ile Ak Süvari Gandalf yeniden, Miğfer Dibi Deresi'nin yeşil çimenleri üzerinde karşılaştılar. Arathorn oğlu Aragorn da oradaydı; elf Legolas da; Batıağıl'dan Erkenbrand da. Altın Ev'in beyleri de. Etraflarında Yurt'un Süvarileri Rohirrimler toplanmıştı: Zaferle gelen neşeleri meraklarına yenilmiş; gözleri ormana doğru çevrilmişti.

Aniden güçlü bir haykırış duyuldu ve Miğfer Dibi'ne sürülmüş olanlar Hendek'ten çıkageldiler. Yaşlı Gamling ve Éomund oğlu Éomer de aralarındaydı, yanlarında da cüce Gimli yürüyordu. Miğferi yoktu ve başında kanla ıslanmış keten bir sargı vardı; ama sesi yüksek ve güçlüydü.

"Kırk iki, Efendi Legolas!" diye bağırdı. "Heyhat! Baltam çentik çentik oldu: Kırk ikincisinin boynunda demirden bir tasma vardı. Sen ne âlemdesin?"

"Bir fazlasıyla benim sayımı geçmişsin," diye cevap verdi Legolas. "Ama sana yenilmek hiddetlendirmiyor beni, seni tekrar bacaklarının üzerinde görmek o kadar hoş ki!"

"Hoşgeldin Éomer, kızkardeşim oğlu!" dedi Théoden. "Şimdi seni sağ salim görünce gerçekten mutlu oldum."

"Selam olsun sana Yurt'un Hükümdarı!" dedi Éomer. "Karanlık gece geçti, gün yeniden erdi. Ama gün tuhaf haberler ulaştırdı." Dönerek hayret içinde önce ormana, sonra da Gandalf'a baktı. "Bir kez daha tam gereksinim anında ve hiç beklenmezken geldin," dedi.

"Hiç beklenmezken mi?" dedi Gandalf. "Geri dönüp, sizinle burada buluşacağımı söylemiştim ya."

"Ama saatini vermemiştin, ayrıca nasıl geleceğini de anlatmamıştın. Tuhaf yardımlar getiriyorsun. Marifetin çok fazla, Ak Gandalf!"

"Olabilir. Lâkin eğer öyle ise henüz marifetimi göstermedim. Tehlike içindeyken iyi bir öğüt verdim ve Gölgeyele'nin hızını iyi kullandım o kadar. Sizin kendi bahadırlığınız ve bütün gece durmadan yürüyen Batıağıllı adamların güçlü bacakları daha çok iş başardı."

O zaman herkes Gandalf'a baktı daha da büyük bir merakla. Kimileri ormana kara kara baktılar ve ellerini alınlarından şöyle bir geçirdiler, sanki gözleri onunkinden başka şeyler görüyormuş gibi.

Gandalf uzun uzun ve neşeyle güldü. "Ağaçlar mı?" dedi. "Hayır, ormanı ben de en az sizin kadar açıkça görüyorum. Ama o benim işim değil. Bu, ariflerin öğütleri dışında bir şey. Benim niyetlerimden daha iyi bir şey; olaylar benim ümitlerimi de aştı."

"Eğer bu senin değil ise kimin marifeti?" dedi Théoden. "Saruman'ın değil, bu kesin. Henüz öğrenmiş olmadığımız daha büyük bir hikmet sahibi mi var?"

"Bu büyücülük değil, çok daha eski bir güç," dedi Gandalf: "Elfler şarkılarına başlamadan, çekiç sallanmadan çok önce dünya üzerinde yürüyen bir güç.

Demir bulunmadan, ağaç yontulmadan önce
Gençken dağlar ayın altında;
Yüzük yapılmadan, keder çatılmadan önce,
Çok önce yürürdü o ormanlarda. "

"Peki bu bilmecenin yanıtı ne olsa gerek?" dedi Théoden.

"Eğer bunu öğrenmek istiyorsanız benimle birlikte İsengard'a gelirsiniz," diye cevaplandırdı Gandalf.

"İsengard'a mı?" diye bağırdılar.

"Evet," dedi Gandalf. "İsengard'a geri döneceğim, isteyen benimle gelebilir. Orada garip şeylere tanık olabiliriz."

"Ama Yurt'ta yeterli sayıda insan yok; hatta herkes bir araya toplansa, yaralar ve yorgunluklar onarılsa bile, Saruman'ın kalesine saldıracak kadar adam yok," dedi Théoden.

"Yine de İsengard'a gidiyorum ben," dedi Gandalf. "Burada çok oyalanmayacağım. Yolum artık doğu tarafına. Edoras'ta bekleyin beni, ay küçülmeye başlamadan!"

"Hayır!" dedi Théoden. "Şafaktan önceki karanlık saatte kuşku duymuştum, ama artık ayrılmayacağız. Seninle geleceğim, eğer öğüdün bu ise."

"Saruman ile konuşmak istiyorum artık bir an önce," dedi Gandalf, "ve size büyük bir zarar verdiğine göre sizin de orada olmanız doğru olurdu. Fakat ne zaman yola çıkabilirsiniz ve ne hızla sürebilirsiniz atlarınızı?"

"Adamlarım savaştan yoruldu," dedi kral; "ben de yorgunum. Çok uzun yoldan sürdüm geldim atımı ve çok az uyudum. Heyhat! Yaşlılığım yalancıktan değil, sadece Solucandil'in fısıltılarına bağlı da değil. Hiçbir hekimin hatta Gandalf'ın bile iyileştiremeyeceği bir illet."

"O halde bırakalım benimle gelecekler şimdi dinlensin," dedi Gandalf. "Akşamın gölgesi altında yolculuk yaparız. Böylesi daha iyi; çünkü bütün geliş gidişlerinizin gizli olması benim öğüdümdür bundan böyle. Fakat yanınızda gelmesi için çok sayıda adama emir vermeyin Théoden. Düşmanla müzakere yapmaya gidiyoruz, savaşa değil."

O zaman kral yaralanmamış ve hızlı atlara sahip adamlarından bazılarını seçti ve onları zafer haberleriyle Yurt'un dört bir bucağına yolladı; ulaklar aynı zamanda genç yaşlı bütün adamların hemen Edoras'a gelmesi buyruğunu da taşıyorlardı. Orada Yurt Hükümdarı, dolunaydan sonraki ikinci günde, eli silah tutan herkesi bir araya toplayacaktı. Kral, Éomer'i ve kendi hanedanından yirmi adamı kendisiyle birlikte İsengard'a gelmeleri için seçti. Aragorn, Legolas ve Gimli Gandalf ile gideceklerdi. Yaralanmış olmasına rağmen cüce geride kalmayı kabul etmedi.

"Zayıf bir darbeydi, başımdaki başlık karşıladı onu," dedi. "Beni alıkoymak için öyle bir ork tırmığından fazlası gerekir."

"Sen dinlenirken ben yaranı iyi ederim," dedi Aragorn.

Kral Boruşehir'e geri döndü; orada uyudu, birçok yıldır tanımadığı huzur dolu bir uykuydu bu. Seçilen grubun geri kalanları da dinlendi. Fakat diğerleri, yaralanmamış veya zarar görmemiş olanlar büyük bir uğraşa giriştiler; çünkü savaş sırasında çok kişi ölmüş, kırlarda veya Miğfer Dibi'nde yatıyordu.

Hiç canlı ork kalmamıştı; cesetleri sayılamayacak kadar çoktu. Fakat dağlıların büyük bir bölümü kendi kendilerine teslim olmuştu; korkuyorlar, merhamet dileniyorlardı.

Yurtlu İnsanlar silahlarını ellerinden alıp, onları işe koştu.

"Şimdi ortağı olduğunuz bu pisliği arıtın bakalım," dedi Erkenbrand; "ondan sonra da bir daha silahlı olarak İsen Geçitleri'ni aşmayacağınıza, insan düşmanlarıyla birlikte yürümeyeceğinize and içeceksiniz; o zaman özgürce yurdunuza geri dönebilirsiniz. Çünkü Saruman sizi aldatmıştı. Çoğunuz ona inanmanın ödülü olarak ölümü buldu; ama eğer buraları zaptetmiş olsaydınız, alacağınız karşılık bundan fazla olmayacaktı."

Dunland'lı adamlar şaşırmıştı çünkü Saruman onlara Rohan'lıların çok zalim olduğunu ve tutsaklarını diri diri yaktığını söylemişti.

Boruşehir'in önündeki kırların ortasında iki tümsek yükseldi; topraklarını savunurken ölen Yurtlu Süvariler ve Doğu Vadileri'nden gelenler birinin altına, Batıağıllılar diğerinin altına gömüldü. Boruşehir'in gölgesi altında tek başına bir mezarda Háma, kralın muhafızlarının komutanı yatıyordu. Kapı'nın önünde düşmüştü.

Orklar büyük yığınlar halinde, insanların höyüklerinden uzakta, ormanın kıyısına yakın bir yere yığıldı. İnsanların akılları karışmıştı; çünkü leş yığınları gömülmeyecek veya yakılmayacak kadar büyüktü. Ateş için pek az odunları vardı ve Gandalf canları pahasına ne gövdelerini, ne de dallarını incitmemeleri konusunda onları uyarmamış olsa bile, hiçbiri o garip ağaçlara bir balta indirmeyi göze alamazdı.

"Bırakın orklar öylece yatsın," dedi Gandalf. "Sabah ola, hayrola."

Akşamüzeri kralın grubu ayrılmak için hazırlandı. Gömülme işi ancak o zaman başlayabilmişti; Théoden, Háma'nın kaybına çok hüzünlendi ve mezarına ilk toprağı o attı. "Saruman gerçekten de bana ve tüm bu yurda büyük bir zarar verdi," dedi; "karşılaştığımızda bunu hatırlayacağım."

Théoden, Gandalf ve yol arkadaşları atlarını sonunda Hendek'ten aşağı sürdüklerinde güneş Koyak'ın batısındaki tepelere doğru yaklaşmaya başlamıştı bile. Arkalarında büyük bir insan ordusu toplanmıştı, hem Süvariler'den, hem Batıağıl insanlarından, genç yaşlı, kadın çocuk, mağaralardan kim çıktıysa. Pürüzsüz seslerle bir zafer türküsü tutturmuşlardı; sonra gözleri ağaçlarda, ne olacağını bilemeden sessizleştiler çünkü ağaçlardan korkuyorlardı.

Süvariler ormana vardı ve durdu; atlar da insanlar da ormana girmek istemiyordu. Ağaçlar boz ve tehditkârdı, etraflarında bir gölge veya pus vardı. Yerleri süpüren dallarının uçları etrafı yoklayan parmaklar gibiydi ve kökleri garip yaratıkların ayakları gibi topraktan çıkmış duruyordu; altlarında karanlık oyuklar oluşmuştu. Fakat Gandalf grubu da peşi sıra götürerek ilerledi ve Boruşehir'den gelen yolun ağaçlarla birleştiği yerde, muazzam dalların altında kemer şeklinde bir kapının açıldığını gördüler; buradan geçti Gandalf; diğerleri onu izlediler. Sonra hayret içinde yolun, yolun yanında da Miğfer Dibi Deresi'nin devam ettiğini gördüler; tepelerinde gökyüzü açıktı ve altın rengi bir ışıkla doluydu. Fakat her iki yanlarında da sıra sıra ağaçlar daha şimdiden alacakaranlığa bürünmüş aşılmaz gölgelere doğru uzanıyordu; orada ormanın çıtırdayan ve homurdanan dalları, uzaktan gelen çığlıkları, sözsüz seslerin kızgın kızgın mırıldanan dedikodularını duydular. Ne bir ork, ne de başka bir canlı yaratık görünüyordu.

Legolas ile Gimli birlikte tek bir ata biniyorlar, Gandalf'a yakın gidiyorlardı çünkü Gimli ormandan korkmuştu.

"Burası sıcak," dedi Legolas Gandalf'a. "Etrafımda büyük bir hiddet hissediyorum. Havanın kulaklarına basınç yaptığını duymuyor musun?"

"Evet," dedi Gandalf.

"O sefil orklara ne oldu?" dedi Legolas.

"Sanırım bir daha kimse bilemeyecek bunu," dedi Gandalf.

Bir süre sessizlik içinde sürdüler atlarını; fakat Legolas sürekli bir o yana bir bu yana bakınıyordu; eğer Gimli izin verseydi ormanın seslerini dinlemek için sık sık da duracaktı.

"Şimdiye kadar gördüğüm en garip ağaçlar," dedi; "üstelik kozalaktan tut, yaşlılıktan yıkılıp gidenine kadar birçok meşe ağacı görmüşümdür. Şimdi bunların arasında gezecek kadar boş vaktim olmasını isterdim: Sesleri var; belki zamanla düşüncelerini de anlamaya başlardım."

"Hayır, hayır!" dedi Gimli. "Onları kendi hallerine bırakalım! Onların düşüncelerini şimdiden tahmin edebiliyorum: İki ayaklı her şeye karşı duyulan bir nefret; ayrıca lisanları ezici ve boğucu."

"İki ayaklı her şeye karşı değil," dedi Legolas. "Bu konuda, sanırım yanılıyorsun. Onların nefret ettikleri orklar. Çünkü buraya ait değiller ve elfler ile insanlar hakkında çok az şey biliyorlar. Onların doğdukları vadiler çok uzakta. Bence, Gimli, onlar Fangorn'un derin vadilerinden çıkıp geldiler."

"Zaten orası Orta Dünya'nın en tehlikeli ormanı," dedi Gimli. "Oynadıkları rol için onlara minnettar olmalıyım ama onlara âşık değilim. Sen onların çok güzel olduklarını düşünebilirsin ama ben bu topraklarda ne harikalar gördüm, bugüne kadar yetişmiş bütün korulardan ve orman içindeki çimenliklerden çok daha güzel: Gönlüm hâlâ onlarla dopdolu.

"İnsanların âdetleri çok garip Legolas! Burada Kuzey Dünyası'nın harikalarından birine sahipler ama ne ad veriyorlar buna? Mağara, diyorlar! Mağara! Savaş zamanı kaçıp gizlenecek, içinde hayvan yemi saklanacak delikler! İyi yürekli Legolas'cığım, Miğfer Dibi'nin mağaralarının geniş ve güzel olduğunu biliyor muydun? Eğer böyle yerlerin varlığı biliniyor olsaydı, cüceler buraları sadece seyretmek için durmadan ziyarete gelirlerdi. Ah, öyle ya, sadece bir göz atmak için saf altınlar verirlerdi!"

"Ben de beni bu ziyaretten affetsinler diye altın verirdim," dedi Legolas; "eğer içerde kalırsam beni salıversinler diye de iki misli altın verirdim!"

"Görmediğin için bu şakalarını affediyorum," dedi Gimli. "Ama bir ahmak gibi konuşuyorsun. Krallarınızın oturduğu Kuyutorman'daki tepenin altındaki o saraylar güzel mi sence, çok uzun süre önce yapımına cücelerin yardım ettiği o yerler? Burada gördüğüm mağaralar yanında onlar mezbelelik sayılır: Su birikintilerine damlayan suyun bitmeyen ezgisiyle dolu, yıldız ışığı altındaki Kheled-zâram kadar zarif, ölçülemeyecek büyüklükte salonlar.

"Ve Legolas meşaleler tutuşturulduğunda, insanlar yankılarla dolu kubbelerin altında kumlu zemin üzerinde yürüdüğünde ah!, o zaman Legolas değerli taşlar, kristaller, değerli madenlerin damarları cilanlanmış duvarlarda aniden pırıldıyor; Kraliçe Galadriel'in canlı elleri kadar yarı şeffaf, deniz kabuğu şeklindeki kat kat mermerden yansıyor ışık. Beyaz, safran rengi, gül kurusu sütunlar var Legolas, rüya gibi şekiller vererek bükülmüş, oyuklar açılmış; bunlar tavanın pırıl pırıl pırıldayan sallantılı süslerini karşılamak için rengârenk zeminden fışkırıyor: Kanatlar, ipler, donmuş bulutlar kadar ince perdeler; mızraklar, sancaklar, havaya asılı sarayların kuleleri! Durgun gölcükler onlara ayna oluyor: Berrak camla kaplı karanlık su birikintilerinden pırıldıyan bir dünya yukarı doğru bakıyor; Durin gibi birinin bile rüyalarında göremeyeceği şehirler, ışığın hiç ulaşmamış olduğu girintilere doğru bulvarlarıyla, sütunlu konaklarıyla uzanan şehirler. Derken şıp! gümüş bir damla düşüyor, camdaki halka şeklindeki kırışıklıklar bütün kuleleri, yabani otlar ve deniz mağaralarındaki mercanlar gibi eğilip büküveriyor. Sonra akşam oluyor: solup, sönüyorlar; meşaleler başka bir bölüme, başka bir rüyaya geçiyor. Bölüm içinde bölüm var Legolas; salonlar salonlara açılıyor, kubbelerin ardında kubbeler var, merdivenlerin gerisinde merdivenler; dönen yollar dağın kalbine doğru gitmeye devam ediyor. Mağaralar! Miğfer Dibi'nin Mağaraları! Beni oraya sürükleyen ne hoş bir kadermiş! Ayrıldığım için içim kan ağlıyor."

"O halde senin hatırın için şunu diliyorum Gimli," dedi elf, "savaştan sağ salim çıkasın ve onları görmek için tekrar geri gelesin. Fakat bütün soyuna sopuna haber etme! Anlattığına göre onlara yapacak pek bir iş kalmamış. Belki bu toprakların insanlarının az konuşmasında bir hikmet vardır: Çekiç ve keskisi olan bir cüce ailesi yaptığından daha çok şey bozabilir."

"Hayır, anlamıyorsun," dedi Gimli. "Hiçbir cüce böyle bir güzellik karşısında etkilenmeden duramaz. Durin'in soyundan kimse bu mağaralarda taşlar veya madenler için kazı yapmaz; buradan pırlanta ve altın elde edecek olsa bile. Siz, baharda korularda çiçek açmış ağaçları yakacak odun için keser misiniz? Biz çiçek açan taş alanlarına bakarız, taş ocağı gibi kullanmayız. Sakıngan hünerlerimiz sayesinde hafif hafif vurarak belki de bütün bir gün boyunca hevesle tek bir pul taş çıkarır, böylece yıllar ilerledikçe yeni yollar açmak, kayadaki çatlaklar arkasında sadece bir boşluk olarak görülmüş olan, hâlâ karanlıkta kalmış uzak bölümleri gözler önüne sermek için çalışırız. Ve ışıklar Legolas! Işıklar yapmalıyız, tıpkı Khazad-dûm'daki lambalar gibi; dilediğimizde tepeler yaratıldığından beri orada yatan geceyi kovabilmeliyiz; dinlenmek istediğimizde de gecenin geri dönmesine izin vermeliyiz."

"Beni etkiledin Gimli," dedi Legolas. "Daha önce böyle konuştuğunu hiç duymamıştım. Neredeyse bu mağaraları görmediğime pişman edeceksin beni. Haydi! Gel bir pazarlık yapalım – eğer her ikimiz de önümüzde bizi bekleyen tehlikelerden sağ salim kurtulursak, bir süre birlikte yolculuk yapalım. Sen Fangorn'u benimle birlikte ziyaret edeceksin, ben de seninle Miğfer Dibi'ni görmeye geleceğim."

"Bu benim pek de tercih edeceğim bir karşılık değil," dedi Gimli. "Ama mağaralara geri gelip bu harikaları benimle paylaşmaya söz verirsen ben de Fangorn'a katlanırım."

"Sözümü aldın," dedi Legolas. "Lâkin heyhat! Şimdi hem mağaraları, hem de ormanları bir yana bırakmamız lazım. Bak! Ağaçların sonuna yaklaşıyoruz. İsengard'a ne kadar var Gandalf?"

"Saruman'ın kargalarının uçuşuyla on beş fersah," dedi Gandalf: "Miğfer Dibi Koyağı'ndan Geçitler'e beş; oradan da İsengard kapılarına on fersah var. Ama bu gece durmadan süremeyiz atları."

"Peki oraya varınca ne göreceğiz?" diye sordu Gimli. "Sen bilebilirsin ama ben tahmin bile edemiyorum."

"Ben de kesin olarak bilemiyorum," diye cevap verdi arif. "Dün hava kararırken oradaydım; ama o zamandan bu yana çok şey değişmiş olabilir. Yine de bu yolculuğun boşuna olduğu söylenemez – Aglarond'un Pırıltılı Mağaraları arkada kalmış olsa bile."

Sonunda grup ağaçları geçti ve kendilerini Miğfer Dibi'nden gelen yolun, biri doğuya Edoras'a, diğeri İsen Geçitleri'ne giden iki yola ayrıldığı Koyak'ın dibinde buldu. Onlar ormanın saçaklarından çıkarken Legolas durup içi ezilerek geriye baktı. Sonra ani bir çığlık attı.

"Gözler var!" dedi. "Dalların gölgelerinden bakan gözler! Hayatımda hiç öyle gözler görmemiştim."

Onun çığlığı ile sıçrayan diğerleri durarak döndü; ama Legolas atını geriye sürmeye başlamıştı.

"Hayır, hayır!" diye bağırdı Gimli. "Sen şu çılgınlığınla ne yaparsan yap ama önce beni attan indir! Ben göz möz görmek istemiyorum!"

"Dur Legolas Yeşilyaprak!" dedi Gandalf. "Ormana geri dönme, henüz dönme! Henüz vaktin gelmedi."

Daha o sözünü bitirmeden ağaçların arasından üç garip şekil çıktı. Troller kadar uzun boyluydular, on iki ayak, belki daha da uzun; genç ağaçlar kadar kalın olan güçlü gövdeleri sanki bir giysiye veya gri ve kahverengi sıkı bir deriye bürünmüştü. Kolları çok uzundu ve ellerinde bir sürü parmakları vardı; saçları dik dik, sakalları da yosun gibi gri-yeşildi. Vakur gözlerle seyrediyorlardı etrafı, ama atlılara bakmıyorlardı: Gözleri kuzeye doğru dönmüştü. Aniden uzun ellerini ağızlarına götürdüler ve en az bir boru sesi kadar net ama daha müzikal ve daha çeşitli, gümbürdeyen naralar attılar. Seslenişlerine karşılık verildi; öbür tarafa dönen atlılar, aynı cinsten başka yaratıkların otlar üzerinde iri adımlarla yaklaştığını gördü. Hızla Kuzey'den geliyorlardı, yürüyüşleri balıkçılların sığ suda yürüyüşlerine benziyordu ama hızları benzemiyordu; çünkü bacakları uzun adımlarını, balıkçılların kanatlarını çırptığından daha hızlı atıyordu. Atlılar hayret içersinde yüksek sesle bağrıştılar, kimisi ellerini kılıçlarının kabzasına götürdü.

"Silaha ihtiyacınız yok," dedi Gandalf. "Bunlar sadece çoban. Bunlar düşman değil, aslında bizimle ilgilenmiyorlar bile."

Gerçekten de öyleye benziyordu çünkü daha Gandalf konuşurken uzun boylu yaratıklar atlılara hiç bakmadan ormana girerek gözden kayboldu.

"Çobanlar ha!" dedi Théoden. "Sürüleri nerede? Nedir bunlar Gandalf? Çünkü belli ki, bunlar en azından sana yabancı değil."

"Onlar ağaçların çobanları," diye cevapladı Gandalf. "Ocak başında masal dinlemeyeli çok mu oldu? Ülkenizde, öykülerin bükülmüş ipliklerinden, sorduğunuz sorunun cevabını yakalayabilecek çocuklar vardır. Gördükleriniz entlerdi Kralım, sizin dilinizde Entormanı denen Fangorn Ormanı Entleri. Bu ismin boşu boşuna mı verildiğini sanıyordunuz? Hayır Théoden, tam tersine: Onlar için sizler gelip geçen bir masalsınız; Genç Eorl'dan, Yaşlı Théoden'e kadar geçen yıllar onlar için pek az bir süre; sizin tüm hanedanınızın başarıları ise küçük meseleler."

Kral sessiz kaldı. "Entler!" dedi sonunda. "Efsanelerin gölgelerinden çıkarak ağaçların harikalarını biraz biraz anlamaya başladım galiba. Tuhaf günler görecek kadar yaşadım. Uzun zamandır hayvanlarımıza ve tarlalarımıza bakıyor, evler, aletler yapıyor veya Minas Tirith'in cenklerine yardımcı olmaya gidiyorduk. Buna da insan yaşamı diyorduk, dünya hali. Kendi topraklarımızın sınırı dışında olanlara pek ilgi duymuyorduk. Türkülerimiz bu şeylerden söz ediyordu ama türkülerimizi unutuyoruz, dikkatsizce devam ettirdiğimiz görenekler olarak onları sadece çocuklarımıza öğretiyoruz. Şimdi ise türkülerimiz garip yerlerden aramıza indi, güneşin altında açık seçik yürüyor."

"Buna memnun olmalısın Théoden Kral," dedi Gandalf. "Çünkü şu anda sadece minik insanların değil efsanelerde yaşadığı varsayılan şeylerin yaşamı da tehlikede. Onları tanımasanız da müttefiksiz değilsiniz."

"Yine de üzülmeliyim," dedi Théoden. "Çünkü cengin kaderi ne olursa olsun, bittiği zaman güzel ve ince duygulu olan birçok şey Orta Dünya'dan sonsuza kadar yitip gitmeyecek mi?"

"Olabilir," dedi Gandalf. "Sauron'un kötülükleri tamamen iyileştirilemez; ya da hiç olmamış gibi yapılamaz. Fakat öylesi günler için verilmiş hükmümüz. Haydi, başladığımız yolculuğa devam edelim şimdi!"

O zaman grup Koyak'tan ve ormandan dönerek Geçitler'e doğru giden yolu tuttu. Legolas isteksizce izliyordu onları. Güneş kavuştu, zaten dünyanın köşesinden batmıştı bile; ama onlar tepelerin gölgesinden çıkıp batıdaki Rohan Geçidi'ne baktıklarında gökyüzü hâlâ kırmızıydı ve sürüklenen bulutların altında alev alev bir ışık vardı. Alevlere karşı dönerek uçan kara kanatlı kuşlar gördüler. Kimisi kayalar arasındaki yuvasına dönerken tepelerinden hüzünlü çığlıklarla geçti.

"Leş kuşlarının cephede işi vardı," dedi Éomer.

Artık rahat bir tempoda ilerliyorlardı; karanlık etraflarındaki düzlüklere inmişti. Artık dolunaya doğru büyümekte olan ay yavaş yavaş yükseldi; ayın soğuk gümüşsü ışığında yükselen çimenli topraklar boz, engin bir deniz gibi bir yükselip bir alçalıyordu. Geçitler'e yaklaştıklarında yolların çatallandığı yerden sonra bir dört saat kadar gitmişlerdi. Uzun bayırlar hızla, nehirin yüksek çimenlik teraslar arasındaki taşlı sığlıklara yayıldığı yere doğru iniyordu. Rüzgârla taşınıp gelen kurtların uluma seslerini duydular. İçleri, buradaki savaşta ölen çok sayıda insanı düşünerek daralmıştı.

Yol, yükselen çim tepeleri arasına dalıyor, nehrin kenarına doğru teraslardan giderek ilerliyor ve sonra diğer tarafta tekrar yükseliyordu. Nehirin ortasında üç sıra düz atlama taşı vardı; bunların arasında da, her iki kenardan başlayıp ortadaki çıplak adacığa ulaşan, atların geçmesi için sığlıklar bulunuyordu. Atlılar geçitlere baktı, geçitler gözlerine tuhaf göründü; çünkü Geçitler her zaman için taşlar üzerindeki suların acelesi ve gürültüsü ile dolu yerler olmuştu; ama şimdi sessizdiler. Derenin yatakları neredeyse kupkuruydu: çakıl taşları ve gri kumlarların çıplak arazisi.

"Burası iç sıkıcı bir yer olmuş," dedi Éomer. "Hangi illet dolanmış nehrin başına? Saruman güzel şeylerin çoğunu harap etmiş: İsen'in kaynaklarını da mı yok etti yoksa?"

"Öyle görünüyor," dedi Gandalf.

"Heyhat!" dedi Théoden. "Buradan, leş kargalarının bir sürü bahadır Yurtlu Süvari'yi açgözlülükle yedikleri bu yerden mi geçmek zorundayız?"

"Yolumuz bu yanda," dedi Gandalf. "Adamlarınızın ölmüş olması çok üzücü, ama en azından dağlardaki kurtların onları yemediklerini göreceksiniz. Onların ziyafetini arkadaşları orklar oluşturuyor: Onların arkadaşlıkları da böyledir işte. Haydi!"

Nehirden aşağıya sürdüler atlarını; onlar yaklaştıkca kurtlar ulumayı bırakarak sıvıştılar. Ay ışığında Gandalf'ı ve gümüş gibi parlayan atı Gölgeyele'yi görmek onları korkutmuştu. Atlılar adacıktan geçtiler; kısık, pırıldayan gözler onları nehir kıyısının gölgeleri içinden seyrediyordu.

"Bakın!" dedi Gandalf. "Burada bazı dostlar iş görmüş."

Küçük adacığın ortasında bir höyüğün yükseldiğini, etrafının taşlarla çevrilmiş ve çevresine de birçok mızrağın saplanmış olduğunu gördüler.

"Burada, yakınlarda ölmüş olan Yurtlu İnsanlar yatmakta," dedi Gandalf.

"Bırakalım burada dirlik içinde yatsınlar!" dedi Éomer. "Mızrakları çürüyüp paslandıktan sonra da höyükleri kalsın ve daha uzun süre İsen Geçitleri'ni korusun!"

"Bu da senin işin mi Gandalf dostum?" dedi Théoden. "Bir akşam ve bir gece boyunca çok işler başarıyorsun!"

"Gölgeyele'nin –ve başkalarının– yardımıyla," dedi Gandalf. "Hem hızlıydım, hem de uzaklara gittim. Fakat burada, bu höyüğün yanında içinizi rahat ettirmek için söyleyeyim: Geçitler Savaşı'nda çok adam öldü ama söylentilerdekinden daha az. Çoğu öldürülmemiş, yalnızca dağılmıştı; bulabildiklerimi bir araya topladım. Bir kısmını Batıağıllı Grimbold'un yanına katıp Erkenbrand ile buluşmaya yolladım. Bazılarını da bu gömütü yapmaları için görevlendirdim. Şimdi de sizin komutanınız Elfmiğfer'i izliyorlar. Onu da yanlarına birçok atlı katarak Edoras'a yolladım. Saruman'ın tüm gücünü size karşı gönderdiğini biliyordum; hizmetkârları bütün diğer işlerini bir yana bırakarak Miğfer Dibi'ne gittiler: Topraklar düşmanlardan arınmış gibi görünüyordu ama ben yine de kurt binicilerinin ve çapulcuların, bir koruması yokken Tekev'e gitmelerinden korktum. Fakat sanırım artık korkmanıza gerek yok: Evinizi, sizin dönüşünüzü bekler bulacaksınız."

"Ben de onu görmekten mutlu olacağım," dedi Théoden, "gerçi artık orada oturacağım zamanların kısa olacağından şüphem yok ama."

Böylece grup adaya ve höyüğe veda edip nehirden geçerek diğer yandaki kıyıya çıktı. Sonra yas içindeki Geçitler'i arkalarında bıraktıklarına sevinerek atlarını sürmeye devam ettiler. Onlar yollarına devam ettikçe kurtların ulumaları yeniden patlak verdi.

İsengard'dan geçitlere giden kadim bir yol vardı. Bir süre için nehir kenarından ilerliyor, onunla birlikte önce doğuya, sonra kuzeye kıvrılıyordu; fakat en sonunda nehirden ayrılıp dosdoğru İsengard kapılarına gidiyordu; kapılar da dağ tarafında, vadinin batı kısmında, vadi ağzından on altı mil kadar ilerideydi. Bu yolu izlediler ama yolun üzerine çıkmadılar; çünkü yolun yanındaki zemin sert ve düzdü ve birkaç mil kadar yeni bitmiş kısa çimenle kaplıydı. Artık daha hızlı gidiyorlardı; gece yarısı olduğunda Geçitler neredeyse beş fersah kadar geride kalmıştı. O zaman o geceki yolculuklarını bitirerek durdular çünkü kral yorulmuştu. Dumanlı dağların eteklerine varmışlardı ve Nan Curunír'in uzun kolları onları kucaklamak için uzanmıştı. Vadi önlerinde kapkaraydı çünkü ay Batı'ya geçmiş, ışığı tepeler tarafından gizlenmişti. Fakat vadinin derin gölgesinden geniş, kıvrımlı dumanlar ve buharlar yükseliyordu; bunlar yükseldikçe batmakta olan ayın ışınlarını yakalıyor, donuk donuk titreşerek yükselen dalgalar halinde, siyah ve gümüş renklerinde yıldızlı göklere dağılıyordu.

"Bu konuda ne düşünüyorsun Gandalf?" diye sordu Aragorn. "İnsanın Arif Vadisi yanıyor diyesi geliyor."

"Bu günlerde vadi üzerinde hep bir duman var," dedi Éomer; "ama bu güne kadar bunun benzerini hiç görmemiştim. Bunlar dumandan çok buhara benziyor. Saruman bizi karşılamak için bir şeytanlık hazırlıyor. Belki de İsen'in bütün sularını kaynatıyordur, belki de nehrin kurumasının nedeni budur."

"Belki de öyledir gerçekten," dedi Gandalf. "Yarın ne yaptığını öğreneceğiz. Şimdi biraz dinlenelim, eğer mümkün olursa."

İsen nehrinin yatağı yanında konakladılar; nehir yatağı sakin, sessiz ve boştu. Bazıları birazcık uyudu. Fakat gece geç vakitte gözcüler bağırdı, herkes uyandı. Ay batmıştı. Yukarda yıldızlar parlıyordu; ama toprak üzerinde karanlıktan da kara bir siyahlık ilerliyordu. Karanlık, nehrin her iki yanından onlara doğru yuvarlandı kuzeye yönelerek.

"Olduğunuz yerde kalın!" dedi Gandalf. "Silahlarınıza davranmayın! Bekleyin! Sizi geçip gidecektir!"

Etraflarına bir sis toplandı. Üzerlerinde bir iki yıldız hâlâ donuk donuk ve zayıfça titriyordu; fakat her iki yanlarında aşılmaz kasvet duvarları yükseliyordu; hareket eden gölge kuleleri arasındaki dar bir yoldaydılar. Sesler duydular, fısıltılar, homurtular ve sonu gelmeyen hışırtılı iç çekmeler; ayaklarının altında toprak titriyordu. Uzun zamandır oturuyorlarmış gibi geldi onlara; korkuyorlardı; ama sonunda karanlık ve fısıltılar geçti; dağın kolları arasında gözden kayboldu.

Güneyde Boruşehir tarafında gecenin bir yarısında insanlar, vadide esen, rüzgârı andıran büyük bir gürültü duydular ve yer sarsıldı; herkes korktuğundan kimse yerinden kımıldamaya cesaret edemedi. Fakat sabah dışarı çıktıklarında hepsi şaşakaldı; çünkü öldürülmüş olan orklar gitmişti; ağaçlar da. Aşağıda, uzaklarda Miğfer Dibi vadisinde çimenler ezilmiş ve yatışmıştı, sanki dev çobanlar burada büyük sığır sürüleri otlatmışlar gibi; ama Hendek'ten bir mil aşağıda muazzam büyüklükte bir çukur kazılmış ve üzerine taşlardan bir tepe yığılmıştı. İnsanlar katletmiş oldukları orkların buraya gömüldüğüne inandılar; fakat ormana kaçmış olan orkların onlarla birlikte olup olmadığını kimse bilemedi, çünkü hiç kimse o tepeye ayak basmamıştı. Daha sonraları buraya Çıplak Ölüm Tepesi denildi ve burada hiç ot bitmedi. Garip ağaçlar bir daha Miğfer Dibi Koyağı'nda hiç görülmedi; gece geri dönmüşler ve Fangorn'un karanlık vadilerinde kaybolmuşlardı. Böylelikle orklardan öçlerini almışlardı.

O gece kral ile yanındakiler tekrar uyuyamadılar; ama bir daha da ne garip bir şey duydular, ne de gördüler – bir şey hariç: Yanlarındaki nehrin sesi aniden uyandı. Taşlar arasından aceleyle akan suyun sesi duyuldu; ses durulduğunda ise İsen yeniden yatağında köpüre köpüre akmaya başladı, her zaman olduğu gibi.

Şafak vakti gitmek için hazırlandılar. Gri ve solgun bir gün ışıdı; güneşin doğuşunu görmediler. Üzerlerindeki hava sis ile ağırlaşmıştı, etraflarındaki topraklar üzerinde bir buğu vardı. Artık yol üzerinden giderek yavaş yavaş ilerlediler. Yol geniş, sert ve bakımlıydı. Sol taraflarında yükselen dağın uzun kolunu sislerin arasından belli belirsiz seçebiliyorlardı. Arif Vadisi'ne, yani Nan Curunír'e girmişlerdi. Burası sadece Güney'e açılan korunaklı bir vadiydi. Bir zamanlar latif ve yeşildi; İsen buradan çıkıp daha ovalara varmadan derinleşip güçlenerek akardı, çünkü yağmurların yıkadığı tepelerden gelen bir sürü dere ve pınarla beslenirdi. Etrafında ise hoş ve verimli topraklar uzanırdı.

Ama artık durum böyle değildi. İsengard'ın surları dibinde hâlâ Saruman'ın köleleri tarafından işlenen topraklar vardı ama vadinin çoğu yabani ot ve diken cenneti olmuştu. Böğürtlen çalıları ya yerlere yayılmıştı ya da çalıları ve tepeleri aşarak minik hayvanların kendilerine yuvalar yaptığı kaba mağaralar oluşturmuştu. Hiç ağaç yetişmiyordu burada; ama sık büyümüş bitkiler arasında yakılmış veya baltayla kesilmiş kadim korulara ait ağaçların çotukları hâlâ görülebiliyordu. Burası hüzün verici bir yerdi; aceleci suların taşlarda çıkardığı gürültüler dışında sessizdi. Dumanlar ve buharlar kasvetli bulutlar halinde sürüklenip derelere siniyordu. Süvariler konuşmuyordu. Birçoğunun yüreklerinde kuşku vardı, bu yolculuk hangi kederli sona varacak diye merak ediyorlardı.

Birkaç mil gittikten sonra yol, kare kare kesilerek hünerle işlenmiş kocaman düz taşlarla döşeli geniş bir caddeye dönüştü, taşların bağlantı yerlerinde hiç ot görünmüyordu. Şıpırdayan sularla dolu derin su yolları her iki yanlarında uzanıyordu. Aniden önlerinde yüksek bir sütun beliriverdi. Kapkaraydı ve üzerine uzun, ak bir El gibi yontulup boyanmış büyük bir taş yerleştirilmişti. Parmağı kuzeyi işaret ediyordu. Artık İsengard kapılarının pek uzakta olmadığını biliyorlardı ve yüreklerine bir ağırlık çökmüştü; ama gözleri önlerindeki sisi yırtamıyordu.

Dağın kolu altında, Arif Vadisi'nde sayısız yıllar boyu varolmuştu insanların İsengard dedikleri o kadim yer. Biraz dağların yaradılışıyla şekillenmişti, ama eskilerin Batılı İnsanları burada muazzam işler yapmışlardı; Saruman da burada uzun zamandır yaşıyordu ve boş durmamıştı.

Saruman gücünün zirvesindeyken ve birçokları tarafından Arifler'in başı kabul edilirken durum böyleydi. Halka şeklinde, taştan, büyük bir sur, yükselen uçurumlar gibi dağ sırtının korumasından çıkıyor, sonra dönüp tekrar dağa varıyordu. Sadece tek bir giriş yapılmıştı, güney suruna oyulmuş büyük bir kemer şeklinde. Buraya, kara kayalar içine, her iki tarafı da demir kapılarla kapanan uzun bir tünel oyulmuştu. Kocaman menteşeleri üzerinde öylesine bir çalışılmış, öylesine yerleştirilmişlerdi ki sürgülenmedikleri zaman bir elin itmesiyle hiç ses çıkarmadan hafifçecik hareket ediyordu kapılar. İçeri girip de yankılarla dolu tünele varan biri; bir düzlük, geniş, alçak bir kâseye benzeyen boş, büyük bir daire görürdü: Bir uçtan bir uca bir mil kadar vardı bu daire. Bir zamanlar burası yemyeşil, bulvarlarla, dağlardan akıp gelen ve bir göle dökülen derelerle sulanan meyva ağacı korularıyla doluydu. Fakat Saruman'ın son günlerinde burada hiç yeşil bitmez olmuştu. Yollar kapkara, sert taşlarla döşenmişti; yolun kenarlarında ağaç yerine kimisi mermerden, kimisi bakırdan ve demirden, ağır zincirlerle birbirine bağlanmış sıra sıra uzun direkler bulunuyordu.

Bir sürü ev vardı, iç kısımlarından kesilerek yeniden surlara tünelle bağlanmış olan bölümler, konaklar, geçitler vardı, öyle ki, daire şeklindeki açık alanın tüm çevresi sayısız pencere ve kara kapıyla çevriliydi. Binlerce kişi, işçiler, hizmetkârlar, köleler, silahlarıyla savaşçılar kalabilirdi burada; kurtlar daha aşağıdaki derin mağaralarda besleniyordu. Düzlük alan da delinmiş ve kazılmıştı. Toprağa derin dikilitaşlar sokulmuş, tepe başları alçak toprak yığınları ve taştan kubbelerle örtülmüştü; yani ay ışığında İsengard Halkası huzursuz ölülerin mezarlığına benziyordu. Çünkü toprak titriyordu. Dikili taşlar meyillerle ve döner merdivenlerle iyice aşağıdaki mağaralara iniyordu; burada Saruman'ın hazineleri, kilerleri, cephaneleri, demirhaneleri ve büyük fırınları vardı. Burada demir çarklar durmadan dönüyor, çekiçler gümbürdüyordu. Gece, aşağıdan kırmızı ışıklarla aydınlatılmış yarıklardan, mavi veya zehir yeşili buhar fıskıyeleri tütüyordu.

Bütün yollar dairenin merkezine doğru zincirler arasında uzanıyordu. Orada harika biçimli bir kule duruyordu. Kuleye, İsengard Halkası'nı düzenleyen eskinin yapıcıları tarafından biçim verilmişti ama yine de kule sanki insanların hünerleriyle yapılmamış da, tepelerin kadim cefalarıyla, yerkürenin kemiklerinden yarılmış çıkmış gibiydi. Taştan sivri tepeli bir adacık halindeydi; hem siyahtı, hem de ışınlar saçan bir sertlikteydi: Bir sürü kenarı olan dört muazzam sütun birbirine kaynatılarak tek bir sütun haline getirilmişti ama tepesine yakın boynuzlara ayrılmıştı; boynuzların ucu mızrak ucu kadar sivri, kenarları bıçak kenarı kadar keskindi. Bunların arasında dar bir alan vardı ve bu alanda bulunan, üzerine garip işaretlerin yazılmış olduğu cilalanmış taştan zemin üzerinde duran biri, yerden beş yüz ayak yukarıda durmuş olurdu. Burası Saruman'ın hisarı Orthanc'dı; Orthanc adı iki anlama geliyordu (ya kasten, ya da tesadüfen); çünkü *orthanc* elf dilinde Yılandişi Dağı, ama eski Yurt dilinde Şeytani Akıl demekti.

Çok sağlam ve çok mükemmel bir yerdi İsengard ve uzun yıllar boyu hep güzel olmuştu; burada büyük hükümdarlar, Gondor'un Batı muhafızları ve yıldızları izleyen arifler oturmuştu. Fakat Saruman yavaş yavaş burasını kendi değişen amaçlarına göre biçimlendirmiş, kendince daha da mükemmelleştirmişti ama aslında aldanmıştı, çünkü uğruna eski irfanını terk ettiği bütün o sanatlar, o ince planlar ve samimiyetle kendisine ait olduğunu zannettiği şeyler Mordor'dan başka bir yerden gelmiyordu; yani yaptığı şey, hiçbir rakibi olmayan, yapılan dalkavukluklara da sadece gülen, zamanına hükmeden, kendi gurur ve ölçülmez gücü içinde kendini emniyette hisseden o kocaman kalenin, o cephane ve talimhanenin, o hapishanenin, o muazzam güce sahip olan fırının, Baraddûr'un, Karanlık Kule'nin bir kopyasından, çocukça bir modelinden veya bir kölenin dalkavukluğundan başka bir şey değildi.

Nam saldığına göre burası Saruman'ın kalesiydi; çünkü yaşayan hatıralara bakılacak olursa, belki gizli gizli gelip, gördüklerini diğer adamlara anlatmayan Solucandil gibi birkaç kişi hariç hiçbir Rohan'lı İnsan kapılarından içeri girmemişti.

Gandalf, El'in büyük sütununa doğru sürdü atını ve yanından geçip gitti; o bunu yaparken Süvariler hayret içinde El'in artık beyaz görünmediğini fark ettiler. Sanki kuru kanla lekelenmişti; yakından bakınca tırnaklarının da kırmızı olduğunu gördüler. Olanları umursamayan Gandalf sisin içine doğru yoluna devam etti, onlar da gönülsüzce Gandalf'ı izledi. Yolun kenarları sanki bir sel gelip de çukurları doldurup geçmiş gibi, her yanlarında su birikintileriyle doluydu ve taşların arasından minik derecikler damla damla akıp gidiyordu.

Sonunda Gandalf durdu, onları yanına çağırdı; gittiler ve Gandalf'ın gerisinde sisin dağıldığını, soluk bir güneş ışığının parladığını gördüler. Öğlen vakti geçmişti. İsengard'ın kapılarına varmışlardı.

Fakat kapılar yere fırlatılıp atılmıştı. Ve her tarafa, uzak-yakın dört bir yana taşlar, kırılmış un ufak olmuş, tırtık tırtık sayısız taş parçaları saçılmış veya harap öbekler halinde yığılmıştı. Büyük kemer hâlâ ayaktaydı ama artık çatısız bir dar boğaza açılıyordu: Tünel tüm çıplaklığıyla uzanıyordu ve her iki taraftaki yamaç gibi duvarlara büyük yarıklar ve gedikler açılmıştı; kuleleri toz haline gelmişti. Eğer Engin Deniz hiddetle kabarıp fırtınayla tepelere gelmiş olsa, daha büyük bir yıkım gerçekleştiremezdi.

Arkadaki daire dumanı tüten suyla doluydu: İçinde enkaz halindeki kirişlerin, direklerin, sandıkların, varillerin, kırık dökük malzemenin yüzdüğü ve kabardığı, fokur fokur kaynayan bir kazan gibi. Bükülmüş, yan yatmış sütunların kırılmış gövdeleri suyun üzerinde görünüyordu ama bütün yollar sulara gömülmüştü. Bir buluta yarı yarıya sarmalanmış haliyle uzaktaymış gibi görünen ada şeklindeki kaya yükseliyordu ileride. Hâlâ kara ve yüksek, fırtınadan kırılmamış bir halde duruyordu Orthanc kulesi. Eteklerini soluk renkli sular kucaklıyordu.

Kral ile maiyeti hayretler içinde, sessizce atları üzerinde oturdular; Saruman'ın gücünün alt edilmiş olduğunu seziyorlar, ama nasıl olduğunu tahmin bile edemiyorlardı. Derken bakışlarını kemerli yol ile yıkık kapılara çevirdiler. Burada, kemerler ve kapıların yakınında büyük bir moloz yığını gördüler; sonra aniden, bunların tepesinde rahat rahat yatmakta olan, grilere bürünmüş, taşlar arasında zar zor seçilen iki minik şekli fark ettiler. Yanlarında şişeler, çanaklar ve tabaklar duruyordu, sanki biraz önce tıkabasa yemek yemişler de, şimdi de bunun ardından dinleniyorlarmış gibi. Biri uyuyor gibi görünüyordu; diğeri, ayak ayak üstüne atmış, elleri başının arkasında kırık bir kayaya dayanmış ağzından havaya huzmeler ve minik halkalar halinde ince mavi dumanlar yolluyordu.

Bir süre için Théoden, Éomer ve bütün adamları bu ikisine hayretle bakakaldılar. İsengard'ın bütün bu haraplığı içinde, bu onlara en garip görüntü gibi gelmişti. Fakat daha kral konuşamadan, ağzından duman tüten minik şekil aniden sisin kıyısında sessizce duran atlıları fark etti. Ayağa fırladı. Genç bir adamdı bu veya genç bir adama benziyordu ama bir adamın anca yarı boyundaydı; kahverengi kıvırcık saçlı başı örtülü değildi ama Gandalf'ın arkadaşlarının Edoras'a vardıklarında giydikleri renkte ve biçimde, yolculuktan yıpranmış bir pelerine bürünmüştü. Elini göğsüne koyarak, yerlere kadar eğildi. Sonra, arif ile arkadaşlarını görmemiş gibi Éomer ve krala döndü.

"Hoş geldiniz beylerim İsengard'a!" dedi. "Biz kapı muhafızlarıyız. Saradoc oğlu Meriadoc'tur adım; ve arkadaşım, ne yazık ki yorgunluğa yenilmiş olan arkadaşım" –burada diğerini ayağıyla bir dürttü– "ise Took sülalesinden Paladin oğlu Peregrin'dir. Bizim evlerimiz ta Kuzey'dedir. Lord Saruman içeride; fakat şu anda Solucandil adlı biriyle içeri kapatılmış durumda, yoksa mutlaka böylesine saygıdeğer konukları karşılamak için kendi teşrif buyururdu."

"Ona ne şüphe!" diye güldü Gandalf. "Peki dikkatinizin tabaklardan ve şişelerden ayrılabildiği zamanlarda yıkılmış kapılarını korumanızı, gelen konukları karşılamanızı size Saruman mı söyledi?"

"Hayır iyi yürekli bayım, iş onun elinden çıktı," diye cevap verdi Merry ciddiyetle. "O çok meşgul idi. Bizim buyruklarımız İsengard'ın yönetimini ele alan Ağaçsakal tarafından verildi. Bana, Rohan Hükümdarı'nı uygun sözlerle karşılamamı emretti. Ben de elimden gelenin en iyisini yaptım."

"Peki ya yol arkadaşlarınız? Peki ya Legolas ve ben?" diye bağırdı Gimli kendini daha fazla tutamayarak. "Sizi reziller sizi, sizi yün ayaklı, yün kafalı kaçaklar sizi! Sayenizde iyi iz sürdük! Sizi kurtarmak için bataklıktan, ormandan, savaştan, ölümden geçtik de iki yüz fersah aştık! Bir de ne görelim! Siz burada ziyafet çekip, aylaklık ediyorsunuz – ve pipo içiyorsunuz! Pipo içiyorsunuz! Otu nereden buldunuz hainler? Çekiçler ve maşalar adına! Sevinç ile hiddet arasında öyle bir bölündüm ki patlamazsam şaşarım!"

"Benim adıma da konuştun Gimli," diye güldü Legolas. "Gerçi ben esas şarabı nereden bulduklarını bir an önce bilmek isterim."

"Avlanırken bulamadığınız bir şey varsa o da daha parlak bir zekâ," dedi Pippin, bir gözünü açarak. "Bizi burada bir zafer alanında, zapt edilmiş silahlar arasında oturmuş buluyorsunuz da birkaç ufak tefek hak edilmiş konforu bize fazla görüyorsunuz!"

"Hak edilmiş mi?" dedi Gimli. "Buna inanamam!"

Süvariler gülüştüler. "Birbirini seven arkadaşların kavuşmalarına tanık olduğumuza kuşku yok," dedi Théoden. "Yani bunlar sizin gruptan kaybolanlar mı Gandalf? Günlerin yazgısı hayret verici şeylerle dolmakmış. Daha şimdiden, evimden ayrıldığımdan beri bir sürü şey gördüm; ve şu anda gözlerimin önünde, efsanelerde yaşayan halklardan bir başkası durmakta. Bunlar bazılarımızın Holbytlan dediği Buçukluklar değil mi?"

"Hobbitler, müsaadenizle beyim," dedi Pippin.

"Hobbitler mi?" dedi Théoden. "Diliniz tuhaf bir biçimde değişmiş; ama ad o kadar yabancı gelmiyor. Hobbitler! Duyduklarımın hiçbiri gerçeğe hakkını vermemiş."

Merry eğilerek selam verdi; Pippin de ayağa kalkarak yerlere kadar eğilip selam verdi. "Çok mültefitsiniz efendim; ya da umarım sözlerinizi doğru yorumluyorum," dedi. "Ve işte hayret verici bir şey daha! Evden ayrıldığımdan beri birçok ülke gezdim ve bu ana kadar hobbitlerle ilgili öyküler duymuş olan bir halkla karşılaşmamıştım."

"Halkım çok uzun zaman önce Kuzey'den gelmişti," dedi Théoden. "Ama sizi kandırmayayım: Biz hobbitler hakkında hiç öykü bilmeyiz. Aramızda bütün söylenen, çok uzaklarda, birçok tepe ve nehir ardında, kum tepeciklerindeki oyuklarda yaşayan bir buçukluk halkı olduğudur. Ama yaptıkları şeylere ait hiç efsane yoktur çünkü çok az şey yaptıklarından, göz açıp kapayıncaya kadar ortadan kaybolabildikleri için insan gözüne görünmediklerinden ve kuşların ötüşünü taklit edebildiklerinden söz edilir. Ama görünüyor ki daha çok şey söylenebilirmiş."

"Gerçekten de öyle efendim," dedi Merry.

"En azından," dedi Théoden, "ağızlarından duman fışkırttıklarını hiç duymamıştım."

"Bu hayret verici bir şey değil," dedi Merry; "çünkü bu bizim birkaç nesilden beri yapmaya başladığımız bir sanattır. Bizim hesabımıza göre 1070 yıllarında gerçek pipo otunu bahçesinde ilk yetiştiren, Güneytopraklardaki Uzundip'ten Tobold Boruüfler olmuştur. Nasıl olup da yaşlı Tobby'nin o bitkiyi bulduğu ise..."

"Ne gibi bir tehlike içinde olduğunuzu bilmiyorsunuz Théoden," diye söze karıştı Gandalf. "Bu hobbitler büyük bir yıkımın kıyısında oturup bir sofranın zevklerinden; babalarının, büyükbabalarının, büyükbüyükbabalarının, dokuzuncu dereceden uzak bir kuzenlerinin yaptıklarından bahsederler, eğer yersiz bir sabırla onları yüreklendirirseniz. Başka bir zaman, pipo tarihi için daha uygun olabilir. Ağaçsakal nerede Merry?"

"Sanırım kuzey tarafında. Biraz su –temiz su– içmek için gitti. Diğer entlerin çoğu da onunla birlikte, orada hâlâ işlerinin başındalar." Merry elini üzerinden dumanlar tüten göle doğru uzattı; bakarlarken uzaktan gelen, dağdan yuvarlanan çığ gibi bir gümbürtü ve takırtı sesi duydular. Uzaktan bir *hum-ham* sesi geldi, sanki borular zaferle çalınıyormuş gibi.

"O halde Orthanc korumasız mı bırakıldı?" diye sordu Gandalf.

"Su var," dedi Merry. "Fakat Tezmertek ile bazı diğerleri gözlüyorlar kuleyi. Düzlükteki bütün o direkler ve sütunlar Saruman'ın dikmesi değil. Tezmertek, sanırım kayanın yanında, merdivenin dibi yakınında."

"Evet, orada uzun boylu gri bir ent var," dedi Legolas, "ama kolları iki yanında ve bir kapı ağacı kadar kıpırtısız duruyor."

"Vakit öğleni geçti," dedi Gandalf, "ve biz en azından sabah erken vakitten beri yemek yemiyoruz. Yine de bir an önce Ağaçsakal'ı görmek istiyorum. Bana hiç mesaj bırakmadı mı, yoksa bıraktı da yiyip içmek aklınızdan mı çıkardı?"

"Bir mesaj bıraktı," dedi Merry, "ben de tam onu söyleyecektim ama bir sürü soru sorarak beni alıkoydunuz. Tam, eğer Yurt Hükümdarı ile Gandalf atlarını surların kuzeyine sürecek olurlarsa Ağaçsakal'ı orada bulabilirler, Ağaçsakal onları orada karşılayacaktır, diyecektim. Aynı zamanda, burada en iyisinden yiyecek bulabileceklerini de ekleyebilirim; yiyecekler sadık hizmetkârlarınız tarafından bulunarak seçildi." Eğilerek selam verdi.

Gandalf güldü. "Böylesi daha iyi!" dedi. "Peki, Théoden, benimle birlikte Ağaçsakal'a gelecek misiniz? Yolumuz dolambaçlı ama pek uzak değil. Ağaçsakal'ı görünce çok şey öğreneceksiniz. Çünkü Ağaçsakal Fangorn'un kendisidir, entlerin en yaşlısı ve reisi; onunla konuştuğunuzda, yaşayan şeylerin en yaşlısının konuşmasını duyacaksınız."

"Seninle geleceğim," dedi Théoden. "Hoşça kalın hobbitlerim! Umarım bir daha, evimde görüşürüz! Orada yanımda oturup, gönlünüzden geleni anlatırsınız bana: Hesabını tuttuğunuz kadarıyla atalarınızın yaptıklarını anlatırsınız; sonra Yaşlı Tobold'dan ve bitki irfanından da söz ederiz. Hoşça kalın!"

Hobbitler yerlere kadar eğildiler. "Demek ki Yurt Hükümdarı bu!" dedi Pippin alçak sesle. "Hoş, yaşlı bir adamcağız. Çok kibar."

BÖLÜM IX

KIYIYA VURAN ENKAZ

Gandalf ile kralın maiyeti doğuya döndüler ve atlarını sürerek İsengard'ın harap olmuş surlarını dolandılar. Fakat Aragorn, Gimli ve Legolas geride kaldı. Tiz ile Külteri'yi ot bulsunlar diye serbest bırakarak gidip hobbitlerin yanına oturdular.

"Eh! Av bitti, sonunda hiçbirimizin geleceğimizi tahmin bile etmediği bu yerde yeniden karşılaştık," dedi Aragorn.

"Ve artık büyükler önemli meseleleri tartışmak için gittiğine göre," dedi Legolas, "avcılar belki kendi küçük bilmecelerinin cevabını öğrenebilir. Sizin izinizi ormana kadar sürdük ama hâlâ aslını öğrenmek istediğim birkaç şey var."

"Bizim de sizin hakkınızda öğrenmek istediğimiz epeyce şey var," dedi Merry. "Yaşlı ent Ağaçsakal'dan bir iki şey öğrendik ama bu hiç de yeterli değil."

"Her şeyin sırası var," dedi Legolas. "Avcı bizdik, öykünüzü ilk önce sizin bize anlatmanız lazım gelir."

"Ya da sonra," dedi Gimli. "Yemek yedikten sonra daha iyi olur. Başım çok ağrıyor; üstelik günün yarısı da geçti. Siz kaçaklar sözünü ettiğiniz, yağmaladığınız o şeylerden biraz da bize bularak kendinizi affettirebilirsiniz. Yiyecek ve içecek sizin aleyhinize olan puanların bazılarını düzeltebilir."

"O halde istediklerinize kavuşacaksınız," dedi Pippin. "Burada mı yemek istersiniz, yoksa Saruman'ın muhafız kulübesinden arta kalan yerde, oradaki kemerin altında daha rahat bir şekilde mi? Biz burada, yola göz kulak olabilmek için piknik yapmak zorundaydık."

"Pek iyi göz kulak olduğunuz söylenemez ya!" dedi Gimli. "Ama ben ork evine girmem; orkların etlerine ya da elledikleri herhangi bir şeye de dokunmam."

"Biz de senden bunu istemiyoruz zaten," dedi Merry. "Kendi adımıza, bütün hayatımız boyunca yetecek kadar orka doyduk. Fakat İsengard'da bir sürü başka halk varmış. Saruman'da orklara güvenmeyecek kadar ariflik kalmış. Kapılarını koruması için insan kullanmış: En sadık hizmetkârlarından bazılarıydı onlar sanırım. Her neyse, bunlar diğerlerine nazaran kayırılıyorlarmış ve erzakları gayet güzelmiş."

"Ya pipo otları?" diye sordu Gimli.

"Yok, sanmam" diye güldü Merry. "Ama o da ayrı bir hikâye, artık öğle yemeğinden sonraya kalsın."

"Eh madem öyle gidip öğle yemeğimizi yiyelim!" dedi cüce.

Hobbitler başı çektiler; kemerin altından geçerek, merdivenlerin tepesinde, sol tarafta geniş bir kapıya vardılar. Kapı doğrudan, karşı tarafında daha küçük kapılar ile bir yanında bir ocak ile baca bulunan geniş bir bölüme açılıyordu. Bu oda taşa oyulmuştu; belli ki karanlık bir yerdi, çünkü pencereleri tünele doğru açılıyordu. Fakat artık kırılmış tavandan ışık giriyordu. Ocakta ateş yanıyordu.

"Biraz ateş yaktım," dedi Pippin. "Sis olduğunda moralimizi düzeltiyor. Etrafta biraz çalı çırpı vardı, bulabildiğimiz odunların da çoğu ıslaktı. Fakat baca çok güzel çekiyor: Sanki kayanın içinden dolana dolana çıkıyor, şansımıza tıkanmamış da. Ateş hazır. Size biraz ekmek kızartayım. Korkarım ekmekler üç-dört günlük."

Aragorn ile arkadaşları uzun bir masanın bir tarafına yerleşti; hobbitler içteki kapılardan birinden kayboldular.

"Kiler burada, şansımıza suyun üzerinde kaldı," dedi Pippin elleri kolları tabaklarla, çanaklarla, çatal bıçaklarla ve çeşit çeşit yiyeceklerle dolu olarak gelirken.

"Ve siz de bunları size sağlayanlara burun kıvırmamalısınız Efendi Gimli," dedi Merry. "Bunlar, Ağaçsakal'ın dediği gibi, ork şeyleri değil insan yiyecekleri. Şarap mı arzu edersiniz, bira mı? Orada bir varil var – hiç de fena sayılmaz. Bu da birinci sınıf tuzlanmış domuz eti. Ya da isterseniz size daha sert olan domuz pastırmasından biraz kesip ateşte pişirebilirim. Yeşillik olmadığı için özür dilerim: Son birkaç gündür siparişlerde biraz aksaklık oldu da! Arkasından da size ekmeğinize süreceğiniz tereyağı ile baldan başka bir şey ikram edemeyeceğim. Memnun oldunuz mu?"

"Elbette olduk," dedi Gimli. "Kötü puanlar epey düştü."

Çok geçmeden üçü yemeklerine döndüler; iki hobbit hiç utanıp sıkılmadan ikinci kere oturdular sofra başına. "Konuklarımıza refakat etmemiz gerekir," dediler.

"Bu sabah kibarlıktan kırılıyorsunuz," diye güldü Legolas. "Lâkin belki de biz henüz gelmemiş olsaydık, yeniden birbirinize refakat edecektiniz."

"Belki; ayrıca neden olmasın?" dedi Pippin. "Orkların yanında kötü yiyecekler yemek zorunda kaldık; ondan önce de günlerce yeterli yiyeceğimiz yoktu zaten. Doya doya yemek yemeyeli çok zaman geçmişti."

"Size bir zararı dokunmamış görünüşe göre," dedi Aragorn. "Sıhhatiniz dorukta görünüyor."

"Evet, öyle görünüyorsunuz," dedi Gimli, kâsesinin üzerinden onları tepeden tırnağa süzerek. "Baksanıza, ayrıldığımızdan bu yana saçlarınız iki misli sıklaşmış ve dalgalanmış; ikinizin de biraz uzadığınıza yemin edebilirdim, eğer sizin yaşınızdaki hobbitlerin büyümesi mümkün olsaydı. En azından bu Ağaçsakal sizi aç bırakmamış."

"Bırakmadı," dedi Merry. "Ama entler sadece içiyorlar; sadece içmek de tatmin etmiyor. Ağaçsakal'ın verdiği yudumlar besleyici olabilir ama canınız katı bir şeyler de istiyor. Hatta *lembas* bile bir değişiklik sayılır."

"Entlerin sularından içtiniz değil mi?" dedi Legolas. "Ah, o halde Gimli'nin gözleri belli ki onu kandırmıyormuş. Fangorn'un içecekleri hakkında garip şarkılar söylenmiştir."

"O topraklar hakkında garip öyküler de anlatılmıştı," dedi Aragorn. "Ben ormana hiç girmedim. Haydi bana orman hakkında, entler hakkında daha çok şey anlatın."

"Entler," dedi Pippin, "entler – şey, her şeyden önce entler değişiktir. Ama gözleri, gözleri çok çok tuhaftır." Sonunda sessizliğe gömülen bir iki söz geveledi. "Hm, şey," diye devam etti, "daha şimdiden birkaç tanesini uzaktan gördünüz –onlar sizi zaten görüyorlar ve sizin gelmekte olduğunuzu haber verdiler– ve sanırım daha birçoğunu göreceksiniz buradan ayrılmadan önce. Kendi fikirlerinizi kendiniz oluşturun."

"Haydi, haydi!" dedi Gimli. "Hikâyeye ortasından başlıyoruz. Ben öyküyü doğru sırasında, yol arkadaşlığımızın bozulduğu o garip günden başlayarak duymak isterim."

"Dinleyeceksin, eğer zamanımız olursa," dedi Merry. "Ama önce – eğer yemek yemeği bitirdiyseniz– pipolarınızı doldurup yakın. Sonra, kısa bir süre için yeniden sağ salim Bree'ye veya Yarmavadi'ye dönmüşüz gibi yapalım."

İçi tütünle dolu küçük deri bir kese uzattı. "Bundan bir yığın var," dedi; "giderken, her biriniz istediğiniz kadar paketleyip alabilirsiniz. Bu sabah Pippin ile birlikte selden biraz mal kurtardık da. Etrafta yüzen bir sürü şey var. İki küçük fıçıyı bulan Pippin oldu, sanırım bir kilerden veya depodan sel sularıyla çıkıp gelmişti. Açtığımızda fıçıdan bunlar çıktı: Arzu edilebilecek en iyi pipo otlarından, üstelik oldukça da iyi durumda."

Gimli biraz alarak otu parmakları arasında ezerek kokladı. "Güzele benziyor ve güzel kokuyor," dedi.

"Güzel!" dedi Merry. "Gimli'ciğim, bu Uzundip Yaprağı! Fıçılarda Boruüfler'in etiketleri vardı, açık seçik. Buraya nasıl geldiğini hayal bile edemiyorum. Sanırım Saruman için özel olarak gelmişti. Ülke dışında bu kadar uzaklara gittiğini bilmiyordum. Ama pek işimize yaradı doğrusu."

"Öyle olabilirdi," dedi Gimli, "eğer yanımda bir de pipom olsaydı. Heyhat, ben kendiminkini ya Moria'da, ya da daha önce bir yerlerde kaybettim. Ganimetleriniz arasında hiç pipo yok mu?"

"Hayır, maalesef yok," dedi Merry. "Hiç bulamadık, burada muhafızların odasında bile. Saruman nadide parçaları kendine saklıyormuş görünüşe bakılırsa. Ayrıca Orthanc'ın kapısını çalıp, ondan bir pipo rica etmenin de bir işe yarayacağını zannetmiyorum! Pipolarımızı ortaklaşa kullanmamız gerekecek, dar günlerde iyi arkadaşların yapmaları gerektiği gibi."

"Bir dakika!" dedi Pippin. Elini koynuna sokarak ceketinin iç cebinden bir ipin ucunda minik, yumuşak bir kese çıkardı. "Benim için Yüzük kadar kıymetli olan bir iki parça değerli eşyamı hep içimde saklarım. İşte biri: Eski tahta pipom. Ve bir tane daha: Kullanılmamış bir pipo. Nedenini bilmesem de uzun zamandır taşıdım bunu. Yanımdaki bittiğinde, yolculuk sırasında pipo otu bulmayı hiç düşünmüyordum aslında. Ama bakın, sonunda bir işe yaradılar." Geniş düz bir çanağı olan küçük bir pipo çıkartıp Gimli'ye uzattı. "Ödeşmiş olduk mu?" dedi.

"Ödeşmek mi!" diye bağırdı Gimli. "Ah soyludan da soylu hobbit, bu beni sana karşı çok büyük bir borç altına soktu."

"Eh, ben artık açık havaya çıkıyorum, bakalım rüzgâr ile gökyüzü ne âlemde!" dedi Legolas.

"Biz de seninle geliyoruz," dedi Aragorn.

Dışarı çıkarak, kapının önündeki yola yığılmış taşların üzerine yerleştiler. Artık vadinin aşağısını görebiliyorlardı; sis dağılıyor, tatlı bir rüzgârla uzaklara doğru yüzüyordu.

"Şimdi şurada biraz dinlenelim!" dedi Aragorn. "Gandalf'ın dediği gibi onun başka yerde işi varken, biz harabelerin kenarında oturup konuşacağız. Daha önce pek nadiren hissettiğim bir yorgunluk hissediyorum." Zırhtan gömleğini saklayacak şekilde gri pelerinine sarınıp, uzun bacaklarını uzattı. Sonra sırtüstü yattı ve dudaklarından yukarıya doğru ince bir duman sütunu yolladı.

"Bakın!" dedi Pippin. "Kolcu Yolgezer geri geldi!"

"Hiç gitmemişti ki," dedi Aragorn. "Ben hem Yolgezer'im, hem de Dúnadan; hem Gondor'a, hem de Kuzey'e aitim."

Bir süre sessizlik içinde pipolarını içtiler; güneş Batı'daki beyaz bulutlar arasından vadiye doğru meyletmiş, üzerlerinde parlıyordu. Legolas, kıpırtısız gözlerle güneşe ve gökyüzüne bakıyor, kendi kendine hafif hafif şarkı mırıldanarak hareketsiz yatıyordu. Sonunda doğrulup oturdu. "Haydi artık!" dedi. "Zaman geçiyor ve sis dağılıyor; ya da siz tuhaf varlıklar kendinizi duman içine sarmalamayı bırakırsanız dağılacak. Hikâyeye ne oldu?"

"Benim öyküm karanlıkta uyanıp kendimi bir ork kampında bağlanmış bulmamla başlıyor," dedi Pippin. "Durun bakayım, bugün günlerden ne?"

"Shire hesabına göre Mart'ın beşi," dedi Aragorn. Pippin parmaklarıyla bazı hesaplar yaptı. "Sadece dokuz gün olmuş!" dedi.* "Yakalandığımızdan bu yana bir yıl geçmiş gibi geliyor. Eh, yarısı bir kâbusu andırsa da, sanırım üç korkunç gün geçti. Eğer önemli bir şey unutursam Merry yanlışımı düzeltir: Ayrıntıya dalmayacağım: Yani bütün o kırbaçlar, pislik, leş gibi koku falan; hatırlanacak gibi değil." Böyle diyerek Boromir'in son döğüşüyle, Emyn Muil'den Orman'a kadar süren ork yürüyüşüyle ilgili bir hikâyeye daldı. Diğerleri, belirli bazı noktalar kendi tahminleriyle bağdaştığında başlarını sallıyorlardı.

"Burada yolda bıraktığınız bazı kıymetli şeyler var," dedi Aragorn. "Tekrar bulduğunuza memnun olacaksınız." Pelerinin altından kemerini açtı ve kınları içinde iki bıçak çıkardı.

* Shire takviminde her ay 30 gün çekerdi.

"Âlâ!" dedi Merry. "Onları bir daha görmeyi hiç ummuyordum! Birkaç orku bununla çizmiştim, ama Uglúk bunları bizden aldı. Nasıl da ateş püskürdüydü! İlk önce beni bıçaklayacak zannetmiştim ama eşyaları sanki elini yakıyorlarmış gibi atmaya başladı."

"Ayrıca senin broşun da burada Pippin," dedi Aragorn. "Onu sakladım çünkü çok kıymetli bir şeydi."

"Biliyorum," dedi Pippin. "Ondan ayrılmak çok acıydı; ama başka ne yapabilirdim ki?"

"Başka hiçbir şey yapılamazdı," dedi Aragorn. "İhtiyaç anında kıymetli bir şeyini atamayan kişi kendini bağlamış olur. Sen doğrusunu yaptın."

"Ellerindeki ipleri kesmek akıllıca bir işmiş!" dedi Gimli. "Orada şansın yaver gitmiş; şansa iki elinle yapışmışsın diyebiliriz."

"Ve bize de harika bir bilmece bırakmış oldun," dedi Legolas. "Kanatlarınız mı çıktı diye merak etmeye başlamıştım!"

"Maalesef çıkmadı," dedi Pippin. "Ama siz Grishnákh'ı tanımıyorsunuz." İçi titredi ve daha fazla bir şey söylemeyerek o korkunç anları anlatmayı Merry'ye bıraktı: Grishnákh'ın o pençemsi elleri, sıcak nefesi ve kıllı kollarının korkunç gücü.

"Onların Lugbûrz dedikleri bu Barad-dûr'lu Orklar hakkında söylenenler beni huzursuz ediyor," dedi Aragorn. "Karanlıklar Efendisi ve hizmetkârları da, daha şimdiden çok şey biliyor; belli ki Grishnákh da tartışmadan sonra Nehir'in ötesine haber yollamış. Kızıl Göz İsengard'a doğru bakacak. Ama her halükârda Saruman kendi kazdığı kuyuya düştü."

"Evet, sonunda kim kazanırsa kazansın onun durumu hiç hoş değil," dedi Merry. "Orkları Rohan'a ayak bastıklarından beri, onun için her şey ters gitmeye başladı."

"O yaşlı haini gözümüzün ucuyla şöyle bir gördük, ya da Gandalf öyle olduğunu ima etti," dedi Gimli. "Orman'ın kenarında."

"Ne zaman oldu bu?" diye sordu Pippin.

"Beş gece önce," dedi Aragorn.

"Dur bir bakayım," dedi Merry: "Beş gece önce – şimdi hikâyenin sizin hiç bilmediğiniz bir bölümüne geliyoruz. Ağaçsakal ile savaştan sonraki o sabah karşılaştık; o gece onun ent evlerinden biri olan Kaynakkonağı'ndaydık. Ertesi gün entlerin topladığı Entmeclisi'ne, yani hayatımda gördüğüm en garip şeye gittik. Toplantı bütün gün boyunca devam etti, ertesi gün de; biz de gecelerimizi Tezmertek isimli bir ent ile geçirdik. Sonra, üçüncü gün, akşamüstü geç bir vakitte entler aniden parladılar. Çok şaşırtıcıydı. Orman, sanki içinde bir fırtına biriktiriyormuş gibi gergindi: Sonra aniden patlak verdi. Yürüyüşe geçtiklerinde söyledikleri şarkıyı duymanızı isterdim."

"Eğer Saruman duymuş olsaydı, yayan kaçmak zorunda kalsaydı bile, şimdiye yüz mil öteye gitmiş olurdu," dedi Pippin.

"İstediği kadar sağlam, çetin, taş gibi soğuk, kemik gibi çıplak
olsun İsengard,
Gidiyoruz, gidiyoruz, gidiyoruz savaşa, taşı yarıp kapıyı yıkmaya!

Daha bir sürü şey vardı. Şarkının büyük bir kısmında hiç söz yoktu, davul zurnayla çalınan bir ezgiye benziyordu. Çok heyecan vericiydi. Ama ben bunun sadece bir marş olduğunu zannediyordum – ta ki buraya gelinceye kadar. Şimdiyse meseleyi anladım."

"Akşam çöktükten sonra Nan Curunír'in son sırtı üzerinden aşağıya indik," diye devam etti Merry. "Ancak ilk kez o zaman Orman'ın kendisinin de peşimizden hareket ettiği hissine kapıldım. Entçe bir rüya gördüğümü zannetim ama bu Pippin'in de dikkatini çekmişti. İkimiz de korkmuştuk; ama biraz zaman geçinceye kadar fazla bir şey öğrenemedik.

"Bunlar huornlar idi, ya da entler 'kısa lisanlarında' onlara böyle diyorlardı. Ağaçsakal haklarında fazla bir şey söylemiyor, ama bence onlar hemen hemen ağaca dönüşmüş entler, en azından öyleye benziyorlar. Ormanda orada burada, ormanın saçakları altında duruyor, durmadan ağaçları kolluyorlar; ama en karanlık vadilerde yüzlercesi var bence.

"İçlerinde büyük bir güç taşıyor ve sanki kendilerini gölgeyle örtebiliyorlar: Hareket ettiklerini görmek zor. Ama hareket ediyorlar. Eğer kızarlarsa çok hızlı hareket edebiliyorlar. Siz durmuş havaya bakıyorsunuz belki, veya rüzgârın hışırtısını dinliyorsunuz ve aniden kendinizi bir ormanın ortasında, etrafınız uzanmış kocaman ağaçlarla sarılı buluveriyorsunuz. Hâlâ sesleri var, entlerle konuşabiliyorlar –o yüzden onlara huorn diyorlarmış, öyle dedi Ağaçsakal– ama hem garipleşmişler hem de yabanileşmişler. Tehlikeli. Eğer etrafta onları güdecek ent olmasaydı, karşılaştığımda dehşete düşerdim.

"Neyse, gecenin erken saatlerinde Arif Vadisi'nin yukarı ucuna çıkan uzun bir koyaktan aşağıya doğru entler önde, hışır hışır huornları arkalarında ilerledik. Biz onları göremiyorduk elbette ama hava çatırtılarla doluydu. Çok karanlık, bulutlu bir geceydi. Tepelerden ayrılır ayrılmaz çok hızlı ilerlemeye başladılar; sert esen bir rüzgâr gibi ses çıkartıyorlardı. Ay, bulutlar arasından görünmedi; gece yarısını çok geçmeden İsengard'ın kuzey tarafında her yanı kaplayan bir orman oluşmuştu. Ne düşmandan bir iz vardı, ne de bir meydan okuyan. Kulenin yüksek pencerelerinden dışarı ışıklar sızıyordu o kadar.

"Ağaçsakal ile birkaç ent yollarına devam edip, tam büyük kapıların görüş sahasına girecek şekilde döndüler. Pippin ile ben onunla birlikteydik. Ağaçsakal'ın omuzlarında oturuyorduk; Ağaçsakal'daki o titreten gerginliği hissedebiliyordum. Fakat ayaklandıklarında bile entler çok dikkatli ve çok sabırlı oluyorlar. Nefes alıp etrafı dinleyerek yontulmuş taşlar gibi durdular.

"Sonra aniden muazzam bir hareket oldu. Borular gürledi ve İsengard'ın surlarından yankılandı. Bizi fark ettiklerini ve savaşın başlayacağını düşündük. Ama alakası yokmuş. Saruman'ın bütün adamları çıkıp gidiyordu. Ne bu savaş, ne de Rohan Süvarileri hakkında pek fazla bir şey bilmiyorum ama herhalde Saruman, kral ile adamlarının işini son bir darbeyle bitirmeye niyetliydi. İsengard'ı boşalttı. Düşman'ın gidişini seyrettim: Yürüyüşe geçmiş, ucu bucağı olmayan ork sıraları, kocaman kurtlara binmiş birlikler. Ayrıca insan taburları da vardı. Birçoğu meşale taşıyordu, alevlerin ışığında yüzlerini görebiliyordum. Çoğu oldukça uzun boylu ve kara saçlı, somurtkan ama tam anlamıyla kötü görünüşlü olmayan sıradan adamlardı. Fakat aralarından bazıları korkunçtu: İnsan boyunda, gulyabani yüzlü, sarı benizli, yan yan, kısık bakışlı olanlar. Biliyor musunuz, bir an bana Bree'deki o Güneyli'yi hatırlattılar; yalnız bunlar o kadar açık seçik bir biçimde orka benzemiyordu."

"Ben de onu düşündüm," dedi Aragorn. "Miğfer Dibi'nde bu yarı orklardan çok vardı. Şimdi o Güneyli'nin Saruman'ın bir casusu olduğu kesinleşti; ama Kara Süvariler'le de işbirliği yapıyor muydu, yoksa sadece Saruman için mi çalışıyordu, bilinmez. Bu kötü tiplerin ne zaman iş birliği içinde olduklarını, ne zaman birbirlerine ihanet ettiklerini anlamak zor."

"Eh, bütün çeşitlerden toplam en azından on bin kadar vardı her halde," dedi Merry. "Kapılardan geçmeleri bir saat aldı. Kimisi ana yoldan Geçitler'e gittiler, kimi dönerek doğuya doğru gitti. Oraya bir köprü kurulmuştu, nehrin çok derin aktığı bir kanala, aşağı yukarı bir mil kadar uzağa. Eğer ayağa kalkarsanız buradan görebilirsiniz. Hepsi kaba seslerle şarkı söylüyorlar, gülüyorlar, iğrenç bir şamata yapıyorlardı. İşlerin Rohan için çok karanlık olduğunu düşünmüştüm. Ama Ağaçsakal kıpırdamadı. Şöyle dedi: 'Bu gece benim işim İsengard ile, kayalar ve taşlarla.'

"Ama karanlıkta neler olduğunu göremediğim halde, sanırım kapılar tekrar kapanır kapanmaz huornlar güneye doğru hareket etti. Onların işleri orklar ileydi sanırım. Sabah vadinin aşağılarındaydılar; ya da en azından orada sonunu göremediğiniz bir gölge vardı.

"Saruman bütün ordusunu yolladıktan sonra sıra bize geldi. Ağaçsakal bizi yere indirerek kapılara gitti ve Saruman'ı çağırarak kapıları yumruklamaya başladı. Surlardan atılan oklardan ve taşlardan başka cevap gelmedi. Fakat okların entlere bir etkisi olmuyor. Canlarını yakıyor elbette ve onları hiddetlendiriyor: Tıpkı bizi sokan sinekler gibi. Ama bir ent, iğnedenlik gibi ork okları içinde kalsa bile yine de önemli bir yara almaz. Her şeyden önce, zehirlenmezler; üstelik derileri çok kalına benziyor, ağaç kabuklarından daha kalın. Onları ciddi şekilde yaralayabilmek için çok ağır balta darbeleri indirmek gerekir. Baltayı sevmiyorlar. Fakat bir ent için bir sürü iri baltalı adam gerekir: entin birinden bir kıymık koparan adamın ikinci bir şansı olmaz zaten. Ent elinden çıkan bir yumruk demiri incecik bir teneke gibi yamultuyor.

"Ağaçsakal birkaç ok yedikten sonra ısınmaya başladı ve gerçekten 'aceleci olmaya' başladı kendi deyimiyle. Kocaman bir *hum-ham* salıverince bir düzine ent daha koca adımlarıyla yanına geldiler. Hiddetlenmiş bir ent, korkunç bir şey. Parmakları, ayak parmakları kayalar üzerinde donuveriyor ve kayaları ekmek kırığı gibi ufalayıveriyorlar. Bu tıpkı, koca ağaç köklerinin yüz yılda yaptığının bir iki saniyede olduğunu görmek gibi bir şeydi.

"İttiler, çektiler, yırttılar, sarstılar, vurdular ve çatırtıyla patırtıyla bu muazzam kapılar beş dakika içinde harabeye dönüp yerle bir oldu; bazıları surları yemeye koyulmuştu bile, tıpkı kum çukurundaki tavşanlar gibi. Saruman ne olduğunu sandı, bilemiyorum; ama her halükârda olanlarla nasıl baş edeceğini bilemedi. Son zamanlarda arifliği azalmıştı mutlaka; ama bence zaten pek metaneti yokmuş, sıkıştığı bir yerde yanında bir sürü kölesi, makinası veya işte öyle şeyleri olmadan ortaya koyabileceği yeterince cesareti yokmuş, bilmem anlatabildim mi. Bizim Gandalf'tan çok farklı. Başından beri ününü daha çok İsengard'a yerleşmekteki kurnazlığına borçlu olup olmadığını merak ediyorum."

"Hayır," dedi Aragorn. "Bir zamanlar ünü kadar büyük biriydi. Bilgisi çok derindi, düşünceleri ince, elleri de mükemmel bir biçimde hünerli; ayrıca başkalarının akıllarına hükmetme gücü vardı. Arifleri ikna edebiliyor, daha küçük insanların da gözlerini korkutuyordu. Bu hünerini belli ki hâlâ muhafaza ediyor. Eğer onunla konuşmak için bir başlarına bırakılacak olsa diyebilirim ki Orta Dünya'da emniyet içinde olabilecek biri yoktur, hatta şimdi yenilmiş olsa bile. Gandalf, Elrond ve Galadriel belki, o da şimdi kötülüğü iyice açığa çıktığı için, ama onlardan başka çok az kişi emniyette olabilir."

"Entler emniyette," dedi Pippin. "Bir zamanlar onları kandırabilmiş ama bir daha olamaz bu. Hem zaten onları anlamadı da; onları hesaba katmamakla en büyük hatasını yapmış oldu. Entler için hiçbir plan yapmamıştı ve onlar harekete geçtikten sonra da bir plan yapmak için çok geçti artık. Bizim saldırımız başlar başlamaz, İsengard'da kalmış olan birkaç sıçan da entlerin açtıkları deliklerden sıvışmaya başladı. Entler sorguya çektikten sonra insanların gitmesine izin verdi, bu uçta iki üç düzine kadar adam vardı. Ne boyda olursa olsun ork tayfasından fazla kaçabilen olduğunu zannetmiyorum. Huornlardan kaçan olmadı: O zamana kadar onlardan bir orman dolusu olmuştu, vadiden gidenlerden başka.

"Entler güney surlarının büyük bir bölümünü un ufak ettikleri zaman, kalan halkı da sıvışıp onu tek başına bırakınca, Saruman panik içinde kaçtı. Biz vardığımızda galiba kapılardaydı: Herhalde muhteşem ordusunun gidişini seyretmeye gelmişti. Entler kırıp dökerek yollarını açınca o da aceleyle kaçtı. Önce onun yerini bulamadılar. Fakat gece açıldı; etrafta müthiş bir yıldız ışığı vardı, entlerin görmelerini sağlayacak kadar; aniden Tezmertek haykırdı, 'Ağaç katili, ağaç katili!' Tezmertek kibar bir yaratıktır ama işte özellikle bu yüzden Saruman'a daha çok hiddetleniyor: Halkı ork baltalarından insafsızca eziyet çekmişti. İç kapıdan yola sıçradı; ayaklandığında rüzgârdan daha hızlı hareket edebilir. Sütunların gölgeleri arasında bir içeri, bir dışarı aceleyle hareket eden solgun bir şekil vardı ve neredeyse kulenin kapısına varmıştı. Ucu ucuna kaçabildi. Tezmertek o kadar ateşle düşmüştü ki peşine, yakalanmasına ve boğazlanmasına bir veya iki adım kalmıştı kapıdan süzülüp girdiğinde.

"Saruman sağ salim Orthanc'a geri dönünce kıymetli makinalarını işe koyması pek vaktini almadı. O vakte kadar birçok ent İsengard'a girmişti: Kimi Tezmertek'i izlemiş, kimi doğudan ve batıdan yarıp girmişti; etrafta dolanıp büyük ziyan veriyorlardı. Aniden ateşler ve kötü dumanlar yükseldi; düzlükteki bütün delikler ve maden kuyuları fışkırıp püskürmeye başladı. Entlerin bir kısmı yanıp kabardılar. Bir tanesi, galiba ona Kayınkemiği diyorlardı, çok uzun boylu, yakışıklı bir ent idi, bir çeşit sıvı ateşin zerrecikleri içine girdi ve bir meşale gibi yandı: Korkunç bir görüntüydü.

"Bu onları zıvanadan çıkarttı. Daha önce gerçekten ayaklanmış olduklarını düşünüyordum; ama yanılmışım. Sonunda ayaklanmanın ne olduğunu gördüm. Hayret verici bir şeydi. Taşlar çatlayıp sadece onların gürültülerinden dökülünceye kadar gürlediler, böğürdüler, boru gibi öttüler. Merry ile ben yere yatıp pelerinlerimizle kulaklarımızı tıkadık. Orthanc kayasının ertafında tekrar tekrar döndü entler iri adımlarıyla; patlamış bir fırtına gibi estiler, sütunları kırarak, koca taş dilimlerini yaprak gibi havaya savurarak, maden kuyularının içine çığ gibi kayalar yuvarladılar. Kule bu dönen hortumun tam ortasındaydı. Demir kazıkların, blok blok taş duvarların yüzlerce ayak yukarda döndüklerini ve Orthanc'ın pencerelerine çarptıklarını gördüm. Fakat Ağaçsakal soğukkanlılığını muhafaza etti. Şansına hiç yanığı yoktu. Halkının hiddetle kendi canlarını yakmasını ve bu karışıklıkta Saruman'ın deliğin birinden kaçmasını istemedi. Entlerin çoğu kendilerini Orthanc kayasına savuruyorlardı; ama bu onları bitiriyordu. Kaya son derece pürüzsüz ve sertti. Belki de içinde bir çeşit büyü vardı, Saruman'ınkinden daha eski ve daha güçlü bir büyü. Her neyse, kayaya bir türlü tutunamıyorlardı; kayayı çatlatamıyorlar, kendilerini onun karşısında yaralayıp bereliyorlardı.

"Derken Ağaçsakal meydana çıkarak bağırdı. O muazzam sesi bütün yaygarayı bastırdı. Ölüm sessizliği oldu aniden. Bu sessizlikte kulenin yüksek penceresinden tiz bir kahkaha duyduk. Bu entler üzerinde garip bir etki yaptı. Kaynıyorlardı; ama şimdi soğumuşlar, bir buz kadar sert ve sessiz olmuşlardı. Düzlüğü terk ederek Ağaçsakal'ın etrafında toplandılar, kıpırdamadan durdular. Ağaçsakal onlarla kendi dillerinde konuştu bir süre; sanırım onlara kendi yaşlı kafasında çok önceleri yapmış olduğu bir planı anlatıyordu. Sonra aniden gri ışıkta sessizce solup gittiler. O sıralarda gün ışımaya başlamıştı.

"Kuleye bir gözcü diktiler sanırım ama gözcüler gölgelerde o kadar güzel gizlenmiş, o kadar kıpırdamadan duruyordu ki, ben bile onları göremiyordum. Diğerleri kuzeye ayrıldılar. Bütün o gün boyunca ortalıkta görünmeden bir şeyle uğraştılar. Çoğunlukla biz yalnız başımıza bırakıldık. Korkunç bir gündü; biraz etrafta dolandık gerçi, ama Orthanc'ın pencerelerinin görüş alanı dışında duruyorduk elimizden geldiğince: Pencereler bize o kadar tehditkâr bakışlarla bakıyorlardı ki. Zamanın çoğunu yiyecek bir şeyler aranarak geçirdik. Sonra oturup, uzakta, güneyde Rohan'da nelerin olup bittiğini ve grubumuzun geri kalanlarının başına neler geldiğini merak ederek muhabbet ettik. Arada sırada uzakta bir kayanın takırdayarak düştüğünü, güm güm seslerin tepelerden yankılandığını duyabiliyorduk.

"Akşamüstü dairenin çevresinde yürüdük ve neler olup bittiğini görmeye gittik. Vadinin başında büyük, gölgeli bir huorn ormanı vardı; bir tane de kuzey surlarının orada vardı. İçlerine girmeye cesaret edemedik. Fakat içeride yaptıkları işin yırtan, parçalayan sesi duyuluyordu. Entler ile huornlar kocaman delikler ve hendekler kazıyorlar, büyük su birikintileri ve setler yapıyorlar, İsen'in ve bulabildikleri her derenin ve çayın suyunu topluyorlardı. Onları işleriyle baş başa bıraktık.

"Alacakaranlıkta Ağaçsakal tekrar kapıya geldi. Kendi kendine humlayıp, bumluyordu ve göründüğü kadarıyla neşeliydi. Durup koca kollarını ve bacaklarını gererek derin bir nefes aldı. Yorgun olup olmadığını sordum.

"'Yorgun mu?' dedi, 'yorgun mu? Yo hayır, yorgun değilim ama her yanım tutuldu. Entsuyu'ndan iyi bir yudum suya ihtiyacım var. Sıkı çalıştık; yıllardır yapmadığımız kadar taş kırdık ve toprak kemirdik bugün. Ama hemen hemen bitti. Gece çöktüğünde bu kapının yakınlarında veya eski tünelde pek oyalanmayın! Buradan sular gelebilir – ve bunlar bir süre için kirli sular olacak, ta ki Saruman'ın pisliği temizlenene kadar. Sonra İsen yeniden temiz akabilir.' Surlardan bir parça daha yıkmaya başladı, rahat bir şekilde, sadece eğlenmek için.

"Nerede yatıp uyumamızın daha emniyetli olacağını düşünüyorduk ki, olabilecek en hayret verici şey oldu. Yoldan hızla gelen bir atlının sesi duyuldu. Merry ile birlikte sessizce yattık, Ağaçsakal da kendini kemerin altındaki gölgelere gizledi. Aniden kocaman bir at çıkageldi, tıpkı gümüşten bir şimşek gibi. Hava kararmıştı zaten ama binicinin yüzünü açık seçik görebiliyordum: Yüzü sanki parlıyordu ve bütün giysileri bembeyazdı. Olduğum yerde kalakaldım, ağzım bir karış açık bakarak. Seslenmeye çalıştım ama seslenemedim.

"Seslenmeye gerek yoktu. Tam yanımızda durarak bize baktı. 'Gandalf!' dedim sonunda, sesim sadece bir fısıltı halinde çıktı. 'Merhaba Pippin! Ne hoş bir sürpriz!' mi dedi? Tabii ki hayır! Şöyle dedi: 'Kalk ayağa seni ahmak Took seni! Kerametler adına, bu harabenin neresinde o Ağaçsakal? Onu istiyorum. Hem de hemen!'

"Ağaçsakal onun sesini duydu ve hemen gölgeden çıktı; ne garip bir karşılaşmaydı. Ben şaşırmıştım çünkü ne biri, ne de öteki hayret etmiş gibi görünüyordu. Belli ki Gandalf Ağaçsakal'ı burada bulmayı umuyordu; Ağaçsakal da onunla karşılaşmak amacıyla kapının oralarda gezinip duruyordu sanki. Ama biz yaşlı ente Moria'da olanları hep anlatmıştık. Fakat o zaman, bize nasıl garip garip baktığını hatırladım. Tek düşünebildiğim, ya Gandalf'ı görmüş, ya da ondan bir haber almıştı, ama o hiçbir şeyi aceleyle söylemez. 'Acele etmeyin,' onun düsturudur; ama kimse, elfler bile Gandalf'ın hareketleri hakkında, o etrafta yokken bir fikir yürütemez.

"'Hum! Gandalf!' dedi Ağaçsakal. 'Geldiğine memnun oldum. Orman ile suya, dal ile taşa hükmedebilirim; ama her şeyi denetleyebilecek bir Arif var burada.'

"'Ağaçsakal,' dedi Gandalf. 'Senin yardımına ihtiyacım var. Çok şey yaptın ama daha fazlasını istiyorum. Halletmem gereken on bin kadar ork var.'

"Sonra ikisi gittiler ve bir köşede fikir alışverişinde bulundular. Ağaçsakal'a çok acele yapılmış bir fikir alışverişi gibi gelmiştir bu, çünkü Gandalf'ın çok acelesi vardı ve daha bizim duyma alanımızdan çıkmadan hızlı hızlı konuşmaya başlamıştı bile. Sadece birkaç dakika, belki de çeyrek saat kadar uzakta kalmışlardı. Sonra Gandalf bizim yanımıza geri döndü, rahatlamış görünüyordu, hemen hemen mutluydu. O zaman bizi gördüğüne memnun olduğunu söyledi.

"'Ama Gandalf,' diye bağırdım, 'nerelerdeydin? Diğerlerini gördün mü?'

"'Her neredeydimse geri döndüm,' diye cevap verdi tipik Gandalf tavrıyla. 'Evet, diğerlerinin bir kısmını gördüm. Fakat haberler şimdilik beklesin. Bu gece çok tehlikeli bir gece ve atımı çok hızlı sürmeliyim. Fakat şafak daha parlak olabilir; eğer öyle olursa tekrar karşılaşabiliriz. Kendinize mukayyet olun ve Orthanc'tan uzak durun! Hoşça kalın!'

"Gandalf gittikten sonra Ağaçsakal derin düşüncelere daldı. Belli ki çok kısa bir sürede çok şey öğrenmiş, şimdi de onları sindiriyordu.

Bize baktı ve 'Hm, âlâ, görüyorum ki sizler benim tahmin ettiğim kadar aceleci bir halktan değilmişsiniz. Beyan edebileceğinizden daha azını beyan ettiniz, beyan etmeniz gerekenden de fazlasını beyan etmediniz. Hm, evet bir sürü haber! Eh Ağaçsakal yeniden işe koyulmalı,' dedi.

"Gitmeden önce ondan çok az şey öğrenebildik; öğrendiklerimiz de bizi hiç de mutlu etmedi. Fakat o an için, Frodo ve Sam veya zavallı Boromir'den çok siz üçünüzü düşünüyorduk. Çünkü anladığımız kadarıyla bir savaş yaşanıyordu veya yakında yaşanacaktı ve siz bu savaşın içindeydiniz; belki de hiç kurtulamayacaktınız.

"'Huornlar yardım edecek,' dedi Ağaçsakal. Sonra gitti ve onu bu sabaha kadar bir daha görmedik.

"Derin bir geceydi. Yığın halindeki taşlardan birinin üzerine yattık; yığının gerisindeki hiçbir şeyi göremiyorduk. Ya sis, ya da gölgeler etrafımızdaki her şeyi büyük bir örtü gibi örtüyordu. Hava sıcak ve ağır gibiydi ve gelip geçen sesler gibi hışırtı, çıtırtı ve mırıltılarla doluydu. Sanırım yüzlerce huorn daha savaşa katkıda bulunmak için geçip gidiyordu. Daha sonra güneyde büyük gümbürtüler duyuldu ve ta Rohan'da çakan şimşekler görüldü. Arada sırada, millerce millerce uzaktaki dağların zirvelerinin, siyah beyaz olarak aniden parlayıp söndüklerini görebiliyorduk. Arkamızda da tepelerdeki gökgürültüleri gibi gürültüler duyuluyordu ama bu daha değişikti. Zaman zaman bütün vadi yankılanıyordu.

"Entler bentleri yıkıp, topladıkları suyu kuzey surundaki açıklıktan İsengard'a boşalttıklarında gece yarısı olmuştu herhalde. Huornların karanlığı geçmiş, gök gürültüleri uzaklaşmıştı. Ay, batıdaki dağların ardına kayıyordu.

"İsengard içerilere kadar sokulan kara dereler ve su birikintileriyle dolmaya başlamıştı. Düzlüğe yayıldıkça, ayın son ışığında pırıldıyorlardı. Arada sırada sular maden kuyularından veya deliklerden içeri bir yol buluyordu. Kocaman beyaz buhar bulutları gökyüzüne doğru tıslıyordu. Duman dalgalar halinde yükseliyordu. Patlamalar ve aniden alevlenen ateşler vardı. Tek bir su buharı helezonu, altı alevlerle üstü de ay ışığıyla aydınlanmış yüksek bir bulut haline gelene kadar Orthanc'ın etrafını dolana dolana yükseldi. Sonunda İsengard fokur fokur kaynayan bir kazana dönünceye kadar sular içeri boşalmaya devam etti."

"Dün gece güneyden, Nan Curunír'in ağzına vardığımızda bir duman ve buhar bulutu görmüştük," dedi Aragorn. "Saruman'ın bize yeni bir şeytanlık tasarladığını düşünmüştük."

"O değildi!" dedi Pippin. "Büyük bir ihtimalle gülmek şöyle dursun öksürmekten boğuluyordu. Sabah, dün sabah yani, su deliklere çökmüştü ve yoğun bir sis vardı. Biz oradaki o gözcü odasına sığındık; oldukça da korktuk. Gölet taşmaya, sular eski tünelden akmaya başlamıştı ve basamaklardan hızla yükseliyordu. Orklar gibi bir delikte sıkışıp kalacağımızı düşündük; ama deponun arkasındaki merdivenleri bulduk ve kemerin tepesine çıktık. Tepesine yakın bir yerde geçit düşen taşlarla yarı yarıya kapanmış ve çatlamış olduğundan zar zor dışarı çıkabildik. Orada sel sularının üzerinde oturarak İsengard'ın boğuluşunu seyrettik. Entler durmadan daha çok su salıp duruyorlardı, ta ki bütün ateşler söndürülüp her mağara doluncaya kadar. Sisler yavaş yavaş bir araya toplandı, buluttan kocaman bir şemsiye halinde yükseldi: En az bir mil kadar yüksekti herhalde. Akşam, doğudaki tepelerde büyük bir gökkuşağı vardı, sonra batan güneş, dağ tarafında atıştıran kalın bir yağmur tabakasıyla lekelendi. Her yer çok sakindi. Uzaklarda birkaç kurt hüzünlü hüzünlü uluyordu. Entler suyun akışını gece kestiler ve İsen'i yeniden eski yatağına bıraktılar. Böylece her şey sona erdi.

"O zamandan beri sular yeniden çekiliyor. Aşağıdaki mağaralarda bir yerde bir çıkış olsa gerek. Saruman pencerelerinden baktığında her şeyi çok dağınık, kasvetli bir karmaşa olarak görüyordur. Biz kendimizi çok yalnız hissettik. Bütün bu harabede görünürde konuşabilecek tek bir ent bile yoktu; haber de yoktu. Geceyi orada, kemerin tepesinde geçirdik; hem soğuktu, hem de nemli, uyumadık. Her an her şey olabilir gibi geliyordu bize. Saruman hâlâ kulesindeydi. Gece, sanki vadiden bir rüzgâr kopmuş geliyormuş gibi bir ses oldu. Sanırım o zaman giden entler ile huornlar geri gelmişlerdi; ama hepsi nereye gitmişlerdi bilmiyorum. Tekrar aşağıya indiğimizde etrafta puslu ve ıslak bir sabah vardı ama kimsecikler yoktu. Bütün anlatacaklarım da bu kadar. Bütün o hengâmeden sonra her şey şimdi son derece huzur dolu görünüyor. Gandalf geri döndüğünden beri daha da emniyetli, bir şekilde. Artık uyuyabilirim!"

Bir süre sessiz kaldılar. Gimli piposunu yeniden doldurdu. "Merak ettiğim bir şey var," dedi, çakmaktaşı ve kavıyla piposunu tutuştururken: "Solucandil. Théoden'e, onun Saruman ile birlikte olduğunu söylediniz. Oraya nasıl gitti?"

"A, evet; onu unutmuşum," dedi Pippin. "Bu sabaha kadar buraya gelmemişti. Tam ateş yakmış biraz kahvaltı etmiştik ki Ağaçsakal yeniden göründü. Dışarıda humlayıp adlarımızı seslendiğini duyduk.

"'Ne âlemde olduğunuzu bir göreyim diye geldim evlatlarım,' dedi; 've biraz da havadis vereyim diye. Huornlar geri döndü. Her şey yolunda; hem de tam yolunda!' diye güldü, üstelik butlarına vura vura. 'İsengard'da artık ork yok, balta yok! Ve gün çok ilerlemeden Güney'den gelenler olacak; bazıları sizin görmekten hoşlanacağınız kişiler.'

"Tam bunu söylemişti ki yolda bir atın ayak seslerini duyduk. Kapıların önüne çıkarak durup biraz da Yolgezer ile Gandalf'ın koca bir ordunun önünden atlarını sürüp gelişlerini bekleyerek seyretmeye başladık. Fakat sisin içinden yaşlı ve yorgun bir at üzerinde bir adam çıktı; adam kendi de garip, kem görünüşlü bir yaratıktı. Başka kimse de yoktu. Sisten çıkıp karşısında aniden harabeyi ve yıkıntıları görünce nefesi kesilerek durdu; yüzü neredeyse yemyeşil oldu. O kadar kendini kaybetmişti ki önce bizi fark etmedi. Fark ettiğinde bir çığlık atarak atını döndürüp kaçmaya çalıştı. Ama Ağaçsakal üç koca adım atarak, uzun kolunu uzattı ve adamı eyerinden kaldırdı. Atı dehşet içinde yerinden fırladı, adam da yerde sürünmeye başladı. Kralın dostu ve danışmanı Gríma olduğunu, Théoden'den Saruman'a önemli bir haber getirmek için yollandığını söyledi.

"'Kimse kötü orklarla dolu yerlerden açık arazide at sürmeye cesaret edemezdi,' dedi, 'o yüzden beni yolladılar. Çok tehlikeli bir yolculuk geçirdim, çok açım ve çok yorgunum. Kurtlar tarafından izlendiğim için kuzeyde yolumdan sapmak zorunda kaldım.'

"Ağaçsakal'a yan yan baktığını fark ettim ve kendi kendime 'yalancı' dedim. Ağaçsakal kendi yavaş ve uzun bakışlarıyla birkaç dakika adama baktı ta ki sefil adam yerde kıvranıncaya kadar. Sonunda şöyle dedi: 'Ha, hm, seni bekliyordum Efendi Solucandil.' Adam bu isim karşısında şaşırdı. 'Buraya önce Gandalf geldi. Yani senin hakkında bilmem lazım geleni ve sana ne yapmam icap ettiğini biliyorum. Gandalf, bütün sıçanları bir kapana koy, demişti; ben de öyle yapacağım. Artık İsengard'ın efendisi benim ama Saruman kendi kulesine hapsedildi; sen de oraya gidip, aklına gelen mesajları ona iletebilirsin.'

"'Bırakın gideyim, bırakın gideyim!' dedi Solucandil. 'Yolu biliyorum.'

"'Yolu bildiğinden şüphem yok,' dedi Ağaçsakal. 'Ama burada işler biraz farklılaştı. Git de kendin gör!'

"Bıraktı Solucandil gitsin; o da, arkasında biz, kemerden geçerek, daireye varıp da Orthanc ile arasında uzanan sel sularını görünceye kadar, topallaya topallaya ilerledi. Sonra bize döndü.

"'Bırakın gideyim!' diye zırladı. 'Bırakın gideyim! Artık getirdiğim haberlerin bir kıymeti kalmamış.'

"'Hakikaten de kalmadı,' dedi Ağaçsakal. 'Fakat sadece iki tercih hakkın var: Ya Gandalf ile efendin teşrif edinceye kadar benimle kalırsın, ya da suyu geçersin. Hangisini seçeceksin?'

"Adam efendisinden bahsedilince tir tir titredi, bir ayağını suya soktu ve geri çekti. 'Ben yüzme bilmem,' dedi.

"'Su o kadar derin değil,' dedi Ağaçsakal. 'Pis, ama bu sana bir ziyan vermez Efendi Solucandil. Gir bakalım içine!'

"Bu sözle birlikte sefil yaratık sel suyunun içinde bata çıka yürümeye başladı. Benim görüş açımdan daha çıkmadan su neredeyse boynuna kadar yükselmişti. Son gördüğümde eski bir fıçıya veya bir tahta parçasına tutunmuştu. Ama Ağaçsakal arkasından seğirtti ve onun ilerlemesini seyretti.

"'Nihayet içeri girdi,' dedi geri döndüğünde. 'Merdivenleri ıslak bir sıçan gibi çıkarken gördüm onu. Kulede hâlâ biri var: Bir el çıkarak onu içeri çekti. Yani artık orada; umarım beklediği gibi karşılanmıştır. Şimdi gidip kendimi yıkayıp bu balçıktan azad olmalıyım. Eğer beni görmeyi arzu eden biri olursa kuzey tarafında olacağım. Burada bir entin içebileceği veya içinde yıkanabileceği kadar temiz su yok. O yüzden gençler, sizin ikinizden, gelenler için kapıda gözcülük etmenizi istirham edeceğim. Rohan Meraları Hükümdarı teşrif buyuracak, dikkatinizi çekerim! Elinizden geldiğince iyi karşılayın onu: Adamları orklar ile büyük bir muharebe yaptı. Belki siz, böyle bir hükümdarla doğru dürüst nasıl konuşulacağını entlerden daha iyi bilirsiniz. Benim zamanımda yeşil meralarda bir sürü hükümdar oldu; onların ne dillerini öğrenebildim, ne de isimlerini. İnsanca davranış beklerler, zannedersem siz bu işleri biliyorsunuz. O yüzden bir krala yakışan yiyecekler her neyse onları bulun.' Öykünün sonu bu işte. Gerçi ben bu Solucandil'in kim olduğunu merak ediyorum aslında. Gerçekten kralın danışmanı mıydı?"

"Öyleydi," dedi Aragorn; "aynı zamanda da Saruman'ın Rohan'daki casusu ve hizmetkârıydı. Kaderi ona hak ettiğinden daha cömert davranmadı. Son derece sağlam ve görkemli olduğunu sandığı her şeyin yıkıldığını görmek onun için yeterli bir ceza olmuştur. Ama korkarım başına çok daha kötüsü gelecek."

"Evet, Ağaçsakal'ın onu Orthanc'a iyiliğinden yollamış olduğunu hiç zannetmiyorum," dedi Merry. "Daha çok, yaptığı işten zalimce bir mutluluk duyuyor gibiydi ve yıkanıp biraz bir şeyler içmeye giderken kendi kendine gülüyordu. Ondan sonra selin getirdiği şeyleri aramaya, etrafı altüst etmeye başlayarak epey bir oyalandık. Yakınlarda sel seviyesinin üzerinde iki üç ayrı depo bulduk. Ağaçsakal birkaç enti aşağıya yolladı; onlar da eşyanın büyük bir bölümünü taşıdılar.

"'Yirmi beş kişilik insan yiyeceği istiyoruz,' dedi entler; yani birisi siz gelmeden grubunuzdakileri dikkatle saymıştı. Belli ki sizin üçünüzün de büyüklerle gideceği hesap edildi. Ama gitseydiniz de daha iyi yiyip içmezdiniz. Alıkoyduğumuz yiyecekler, en az yolladığımız kadar iyi, emin olabilirsiniz. Hatta daha bile iyi, çünkü hiç içecek yollamadık.

"'Ya içecekler?' dedim entlere.

"'İsen'de su var,' dediler, 'hem entlere, hem de insanlara yarar.' Ama umarım entler, dağ kaynaklarından kendi içeceklerinden mayalayacak kadar zaman bulmuşlardır, öyle olduysa eğer, geri döndüğünde Gandalf'ın sakallarının kıvır kıvır olduğunu görebiliriz. Entler gittikten sonra kendimizi yorgun ve aç hissettik. Ama hiç şikâyet edip homurdanmadık – yaptığımız işin mükâfatı iyi olmuştu. İnsanlar için yemek ararken Pippin sel suyunun getirdikleri arasında mükâfatını buldu, yani Boruüfler fıçılarını. 'Pipo otu, yemekten de iyidir,' dedi Pippin; olay buradan çıkıyor."

"Şimdi her şeyi gayet iyi anlıyoruz," dedi Gimli.

"Biri hariç hepsini," dedi Aragorn: "Güney Topraklar'dan İsengard'a gelen yapraklar. Ne kadar düşünsem o kadar anlaşılmaz geliyor. Ben İsengard'a hiç gelmemiştim ama bu topraklarda yolculuk yaptım ve Rohan ile Shire arasındaki boş toprakları iyi bilirim. Çok uzun yıllardır ne kervan geçer, ne kuş uçar, en azından açıktan açığa geçen olmaz. Sanırım Saruman'ın Shire'da biriyle gizli bazı ilişkileri vardı. Solucandil gibileri, Kral Théoden'in evinden başka evlerde de bulunabilir. Fıçılarda tarih var mıydı?"

"Evet," dedi Pippin. "1417 mahsulüydü, yani geçen yılın; yok yok bir yıl öncesinin tabii ki: Çok iyi bir yıldır."

"Eh, hangi kötülük iş başındaysa şimdi yok olmuştur umalım ki;

yoksa şu anda bizim erişmemiz mümkün değil," dedi Aragorn. "Yine de bundan Gandalf'a söz edeceğim sanırım, başındaki büyük işlerin yanında önemsiz görünse bile."

"Neler yaptığını merak ediyorum," dedi Merry. "Akşam ilerliyor. Haydi dolanıp bir bakalım! Artık istersen İsengard'a girebilirsin Yolgezer. Ama görüntü pek iç açıcı değil."

BÖLÜM X

SARUMAN'IN SESİ

Yıkık dökük tünelden geçip etrafındaki ıssızlığa rağmen hâlâ bir tehdit oluşturan Orthanc'ın kara kayasına ve çok sayıdaki penceresine bakarak bir taş yığınının üzerinde durdular. Sular artık neredeyse tümüyle süzülmüştü. Orada burada üzerleri pislik ve enkaz dolu kasvetli birikintiler kalmıştı ama o geniş dairenin zemininin büyük kısmı, kara deliklerle delinmiş, bir o yana, bir bu yana sarhoş sarhoş yatmış direk ve sütunlarla lekelenmiş bir balçık gölü ve yuvarlanıp gelmiş taş yığınları halinde tekrar ortaya çıkmıştı. Paramparça olmuş kâsenin kenarında büyük bir fırtınanın yuvarlayıp getirdiği iri çakılları andıran muazzam tepecikler, yamaçlar vardı; bunların gerisinde yeşil ve sarmaşıklarla kaplı bir vadi, dağların kolları arasındaki uzun bir koyağa doğru uzanıyordu. Bu boş yerlerin üzerinden süvarilerin güç bela ilerlemekte olduklarını gördüler; kuzey tarafından geliyorlardı, daha şimdiden Orthanc'a yaklaşmışlardı.

"İşte Gandalf, Théoden ve adamları!" dedi Legolas. "Haydi gidip onları karşılayalım!"

"Dikkatli yürüyün!" dedi Merry. "Eğer dikkat etmezseniz yerdeki kerestelerden bazıları yerinden oynayıp sizi bir çukura fırlatabilir."

Kapılardan Orthanc'a kadar, yoldan geriye ne kaldıysa onun üzerinden ilerlediler; yerdeki taşlar çatlamış ve balçığa bulanmış olduğundan yavaş yürüyebiliyorlardı. Onların gelmekte olduğunu gören süvariler kayanın gölgesi altında durarak beklediler. Gandalf onları karşılamak için atını ileri sürdü.

"Ağaçsakal ile ilginç bir tartışmaya girdik ve birkaç şey tasarladık," dedi; "hepimiz ne zamandır ihtiyacımız olan istirahata kavuştuk. Artık yeniden yola koyulmamız gerekiyor. Umarım siz arkadaşlar da dinlenmiş ve kendinize gelmişsinizdir?"

"Kendimize geldik," dedi Merry. "Fakat bizim tartışmamız dumanla başladı, dumanla bitti. Yine de eskisine nazaran daha az öfkeli hissediyoruz kendimizi Saruman'a karşı."

"Öyle mi gerçekten?" dedi Gandalf. "Doğrusu, benim için aynı şey geçerli değil. Gitmeden önce yapmam gereken son bir işim daha var: Saruman'a bir veda ziyaretinde bulunmam icap ediyor. Tehlikeli ve büyük bir ihtimalle de faydasız olacak ama yapılması gerekiyor. Arzu edenler benimle gelebilir – ama dikkat edin! Ve sakın dalga geçmeyin! Şimdi sırası değil çünkü."

"Ben geleceğim," dedi Gimli. "Onu görüp, gerçekten sana benzeyip benzemediğini anlamak istiyorum."

"İyi de nasıl öğreneceksin bunu Efendi Cüce?" dedi Gandalf. "Saruman cğcr işinc gclirse sizin gözlerinize benim gibi görünebilir. Peki ya siz onun bütün kalpazanlıklarını anlayacak kadar zeki misiniz? Neyse, göreceğiz bakalım. Bir sürü değişik göze birden kendini gösterme konusunda utangaç davranabilir. Ama entlere onun görüş alanından çıkmalarını söyledim, belki böylelikle onu dışarı çıkmaya ikna ederiz."

"Tehlike bunun neresinde?" diye sordu Pippin. "Bize nişan mı alacak, pencerelerden ateşler mi dökecek, yoksa uzaktan bize büyü mü yapacak?"

"En akla yakın olanı en sonuncusu, tabii kapısına kadar iyi niyetle sürerseniz atlarınızı," dedi Gandalf. "Ama ne yapacağını veya ne yapmaya çalışacağını kimse tahmin edemez. Köşeye kısılmış vahşi bir hayvana yaklaşmak emniyetli değildir. Üstelik Saruman'ın sizin tahmin bile edemeyeceğiniz güçleri var. Sesinden sakının!"

Sonunda Orthanc'ın dibine geldiler. Kapkaraydı kaya ve sanki ıslakmış gibi parlıyordu. Taşın çok sayıdaki yüzü, sanki yeni kesilmiş gibi keskin kenarlıydı. Entlerin öfkesini gösteren bütün izler topu topu bir iki çentik ile minik pulumsu kıymıklar idi.

Doğu tarafında, iki duvarın kesiştiği yerde, topraktan çok yukarıda büyük bir kapı vardı; bunun üzerinde de, demir parmaklıkla çevrili bir balkona açılan kepenkli bir pencere. Kapının eşiğine kadar, bilinmeyen bir sanatla aynı kara taştan yontulmuş yirmi yedi basamaklı geniş bir merdiven yükseliyordu. Bu, kulenin tek girişiydi; ama yükselen duvarlara derin meyilli pervazlarla bir sürü yüksek pencere oyulmuştu: Yukarıda, boynuzların dimdik yüzlerinden minik gözler gibi bakıyorlardı.

Merdivenlerin dibinde Gandalf ile kral atlarından indiler. "Ben yukarı çıkacağım," dedi Gandalf. "Daha önce Orthanc'a gelmiştim ve içine atıldığım tehlikenin ne olduğunu biliyorum."

"Ben de çıkacağım yukarıya," dedi kral. "Ben yaşlıyım ve artık hiçbir tehlike beni yıldırmıyor. Bana bu kadar çok kötülük yapan düşmanım ile konuşmak istiyorum. Éomer de benimle gelecek ve yaşlanmış ayaklarımın tökezlememesi için bana göz kulak olacak."

"Nasıl arzu ederseniz," dedi Gandalf. "Aragorn da benimle birlikte gelecek. Diğerleri merdivenlerin başında beklesin. Eğer görülecek veya duyulacak bir şey olursa, oradan görüp duyabilirler."

"Hayır!" dedi Gimli. "Legolas ile ikimiz daha yakından görmek istiyoruz. Burada bir tek bizler kendi türümüzü temsil ediyoruz. Biz de sizin peşinizden geleceğiz."

"Gelin o halde!" dedi Gandalf ve bunu söyledikten sonra merdivenlere yöneldi; yanında Théoden vardı.

Rohan Süvarileri, merdivenin her iki yanında, efendilerinin başına geleceklerden korkarak huzursuzca atları üzerinde beklediler. Merry ile Pippin en alt basamağa oturdular; kendilerini güvensiz ve önemsiz hissediyorlardı.

"Buradan kapıya kadar yarım millik balçık bir yol var!" diye homurdandı Pippin. "Dikkatleri üzerime çekmeden yine nöbetçi odasına tüyebilmek isterdim! Ne halt etmeye geldik ki buraya! Bizi isteyen yok."

Gandalf Orthanc'ın kapısının önünde durarak asasıyla vurmaya başladı. Kapı içi boş bir sesle gümbürdedi. "Saruman, Saruman!" diye seslendi yüksek, emreden bir sesle. "Saruman ortaya çık!"

Bir süre hiç cevap gelmedi. Sonunda kapının üzerindeki pencerenin sürgüleri çekildi fakat kapkara açıklıkta hiçbir şey görünmüyordu.

"Kim o?" diye sordu bir ses. "Ne istiyorsunuz?"

Théoden şaşırdı. "Ben bu sesi tanıyorum," dedi, "ve bu sesi duyduğum ilk güne lanet olsun."

"Madem onun ayakişlerine bakar oldun Gríma Solucandil, git de Saruman'ı getir!" dedi Gandalf. "Zamanımızı da boşa harcama!"

Pencere kapandı. Beklediler. Aniden başka bir ses konuştu, müzik gibi alçak tonlu bir ses; sesin ta kendisi bir büyü idi. Bu sesi farkında olmadan dinleyenler duydukları sözcükleri çok nadiren tekrarlayabilirlerdi; bunu yapabilirlerse de hayrete düşerlerdi, çünkü sözlerin güçleri çok azalmış olurdu. Genellikle bu sesi dinlemenin çok zevkli olduğunu hatırlarlardı; bütün söyledikleri akıllıca ve bilgece gelirdi onlara; hemen kabullenerek, kendileri de aynı bilgeliğe ulaşmak isterlerdi. Başkaları konuştuğunda onların sesi, o sese nazaran sert ve kaba gelirdi; eğer biri sesi reddedecek olursa, büyünün etkisi altındakilerde bir öfke belirirdi. Kimisi için büyü sadece ses onlarla konuştuğu sürece etkili olurdu; ses başkalarına konuştuğu zaman, nasıl insan yapılan numarayı bildiği zaman hokkabazı ağızları bir karış açık seyredenlere gülümserse, öyle gülümserlerdi. Kimisi için ise sesin kendisi onları bağlamak için yeterliydi; fakat sesin fethettiği kişiler için, çok uzaklara gitseler bile etkisi devam eder ve durmadan o sesin yumuşak yumuşak kendilerine fısıldayıp onları sıkıştırdığını duyarlardı. Fakat kimse etkilenmeden kalamazdı; kimse bu sesin ricalarını ve emirlerini, zihnini ve iradesini zorlamadan reddedemezdi; tabii zihnine ve iradesine hâkimse.

"Evet?" dedi ses, kibar bir soru ifadesiyle. "Neden istirahatımı bozuyorsunuz? Gece gündüz bana hiç rahat vermeyecek misiniz?" Sesin tonu, hak etmediği saldırılar karşısında rencide olmuş iyi kalpli birininki gibiydi.

Hepsi hayret içinde yukarı baktı, çünkü geldiğini duymamışlardı; korkuluklarda durmuş onlara bakan bir şekil gördüler: Onlar gözlerini hareket ettirdiklerinde veya o kıpırdadığında değiştiği için rengi kolay kolay seçilmeyen büyük bir pelerine sarılmış yaşlı bir adam. Yüksek alınlı, uzun yüzlüydü; şu anda ciddi, yardımsever ve biraz da yorgun bir ifade taşısalar da, kara gözlerinin derinliğini kestirmek güçtü. Saçları ve sakalı beyazdı ama dudakları ve kulaklarının etrafında hâlâ siyah saçlar görünüyordu.

"Hem benziyor, hem benzemiyor," diye mırıldandı Gimli.

"Haydi ama," dedi yumuşak ses. "İçinizden en az ikisini ismiyle tanıyorum. Gandalf'ı, buraya yardım veya nasihat aramaya geldiğini ümit etmeyecek kadar iyi tanıyorum. Ama siz, Rohan Yurt'unun Hükümdarı Théoden siz soylu nişanlarınızla, dahası Eorl Hanedanı'nın zarif simasıyla kendinizi hemen belli ediyorsunuz. Ah Üç kere şanlı Thengel'in şerefli oğlu! Neden daha önce ve dost olarak gelmediniz? Ne çok arzu etmiştim sizi, batı topraklarının en kudretli kralını görebilmeyi; özellikle de şu geçen yıllarda, sizi kuşatmış olan şu akılsızca ve kötü düşüncelerden korumak için! Çok mu geç artık yoksa? Rohan'lı adamların da katkısının bulunduğu, maruz kaldığım bu zararlara rağmen, sizi hâlâ koruyabilir, eğer seçtiğiniz bu yolda ilerlemeye devam ederseniz kaçınılmaz olan yıkımınızdan kurtarabilirim."

Théoden konuşmak istiyormuş gibi ağzını açtı ama bir şey söylemedi. Önce kara vakur gözleri kendine çevrilmiş olan Saruman'ın yüzüne baktı, sonra yanında duran Gandalf'a; tereddüt eder gibiydi. Gandalf hiçbir hareket yapmadı; sanki henüz gelmemiş olan bir çağrıyı bekleyen biri gibi, bir taş kadar sessiz durdu. Süvariler önce Saruman'ın sözlerini onaylayarak mırıldandılar; sonra onlar da sessizleşti, sanki büyülenmişler gibi. Onlara öyle gelmişti ki Gandalf efendileriyle hiç böyle kibarca ve böyle uygun sözlerle konuşmamıştı. Şimdi Gandalf'ın Théoden ile olan bütün ilişkileri kaba ve kibirli görünüyordu onlara. Sonra kalplerinin üzerinden bir gölge geçti, büyük bir tehlikenin korkusu: Saruman kaçış kapısının yanında durmuş, onu içerden hafif bir ışık sızacak kadar aralamışken, Gandalf'ın Yurt'u sürüklediği karanlık içindeki sonun korkusu. Ağır bir sessizlik çöktü.

Aniden sessizliği bozan cüce Gimli oldu. "Bu büyücünün sözleri tepesi üstünde duruyor," diye homurdandı baltasının sapını kavrayarak. "Orthanc lisanında yardım, yıkım; kurtarmak ise kıyım demektir, bu gayet açık. Fakat biz buraya yalvarmaya gelmedik."

"Rahat dur!" dedi Saruman ve bir an için sesinin yumuşaklığı bozuldu; gözlerinde bir ışık oynaştı ve geçti. "Henüz seninle konuşmadım Glóin oğlu Gimli," dedi. "Senin evin çok uzaklarda ve bu toprakların sorunları seni pek ilgilendirmez. Fakat bu işlere karışman senin kendi arzunla olmadı, o yüzden oynadığın rol için –ki eminim yiğitçe bir roldür– seni pek suçlu tutmayacağım. Fakat rica ediyorum senden, bırak da önce Rohan Kralı ile, komşum, bir zamanlar dostum olan kişiyle konuşayım.

"Siz neler söyleyeceksiniz Théoden Kral? Benimle ve temelleri uzun yıllara dayanan bilgimin getireceği yardım ile barışacak mısınız? Kötü günler için kafalarımızı birleştirmeyelim mi; öylesine iyi niyetle yaralarımızı sarıp, ülkelerimizin ikisini de daha önce hiç olmadığı kadar yeşertip çiçeklendirmeyelim mi?"

Théoden hâlâ cevap vermiyordu. Hiddet ile mi, kuşku ile mi çekişiyordu belli değildi. Éomer konuştu.

"Beyim, duyun beni!" dedi. "Şu anda bizi uyardıkları tehlikeyi hissediyoruz. Sonunda çatal diline bal sürmüş yaşlı bir yalancı tarafından ağzımız açık bırakılmak için mi sürdük atlarımızı zafere? Böyle konuşurdu kapana kısılmış bir kurt av köpekleriyle, eğer konuşabilseydi. Size ne yardımı dokunabilir ki aslında? Bütün arzusu içine düştüğü durumdan kurtulmak. Fakat siz, işi gücü ihanet ve cinayetle olan bu kişiyle konuşup görüşecek misiniz? Geçitlerdeki Théodred'i, Miğfer Dibi'ndeki Háma'nın mezarını hatırlayın!"

"Madem söz zehirli dillere geldi seninkine ne demeli genç yılan?" dedi Saruman; artık hiddetinin şimşeği açık seçik görünüyordu. "Haydi Éomund oğlu Éomer!" diye devam etti tekrar yumuşak sesiyle. "Her adamın hayatta bir rolü vardır. Senin rolün silahlarla gösterdiğin bahadırlık; bu yüzden de büyük bir şeref kazanıyorsun. Sen efendinin düşman dediği herkesi öldür ve bununla yetin. Anlamadığın siyasete burnunu sokma. Ama belki, eğer kral olursan, kralın arkadaşlarını iyi seçmek zorunda olduğunu anlarsın. Gerisinde ister gerçek, ister hayal mahsulü olsun, ne tür keder verici haller bulunursa bulunsun, Saruman'ın dostluğu ve Orthanc'ın gücü kolay kolay bir kenara atılmaz. Bir muharebe kazandınız, bir savaş değil – onu da bir daha güvenemeyeceğiniz bir yardım sayesinde kazandınız. Bir dahaki sefere Ormanın Gölgesi'ni kendi kapınızda bulabilirsiniz: Dik başlı ve duygusuzdur bu gölge; insanlara karşı hiç sevgisi yoktur.

"Lâkin benim Rohan beyim, muharebe sırasında yiğit adamlar öldü diye bana katil mi demek lazım gelir? Eğer gereksiz yere savaşa giderseniz –çünkü savaşı arzu eden ben değildim– o zaman insanlar telef olur. Bu hesaba göre ben bir katil isem, o halde bütün Eorl Hanedanı kana bulanmış demektir; çünkü onlar birçok savaşa girmişler ve kendilerine meydan okuyan birçok kişiye hücum etmişlerdir. Yine de en kötü ihtimalle siyasi davranabilmek için bazılarıyla daha sonra barış yapmışlardır. Ben diyorum ki Théoden Kral: Barış yapıp dost olalım mı, siz ve ben? Hüküm bize ait."

"Barış yapacağız," dedi Théoden sonunda boğuk bir sesle, kendini zorlayarak. Süvarilerin bir kısmı memnuniyetle bağırdı. Théoden elini kaldırdı. "Evet, barış yapacağız," dedi bu kez berrak bir sesle, "barış yapacağız, sen ve senin bütün yaptıkların –ve bizi teslim etmeye çalıştığın karanlık efendinin bütün yaptıkları– yok olduktan sonra. Sen bir yalancısın Saruman ve insanların yüreklerini çürüten birisin. Bana elini uzatıyorsun ama ben yalnızca Mordor'un pençesinin bir parmağını görüyorum. Kıyıcı ve soğuk! Senin benimle yaptığın cenk hakça olsaydı bile –ki değildi, çünkü on kere daha akıllı olsaydın bile beni ve benim olanı kendi çıkarın için dilediğin biçimde yönetmeye hiç hakkın yok– öyle olsaydı bile Batıağılı'ndaki meşalelere ve orada ölmüş yatan çocuklara ne demeli? Öldükten sonra Háma'nın bedenini Boruşehir'in kapıları önünde parçaladılar. Pencerene kurulan bir darağacından sallanıp da kargalarının eğlencesi olduğun zaman, seninle ve Orthanc ile bir barış yapacağım. Eorl Hanedanı'ndan sana gelecek iyilik bu kadar. Ulu atalarımın önemsiz bir evladıyım ama senin parmaklarını yalamama gerek yok. Başka yere dön. Ama korkarım sesin büyüsünü yitirdi."

Süvariler Théoden'e rüyadan uyandırılmış gibi baktılar. Saruman'ın müziğinden sonra efendilerinin sesi kulaklarına kart bir karganınki gibi gelmişti. Ama Saruman bir süre için gazap içinde kendinden geçti. Sanki krala elindeki asa ile vuracakmış gibi korkuluklardan aşağıya sarktı. Bazılarının gözüne ansızın, saldırmak için gerilen bir yılan gibi göründü.

"Darağaçları ile kargalarmış!" diye tısladı; herkes bu korkunç değişim karşısında ürperdi. "Bunak! Eorl'un konağı, içinde eşkiyaların pis kokular içinde içtiği, veletlerin itlerle yerde yuvarlandığı yer değil de ne? Kendileri uzun zamandır darağacından kaçıp duruyorlar. Fakat ilmik geliyor, yavaş yavaş daralıyor ama sonunda sıkı ve sert kavrayacak. Kolaysa asın da görelim!" Yavaş yavaş kendisine hâkim olmaya başladıkça sesi de değişti. "Neden seninle konuşma sabrını gösterdim bilmiyorum. Çünkü ne sana, ne de senin şu dört nala koşturup duran, ilerlerken değil de kaçarken hızlı giden minik takımına ihtiyacım yok Théoden Atterbiyecisi. Çok zaman önce senin faziletin ve aklının ötesinde bir devlet sundum sana. Sonra tekrar sundum ki senin yanlış yere sürüklediklerin, açık açık önlerindeki yolları görebilsinler. Yüksekten atıp, iyi niyetimi suistimal ediyorsun. Öyle olsun. Kulübelerinize geri dönün!

"Fakat sen Gandalf! Utancını fark ederek en azından senin için üzülüyorum. Sen nasıl oluyor da böyle bir gruba tahammül edebiliyorsun? Çünkü sen mağrur birisin Gandalf – soylu bir zekâya, hem derine hem uzağa bakabilen gözlere sahip olduğun için buna da hakkın var. Şimdi de benim öğüdümü dinlemeyecek misin?"

Gandalf kıpırdanarak yukarı baktı. "Son karşılaşmamızda bana söylememiş olduğun ne var?" diye sordu. "Ya da belki geri almak istediğin sözlerin vardır?"

Saruman durakladı. "Geri almak mı?" diye derin derin düşündü sanki aklı karışmış gibi. "Geri almak mı? Ben senin iyiliğin için sana öğüt vermeye gayret ettim ama sen dinlemedin bile. Çok gururlusun ve aslında kendine ait bir irfan kaynağın olduğu için nasihatı da pek sevmiyorsun. Fakat o durumda sanırım, benim niyetlerime kasten yanlış manalar vererek, yanıldın. Seni ikna etme heyecanıyla sabrımı kaybettim korkarım. Ve hakikaten de buna çok pişmanım. Çünkü sana karşı bir kötü niyet taşımıyordum; hatta şimdi bile, karşıma vahşi ve cahil bir güruhla geri dönmüş olsan bile. Nasıl taşıyabilirim ki? Her ikimiz de Orta Dünya'daki en mükemmel nizam olan, yüksek ve kadim bir nizamın üyeleri değil miyiz? Dostluğumuz her ikimizin de çıkarına olur. Hâlâ birlikte, dünyanın düzensizliğini iyileştirmek için birçok şeyin üstesinden gelebiliriz. Gel, birbirimizi anlayalım ve düşüncelerimizden bu düşük insanları atalım! Bırakalım onlar bizim kararlarımızı beklesin! Çoğunluğun iyiliği için ben geçmişi düzeltmeye, seni kabul etmeye razıyım. Benimle istişare etmez misin? Yukarı gelmez misin?"

Saruman'ın son bir çabayla sarf ettiği güç o kadar büyüktü ki, duyuş alanında olan kimse etkilenmeden edemedi. Fakat bu kez büyü tamamiyle farklıydı. İyi huylu bir kralın, hata yapmış olan ama yine de çok sevdiği bir vekiline nazik sitemini duydu herkes. Ama onlar dışarıda bırakılmışlardı, kendilerine söylenmeyen sözleri kapıda durmuş dinliyorlardı: Büyüklerinin anlaşılması zor sohbetlerine kulak misafiri olan ve bunun onları nasıl etkileyeceğini merak eden kötü terbiye almış çocuklar veya ahmak uşaklar gibi. Daha âli bir kalıptan çıkmıştı bu ikisi: Muhterem ve ariftiler. Bir ittifak kurmaları kaçınılmaz bir şeydi. Gandalf, onların kavrayamayacağı şeyleri Orthanc'ın yüksek odalarında tartışmak için kuleye çıkacaktı. Kapı kapatılacak, kendilerine tayin edilecek işi veya cezayı beklemek için onlar dışarıda bırakılacaktı. Théoden'in zihninde bile bu düşünce biçimlendi, bir kuşku gölgesi gibi: "Bize ihanet edecek; gidecek – kaybolacağız."

Derken Gandalf güldü. Hayaller bir duman gibi puf diye dağıldı.

"Saruman, Saruman!" dedi Gandalf hâlâ gülerek. "Saruman hayatının yolunu kaybetmişsin sen. Kralın soytarısı olarak kazanmalıydın ekmeğini; danışmanlarının taklitlerini yaptığında kırbacı da hak ederdin ya. Aman aman!" diyerek durdu daha bir neşelenerek. "Birbirimizi mi anlayacakmışız? Korkarım ben senin anlayış sınırının ilersindeyim. Ama ben seni Saruman, artık çok iyi anlıyorum. Senin tahmin ettiğinden daha iyi hatırlıyorum senin tartışmalarını ve işlerini. Seni son ziyaret ettiğimde Mordor'un gardiyanıydın ve beni de oraya yollayacaktın. Hayır, bacadan kaçmış olan konuk bir kez daha kapından girmeden önce iki kere düşünür. Hayır, yukarı geleceğimi zannetmiyorum. Ama dinle Saruman, son bir kez dinle! Sen aşağıya gelmez misin? İsengard senin umut veya hayal ettiğinden daha çürük çıktı. Yani, hâlâ güvendiğin diğer şeyler de öyle olabilir. Bir süre için onları bırakmak iyi olmaz mı? Belki yüzünü yeni şeylere çevirmek istersin? İyi düşün Saruman! Aşağıya inmeyecek misin?"

Saruman'ın yüzünden bir gölge geldi geçti; sonra ölü gibi bembeyaz kesildi. Daha o saklayamadan, maskesinin arasından kalmaya isteksiz ama korunağından çıkmaya da korkan, tereddütteki bir aklın ıstırabını gördüler. Bir saniye kadar tereddüt etti; kimse nefes almıyordu. Sonra konuştu; sesi tiz ve soğuktu. Gurur ve nefret ona hâkim oluyordu.

"Aşağıya inmez miymişim?" diye alay etti. "Silahsız bir adam, kapısının dışındaki hırsızlarla konuşmaya iner mi? Seni buradan yeterince duyabiliyorum. Ben ahmak değilim ve sana güvenmiyorum Gandalf. Açık açık merdivenlerimde durmuyorlar ama vahşi orman şeytanlarının, senin emrinle nerelerde pusuya yattığını biliyorum."

"Hainler asla kimseye güvenemezler," diye cevap verdi Gandalf bezginlikle. "Ama kellen için korkmana gerek yok. Seni öldürmeyi veya canını yakmayı arzu etmiyorum, eğer beni hakikaten anlamış olsaydın bileceğin gibi. Üstelik seni korumaya muktedirim. Sana son bir şans daha tanıyorum. Orthanc'ı hür olarak terk edebilirsin – eğer istersen."

"Bu kulağa çok hoş geliyor," diye dudak büktü Saruman. "Tam Boz Gandalf'a yaraşır biçimde: Pek lütufkâr, pek iyi. Orthanc'ı pek kullanışlı, benim ayrılışımı da çok münasip bulacağından hiç şüphem yok. Ama neden ayrılmak isteyeyim? Ayrıca 'hür' ile neyi kastediyorsun? Şartların vardır herhalde?"

"Kuleden ayrılma nedenlerini pencerelerinden bakarsan görebilirsin," diye cevap verdi Gandalf. "Diğerleri de aklına gelecektir. Uşakların yok edildi veya dağıldı; komşularını kendine düşman yaptın; yeni efendini kandırdın veya kandırmaya çalıştın. Gözü beri yana çevrilince, sana bakan hiddetin kırmızı gözü olacaktır. Ama ben 'hür' dediğimde, 'hür'ü kastederim: Herhangi bir bağdan, zincirden veya emirden azade: İstediğin yere, hatta, hatta Saruman dilersen Mordor'a bile gidebilmen için. Fakat önce bana Orthanc'ın Anahtarı'nı ve asanı teslim etmen gerekir. Eğer lâyık olursan daha sonra sana iade edilmek üzere davranışlarının bir rehini olacaktır."

Saruman'ın yüzü sinirden mosmor oldu, hiddetle çarpıldı; gözlerinde kızıl alevler tutuştu. Deliler gibi güldü. "Daha sonra!" diye haykırdı; sesi bir çığlık gibi yükseldi. "Daha sonra! Evet, sanırım sen ne zaman Barad-dûr'un anahtarlarını, yedi kralın tacını, Beş Arif'in değneklerini alıp kendine şimdi giydiğin çizmelerden çok daha büyük bir çift çizme satın alacaksın, o zaman. Mütevazı bir plan. Benim yardımıma pek ihtiyaç duyulmayan bir plan! Yapacak başka işlerim var. Ahmak olma. Hâlâ elinde bir fırsat var iken benimle bir anlaşma yapmak istiyorsan, daha makul olduğunda geri gel! Ayrıca kuyruğuna taktığın bu gırtlak kesiciler ile minik ayaktakımını bırak da gel! İyi günler!" Dönerek balkonu terk etti.

"Geri dön Saruman!" dedi Gandalf emreden bir sesle. Diğerleri hayret içinde bakarken Saruman, sanki kendi iradesinin dışında sürükleniyormuş gibi dönerek yavaş yavaş demir parmaklığa geldi, ağır ağır nefes alarak dayandı. Yüzü kırışıklıklar içindeydi ve küçülmüştü. Eli, ağır kara asasını bir pençe gibi kavramıştı.

"Gitmen için sana izin vermedim," dedi Gandalf sert bir biçimde. "Daha sözümü bitirmedim. Sen bir ahmak olmuşsun Saruman, ama yine de acınacak durumdasın. Hâlâ ahmaklıktan ve kötülükten ayrılabilir, bir işe yarayabilirdin. Ama burada kalıp eski fesatlarının akıbetini didikleyip durmayı seçiyorsun. Kal o halde! Fakat seni uyarıyorum, bir daha kolay kolay dışarı çıkamazsın. Doğunun kara elleri gelip seni çekmezse eğer. Saruman!" diye haykırdı; sesinin hem gücü hem de otoritesi artmıştı. "İyi bak, ben senin arkadan vurduğun Boz Gandalf değilim. Ben, ölümden geri dönen Ak Gandalf'ım. Senin artık hiç rengin yok; seni hem nizamımızdan hem de Divan'dan atıyorum."

Elini kaldırdı ve berrak soğuk bir sesle konuştu. "Saruman, asan kırıldı." Bir çatırtı duyuldu; asa Saruman'ın elinde parçalara ayrıldı ve asanın başı Gandalf'ın ayaklarının dibine düştü. "Git!" dedi Gandalf. Bir çığlıkla Saruman arkaya düştü ve sürünerek uzaklaştı. Tam o anda yukardan aşağıya ağır, parlak bir şey fırlatıldı. Saruman tam ayrılırken demir parmaklıkları sıyırarak Gandalf'ın başının yakınından geçti ve üzerinde durduğu basamağa çarptı. Merdiven parmaklığı çınladı. Basamak çatlayıp parıltılı kıvılcımlarla parçalandı. Fakat topa bir şey olmamıştı: Top merdivenlerden aşağıya yuvarlandı, billur bir küre, karanlık ama ateşten bir yürekle parlayan bir küre. Bir su birikintisine doğru yuvarlanmaya başlayınca Pippin topun peşinden koşarak yakaladı.

"Katil dilenci!" diye bağırdı Éomer. Ama Gandalf hiç etkilenmemişti. "Hayır, onu Saruman fırlatmadı," dedi; "sanırım onun sözüyle de atılmadı. Daha yukardaki pencereden geldi. Efendi Solucandil'den bir veda atışıydı herhalde, ama iyi nişan alamadı."

"İyi nişan alamamış olması belki de, en çok senden mi yoksa Saruman'dan mı nefret ettiği konusunda bir karar verememesinden kaynaklanıyordur," dedi Aragorn.

"Olabilir," dedi Gandalf. "O ikisi birbirlerinin dostluklarında pek huzur bulamayacaklar: Birbirlerini sözcüklerle kemirecekler. Fakat cezaları hakça. Eğer Solucandil Orthanc'tan canlı çıkarsa, hak ettiğinden fazlasına kavuşmuş olur.

"Dur oğlum, onu ben alayım! Onu tutmanı söylememiştim sana," diye bağırdı Gandalf, hızla dönüp Pippin'in sanki çok büyük bir ağırlık taşıyormuş gibi yavaş yavaş merdivenlerden çıkmakta olduğunu görünce. Onu karşılamak için merdivenlerden indi ve kara küreyi aceleyle hobbitin elinden alarak cübbesinin kıvrımlarına sardı. "Bununla ben ilgilenirim," dedi. "Bu, sanırım, Saruman'ın atmak için seçeceği şeylerden biri değildi."

"Ama atabileceği başka şeyler olabilir," dedi Gimli. "Eğer bu tartışmanın sonu geldiyse en azından atış menzili dışına çıkalım haydi!"

"Bu tartışmanın sonu," dedi Gandalf. "Haydi gidelim."

Sırtlarını Orthanc'ın kapılarına döndüler ve aşağıya indiler. Süvariler krala neşeyle seslenerek, Gandalf'ı selamladılar. Saruman'ın büyüsü bozulmuştu: Onun çağırılınca gelip, yol verilince sürünerek gittiğini görmüşlerdi.

"Evet, bu da bitti," dedi Gandalf. "Şimdi Ağaçsakal'ı bulup işlerin nasıl gittiğini anlatmam lazım."

"Tahmin etmiştir herhalde, değil mi?" diye sordu Merry. "Başka şekilde bitme ihtimali var mıydı?"

"Pek yoktu," diye cevap verdi Gandalf, "gerçi ucu ucuna oldu her şey. Fakat bir kez denemek için nedenlerim vardı; kimisi daha merhametlidir, kimisi daha az. İlk önce Saruman'a sesindeki gücün azalmakta olduğu gösterilmiş oldu. Aynı anda hem zorba, hem de öğütler veren biri olamazsınız. Yapılan planlar olgunlaştığında artık gizli tutulamazlar. Yine de tuzağa düştü ve diğerleri dinlerken kurbanlarıyla yavaş yavaş pazarlık yapmaya kalkıştı. Bunun üzerine ona son ve adil bir şans daha tanıdım: Hem Mordor'u, hem de özel planlarını terk edip, ihtiyaç anımızda bize yardım ederek iyileşmek. Bizim ne gibi bir ihtiyaç içinde olduğumuzu gayet iyi biliyor. Çok büyük yardımları dokunabilirdi. Ama o yardımını vermemeyi ve Orthanc'ın gücünü kendine saklamayı seçti. O hizmet etmez, sadece emreder. Şu anda Mordor'un gölgesinin dehşetiyle yaşıyor ama yine de fırtınayı atlatma hayalleri kuruyor. Mutsuz ahmak! Eğer Doğu'nun gücü kollarını İsengard'a uzatacak olursa yok olacak. Biz Orthanc'ı hariçten yok edemeyiz ama Sauron – onun ne yapabileceğini kim bilebilir ki?"

"Peki ya Sauron buraları fethetmezse? Ona ne yapacaksın?" diye sordu Pippin.

"Ben mi? Hiçbir şey!" dedi Gandalf. "Ona hiçbir şey yapmayacağım. Benim gözüm hüküm sürmekte değil. Ona ne olacak? Bunu söyleyemem. Fakat o kadar güzel olan birçok şeyin o kulede küflenmesine üzülüyorum. Yine de bizim açımızdan işler hiç de fena gitmedi. Talihin dönemeçleri pek gariptir! Genellikle nefret kendine zarar verir! Eğer içeri girseydik bile sanırım, Orthanc'da Solucandil'in bize fırlattığı şeyden daha kıymetli çok az şey bulabilirdik."

Aniden patlak veren tiz bir çığlık yukarıdaki açık pencereden dışarı taştı.

"Görünüşe göre Saruman da aynı fikirde," dedi Gandalf. "Haydi onları bırakıp gidelim!"

Artık cümle kapısının yıkıntılarına dönmüşlerdi. Tam kemerin altından geçmişlerdi ki, üzerinde durmuş oldukları taş yığınının gölgesinden Ağaçsakal ile bir düzine başka ent koca adımlarla çıkageldi. Aragorn, Gimli ve Legolas onlara hayretle bakıyordu.

"İşte yol arkadaşlarımdan üçü Ağaçsakal," dedi Gandalf. "Onlardan söz etmiştim sana, ama henüz görmemiştin." Birer birer isimlerini söyledi.

Yaşlı ent onlara uzun uzun, inceden inceye baktı, sırayla hepsine konuştu. Son olarak Legolas'a döndü. "Demek ki ta Kuyutorman'dan geldiniz sevgili elfim? Çok büyük bir orman idi vaktiyle!"

"Hâlâ öyledir," dedi Legolas. "Fakat bizi yeni ağaçlar görmekten bıktıracak kadar büyük değil. Fangorn'un Ormanı'nda yolculuk etmeyi can-ı gönülden arzu ederim. Kenarından biraz olsun içeri girdim ama hiç ayrılmak istememiştim."

Ağaçsakal'ın gözleri mutlulukla parıldadı. "Umarım dileğiniz yerine gelir, dağlar daha fazla ihtiyarlamadan," dedi.

"Eğer nasip olursa geleceğim," dedi Legolas. "Bir arkadaşımla bir pazarlık yaptım, eğer her şey yolunda giderse Fangorn'u birlikte ziyaret edeceğiz – müsaadenizle."

"Sizinle gelen her elfin başımızın üzerinde yeri var," dedi Ağaçsakal.

"Bahsi geçen dostum bir elf değil," dedi Legolas; "Ben buradaki Glóin'in oğlu Gimli'yi kastediyorum." Gimli yerlere kadar eğilerek selam verdi; baltası kemerinden kurtularak takırtıyla yere düştü.

"Hum, hm! Bak şimdi," dedi Ağaçsakal kara kara ona bakarak. "Bir cüce, hem de balta taşıyor! Hum! Elflere karşı iyi niyetliyimdir; ama çok fazla şey istiyorsun. Bu ne tuhaf bir dostluk!"

"Tuhaf görünebilir," dedi Legolas; "fakat Gimli yaşadığı sürece Fangorn'a tek başıma gelmem. Onun baltası ağaçlar için değil, ork boyunları içindir Ey Fangorn, Fangorn'un Ormanı'nın Efendisi. Muharebe sırasında kırk iki tanesini biçti."

"Huu! Haydi canım!" dedi Ağaçsakal. "Bu daha hoş bir hikâye! Eh, eh, işler olacağına varır; bir an önce yetişmek için acele etmeye hacet yok. Lâkin şimdi bir süre için ayrılmamız icap edecek. Gün nihayetine yaklaşıyor ama Gandalf gece çökmeden gitmenizin lazım geldiğini söylüyor; Yurt'un Hükümdarı da kendi evini özlemiş."

"Evet gitmemiz lazım, hemen gitmemiz lazım," dedi Gandalf. "Korkarım kapı bekçilerinizi de almak zorunda kalacağım. Ama onlarsız da idare edebilirsiniz."

"Belki edebilirim," dedi Ağaçsakal. "Lâkin onları özleyeceğim. O kadar kısa bir sürede dost olduk ki sanırım daha aceleci olmaya başladım – belki de gençliğe doğru geri geri inkişaf ediyorumdur. Lâkin nazar buyurun, çok çok uzun bir müddettir güneş ile ay altında gördüğüm ilk yeni şeyler onlar. Onları unutmayacağım. Onların isimlerini de Uzun Cetvel'e dahil ettim. Entler onları hatırlayacak.

Topraktan doğmadır, dağlar kadar yaşlıdır entler,
dere tepe gezer, sular içerler;
avcılar kadar açtır hobbit çocuklar,
hep gülen halk, küçük ahali,

yapraklar yenilendiği sürece hep dostum kalacaklar. Hoşça kalın! Lâkin o hoş ülkeniz Shire'da bir haber duyarsanız bana bir haber yollayın! Neyi kastettiğimi biliyorsunuz: Enthanımlara dair bir haber ya da onları görmüş biri. Eğer mümkün olursa kendiniz gelin!"

"Geliriz!" dedi Merry ile Pippin bir ağızdan ve aceleyle arkalarını döndüler. Ağaçsakal onlara baktı ve bir süre başını düşünceli düşünceli sallayarak sessiz kaldı. Sonra Gandalf'a döndü.

"Yani Saruman ayrılmayacakmış öyle mi?" dedi. "Ayrılacağını hiç düşünmemiştim zaten. Kalbi en az kara bir huornun kalbi kadar çürümüş. Yine de eğer ben yenilmiş olsaydım ve bütün ağaçlarım tahrip edilmiş olsalardı, saklanacak tek bir kara deliğim kalmış olsaydı bile dışarı çıkmazdım."

"Doğru," dedi Gandalf. "Ama sen bütün dünyayı kendi ağaçlarınla kaplayıp diğer canlıları boğmayı planlamazdın. Ama işte, Saruman nefretini geliştirmek ve örebildiği ağları örmek için geride kaldı. Orthanc'ın Anahtarı'na sahip. Ama kaçmasına izin verilmemeli."

"Yok canım! Entler o işin icabına bakar," dedi Ağaçsakal. "Saruman benim müsaadem olmadan kayadan öteye bir adım bile atamaz. Entler onu gözleyecekler."

"Âlâ!" dedi Gandalf. "Ben de öyle ummuştum. Artık gidip diğer işlerime bakabilirim; hiç olmazsa bir tanesini düşünmek zorunda değilim artık. Ama çok dikkatli olmalısın. Sular çekildi. Sadece kulenin etrafına nöbetçi dikmek yeterli olmayacaktır korkarım. Orthanc'ın altında, Saruman'ın çok öncelerden dikkat çekmeden gelip gitmeyi tasarladığı, derinlere kazılmış yollar olduğuna hiç kuşkum yok. Eğer külfetini kabullenecek olursanız, size suları yeniden doldurmanızı rica ediyorum; bunu, İsengard kıpırtısız bir göl halini alıncaya veya siz kaçış yerlerini buluncaya kadar yapmaya devam edin. Bütün yeraltı geçitleri suyla dolduktan, çıkışlar kapatıldıktan sonra Saruman üst katlarda kalıp pencerelerden dışarı bakabilir istediği kadar."

"Sen o işi entlere bırak!" dedi Ağaçsakal. "Vadiyi tepeden tırnağa araştırıp her çakıl taşının altını kolaçan ederiz. Ağaçlar burada yaşamak için geri geliyor, yaşlı ağaçlar, yabani ağaçlar. Gözcüormanı diye adlandıracağız burayı. Ben haberdar olmadan tek bir sincap bile giremeyecek içeriye. Siz işi entlere bırakın! Bize eza verdiği yılların yedi misli zaman geçse bile ona gözcülük etmekten bıkmayacağız."

BÖLÜM XI

PALANTÍR

Gandalf ve yol arkadaşları ile kral ve süvarileri İsengard'dan yola çıktıklarında güneş dağların uzun batı kolu ardından batıyordu. Gandalf Merry'yi, Aragorn da Pippin'i arkalarına aldılar. Kralın adamlarından ikisi atlarını hızla sürerek önden gittiler ve vadinin içinde gözden kayboldular. Diğerleri makul bir hızla onları izledi.

Entler heybetli sıralar halinde, uzun kolları havaya kalkmış olarak cümle kapısının yanında heykeller gibi durdular ama hiç ses çıkarmadılar. Merry ile Pippin, dolana dolana inen yolda bir süre ilerledikten sonra arkalarına baktılar. Gün ışığı hâlâ gökyüzünde pırıldıyordu ama uzun gölgeler İsengard'a ulaşmıştı: Karanlıklara gömülen boz harabeler. Ağaçsakal şimdi orada, yaşlı bir ağacın gövdesi gibi tek başına duruyordu: Hobbitler, uzakta Fangorn'un sınırlarında güneşli kayanın üzerindeki ilk karşılaşmalarını düşündüler.

Ak El sütununa vardılar. Sütun hâlâ ayaktaydı ama oyulmuş el yere atılmış ve parçalara ayrılmıştı. Tam yolun ortasında uzun işaret parmağı duruyordu, alacakaranlıkta kırmızımsı siyaha doğru koyulaşan tırnağıyla, bembeyaz.

"Entler bütün ayrıntılara dikkat ediyor!" dedi Gandalf.

Yollarına devam ettiler; akşam vadide koyulaştı.

"Bu gece atlarımızı uzaklara sürecek miyiz Gandalf?" diye sordu Merry bir süre sonra. "Kuyruğundaki minik ayaktakımı hakkında sen neler hissediyorsun bilmem ama ayaktakımı yorgun ve kuyruğunda sallanmaktansa yatmayı tercih eder."

"Demek o sözleri duydun ha?" dedi Gandalf. "Bunu kendine dert etme! Artık o sözler sana yönlendirilmediği için müteşekkir ol. Sizde gözü vardı. Eğer bu senin gururunu biraz okşayacaksa o anda, onun aklında hepimizden çok Pippin ile senin olduğunu söylemeliyim.

Kimsiniz; oraya nasıl ve neden geldiniz; neler biliyorsunuz; yakalanmış mıydınız, eğer yakalandıysanız bütün orklar yok edildiğinde siz nasıl kaçtınız – Saruman'ın koca aklı bu tip minik bilmecelerle meşguldü. Ondan gelen bir hakaret Meriadoc, bir iltifattır; tabii eğer onun ilgisi seni gururlandırıyorsa."

"Teşekkür ederim!" dedi Merry. "Ama senin kuyruğunda sallanmak büyük bir onur Gandalf. Her şeyden önce bu konumda, aynı soruyu ikinci kere sorma şansın oluyor. Bu gece uzaklara gidecek miyiz?"

Gandalf güldü. "Başa çıkılamaz bir hobbit! Bütün Arifler'in yanlarında bir iki hobbit taşıması lazım – onlara kelimelerin anlamlarını öğretmek ve yanlışlarını düzeltmek için. Senden özür dilerim. Ama bu basit konular hakkında bile düşündüm. Birkaç saat at süreceğiz, yavaş yavaş, vadinin sonuna gelinceye kadar. Yarın daha hızlı gitmemiz gerekecek.

"Geldiğimizde niyetimiz İsengard'dan doğruca, birkaç günlük bir yolda olan, ovaların üzerindeki Edoras'taki kralın evine gitmekti. Fakat düşünüp planımızı değiştirdik. Haberciler önden, yarın kralın geleceğini haber vermek için Miğfer Dibi'ne gittiler. Oradan yanında çok sayıda adamla, tepeler arasındaki yollardan Dunharrow'a gidecek. Bundan böyle, ister gece olsun ister gündüz, mümkün olduğunca iki üç kişiden fazla yolculuk yapılmayacak."

"Ya hiçbir işe yaramayacak, ya da iki kat daha faydalı olacak senin seçtiğin bu yol!" dedi Merry. "Korkarım ben bu akşamki yatağımdan başka bir şey düşünmüyordum. Nedir, nerededir bu Miğfer Dibi, filan? Bu ülke hakkında hiçbir şey bilmiyorum."

"O halde, neler döndüğünü anlayabilmek için öğrensen fena olmaz. Ama şu anda ve benden değil: Benim düşünmem icap eden çok fazla şey var."

"Tamam, kamp ateşinin yanında Yolgezer'i yakalarım ben de: O senin kadar huysuz değil. Ama bütün bu gizlilik neden? Savaşı kazandık zannediyordum!"

"Evet kazandık ama bu sadece ilk zafer, ki bu tehlikeyi daha da arttırmakta. Mordor ile İsengard arasında henüz anlayamadığım bir bağlantı var. Nasıl haberleştiklerinden emin değilim; ama haberleşiyorlardı. Sanırım Barad-dûr'un Gözü sabırsızca Arif Vadisi'ne, sonra da Rohan'a çevrilecek. Ne kadar az şey görürse o kadar iyi."

Yol yavaş yavaş geçip gitti, vadiden aşağıya dolanarak. İsen bazen yakında, bazen uzakta taşlı yatağında akıyordu. Gece dağlardan indi geldi. Bütün sis dağılmıştı. Ürpertici bir rüzgâr esti. Dolunaya doğru büyüyen ay, doğu göğünü soluk, soğuk bir pırıltı ile dolduruyordu. Sağ yanlarındaki dağların omuzları, çıplak tepelere doğru iniyordu. Engin ovalar önlerine açılmıştı.

Sonunda durdular. Sonra yana sapıp yoldan ayrılarak yeniden yaylaların tatlı çimlerine döndüler. Batıya doğru bir mil kadar gittikten sonra geniş bir vadiye vardılar. Vadi kuzey sıradağlarının son tepesi olan, yeşil etekli, fundalarla taçlanmış yuvarlak Dol Baran'ın yamacına yaslanarak güneye doğru açılıyordu. Dere yatağının her iki yanı, arasından kıvır kıvır filizlerin hoş kokulu topraktan fışkırdığı, bir önceki yılın eğrelti otlarıyla halı gibiydi. Dere yatağının alçak yerlerinde sık dikenli çalılar yetişmişti; gece yarısından iki saat kadar önce bu çalılar altına kamplarını kurdular. Aşağıda, bir ağaç kadar yüksek olan, yılların etkisiyle kıvrım kıvrım olmuş ama her dalı dipdiri duran, etrafa yayılmış bir alıçın kökleri arasındaki çukurun birinde ateş yaktılar. Her dalın ucunda tomurcuklar kabarmaya başlamıştı.

Etrafa muhafızlar dikildi, her nöbet yerine iki kişi olmak üzere. Geri kalanlar, akşam yemeklerini yedikten sonra kendilerini bir pelerin ile battaniyeye sararak uyudu. Hobbitler, bir köşede, eski bir eğreltiotu yığını üzerine uzandılar. Merry'nin uykusu vardı ama Pippin garip bir biçimde yerinde duramaz haldeydi. O dönüp dururken eğreltiotları altında çıtırdıyor ve hışırdıyordu.

"Ne var?" diye sordu Merry. "Karınca yuvasının üzerine mi yattın?"

"Hayır," dedi Pippin, "ama rahat değilim. Bir yatakta uyumayalı ne kadar zaman geçti merak ediyorum?"

Merry esnedi. "İş parmaklarına düşüyor!" dedi. "Ama Lórien'den ayrılalı ne kadar olduğunu bilmen gerekir."

"Ha, öyle mi!" dedi Pippin. "Ben, yatak odasındaki gerçek bir yataktan söz ediyordum."

"Eh, Yarmavadi o zaman," dedi Merry. "Ama bu gece nerede olsa uyuyabilirim."

"Sen şanslıydın Merry," dedi Pippin yavaşça, uzun bir aradan sonra. "Sen Gandalf'ın yanındaydın."

"E, ne olmuş?"

"Ondan bir haber, bir bilgi çıktı mı?"

"Evet, hem de epeyce. Her zamankinden daha çok. Ama sen onların ya hepsini, ya da çoğunu dinledin zaten, yakındaydın ve biz de gizli gizli konuşmuyorduk. İstersen yarın sen onunla git, eğer ağzından daha çok şey alabileceğini düşünüyorsan – tabii o seni kabul ederse."

"Gidebilir miyim? Güzel! Ama ağzı çok sıkı, öyle değil mi? Hiç değişmemiş."

"Yok efendim değişmiş!" dedi Mery biraz uyanarak ve yol arkadaşını neyin huzursuz ettiğini merak ederek. "Sanki büyümüş gibi. Eskisinden hem daha iyi, hem de daha korku verici; hem daha neşeli hem daha ciddi olabiliyor sanırım. Değişmiş; ama henüz ne kadar değiştiğini görecek fırsatımız olmadı. Fakat Saruman'la olanların son bölümünü bir düşünsene! Hatırlarsan Saruman bir zamanlar Gandalf'ın büyüğüymüş: Divan'ın başıymış, Divan dedikleri her ne ise. Ak Saruman imiş. Şimdi Ak olan Gandalf. Saruman söylendiğinde geldi ve asası elinden alındı; sonra gitmesi söylendi, o da gitti!"

"Eh, eğer Gandalf biraz değiştiyse, her zamankinden daha da sıkı ağızlı olmuş, o kadar," diye iddia etti Pippin. "O camdan top, mesela... Onu görünce çok mutlu oldu adeta. Onunla ilgili ya bir şey biliyor, ya da seziyor. Ama ne olduğunu bize söylüyor mu? Hayır, tek bir kelime etmiyor. Yine de topu ben tuttum, su birikintisine yuvarlanmaktan ben kurtardım. *Dur, onu alayım ben evlat* – o kadar. Ne olduğunu merak ediyorum. Çok ağırdı." Pippin'in sesi çok alçaldı, sanki kendi kendine konuşurmuş gibi.

"Hu!" dedi Merry. "Yani senin aklına takılan şey bu mu? Bak şimdi oğlum Pippin, Gildor'un lafını unutma – Sam'in sık sık tekrarladığı o lafı: *Arifler'in işine burnunu sokma çünkü hem mahirdirler hem de çabucak sinirlenirler.*"

"Fakat aylardır bizim bütün yaşantımız Arifler'in işlerine burnumuzu sokmaktan başka bir şey olmadı ki," dedi Pippin. "Tehlikenin yanı sıra birazcık da bilgi istiyorum. O topa bakmak istiyorum."

"Uyumana bak!" dedi Merry. "Eninde sonunda yeterince bilgi edinirsin. Sevgili Pippin'ciğim, hiçbir Took, bir Brandybuck'ı meraklılık konusunda geçemez; ama söylesene, şimdi sırası mı?"

"Tamam! Sana derdimi, o taşa bir bakmak istediğimi anlatmamda ne gibi bir sakınca var? Gandalf onun üzerinde kuluçkaya yatmış bir tavuk gibi otururken taşı alamayacağımı biliyorum. Ama senden *alamayacağına-göre-yat-uyu*'dan başka bir şey duymamak beni hiç rahatlatmıyor!"

"Eh, başka ne diyebilirim?" dedi Merry. "Üzgünüm Pippin ama gerçekten de sabaha kadar beklemen gerekiyor. Sabah kahvaltısından sonra istediğin kadar meraklı olurum ve arif kandırma işinde elimden geleni yaparım. Ama daha fazla uyanık kalamayacağım. Biraz daha esnersem, ağzım kulaklarıma kadar yırtılacak. İyi geceler!"

Pippin başka bir şey söylemedi. Artık kıpırdamadan yatıyordu ama uyku ondan uzakta kaldı; ayrıca iyi geceler diledikten birkaç dakika sonra uykuya dalan Merry'nin hafif nefes sesi de ona bir fayda sağlamıyordu. Her yer sessizleştikçe kara kürenin düşüncesi büyüyor gibiydi. Pippin onun ağırlığını yeniden ellerinde hissetti ve yeniden, bir an için bakmış olduğu al, gizemli derinliklerini gördü. Oradan buraya dönerek başka bir şeyler düşünmeye çalıştı.

Sonunda artık dayanamaz oldu. Kalkıp etrafına bakındı. Serin bir havaydı; pelerinine iyice sarıldı. Ay, vadinin içine doğru soğuk ve beyaz parlıyordu; çalıların gölgeleri de simsiyahtı. Her tarafta uyuyan şekiller yatıyordu. İki nöbetçi görünürlerde yoktu: Belki de tepeye çıkmışlar veya eğreltiotlarının arasına gizlenmişlerdi. Anlaşılmaz bir dürtüyle hareket eden Pippin, Gandalf'ın yattığı yere doğru yürüdü yavaşça. Ayakta durarak ona baktı. Arif, uyuyor gibiydi ama göz kapakları tam olarak kapalı değildi: Uzun kirpikler altında gözlerinin pırıltısı seçiliyordu. Pippin aceleyle geri adım attı. Ama Gandalf'tan hiçbir hareket gelmedi; yarı yarıya kendi iradesi dışında ona doğru çekilen hobbit, bir kez daha, ama bu kez arifin başının gerisinden yavaş yavaş ilerledi. Gandalf bir battaniyeye sarınmış, pelerinini battaniyenin üzerine örtmüştü; çok yakınında, sağ yanı ile kıvrılmış kolu arasında bir tümsek, kara renkli bir kumaşa sarılmış yuvarlak bir şey vardı; eli sanki onun üzerinden kayarak yere düşmüş gibi görünüyordu.

Pippin nefesini tutarak daha yakına ilerledi, adım adım. Sonunda diz çöktü. Elini sinsi sinsi uzatıp yavaşça o tümseği kaldırdı: Pek öyle beklediği kadar ağır değildi. "Belki de sadece bir iki parça bir şeyini koyduğu bir çıkındır," diye düşündü garip bir rahatlama hissiyle; ama çıkını bir daha yerine bırakmadı. Bir süre onu sıkı sıkı tutarak ayakta durdu. Sonra aklına bir fikir geldi. Parmak uçlarına basarak uzaklaştı, büyükçe bir taş buldu, geri geldi.

Çarçabuk kumaşı açarak taşı içine sardı ve diz çökerek bunu arifin elinin yanına bıraktı. Sonra da, ortaya çıkardığı şeye baktı. İşte oradaydı: Pürüzsüz billur bir küre, o anda karanlık ve ölüydü, dizlerinin önünde tüm çıplaklığıyla duruyordu. Pippin küreyi kaldırdı, aceleyle kendi pelerinine sardı ve yatağına gitmek için döndü. Tam o anda Gandalf uykusu içinde kıpırdanarak bir iki kelime mırıldandı: yabancı bir dilde gibiydi bunlar; uzanıp kumaşla sarılmış taşı elledi, sonra rahatlayarak bir iç geçirdi ve bir daha kıpırdamadı.

"Seni geri zekâlı ahmak!" diye mırıldandı Pippin kendi kendine. "Başını korkunç bir belaya sokacaksın. Hemen şunu geri koy!" Ama o anda dizlerinin zangırdamakta olduğunu fark etti ve çıkına ulaşabilecek kadar arifin yakınına gitmeye cesaret edemedi. "Artık onu uyandırmadan yerine koyamayacağım," diye düşündü, "biraz daha sakinleşmeden en azından. O yüzden önce şöyle bir göz gezdirmemde bir sakınca yok. Ama burada değil!" Yavaş yavaş uzaklaşıp yatağından pek uzakta olmayan yeşil bir tümseğin üzerine oturdu. Ay, küçük vadinin kenarından içeri bakıyordu.

Pippin dizlerini kendine doğru çekerek ve topu dizlerinin arasına koyarak oturdu. Diğerlerinden uzakta bir köşede, açgözlü bir çocuğun bir tabak yemeğin üzerine eğilişi gibi, kürenin üzerine iyice eğildi. Pelerinini açarak küreye baktı. Etrafındaki hava hareketsiz ve gergindi. İlk başlarda küre karanlıktı, kara kehribar kadar kapkara; mehtap üzerinde parlıyordu. Sonra kürenin tam ortasında soluk bir parlaklık, bir hareket oldu ve Pippin'in gözlerini aldı, öyle ki artık başka yere bakamıyordu. Kısa bir süre sonra kürenin bütün içi tutuşmuş gibiydi; ya taş dönüyor ya da içindeki ışıklar dolanıyordu. Aniden ışıklar gitti. Pippin nefessiz kalarak bir uğraş verdi; ama topu her iki eliyle de sıkı sıkı kavramış olarak iki büklüm kaldı. Biraz daha, biraz daha eğilerek daha da yaklaştı topa, sonra dimdik oldu; bir süre dudakları sessizce kıpırdadı. Sonra boğuk bir çığlıkla arka üstü düştü ve kıpırdamadan yattı.

Çığlığı kulakları yırtan bir çığlıktı. Nöbetçiler tepeden aşağa atladılar. Bütün kamp kısa bir süre sonra ayaklanmıştı.

"Demek ki hırsız bu imiş!" dedi Gandalf. Aceleyle pelerinini yerde duran kürenin üzerine attı. "Ama sen Pippin! İşler ne kadar üzücü bir hal aldı şimdi!" Pippin'in bedeninin yanına diz çöktü: Hobbit sırtüstü, görmeyen gözlerle gökyüzüne bakarak kaskatı yatıyordu. "Şeytanlık! Hem kendine, hem bize ne büyük kötülük yaptın böyle?" Arifin yüzü bitkin ve yorgundu.

Pippin'in elini eline alarak yüzüne doğru eğildi ve nefesini dinledi;

sonra elini alnına koydu. Hobbit sarsıldı. Gözleri kapandı. Bağırdı; doğrulup oturdu ve soluk mehtapta etrafına toplanmış olan yüzlere baktı.

"Senin için değil o Saruman!" diye bağırdı tonsuz, tiz bir sesle Gandalf'tan kaçıp sakınarak. "Onu alması için hemen birini yollayacağım. Anlıyor musun? Sadece bunu söyle!" Sonra ayağa kalkıp kaçmaya çalıştı ama Gandalf onu yumuşak bir şekilde sıkı sıkı tutuyordu.

"Peregrin Took!" dedi. "Geri gel!"

Hobbit gevşedi ve arifin eline tutunarak düştü. "Gandalf!" diye bağırdı. "Gandalf! Beni affet!"

"Seni affetmek mi?" dedi arif. "Önce bana ne yaptığını anlat!"

"Topu alıp içine baktım," diye kekeledi Pippin; "ve beni çok korkutan şeyler gördüm. Ayrılmak istedim ama ayrılamadım. Sonra o geldi ve beni sorguya çekti; bir de bana baktı, bütün hatırladığım bu."

"Bu kadarı yetmez," dedi Gandalf sertçe. "Ne gördün ve ne söyledin?"

Pippin gözlerini kapatarak titredi ama hiçbir şey söylemedi. Hepsi, sessizlik içinde ona baktılar, arkasını dönen Merry hariç. Fakat Gandalf'ın yüzü hâlâ sertti. "Konuş!" dedi.

Alçak, tereddütlü bir sesle yeniden konuşmaya başladı Pippin; yavaş yavaş kelimeleri daha da belirginleşti ve güçlendi. "Karanlık bir gökyüzü ve yüksek bir kale burcunun mazgallı siperini gördüm," dedi. "Ve minik minik yıldızlar. Çok uzakta ve çok uzun zaman önce gibiydi ama yine de belirgindiler. Sonra yıldızlar gidip gelmeye başladı – kanatlı bir şeyler ışıklarını kesiyordu. Çok büyüktüler sanırım, gerçekten büyük; ama camın içinde bir kulenin etrafında dönen yarasalara benziyorlardı. Dokuz tane olduklarını düşündüm. Biri dosdoğru bana doğru uçmaya başladı, gitgide büyüyordu. Korkunç bir– hayır, hayır! Söyleyemem.

"Kaçmaya çalıştım çünkü uçup dışarı çıkacağını düşündüm; fakat bütün küreyi kapladığında yok oldu. Sonra *O* geldi. Benim sözcükleri duyacağım şekilde konuşmadı. Sadece baktı ve ben anladım.

"'Geri geldin demek? Neden bu kadar uzun süredir bilgi vermeyi ihmal ettin?'

"Ben cevap vermedim. O şöyle dedi: 'Sen kimsin?' Ben yine cevap vermedim ama bu benim canımı korkunç biçimde yaktı; beni sıkıştırıyordu, o yüzden şöyle dedim: 'Bir hobbitim ben.'

"O zaman aniden beni gördü sanki; bana güldü. Çok zalim bir kah-

kahaydı. Her yanıma bıçaklar saplanıyor gibiydi. Ona karşı koydum. Ama o şöyle dedi: 'Az bir bekle! Yakında yeniden karşılaşacağız. Saruman'a bu lokmanın onun olmadığını söyle. Onu alması için hemen birini yollayacağım. Anlıyor musun? Sadece bunu söyle!'

"Sonra başarısızlığımı zevkle seyretmeye başladı. Paramparça olduğumu hissediyordum. Yo, yo! Daha fazlasını söyleyemeyeceğim. Başka bir şey hatırlamıyorum."

"Bana bak!" dedi Gandalf.

Pippin doğrudan onun gözlerine baktı. Arif bir an için onun bakışlarını yakaladı. Sonra yüzü daha bir yumuşadı ve bir tebessüm gölgesi belirdi. Elini hafifçe Pippin'in başına koydu.

"Tamam!" dedi. "Başka bir şey söyleme! Hiçbir zarar görmemişsin. Gözlerinde hiç yalan yok, ben bundan korkmuştum oysa. Ama seninle uzun süre konuşmadı. Bir ahmak, ama dürüst bir ahmak olarak kalmayı başardın Peregrin Took. Daha akıllı olanlar böylesine bir sınavda daha kötü şeyler yapabilirlerdi. Ama şuna dikkat buyur! Hem sen, hem de arkadaşların, tabir caizse tamamen bir rastlantı eseri kurtuldunuz. Bir dahaki sefere şansın yaver gitmeyebilir. Eğer o anda, orada sorguya çekseydi seni, hepimizin felaketi olur, büyük bir ihtimalle bildiğin her şeyi anlatırdın. Ama çok aceleci davranmış. Sadece bilgi istememiş: *Seni* istiyordu, bir an önce seni istiyordu ki Karanlık Kule'de seninle yavaş yavaş ilgilensin. Titreme! Eğer Arifler'in işlerine burnunu sokarsan bu tür şeylere karşı hazırlıklı olman gerekir. Ama haydi! Seni bağışlıyorum. Rahat ol! İşler olabileceğinden daha iyi gitti."

Pippin'i şefkatle kaldırarak yatağına geri taşıdı. Merry onları izleyip Pippin'in yanına oturdu. "Yat oraya ve dinlen Pippin, eğer dinlenebilirsen!" dedi Gandalf. "Bana güven. Eğer parmakların yine kaşınırsa bana haber ver! Böyle şeylerin çaresi vardır. Ama her halükârda sevgili hobbitçiğim, bir daha dirseğimin altına taş çıkını koyayım deme! Şimdi ikinizi bir süre baş başa bırakacağım."

Bu sözle birlikte Gandalf, Orthanc taşının yanında kafaları karışmış bir şekilde duran diğerlerinin yanına döndü. "Tehlike gecenin bir vaktinde, hiç beklemediğiniz bir anda geliveriyor," dedi. "Kıl payı kurtulduk!"

"Hobbit Pippin nasıl?" diye sordu Aragorn.

"Sanırım artık iyi olur," diye cevap verdi Gandalf. "Uzun süre etki altında kalmamış; ayrıca hobbitlerin iyileşme konusunda hayret verici bir güçleri var. Hatırası veya korkusu çabucak solup gider büyük bir ihtimalle. Belki de çok çabuk. Sen Aragorn, Orthanc Taşını alıp göz kulak olur musun? Bu tehlikeli bir iştir."

"Tehlikeli gerçekten, ama herkes için tehlikeli değil," dedi Aragorn. "Bu taş üzerinde hak talep edebilecek tek bir kişi var. Çünkü belli ki bu Orthanc'ın *palantír*'i, Gondor Kralları tarafından Orthanc'a konmuş Elendil'in hazinesinin bir parçası. Artık zamanım yaklaştı. Onu alacağım."

Gandalf Aragorn'a baktı; sonra diğerlerinin şaşkın bakışları arasında örtülü Taş'ı kaldırdı ve uzatırken başını eğerek selam verdi.

"Kabul et hükümdarım!" dedi: "geri verilecek diğer şeylerin teminatı olarak. Ama kendine ait bir şeyin kullanımı hakkında bir öğüt istersen eğer, kullanma derim sana – henüz kullanma! Dikkatli ol!"

"Ne zaman aceleci oldum, dikkatsiz oldum ki," dedi Aragorn, "kimdi uzun yıllar boyunca bekleyen ve hazırlanan?"

"Henüz hiç öyle davranmadın. Yolun sonunda ayağın tökezlenmesin," diye cevap verdi Gandalf. "Ama en azından bunu gizli tut. Hem sen, hem de burada bulunanlar! Hobbit Peregrin, herkesten çok o, nereye verildiğini bilmemeli. O kötü nöbete yeniden tutulabilir. Çünkü heyhat! onu eline aldı ve içine baktı, hiç olmaması gerekirdi bunun. Onu İsengard'da iken de hiç ellememeliydi; orada ben daha çabuk davranabilirdim. Ama benim aklım Saruman'la meşguldü ve Taş'ın tabiatını hemen kavrayamadım. Sonra da yorgundum ve uzanmış Taş hakkında düşünürken uyku beni yendi. Şimdi anlıyorum!"

"Evet, buna hiç kuşku yok," dedi Aragorn. "En azından İsengard ile Mordor arasındaki bağlantıyı ve nasıl çalıştığını öğrenmiş olduk. Çok şey açıklığa kavuştu."

"Garip güçleri var düşmanlarımızın, garip zayıflıkları da!" dedi Théoden. "Fakat eski bir deyiş vardır: *Genellikle kötü niyet, kötü şeyleri bozar.*"

"Buna birçok kez tanık olundu," dedi Gandalf. "Fakat bu kez garip bir biçimde şansımız yaver gitti. Belki, ben bu hobbit sayesinde çok ciddi bir gaftan kurtulmuş oldum. Nasıl kullanıldığını bulmak için bu Taş'ı ben kendim incelesem mi, incelemesem mi diye düşünmüştüm. Eğer öyle yapacak olsa idim, ona kendimi açık etmiş olacaktım. Böylesine bir sınava henüz hazır değilim, hiç hazır olur muyum, bilmiyorum. Fakat kendimde geri çekilecek kadar güç bulsa idim bile, onun beni şimdi –artık gizliliğin bir yararı olmayacağı andan evvel– görmüş olması çok kötü olurdu."

"Sözü edilen zaman, artık geldi sanırım," dedi Aragorn.

"Henüz değil," dedi Gandalf. "Bizim kullanmamız gereken kısa bir tereddüt anı var şimdi. Düşman belli ki Taş'ın Orthanc'da olduğunu sandı – neden sanmasın ki? Demek ki hobbit orada tutsaktı, diye düşünüyor; Saruman tarafından işkence olsun diye taşa bakmaya zorlandı. O karanlık akıl şimdi hobbitin sesi, yüzü ve beklentisi ile dolacak: Hatasını anlayıncaya kadar epey bir zaman geçebilir. O zamanı değerlendirmeliyiz. Çok rahat davrandık. Hareket etmemiz gerek. İsengard'ın çevresi artık oyalanacak yerler değil. Ben hemen Peregrin Took'u da alıp önden gideceğim. Onun için, diğerleri uyurken karanlıkta yatmaktan daha iyi olur bu."

"Ben Éomer ile on Süvari'yi alıkoyarım," dedi kral. "Onlar benimle günün erken saatlerinde sürerler atlarını. Diğerleri Aragorn ile ne zaman akıllarına eserse gidebilirler."

"Nasıl isterseniz," dedi Gandalf. "Fakat tepelerin örtüsü altına, Miğfer Dibi'ne varmak için elinizden geldiğince hızlı gidin."

Tam o anda üzerlerine bir gölge düştü. Parlak mehtap aniden kesilmişti adeta. Birkaç Süvari çığlık attı ve sanki yukarıdan gelecek olan bir darbeyi savuşturmak istercesine kollarını kafalarına siper ederek yere çömeldi: Kör bir korku ve ölümcül bir ürperti çökmüştü üzerlerine. Sinerek yukarı baktılar. Kara bir bulut misali kocaman kanatlı bir suret ayın önünden geçti. Dönerek, Orta Dünya'daki bütün rüzgârlardan daha büyük bir hızla kuzeye doğru uçtu. Önünde yıldızlar soldular. Gitmişti.

Hepsi taş gibi katı bir halde ayağa kalktılar. Gandalf, kolları ileri, aşağıya doğru uzanmış, gergin, ellerini yumruk yapmış yukarı bakıyordu.

"Nazgûl!" diye bağırdı. "Mordor'un habercisi. Fırtına yaklaşıyor. Nazgûl Nehir'i geçti! Sürün atlarınızı, sürün! Beklemeyin sökmesini şafağın! Hızlı olanlar beklemesinler yavaşları! Sürün atlarınızı!"

İleri fırladı; bir yandan koşarken bir yandan Gölgeyele'ye sesleniyordu. Aragorn onu izledi. Pippin'in yanına giden Gandalf, onu kucakladı. "Bu kez benimle sen geleceksin," dedi. "Gölgeyele sana hızını gösterecek." Sonra kendi uyuduğu yere koştu. Gölgeyele oraya varmıştı bile. Bütün eşyası olan küçük çıkını omuzuna atarak atının sırtına atladı arif. Aragorn, pelerini ve battaniyesine sarılı olan Pippin'i kaldırarak onu Gandalf'ın kollarına bıraktı.

"Hoşça kalın! Bütün hızınızla takip edin!" diye bağırdı Gandalf. "Haydi Gölgeyele!"

Koca at başını salladı. Dalga dalga kuyruğu mehtapta titredi. Sonra toprağı çifteleyerek ileri atıldı ve dağlardan inen kuzey yeli gibi süzülerek gözden kayboldu.

"Güzel ve sakin bir gece!" dedi Merry Aragorn'a. "Bazılarının şansı hep yaver gider. Pippin uyumak istemiyordu, Gandalf'la birlikte yolculuk etmek istiyordu – işte istediği oldu! Üstelik, ibret olsun diye sonsuza kadar bir taşa çevrilip burada bırakılması gerektiği halde."

"Eğer Orthanc Taşı'nı ilk eline alan, o değil de sen olmuş olsaydın durum şimdi nasıl olurdu?" dedi Aragorn. "Senin başına daha kötüsü de gelebilirdi. Kim bilebilir? Ama korkarım şimdi benimle gelmek de senin nasibinmiş. Hem de hemen. Git, hazırlan ve Pippin'in bırakmış olduğu her şeyi getir. Acele et!"

Hiçbir dürtüye veya yönetime ihtiyacı olmayan Gölgeyele ovanın üzerinden uçuyordu. Bir saatten az bir vakit geçmişti ki İsen Geçitleri'ne vardılar ve geçtiler. Süvarilerin Höyük'ü ve soğuk mızrakları kurşuni renkleriyle arkalarında kalmıştı.

Pippin kendine gelmeye başlamıştı. Isınmıştı ama yüzüne gelen rüzgâr sert ve canlandırıcıydı. Gandalf ile birlikteydi. Taşın dehşeti ile ayın önünden geçen korkunç gölge, dağların pusunda veya geçip giden bir rüyada kalan şeyler gibi solmaya başlamıştı. Derin bir nefes aldı.

"Senin ata eyersiz bindiğini bilmezdim Gandalf," dedi. "Ne eyerin, ne de gemin var!"

"Gölgeyele dışındaki atlara elf usulü binmem," dedi Gandalf. "Lâkin Gölgeyele koşum takımı kabul etmiyor. Gölgeyele'ye binilmez: O ya seni taşımak ister, ya da istemez. Eğer istiyorsa, bu yeterlidir. O zaman sırtında kalıp kalmaman onun sorunudur, tabii kendini havaya atacak olursan o başka."

"Ne kadar hız yapıyor?" diye sordu Pippin. "Rüzgâr kadar hızlı ama yağ gibi akıyor. Adımları ne kadar hafif!"

"Şu anda en hızlı atın gidebileceği kadar hızlı koşuyor," diye cevap verdi Gandalf; "ama bu onun için hızlı sayılmaz. Toprak burada biraz yükseliyor ve nehrin öbür yanına nazaran daha çok yarıklarla dolu. Ama bak, yıldızların altındaki Ak Dağlar nasıl da yaklaşıyor! Öte yanda Thrihyrne'ün zirveleri kara mızraklar gibi uzanıyor. Yol çatalına ulaşıp, iki gece önce muharebenin yapıldığı Dip Vadisi'ne varmamıza az kaldı."

Pippin bir süre sessizce oturdu. Miller altlarında akıp gittikçe Gandalf'ın sessizce kendi kendine bir tekerlemenin kısa parçacıklarını birçok dilde mırıldanarak şarkı söylediğini duydu. Sonunda arif hobbitin sözcüklerini yakalayabildiği bir şarkıya geçti: Birkaç mısra, rüzgârın hışırtısı arasında kulaklarına net olarak çarptı:

Heybetli gemiler, heybetli krallar
Üç kere üçtü sayıları,
Ne getirdiler o batmış ülkeden
Aşarak akan suları?
Yedi yıldız getirdiler yedi de taş
Bir de ağaç kar beyazı.

"Ne söylüyorsun Gandalf?" diye sordu Pippin.

"İrfan Tekerlemeleri'nin bazılarını aklımdan geçiriyordum," diye cevap verdi arif. "Hobbitler galiba bunları unutmuşlar, hatta bir zamanlar bildiklerini bile."

"Hayır, herkes değil," dedi Pippin. "Üstelik kendimize ait de birçok tekerlememiz var, ama belki onlar senin ilgini çekmez. Fakat bunu hiç duymamıştım. Ne ile ilgili bu – yedi yıldız ile yedi taş?"

"Eski Zaman Kralları'nın *palantír*'leri ile ilgili," dedi Gandalf.

"Peki nedir onlar?"

"Kelimenin anlamı, *uzaklara bakan*'dır. Orthanc Taşı bunlardan bir tanesiydi."

"O zaman o, o zaman o," –Pippin tereddüt etti– "düşman tarafından yapılmamıştı, öyle mi?"

"Öyle," dedi Gandalf. "Saruman tarafından da yapılmadı. Bu onun da Sauron'un da kabiliyeti dışındadır. *Palantír*'ler Batıili'nin ötesinden, Eldamar'dan gelmiştir. Noldor yapmıştı onları. Belki de Fëanor'un kendisi, zamanı yıllarla ölçülemeyecek kadar önceki yıllarda işlemişti onları. Fakat Sauron'un kötüye kullanamayacağı hiçbir şey yoktur. Yazıklar olsun Saruman'a! Onun düşüşü bundan oldu, şimdi anlıyorum. Kendimizde mevcut olandan daha derin bir marifetin aletlerini kullanmak hepimiz için tehlikelidir. Ama yine de bu mesuliyeti taşımamız gerekir. Ahmak! Bunu kendi çıkarı için gizli tutmuş. Divan' da kimseye bundan tek bir söz bile etmemişti. Bizler henüz, yıkıcı savaşlar sırasında Gondor'un *palantír*'lerinin kaderi hakkında düşünmemiştik. İnsanlar tarafında neredeyse tamamen unutulmuşlardı. Gondor'da bile, sadece birkaç kişinin bildiği bir sırdı bu; Arnor'da ise, sadece Dúnedain tarafından, irfan tekerlemelerinde hatırlanan bir şeydi."

"Eski Zaman İnsanları bunları ne için kullanıyorlarmış?" dedi Pippin; bu kadar çok soruya cevap aldığı için mest olup şaşırmış bir halde ve bunun böyle ne kadar süreceğini merak ederek.

"Uzakları görmek ve birbirleriyle düşünce yoluyla konuşmak için," dedi Gandalf. "Bu yolla Gondor ülkesini uzun süre korumuş ve bir arada tutmuşlardı. Minas Anor ile Minas İthil'e ve İsengard halkası içine de Orthanc'a, Taşlar yerleştirmişlerdi. Yıkımından önce bunların en önemlisi ve temel olanı Osgiliath'daki Yıldız Kubbesi'nin altında idi. Üç tanesi Kuzey'de, uzaklardaydı. Elrond'un konağında bunların Annúminas ve Amon Sûl'da bulundukları ve Elendil'in Taşı'nın, kurşun renkli gemilerin bulunduğu Hilal Körfezi'ndeki Mithlond'a bakan Kule Tepeleri'nde olduğu söylenirdi.

"Her *palantír* bir diğerine cevap verirmiş ama Gondor'da bulunanların hepsi Osgiliath'ın görüşüne açık olurmuş. Şimdi anlaşılıyor ki Orthanc kayası nasıl zamanın fırtınalarına dayandıysa, orada kulenin *palantír*'i de kalmış. Fakat tek başına, uzak mesafelerdeki ve başka günlerdeki küçük görüntülerden başka bir şeyi göstermeye yaramaz. Bu da çok kullanışlı bir şeydi Saruman için kuşkusuz; yine de belli ki bununla yetinmemiş. Gitgide daha uzaklara bakmaya başlamış, ta ki bakışlarını Barad-dûr'a çevirinceye kadar. O zaman yakalanmış!

"Şu anda Arnor ile Gondor'un kaybolmuş Taşlarının nerede durduğunu veya gömülü olduğunu ya da hangi denizlerin derinlerine batmış olduğunu kim bilebilir? Ama Sauron en azından birini eline geçirip kendi amaçlarına göre kullanmış. Bence bu İthil Taşı idi, çünkü çok uzun zaman önce Minas İthil'i almış ve burasını kötü bir yer haline sokmuştu: Minas Morgul haline geldi orası.

"Şimdi, Saruman'ın etrafı kolaçan eden gözünün ne kadar çabucak tuzağa düşürülüp yakalandığını ve o zamandan beri nasıl uzaktan ikna edildiğini, ikna bir işe yaramadığında da gözünün korkutulduğunu tahmin etmek kolay oluyor. Isıran ısırıldı, atmaca kartalın ayağı altında, örümcek çelik ağa yakalandı! Acaba ne kadar zamandır, denetlenmek ve talimat almak için cam küreye gelmeye zorlanıyordu; ne zamandır Orthanc Taşı bu şekilde Barad-dûr'a meyletti de iradesi çok sağlam olmayan biri artık taşa baktığında taş bakanın aklındakileri hızla o tarafa taşıyor oldu? Kişileri kendine nasıl çekiyor böyle acaba? Ben bunu hiç hissetmedim mi? Şimdi dahi içimden irademi taş üzerinde denemek geliyor; bakalım taşı ondan zorla çevirip istediğim yere sevkedebilir miyim, engin su denizlerinden ve zamandan aşıp, Ak Ağaç ile Altın'ın her ikisi birden çiçek açmışken Zarif Tirion'a bakıp, Fëanor'un hayal bile etmesi imkânsız eli ve aklını iş başındayken algılayabilir miyim diye!" İçini çekerek sessizleşti.

"Keşke bütün bunları daha önceden bilseydim," dedi Pippin. "Ne yaptığım hakkında en ufak bir fikrim yoktu."

"Yo, vardı," dedi Gandalf. "Yanlış ve ahmakça bir iş yaptığının farkındaydın; kendi kendine söyledin bunu, ama dinlemedin. Bütün bunları daha önce sana anlatmadım, çünkü ancak birlikte at sürerken ve bir yandan da kendi kendime düşünürken, anladım hepsini sonunda. Fakat daha önce konuşmuş olsaydım bu ne senin taşa olan arzunu azaltırdı ne de ona karşı koymanı kolaylaştırırdı. Tam aksine! Yok, en iyi öğretmen yanan eldir. Ondan sonra ateşe karşı verilen öğüt gönüle kadar iner."

"İniyor," dedi Pippin. "Eğer yedi taşın yedisi de önüme serilse şimdi, gözlerimi kapar, ellerimi cebime sokarım."

"İyi!" dedi Gandalf. "Ben de öyle olacağını umuyordum."

"Ama merak ediyorum da..." diye başladı Pippin.

"İnsaf!" diye bağırdı Gandalf. "Eğer bilgi vermek senin meraklılığına şifa olacaksa, günlerimin geri kalanını sana cevap vererek geçiririm. Daha ne öğrenmek istiyorsun?"

"Yıldızların, sonra bütün canlı şeylerin isimlerini, sonra bütün Orta Dünya'nın, Gökötesi'nin ve Ayıran Denizler'in tarihçesini," diye güldü Pippin. "Tabii! Başka ne kaldı? Ama bu gece acelem yok. Şu anda sadece siyah gölgeyi merak ediyordum. Senin, 'Mordor'un habercisi' diye bağırdığını duydum. Neydi o? İsengard'da ne yapabilir?"

"O, kanatlı bir Kara Süvari, bir Nazgûl idi," dedi Gandalf. "Seni Karanlık Kule'ye götürebilirdi."

"Ama benim için gelmiyordu, değil mi?" diye kekeledi Pippin. "Yani henüz bilemezdi..."

"Elbette," dedi Gandalf. "Barad-dûr ile Orthanc'ın arası, doğrudan uçulacak olursa bile iki yüz fersah kadardır ve bu mesafeyi uçmak bir

Nazgûl'un bile birkaç saatini alır. Fakat belli ki Saruman ork saldırısından bu yana Taş'a bakmış; hiç kuşkum yok ki gizli düşüncelerinin onun dilediğinden daha büyük bir kısmı okunmuş oldu. Neler yaptığına baksın diye bir haberci yollanmış. Ve bu gece olanlardan sonra bir tane daha gelecektir sanırım, hızla. Böylece Saruman kendini bulaştırdığı şerrin son kısmına vasıl olmuş olacak. Gönderebileceği bir tutsağı yok. Bakıp da göreceği bir Taş'ı yok ve çağrıya bir cevap da veremeyecek. Sauron onun tutsağı elinde alıkoyduğunu ve Taş'ı kullanmayı reddettiğini sanacak. Haberciye doğruyu söylemek de Saruman'ı kurtarmaz. Çünkü İsengard yıkılmış olsa bile, o hâlâ Orthanc'ta emniyet içinde. Yani istese de istemese de bir isyankâr gibi görünecek. Ki sırf bu durumdan kurtulmak için bizi reddetmişti! Böylesine kötü bir durumda ne yapabilir hayal bile edemiyorum. Sanırım Orthanc'ta bulunduğu sürece, hâlâ Dokuz Süvari'ye karşı koyabilecek güce sahiptir. Bunu yapmaya çalışabilir. Nazgûl'ü yakalamaya veya şu anda Nazgûl'ün üzerine bindiği şeyi öldürmeye çalışabilir. O durumda Rohan'lıların atlarına göz kulak olmalarında yarar var!

"Fakat, ister bizim yararımıza, ister zararımıza olsun, neler olacağını bilemiyorum. Belki Düşman'ın düşünceleri karışabilir veya Saruman'a olan öfkesi yüzünden gecikebilir. Benim oraya gittiğimi, kuyruğumda hobbitlerle Orthanc'ın basamaklarında durduğumu da öğrenebilir. Veya Elendil'in bir varisinin hayatta olduğunu ve onun da benim yanımda olduğunu öğrenebilir. Eğer Solucandil Rohan zırhına kanmış olmasaydı Aragorn'u ve hak iddia ettiği unvanı hatırlardı. Benim korkum bu. İşte o yüzden tehlikeden değil, daha büyük bir tehlikeye doğru kaçıyoruz. Gölgeyele'nin her bir adımı seni Gölgeler Ülkesi'ne daha da çok yaklaştırıyor, Peregrin Took."

Pippin cevap vermedi ama sanki ani bir rüzgâr esmiş gibi pelerinine sarındı. Kurşun renkli topraklar geçiyordu altlarından.

"Bak!" dedi Gandalf. "Batıağılı vadileri önümüzde açılmaya başladı. Bu noktada doğuya giden yola geri dönmüş oluyoruz. Oradaki kara gölge Dip Vadisi'nin ağzı. O tarafta Aglarond ile Pırıltılı Mağaralar vardır. Sakın bana o konuda bir şey sorma. Gimli'ye sor eğer bir daha karşılaşırsanız, böylece belki de hayatında ilk kez istediğinden daha uzun bir cevap alırsın. Sen mağaraları göremeyeceksin; bu yolculukta en azından. Kısa bir süre sonra çok arkamızda kalmış olacaklar."

"Miğfer Dibi'nde duracağını zannediyordum!" dedi Pippin. "Nereye gidiyorsun o halde?"

"Savaş denizleri kuşatmadan önce Minas Tirith'e."

"Ya! Peki orası ne kadar uzakta?"

"Fersahlarca," diye cevap verdi Gandalf. "Kral Théoden'in meskeninden üç misli uzakta, orası da buradan, Mordor habercilerinin uçuşuyla en az yüz mil doğuda. Gölgeyele'nin daha uzun bir yoldan koşması gerekecek. Hangisi daha hızlı acaba?

"Şimdi şafak sökünceye kadar, yani birkaç saat daha at sürmeye devam edeceğiz. O zaman tepelerin kuytusunda bir yerde Gölgeyele'nin bile dinlenmesi lazım gelecek: Umarım Edoras'a denk gelir. Uyuyabilirsen uyu! Şafağın ilk pırıltılarını, Eorl'un konağının altın damında görebilirsin. Ve ondan iki gün sonra Mindolluin Dağı'nın mor gölgesini ve Denethor'un kulesinin bembeyaz surlarını sabah vaktinde görürsün.

"İlerle şimdi Gölgeyele! Koş, yüce ruhlu atım, daha önce hiç koşmadığın şekilde koş! Artık senin doğduğun topraklara geldik, her bir taşı bilmen gerek. Koş şimdi! Ümidimiz hıza kaldı!"

Gölgeyele sanki bir boru onu savaşa çağırmış gibi başını sallayarak yüksek sesle kişnedi. Sonra ileri fırladı. Ayağından ateşler saçılıyordu; gece üzerinden akıp geçiyordu.

Yavaş yavaş uykuya dalarken Pippin'in içine garip bir his doldu: Dünya atın ayakları altında rüzgârın gürültüsüyle dönerken sanki Gandalf ile birlikte o, koşan bir at heykelinin üzerine oturmuş bir taş kadar hareketsizdiler.

DÖRDÜNCÜ KİTAP

BÖLÜM I

SMÉAGOL'ÜN EHLİLEŞTİRİLMESİ

"Eh beyim, kısıldık kaldık besbelli," dedi Sam Gamgee. Kamburu çıkmış bir halde, bozuk bir moralle Frodo'nun yanında duruyor, kısık gözlerle karanlığa bakıyordu.

Grup'tan kaçalı üçüncü akşamlarıydı bu, bildikleri kadarıyla: Emyn Muil'in çıplak yamaçları ve kayaları arasından, bazen ilerleyecek bir yol bulamadıkları için geldikleri yoldan geri dönerek, bazen saatler önce bulundukları bir yere koca bir halka çizip dönmüş olduklarını fark ederek tırmanıp cebelleşirken, neredeyse zamanın ucunu kaçırmışlardı. Yine de genelde, ellerinden geldiğince bu garip, boğum boğum dağ düğümlerine yakın kalmaya çalışarak doğuya doğru düzgün bir biçimde ilerlemişlerdi. Fakat her seferinde, altındaki ovaya doğru kaşlarını çatmış olan dağın dış yüzünü dik, yüksek ve geçit vermez bulmuşlardı; devrik eteklerinin gerisinde hiçbir şeyin hareket etmediği, bir kuşun dahi görünmediği morumsu, küflenmiş bataklıklar uzanıyordu.

Hobbitler şimdi dibi sislerle örtülmüş yüksek, çıplak ve soğuk bir uçurumun kenarında duruyorlardı; arkalarında ise sürüklenen bulutlarla taçlanmış kırık kırık duran dağlık topraklar yükseliyordu. Doğu'dan ürperten bir rüzgâr esiyordu. Gece, önlerinde uzanan biçimsiz topraklar üzerine toplanıyor; dağların hastalıklı yeşili, kasvetli bir kahverengiye bırakıyordu yerini. Çok uzaklarda, sağ tarafta, gün boyunca güneş açtıkça kesik kesik pırıldayan Anduin artık gölgeler içinde gizlenmişti. Ama onların bakışları Nehir'in arkasına, geriye Gondor'a, arkadaşlarına, insanların ülkelerine yönelik değildi. Kara bir çizginin, yaklaşmakta olan gecenin kıyısında uzak, hareketsiz duman dağları gibi durduğu, güney ve doğu yönüne bakıyorlardı. Arada sırada, dünya ile gökyüzünün kıyısında minik, kırmızı bir ışın yukarı doğru çakıyordu.

"Amma kısıldık!" dedi Sam. "Duyup duyduğumuz bütün diyarlar arasında, yakından görmek istemediğimiz tek yer orasıydı; şimdi gitmek için uğraşıp durduğumuz yer orası! Ve hiçbir suretle gidemediğimiz yer de orası. Tamamen yanlış bir yere geldik, baksana. Aşağıya inemiyoruz; aşağıya inebilsek şu yeşil toprakların iğrenç bir bataklık olduğunu göreceğimize yemin ederim. Öf! Senin de burnuna geliyor mu?" Rüzgârı kokladı.

"Evet, geliyor," dedi Frodo ama hiç kıpırdamadı; karanlık çizgiye ve oynaşan aleve dalmış olan gözleri takılı kaldı. "Mordor!" diye mırıldandı fısıltıyla. "Oraya gitmem gerek; umarım oraya bir an önce varıp her şeyi bitiririm!" Titredi. Rüzgâr serindi ama yine de soğuk bir çürümenin kokusuyla ağırlaşmıştı.

"Eh," dedi sonunda gözlerini ayırarak, "bütün gece burada duramayız, buraya kısmış olsak da, olmasak da. Daha korunaklı bir yer bulup bir an önce kamp kurmamız lazım; belki gelen gün bize başka bir yol gösterir."

"Ya da sonraki veya sonraki veya öteki gün," diye mırıldandı Sam. "Veya belki de hiçbir gün bunu başaramaz. Yanlış yere geldik."

"Acaba," dedi Frodo. "Sanırım benim yazgım oradaki Gölge'ye gitmek; o yüzden bir yol mutlaka bulunacaktır. Fakat bu benim için hayır mı olacak, şer mi? Bütün umudumuz hızımızdaydı. Gecikmemiz Düşman'ın işine yarıyor – ve şu halime bak: Geciktim bile. Bizi yöneten Karanlık Kule'nin iradesi midir nedir? Bütün yaptığım seçimler kötü çıktı. Grup'u çok önceleri terk etmeliydim; Kuzey'den, Nehir'in ve Emyn Muil'in doğusundan ayrılıp inmeli, böylece Muharebe Ovası'nın zor yollarından Mordor geçitlerine geçmeliydim. Fakat artık seninle birlikte bir başımıza geriye bir yol bulmamız mümkün değil, üstelik orklar doğu kıyısında fırsat kollayıp dururken. Her geçen gün, kaybedilen kıymetli bir gün anlamına geliyor. Yorgunum Sam. Ne yapmam gerektiğini bilmiyorum. Ne kadar yiyeceğimiz kaldı?"

"Sadece, neydi isimleri, *lembas* kaldı Bay Frodo. Şöyle böyle bir miktar. Ama büyük bir lokma *lembas,* hiç yoktan iyi sayılır. Halbuki bunları ilk tattığımda, bir daha canımın başka bir şey çekmeyeceğini sandıydım. Ama şimdi: Kuru kuru bir parça ekmek ile bir maşrapa – hatta yarım maşrapa– bira pek güzel giderdi. Son konakladığımız yerden beri yemek takımlarını yanımda taşıyorum, ama ne işe yaradılar? Her şeyden önce yemek pişirmek için ateş yok; sonra pişirecek bir şey, ot bile yok!"

Dönerek taşlı bir oyuğa doğru ilerlediler. Batıya inen güneş bulutlara yakalanmıştı; gece hemen hemen indi. Ellerinden geldiğince iyi bir uyku çekmeye çalıştılar, çünkü ayaz, hava koşullarıyla çentik çentik olmuş zirveler arasında köşe bucak her yerde dönüyor, dönüyordu; en azından doğudan gelen rüzgârdan korunuyorlardı.

"Bir daha gördün mü onları Bay Frodo?" diye sordu Sam, sabahın soğuk kurşuniliğinde her yanları tutulmuş, üşüye üşüye oturmuş *lembas* peksimetlerini kemirirlerken.

"Hayır," dedi Frodo. "Hayır iki gecedir ne bir şey gördüm, ne bir şey duydum."

"Ben de," dedi Sam. "Grrr! O gözler tüylerimi diken diken ediyordu! Ama belki de sonunda ondan kurtulmuşuzdur, o yıvışık, sefil şeyden. Gollum! Elime geçerse ben onun gırtlağından güzel bir *gollum* sesi çıkartıvereyim de görsün gününü."

"Umarım buna hiç gerek kalmaz," dedi Frodo. "Bizi nasıl izleyebildi bilmiyorum; ama belki, senin de söylediğin gibi izimizi kaybetmiştir. Bu kuru ve çıplak yerlerde pek ayak izi kalmaz; pek koku da bırakmayız, onun o durmadan havayı koklayan burnu için bile."

"Keşke öyle olsa," dedi Sam. "Ondan tamamen kurtulabilmeyi o kadar çok istiyorum ki!"

"Ben de!" dedi Frodo; "ama beni esas huzursuz eden bu değil. Bu tepelerden uzaklaşmak istiyorum ben! Onlardan nefret ediyorum. Doğu tarafında kendimi çırılçıplak hissediyorum, sanki öte yandaki Gölge ile aramda ölü ovadan başka bir şey yokmuş da, ben burada kısılıp kalmışım gibi. İçinde bir Göz var. Haydi! Bugün ne yapıp edip aşağıya inmemiz gerek."

Fakat gün ilerledi ve akşam olurken onlar hâlâ tepenin sırtlarında debelenip duruyorlardı; aşağıya inen bir yol bulamamışlardı.

Bazen o çıplak toprakların sessizliğinde arkalarından belli belirsiz sesler duyduklarını hayal ediyorlardı, düşen bir taş gibi; veya taşlar üzerinde ıslak bir ayak sesi duyduklarını zannediyorlardı. Fakat durup da kıpırdamadan dinlediklerinde ses kesilmiş oluyordu; sadece taşların kenarlarında inleyen rüzgârın sesi geliyordu kulaklarına – ama bu bile onlara, sivri dişlerden tıslayarak çıkan yumuşak bir nefesi hatırlatıyordu.

Bütün gün boyunca onlar ilerlemeye çalıştıkça Emyn Muil'in dış sırtları yavaş yavaş kuzeye doğru döndü. Emyn Muil'in kıyısında artık çentilmiş ve yıpranmış, sel sularıyla siper gibi açılmış, dimdik aşağıya, uçurumun yüzünde bulunan dar ve derin dağ geçitlerine doğru alçalan yarıklarla kesintiye uğrayan kayalardan oluşan geniş, devrik bir düzlük uzanıyordu. Gitgide daha derin ve daha sık olmaya başlayan bu yarıklar arasından bir yol bulmak için Frodo ile Sam sola, kenardan uzaklara doğru kaymışlar ve birkaç mil sonra yavaş yavaş ama muntazam bir şekilde yokuş aşağı gitmeye başlayıncaya kadar da bunu fark etmemişlerdi: Uçurum tepesi, ova düzeyine doğru inmeye başlamıştı.

Sonunda durmak zorunda kaldılar. Bulundukları sırt kuzeye doğru daha sert bir biçimde dönüyor ve daha derin bir dağ geçidi ile yarılıyordu. Diğer tarafta yeniden yükseliyordu, tek bir basamakta birkaç kulaç birden: Önlerinde kocaman, sanki tek bir bıçak darbesiyle kesilmiş gibi duran kurşuni bir uçurum vardı. Artık ilerleyemezlerdi, ya batıya ya da doğuya dönmek zorundaydılar. Fakat batı onları dağların ortasına doğru götürerek daha fazla zahmete sokacak, daha çok oyalayacaktı; doğu ise sarp kayaların dışına götürecekti.

"Bu yarıktan aşağıya inmeye çalışmaktan başka çaremiz yok Sam," dedi Frodo. "Bakalım bizi nereye götürecek!"

"Eminim, düşüp kafamızı kıracağız," dedi Sam.

Yarık göründüğünden daha uzun ve daha derindi. Biraz aşağıda birkaç yamru yumru ve bodur ağaç buldular; günlerdir gördükleri ilk ağaçlar bunlardı: Çoğunlukla eğrilmiş huş ağaçları ile orada burada bir iki çam ağacı. Çoğu, doğu rüzgârları tarafından iliklerine kadar kemirilmiş, ölmüş ve kurumuştu. Bir zamanlar, daha ılımlı günlerde bu yarıkta hatırı sayılır bir çalılık olduğu belliydi, fakat artık elli metre kadar bir mesafe sonra ağaçlık sona eriyordu; neredeyse uçurumun kıyısına kadar kırık ağaç gövdeleri dağınık bir şekilde yayılmış olsa da. Kayadaki çatlağın kenarı boyunca uzanan yarığın dibi kırık dökük kaya parçalarıyla pürüzlenmişti ve dimdik bir şekilde aşağı doğru meylediyordu. Sonunda yarığın kenarına vardıklarında Frodo eğildi ve uzanarak aşağıya baktı.

"Bak!" dedi. "Epey bir inmiş olmamız gerek, ya da uçurum çökmüş. Buradan bakınca aşağısı, eskisine nazaran daha yakın, inmesi de daha kolay görünüyor."

Sam diz çökerek gönülsüzce kenardan aşağıya baktı. Sonra da başını kaldırıp, sollarında yükselmekte olan muazzam uçuruma göz attı.

"Daha kolaymış!" diye homurdandı. "Eh, gerçi aşağıya inmek her zaman için tırmanmaktan daha kolay sayılır galiba. Uçmasını beceremeyenler sıçrayabilir!"

"Yine de biraz büyük bir sıçrayış olurdu," dedi Frodo. "Aşağı yukarı, şey" –bir süre göz kararı ölçerek durdu– "aşağı yukarı on sekiz kulaç kadar tahminimce. Daha fazla değildir."

"Bu da yeter!" dedi Sam. "Uf! Yukarıdan aşağıya bakmaktan nasıl da nefret ediyorum! Yine de bakmak, inmekten iyidir."

"Her neyse," dedi Frodo, "Bence buradan inebiliriz; bunu denemeye mecburuz bana kalırsa. Bak, bu kaya birkaç mil önceki kayalardan farklı. Biraz kaymış ve çatlamış."

Gerçekten de dıştaki yamaç artık dimdik değildi, dışarıya doğru biraz meylediyordu. İçindeki yollar dönüp karışmış, yer yer geniş birer basamak gibi büyük çatlaklar ve uzun meyilli yarıklar oluşturacak şekilde temellerinden biraz kaymış kocaman bir kale duvarına veya sete benziyordu.

"Eğer aşağıya inmeyi deneyeceksek, hemen harekete geçmemizde yarar var. Hava erken kararıyor. Galiba bir fırtına yaklaşıyor."

Doğu'daki dağların dumanlı bulanıklığı, daha şimdiden uzun kollarıyla batıya doğru uzanan daha derin bir siyahlık içinde kaybolmuştu. Artmakta olan esinti ırak bir gökgürültüsünün mırıltısını taşıyordu. Frodo havayı koklayarak, düşünceli düşünceli gökyüzüne baktı. Kemerini pelerininin dışından dolayarak sıktı ve hafif yükünü sırtına aldı; sonra uçurumun kenarına doğru bir adım attı. "Bir deneyeceğim," dedi.

"Pek güzel!" dedi Sam sıkkın sıkkın. "Ama önce ben iniyorum."

"Sen mi?" dedi Frodo. "Peki, uçurumlardan inme konusunda fikrini nasıl değiştirdin?"

"Fikrimi değiştirmiş falan değilim. Ama bu sadece sağduyu: Kimin ayağı kaymaya daha meyilliyse onu alta koymakta hayır vardır. Senin tepene düşüp, seni de düşürmek istemiyorum – tek bir düşüşle iki kişinin ölmesinin âlemi yok."

Daha Frodo onu durduramadan yere oturarak bacaklarını uçurumun kenarından sallandırdı, dönerek ayak parmaklarıyla basacak bir yer aramaya başladı. Daha önce hiç bu kadar cesurca, ya da daha ziyade, akılsızca bir şey yapmış mıydı, bilinmez.

"Hayır, hayır! Sam, seni ahmak seni!" dedi Frodo. "Ne yapacağına bakmadan o şekilde körü körüne gidersen kendini öldüreceğin kesin.

Geri gel!" Sam'i koltuk altından tutarak yukarı çekti. "Şimdi birazcık dur da sabırlı ol!" dedi. Sonra yere yatarak, başını uzatıp aşağı baktı; fakat güneş henüz kavuşmamış olduğu halde ışık büyük bir hızla zayıflıyor gibiydi. "Sanırım bu işi becerebiliriz," dedi hemen. "En azından ben becerebilirim; sen de becerebilirsin, tabii eğer aklına mukayyet olur da beni dikkatle takip edersen."

"Nasıl böyle emin olabiliyorsun bilmem," dedi Sam. "Baksana! Bu ışıkta uçurumun dibini görmen mümkün değil. Ya tutunabilecek bir yer bulamadığın bir noktaya gelirsen?"

"Geri tırmanırım herhalde," dedi Frodo.

"Söylemesi kolay," diye karşı çıktı Sam. "Sabahı, daha bol ışığı beklesek daha iyi."

"Hayır! Mümkünse beklemeyeceğim," dedi Frodo ani ve garip bir ateşlilikle. "Her saat, her dakika kıymetli benim için. Bir denemek için aşağı gidiyorum. Ben geri gelinceye veya sana seslenınceye kadar beni takip edeyim deme!"

Uçurumun taşlı kenarına parmaklarıyla tutunarak yavaş yavaş kendini aşağıya bıraktı, ta ki kolları tamamen gerilip ayak parmakları bir kaya çıkıntısına denk gelinceye kadar. "Bir basamak aşağıya!" dedi. "Bu çıkıntı sağa doğru genişliyor üstelik. Bir yere tutunmadan burada durabiliyorum. Ben..." sözü yarım kaldı.

Giderek hız kazanan aceleci karanlık Doğu'dan saldırarak gökyüzünü yuttu. Tam tepelerinde gökgürültüsünün havayı yırtan kuru çatırtısı duyuldu. Gözleri kör eden bir yıldırım tepelere doğru kuvvetle indi. Sonra yırtıcı bir rüzgâr patlak verdi; rüzgârın gümbürtüsüyle yüksek tiz bir çığlık duyuldu. Hobbitler böyle bir çığlığı uzaklarda, Hobbitköy'den kaçarken Batak'ta duymuşlardı ve orada, Shire'ın ormanlarında dahi kanlarını dondurmuştu. Buralarda, bu viranelikte dehşeti çok daha fazlaydı: Onları dehşetin ve çaresizliğin soğuk bıçaklarıyla parçalıyor, kalplerini durduruyor, nefeslerini kesiyordu. Sam yüzükoyun yere kapandı. Frodo ellerini bırakarak başını ve kulaklarını kapattı. Sallandı ve feryat figan aşağıya doğru kaydı.

Sam onu duyarak bir gayret uçurumun kenarına doğru emekledi. "Beyim, beyim!" diye seslendi. "Beyim!"

Hiç cevap alamadı. Her yanının tir tir titrediğini fark etti fakat nefesine hâkim olarak bir kez daha bağırdı: "Beyim!" Rüzgâr Sam'in sesini gırtlağına geri tepiyordu sanki, fakat sonra yarıktan yukarı doğru gürleyerek esip de tepelere doğru gittikçe kulaklarına cılız bir cevap gelmeye başladı:

"Tamam, tamam! Buradayım. Ama bir şey göremiyorum."

Frodo cılız bir sesle sesleniyordu. Aslında çok aşağıda değildi. Düşmemiş, kaymıştı, birkaç metre aşağıda, daha geniş bir kaya çıkıntısında ayaklarının üzerinde ani bir şekilde sarsılarak durmuştu. Şansına kayanın yüzü burada oldukça geriye doğru yatmıştı ve rüzgâr da onu kayaya yapıştıracak şekilde esiyordu, o yüzden de aşağıya yuvarlanmadan durabilmişti. Yüzünü soğuk kayaya yapıştırıp, kalp atışlarını küt küt dinleyerek kendini biraz emniyete aldı. Fakat ya karanlık tamamen her yeri kaplamıştı ya da artık göremiyordu. Etrafı olduğu gibi kapkaraydı. Kör olup olmadığını merak etti. Derin bir nefes aldı.

Sam'in "Geri gel! Geri gel!" diyen sesini duydu yukarıdaki karanlıktan.

"Gelemem," dedi. "Göremiyorum. Tutunacak bir yer bulamıyorum. Henüz kıpırdayamam."

"Ben ne yapabilirim Bay Frodo? Ne yapabilirim?" diye bağırdı Sam, tehlikeli bir biçimde aşağı doğru sarkarak. Beyi neden göremiyordu? Etraf gerçekten de kararmıştı ama o kadar karanlık değildi. Altında, uçuruma yapışmış kurşuni renkli çaresiz bir siluet gibi görebiliyordu Frodo'yu. Fakat Frodo yetişemeyeceği kadar uzaktaydı.

Bir gökgürültüsü çatırtısı daha duyuldu; sonra da yağmur başladı. Kör eden bir perde halinde doluyla karışık uçuruma doğru yağıyordu, buz gibi.

"Aşağıya yanına geliyorum," diye bağırdı Sam, gerçi o şekilde ne gibi bir faydası dokunacağını kendi de bilmiyordu.

"Hayır, hayır! Bekle!" diye seslendi Frodo, artık daha güçlü bir sesle. "Yakında daha iyi olurum. Daha şimdiden kendimi daha iyi hissediyorum. Bekle! İpsiz bir şey yapamazsın."

"İp!" diye bağırdı Sam, rahat bir nefes alıp, heyecanla kendi kendine konuşarak. "Eh, kalınkafalılara ibret-i âlem olsun diye bir ipin ucunda sallanmayı hak etmiyorsam ne olayım! Avanaktan başka bir halt değilsin sen Sam Gamgee: Bunu Babalık sık sık derdi bana, onun sözüydü. İp!"

"Kes söylenmeyi!" diye bağırdı Frodo; artık hem kendini avutacak, hem de kendine sinir olacak kadar toparlanmıştı. "Babalığını boş ver! Sen cebinde biraz ip olduğunu mu söylemeye çalışıyorsun yoksa? Eğer öyleyse çıkar hemen!"

"Evet Bay Frodo, dengimde var ya. Yüzlerce mil taşıdım da unutuvermişim!"

"O halde işe koyul ve bir ucunu aşağı salla!"

Sam dengini çabucak yere indirip, altüst ederek aramaya koyuldu. Gerçekten de dengin dibinde, Lórien halkının yapmış olduğu, ipeksi griden bir kangal ip duruyordu. İpin bir ucunu beyine attı. Karanlık Frodo'nun gözlerinden kalkar gibi oldu; ya da yeniden gözleri açılıyordu. Aşağı doğru sallanan gri çizgiyi görebilmiş, bunun solgun gümüşsü bir pırıltı olduğunu düşünmüştü. Artık karanlık içinde gözlerini odaklayabileceği bir nokta olduğu için başının daha az döndüğünü hissetti. Ağırlığını öne vererek ipi beline sıkı sıkı doladı ve iki eliyle asıldı.

Sam gerileyerek, uçurum kenarından bir iki metre uzaklıktaki bir ağaç kökünden ayağıyla destek aldı. Biraz kendi çabasıyla, biraz da Sam'in çekmesiyle yukarı çıkan Frodo kendisini yere attı.

Gökgürültüsü uzaklarda homurdanarak gürledi, yağmur hâlâ şiddetle yağıyordu. Hobbitler emekleyerek dere yatağına geri döndüler, fakat orada da pek korunaklı bir yer bulamadılar. Yağmur suları küçük derecikler halinde akıp gidiyordu; kısa bir süre sonra taşların üzerinden bir su bulutu kaldırarak, coşkun akan bir sel haline geldiler ve uçurumdan aşağıya geniş bir çatının oluklarından fışkırır gibi fışkırmaya başladılar.

"Orada olaydım ya boğulacakmışım, ya da sürüklenip gidecekmişim," dedi Frodo. "O ipin yanında olması ne büyük şans!"

"Daha önce düşünmüş olsaydım, daha isabetli olacaktı," dedi Sam. "Belki tam biz yola koyulurken onların ipi kayıklara koyuşunu hatırlıyorsundur: Elf ülkesinde hani. İpleri pek beğendiydim de bir kangalanı kendi dengime atıverdiydim. Seneler önce gibi geliyor. 'Sıkışınca çok işe yarayabilir,' demişti: Ya Haldir, ya da o halktan başka birileri. Doğru da demiş."

"Bir boy daha getirmeyi akıl edemeyişim ne acı," dedi Frodo; "ama Grup'tan öyle aceleyle, öyle kafam karışık ayrıldım ki. Keşke bizi aşağıya indirecek kadar uzun ipimiz olsaydı. Senin ipinin uzunluğunu merak ettim, ne kadardır acaba?"

Sam ipi yavaş yavaş kalama ederek koluyla ölçtü: "Beş, on, yirmi, otuz arşın, aşağı yukarı," dedi.

"Hiç aklına gelir miydi!" diye heyecanla bağırdı Frodo.

"Ah! Hiç!" dedi Sam. "Elfler harika bir halk. Biraz ince gibi görünüyor ama sağlam; üstelik ele de süt gibi yumuşacık geliyor. Sıkı sıkı da sarılıyor; hafif mi hafif. Hakikaten de harika bir halk!"

"Otuz arşın!" dedi Frodo şöyle aklından bir tartarak. "Herhalde yeter. Eğer gece çökmeden fırtına geçerse ben bir deneyeceğim."

"Yağmur hemen hemen kesildi bile," dedi Sam; "ama sakın bu alacakaranlıkta riskli bir şey daha yapmaya kalkma Bay Frodo! Üstelik ben daha o rüzgârın çığlığını üzerimden atamadım, sen attıysan bile. Aynı bir Kara Süvari gibi çıktı ses – ama havadan geliyordu; tabii eğer uçabiliyorlarsa. Ben, gece geçinceye kadar bu çatlakta uyuruz diye düşünüyordum."

"Ben ise, Karanlık Ülke'nin gözleri bataklıklardan bana doğru bakarken bu uçurum kenarında sıkışmış kalmış halde gerektiğinden bir an bile fazla vakit harcamayı düşünmüyorum," dedi Frodo.

Bunu söyleyerek ayağa kalktı ve yeniden dere yatağının kenarına gitti. Aşağıya baktı. Doğu'da gökyüzü yeniden açılıyordu. Fırtınanın parça parça ve sırılsıklam etekleri kalkıyordu; savaşın merkezi, koca kanatlarını Sauron'un karanlık düşüncelerinin bir süre için çöreklendiği Emyn Muil üzerine germek üzere geçip gitmişti. Oradan dönüp, dolular ve şimşeklerle Anduin Vadisi'ni vurarak savaş tehdidi ile Minas Tirith üzerine gölgesini saldı. Sonra dağlar üzerinde alçalıp, ovada uzaktaki Süvariler Batı'ya doğru atlarını sürerken güneşin gerisinde kara kulelerin hareket ettiklerini görünceye kadar, kocaman helezonlar halinde toplanarak Gondor'un ve Rohan'ın etekleri üzerinden yavaş yavaş yuvarlandı. Fakat burada, çölün ve fena kokulu bataklıkların üzerinde akşamın derin mavi göğü yeniden açıldı ve hilâl şeklindeki ayın üzerindeki gök kubbede minik beyaz delikler misali birkaç solgun yıldız meydana çıktı.

"Tekrar görebilmek çok hoş," dedi Frodo, derin bir nefes alarak. "Biliyor musun, bir an için kör olduğumu zannettim. Şimşekten veya daha beter bir şeyden. O gri ip gelinceye kadar hiçbir şey, ama hiçbir şey göremedim. Sanki ip parlıyor gibiydi."

"Karanlıkta gümüşe benziyor zaten," dedi Sam. "Daha önce hiç dikkatimi çekmemişti; gerçi onu bulup çıkartıncaya kadar onun yanımda olduğunu da hiç hatırlamamıştım. Fakat aşağıya inmek konusunda çok kararlıysan Bay Frodo, ipi nasıl kullanmayı düşünüyorsun? Otuz arşın diyorsun, yani on sekiz kulaç kadar: Sence uçurum bundan daha derin değil mi yani?"

Frodo bir süre düşündü. "İpi o kütüğe sıkı sıkı bağla Sam!" dedi.

"Sanırım bu kez istediğin olacak, ilk olarak sen ineceksin. Ben seni aşağıya salacağım, kayadan uzaklaşmak için ayaklarını ve ellerini kullanmaktan başka bir şey yapmana gerek kalmayacak. Gerçi ağırlığını kayalardaki çıkıntılara verip bana yardımcı olursan, dinlenmemi sağlamış olursun. Yere vardığında, ben de seni izleyeceğim. Artık kendime geldim sayılır."

"Pek iyi," dedi Sam ağır ağır. "Madem öyle gerekiyor, bir an önce bitirelim!"

İpi alarak, uçurum kenarındaki kütüğe sıkı sıkı bağladı; sonra diğer ucunu kendi beline bağladı. Gönülsüzce döndü ve ikinci bir kere uçurumun kenarından aşağıya sallanmaya hazırlandı.

Ancak işler hiç de tahmin ettiği gibi kötü gitmedi. Gerçi bacaklarının arasından aşağıya bakınca gözünü birkaç kez kapatmak zorunda kalmıştı ama ip ona güven vermişti adeta. Hiçbir çıkıntının bulunmadığı, uçurumun duvarının dimdik olduğu ve çok kısa bir mesafe için içeri doğru oyulmuş olan biçimsiz bir nokta vardı kayada; orada kayarak gümüş ipin ucunda sallandı. Fakat Frodo onu yavaş yavaş ve düzenli bir şekilde indirmeye devam etti ve sonunda iniş bitti. En büyük korkusu, hâlâ yukarlarda bir yerlerdeyken ipin bitivermesiydi ama Sam uçurumun dibine varıp da, "İndim!" diye bağırdığında, Frodo'nun elinde epeyce ip kalmıştı daha. Sesi aşağıdan net olarak geliyordu ama Frodo onu göremiyordu; gri renkli elf pelerini onu alacakaranlığın içinde eritip kaybetmişti.

Frodo'nun Sam'i takip etmesi biraz daha uzun sürdü. İpi beline dolayıp yukarıya sıkıca bağlamıştı; ayrıca yere çarpmadan önce onu yukarı çeksin diye biraz da kısaltmıştı ipi; yine de düşmeyi göze almak istemiyordu; ayrıca o ince gri ipe Sam kadar güvenmiyordu. Bununla birlikte, tamamen ipe güvenmesi gereken iki yerle karşılaştı: Güçlü hobbit parmakları için dahi tutunacak bir yer bulunmayan pürüzsüz yüzeyler ve kayadaki çıkıntıların birbirinden çok uzak olduğu yerler. Fakat sonunda o da aşağıya inmişti.

"Âlâ!" diye bağırdı. "Başardık! Emyn Muil'den kaçtık! Şimdi sırada ne var, merak ediyorum. Belki kısa bir süre sonra yeniden ayağımızın altında sert kayaları hissetmek için ağlamaya başlarız."

Fakat Sam cevap vermedi: O yeniden uçuruma bakmaya başlamıştı. "Avanak!" dedi. "Budala! Benim güzel ipim! Al bakalım, o kütüğün tekine bağlı kaldı; biz de en dipteyiz. O sinsi Gollum'un ağzına layık bir merdiven ancak böyle bırakılabilirdi. Ne yöne gittiğimizi söylemek için bir tabela dikeydik daha iyiydi! Biraz fazla kolay oldu zaten."

"Eğer hem ipi kullanıp, hem de yanımıza alabileceğimiz bir yol söyleyebilirsen o zaman Babalık'ın sana vermiş olduğu avanak ismini, ya da herhangi bir ismi bana devredebilirsin," dedi Frodo. "Çok istiyorsan çık yukarı, ipi çöz, kendini aşağıya at!"

Sam başını kaşıdı. "Hayır, bir yolunu bulamıyorum, kusura bakma," dedi. "Ama onu bırakmaktan da hiç hoşnut değilim, bu da bir gerçek." İpin ucunu okşayarak, hafifçe salladı. "Elf diyarından getirdiğim bir şeyden ayrılmak çok zor geliyor. Üstelik belki de Galadriel'in kendisi tarafından yapılmıştı. Galadriel," diye mırıldandı başını üzgün üzgün sallayarak. Yukarı doğru baktı ve sanki son bir kez elveda dercesine ipe asıldı.

İp her iki hobbiti de hayretler içinde bırakarak çözülüverdi. Sam yere yuvarlandı ve uzun gri ip kıvrımları sessizce üzerine kayıverdi. Frodo güldü. "İpi kim bağlamıştı?" dedi. "Bu kadar bağlı kalması ne büyük şans! Bütün ağırlığımı senin bir düğümüne vermiş olduğumu düşünüyorum da!"

Sam gülmedi. "İplere tırmanma konusunda pek başarılı olmayabilirim Bay Frodo," dedi alınmış bir sesle, "ama ipler ve düğümler konusunda bir şeyler biliyorum. Aileden gelen bir şey sayılır. Baksana sen, benim büyük babamın, onun ardından da Babalık'ın en büyük ağabeyi olan amcam Andy'nin Tighfiel'in oralarda bir ip bükme yeri vardı yıllar yılı. Üstelik bir kütüğe benden daha hızlı ilmik geçiren yoktur, ne Shire'da, ne Shire dışında."

"O halde ip kopmuş olmalı – ya da bir taşa sürte sürte yıprandı herhalde," dedi Frodo.

"Eminim öyle olmamıştır!" dedi Sam daha da incinmiş bir sesle. Eğilerek ipin uçlarını inceledi. "Olmamış da zaten. Bir tel bile kopmamış!"

"O halde düğümde bir şey vardı demek ki," dedi Frodo.

Sam başını hayır anlamında sallayarak sustu. İpi ellerinde düşünceli düşünceli yokluyordu bir boydan bir boya. "Ne düşünürsen düşün Bay Frodo," dedi sonunda, "ama bence ip kendi kendine çözüldü – ben seslendiğim zaman." İpi sararak büyük bir sevgiyle bohçasına soktu.

"Çözüldüğü bir gerçek," dedi Frodo, "önemli olan da bu. Fakat şimdi ne yapmamız gerektiğini düşünmek lazım. Çok yakında gece çökmüş olacak. Yıldızlar ve ay ne kadar da güzel!"

"İçimizi ısıtıyorlar, öyle değil mi?" dedi Sam yukarı bakarak. "Bir şekilde elfçe bir halleri var. Ay da büyümeye başladı. Bu bulutlu havada bir iki gecedir göremiyorduk onu. Hayli ışık vermeye başladı."

"Evet," dedi Frodo; "ama birkaç gün daha dolunay olmaz. Bataklıklardan, yarım ayda geçmeyi deneyeceğimizi zannetmiyorum."

Gecenin ilk gölgeleri altında yolculuklarının ikinci safhasına başladılar. Bir süre sonra Sam geriye dönerek, geldikleri yola baktı. Dere yatağının ağzı, loş uçurumda kara bir çentik gibi duruyordu. "İpin yanımızda olduğuna çok memnunum," dedi. "O yol kesen eşkiyaya ufacık bir bilmece bırakmışızdır herhalde. İsterse o mundar şıpıdık ayaklarını taş çıkıntılarında bir denesin bakalım!"

Yollarını, yağan sağnak yağmur ile kayganlaşmış, yuvarlanmış kaya ve sert taş yığını arasından bularak, uçurumun eteklerinden uzaklaştılar. Zemin hâlâ dik bir biçimde alçalıyordu. Ayaklarının dibinde kapkara açılan kocaman bir yarığa geldiklerinde daha pek ilerlememişlerdi. Yarık çok geniş değildi, ama bu alacakaranlıkta da üzerinden atlanamazdı. Yarığın derinliklerinde bir suyun köpüre köpüre aktığını duyar gibi oldular. Yarık sollarında, geriye dağlara, kuzeye doğru kıvrılıp gidiyor ve bu yönde yollarını engelliyordu, en azından karanlıkta.

"Uçurum boyunca güneye doğru bir yol denesek daha iyi," dedi Sam. "Orada kuytu bir köşe, mağara veya o tür bir şeyler bulabiliriz."

"Herhalde," dedi Frodo. "Vakit kaybettiğimiz için üzülüyorum, ama çok yorgunum, bu gece daha fazla kayalar arasında debelenebileceğimi zannetmiyorum. Keşke önümüzde açık seçik bir yol olsaydı: O zaman bacaklarım el verdiğince giderdim."

Emyn Muil'in yıkık dökük eteklerinde yollarının daha kolay olmadığını gördüler. Ayrıca Sam de içine sığınabilecekleri kuytu bir yer veya oyuk bulamadı: Artık yalnızca yeniden yükselmeye başlayan ve geriye gittikçe daha dik ve sarp olan, üzerinde uçurumun asık bir yüzle yükseldiği çıplak taşlı yamaçlar vardı. Sonunda, yorgunluktan bitmiş bir halde, uçurumun tam dibinde yatan, devrik bir kayanın korunaklı yanında kendilerini yere bıraktılar. Orada bir süre, uzaklaştırmak için ne yaparlarsa yapsınlar sonunda uyku üzerlerine çökerken, soğuk taşlı gecede birbirlerine mahzun mahzun sokularak oturdular. Ay artık tüm belirginliğiyle tepeye tırmanmıştı. İnce beyaz ışığı kayaların yüzünü aydınlatıyor, uçurumun soğuk, çatık kaşlı duvarlarını boyuyor, bütün o engin, muazzam karanlığı, kara gölgelerle parçalayan ürpertili, soluk bir griye çeviriyordu.

"Eh!" dedi Frodo ayağa kalkıp pelerinine daha sıkı sarınarak. "Sen biraz uyu Sam; benim battaniyemi de al. Ben bir süre nöbet tutup bir aşağı bir yukarı yürüyeceğim." Aniden dikildi; eğilerek Sam'in kolunu yakaladı. "O da ne?" diye fısıldadı. "Şuraya, uçuruma bak!"

Sam baktı ve dişleri arasından sert bir nefes verdi. "Ssss!" dedi. "İşte o. Bu o Gollum! Yılanlar ve engerekler adına! Ben de aşağıya inince onu şaşırttığımızı düşünmüştüm! Şuna bir bak! Duvara tırmanan iğrenç bir örümceğe benziyor."

Soluk ay ışığında dimdik ve neredeyse pürüzsüz gibi görünen uçurumun yüzünden aşağıya, incecik kolları ve bacakları açılmış küçük siyah bir şekil iniyordu. Belki yumuşak, yapışkan elleriyle ayak parmakları hiçbir hobbitin görüp kullanamadığı çatlaklar ve delikler buluyordu, ama bir yandan da sinsi, kocaman bir örümcek misali, el ve ayaklarının yapışkan yumuşak tabanlarıyla yapışarak yürüyormuş gibi görünüyordu. Üstelik baş aşağıya iniyordu, sanki yolunu koklaya koklaya buluyormuş gibi. Arada bir başını yavaş yavaş kaldırarak derisi kemiğine yapışmış uzun boynu üzerinde tamamen arkaya çeviriyordu; hobbitlerin gözüne iki minik, solgun ışık takıldı, ay ışığında bir an için açılıp sonra çabucak yeniden kapanan gözler.

"Sence bizi görüyor mu?" dedi Sam.

"Bilmiyorum," dedi Frodo sessizce, "ama zannetmiyorum. Dost gözlerin bile bu elf işi pelerinleri görmesi çok zor: Gölgede olunca ben bile seni birkaç adım ötedeyken göremiyorum. Ayrıca onun ne güneşi, ne de ayı sevmediğini duymuştum."

"O halde neden tam buradan aşağıya iniyor?" diye sordu Sam.

"Yavaş Sam!" dedi Frodo. "Belki de kokumuzu alabiliyordur. Ayrıca elfler kadar keskin kulakları var sanırım. Galiba şu anda bir şey duydu; büyük bir ihtimalle seslerimizi. Orada epey bir bağrışıp çağrışmıştık; ayrıca bir dakika öncesine kadar çok yüksek sesle konuşuyorduk."

"Her neyse, ondan bıktım artık," dedi Sam. "Benim kaldıramayacağım kadar sık çıkmaya başladı karşıma; ona söyleyeceğim bir iki lakırdı olacak, eğer becerebilirsem. Zaten bu kez elimizden kaçıracağımızı hiç zannetmiyorum." Gri başlığını tepesine iyice çekerek bir hırsız gibi uçuruma doğru ilerlemeye başladı Sam.

"Dikkat et!" diye fısıldadı Frodo arkasından giderek. "Onu telaşlandırma! Göründüğünden çok daha tehlikeli."

Siyah, emekleyen şekil artık yolun dörtte üçünü inmişti, belki de uçurumun dibinden elli ayak, ya da daha az bir mesafe yukarıdaydı. Yuvarlanmış büyük bir kayanın gölgesine bir taş kadar kıpırtısız çömelmiş olan hobbitler onu izlediler. Ya aşılması zor bir geçide gelmişti, ya da bir şey onu rahatsız etmişti. Tıkanmış gibi burnunu çektiğini duydular; arada bir de, küfüre benzeyen sert, tıslamalı bir nefes sesi duyuyorlardı. Gollum başını kaldırdı; sanki onun tükürdüğünü duymuşlardı. Sonra tekrar hareket etti. Artık çatlak, tıslayan sesini duyabiliyorlardı.

"Ah, sss! Dikkat kıymetlim! Ne kadar acele o kadar yavaş. Boynumusu risske atmayalım, atmayalım değil mi kıymetlim? Hayır kıymetlim – *gollum!*" Başını tekrar kaldırdı, ay ışığında gözlerini kırpıştırdı ve çabucak gözlerini kapattı. "Nefret ediyoruss," diye tısladı. "Piss, piss parlak ışık –sss– bisi gösetliyor kıymetlim – göslerimisi acıtıyor."

Artık iyice alçalıyordu; tıslamaları daha keskin ve net olarak geliyordu. "Nerde, hani nerde: Kıymetlim, kıymetlim nerde? Bisim, öyle ya işte bisim ve bis de onu isstisiyoruss. Hırssıslar, hırssıslar, piss küçük hırssıslar. Neredeler şimdi onlar benim kıymetlimle? Lanet olssunlar! Onlardan nefret edisiyorus."

"Bizim burada olduğumuzu biliyor gibi gelmiyor sesi değil mi?" diye fısıldadı Sam. "Şu Kıymetli de neyin nesi? Yoksa kastettiği..."

"Şışşt!" diye saldı nefesini Frodo. "Artık iyice yaklaşıyor, bizim fısıldaştığımızı duyacak kadar yakında."

Gerçekten de Gollum aniden duruvermişti yine; kemikleri çıkmış boynu üzerindeki koca kafası, sanki bir şeyler dinliyormuş gibi bir yandan bir yana sallanıyordu. Soluk gözleri yarı yarıya kapalıydı. Sam kendini tuttu, ama parmakları seğiriyordu. Hiddet ve nefret dolu gözleri artık yeniden harekete geçmiş, kendi kendine fısıldayarak tıslayan sefil yaratık üzerine sabitlenmişti.

Sonunda yerden uzaklığı, ancak üç-dört metre kadar kalmıştı, tam üstlerine gelecek şekilde. Tam o noktadan sonra kayada dimdik bir iniş vardı çünkü tam orada uçurumda bir oyuntu bulunuyordu; Gollum dahi tutunacak bir yer bulamazdı. Durduğu yerde, önce ayakları yere değebilsin diye dönmeye çalışırken, ıslık çalan tiz bir çığlıkla yere düştü. Düşerken de kollarını ve bacaklarını olduğu gibi kendi vücuduna doladı, tıpkı aşağıya inerken ağ ipi kopan bir örümcek gibi.

Sam saklandığı yerden şimşek gibi fırladı, aralarındaki mesafeyi aştı ve bir iki sıçrayışta uçurumun dibine vardı. Daha Gollum kalkamadan üzerine çullanmıştı bile. Fakat Gollum'un, böyle boş bulunup gafil avlandığında dahi, hesapladığından daha dişli çıktığını gördü. Daha Sam yakalayamadan, uzun kollar ve bacaklar onu sarmış, kollarını hareketsiz bırakmışlardı; onu sımsıkı sarıp sarmalayan yumuşak fakat korkunç biçimde güçlü kollar yavaş yavaş gerilen kayışlar gibi sıkıyor, ıslak parmaklar gırtlağını bulmaya çalışıyordu. Sonra sivri dişler omuzunu dişledi. Bütün yapabildiği yuvarlak sert kafasını yanlamasına yaratığın yüzüne vurmaktı. Gollum tıslayarak tükürdü ama Sam'i bırakmadı.

Eğer tek başına olsaydı işler Sam için çok korkunç olurdu. Fakat Frodo yerinden fırladı, Sting'i kınından çekti. Sol eliyle Gollum'un ince, düz saçlarını yakaladı; başını, boynunu uzatacak şekilde geriye çekip, o soluk zehirli gözleriyle gökyüzüne bakmaya zorladı.

"Bırak! Gollum," dedi. "Bu elimdeki Sting. Bir zamanlar, onu bir kere daha görmüştün. Bırak yoksa bu kez Sting'i hissedersin! Boğazını keserim."

Gollum yıkıldı ve tıpkı ıslak bir ip gibi kendini koyuverdi. Sam omuzunu ovuşturarak ayağa kalktı. Gözleri hiddetle için için yanıyordu ama öcünü alamadı: Sefil düşmanı taşların üzerinde sürünüyor, sızlanıp duruyordu.

"Canısımısı acıtmayın! Canısımısı acıtmalarına isin verme kıymetlim! Canısımısı acıtmaslar değil mi, bu minik iyi yürekli hobbitler acıtmaslar değil mi? Bisim niyetisimis kötü değildi ki; ama onlar üstüsümüse, fukara sıçanlara saldıran kediler gibi atladılar, atladılar işte, kıymetlim. Üsstelik bis çok da yalnısıs, *gollum.* Bis onlara iyi davranacağıs, çok iyi hem de, eğer onlar da bise iyi davranırlarssa, öyle değil mi, evet, evet."

"Evet, buna ne yapacağız?" dedi Sam. "Ben derim ki, bir daha arkamızdan gizlice sokulamasın diye bağlayalım onu."

"Ama bu bisi öldürür, bisi öldürür," diye zırladı Gollum. "Kötü yürekli minik hobbitler. Bisi bu soğuk, kaba topraklarda bağlayıp, bırakacaklarmış bisi, *gollum, gollum.*" Hindi gibi sesler çıkartan boğazında hıçkırıklar düğümlenmişti.

"Hayır," dedi Frodo. "Eğer onu öldüreceksek hemen öldürmeliyiz. Ama bunu yapamayız; şu durumda yapamayız. Zavallı sefil şey! Bize hiç kötülüğü dokunmadı."

"Ya, öyle mi!" dedi Sam omuzunu ovarak. "En azından denedi; niyetliydi de, bu konuda garanti verebilirim. Uyurken bizi boğazlamaya çalışacak, onun niyeti bu işte."

"Sanırım," dedi Frodo. "Ama ne yapmaya niyeti olduğu ayrı bir konu." Bir süre düşünce içinde durdu. Gollum hareketsiz yatıyordu ama zırlamayı kesmişti. Sam, tepesinde durmuş dik dik bakıyordu.

O zaman Frodo, oldukça açık bir şekilde sanki uzaktan geçmişin seslerini duyar gibi oldu:

Bilbo'nun elinde fırsatı varken o iğrenç yaratığı bıçaklamamış olması ne acınası bir şey!

Acınası mı? Bilbo'nun elini Gollum'un üzerine inmekten alıkoyan şey, Acıma duygusuydu. Acıma ve Merhamet: Nedensiz yere vurmamak.

Ben Gollum'a hiç acımıyorum. Ölümü hak ediyor.

Hak ediyormuş! Belki ediyordur. Yaşayanların birçoğu ölümü hak ediyor. Ve ölenlerin bir kısmı da yaşamayı hak ediyor. Yaşamı onlara verebilir misin? O halde öyle hak, hukuk adına ölüm buyurmakta çok acele etme. Çünkü en bilge olanlar bile her şeyin sonunu göremez.

"Pekâlâ," diye cevap verdi yüksek sesle kılıcını indirerek. "Ama yine de korkuyorum. Buna rağmen, bak, yaratığa dokunmayacağım. Çünkü artık onu gördüğüm için ona acıyorum."

Sam, orada olmayan biriyle konuşuyormuş gibi davranan beyine bakakaldı. Gollum başını kaldırdı.

"Evet, ssefilis gerçekten de kıymetlim," diye zırladı. "Istırap, ıstırap! Hobbitler bisi öldürmeyecek, cici hobbitler."

"Hayır, öldürmeyeceğiz," dedi Frodo. "Ama senin gitmene de izin vermeyeceğiz. Sen fesat ve fenalıkla dolusun Gollum. Bizimle birlikte gelmek zorundasın, o kadar, bu arada da gözümüz senin üzerinde olacak. Ama bize yardım etmen lazım, eğer yapabilirsen tabii. İyilik yapan, iyilik bulur."

"Evet, evet tabii ki," dedi Gollum otururken. "Cici hobbitler! Onlarla gideceğis. Karanlıkta onlara emniyetli yollar bulacağıs, evet öyle yapacağıs. Peki bu soğuk ve sert topraklarda nereye gidiyorlar acaba, merak edisiyorus, evet merak edisiyorus?" Başını kaldırıp onlara baktı ve bir an için kırpıştırdığı soluk gözlerinde, solgun bir kurnazlık ve sabırsızlık ışığı oynaştı.

Sam kaşlarını çatarak ona baktı ve dudaklarını ısırdı; ama beyinin hareketlerinde garip bir şeyler olduğunu ve konunun tartışmaya açık olmadığını seziyor gibiydi. Gene de Frodo'nun verdiği cevaba çok şaşırdı.

Frodo doğrudan, Gollum'un kaçırdığı ve çevirdiği gözlerine baktı. "Bunu biliyorsun, bilmesen de kolaylıkla tahmin edebilirsin Sméagol," dedi sert ve alçak bir sesle. "Mordor'a gidiyoruz elbette. Ve sen oraya giden yolu biliyorsun sanırım."

"Ah! sss!" dedi Gollum, kulaklarını elleriyle kapatarak, sanki böylesine bir içtenlik, isimlerin böyle açık açık söylenmesi onun canını acıtmıştı. "Tahmin ettik, evet tahmin ettik," diye fısıldadı; "ve bis de onların gitmelerini istemiyorduk, değil mi? Hayır kıymetlim, hayır, cici hobbitlerin gitmesini istemiyorduk. Küller, küller ve tos ve susussluk var orada; ve çukurlar, çukurlar, çukurlar ve orklar, binlerce orklar. Cici hobbitler öyle yerlere –sss– gitmemeli."

"Yani sen oraya gitmiştin, öyle mi?" diye ısrar etti Frodo. "Ve bir şeyler seni yine oraya çekiyor, değil mi?"

"Evet, evet. Hayır!" diye viyakladı Gollum. "Bir kerecik, kasayydı, öyle değil mi kıymetlim? Evet, kasara. Ama geri dönmeyeceğis, hayır hayır!" Sonra aniden sesi ve konuşma tarzı değişti, hıçkırıkları boğazında düğümlendi ve konuşmaya başladı, ama onlara değil. "Beni rahat bırakın, *gollum!* Canımı acıtıyorssun. Ah benim savallı ellerim, *gollum!* Ben, bis, ben geri gitmek istemiyorum. Yolu bulamam. Yorgunum. Ben, bis onu bulamayıs, *gollum gollum,* hayır, yolu yok. Onlar hep uyanık. Cüceler, insanlar, elfler, parlak göslü korkunç elfler. Onu bulamam. Ah!" Ayağa kalktı ve kavuşturduğu uzun ellerini, kemikli, etsiz bir düğüm haline sokarak Doğu'ya doğru salladı. "Yapamayacağıs!" diye bağırdı. "Senin için yapmayacağıs." Sonra tekrar yere çöktü. "*Gollum, gollum,*" diye sızlandı yüzü yere kapanık. "Bise bakma! Git! Uyu!"

"Senin emrinle ne uykuya dalar, ne de gider Sméagol," dedi Frodo. "Ama eskisi gibi ondan kurtulmak istiyorsan bana yardım etmen gerekecek. Ve korkarım bu da ona giden bir yol bulmak demek. Ama sen yolun sonuna, ülkesine açılan kapıların gerisine kadar gelmek zorunda değilsin."

Gollum tekrar oturdu ve gözkapaklarının altından ona baktı. "Orada," diye gıdakladı. "Hep orada. Orklar sisi götürüverir. Nehir'in doğusunda ork bulmak kolay. Sméagol'e sormayın. Savallı, savallı Sméagol, o çok usun zaman önce ayrıldı. Onun Kıymetli'sini aldılar, o artık kayboldu."

"Belki yine buluruz onu, eğer sen de bizimle gelirsen," dedi Frodo.

"Hayır, hayır, hiçbir saman! O Kıymetli'sini kaybetti," dedi Gollum.

"Ayağa kalk!" dedi Frodo.

Gollum ayağa kalktı ve uçuruma doğru geriledi.

"Şimdi!" dedi Frodo. "Yolunu gündüz mü daha rahat bulursun, gece mi? Yorulduk; fakat eğer geceyi tercih edecek olursan bu gece yola koyulacağız."

"Kocaman ışıklar göslerimisi acıtıyor, evet öyle yapıyorlar," diye mızıldadı Gollum. "Beyaz Yüs'ün altında olmas, daha olmas. Yakında tepelerin arkasısına gider, evet. Önce biraz dinlenelim cici hobbitler!"

"O zaman otur," dedi Frodo, "ve sakın kıpırdama!"

Hobbitler onun yanına yerleştiler, sırtlarını kayadan duvara dayadılar ve bacaklarını dinlendirerek biri bir yanına diğeri öbür yanına oturdular. Bir şeyler konuşup bir karar vermeye gerek yoktu: Bir an bile uyumamaları gerektiğini biliyorlardı. Ay yavaş yavaş yoluna devam etti. Tepelerden gölgeler döküldü ve önlerindeki her şey karardı. Yukarda, gökyüzünde yıldızlar yoğunlaşarak parlaklaştı. Hiçbiri kıpırdamadı. Gollum dizlerini toplamış oturuyordu, dizleri çenesinin altındaydı; yassı elleriyle ayakları yere yayılmış, gözleri kapanmıştı; fakat gergin gibiydi, sanki bir şeyler düşünüyor veya dinliyormuş gibi.

Frodo Sam'e baktı. Göz göze geldiler ve birbirlerini anladılar. Başlarını arkaya dayayarak gevşediler ve gözlerini kapadılar, ya da kapamış gibi yaptılar. Kısa bir süre sonra hafif hafif nefes aldıkları duyulmaya başladı. Gollum'un elleri seğirdi biraz. Başı belli belirsiz sola, sağa hareket etti ve önce bir gözü, derken diğeri incecik bir çizgi halinde açıldı. Hobbitler hiç renk vermediler.

Aniden, şaşırtıcı bir çeviklik ve hızla, yerden bir çekirge veya kurbağa gibi sıçrayarak ön taraftaki karanlığa doğru yöneldi Gollum. Fakat bu tam Frodo ile Sam'in beklediği şeydi. Daha sıçradıktan sonra iki adım atmamıştı ki Sam ona yetişti. Arkasından gelen Frodo bacaklarına sarılarak onu devirdi.

"İpin yine işe yarayabilir Sam," dedi Frodo.

Sam ipi çıkarttı. "Siz bu soğuk sert topraklarda ne yana doğru yola koyulmuştunuz böyle Bay Gollum?" diye homurdandı. "Merak ettiks, evet merak ettiks. Birkaç ork dostunuzu bulmaya, eminim. Seni edepsiz, hain yaratık seni. Bu ip, sıkı bir ilmikle boynuna geçmeliydi senin."

Gollum sessizce yatarak başka bir numara yapmaya kalkmadı. Sam'e cevap vermedi ama bir an için zehir zemberek bir bakış fırlattı.

"Onun kaçmasını engelleyecek bir şey yapmamız gerek sadece," dedi Frodo. "Yürümesini istiyoruz, o yüzden bacaklarını bağlamaya çalışmanın bir yararı yok – ya da kollarını bağlamanın, onları da en az ayakları kadar kullanıyor gibi. İpin bir ucunu bileğine bağla, diğer ucunu da sıkı sıkı tut."

Sam düğümü atıncaya kadar Gollum'un tepesinde durdu. Sonuç her ikisini de çok şaşırttı. Gollum kulakları paralayan, incecik bir sesle çığlık atmaya başladı; işitmesi bile korkunçtu. Debelendi, ağzıyla bileğine uzanıp ipi ısırmaya çalıştı. Çığlık atmaya devam etti.

Sonunda Frodo gerçekten acı çektiğine ikna olmuştu; ama bu ipten olamazdı. Düğümü kontrol etti ve çok sıkı olmadığını gördü, hatta hiç sıkı olmadığını gördü. Sam, söylediğinden daha merhametliydi. "Neyin var senin?" dedi. "Eğer kaçmaya çalışırsan seni bağlarlar elbette; ama senin canını acıtmak istemiyoruz."

"Bisi acıtıyor, bisi acıtıyor," diye tısladı Gollum. "Donduruyor, ısırıyor! Elfler bükmüş bunu, lanet olasıcalar! Pis, kötü kalpli hobbitler! İşte bundan kaçmaya çalışıyorduk, tabii ya, kıymetlim. Bunların kötü kalpli hobbitler olduğunu tahmin etmiştik. Onlar elfleri siyaret edisiyorlar, parlak gözlü öfkeli elfleri. Çösün bunu! Canısımısı acıtıyor."

"Hayır, çözmeyeceğim," dedi Frodo, "ta ki..." –bir an için düşünceli düşünceli durdu– "ta ki sen, sana güvenmemi sağlayacak bir yemin edinceye kadar."

"İstediğin şeye yemin edeceğis, evet, evetts," dedi Gollum, hâlâ yerlerde kıvranıp bileğini çözmeye çalışarak. "Canısımısı acıtıyor."

"Yemin ediyor musun?"

"Sméagol," dedi Gollum aniden açık bir şekilde, gözlerini sonuna kadar açıp, gözlerinde garip bir ışıkla Frodo'ya bakarak. "Sméagol

Kıymetli üserine yemin edecek."

Frodo ayağa kalktı ve bir kez daha Sam onun sözleri ve sert sesiyle hayretlere düştü. "Kıymetli üzerine mi? Buna nasıl cesaret edebilirsin?" dedi. "Düşün!

Hepsine hükmedecek Bir Yüzük, hepsini karanlıkta birbirine bağlayacak.

Yeminini buna bağlar mısın Sméagol? Bu seni bağlar. Ama bu senden çok daha güvenilmez bir şey. Sözlerini çevirebilir. Dikkat et!"

Gollum sindi. "Kıymetli üserine, Kıymetli üserine!" diye tekrarladı.

"Peki ne için yemin ediyorsun?" diye sordu Frodo.

"Çok çok iyi olmak için," dedi Gollum. Sonra Frodo'nun ayaklarına doğru emekleyerek önünde süründü, kaba bir sesle fısıldıyordu: Bir titreme tuttu Gollum'u, sanki sözler her kemiğini korku ile sarsarmış gibi. "Sméagol onu, O'nun almasına hiç hiç bir saman isin vermeyeceğine yemin eder. Hiçbir saman! Sméagol onu koruyacak. Ama Kıymetli üserine yemin etmeli."

"Hayır! Onun üzerine olmaz," dedi Frodo, sert bir acıma duygusuyla ona yukarıdan bakarken. "Senin bütün arzun, elinden gelirse, onu görmek, ona dokunmak; ama bunun seni çıldırtacağını da biliyorsun. Onu eline alarak yemin edemezsin. Eğer kabul edersen görmeden, yine de onun üzerine yemin et. Çünkü onun nerede olduğunu biliyorsun. Evet biliyorsun Sméagol. Tam önünde."

Bir an için Sam'e sanki beyi büyümüş, Gollum da küçülmüş gibi geldi: Uzun, sert bir gölge, yüceliğini gri bir bulut ile gizleyen kudretli bir hükümdar; ayaklarında da sızlanan minik bir köpek. Yine de bir şekilde ikisi akrabaydı sanki, yabancı değil: Birbirlerinin akıllarına uzanabiliyorlardı. Gollum doğrularak Frodo'ya elleriyle dokunmaya, yaltaklanarak dizlerine sarılmaya çabaladı.

"Çök! Yere çök!" dedi Frodo. "Şimdi yeminini et!"

"Söss verisiyorus, evet sös veriyorum!" dedi Gollum. "Kıymetli'nin efendisine hismet edeceğim. İyi yürekli efendi, iyi yürekli Sméagol, *gollum gollum!*" Aniden yeniden ağlayıp bileğini ısırmaya başladı.

"İpi çıkart Sam!" dedi Frodo.

İstemeye istemeye itaat etti Sam. Gollum derhal kalkarak etrafta atlayıp zıplamaya başladı, tıpkı biraz önce azarlanmış da sonra yeniden sahibi tarafından okşanmış bir köpek gibi. O andan itibaren, bir süre devam eden bir değişiklik geldi üzerine Gollum'un. Daha az tıslayarak ve zırlayarak konuşmaya başladı ve doğrudan yol arkadaşlarıyla konuştu, kendi kendine. Ona doğru yaklaşırlarsa veya ani bir hareket yaparlarsa sinip kaçıyordu; onların elf pelerinlerinin temasından da sakınıyordu; fakat dostça davranıyordu ve acınacak bir biçimde onları memnun etmek için çabalıyordu. Eğer bir şaka yapılırsa, ya da Frodo ona güzel bir söz söylerse kahkahalarla gıdaklıyor, hopluyor, eğer Frodo onu paylarsa ağlıyordu. Sam zaten pek az konuşuyordu onunla. Ondan her zamankinden daha derin ve daha fazla kuşkulanıyordu ve yeni Gollum'u, yani Sméagol'ü eskisinden daha az sevmişti, eğer böyle bir şey mümkünse tabii.

"Pekâlâ Gollum, veya sana her ne diyecek isek," dedi, "şimdi zamanı geldi çattı! Ay kayboldu ve gece ilerliyor. Yola koyulsak iyi olacak."

"Evet, evet," diye hak verdi Gollum etrafta atlayıp sıçrayarak. "Haydi yola! Kusey ucu ile Güney ucu arasında sadece tek bir yol vardır. Ben buldum bu yolu. Ben buldum. Orklar kullanmıyorlar o yolu, orklar bilmiyorlar. Orklar Bataklıklar'ı geçmiyorlar, onlar dolanıp millerce millerce yürüyor. Bu taraftan geldiğinis için şanslısınıs. Sméagol'ü bulduğunus için çok şanslısınıs, evet. Sméagol'ü isleyin!"

Uzaklaşmak için birkaç adım atıp merakla arkasına baktı; tıpkı onları bir gezintiye davet eden bir köpek gibi. "Biraz bekle Gollum!" diye bağırdı Sam. "O kadar önden gitme bakalım! Senin ensende olacağım, üstelik ipler de elimin altında."

"Hayır, hayır!" dedi Gollum. "Sméagol yemin etti."

Gecenin derininde, berrak yıldızlar altında yola koyuldular. Gollum onları tekrar, geldikleri yerden kuzeye doğru yönlendirdi; bir süre sonra sağ tarafa doğru, Emyn Muil'in dik yamacından ayrılıp, aşağıdaki engin bataklıklara doğru inen kırık taşlı yamaçlara doğru meyletti. Hızla, yumuşak bir biçimde karanlığın içinde kayboldular. Mordor'un kapılarının önünde fersahlarca uzanan bu çorak yerde kara bir sessizlik vardı.

BÖLÜM II

BATAKLIKLARDAN GEÇİŞ

Başı ve boynu ileri doğru fırlamış, genellikle ayakları kadar ellerini de kullanan Gollum hızlı hareket ediyordu. Frodo ve Sam ona yetişmekte zorlanıyorlardı, ama artık onun da kaçmaya hiç niyeti yok gibiydi; eğer geride kalırlarsa dönüp onları bekliyordu. Bir süre sonra onları daha önce geçmiş oldukları dar sel yatağının kenarına getirdi; ama artık dağlardan uzaklaşmışlardı.

"İşte burda!" diye bağırdı. "İçeride aşağıya bir yol var, evet. Şimdi bis onu isleyeceğis – ta, ta oraya kadar." Güneyi ve doğuyu, bataklıkları işaret etti. Bu serin akşam havasında bile bataklığın ağır ve pis kokusu burunlarına kadar geliyordu.

Gollum kenarda bir ileri bir geri gidip duruyordu, sonunda onlara seslendi. "Burdan! Burdan inebiliris. Bir keresinde Sméagol burdan gitmişti: orklardan saklanarak buradan gitmiştim."

Başı Gollum çekti; onu izleyen hobbitler de karanlığa doğru indiler. Zordu, çünkü sel yatağı bu noktada sadece on beş ayak derinlikte ve birkaç ayak genişlikteydi. Dibinde akan bir su vardı: Aslında, dağlardan sızıp gelerek gerideki durgun suları ve çamurları besleyen bir sürü küçük dereden birinin yatağıydı. Gollum sağa döndü, aşağı yukarı güneye doğru, ayaklarını sığ taşlık dere içinde şaplata şaplata yürüdü. Suyu hissetmiş olduğu için son derece keyifli görünüyordu ve kendi kendine kıkırdıyordu, hatta arada bir kendi kendine vıraklayarak bir nevi şarkı da söylüyordu.

Topraklar sert, soğuk
ısırır ellerimisi
ayaklarımısı kemirir.
Kayayla taş
üstünde et kalmamış

eski kemik gibidir.
Oysa göl ile dere
ıslak, serin hem de
Ayaklara iyi gelir.
Dilesiris ki...

"Ha! Ha! Ne dilisiyorus?" dedi, hobbitlere yan yan bakarak. "Sise söyleyeceğis," diye gakladı. "O çok önceleri tahmin etmişti, Baggins tahmin etmişti." Gözlerine bir parlaklık geldi; parlaklığı karanlıkta yakalayan Sam bunun hiç de hoş olmadığını düşündü.

Nefes almas canlıdır;
soğuktur ölüm kadar;
hep içer hiç susamas;
sırhı var şıngırdamas.
Boğulur kuru toprakta,
adaya bir bakar da
bir dağ sanneder;
pınara nasar eder
bir nefes hava sanar.
Ah ne sarif, ne kibar!
Ne hoş olur rastlaşsak!
Tek dileğimis var şimdi
bir balık yakalamak,
tombul ve lessetli!

Bu sözler Sam'e, efendisinin Gollum'u rehber olarak yanlarına almaya karar verdiğini anladığı andan itibaren onu rahatsız eden bir sorunu yeniden ve daha da şiddetle hatırlattı: Yiyecek sorunu. Efendisinin de bunu düşünmüş olabileceği hiç gelmedi aklına, ama herhalde Gollum bunu düşünüyordu. Gerçekten de Gollum tek başına yaptığı bu gezilerde karnını nasıl doyuruyordu acaba? "Pek iyi olmasa gerek," diye düşündü Sam. "Oldukça aç görünüyor. Eğer bir yerlerden balık bulamazsa, hobbitlerin tadı neye benziyor diye bir bakabilir, bahse girerim ki – tabii bizi uykuda yakalarsa. Ama bunu başaramayacak: En azından Sam Gamgee'yi yakalayamayacak."

Uzun bir süre döne döne dolanan karanlık dere yatağı boyunca tökezlene tökezlene yürüdüler; ya da en azından Frodo ile Sam'in yorgun ayaklarına öyle geldi. Dere yatağı doğuya doğru dönüyordu ve onlar ilerledikçe daha da genişleyerek alçaldı. Sonunda üzerlerindeki gök sabahın griliğiyle hafif hafif solmaya başladı. Gollum'un yorulduğuna dair hiçbir emare yoktu ama yukarı bakarak durmuştu.

"Gün yaklaşıyor," diye fısıldadı, sanki Gün onun dediklerini duyarak üzerine atlayıverecekmiş gibi. "Sméagol burada kalacak: Burada kalacağım ve Sarı Yüs beni göremeyecek."

"Biz güneşi gördüğümüze memnunuz," dedi Frodo, "ama burada duracağız: Şimdilik ilerleyemeyecek kadar yorgunuz."

"Sarı Yüs'ü görmekten memnun olmakla akıllılık etmiyorsunus," dedi Gollum. "Sisi ortaya çıkartıyor. İyi yürekli, akıllı hobbitler Sméagol ile kalırlar. Etrafta orklar ve kötü şeyler var. Onlar ta usakları görebilir. Benimle kalıp saklanın!"

Üçü de, dere yatağının kayalık duvarı dibine yerleşti dinlenmek için. Artık uzun boylu bir adamın boyundan daha derin değildi dere yatağı; tabanı da kuru kayalardan geniş katmanlar halindeydi. Su diğer taraftaki bir kanal içinden akıyordu. Frodo ile Sam sırtlarını dayayarak katmanlardan birine oturdular. Gollum dere içinde döne döne yüzdü.

"Biraz yemek yememiz gerek," dedi Frodo. "Acıktın mı Sméagol? Paylaşacak çok az şeyimiz var ama elimizden geldiğince sana da bir şeyler ayırırız."

Acıkmak sözüyle birlikte Gollum'un soluk gözlerinde yeşilimtrak bir ışık tutuştu; gözleri adeta hastalıklı ince yüzünden her zamankinden daha fazla dışarı fırlamıştı. Bir an için eski Gollumvari kişiliğine döndü. "Açlığısımıstan öldük, evet açlığısımıstan öldük, kıymetlim," dedi. "Onların yedikleri ne? Lesis balıkları var mı?" Dili sivri sarı dişleri arasından dışarı sarkarak renksiz dudaklarını yaladı.

"Hayır balığımız yok," dedi Frodo. "Bizde sadece bundan var" –bir *lembas* peksimeti gösterdi– "ve su, tabii eğer buradaki su içilebilir cinstense."

"Evet, evet, sssu çok hoşş,"dedi Gollum. "Elimisden gelirken içebildiğinis kadar için! Ama nesileri var ellerinde öyle kıymetlim? Çatır çutur yenecek bir şey mi? Tadısı güzel mi?"

Frodo bir parça peksimet kopartarak, yaprak kabı içinde ona uzattı. Gollum yaprağı koklayınca yüzü değişti: Bir tiksinti kasılması, eski bedbahtlığının bir işareti görüldü. "Sméagol kokusunu alabiliyor!" dedi. "Elf diyarının yaprakları, öğğ! Leşş gibi kokuyor. O ağaçlara tırmanmıştı, kokuyu ellerinden bir türlü yıkayıp atamadı, benim güsel ellerimden atamadı." Yaprağı elinden bırakarak *lembas*'ı bir kenarından tutup kemirmeye başladı. Tükürdü ve bir öksürük nöbetiyle sarsıldı. "Ah! Yo!" diye anlamsız şeyler söyledi. "Sis savallı Sméagol'ü boğmaya çalışıyorsunus. Toslar ve küller; o bunu yiyemes. Açlıktan ölse gerek. Ama Sméagol umursamas. Cici hobbitler! Sméagol söz verdi. Açlıktan ölecek. Hobbitlerin yemeklerinden yiyemes. Açlıktan ölecek. Savallı, bir deri bir kemik Sméagol!"

"Üzgünüm," dedi Frodo; "ama korkarım sana yardımcı olamam. Bence bu yiyecek sana yarardı, eğer bir deneseydin. Ama belki de deneyemezsin bile, en azından şimdilik deneyemezsin."

Hobbitler *lembas*'larını sessizce kemirdiler. Sam'e uzun bir zamandır olmadığı kadar lezzetli gelmişti her nasılsa: Gollum'un davranışları, dikkatini yeniden peksimetlerin tadına çekmişti. Ama kendini rahat hissetmiyordu. Gollum ellerden ağızlara giden her lokmayı izliyordu, tıpkı akşam sofrasının kıyısında bekleyen bir köpek gibi. Ne zaman ki hobbitler yemeklerini bitirip dinlenmek için hazırlanmaya başladılar, o zaman onun da paylaşabileceği gizli saklı kalmış lezzetli bir şeyler olmadığına açıkça ikna oldu. Ondan sonra birkaç adım ileriye giderek kendi başına oturup biraz zırladı.

"Buraya bak!" diye fısıldadı Sam Frodo'ya, pek de alçak olmayan bir sesle: Gollum'un duyup duymaması onu pek ilgilendirmiyordu. "Biraz uyumamız gerekiyor; fakat o aç hain etraftayken aynı anda uyuyamayız, yemin etmiş olsa da olmasa da. İster Sméagol olsun, ister Gollum, emin ol alışkanlıklarını bu kadar çabuk değiştiremez. Sen uyu Bay Frodo; ben de göz kapaklarımı açık tutamayacak hale gelince seni uyandırırım. O etrafta serbest dolaşırken daha önceki gibi nöbetleşe uyuyalım."

"Belki de haklısındır Sam," dedi Frodo açık açık konuşarak. "Onda bir değişiklik var ama bu değişiklik nasıl bir şey ve ne kadar derin henüz pek emin değilim. Gerçi ciddi bir tehlike olduğunu düşünmüyorum – henüz. Ama yine de sen nöbet tut istiyorsan. Bana iki saat tanı, daha fazla değil, sonra da uyandır."

Frodo o kadar yorgundu ki, neredeyse sözleri biter bitmez başı hemen göğsüne düştü ve uyuyup kaldı. Gollum'un artık hiçbir korkusu kalmamıştı adeta. Kıvrılarak hemen uykuya daldı, hiçbir şeye aldırmadan. Kenetlenmiş dişleri arasından nefesi yavaş yavaş tıslamaya başladı hemen, ama bir taş kadar kıpırtısız yatıyordu. Bir süre sonra, yol arkadaşlarının nefes seslerini dinlerse kendisi de uyur kalır diye korkarak ayağa kalktı Sam ve kibarca Gollum'u dürttü. Bükük duran elleri açılarak seğirdi ama başka bir harekette bulunmadı Gollum. Sam eğilerek kulağına *balıkkk* diye seslendi ama hiçbir tepki gelmedi, Gollum'un nefes alış verişinde bir tutukluk bile olmadı.

Sam başını kaşıdı. "Gerçekten de uyudu galiba," diye mırıldandı. "Ben şimdi Gollum olsaydım, o bir daha hiç uyanmazdı." Aklına geliveren kılıç ve iple ilgili fikirleri bir yana bırakarak, gidip beyinin yanına oturdu.

Uyandığı zaman üzerindeki gökyüzü loş, kahvaltılarını yaptıkları zamandan daha aydınlık değil daha karanlıktı. Sam ayağa fırladı. İçinde biriken enerjiden veya hissettiği açlıktan da pay biçilirse bütün gün boyunca, en az dokuz saattir uyuduğunu fark etmişti aniden. Frodo hâlâ derin uykulardaydı, iyice uzanmış, yanlamasına yatıyordu. Gollum görünürlerde yoktu. Sam'in aklına, Babalık'ın kendisi için hazırladığı babadan kalma geniş kelime hazinesinden seçme sitem dolu muhtelif isimler geldi; sonra aynı zamanda beyinin haklı olduğu geldi aklına: O an için sakınmaları gereken bir şey yoktu. En azından her ikisi de hayattaydılar, gırtlaklanmamışlardı.

"Zavallı sefil!" dedi biraz biraz hayıflanarak. "Şimdi nerelerde acaba?"

"Usakta değil, usakta değil!" dedi bir ses tepesinden. Yukarı bakınca Gollum'un koca kafasının ve kulaklarının şeklini gördü akşam göğüyle arasında.

"Baksana sen, ne yapıyorsun öyle?" diye bağırdı Sam, karşısındaki yaratığı görür görmez kuşkuları geri gelmişti.

"Sméagol acıktı," dedi Gollum. "Hemen döner."

"Hemen geri gel!" diye bağırdı Sam. "Hop! Geri gel!" Ama Gollum gözden kaybolmuştu bile.

Frodo Sam'in bağırtısıyla uyanmış, gözlerini ovuşturarak oturmuştu. "Hop!" dedi. "Bir şey mi var? Saat kaç?"

"Bilmem," dedi Sam. "Gün kavuşmuş sanırım. O da gitti. Aç olduğunu söyledi."

"Merak etme!" dedi Frodo. "Yapabileceğimiz bir şey yok. Ama bak gör, geri gelecektir. Yemini daha bir süre onu bağlar. Kıymetli'sini bırakmaz zaten."

Frodo, Gollum ile birlikte, üstelik son derece aç ve serbest bir Gollum ile birlikte saatler boyunca uyumuş olduklarını öğrendiğinde durumu pek önemsemedi. "Babalık'ının o zalim isimlerinden birini hatırlamaya çalışma," dedi. "Yorgunluktan bitmiştin sen de, ayrıca her şey de yolunda: Şimdi ikimiz de dinlendik. Önümüzde zorlu bir yol var üstelik, yolların en kötüsü."

"Yiyecek meselesine gelince," dedi Sam. "Bu işi yapmak ne kadar zamanımızı alacak? Ve işi başardıktan sonra ne yapacağız? Bu yolluk mükemmel bir biçimde ayaklarımızın üzerinde kalabilmemizi sağlıyor, ancak senin de takdir edeceğin gibi içimizi pek doyurmuyor: En azından benim için öyle; bunu söylerken *lembas*'ı yapanlara bir saygısızlık etmiş olmak da istemem tabii. Ama her gün bir kısmını yemek zorunda kalıyoruz ve durdukları yerde çoğalmıyorlar. Sanırım daha üç hafta kadar yetecek bir stokumuz var; o da kemeri sıkı, dişleri gevşek tutarsak, dikkatini çekerim. Şimdiye kadar biraz bol kepçe davrandık."

"Bitirmek – bu ne kadar sürer bilmiyorum," dedi Frodo. "Dağlarda çok oyalandık. Fakat Samwise Gamgee, canım hobbitçiğim -gerçekten de en sevdiğim hobbit, arkadaşlar arkadaşı Sam'ciğim– sonra ne olacağını düşünmeye pek gerek olduğunu zannetmiyorum. *İşi başarmak,* senin deyiminle – bunu başarabileceğimize dair ne ümidimiz var ki? Ve eğer başarırsak, ne olacağını kim bilebilir ki? Eğer Tek Yüzük, Ateş'e giderse ve biz de ortalıklarda olursak? Sana soruyorum Sam, bir daha ekmeğe ihtiyacımız olacak mı acaba? Zannetmem. Şu zayıf kol ve bacaklarımızı layıkıyla kullanıp Hüküm Dağı'na varabilirsek öpüp de başımıza koyalım. Yavaş yavaş bu işin beni aştığını düşünmeye başlıyorum."

Sam sessizce başını evet anlamında salladı. Beyinin elini eline alarak, üzerine eğildi. Öpmedi ama gözyaşları eline damladı. Sonra arkasını döndü, koluyla burnunu sildi, ayağa kalktı, ıslık çalmaya çalışarak ayaklarını yere vura vura yürüdü; bütün bu çabaları arasında da şunları söyleyebildi: "Nerede o nalet yaratık?"

Aslında Gollum'un geri dönmesi çok sürmedi; fakat o kadar sessizce gelmişti ki onu aniden önlerinde dururken görünceye kadar geldiğini fark etmediler. Parmakları ve yüzü kara çamurla kaplanmıştı. Hâlâ bir şeyler çiğniyor, salyaları akıyordu. Ne çiğnediğini ne sordular ne de düşünmek istediler.

"Solucan, böcek veya deliklerden çıkarttığı sümüksü bir şeyler olsa gerek," diye düşündü Sam. "Bırr! İğrenç yaratık; zavallı sefil şey!"

Gollum derede yıkanıp, kana kana su içinceye kadar onlara bir şey demedi. Sonra dudaklarını yalaya yalaya yanlarına yaklaştı. "Şimdi daha iyi," dedi. "Dinlendik mi? Devam etmeye hasır mıyıs? Cici hobbitler, ne güzel de uyurlarmış. Artık Sméagol'e güveniyor musunus? Çok çok iyi."

Yolculuklarının bir sonraki bölümü de, bir öncekinin az çok aynıydı. Onlar ilerledikçe dere yatağı gitgide sığlaştı, zeminin meyili daha da azaldı. Dere yatağının dibi daha az taşlıydı artık, toprak kısmı daha fazlaydı ve yavaş yavaş yatak kenarları alçalarak sadece derenin kenarları kaldı. Dere dolanmaya başladı. O gece de sonuna yaklaşmıştı fakat bulutlar artık ayın ve yıldızların üzerlerini örtüyordu; günün gelişini ince gri bir ışığın yavaş yavaş yayılışından anladılar.

Serin bir havada su yolunun sonuna vardılar. Derenin kenarları yosunlu tepeciklere dönüştü. Çürümekte olan son kaya katmanının üzerinden guruldayarak akan dere kahverengi bataklığa dökülerek gözden kayboldu. Onlar rüzgârı hiç hissetmeseler de kuru kamışlar tıslayıp, tıkırdıyordu.

Her iki yanlarında ve önlerinde, yarı yarıya loş ışıkta güneye ve doğuya doğru uzanan engin çayırlar ve bataklıklar vardı. Karanlık ve gürültülü su birikintilerinden sisler döne döne yükselerek tütüyordu. Sislerin kötü kokusu durgun havada boğarcasına asılı duruyordu. Çok uzakta, şimdi neredeyse tam güneylerinde Mordor'un dağdan duvarları, tehlikelerle dolu sisli bir deniz üzerinde yüzen karmakarışık bulutlardan kara bir engel gibi yükseliyordu.

Hobbitler artık tamamiyle Gollum'un elindeydiler. Güneylerinde uzanan belli başlı tek düz alan olan bataklıkların kuzey sınırından içeri girmekte olduklarını bilmedikleri gibi bu sisli aydınlıkta tahmin de edemezlerdi. Eğer bu toprakları bilselerdi, gecikmek pahasına, biraz geldikleri yolu takip ederler, sonra doğuya dönerek sert zeminli yollardan dolanıp Dagorlad'ın çıplak ovalarına varırlardı. Dagorlad: Mordor'un kapıları önündeki o kadim muharebenin yapılmış olduğu yer. Böyle bir yolda daha fazla ümitleri olacağından değil. O taşlı ovada saklanacak hiçbir yer yoktu ve orkların ve Düşman'ın askerlerinin yolu ovanın ortasından geçiyordu. Orada Lórien pelerinleri bile gizleyemezdi onları.

"Yolumuzu nasıl bulacağız şimdi Sméagol?" diye sordu Frodo. "Bu kötü kokulu bataklıklardan geçmek zorunda mıyız?"

"Hiç gerek yok, hiç gerek yok," dedi Gollum. "Eğer hobbitler kara dağlara varıp O'nu bir an önce görmek istiyorlarsa. Biras geriye gidip, biras dolanıp," –sıska kolu kuzeyi ve doğuyu işaret etti– "O'nun ülkesinin kapılarına giden sert, soğuk yollara varırsınıs. O'nun halkından bissürü kişi konukları arıyor; bulduklarını da doğrudan O'na götürmekten büyük bir memnuniyet duyarlar, tabii ki. Gözleri hep o taraflara bakar. Çok önceleri Sméagol'ü yakaladı orada." Gollum titredi. "Fakat o samandan beri kendi göslerini kullandı Sméagol, evet evet: O samandan beri göslerimi, ayaklarımı ve burnumu kullandım. Başka yollar da biliyorum. Daha sor, bu kadar çabuk götürmes; ama daha iyi, eğer O'nun bisi görmesini istemiyorsak. Sméagol'ü izleyin! O sisi bataklıklardan, sislerden, yoğun sislerden geçirebilir. Sméagol'ü dikkatle takip edin, böylece O daha sizi yakalayamadan usun, oldukça usun bir yol gidebilirsinis, evet, belki de gidebilirsinis."

Gündüz olmuştu bile, rüzgârsız kasvetli bir sabahtı ve bataklık kokusu ağır dalgalar halinde uzanıyordu. Güneş, alçak bulutlu havayı delip geçemiyordu ve Gollum yolculuklarına bir an önce devam etme konusunda istekli görünüyordu. Böylece kısa bir moladan sonra tekrar yola koyuldular ve kısa bir süre sonra gölgeli, sessiz bir dünyada kayboldular; etraflarındaki topraklardan tamamıyla tecrit edilmişlerdi, arkalarında bıraktıkları tepelerden de, aradıkları dağlardan da. Yavaş yavaş tek sıra halinde gidiyorlardı: Gollum, Sam, Frodo.

Aralarında en yorgunları Frodo gibiydi ve yavaş gitmelerine rağmen sık sık geride kalıyordu. Hobbitler kısa bir süre sonra, tek bir engin bataklık gibi görünen yerin aslında sonsuz bir su birikintileri ağı, yumuşak bataklıklar ve dönüp dolaşan yarı boğulmuş su yolları olduğunu anladılar. Bunların arasında kurnaz bir göz ve ayak, kendisine dolana dolana giden bir yol tutabilirdi. Gollum'da bu kurnazlık vardı kesinlikle, bütün kurnazlığına da ihtiyacı vardı. Bir yandan etrafı koklayıp, durmadan kendi kendine konuşurken uzun boynu üzerindeki kafası bir o yöne, bir bu yöne durmadan dönüp duruyordu. Bazen, kendisi ileri gidip, emekleyerek yeri el ve ayak parmaklarıyla yokluyor veya sadece bir kulağını yere yapıştırıp dinliyor, sonra elini kaldırarak onları durduruyordu.

Kasvetli ve yorucuydu bu iş. Bu terk edilmiş topraklarda hâlâ soğuk, rutubetli bir kış hüküm sürüyordu. Ortalıktaki yegâne yeşil, kasvetli suların karanlık, yağlı yüzeyleri üzerindeki kurşuni renkli kamışların birikintileriydi. Ölü otlar ve çürümüş kamışlar, çoktan unutulmuş yazların bölük pörçük gölgeleri gibi sisler içinde yükseliyordu.

Gün ilerledikçe ışık biraz arttı ve sis gitgide daha incelip daha da şeffaflaşarak kalktı. Dünyanın küfü ve buharları üzerinde güneş, artık göz kamaştıran köpüklerden çiçekler içindeki yüce bir ülkede altın rengiyle yukarıdan yol alıyordu, ama onlar aşağıda sadece güneşin kararmış, soluk, ne ısıtan ne de renk veren, yalnızca geçip giden hayaletini görebiliyorlardı. Yine de güneşin bu zayıf izinden bile kaşlarını çatarak kaçındı Gollum. Yürüyüşlerini durdurdu ve minik birer av hayvanı gibi, kocaman kahverenkli bir kamışlığın sınırları içinde çömelerek dinlendiler. Derin bir sessizlik vardı; sadece boş tohum tüylerinin belli belirsiz titreyişi ve onların hissedemedikleri minik hava akımlarıyla sarsılan kırık ot yapraklarının hareketleriyle yüzeysel olarak bozulan derin bir sessizlik.

"Tek bir kuş bile yok!" dedi Sam kederle.

"Hayır, hiç kuş yok," dedi Gollum. "Cici kuşlar!" Dişlerini yaladı. "Burda kuş yok. Yılanlar, ssolucanlar, su birikintisilerinde şeyler var. Bissürü şey, bissürü iğrenç şey. Kuş yok," diye bitirdi sözlerini üzgün üzgün. Sam ona hiç hazzetmeyerek baktı.

Böylece geçti gitti Gollum ile olan üçüncü günleri. Akşamın gölgeleri daha mutlu ülkelerde uzamadan önce tekrar yola koyuldular, kısa kısa molalarla, devamlı ilerleyerek. Molaların çoğunu dinlenmekten çok Gollum'a yardımcı olmak için veriyorlardı; çünkü artık o bile çok büyük bir dikkatle ilerlemek zorundaydı ve bazen bir süre için yolunu kaybettiği oluyordu. Ölü Bataklıklar'ın tam ortasına gelmişlerdi ve hava kararmıştı.

Birbirlerine yakın, eğilmiş, sıra halinde, Gollum'un her hareketini dikkatle izleyerek yavaş yavaş yürüyorlardı. Bataklık gittikçe daha da rutubetleniyor, aralarında ayak basınca kabarcıklarla dolu çamura batmadan yürünecek sert bir yer bulmanın gitgide daha da zorlaştığı durgun gölcüklere açılıyordu. Yolcular hafifti; yoksa belki de geçecek bir yol bulamazlardı.

Hava tamamen kararıverdi: Havanın kendisi bile teneffüs edilemeyecek kadar kara ve ağır görünüyordu. Işıklar belirince Sam gözlerini ovuşturdu: Kendi aklından şüpheye düştü. İlk önce sol gözünün ucuyla, eriyip giden bir tutam soluk parlaklık görmüştü; ama çok geçmeden başkaları da beliriverdi: Kimi donuk donuk parlayan duman, kimi görünmez mumlar üzerinde yavaş yavaş oynaşan sisli alevler gibi; orada burada, gizlenmiş eller tarafından çekilip açılmış hayaletimsi çarşaflar gibi eğilip bükülüyorlardı. Fakat yol arkadaşlarının hiçbiri bir tek söz söylemedi.

Sonunda Sam, daha fazla dayanamadı. "Nedir bunlar Gollum?" dedi bir fısıltı halinde. "Bu ışıklar? Baksana her yanımızı sardılar. Tuzağa mı düştük? Kim bunlar?"

Gollum bakındı. Önünde karanlık bir su uzanıyordu; o da, yönü konusunda kuşkulu olduğu için bir o yana bir bu yana yerde emekleyip duruyordu. "Evet, etrafımısı sardılar," diye fısıldadı. "Hileci ışıklar. Cesetlerin mumları, evet evet. Kulak asmayın onlara! Bakmayın! Takip etmeyin onları! Bey nerede?"

Sam arkasına bakarak, Frodo'nun yine geride kalmış olduğunu fark etti. Onu göremiyordu. Karanlığın içine doğru fazla gitmeye veya fısıltıyla seslenmekten fazlasına cesaret edemeyerek geriye birkaç adım attı. Aniden düşüncelere dalıp gitmiş, soluk ışıklara bakmakta olan Frodo'ya tosladı. Elleri gergin bir biçimde iki yanında sallanıyor, üzerlerinden sular ve balçık süzülüp duruyordu.

"Gel Bay Frodo!" dedi Sam. "Onlara bakma! Gollum bakmamamız gerektiğini söylüyor. Gel ona yetişelim de bu lanetli yerden bir an önce kurtulalım – tabii kurtulabilirsek!"

"Tamam," dedi Frodo, sanki bir rüyadan uyanırmış gibi. "Geliyorum. Devam edin!"

Yeniden aceleyle ilerlemeye başlayan Sam ayağını yaşlı bir köke veya ot öbeğine takarak tökezlendi. Düştü, yapış yapış çamura batan elleri üzerinde zorla doğruldu, öyle ki yüzü kara batağın yüzeyine çok yaklaşmıştı. Belli belirsiz bir tıss sesi duyuldu, iğrenç bir koku yükseldi yukarı doğru, ışıklar titreşti, dans ederek döndü. Bir an için tam altındaki su, içine baktığı, pis bir cam takılmış bir çeşit pencere gibi göründü gözüne. Ellerini zorla balçıktan çıkartıp bir çığlık atarak geriye sıçradı. "Ölü şeyler, ölü yüzler var suyun içinde," dedi dehşetle. "Ölü yüzler!"

Gollum güldü. "Ölü Bataklıklar, evet evet: İsmi böyle," diye vırakladı. "Mumlar tutuşturulduğunda içine bakmamak gerek."

Sam titreyerek, "Kim onlar? Ne onlar?" diye sordu, artık arkasına varmış olan Frodo'ya dönüp.

"Bilmiyorum," dedi Frodo rüyadaymış gibi bir sesle. "Ama ben de gördüm onları. Mumlar yandığında, su birikintilerinin içinde. Bütün su birikintilerinde yatıyorlar, kara suyun çok çok altında. Gördüm onları: Merhametsiz kötü yüzler, soylu yüzler, üzgün yüzler. Bir sürü gururlu ve zarif yüz vardı gümüş rengi saçlarında yosunlarla. Fakat hepsi bozulmuştu, çürüyordu, hepsi ölüydü. İçlerinde korkunç bir ışık vardı." Frodo elleriyle gözlerini örttü. "Kim olduklarını bilmiyorum; ama orada insanlar, elfler ve yanlarında orklar gördüm sanki."

"Evet evet," dedi Gollum. "Hepsi ölmüş, hepsi çürümüş. Elfler, insanlar, orklar. Ölü Bataklıklar. Çok usun bir saman önce büyük bir savaş olmuştu, evet, böyle demişlerdi Sméagol'e o gençken, ben gençken, Kıymetli daha gelmeden. Çok büyük bir savaşmış. Usun kılıçlı, usun boylu insanlar, korkunç elfler ve ciyaklayan orklar. Kara Kapılar'ın önündeki ovada günlerce, aylarca savaşmışlar. Bataklıklar o gün bu gündür büyümüş, mesarları yutmuş; hep ilerlemiş, hep ilerlemiş."

"Ama bu bir çağdan da önceydi," dedi Sam. "Ölüler gerçekten de orada olamaz! Bu Karanlık Ülke'de tezgâhlanan bir şeytanlık mı?"

"Kim bilir? Sméagol bilmiyor," diye cevap verdi Gollum. "Onlara ulaşamassın, onlara dokunamassın. Bir kere denemiştik, evet, kıymetlim. Bir kere denemiştim; ama onlara ulaşamassınıs. Sadece görünen suretlerdir belki de, onlara dokunulmas. Hayır kıymetlim! Hepsi ölü."

Sam ona kara kara baktı ve Sméagol'ün onları neden ellemek isteyebileceğini düşünerek bir daha titredi. "Doğrusu, ben onları görmek istemiyorum," dedi. "Bir daha hiç görmek istemiyorum! Yolumuza devam edip buradan ayrılabilir miyiz?"

"Evet evet," dedi Gollum. "Ama yavaş yavaş, çok yavaş. Çok dikkatli! Yoksa hobbitler de aşaya inerek Ölülere katılır, küçük mumlar yakar. Sméagol'ü isleyin! Işıklara bakmayın!"

Sağ tarafa doğru emekledi, bataklığın etrafından bir yol bulmaya çalışarak. Onlar da eğilmiş, sık sık aynı onun yaptığı gibi ellerini de kullanarak hemen arkasından gidiyorlardı. "Eğer bu biraz daha devam ederse, sıra halinde giden üç küçük kıymetli Gollum'a dönüşeceğiz," diye düşündü Sam.

Sonunda kara bataklığın sonuna gelip kâh emekleyerek, kâh otlardan oluşmuş son derece güvenliksiz bir adacıktan diğerine sıçrayarak tehlike içinde öteye geçtiler. Genellikle çamura bata çıka zorla yürümüşler, neredeyse boyunlarına kadar çamura bulanmış, leş gibi kokmaya başlamış ve bir lağım çukuru gibi kokan suya batmış ya da elleri içine gömülecek şekilde düşmüşlerdi.

Yeniden sert zemine vardıklarında gece iyice ilerlemişti. Gollum kendi kendine tıslayarak fısıldadı ama zamanla halinden memnun olduğu anlaşıldı: Gizemli bir biçimde, hisleri, koku alma duyusu ve karanlıktaki şekiller hakkındaki müthiş hafızasının bir nevi karışımıyla yeniden tam olarak nerede olduğunu anlamış ve önlerindeki yoldan emin olmuştu.

"Şimdi yeniden ileri!" dedi. "Cici hobbitler! Cesur hobbitler. Çok yorgunlar tabii ki; bis de kıymetlim, hepimis çok yorgunus. Ama beyimisi şeytansı ışıklardan usağa götürmeliyis, evet evet, götürmeliyis." Bu sözlerle neredeyse koşarcasına, yüksek kamışlar arasında ilerleyen uzun bir yola benzer bir açıklıktan tekrar yürümeye başladı, onlar da ellerinden geldiğince çabuk peşinden yürüdüler düşe kalka. Fakat kısa bir süre sonra aniden durup kuşkuyla havayı kokladı, sanki kafası karışmış veya bir şeyden memnuniyetsizlik duymuş gibi tısladı.

"Ne var?" diye homurdandı Sam, onun işaretlerini yanlış yorumlayarak. "Etrafı koklamanın âlemi ne? Burnumu tıkadığım halde koku beni bayıltacak neredeyse. Sen leş gibi kokuyorsun, bey leş gibi kokuyor; her yan kokuyor."

"Evet evet, Sam de kokuyor," diye cevap verdi Gollum. "Savallı Sméagol bunun kokusunu alıyor ama iyi yürekli Sméagol buna katlanıyor. Cici beyine yardım ediyor. Ama bu önemli değil. Hava hareket halinde, değişiklik geliyor. Sméagol merak ediyor; mutlu değil."

Yoluna tekrar devam etti ama huzursuzluğu arttı; arada bir ayağa kalkıyor, boynunu doğuya ve güneye doğru bir turna gibi uzatıyordu. Bir süre hobbitler onu rahatsız eden şeyi ne duydular, ne de hissettiler. Sonra aniden üçü birden dikleşerek ve etrafı dinleyerek kalakaldılar. Frodo ve Sam'e, çok uzaklardan tiz, ince ve zalim, uzun ve acıklı bir çığlık duymuşlar gibi gelmişti. Titrediler. Aynı anda havadaki hareketi onlar da hissetti; hava buz gibi olmuştu. Durmuş kulaklarını dikmiş dinlerken, uzaktan yaklaşmakta olan rüzgâr gibi bir gürültü duydular. Puslu ışıklar dalgalandı, karardı ve söndü.

Gollum kıpırdamıyordu. Sonunda rüzgâr bataklıklar üzerinden tıslayıp hırlayarak hızla onlara gelinceye kadar kendi kendine anlaşılmaz bir şeyler mırıldandı ve titredi. Gece daha az karanlık, üzerlerinden kıvrılıp bükülerek gelip geçen sisin biçimsiz esintilerini görebilecekleri ya da neredeyse görebilecekleri kadar aydınlık bir hal almıştı. Yukarı bakınca parçalanan ve şeritler haline gelen bulutları gördüler; sonra güneyde yukarılarda, bu uçan enkaz içinde yolculuk yapan ay pırıldayarak ortaya çıktı.

Bir an için ayın görüntüsü hobbitlerin yüreklerini mutlu etti; Gollum ise yere büzüşmüş Beyaz Yüz'e lanetler yağdırıyordu. Sonra taze havayı içlerine çekip gökyüzünü seyreden Frodo ile Sam bir şeyin geldiğini gördüler: Lanetli dağlardan uçup gelen küçük bir bulut; Mordor'dan salıverilen kara bir gölge; kanatlı ve meşum büyük bir şekil. Ayın önünden hızla uçtu ve korkunç bir çığlık atarak, kendi hızıyla rüzgârı geride bırakıp batıya doğru gitti.

Soğuk toprak üzerinde yüzükoyun kapaklanarak hallerine aldırmadan süründüler. Fakat dehşetin gölgesi çark ederek geri geldi, bu kez daha alçaktan, tam onların üzerinden, bataklığın kokusunu korkunç kanatlarıyla süpürerek geçti. Sonra gitti, Mordor'a doğru Sauron'un hiddetinin tüm hızıyla uçtu; arkasından rüzgâr da Ölü Bataklıklar'ı çıplak ve kasvetli bir halde bırakarak gümbürdeyip gitti. Çıplak viranelik göz alabildiğince, hatta uzaktaki tehditkâr dağlara kadar dağınık bir ay ışığıyla beneklenmişti.

Frodo ile Sam kötü bir rüyadan uyanıp, tanıdık gecenin hâlâ dünyada varolduğunu anlayan çocuklar gibi gözlerini ovuşturarak ayağa kalktılar. Fakat Gollum afallamışçasına yerde yatmaya devam ediyordu. Onu zorlukla kaldırdılar, bir süre yüzünü kaldırmadı, koca yassı elleriyle başını koruyarak dirsekleri üzerine abandı kaldı.

"Tayflar!" diye ağladı. "Kanatlanmış tayflar! Kıymetli onların efendisidir. Her şeyi, her şeyi görürler. Onlardan bir şey gislenemes. Beyas Yüs'e lanet olsun! Onlar da O'na her şeyi anlatır. O görür, O bilir. Ah *gollum, gollum, gollum!*" Ay kaybolup Tol Brandir'in gerisinde batıya kayıncaya kadar ne yerinden kalktı, ne de kımıldadı.

O andan itibaren Sam, Gollum'da yeniden bir değişiklik hisseder gibi oldu. Daha bir dalkavuk, daha bir sözde dost olmaya başlamıştı; ama Sam zaman zaman onun gözlerinde garip bir bakış yakalıyordu, özellikle de Frodo'ya bakarken; bir de, eski konuşma alışkanlığına daha sık döner olmuştu. Ayrıca Sam'in içinde büyümeye başlayan başka bir endişe daha vardı. Frodo yorgun, bitap denecek kadar yorgun görünüyordu. Bir şey söylemiyordu, aslında hemen hemen hiç konuşmuyordu; şikâyet etmiyor ama sanki büyük bir yük, durmadan artan bir ağırlık taşıyan biri gibi yürüyordu; gitgide daha da yavaş, ayaklarını sürüye sürüye ilerlemeye başlamıştı, öyle ki Sam sık sık Gollum'a beklemesi ve beyini geride bırakmaması için yalvarmak zorunda kalıyordu.

Gerçekten de Mordor'un kapılarına doğru atılan her adımda Frodo boynundaki zincirde asılı duran Yüzük'ün daha da ağırlaştığını hisseder olmuştu. Artık Yüzük'ü, onu yere doğru çeken gerçek bir ağırlık olarak hissetmeye başlamıştı. Ama onu çok daha fazla rahatsız eden Göz'dü: Kendi kendine ona bu ismi takmıştı. Yürürken eğilmesine, büzülmesine neden olan, Yüzük'ün ağırlığından çok buydu. Göz: Görebilmek için büyük bir güçle tüm buluttan, topraktan, etten gölgeleri parçalamaya çalışan düşmanca bir iradenin o korkunç bir biçimde artan hissi: Sizi hareketsiz bir halde, tüm çıplaklığınızla mıhlamak için bakan o ölümcül bakış. Çok ince, çok narin ve ince bir hal almıştı artık onu hâlâ savuşturabilen örtüler. Frodo o iradenin o anda ikâmet ettiği yeri, onun kalbinin yerini tam olarak biliyordu: Gözleri kapalı bir adam güneşin yerini nasıl kesinlikle bilirse, tıpkı o şekilde biliyordu. Yüzünü ona dönmüştü ve onun kudreti alnına çarpıyordu.

Gollum da büyük bir ihtimalle benzer bir şeyler hissediyordu. Ama Göz'ün baskısı, o kadar yakınında bulunan Yüzük'e karşı duyduğu arzu ve kısmen soğuk demirden korkup kendini alçaltarak verdiği söz arasında kalmış o sefil gönülde neler olup bittiğini hobbitler tahmin bile edemezdi. Frodo bunu hiç düşünmedi bile. Sam'in aklında daha çok beyi vardı; kendi gönlüne çöken kara bulutu pek fark etmiyordu. Frodo'yu önüne geçirmişti şimdi ve her hareketini dikkatle inceliyor, tökezleyince ona destek oluyor ve beceriksizce sözlerle onu yüreklendirmeye çalışıyordu.

Sonunda gün belirdiğinde, hobbitler o uğursuz dağların ne kadar yaklaşmış olduğunu hayretle gördüler. Hava artık daha berrak, daha soğuktu; ve hâlâ uzakta olmalarına rağmen Mordor'un duvarları görüş sahasının ucunda bulutlu bir tehdit değildi artık, kasvetli arazi üzerinden merhametsiz kara kuleler gibi hiddetle bakıyorlardı. Bataklıklar bitiyor, ölü turbalığa ve kurumuş, çatlak çamur düzlüklerine doğru yok oluyordu. Önlerindeki zemin çıplak ve acımasız, uzun ve alçak yamaçlar halinde Sauron'un cümle kapıları önünde uzanan çöllere doğru yükseliyordu.

Kurşuni renkli aydınlık devam ettiği sürece, kanatlı dehşet geçer de onların yerlerini o zalim gözleriyle belirler diye kara bir kayanın altına solucanlar gibi sindiler büzüşerek. Yolculuklarının geri kalan bölümü, zihnin dinlenecek hiçbir yer bulamadığı, büyümekte olan bir korkunun gölgesiydi. İki gece boyunca, yolsuz izsiz, yorucu toprak üzerinde zahmetle ilerlediler. Hava daha bir sertleşmiş, nefeslerini kesen, ağızlarını kavuran acı bir kokuyla dolmuş gibi geliyordu onlara.

Sonunda Gollum ile yola koyulduklarının beşinci sabahında bir kez daha mola verdiler. Önlerinde, tan vaktinde, kapkara ulu dağlar, duman ve buluttan bir çatıya doğru yükseliyordu. Eteklerinden, en yakını en fazla on iki mil kadar uzakta olan kocaman sütunlar ve kırık kırık tepeler uzanıyordu. Frodo etrafına dehşetle bakındı. Sürünerek gelen günün yavaş yavaş kamaşan gözlerinin önüne sermekte olduğu topraklar, Ölü Bataklıklar ve İnsansız Topraklar'ın kıraç kırları kadar korkunç, çok daha iğrençti. Ölü Yüzler Gölü'ne bile yeşil bir baharın yorgun hayaleti gelebilirdi; ama buraya bir daha ne bahar, ne yaz, hiç gelmeyecekti. Burada hiçbir şey yaşamıyordu, hatta çürümüşlükle beslenen cüzzamlı oluşumlar bile. Son nefesini veren su birikintileri, sanki dağlar bağırsaklarındaki pislikleri etraflarındaki arazilere kusmuşlar gibi kül ve sürünen çamurlarla boğulmuştu. Ezilmiş, toz haline gelmiş kayaların muazzam yığınları, ateşle kavrulmuş, zehirle lekelenmiş topraktan büyük koniler, isteksiz ışıkta yavaş yavaş ortaya çıkan, sonsuz bir dizi halindeki tiksindirici mezarları andırıyordu.

Mordor'un önünde uzanan viraneye varmışlardı: Bütün amaçları boşa çıktıktan sonra bile ayakta kalmak zorunda olan kölelerin karanlık emekleri adına dikilen ebedi abide; bozulmuş, iyileşemeyecek biçimde hastalık kapmış topraklar – tabii eğer Engin Deniz her şeyi unutturacak şekilde orayı yıkarsa o başka. "Midem bulanıyor," dedi Sam. Frodo konuşmadı.

Bir süre orada durdular, tıpkı kâbusların pusuya yatmış olduğu bir uykunun kenarında duran ama sabaha sadece gölgeler içinden geçip gidebileceklerini de gayet iyi bilen kişiler gibi. Işık yayılarak, keskinleşti. Son nefesini veren dipsiz kuyular ve zehirli tepecikler korkunç bir biçimde netleşti. Güneş doğmuş, bulutlar ve uzun duman şeritleri arasında ilerliyordu, ama güneş ışıkları bile bozulmuştu. Hobbitler bu ışığı hiç de hoş karşılamadılar; düşmanca görünüyordu, onları tüm çaresizlikleriyle, Karanlıklar Efendisi'nin kül yığınları arasında çığlıklar atarak dolanan minik hayaletler gibi ortaya çıkartıyordu.

Kendilerini artık ilerleyemeyecek kadar yorgun hissettiklerinden dinlenmek için bir yer bakındılar. Bir süre bir cüruf tepeciğinin gölgesinde konuşmadan oturdular; fakat tepecikten kötü dumanlar sızıyor, boğazlarına kaçıyor ve onları boğuyordu. İlk doğrulan Gollum oldu. Söylenerek ve küfrederek kalktı; hobbitlere hiç bakmadan, onlara bir tek söz söylemeden, dört ayağı üzerinde emekleyerek gitti. Frodo ile Sam, batı kenarı daha derin olan, geniş, hemen hemen daire biçiminde bir çukura varıncaya kadar onun peşinden emeklediler. Çukur soğuk ve cansızdı, dibinde rengârenk yağlı, sulu çamurla dolu pis bir delik vardı. Bu pis oyuğun içine büzüştüler, bu gölge içinde Göz' ün dikkatinden kaçmayı ümit ederek.

Gün yavaş yavaş geçti. Büyük bir susuzluk duymaya başladılar ama mataralarından sadece birkaç yudum içtiler – mataralarını en son, tekrar hatırladıklarında gözlerine huzur ve güzellik dolu bir yer olarak görünen, yağmur suyuyla oluşmuş minik derede doldurmuşlardı. Hobbitler sırayla nöbet tuttular. İlk başlarda, ne kadar yorgun olurlarsa olsunlar, ne biri uyuyabildi, ne diğeri; fakat çok uzaklardaki güneş yavaş yavaş hareket eden bir bulutun arkasına dolanmaya başlayınca Sam biraz kestirdi. Nöbet sırası Frodo'daydı. Çukurun meyilli yüzeyine sırt üstü dayandı Frodo, ama bu üzerinde hissettiği yükü hafifletmemişti. Dumanla yol yol olmuş gökyüzüne bakarak garip hayaller, geçen kara suretler, geçmişten yüzler gördü. Zamanın ucunu kaçırdı, sonunda üzerine bir unutkanlık çökünceye kadar uyku ile uyanıklık arasında dolandı durdu.

Sam aniden, beyinin kendi ismini seslendiğini düşünerek uyandı. Akşam olmuştu. Frodo seslenmiş olamazdı çünkü uyuyakalmış ve neredeyse çukurun dibine kadar kaymıştı. Gollum onun yanındaydı. Bir an için Gollum Frodo'yu uyandırmaya çalışıyor gibi geldi Sam'e; sonra öyle olmadığını gördü. Gollum kendi kendine konuşuyordu. Sméagol, aynı sesi kullanan ama konuşurken viyaklayan ve tıslayan başka bir düşünce ile bir tartışmaya girmişti. Konuştukça gözlerinde soluk bir ışıkla yeşil bir ışık yer değiştirip duruyordu.

"Sméagol sös verdi," dedi ilk düşünce.

"Evet, evet kıymetlim," diye geldi cevap, "söss verdik: Kıymetlimisi koruyalım diye, O'nun eline geçmessin diye – hiçbir saman sahip olmasın diye. Ama O'na gidiyor, evet, her adımda daha bir yaklaşıyor. Hobbit onunla ne yapacak merak ediyoruss, evet merak ediyoruss."

"Bilmiyorum. Elimden bir şey gelmes. Beyde o. Sméagol Bey'e yardım edeceğine sös verdi."

"Evet, evet Bey'e yardım etmeye: Kıymetli'nin beyine. Ama bey bis olurssak, hem istediğisimisi yaparıss, hem de söslerisimisi tutarıs."

"Ama Sméagol çok çok iyi olacağını söyledi. Cici hobbit! O acımasıs ipi Sméagol'ün bacağından aldı. Benimle güsel güsel konuşuyor."

"Çok iyi, çok iyi, ha kıymetlim? İyi olalım, balıklar kadar iyi olalım tatlım ama kendisimise. Cici hobbitlerin canıslarını acıtmayacass tabii, yo, yo."

"Ama sösümüsü Kıymetli bağlıyor," diye karşı çıktı Sméagol'ün sesi.

"O halde onu al," dedi diğeri, "onu kendisimiss alıkoyalım! O saman bis bey oluruss, *gollum*! Öbür hobbiti, o edepssis, kuşkucu hobbiti süründür, evet, *gollum*!"

"Ama cici hobbiti değil, değil mi?"

"Hayır, hayır, eğer canısımıs istemesse. Yine de o bir Baggins kıymetlim, bir Baggins ya. Bir Baggins çalmıştı onu. Onu buldu ve hiç bişey demedi, hiç bişey. Biss Bagginslerden nefret edisiyoruss."

"Hayır, bu Baggins'ten değil."

"Evet, bütün Bagginsler. Kıymetli'yi alıkoyan herkesssten. Onu almamıss lassım!"

"Ama O görecek, O bilecek. Bisden alacak!"

"O görür. Bilir. Aptal aptal sössler verdiğisimisi duydu – O'nun emirlerine karşı gelerek üstelik, ya. Almak lassım. Tayflar arayıp duruyor. Almak lassım."

"O'nun için değil!"

"Hayır tatlım. Bak kıymetlim: Eğer o bisim olurssa o saman kaçabiliris, O'ndan bile, hı? Belki de çok kuvvetleniriss, Tayflar'dan bile çok. Hükümdar Sméagol? Muhteşem Gollum? Gollum! Her gün balık yeris, günde üç defa, denissten tase tase. Pek Kıymetli Gollum! Almak lassım. İstiyoruss, istiyoruss, istiyoruss!"

"Ama iki kişiler. Hemencecik uyanıp bisi öldürürler," diye sızlandı Sméagol son bir gayretle. "Şimdi değil. Daha değil."

"Biz istiyoruss! Ama..." –bu noktada uzun bir duraksama olmuştu sanki yeni bir düşünce uyanmış gibi. "Daha değil ha? Belki de öyledir. Dişi bise yardım edebilir. Evet, dişi yardım edebilir."

"Yo, yo! Öyle olmas!" diye feryat etti Sméagol.

"Evet! İstiyoruss! İstiyoruss!"

Ne zaman ikinci düşünce konuşsa Gollum'un uzun kolu yavaş yavaş uzanmaya başlıyor, Frodo'ya doğru yoklaya yoklaya gidiyor, sonra yeniden Sméagol konuştuğunda, kasılarak geri çekiliyordu. Sonunda, kasılmış ve seyiren uzun parmakları pençe halini almış her iki el de Frodo'nun boynuna doğru uzandı.

Sam, bu tartışma karşısında büyülenmiş kalmış, fakat yarı kapalı gözkapakları altından Gollum'un yaptığı her hareketi izleyerek kıpırdamadan yatıyordu. Onun yalın aklına göre Gollum'un en belli başlı tehlikesi alelade açlıktan, hobbitleri yeme arzusundan ileri geliyordu. O anda, bunun böyle olmadığını kavradı: Gollum Yüzük'ün korkunç çağrısını hissediyordu. *O*, dediği Karanlıklar Efendisi'ydi elbette; fakat Sam, *Dişi*'nin kim olduğunu merak etti. Herhalde, bu küçük sefil şeyin yolculukları sırasında arkadaşlık kurduğu kötü bir arkadaştı. Sonra bu noktayı unuttu, çünkü olanlar çok ileri gitmiş, gözle görünür bir şekilde tehlikeli olmaya başlamıştı. Kollarında ve bacaklarında büyük bir ağırlık vardı ama bir gayret sarf ederek doğrulup oturdu. Bir şey onu, dikkatli olması ve tartışmaya kulak misafiri olduğunu belli etmemesi konusunda uyarmıştı. Yüksek sesle bir iç çekerek, yüksek sesle esnedi.

"Saat kaç?" dedi uykulu uykulu.

Gollum dişleri arasından uzun bir tıslama koyverdi. Bir an gergin bir biçimde ve gözdağı verircesine doğruldu sonra öne doğru, dört ayağı üzerine yığılarak, çukurun kenarından tırmanmaya başladı. "Cici hobbitler! Cici Sam!" dedi. "Uykulu kafalar, uykulu kafalar ya! İyi kalpli Sméagol'ü nöbete bırakın! Ama akşam oldu. Alacakaranlık çöküyor. Gitme samanısı."

"Tam zamanı!" diye düşündü Sam. "Ayrıca ayrılma zamanımız da." Yine de aklına, Gollum şu anda yanlarından ayrılsa, serbest haliyle daha tehlikeli olup olmayacağı kuşkusu geldi. "Lanet olasıca! Keşke boğulmuş olsaydı!" diye söylendi. Çukurdan aşağıya kayarak beyini uyandırdı.

Gariptir ki Frodo kendini zindeleşmiş hissediyordu. Bir rüya görmüştü. Karanlık gölge geçmiş ve hastalıklı topraklarda ona hoş bir görüntü gelmişti. Aklında rüyasından hiçbir şey kalmamıştı ama yine de bu yüzden kendini mutlu hissediyordu, gönlü ferahlamıştı. Yükü daha hafifti artık. Gollum onu bir köpek neşesiyle karşıladı. Kıkırdadı, gevezelik etti, uzun parmaklarını çıtırdattı, Frodo'nun dizlerini elledi. Frodo ona gülümsedi.

"Haydi!" dedi. "Bize son derece güzel ve vefalıca rehberlik ettin. Bu son aşama. Bizi Kapı'ya götür; sonra senden daha ileri gelmeni istemeyeceğim. Bizi Kapı'ya götür, sonra sen nereye gitmek istersen oraya gidersin – ama düşmanlarımıza gitmek yok."

"Kapı'ya ha?" diye viyakladı Gollum, şaşırmış ve korkmuş gibi görünerek. "Kapı'ya diyor bey! Evet, öyle diyor. Ve iyi Sméagol o ne isterse onu yapar, tabii ya. Ama biss yaklaştıkça, göreceğis, göreceğis o zaman. Hiç de hoş görünmeyecek. Yoo! Hayır!"

"Haydi işine!" dedi Sam. "Haydi bu işi bitirelim!"

Çökmekte olan alacakaranlıkta çukurdan çıktılar ve yavaş yavaş bu ölü topraklarda yollarını tuttular. Pek fazla uzaklaşmamışlardı ki, bataklıklarda, o kanatlı siluet üzerlerinden ortalığı süpürüp geçerken duyduklarına benzer bir korku duydular. Durdular ve kötü kokulu toprağa sindiler; fakat tepelerindeki kasvetli akşam göğünde hiçbir şey görmediler; biraz sonra çok yukarlardan, belki de acil bir görevle Barad-dûr'dan ayrılan tehlike geçti gitti. Bir süre sonra Gollum ayağa kalkıp tekrar söylene söylene ve titreye titreye emeklemeye devam etti.

Gece yarısından bir saat kadar sonra, üçüncü kez yine bir korku düştü üzerlerine ama artık daha uzakta gibiydi, sanki bulutların çok üzerinden geçiyormuş ve korkunç bir hızla Batı'ya doğru gidiyormuş gibi. Bununla birlikte Gollum dehşetten çaresiz haldeydi, uçanların kendilerinin peşinde olduklarından, yaklaştıklarının bilindiğinden emindi.

"Üç kere!" diye zırladı. "Üç kere olunca bir tehlike var demektir. Bisi burada hissediyorlar, Kıymetli'yi hissediyorlar. Kıymetli onların efendisi. Bu taraftan daha fasla gidemeyis, hayır! Yararı yok, yararı yok!"

Yalvarmak ve hoş sözler artık kâr etmiyordu. Sonunda Frodo hiddetle emredip elini kılıcının kabzasına koyunca, Gollum tekrar doğruldu. Hırlayarak ayağa kalktı ve dayak yemiş bir it gibi önlerinden gitmeye başladı.

Böylece gecenin yorgun sonuna dek, tökezlene tökezlene devam ettiler yollarına; korkularla dolu yeni bir günün gelişine kadar, başları önde, hiçbir şey görmeden, kulaklarında uğuldayan rüzgârdan başka hiçbir şey duymadan sessizce yürüdüler.

BÖLÜM III

KARA KAPI KAPALI

Ertesi gün ermeden Mordor'a yaptıkları yolculuk sona ermişti. Bataklıklar ve çöl arkalarında kalmıştı. Önlerinde solgun gökyüzüne karşı kararan ulu dağlar tehditkâr başlarını dikiyorlardı.

Mordor'un batı tarafında Ephel Dúath'ın yani Gölge Dağları'nın kasvetli çizgisi, kuzeyde Ered Lithui'nin kırık zirveleri ve çıplak sırtları kül gibi kurşuni bir renkle uzanıyordu. Aslında Lithlad ve Gorgoroth'un hazin düzlükleri etrafındaki tek bir koca duvarın parçaları olan ve tam ortasında acı bir iç deniz olan Núrnen bulunan bu sıradağlar, birbirlerine yaklaştıkça, kuzeye doğru uzun kollarını uzatıyorlardı; bu kollar arasında derin ve dar bir geçit vardı. Burası Cirith Gorgor, yani Dehşet Geçidi idi; Düşman'ın topraklarına buradan giriliyordu. Her iki yandaki yüksek uçurumlar alçalıyor, tam ağzından kara iskeletli çıplak iki dik tepe ileri doğru fırlıyordu. Bunların üzerinde Mordor Dişleri vardı: İki adet sağlam ve yüksek kule. Bunlar çok önceleri, güçleri kuvvetleri yerindeyken Gondor'lu İnsanlar tarafından, Sauron devrilip kaçtıktan sonra eski ülkesine geri dönmeye çalışmasın diye yapılmıştı. Fakat Gondor'un gücü zayıflamış, insanlar uyumuş; kuleler yıllarca bomboş kalmıştı. Sonra Sauron geri döndü. Yıkılmaya başlamış olan gözcü kuleleri tamir edilmiş, silahla doldurulmuş, içlerine sürekli tetikte duran birlikler yerleştirilmişti artık. Karanlık pencere delikleri kuzeye, doğuya ve batıya bakan, iskelet yüzlü yerlerdi ve her pencere uykusuz gözlerle doluydu.

Geçidin ağzında, uçurumdan uçuruma taştan bir sur ördürmüştü Karanlıklar Efendisi. Bu surun içinde tek bir demir kapı vardı ve surun mazgallı siperleri üzerinde gözcüler hiç durmadan yürüyüp duruyorlardı. Her iki taraftaki tepelerin altında kayalar yüzlerce mağara ve oyukla doluydu: Buralarda bir ork ordusu gizlenmiş, savaşa giden kara karıncalar gibi ileri atılmak için hazır ve nazır bekliyorlardı. Kimse, eğer Sauron tarafından çağırılmamışsa veya Morannon'u, yani onun topraklarının kara kapısını açacak gizli parolayı bilmiyorsa, ısırığını hissetmeden Mordor Dişleri'nden geçemezdi.

İki hobbit ümitsizlikle kulelere ve sura bakıyorlardı. Uzaktan, loş ışıkta bile surların üzerindeki kara muhafızların ve kapı önündeki devriyelerin hareketlerini görebiliyorlardı. Ephel Dúath'ın en kuzeydeki ayağının uzanan gölgesi altındaki kayalık bir çukurun kenarından bakıyorlardı. Bu ağır havaya kanat açan bir karga belki onların saklandıkları yerden bir fersah gittikten sonra en yakındaki kulenin zirvesine varabilirdi. Kulenin üzerinde belli belirsiz bir duman dolanıyordu, sanki altındaki tepede bir ateş için için yanarmış gibi.

Gün erişti, açık sarı bir güneş Ered Lithui'nin yaşamsız sırtları üzerinde oynaştı. Sonra aniden pirinç borazanların çığlığı duyuldu: Kulelerden yükseldi sesleri ve uzaklarda, dağlardaki gizli sığınaklardan ve ileri karakol mevkilerinden cevaplar geldi; daha da öteden, uzaktan ama derin ve meşum bir sesle, gerideki boş topraklarda Barad-dûr'un muazzam borazanları ve davulları yankılandı. Mordor'a dehşet ve angarya dolu korkunç bir gün daha gelmişti; gece nöbetçileri zindanlarına ve derinlerdeki bölmelerine çağırılmış, kem gözlü ve zalim gündüz nöbetçileri nöbet yerlerine yürümeye başlamışlardı. Çelik, siperler üzerinden donuk donuk parlıyordu.

"İşte geldik!" dedi Sam. "İşte Kapı; bana öyle geliyor ki en fazla buraya kadar ilerleyebiliriz zaten. Aman; Babalık beni şimdi göreydi söyleyecek bir iki sözü olurdu! Sık sık, dikkat etmezsem sonumun kötü olacağını söylerdi, öyle derdi ya. Ama artık o ihtiyarı bir daha görebileceğimi zannetmiyorum. Bana, *demedim miydi Sam,* deme şansı olmayacak: Bu daha da kötü. Nefesi yettiği sürece bunu söylemeye devam ederdi, ah o yaşlı yüzünü bir kerecik daha görebileydim. Ama önce güzelce bir yıkanmam gerekir, yoksa beni tanıyamaz.

"Sanırım, 'şimdi ne yana doğru gideceğiz,' diye sormamın bir yararı olmaz, değil mi? Daha ileriye gidemeyiz, orklardan bir yardım isteyeceksek o başka tabii."

"Hayır, hayır!" dedi Gollum. "Bu işe yaramas. Daha ileri gidemeyis. Sméagol öyle dedi. Şöyle dedi: Kapıya gidip göreceğis bakalım. Ama görüyorus. A, evet kıymetlim, görüyorus. Sméagol hobbitlerin bu taraftan gidemeyeceğini biliyordu. A, evet, Sméagol biliyordu."

"O halde ne halt etmeye getirdin bizi buraya?" dedi Sam, o andaki ruh haliyle ne adil ne de makul olabiliyordu.

"Bey öyle dedi. Bey dedi ki: Bisi Kapı'ya getir, dedi. İyi yürekli Sméagol de öyle yaptı. Bey öyle dedi, akıllı bey."

"Öyle," dedi Frodo. Yüzü ciddi ve asıktı ama kararlıydı. Bitkin, kir pas ve yorgunluktan ıstırap içindeydi ama artık çekinmiyordu ve gözleri pırıl pırıldı. "Öyle dedim çünkü Mordor'a girmeyi amaçlıyordum ve başka bir yol bilmiyorum. O yüzden bu taraftan gideceğim. Başka kimseye de benimle gelmesini söylemiyorum."

"Hayır, hayır beyim!" diye feryat figan etti Gollum, onu elleyerek, büyük bir keder içindeymiş gibi. "O yol bir işe yaramas! Yaramas! Kıymetli'yi O'na götürme. Hepimisi yer O, eğer eline geçirirse bütün dünyayı yer. Onu alıkoy cici bey ve Sméagol'e iyi davran. O'nun almasına izin verme. Veya burdan uzaklaş, daha iyi yerlere git ve onu minik Sméagol'e geri ver. Evet evet bey: Geri ver onu, ha? Sméagol onu güselce saklar; bissürü iyilikler yapar, ösellikle de cici hobbitlere. Hobbitler eve gider. Kapı'ya gitme!"

"Bana Mordor topraklarına gitmem buyuruldu, o yüzden gideceğim," dedi Frodo. "Eğer tek bir yol varsa, o yolu izleyeceğim. Ne olacaksa olmalı."

Sam hiçbir şey söylemedi. Frodo'nun yüzündeki ifade ona yetmişti; kendi sözlerinin faydasız olacağını biliyordu. Sonra zaten başından beri onun bu işten bir ümidi olmamıştı; neşeli bir hobbit olduğu için de, ümitsizliğini erteleyebildiği sürece bir ümide ihtiyacı olmamıştı. Artık gerçeklerle yüzleşme zamanı gelmişti. Fakat o bütün yol boyunca beyini bırakmamıştı; daha çok bu yüzden gelmişti zaten ve onun yanında olmaya devam edecekti. Beyi Mordor'a tek başına gitmeyecekti. Sam de onunla gidecekti – ve en azından Gollum'dan kurtulmuş olacaklardı.

Bununla beraber, Gollum'un onları kendi varlığından kurtarmak gibi bir niyeti yoktu henüz. Frodo'nun ayakları dibinde diz çökmüş ellerini ovuşturarak viyaklıyordu. "Bu taraftan değil beyim!" diye yalvardı, "Başka bir yol var. Tabii ya, sahiden var. Başka bir yol, daha karanlık, bulması daha ssor, daha gisli. Ama Sméagol biliyor onu. Bırakın Sméagol göstersin sise!"

"Başka bir yol!" dedi Frodo kuşkulu kuşkulu, Gollum'a keskin gözlerle bakarak.

"Evet evet tabii! Başka bir yol *vardı*. Sméagol buldu onu. Gelin gidip bakalım hâlâ yerinde duruyor mu!"

"Daha önce bundan söz etmemiştin."

"Hayır. Bey sormadı ki. Bey ne yapmak istediğini söylememişti ki. O savallı Sméagol'e söylemiyor. Şöyle diyor: Sméagol beni Kapı'ya götür – sonra da haydi hoşça kal! Sméagol kaçıp kurtulabilir. Ama şimdi de şöyle diyor: Ben Mordor'a bu yoldan girmeyi amaçlamıştım. O yüsden Sméagol çok korkuyor. Cici beyi kaybetmek istemiyor. Sonra sös verdi, bey ona sös verdirdi, Kıymetli'yi korumak için. Ama bey yüzüğü O'na götürecek, doğruca Kara El'e götürecek, eğer bu taraftan giderse. O yüsden Sméagol ikisini birden korumak sorunda ve bir samanlar var olan başka bir yolu hatırlıyor. Cici bey. Sméagol çok iyi yürekli, hep yardım ediyor."

Sam kaşlarını çattı. Eğer gözleriyle Gollum'da delikler açabilecek olsaydı, o anda açmış olurdu. Kafası kuşkularla doluydu. Görünüşe göre Gollum gerçekten de kederlenmiş ve Frodo'ya yardım etmeye hevesliydi. Fakat Sam, kulak misafiri olduğu tartışmayı hatırlayarak, uzun zamandır diplere batmış olan Sméagol'ün yüzeye çıktığına inanmak konusunda zorlandı: En azından o ses tartışmada son sözü söylememişti. Sam'in tahminine göre Sméagol ve Gollum yarıları (veya kendi kendine onlara taktığı isimlerle Yıvışık ile Leş) bir ateşkes, geçici bir ittifak yapmışlardı: İkisi de Yüzük'ü Düşman'ın ele geçirmesini istemiyordu; her ikisi de Frodo'nun yakalanmasını engellemek istiyor, mümkün olduğu sürece kendi gözlerinin önünde olmasını istiyordu – en azından Leş ellerini "Kıymetli"sine uzatacak bir şansa sahip olduğu sürece. Mordor'a başka bir yol olup olmadığı konusunda kuşkuluydu Sam.

"Ayrıca her iki yarının da beyin ne yapmaya niyeti olduğunu bilmemesi iyi bir şey," diye düşündü. "Eğer Bay Frodo'nun, Kıymetli'sini tamamen ortadan kaldırmaya çalıştığını bilseydi, işte o zaman acilen bir sorun yaşardık eminim. Her halükârda bizim Leş Düşman'dan o kadar çok korkuyor ki –onun bir çeşit emri altında veya bir zamanlar altındaymış besbelli– bize yardım ederken yakalanmaktansa bizi ele vermeyi tercih eder; ya da Kıymetli'sinin eritilmesindense bunu tercih eder. En azından benim düşüncem böyle. Umarım bey de buna dikkat eder. Herkes kadar akıllı biri, ama çok yufka yürekli, hakikaten çok yufka yürekli. Bir Gamgee'nin onun ne yapacağını tahmin etmesi imkânsız."

Frodo Gollum'a hemen cevap vermedi. Bu düşünceler Sam'in yavaş fakat keskin aklından geçerken, o durmuş Cirith Gorgor'un karanlık uçurumuna bakıyordu. İçine sığındıkları çukur, tepe ile dağların dış ayakları arasında uzanan uzun, hendeğe benzer bir vadinin seviyesinden biraz yukarıda, alçak bir tepenin bir yamacına oyulmuştu. Vadinin ortasında batıdaki gözcü kulesinin kara temelleri duruyordu. Sabah ışığında Mordor Kapısı'nda birbirine yaklaşan solgun ve tozlu yollar artık net bir biçimde görülüyordu: Biri geriye, kuzeye doğru dolanıyordu, diğeri ise Ered Lithui'nin eteklerine takılıp kalmış sisin içine, doğuya doğru girip yok oluyordu; bir üçüncüsü de onlara doğru geliyordu. Sert bir şekilde kulenin etrafından dönerken dar bir geçide giriyor ve bulundukları çukurdan pek uzakta olmayan bir yerden, aşağıdan geçiyordu. Sağ tarafından batıya dönerek dağların sırtlarını dolanıyor, güneye doğru Ephel Dúath'ın bütün batı yamaçlarını örten derin gölgelerin içine giriyordu; görüş alanlarının dışına çıktıktan sonra ise, yolculuğuna Ulu Nehir ile dağlar arasındaki dar bir toprak parçasından devam ediyordu.

Frodo düzlükte büyük bir kıpırtının, bir hareketin olduğunu fark etti. Sanki bütün ordular yürüyüşe geçmişti; gerçi çoğu, geride bulunan metruk araziden ve bataklıklardan sürüklenip gelen kötü kokular ve buğularla gizlenmişlerdi. Fakat orada burada mızrakların ve miğferlerin parıltılarını yakalıyordu; yolların yanındaki düzlüklerde büyük bölükler halinde atlılar görülüyordu. Daha birkaç gün önce Amon Hen'de uzaktan gördüğü görüntüyü hatırladı, gerçi şimdi yıllar önce gibi geliyordu ona. O zaman, bir an için çılgınca bir biçimde gönlünde kıpırdamış olan ümidin nafile olduğunu anladı. Borazanlar meydan okumak için değil, karşılamak için çalıyorlardı. Bu, çok önceleri yitmiş olan bahadırlık mezarlarından öç almak için çıkan hayaletler gibi ayaklanmış Gondor'lu İnsanlar'ın, Karanlıklar Efendisi'ne karşı giriştikleri bir saldırı değildi. Bunlar başka bir soyun adamlarıydı, engin Doğu topraklarından çıkıp gelen Efendilerinin çağrısı üzerine toplanan insanlar; geceleyin Kapı'sı önünde konaklamış, şimdi de O'nun artmakta olan gücünü iyice büyütmek için yürüyüşe geçmişlerdi. Sanki, içinde bulundukları durumun ne kadar tehlikeli olduğunu ancak günün artan ışığında, bu engin tehdide bu kadar yakınken, aniden tam anlamıyla anlayabilmiş gibi, Frodo narin gri başlığını başına geçirip, çukurun içine atladı. Sonra Gollum'a döndü.

"Sméagol," dedi, "sana bir kez daha güveneceğim. Galiba buna mecburum da; benim bahtımda, hiç ummadığım bir anda senden yardım almak, senin bahtında da uzun süreler boyunca kötü bir niyetle izlemiş olduğun bana yardım etmek varmış. Şimdiye kadar takdirimi kazandın ve verdiğin söze sadık kaldın. Sadık kaldın derken samimiyim," diye ekledi Sam'e bir bakış fırlatarak, "çünkü şimdiye kadar iki kere senin ellerine kaldık ve sen bize bir zarar vermedin. Bir zamanlar aradığın şeyi almaya da çalışmadın. Üçüncü keresi en iyisi olur umarım! Ama seni uyarıyorum Sméagol, tehlike içindesin."

"Evet, evet beyim!" dedi Gollum. "Korkunç bir tehlike! Düşündükçe Sméagol'ün kemikleri takırdıyor ama kaçmıyor. Cici beye yardım etmesi lassım."

"Ben şu anda hepimizin paylaştığı tehlikeyi kastetmiyorum," dedi Frodo. "Sadece senin içinde olduğun tehlikeyi kastediyorum. Kıymetli adını taktığın bir şey üzerine yemin ettin. Bunu hatırla! O senin yeminine uymanı bekleyecek; ama sözünü de eğip bükerek seni mahvetmek için kullanacaktır. Daha şimdiden döndün. Daha biraz önce kendini, aptalca bir biçimde ele verdin. *Onu Sméagol'e geri ver,* dedin. Bir daha söyleme bunu! Bu düşüncenin içinde büyümesine izin verme! Onu bir daha geri alamayacaksın. Fakat ona karşı duyduğun arzu senin sonun olabilir. Onu bir daha geri alamayacaksın. Eğer başka çare kalmazsa, Sméagol, Kıymetli'yi ben takacağım; Kıymetli çok uzun bir süre sana hâkim olmuş. Eğer ben onu takarak sana hükmetmiş olsaydım, sen sözüme itaat ederdin – senden uçurumdan aşağıya veya ateşe atlamanı istemiş olsaydım bile. Zaten emrim de böyle bir şey olur eğer takarsam. O yüzden dikkat et Sméagol!"

Sam beyine büyük bir takdir ile ama aynı zamanda hayretle baktı: Sesinde öyle bir ton ve yüzünde öyle bir ifade vardı ki, daha önce hiç görmemişti. Sevgili Bay Frodo'nun iyiliği hep o kadar yüksek bir mertebede olurdu ki, bunun önemli bir ölçüde körlüğüne delalet ettiğini zannetmişti Sam. Tabii ki aynı zamanda Bay Frodo'nun dünya üzerindeki (Yaşlı Bay Bilbo ve Gandalf hariç tutulabilirdi) en akıllı kişi olduğuna da sarsılmaz bir inancı vardı. Gollum da kendi çapında benzer bir hata yapmış, iyilik ile körlüğü birbirine karıştırmıştı belli ki; gerçi tanışıklığı daha kısa süreli olduğu için yaptığı hata daha affedilir sayılırdı. En azından bu konuşma onun gururunu kırmış ve dehşete düşürmüştü. Yerlerde sürünmeye başladı, ama *cici beyim*'den başka anlaşılır bir söz söyleyemedi.

Frodo bir süre sabırla bekledi sonra daha az sert bir üslupla yeniden konuştu. "Haydi Gollum ya da Sméagol, hangi adı istiyorsan, bana bu diğer yoldan söz et ve mümkünse o yolda bir umut var mı yok mu göster; göster ki düz yoldan gitmemeye ikna olayım. Acelem var."

Fakat Gollum acınacak bir durumdaydı ve Frodo'nun tehdidi cesaretini oldukça kırmıştı. Ondan, mırıldanmaları, viyaklamaları ve yerlerde sürünüp her ikisine de "savallı minik Sméagol'e" iyi davranmaları için yalvarmalarıyla sık sık kesilen konuşması arasında, doğru dürüst bir şey öğrenmek mümkün değildi. Bir süre sonra biraz daha sakinleşti ve Frodo yavaş yavaş, Ephel Dúath'ın batısından dönen yolu izleyen bir yolcunun, zamanla kara ağaçların oluşturduğu bir halkanın yakınındaki bir kavşağa geleceğini anlamaya başladı. Sağ tarafta bir yol Osgiliath'a ve Anduin köprülerine gidiyordu; ortadaki de güneye doğru ilerliyordu.

"Ööylece gidiyor," dedi Gollum. "Hiç o taraftan gitmedik bis ama hiç durmayan Büyük Su'yu görünceye kadar yüz fersah gidildiğini söylüyorlar. Orada bissürü balık var, balıkları yiyen büyük kuşlar var: Cici kuşlar: Fakat bis oraya hiç gitmedik, ne yasık gitmedik! Hiç şansımıs olmadı. Daha da ilerde, daha da çok topraklar var diyorlar ama Sarı Yüs orada çok sıcak ve çok as bulut oluyor ve oradaki insanlar hiddetli ve kara yüsleri var. Bis o ülkeyi görmek istemiyorus."

"Hayır!" dedi Frodo. "Ama sen yolundan sapma. Üçüncü dönemeçte ne var?"

"A evet, a evet, bir üçüncü yol daha var," dedi Gollum. "O sola dönen yol. Hemen tırmanmaya, tırmanmaya başlar o; dolanır, tırmanır, geriye yükssek gölgelere doğru. Kara kayayı döndüğü saman görürsünüs, aniden tam tepenisde görürsünüs ve saklanmak istersinis."

"Görürüz ha? Ne görürüz?"

"Eski hisarı, çok eski ve çok korkunç artık. Eskiden Güney'den hikâyeler duyardık, çok önce, Sméagol gençken. A evet, eskiden akşamları Ulu Nehir'in kıyısında oturup hikâyeler anlatırdık, söğüt topraklarında, Nehir de gençken, *gollum, gollum.*" Ağlamaya ve mırıldanmaya başladı. Hobbitler sabırla beklediler.

"Güney'in hikâyeleri," diye devam etti Gollum yine, "parlak göslü usun boylu insanlar, onların taştan, dağ gibi olan evleri, Krallarının gümüş tacı ve Ak Ağaç: Ne mükemmel hikâyelerdi. Çok yükssek kuleler inşa etmişlerdi ve bunlardan bir tanesi gümüşsü beyastı ve bunun içinde aya benseyen bir taş vardı ve bunun etrafında da kocaman beyass duvarlar. Evet, evet, Ay Kulesi hakkında bir sürü hikâyeler vardı."

"Bu Elendil'in oğlu İsildur'un inşa ettirmiş olduğu Minas İthil olmalı," dedi Frodo. "Düşman'ın parmağını kesen İsildur idi."

"Evet, O'nun Kara Eli'nde sadece dört parmak var ama o da yetiyor," dedi Gollum titreyerek. "Ve İsildur'un şehrinden nefret ediyordu."

"Nefret etmediği ne var ki?" dedi Frodo. "Ama Ay Kulesi'nin bizimle ilgisi ne?"

"Şimdi beyim eskiden de vardı bu kule, hâlâ da var: O yükssek kule, beyas evler ve sur; ama artık hoş değil, güsel değil. Çok önceleri ele geçirmiş burayı. Artık çok korkunç bir yer. Yolcular orayı görünce titriyorlar ve görmemek için hemen usaklaşıyorlar, gölgesinden sakınıyorlar. Ama bey o tarafa doğru gitmek sorunda kalacak. Bundan başka tek yol orası. Çünkü dağlar orada daha alçak ve eski yollar sonunda tepedeki bir geçide gelinceye kadar dağlara tırmanıyor da tırmanıyor; sonra yeniden iniyor, iniyor – Gorgoroth'a." Sesi alçalarak bir fısıltıya dönüştü ve ürpererek titredi.

"Ama bunun bize ne yararı olacak?" diye sordu Sam. "Mutlaka Düşman kendi dağlarını biliyordur ve o yol da en az bunun kadar korunuyordur herhalde? Kule boş değil, öyle değil mi?"

"Yo, boş değil!" diye fısıldadı Gollum. "Boş gibi duruyor ama boş değil. Yo hayır! Çok korkunç şeyler yaşıyor orada. Orklar, evet hep orklar; ama daha kötü şeyler, daha kötü şeyler de yaşıyor orada. Yol surların gölgesi altından tırmanarak kapıdan geçiyor. Yolda, onların haberi olmadan hiçbir şey kıpırdayamas. İçerdeki şeyler biliyorlar: Sessiss Göscüler."

"Yani senin önerin bu mu," dedi Sam, "güneye doğru bir uzun yürüyüş daha yapıp, eğer başarabilirsek kendimizi bunun gibi, belki de daha kötü bir kapana kıstırmak, öyle mi?"

"Hayır, tabii ki hayır," dedi Gollum. "Hobbitler anlamaya çalışsın. O, o taraftan bir saldırı beklemiyor. O'nun Gösü yuvarlaktır ama bası yerlere diğerlerinden daha çok bakar. Her şeyi aynı anda göremes, henüs göremes. Bakın, Gölgeli Dağlar'ın batısındaki bütün toprakları ele geçirdi ve artık bütün köprüleri elinde tutuyor. Kimsenin köprülerde büyük bir dövüşe girmeden veya bir sürü kayık kullanmadan, Ay Kulesi'ne gelebileceğini düşünmüyor; bunları yaparlarsa da O'nun saten haberi olur."

"O'nun ne yapıp ne düşündüğü konusunda çok fazla şey biliyor gibisin," dedi Sam. "Son zamanlarda O'nunla konuşmuş muydun? Yoksa sadece orklarla mı sıkı fıkıydın?"

"Hobbit iyi kalpli değil, düşünceli değil," dedi Gollum Sam'e ters ters bakıp Frodo'ya dönerek. "Sméagol orklarla konuştu, evet tabii, beye rastlamadan önce konuştu, bissürü halklarla konuştu: Çok usaklara gitti. Ve şu anda söylediğini bissürü halk da söylüyor. O'nun için ve bisim için esas büyük tehlike burada Kusey'de. Günün birinde Kara Kapı'dan dışarı çıkacak, yakında bir gün. Büyük orduların girip çıkabileceği tek yol orası. Ama usaktaki batıdan korkmuyor ve orada da Sessiss Göscüler var."

"Aynen öyle," dedi Sam, devre dışı kalmaya niyeti yoktu. "Biz de gidip kapılarını çalıp, Mordor'a oradan mı gidildiğini soracağız, öyle mi? Yoksa cevap vermeyecek kadar da mı sessiz bunlar? Bu akıl kârı değil. Aynı şeyi burada da yapabiliriz, böylece uzun bir yoldan da kurtulmuş oluruz."

"Bu konuyla alay etme," diye tısladı Gollum. "Komik değil. Yo yo! Hiç eğlenceli değil. Mordor'a girmeye çalışmak akıl kârı değil. Ama eğer bey, *gitmem gerek,* ya da *gideceğim,* diyorsa o saman bir yolunu bulmaya çalışmalıyıss. Ama korkunç şehre gitmemeliyis, yo yo, tabii ki bunu yapmamalıyıs. Sméagol bu noktada yardım ediyor, cici Sméagol, kimse ona bir şey anlatmasa da o yardım ediyor. Sméagol yeniden yardım ediyor. O buldu onu. O biliyor."

"Ne buldun?" diye sordu Frodo.

Gollum yere çömeldi ve sesi yeniden bir fısıltıya dönüştü. "Dağlara doğru giden minik bir patika; sonra bir merdiven, dar bir merdiven, evet evet, çok usun ve çok dar. Sonra daha çok merdiven. Ve sonra" – sesi daha da alçalmıştı– "bir tünel, karanlık bir tünel; son olarak da küçük bir uçurum ve ana geçidin tepesinde bir patika. Sméagol karanlıktan o yolla kurtulmuştu. Ama bu seneler önceydi. Patika ortadan kalkmiş olabilir artık; ama belki de kalkmamıştır, belki de kalkmamıştır."

"Bu kulağıma hiç hoş gelmiyor," dedi Sam. "Çok kolay görünüyor, en azından anlatırken. Eğer o patika hâlâ oradaysa, korunuyordur da. Daha önce korunmuyor muydu Gollum?" Tam bunları söylerken Gollum'un gözlerinde yeşil bir ışık yakaladı, ya da yakaladığını sandı. Gollum bir şeyler mırıldandı ama cevap vermedi.

"Daha önce korunuyor muydu?" diye sordu Frodo sertçe. "Ve sen karanlıktan *kaçtın* mı Sméagol? Yoksa, belli bir görevle ayrılmana izin mi verilmişti? En azından, yıllar önce seni Ölü Bataklıklar'da bulan Aragorn böyle düşünüyordu."

"Yalan bu!" diye tısladı Gollum ve Aragorn'un adının anılmasıyla birlikte şeytani bir ışık geldi gözlerine. "O bana yalan söyledi, evet aynen öyle yaptı. Ben kaçtım, kendi biçare halimle. Gerçekten de Kıymetli'yi aramam söylenmişti; ben de aradım, aradım, tabii ki aradım. Ama Kara Varlık için değil. Kıymetli bisimdi, o benimdi söyleyim sise. Kaçtım ben."

Frodo Gollum'un bu konuda bir kez olsun, kendisinden beklenecegi gibi gerçeklerden çok uzaklaşmamış olduğundan garip bir biçimde emindi; her nasılsa Mordor'dan dışarıya bir yol bulmuştu, en azından bunun kendi kurnazlığı sayesinde olduğunu düşünüyordu. En azından, Gollum'un *ben* dediğini fark etti; Gollum'un "ben" diye konuştuğu nadir anlar genellikle, eskiden kalmış bir dürüstlüğün ve samimiyetin kalıntılarının yüzeye çıktığının göstergesiydi. Fakat bu noktada Gollum'a güvenilecek olsa bile, Frodo Düşman'ın hilelerini unutmuş değildi. Bu "kaçış"a izin verilmiş, hatta bilhassa tertiplenmiş ve Karanlık Kule tarafından gayet iyi biliniyor olabilirdi. Ve en azından Gollum'un birçok şeyi onlardan sakladığı da belliydi.

"Sana bir kere daha soruyorum," dedi: "Bu gizli yol korunmuyor mu?"

Fakat Aragorn ismi Gollum'u huysuz bir ruh haline sokmuştu. Bir kerecik olsun doğruyu, ya da doğrunun bir bölümünü söyleyen bir yalancı sözüne güvenilmediğinde nasıl incinmiş bir havaya bürünürse, öyleydi şimdi. Cevap vermedi.

"Korunmuyor mu?" diye tekrarladı Frodo.

"Evet, evet, belki. Bu topraklarda hiç güvenlikli yer yok," dedi Gollum asık suratla. "Hiç güvenlikli yer yok. Ama bey ya bu yolu deneyecek, ya da eve geri dönecek. Başka yolu yok." Daha fazla bir şey söyletemediler ona. Bu tehlikelerle dolu yerin ve yüksekteki geçidin adını söyleyemedi ya da söylemedi.

Oranın adı Cirith Ungol idi, arkası korkunç söylentilerle dolu bir ad. Aragorn belki onlara bu ismi ve önemini anlatabilirdi; Gandalf onları uyarabilirdi. Ama yalnızdılar; Aragorn uzaklardaydı ve Gandalf İsengard'ın yıkıntıları arasında durmuş Saruman ile çekişiyor, karşılaştığı hainlik nedeniyle gecikiyordu. Yine de Saruman'a son sözlerini söylerken ve *palantír* Orthanc'ın basamaklarına bir şimşek gibi çarparken Gandalf'ın düşünceleri Frodo ile Samwise'a yönelmişti; zihni fersahlar ötesinden ümit ve acıma duygularıyla arıyordu onları.

Belki de Frodo bilmeden, Gandalf'ın artık yokolmuş, uzaklardaki Moria'nın gölgesi içine yitip gitmiş olduğuna inansa da, tıpkı Amon

Hen'de olduğu gibi bunu hissetmişti. Uzun bir süre yerde oturdu sessizce, başı önüne eğik, Gandalf'ın ona söylemiş olduğu her şeyi hatırlamaya çalışarak. Fakat bu seçim için hatırlayabildiği hiçbir öğüt yoktu. Aslında Gandalf'ın rehberliği onlardan çok çabuk esirgenmişti, çok çabuk, daha Karanlık Ülke çok uzaktayken. Son olarak oraya nasıl girebileceklerini Gandalf söylememişti. Belki de söyleyemezdi. Düşman'ın Kuzey'deki kalesine, Dol Guldur'a bir kez girmeye cüret etmişti. Fakat Mordor'a, Ateş Dağı'na, Barad-dûr'a, Karanlıklar Efendisi güçlenip ayaklandıktan sonra, buraya hiç yolculuk yapmış mıydı? Frodo böyle bir şey olabileceğini zannetmiyordu. İşte bu yüzden, Shire'lı minik bir buçukluktan, sakin kırların basit bir hobbitinden, ulu kişilerin giremediği veya girmeye cesaret edemediği yerlere bir yol bulması bekleniyordu. Bu kötü bir kaderdi. Fakat kendi seçmişti bu kaderi, kendi oturma odasında, Gümüş ve Altın Ağaçları'nın hâlâ çiçek içinde olduğu, dünyanın gençliği ile ilgili bir hikâye kadar uzak görünen bir yılın, uzaklarda kalmış bir baharında... Bu kötü bir seçimdi. Ne yönü seçmeliydi? İki yol da dehşete ve ölüme ilerliyor idiyse, bir seçim yapmanın anlamı neydi?

Gün ilerledi. İçinde yatmakta oldukları, korku ülkesinin sınırlarına bu kadar yakın olan o küçük gri çukura derin bir sessizlik sindi: Sanki onları etraflarındaki dünyadan ayıran kalın bir perde gibi elle tutulabilen bir sessizlik. Üzerlerinde, uçuşan dumanla şerit şerit lekelenmiş solgun bir gök kubbe vardı, ama çok yukarıda ve çok uzakta görünüyordu; sanki kara düşüncelerle dolu ağır bir havanın derinliklerinden görünüyormuş gibi.

Güneşin önünde asılı kalan bir kartal bile orada, kasvetin yükü altında sessizce kıpırdamadan gri pelerinlerine sarınmış oturan hobbitleri göremezdi. Belki bir an için, yere yayılıp yatmış minik bir şekil gibi görünen Gollum'u incelemek için duraklayabilirdi: İnsan çocuklarına ait kurumuş bir iskeletin, pejmürde giysileri üzerine yapışmış, uzun kolları ve bacakları kemik kadar beyazlaşmış, bir deri bir kemik halde yattığını sanırdı: Didiklemeye değecek et bile görmezdi üzerinde.

Frodo'nun başı dizlerine eğilmişti ama Sam ellerini başının arkasında kavuşturmuş, geriye yaslanmış, başlığının arasından boş gökyüzüne bakıyordu. En azından uzun bir süre için gökyüzü boştu. Derken Sam'e sanki kuşa benzeyen kara bir şekil görüş sahasına girmiş, daireler çizmiş ve sonra tekrar dönüp gitmiş gibi geldi. Bunu iki tane daha izledi, sonra da bir dördüncüsü. Bakıldığında çok minik görünüyorlardı ama yine de Sam, her nasılsa bunların çok iri, kanat mesafelerinin çok geniş olduğunu ve çok yüksekten uçtuklarını biliyordu. Gözlerini kapattı ve öne doğru eğilerek büzüştü. Aynı uyarcı korkuyu, rüzgârdaki çığlık ve aydaki gölge ile gelen aynı çaresiz dehşeti Süvariler'in varlığında da hissetmişti – gerçi şu anda ezici veya zorlayıcı değildi, tehdit daha uzaktaydı. Yine de bir tehditti işte. Frodo da hissetti bunu. Düşüncesi bölündü. Kıpırdayarak titredi ama yukarı bakmadı. Gollum örümcek gibi bir köşeye büzüştü. Kanatlı şekiller döndü, Mordor'a doğru hızlanarak aşağıya süzüldü.

Sam derin bir nefes aldı. "Süvariler yine ortalıklarda ama bu kez havada," dedi boğuk bir fısıltıyla. "Onları gördüm. Sence bizi görebilirler mi? Çok yukarıdaydılar. Ayrıca eski Kara Süvariler gibiyseler bunlar gün ışığında fazla göremezler, değil mi?"

"Hayır, herhalde göremezler," dedi Frodo. "Fakat binekleri görebilir. Ve şu anda bindikleri bu kanatlı yaratıklar büyük bir ihtimalle bütün canlılardan daha keskin görüşlüdür. Büyük leş kargalarına benziyorlar. Bir şey arıyorlardı: Korkarım Düşman tetikte."

Korkuları geçti ama etraflarını saran sessizlik yırtılmıştı. Bir süre için dünyayla ilişkileri kesilmişti, sanki görünmez bir adadaymışlar gibi; şimdi ise yeniden tüm çıplaklıklarıyla ortaya çıkmışlardı, tehlike geri gelmişti. Fakat Frodo hâlâ Gollum'a bir şey söylememiş, seçimini yapmamıştı. Gözleri kapalıydı, sanki rüya görüyormuş ya da gönlüne ve hatıralarına bir göz gezdiriyormuş gibi. En sonunda kıpırdanarak ayağa kalktı; konuşacak, bir seçim yapacak gibi görünüyordu. Ama, "Durun!" dedi. "O da ne?"

Üzerlerine yeni bir korku çökmüştü. Şarkı sesi ve kaba bağırtılar duydular. İlk başta çok uzakta gibi geldi onlara, ama ses gittikçe yaklaştı: Onlara doğru geliyordu. Hepsinin aklına Kara Kanatlar'ın yerlerini bulduğu ve onları yakalatmak için silahlı askerler yolladığı geldi: Sauron'un bu korkunç hizmetkârları için hiçbir hız fazla sayılmazmış gibi görünüyordu. Etrafı dinleyerek büzüştüler. Konuşma sesleri, silahların ve koşum takımlarının şakırtısı çok yakındı. Frodo ile Sam, kınlarında duran minik kılıçlarını gevşettiler. Kaçmaları imkânsızdı.

Gollum yavaş yavaş doğrularak çukurun kenarına doğru bir böcek gibi tırmanmaya başladı. Son derece dikkatle, çukurun kenarındaki kaya kırığından bakabilecek duruma gelinceye kadar kendini milim

milim yükseltti. Bir süre orada hiç kıpırdamadan durdu, hiç ses çıkarmadı. Aynı anda sesler yeniden uzaklaşmaya başladı ve yavaş yavaş azalıp gitti. Uzaklarda, Morannon surlarında bir borazan çaldı. Sonra Gollum sessizce geri çekilerek çukura geri kaydı.

"Mordor'a daha çok insan gidiyor," dedi alçak bir sesle. "Kara yüsler. Bunlar gibi insanlar görmedik daha önce, hayır, Sméagol görmedi. Çok hiddetliler. Kara gösleri, usun siyah saçları, kulaklarında altın küpeleri var; evet, bir sürü güsel altın. Ve basıları yanaklarına kırmısı boya sürmüş ve kırmısı pelerinleri var; ve bayrakları da kırmısı ve mısraklarının ucu; ve koca koca çivili, sarı-siyah çisgili, yuvarlak kalkanları var. Hoş değil; çok salim, kötü adamlara bensiyorlar. Neredeyse orklar kadar kötü ve çok daha iri. Sméagol bunların Ulu Nehir'in ucundan da ötelerden geldiklerini düşünüyor: O yoldan geldiler. Kara Kapı'dan geçtiler; ama dahası da gelebilir. Mordor'a hep daha da çok insan geliyor. Günün birinde bütün halklar içeri girmiş olacak."

"Hiç fül var mıydı?" diye sordu Sam, tuhaf yerler hakkında yeni şeyler öğrenmek sevdasından korkusunu unutarak.

"Hayır, hiç fül yoktu. Fül de ne?" dedi Gollum.

Sam ayağa kalkarak ellerini arkasında kavuşturdu (her "şiir söylediğinde" yaptığı gibi) ve başladı:

Fare gibi gri,
Ev kadar iri,
Burnum yılan gibi,
Titretirim yeri,
Dolanırken dağ bayır,
Ağaçlar yıkılır.
Boynuzlarım ağzımda,
Yelken kulaklarımla
Güney'de gezerim.
Her şeyi ezerim,
Sığmam yıllara,
Düşmem toprağa,
Asla ölmeyeceğim.
Füldür benim adım,
Her şeyden büyüğüm
Uzundur boyum.

Rastlarsan bana
Unutmazsın asla.
Eğer rastlamazsan,
Sanırsın bunlar yalan;
Ama Füldür adım benim,
Hiç yalan söylemedim.

"Bu," dedi Sam, şiirini bitirince, "Shire'da söylediğimiz bir tekerleme. Anlamsızdır belki, belki de değildir. Ama bizim de kendi öykülerimiz var ve Güney'den gelen haberler, filan. Eski zamanlarda hobbitler ara sıra yolculuğa çıkarlardı. Çoğu geri gelmedi ve gelenlerin de her söylediğine inanan olmadı: *Bree'den gelen habere güvenilir, Shire sözüne güvenilir* demez kimse. Fakat uzaktaki Güneştoprakları'ndan gelen büyük halkın hikâyelerini dinledim hep. Biz onlara kendi öykülerimizde Swerting'ler deriz; bunların dövüşürken füllere bindikleri söylenir. Füllerin sırtına evler ve kuleler falan koyarlarmış ve füller birbirlerine kayalar, ağaçlar atarmış. O yüzden sen 'Kırmızılar ve altınlar içinde Güney'den insanlar,' dediğinde ben de, 'fül var mıydı?' dedim. Çünkü eğer var idiyse, tehlikeyi göze alıp bakacaktım. Ama artık bir fül görebileceğimi zannetmiyorum. Belki de öyle bir hayvan hiç yoktur." İçini çekti.

"Hayır, hiç fül yok," dedi Gollum tekrar. "Sméagol onları hiç duymadı. Onları görmek de istemiyor. Olmalarını da istemiyor. Sméagol buradan gidip, daha emniyetli bir yerlerde gislenmek istiyor. Sméagol beyin gitmesini istiyor. Cici bey Sméagol ile gelmes mi?"

Frodo ayağa kalktı. Bütün sıkıntılarının arasında Sam'in ortaya çıkıp, *Füllerin* eski ocakbaşı tekerlemelerinden birini gururla okuyuşu karşısında gülmeden edememişti; gülmek de tereddüdünün geçmesine neden olmuştu. "Keşke bin tane fülümüz olsaydı da Gandalf bunların başında beyaz bir füle biniyor olsaydı," dedi. "O zaman bu şeytani topraklara girmek için bir yol açabilirdik belki. Ama böyle bir şansımız yok; sadece yorgun bacaklarımız var o kadar. Evet Sméagol, son dönemeç en iyisi olabilir. Seninle geleceğim."

"Cici bey, akıllı bey, iyi kalpli bey!" diye bağırdı Gollum zevkle Frodo'nun dizlerini okşayarak. "Cici bey! O zaman dinlenin şimdi iyi kalpli hobbitler, kayaların gölgesi altında, kayaların dibinde! Dinlenin ve kıpırtısıs yatın Sarı Yüs gidinceye kadar. Sonra hıssla gideris. Yumuşak ve hısslı olmamıs gerek, gölgeler gibi!"

BÖLÜM IV

BAHARATLAR VE TAVŞAN YAHNİSİ

Kalan birkaç saat gün ışığında, güneş hareket ettikçe onlar gölgeye kaçarak, sonunda batı kenarının gölgesi uzayıp da içine karanlık çökünceye kadar dinlendiler. Sonra biraz bir şeyler yediler, sularını idareli içtiler. Gollum hiçbir şey yemedi ama suyu memnuniyetle kabul etti.

"Yakında daha fasla bulacas," dedi dudaklarını yalayarak. "Güsel sular dereler halinde Ulu Nehir'e akar, gideceğimis topraklardaki iyi sular. Sméagol orada yiyecek de bulacak belki de. Çok acıktı, evet, *gollum*!" Kocaman yayvan ellerini içine çökmüş olan göbeğine koydu ve gözlerinde soluk yeşil bir ışık belirdi.

Sonunda çukurun batı kenarından tırmanıp yolun kenarındaki engebeli arazi içinde süzülerek yola koyulduklarında karanlık iyice koyulaşmıştı. Ay, dolunayı geçeli üç gece olmuştu ama dağları tırmanıp doğuncaya kadar vakit gece yarısını buluyordu, bu yüzden gecenin ilk yarısı oldukça karanlıktı. Dişler Kulesinde tek bir kırmızı lamba yanıyordu, bunun dışında Morannon'daki uykusuz nöbetçilere dair hiçbir ses, hiçbir iz yoktu.

Birkaç mil boyunca, çıplak taşlı topraklar üzerinde düşe kalka kaçarlarken o kırmızı göz onları izliyor gibiydi. Yola çıkmayı göze alamamışlardı ama yolu sollarına alıp mümkün olduğunca yakınından ona paralel gitmeye çalışıyorlardı. Sonunda, artık gece eskimeye ve onlar da yorulmaya başladıklarında –çünkü sadece kısa bir süre dinlenmişlerdi– göz minik, ateşli bir noktacık halinde küçülmüş, sonra da yok olmuştu: Daha alçak olan dağların kuzey sırtlarından dönüp güneye yollandılar.

Gönüllerinde garip bir ferahlıkla, yeniden dinlendiler ama çok değil. Gollum'un istediği kadar hızlı gidemiyorlardı. Onun hesaplarına göre Morannon'dan Osgiliath üzerindeki yol ayrımına otuz fersah kadar vardı ve Gollum bu mesafeyi dört seferde aşmayı planlıyordu. O yüzden çok geçmeden yeniden canlarını dişlerine takarak ilerlediler, şafak yavaş yavaş engin gri tenhalıkta yayılmaya başlayıncaya kadar. O ana kadar yaklaşık sekiz fersah yürümüşlerdi ve hobbitler artık isteseler de ilerleyemezlerdi.

Artmaya başlayan ışıkla, şimdiden daha az çıplak olan, daha az harabe halinde bir arazi serildi gözleri önüne. Dağlar hâlâ sol yanlarında uğursuz uğursuz yükseliyordu, ama yakınlarında, dağların kara köklerinden uzaklaşan ve batıya doğru meyleden güney yolunu görebiliyorlardı. Yolun gerisinde yamaçlar, kara bulutlar misali karanlık ağaçlarla kaplıydı, ama etraflarında, süpürgeotu, katır tırnağı, kızılcık ve tanımadıkları diğer çalılıklarla dolu salkım saçak bir fundalık arazi vardı. Orada burada, uzun çam ağacı kümeleri görüyorlardı. Yorgun olmalarına rağmen hobbitlerin moralleri biraz düzeldi: Hava taze ve hoş kokuluydu; onlara uzaklardaki Kuzeytopraklar'ın yaylalarını hatırlatmıştı. Yapmaları gerekeni biraz ertelemiş olmak, sadece son birkaç yıldır Karanlıklar Efendisi'nin hükmü altında olduğundan henüz tam olarak bozulmamış topraklarda yürümek hoş görünüyordu gözlerine. Fakat içinde bulundukları tehlikeyi veya kasvetli tepelerin arkasında gizlenmiş olsa da hâlâ çok yakınlarda olan Kara Kapı'yı unutmadılar. Işık olduğu sürece kötü gözlerden kaçıp sığınabilecekleri bir gizlenme yeri aradılar etrafta.

Gün huzursuz bir biçimde geçti. Fundalığın derinliklerinde, yavaş yavaş geçen ve pek bir değişiklik getirmeyen saatleri sayarak yattılar; çünkü hâlâ Ephel Dúath'ın gölgeleri altındaydılar ve güneşin önü örtülmüştü. Frodo ya Gollum'a güvendiğinden ya da bunu dert edemeyecek kadar yorgun olduğundan derin ve huzur dolu bir uyku çekiyordu zaman zaman, ama Sam kestirmekten daha ileri gidemedi, hatta Gollum gizli rüyaları içinde puflayıp, orası burası seğirerek derin bir uykuda olduğunu belli ettiği zamanlarda bile. Belki de onu güvensizlikten çok açlık uyanık tutuyordu: Şöyle adam gibi, "tencerede kaynayan sıcak bir şeyleri", bir ev yemeğini özlemeye başlamıştı.

Topraklar, yaklaşmakta olan gecenin biçimsiz griliği altında solmaya başlar başlamaz tekrar yola koyuldular. Kısa bir süre sonra Gollum onları güneye giden yola çıkarttı; bundan sonra tehlikeleri daha fazla olsa da hızlandılar. Kulakları önlerindeki yoldan gelecek veya arkalarından onları izleyecek ayak veya at sesindeydi; fakat gece geçtiği halde ne bir yaya ne de bir atlı sesi duydular.

Yol, yitip gitmiş kadim bir zamanda yapılmış ve Morannon'dan muhtemelen otuz mil kadar aşağıda yeniden tamir edilmişti ama güneye doğru gittikçe, vahşi doğa yola tecavüz ediyordu. Eskinin insanlarının mahareti, yolun güvenli seyrinden ve aynı seviyede gidişinden görülebiliyordu hâlâ: Arada sırada tepelerin yamaçlarını keserek geçiyor veya dayanıklı taş ustalığıyla yapılmış biçimli bir kemer ile derelerin üzerinden atlıyordu; ama gittikçe taş işçiliğine ait bütün izler soldu, orada burada, yan taraflardaki çalılar arasından başını çıkartan kırık sütunlar veya yabani otlar ile yosunlar arasında hâlâ gizlenmiş duran kaldırım taşları dışında. Fundalıklar, ağaçlar ve eğreltiotları aşağılara sallanıp tepelerden sarkıyor veya yüzeye yayılıyordu. Sonunda yol az kullanılmış bir kırlık araba yoluna dönüşerek kayboldu gitti; ama bu yol dolambaçlı değildi: yolunda dümdüz ilerleyip onları en hızlı şekilde götürüyordu.

Böylece insanların bir zamanlar İthilien adını verdikleri, yükselen ormanları ve hızlı akan ırmaklarıyla latif bir ülke olan kuzey sınır boylarına varmış oldular. Gece, yıldızlar ve dolunay altında güzelleşti ve hobbitlere sanki onlar ilerledikçe havadaki hoş koku artıyormuş gibi geldi; Gollum'un uflayıp puflamasından ve mırıldanmasından bunun onun da dikkatini çektiği ve bu durumdan hoşlanmadığı anlaşılıyordu. Günün ilk belirtisiyle durdular. Uzun bir yarığın, yolun kayalık bir sırtı yararak geçtiği yerde, ortası dimdik kenarlı ve derin bir yarığın sonuna geldiler. O zaman batı kıyısına tırmanarak etrafa bakındılar.

Gün, gökyüzünde açıyordu; uzaklarda kaybolan uzun bir kavisle doğuya doğru çekilmiş dağların artık iyice uzakta olduğunu gördüler. Batıya döndükçe altlarındaki loş pusa doğru inen hafif yamaçlar vardı önlerinde. Etraflarında, aralarında geniş, açık alanlar bulunan reçineli ağaçlardan, çam, sedir, kara selvi ve Shire'da bilinmeyen başka ağaçlardan oluşmuş küçük küçük ormanlar vardı; her yanda hoş kokulu otlar ve çalılıklar bulunuyordu. Yarmavadi'den bu yana yaptıkları uzun yolculuk onları kendi topraklarının çok güneyine getirmişti ama bu korunaklı bölgeden önce hobbitler hava koşullarındaki değişikliği fark etmemişlerdi. Burada Bahar daha şimdiden işe koyulmuştu bile: Eğreltiotlarının yaprakları yosunları, küfleri yırtmıştı; kara çamların parmakları yeşilleniyor, çimenler arasında minik çiçekler açıyor ve kuşlar şakıyordu. Artık ıssız olan Gondor'un bahçesi, İthilien hâlâ orman perilerine yaraşır dağınık bir güzellik barındırıyordu.

Bulundukları yer güneyden ve batıdan Anduin'in ılık, alçak vadilerine bakıyordu; doğudan Ephel Dúath siper oluyordu ama yine de dağın gölgesi altında kalmıyordu burası; kuzeyden ise Emyn Muil tarafından korunuyordu; güneyden gelen havaya ve uzaklardaki Deniz'den gelen nemli rüzgârlara açıktı. Çok önceleri dikilmiş ve sonraki kuşakların umursamazlığı yüzünden bakımsız bir halde yaşlanmış bir sürü ulu ağaç yetişmişti burada; ılgın ile kokulu sakız ağacından, zeytin ile defne ağacından korular, ağaçlıklar vardı; sonra ardıçlar, mersinler vardı; kekikler ya çalılıklar arasında yetişmiş ya da odunsu, sarmaşıksı gövdeleri ile gizli kayaları derin derin örtüyorlardı; çeşit çeşit ada çayı, mercanköşkler, yeni yeni filiz veren maydanozlar ve Sam'in bahçe irfanını aşan çeşitli biçimlerde, çeşit çeşit kokulu otlar mavi, kırmızı veya soluk yeşil çiçekler açıyordu. Mağaralar, kayadan duvarlar daha şimdiden taşkıran çiçeği ve kayakoruğu ile yaldızlanmaya başlamıştı bile. Anemonlar fındık otları arasında uyanmıştı; çirişotları ve zambağa benzer çiçekler yarı açılmış başlarını kaldırmaya başlamışlardı; akan derelerin Anduin'e yaptıkları yolculuk sırasında dinlendikleri serin çukurlarda toplanan su birikintilerinin yanındaki koyu yeşil çimenler üzerinde.

Yolcular sırtlarını yola çevirerek yokuş aşağı indiler. Çalılıklar ve fundalıklar arasından yollarını açmak için çalıları iki yana ite ite ilerlerken etraflarına tatlı kokular yayıldı. Gollum öksürerek öğürdü; fakat hobbitler derin derin nefes aldılar; Sam aniden güldü, bir şey komik geldiğinden değil, gönül hoşluğundan güldü. Önlerinden hızlı hızlı akan bir dereyi izlediler. Zamanla dere onları alçak ve kuytu bir vadide bulunan küçük, berrak bir gölcüğe getirdi: Oyulmuş kenarları neredeyse tamamen yosunlarla ve sarmaşık gülleriyle kaplanmış, taştan kadim bir havuzun kırık dökük kalıntıları içine birikmişti sular; etrafına sıra sıra süsen kılıçları dizilmiş, tatlı tatlı kırışan karanlık yüzeyinde nilüfer yaprakları yüzüyordu; fakat su derin ve tazeydi ve diğer tarafta bulunan taştan bir ağızdan dökülüyordu.

Burada yıkanarak gölcüğe dökülen akarsudan kana kana içtiler. Dinlenmek ve saklanmak için bir yer aradılar; çünkü bu arazi, hoş da görünse, yine de Düşman'ın topraklarıydı. Yoldan çok uzaklaşmamışlardı ama bu kısa mesafede bile eskiden kalma savaşların ve orklarla

Karanlıklar Efendisi'nin diğer hizmetkârlarının açmış oldukları yaraların izlerini görmüşlerdi: Üzeri örtülmemiş çöp ve süprüntüler; sebepsizce kesilip ölsün diye bir kenara bırakılmış, gövdelerine zalim darbelerle şeytani rünler veya Göz'ün kötü işaretleri kazınmış ağaçlar.

Gölcüğün döküldüğü yerin aşağılarında, havayı koklayarak, gözüne yabancı gelen bitkileri ve ağaçları elleyerek, o an için Mordor'u aklından çıkartarak dolanan Sam, etraflarından hiç eksik olmayan tehlikeleri hatırladı birdenbire. Hâlâ bir ateşin izlerini barındıran halka halinde bir yere takıldı ayakları; bu yerin ortasında kömürleşmiş kırık kemikler ve kafatasları vardı. Fundasıyla, yabani gülüyle, filbahrisiyle doğanın hızlı büyüyen bitkileri korkunç bir ziyafetin ve kıyımın olduğu bu yerin üzerine bir örtü çekmeye başlamıştı bile; ama burası çok eski değildi. Çabucak arkadaşlarının yanına döndü ama bir şey söylemedi: Kemikler huzur içinde bırakılmalı, Gollum tarafından ellenip eşilmemeliydi.

"Haydi içine girip uzanabileceğimiz bir yer bulalım," dedi. "Çok aşağılarda olmasın. Benim hatırım için yukarda olsun."

Gölcüğün biraz yukarısında, bir yıl öncenin eğreltiotlarından derin, kahverengi bir yatak buldular. Bunun gerisinde, kara yapraklı defne ağaçları, yaşlı sedir ağaçlarıyla taçlanmış dik bir tepeye tırmanıyordu. Burada dinlenip, daha şimdiden açık ve sıcak olacağı belli olan günü geçirmeye karar verdiler. İthilien'in koruları ve açıklık alanları arasında yollarına devam etmek için güzel bir gündü; fakat orklar güneş ışığından sakınsalar bile burada saklanıp onları gözetleyebilecekleri bir sürü yer vardı; ayrıca ortalıklarda dolanan başka şeytani gözler de vardı: Sauron'un bir sürü uşağı. Gollum, her halükârda, Sarı Yüz'ün altında hareket etmezdi zaten. Yakında güneş Ephel Dúath'ın karanlık sırtları üzerinden bakacak, Gollum ayılıp bayılarak ışıktan ve ısıdan sakınacaktı.

Yürürlerken Sam yiyecek konusunda ciddi ciddi düşünmüştü. Artık geçit vermez Kapı'nın önündeki ümitsiz halleri geride kaldığına göre, beyi gibi görevleri nihayete ermeden azıkları konusunda düşünmemeye niyetli değildi pek; ayrıca elflerin yolluklarını da önlerindeki daha kötü zamanlar için saklamak ona akıllıca geliyordu. Sadece üç hafta yetecek kadar stokları kaldığını hesaplayalı en az altı gün olmuştu.

"Eğer Ateş'e bu zaman içinde varırsak, nispeten şanslı sayılırız!"

diye düşündü. "Ayrıca geri dönmek de isteyebiliriz. Olur mu olur!"

Ayrıca, uzun bir gece yürüyüşünün sonunda, yıkanıp su içtikten sonra açlığını her zamankinden fazla hissetmişti. Aslında Çıkınsaçması Sıraevlerindeki eski mutfak ocağının yanında bir akşam yemeği veya kahvaltı idi esas istediği. Aklına gelen bir fikirle Gollum'a döndü. Gollum da başını alıp sıvışmaya başlamış, eğreltiotları arasında dört ayak üzerinde emekliyordu.

"Hu! Gollum!" dedi Sam. "Nereye gidiyorsun? Avlanmaya mı? Bana bak şimdi merakî efendi, sen bizim yiyeceklerimizden hoşlanmıyorsun, biraz değişiklik benim de işime gelir doğrusu. Senin yeni düsturun, *her zaman yardım etmeye hazır ve nazır* değil miydi? Aç bir hobbite uyacak bir şeyler bulabilir misin?"

"Evet, belki de bulabilirim," dedi Gollum. "Sméagol hep yardım eder, eğer isterlerseler – eğer güsel güsel isterlerseler."

"İyi!" dedi Sam. "Ben istiyorumdur. Eğer bu da yetmezse, yalvarırımdır da."

Gollum gözden kayboldu. Bir süre geri dönmedi ve Frodo, bir iki lokma *lembas*'tan sonra sararmış eğreltiotları üzerine yatarak uyudu. Sam ona baktı. Sabahın ilk ışıkları, ağaçlar altındaki gölgelere yeni yeni süzülmeye başlamıştı ama o beyinin yüzünü ve yanında, yerde uzanmış dinlenen ellerini oldukça net görebiliyordu. Aniden Frodo'nun, o ölümcül yarayı aldıktan sonra Elrond'un evinde uyanmadan yattığı zamanları hatırlayıverdi. Sonra Sam nöbet tutarken zaman zaman Frodo'nun içinden belli belirsiz bir ışığın parlamakta olduğuna dikkat etmişti; ama şimdi ışık daha berrak ve güçlüydü. Frodo'nun yüzü huzur içindeydi, korku ve endişe izleri gitmişti; fakat yaşlı, yaşlı ve güzel görünüyordu, tıpkı çehrenin görüntüsü değişmese bile ona biçim veren yılların daha önce gizlenmiş birçok ince çizgi halinde şimdi ortaya dökülmesi gibi. Sam Gamgee buna bu adı vermiyordu tabii. Sanki kelimeleri faydasız bulur gibi başını sallayarak mırıldandı: "Onu seviyorum. Böyle işte o; bazen, her nasılsa içindeki parlayıp dışarı sızıyor. Ama ben onu seviyorum, öyle olsa da olmasa da."

Gollum yavaşça dönüp Sam'in omuzunun üstünden baktı. Frodo'ya bakarak gözlerini kapattı ve hiç ses çıkarmadan emekleyerek uzaklaştı. Sam, biraz sonra onun yanına giderek bir şeyler çiğnemekte olduğunu ve kendi kendine homurdandığını duydu. Yerde yanında, açgözlülükle bakıp durduğu iki küçük tavşan duruyordu.

"Sméagol hep yardım eder," dedi. "Tavşan getirdi, cici tavşanlar. Ama bey uykuya dalmış, belki Sam de uyumak ister. Şimdi tavşanları istemiyordur belki? Sméagol yardım etmek istiyor ama bi dakkada bir şeyler yakalayamas ki."

Sam'in tavşanlara hiçbir itirazı yoktu doğrusu; aynen de böyle söyledi. En azından pişmiş bir tavşana itirazı yoktu. Bütün hobbitler yemek pişirmesini bilirlerdi elbette, çünkü bu sanatı okuma yazma öğrenmeden (ki birçoğu bu mertebeye hiç ulaşamazdı) önce öğrenirlerdi; fakat Sam iyi bir ahçıydı, hatta hobbit standartlarına göre bile. İmkân bulabildikçe yolculukları esnasında epey bir kamp yemeği pişirmişti. Hâlâ büyük bir umutla aletlerinin bir kısmını dengininin içinde taşıyordu: Küçük bir kav çakmak kutusu; iki küçük, küçüğü büyüğünün içine yerleştirilmiş tava; bunların içinde bir tahta kaşık, kısa, iki dişli bir çatal, birkaç da şiş istiflemişti; dengin en altında tahta bir kutu içinde yavaş yavaş azalmakta olan bir hazine, biraz tuz vardı. Ama bir ateşle başka şeylere de ihtiyacı vardı. Bıçağını çıkarttı; temizleyip bilerken ve tavşanı yüzerken biraz düşündü. Birkaç dakika da olsa Frodo'yu uyurken tek başına bırakamazdı.

"Şimdi Gollum," dedi, "sana bir iş daha buldum. Git bu tavaları suyla doldurup getir!"

"Sméagol su getirecek, evet," dedi Gollum. "Ama hobbit bütün bu suları ne için istiyor? Suyunu içti, yıkandı."

"Senin aklın ermez," dedi Sam. "Eğer tahmin edemediysen birazdan görürsün. Ve suyu ne kadar çabuk getirirsen o kadar çabuk öğrenirsin. Tavalarımdan birine bile ziyan getireyim deme, yoksa seni kıyma gibi doğrarım."

Gollum uzaklaşınca, Sam Frodo'ya bir kez daha baktı. Hâlâ sakin sakin uyuyordu ama şimdi en çok yüzünün ve ellerinin zayıflığı dikkatini çekmişti Sam'in. "Çok zayıf, bir deri bir kemik," diye mırıldandı. "Bir hobbit için iyi bir şey değil bu. Eğer bu tavşanı pişirebilirsem onu uyandıracağım."

Bir kucak dolusu kuru eğreltiotu topladı, sonra bir yığın çalı çırpı toplayarak tepeye tırmandı; tepedeki bir sedir ağacının düşmüş bir dalı iyi yakacak olurdu. Tam eğreltiotu yatağının ucundaki çimenlerden biraz kesti, alçak bir çukur kazıp, yakacakları içine yığdı. Kav ve çakmakla ateş yakma konusunda yetenekli olduğundan kısa bir süre sonra minik bir alevi canlandırmıştı bile. Hemen hemen hiç duman çıkartmıyor ama mis gibi bir koku yayıyordu. Tam ateşinin üzerine eğilmiş, ateşi kollayarak daha büyük odunlarla beslerken Gollum tavaları dikkatle taşıyıp kendi kendine mırıldanarak geri dönmüştü.

Tavaları yere bıraktı; sonra aniden Sam'in ne yaptığını gördü. İnce, tıslayan bir çığlık attı; hem korkmuş, hem de kızmış görünüyordu. "Ah! Sss-yo!" diye bağırdı. "Yo! Aptal hobbitler, salak, evet salak! Böyle yapmamalılar!"

"Ne yapmamalıyım?" diye sordu Sam şaşırarak.

"O piss kırmısı dillerden," diye tısladı Gollum. "Ateş, ateş! Tehlikeli, evet tehlikeli. Yakar, öldürür. Ve düşmanları getirir, evet getirir."

"Zannetmiyorum," dedi Sam. "Öyle olması için bir neden göremiyorum, tabii eğer sen üzerine ıslak bir şeyler atıp boğmazsan. Ama düşmanları çekerse de çeker. En azından bu riski göze alacağım. Bu tavşanları pişireceğim."

"Tavşanları pişirmek mi!" diye cıyakladı Gollum dehşetle. "Sméagol'ün size ayırdığı güselim etleri bosacaksın, savallı aç Sméagol! Ne için? Ne için salak hobbit? Genç bunlar, körpe, çok güsel. Ye onları, ye!" En yakında, ateşin yanında duran yüzülmüş tavşana pençesini attı.

"Bak, bak!" dedi Sam. "Herkesin usulü kendine. Bizim ekmeklerimiz senin boğazına takılıyor, senin çiğ tavşanların da benimkine. Eğer bana bir tavşan verdiysen, tavşan benim olur, anladın mı? İstersem de pişiririm. Ben de istiyorum. Beni seyretmek zorunda değilsin. Git bir tane daha yakala kendine ve kendi zevkine göre ye – tek başına bir yerde, benim gözüm görmesin. O zaman sen ateşi görmemiş olursun, ben de seni; ikimiz de daha mutlu oluruz. Ben ateşin tütmemesine dikkat ederim, eğer bunu bilmek seni rahatlatacaksa."

Gollum homurdana homurdana çekildi ve eğreltiotlarının arasına kıvrıldı. Sam tavalarıyla meşguldü. "Bir hobbit, tavşanın yanında ne ister," dedi kendi kendine, "biraz baharat ile kök ister, özellikle de pattes – ekmeği söylemeye bile gerek duymuyorum. Görünüşe göre baharatları halledebileceğiz."

"Gollum!" dedi yavaşça. "Gel şu işi üçleyelim. Biraz baharat istiyorum." Gollum'un başı eğreltiotlarından kalkmıştı ama bakışı ne dostça ne de yardımseverdi. "Birkaç defne yaprağı, biraz kekik ve adaçayı yeter – su kaynamadan ama," dedi Sam.

"Hayır!" dedi Gollum. "Sméagol mutlu değil. Sméagol kokulu yaprakları sevmes. O otları, kökleri yemes, hayır kıymetlim, açlıktan ölmüyorsa veya çok hasta değilse yemes, savallı Sméagol."

"Sméagol sıcak su içinde bulacak kendini bu su kaynadığında, eğer ondan istenilenleri getirmezse," diye hırladı Sam. "Sam onun kafasını kaynar suya sokacak, evet kıymetlim. Eğer mevsimi olsaydı ona turp, havuç ve pattes aratmasını da bilirdim. Eminim bu kırlık yerde bir sürü güzel şey yetişiyordur. Biraz pattes için neler vermezdim ki."

"Sméagol gitmeyecek, yo yo kıymetlim, bu kes gitmeyecek," diye tısladı Gollum. "Korkuyor ve çok yorgun ve bu hobbit cici değil, hiç cici değil. Sméagol kökler, havuçsslar ve – pattesler için toprağı eşelemeyecek. Pattes nedir kıymetlim ha, pattes nedir?"

"Pa-ta-tes," dedi Sam. "Babalığın en büyük zevki ve aç bir mide için az bulunur güzel bir safra. Ama sen bulamazsın, bakmana gerek yok. Yine de iyi bir Sméagol ol ve bana baharat getir, ben de senin için daha iyi şeyler düşüneyim. Üstelik, temiz bir sayfa açarsan ve o sayfayı açık tutacak olursan, günlerden bir gün sana da pattes pişiririm. Yaparım ya; S. Gamgee tarafından hazırlanan kızarmış balık ile pattes. Buna da hayır diyemezsin."

"Evet, evet derim. Güselim balığı bosmak, onu kavurmak. Balığı *hemen* ver bana, o pis patateslerin sana kalsın!"

"Ah, ümitsiz bir vaka," dedi Sam. "Zıbar yat!"

Sonunda istediklerini kendi bulmak zorunda kaldı; ama bunun için pek uzaklaşması, beyinin hâlâ uyumaya devam ederek yattığı yerin görüş sahasından çıkması gerekmedi. Bir süre düşüncelere dalmış oturdu Sam, su kaynayıncaya kadar ateşi besleyerek. Hava iyice aydınlanarak ısındı; çimlerin ve yaprakların üzerindeki çiğler solup gitti. Kısa bir süre sonra kesilmiş olan tavşanlar, bir tutam baharatla birlikte tavalarının içinde ağır ağır kaynamaya başlamıştı. Zaman ilerledikçe Sam bile uyuyup kalacaktı neredeyse. Bir saat kadar tavşanları kaynamaya bıraktı, arada bir çatalı ile pişip pişmediklerini yoklayıp suyunu tadıyordu.

Her şeyin hazır olduğunu düşündüğünde tavaları ateşten alarak Frodo'ya doğru emekledi. Sam üzerine eğilince Frodo gözlerini araladı, sonra rüyasından uyandı: Yumuşak, geri getirilmez bir huzurla dolu rüyalarından birinden.

"Hayrola Sam!" dedi. "Dinlenmiyor muydun? Ters bir şeyler mi var? Saat kaç?"

"Şafak sökeli birkaç saat oluyor," dedi Sam, "ve Shire saatine göre hemen hemen sekiz buçuk herhalde. Ama her şey yolunda. Gerçi bu benim her şey yolunda diyeceğim bir durum değil ya: Doğru dürüst suyu yok, soğan yok, pattes yok. Sana biraz haşlama yaptım, biraz et suyu Bay Frodo. İyi gelir. Maşrapanla içmen lazım; ya da doğrudan tavadan, biraz soğuyunca. Yanımda kâse veya doğru dürüst bir kap getirmedim."

Frodo esneyerek gerindi. "Dinlenmen gerekirdi Sam," dedi. "Üstelik buralarda ateş yakmak tehlikelidir. Ama gerçekten açım. Hmm! Kokusunu buradan alabilir miyim? Ne haşladın?"

"Sméagol'den bir armağan," dedi Sam: "Bir çift körpe tavşan; gerçi sanırım Gollum bunu yaptığına pişman olmuştur. Ama yanlarında biraz baharattan başka bir şey yok."

Sam ile beyi, eğreltiotu öbeğinin hemen kıyısına oturup, eski kaşık ile çatalı paylaşarak haşlamalarını tavalarından yediler. Yarımşar elf peksimeti kattılar yanına. Sanki bir ziyafetti.

"Şışşt! Gollum!" diye seslenip ıslık çaldı Sam. "Haydi! Hâlâ fikrini değiştirmek için vaktin var. Biraz kaldı, eğer haşlanmış tavşandan tatmak istiyorsan." Cevap yoktu.

"Herhalde kendisine başka bir şeyler bulmak için gitmiştir. Biz bitiririz," dedi Sam.

"Sonra da senin biraz uyuman lazım," dedi Frodo.

"Ben kestirirken sen de uyuyakalayım deme Bay Frodo. Ona pek güvenmiyorum. Leş yanı epey bir ağır basıyor hâlâ – kötü Gollum demek istiyorum yani. Yeniden güçlenmeye başladı. Eline geçen ilk fırsatta beni gırtlaklayacağından hiç şüphem yok. Fikirlerimiz pek uyuşmuyor, yok o Sam'den pek memnun değil, O, yo, kıymetlim, hiç memnun değil."

Yemeklerini bitirdiler ve Sam kap kacaklarını durulamak için dereye gitti. Geri dönmek için ayağa kalkmıştı ki, yamaçtan yukarı baktı. Tam o anda güneş doğudaki dumanların arasından veya sisten veya karanlık bir gölgeden ya da her ne ise ondan çıktı ve altın ışınlarını ağaçların ve açıklık arazinin üzerine gönderdi. O zaman Sam, üzerindeki fundalıktan gelen, güneş ışınlarını yakaladığı için görünmesi kolaylaşan kıvrım kıvrım, ince, gri-mavi bir duman gördü. Büyük bir şaşkınlıkla bunun kendi yaktığı ve söndürmeyi ihmal ettiği minik ateşten çıktığını fark etti.

"Eyvah! Hiç böyle görüneceğini tahmin etmemiştim!" diye mırıldanarak aceleyle geri dönmeye hazırlandı. Aniden durdu ve etrafı dinledi. Bir ıslık sesi duymuş muydu, duymamış mıydı? Yoksa bu tuhaf bir kuşun çığlığı mıydı? Eğer bir ıslık idiyse Frodo'nun olduğu taraftan gelmemişti. İşte yine, bu sefer başka bir yönden gelmişti! Sam, yokuş yukarı koşabildiğince koştu.

Küçük bir odun parçası, ucuna doğru yanarken ateşin kenarındaki eğreltiotlarının bir kısımını tutuşturmuş, alev alan eğreltiotları da çimenleri için için yakmaya başlamıştı. Ateşin geri kalanını basarak söndürüp küllerini dağıttı ve çukura çim doldurdu. Sonra Frodo'nun yanına emekledi.

"O ıslık ile cevaba benzeyen sesi duydun mu?" diye sordu. "Birkaç dakika önce. Umarım sadece bir kuştur ama pek öyleye benzemiyordu: Daha çok biri kuş taklidi yapıyor gibi geldi bana. Korkarım benim ateş biraz tütüyordu. Eğer başımıza bir dert açtıysam kendimi hiç affetmem. Belki kendimi affetmek için bir şansım bile olmaz!"

"Sus!" diye fısıldadı Frodo. "Galiba bir ses duydum."

İki hobbit küçük denklerini toparlayarak kaçmak için hazır ettiler, sonra da eğreltiotları içine iyice gömüldüler. Orada çömelerek dinlemeye başladılar.

Sesler konusunda hiç kuşku yoktu. Alçak sesle ve gizli gizli konuşuyorlardı ama yakınlarda bir yerdeydiler ve gittikçe de yaklaşıyorlardı. Sonra, oldukça ani bir şekilde bir tanesi çok yakında konuştu.

"Burada! Dumanın çıktığı yer burada!" dedi. "Buralarda bir yerde. Eğreltiotları arasında kuşkusuz. Kapandaki tavşan gibi yakalayacağız. Sonra da ne mene bir şey olduğunu görürüz."

"Öyle, ayrıca neler bildiğini de öğreniriz!" dedi ikinci bir ses.

Aynı anda, eğreltiotlarının değişik yönlerinden dört kişi yaklaşmaya başladı. Kaçmak veya saklanmak artık mümkün olmadığı için Frodo ile Sam minik kılıçlarını savurarak sırt sırta verdiler.

Eğer gördükleri karşısında şaşırmışlarsa, onları yakalayanlar daha da şaşırmıştı. Dört uzun boylu insan duruyordu orada. İkisi geniş, parlak başlı mızraklar taşıyordu. İkisinin kocaman, neredeyse kendi boylarında yayları ve içinde uzun, yeşil tüylü oklar olan sadakları vardı. Hepsinin kılıçları yanlarındaydı ve sanki İthilien'de orman aralarında gezerken görülmesinler diye yeşil ve kahverenginin tonlarını taşıyan giysiler giymişlerdi. Ellerini uzun, yeşil zırh eldivenleri örtüyordu; başlarına ve yüzlerine, sadece keskin ve parlak gözleri açıkta kalacak şekilde yeşil başlıklar takmışlardı. Frodo'nun aklına hemen Boromir geldi çünkü bu adamlar boy pos açısından ve konuşma biçimleriyle ona benziyorlardı.

"Aradığımızı bulmadık," dedi biri. "İyi de ne bulduk böyle?"

"Ork değiller," dedi başka bir tanesi, Frodo'nun elindeki Sting'in pırıltısını görünce tutmuş olduğu kılıcının kabzasını bırakarak.

"Elfler mi?" dedi bir üçüncüsü kuşkuyla.

"Hayır! Elf değiller," dedi dördüncüsü; en uzun olanları ve görünüşe göre de reisleri. "Elfler bugünlerde İthilien'de dolaşmaz. Ayrıca elfleri seyretmeye doyamazmış insan, ya da öyle söylenir."

"Yani biz öyle değiliz demeye getiriyorsun anladığım kadarıyla," dedi Sam. "Çok teşekkür ederim. Belki bizim hakkımızda tartışmayı bitirdiğinizde bize *kendinizin* kim olduğunu ve neden iki yorgun yolcunun dinlenmesine izin vermediğinizi söylersiniz."

Uzun boylu yeşil adam gaddarca güldü. "Ben Faramir'im, Gondor'un Reisi," dedi. "Fakat bu ülkede hiç yolcu yoktur: Sadece Kara Kule'nin veya Ak Kule'nin hizmetkârları vardır."

"Ama biz ikisi de değiliz," dedi Frodo. "Ve yolcuyuz, Reis Faramir ne derse desin."

"O zaman kendinizi ve görevinizi açıklamaya hazırlanın," dedi Faramir. "Yapacak işlerimiz var ve burası bilmecelerle oyalanacak veya münakaşa edilecek bir yer değil. Haydi! Üçüncü nerede?"

"Üçüncü mü?"

"Evet, burnunu ötedeki su birikintisine sokmuş o kaypak şey. Nahoş bir görüntüsü vardı. Herhalde orkların etrafı gözetleyen bir cinsi olsa gerek, ya da onların yaratıklarından biri. Ama bir tilki gibi kurnazca kaçtı gitti."

"Nerede olduğunu bilmiyorum," dedi Frodo. "O yolda rast geldiğimiz bir arkadaşımız ve ben ona kefil olamam. Eğer ona rast gelirseniz canını bağışlayın. Ya bize getirin onu, ya da yollayın. Sadece sefil, derbeder bir yaratıktır ama bir süre için onu gözetimim altında tutuyorum. Bize gelince, bizler uzaklardan, Kuzey'den ve Batı'dan, bir sürü nehrin ardından, Shire'dan gelen hobbitleriz. Drogo oğlu Frodo benim adım ve yanımda, hizmetimdeki saygıdeğer bir hobbit olan Hamfost oğlu Samwise var. Uzun yollardan geldik – Yarmavadi'den, sizin deyiminizle İmladris'ten çıkıp geldik." Bu noktada Faramir hayret ederek dikkat kesildi. "Yedi yol arkadaşımız vardı: Birini Moria'da kaybettik, diğerlerini de Rauros'un üzerindeki Parth Galen'de:

İkisi benim cinsimdendi; bir cüce vardı, bir elf, iki de insan. İnsanlar Aragorn ile Güney'deki şehir Minas Tirith'ten geldiğini söyleyen Boromir idi."

"Boromir!" diye bağırdı dört adam birden.

"Hükümdar Denethor'un oğlu Boromir mi?" dedi Faramir ve yüzünde garip sert bir ifade belirdi. "Onunla mı geldiniz? Eğer doğruysa buna haber denir işte. Bilin ki minik yabancılar o Denethor oğlu Boromir Ak Kule'nin Yüksek Muhafızı idi, bizim Başkumandanımız: Reisimiz. Onun eksikliğini ta içimizde hissediyoruz. Siz kimsiniz o halde ve onunla ne ilginiz var? Çabuk olun, çünkü güneş tırmanmakta."

"Boromir'in Yarmavadi'ye getirdiği bilmeceyi biliyor musunuz siz de?" diye cevap verdi Frodo.

Kırılmış olan Kılıç'ı ara:
Onu İmladris'te bulacaksın.

"Sözleri biliyoruz elbette ki," dedi Faramir hayretle. "Siz de bildiğinize göre bu doğruyu söylediğinizin bir kanıtı sayılır."

"İsmini vermiş olduğum Aragorn o Kılıç'ın taşıyıcısıdır," dedi Frodo. "Ve bizler de o tekerlemede sözü geçen Buçukluklarız."

"Bunu görebiliyorum," dedi Faramir düşünceli düşünceli. "Ya da öyle olabileceğini görüyorum. Ya İsildur'un Felaketi ne?"

"O gizli," diye cevap verdi Frodo. "Kuşkusuz zamanla ortaya çıkacaktır."

"Bu konuda daha çok şey öğrenmeliyiz," dedi Faramir; "ve sizi bu kadar doğuya, şuranın gölgesine neyin getirdiğini de bilmeliyiz," diyerek işaret etti ama bir isim vermedi. "Ama şimdi değil. Şu anda işimiz var. Tehlike içindesiniz; ne yoldan ne de kırdan bu yönde daha fazla ilerleyemezdiniz zaten. Gün bitmeden sıkı vuruşmalar olacak yakınlarda. O zaman ya ölüm, ya da Anduin'e hızla kaçış. Yanınıza iki muhafız bırakacağım, hem sizin, hem kendi iyiliğimiz için. Akıllı insanlar bu topraklarda yolda karşılaşacaklarını şansa bırakmaz. Eğer geri dönersem, sizinle daha çok şey konuşacağım."

"Hoşça kal!" dedi Frodo yerlere kadar eğilerek. "Ne istersen onu düşün ama ben Tek Düşman'ın bütün düşmanlarının dostuyum. Eğer biz buçuklukların sizin kadar yiğit ve güçlü adamlara bir yardımımızın dokunabilceeğini düşünseydim ve görevim müsaade etseydi biz de sizinle gelirdik. Güneş kılıçlarınızın üzerinde parlasın!"

"Buçukluklar kibar bir halkmış, her şey bir yana," dedi Faramir. "Hoşça kalın!"

Hobbitler yeniden oturdular ama birbirlerine düşünceleri ve kuşkuları hakkında hiçbir şey söylemediler. Yakınlarda, kara defne ağaçlarının benekli gölgesinde iki muhafız kaldı. Gün ilerleyip hava ısındıkça arada bir serinlemek için yüzlerindeki maskeleri çıkartıyorlardı; Frodo bunların soluk benizli, siyah saçlı, gri gözlü, mahzun ve gururlu yüzlü, hoş adamlar olduğunu gördü. Aralarında, ilk başlarda Ortak Dili kullanıyorlardı ama eski biçimiyle, sonra kendilerine ait başka bir dile geçerek alçak sesle konuştular. Dinlerken Frodo hayretle konuştuklarının bir elf dili ya da biraz farklı bir dil olduğunu fark etti; onlara hayranlıkla baktı çünkü bunların Batıil'li Hükümdarlar'ın halkından gelen Güneyli Dúnedain olduğunu anlamıştı.

Bir süre sonra onlarla konuştu; ama cevap verirlerken yavaş ve temkinli davranıyorlardı. Gondor'un askerleri Mablung ve Damrod diye verdiler isimlerini, İthilien Kolcuları'ydılar; çünkü bir zamanlar, istila edilmeden önce İthilien'de yaşayan bir halktan geliyorlardı. Orkları veya Ephel Dúath ile Nehir arasında dolanan diğer düşmanları taciz etmek için Anduin'i gizli gizli geçen (nasıl ve nereden olduğunu söylemiyorlardı) bu tür adamlardan seçerdi Hükümdar Denethor akıncılarını.

"Buradan Anduin'in doğu kıyısı yaklaşık on fersah kadardır," dedi Mablung, "ve kırlarda bu kadar içerilere çok nadiren geliriz. Fakat bu yolculukta yeni bir görevimiz var: Harad'lı İnsanları pusuya düşürmek için geldik. Lanet olsun onlara!"

"Evet, Güneyliler'e lanet olsun!" dedi Damrod. "Uzak Güney'de Harad krallıkları ile eski Gondor arasında bir alışveriş olduğunu söylerler; gerçi hiçbir zaman bir dostluk olmamış. O günlerde bizim hudutlarımız daha uzakta güneyde, Anduin'in döküldüğü yerlerdeydi; en yakındaki diyarlardan biri olan Umbar bizim idaremizi memnuniyetle kabul etmişti. Ama bu olalı çok oluyor. Aramızda bir ilişki olmayalı birçok insan hayatı geldi geçti. Son olarak Düşman'ın onların arasında olduğunu öğrendik; onlar da ya O'nun tarafına geçmişler ya da yeniden O'na dönmüşler, Doğu'da yaşayanların çoğu gibi – her zaman O'nun iradesine yatkındılar zaten. Gondor'un günlerinin sayılı olduğuna ve Minas Tirith'in surlarının yok olacağına hiç kuşkum yok;

O'nun gücü ve garazı o kadar büyük ki."

"Ama yine de biz elimiz kolumuz bağlı oturup O'nun dilediğini yapmasına izin verecek değiliz," dedi Mablug. "Bu lanet olası Güneyliler şimdi de, Kara Kule'nin ordularını güçlendirmek için kadim yoldan geliyorlar. Evet, Gondor'un hüneri ile bizzat yaptığımız yollardan. Üstelik durmadan daha da pervasızca geliyorlar diye öğrendik, yeni efendilerinin gücünün yeterince büyük olduğunu düşünüyorlar, sanki O'nun tepelerinin gölgesi bile onları koruyacakmış gibi. Biz de onlara bir ders daha vermek için geldik. Büyük bir gücün kuzeye doğru yola çıktığını haber aldık. Hesabımıza göre, alaylarından biri bugün öğleden önce bir zamanda buradan geçecek; yukarıdaki yoldan, yolun tam bir yarık tarafından kesildiği yerden. Faramir Reis'imizken geçemezler. Artık bütün tehlikeli işlere o komutanlık ediyor. Fakat onun yaşamı efsunlu; ya da yazgısı onu başka bir son için saklıyor."

Muhabbetleri tetikte bir sessizliğe doğru yitip gitti. Hepsi hareketsiz ve dikkatli görünüyordu. Sam eğreltiotu kümesinin yanında çömelmiş etrafa bakıyordu. Keskin hobbit gözleriyle etrafta daha birçok insan olduğunu gördü. Onların yamaçlardan ya teker teker, ya da sıra halinde süzüldüklerini, hep koruların veya çalılıkların gölgelerinde kaldıklarını, kahverengi ve yeşil giysileri içinde otluklardan veya aradaki boşluklardan belli belirsiz emeklediklerini görebiliyordu. Hepsinin başlarında yüzlerini maskeleyen başlıkları, ellerinde zırh eldivenleri vardı ve hepsi Faramir ve arkadaşları gibi giyinmişti. Çok geçmeden hepsi geçip gittiler. Güneş Güney'e yaklaşıncaya kadar yükseldi. Gölgeler küçüldü.

"Şu mübarek Gollum nerede merek ediyorum?" diye düşündü Sam daha koyu bir gölgeye doğru emeklerken. "Bir ork zannedilme veya Sarı Yüz tarafından kavrulma şansı çok yüksek. Ama herhalde kendi başının çaresine bakar." Frodo'nun yanına uzanarak uyuklamaya başladı.

Boruların çalındığını sanarak uyandı. Oturdu. Artık tam öğlen vaktiydi. Muhafızlar ağaçların gölgesinde tetikte ve gergin duruyordu. Aniden borular yukarılarından, yamacın tepesinden kuşku bırakmayacak bir şekilde, daha yüksek sesle öttü. Sam sanki uzaktaki bir mağaradan gelircesine, bağrışmalar ve vahşice naralar duyduğunu sandı. Sonra hemen yakınlarda bir yerde bir dövüş gürültüsü koptu, tam saklandıkları yerin üzerinde. Çeliğin çeliğe sürtünme sesini, kılıcın demir başlığa vuruşunu, bıçağın kalkan üzerindeki donuk darbesini, adamların bağırtı ve naralarını ve tek bir sesin tüm gücüyle *Gondor! Gondor!* diye bağırdığını net bir biçimde duyuyordu.

"Yüz demircinin aynı anda demir dövmesine benziyor," dedi Sam Frodo'ya. "Daha fazla yaklaşmalarını istemem."

Fakat gürültüler yaklaştı. "Geliyorlar!" diye bağırdı Damrod. "Bakın! Güneylilerin bir kısmı kapandan kurtulmuş yoldan kaçıyorlar. İşte oradalar! Adamlarımız peşlerinde, Reis de başlarında."

Neler olup bittiğini görmek isteyen Sam gidip muhafızlara katıldı. İrice defne ağaçlarının birine biraz tırmandı zar zor. Kırmızılar içinde esmer adamların, peşlerinde yeşillere bürünmüş savaşçılarla biraz ileride yamaç aşağıya koştuklarını gördü bir an için; savaşçılar yetiştikçe biçiyorlardı onları. Hava oklarla dolmuştu. Sonra aniden, bulundukları korunaklı çukurun kenarından bir adam, ince bir ağacı ezerek, neredeyse tam tepelerine düştü. Birkaç metre önlerindeki eğreltiotları üzerinde, altın yakasının altından yeşil ok tüyleri çıkan adam yüzükoyun yatıyordu. Kızıl giysileri parçalanmış, birbiri üzerine binmiş pirinç levhalardan yapılmış üst zırhı yırtılıp yarılmış, altın ile örülmüş siyah saç örgüleri kana bulanmıştı. Kahverengi eli kırılmış bir kılıcın kabzasını kavramış duruyordu hâlâ.

Bu Sam'in gördüğü insanın insana karşı yaptığı ilk savaştı ve bu pek hoşuna gitmedi. Ölü yüzü göremediği için memnun olmuştu. Adamın adının ne olduğunu, nereden geldiğini merak etti; gerçekten kötü bir adam olup olmadığını veya onu evinden bu kadar uzaklara ne gibi bir yalanın veya tehdidin getirdiğini merak etti; aslında barış içinde kalmayı tercih edip etmediğini de – hepsi bir şimşek gibi gelip geçti aklından. Çünkü tam Mablung düşmüş olan bedene doğru bir adım atmıştı ki yeni bir ses duydular. Muazzam bağırtılar ve naralar. Bunların arasında Sam tiz bir boru veya borazan sesi duydu. Sonra da büyük bir gümbürtü ve çarpma sesi: Sanki kocaman şahmerdanlar tekrar tekrar yere vuruyorlarmış gibi.

"Dikkat! Dikkat!" diye bağırdı Damrod arkadaşına. "Valar devirsin boyunu! Mûmak! Mûmak!"

Hem şaşkınlık ve dehşet, hem de bitmez tükenmez bir zevkle Sam, kocaman bir şeklin ağaçları devirerek yamaçtan aşağıya hızla inmekte olduğunu gördü. Bir ev kadar, hatta bir evden çok daha büyük göründü gözüne; grilere bürünmüş hareket eden bir tepe. Belki de korku ve hayret onu hobbitin gözlerinde büyütmüştü ama Harad'ın

Mûmakları gerçekten de iri cüsseli hayvanlardı ve bir benzeri daha Orta Dünya üzerinde görülmemiştir; daha sonraki günlerde yaşayan akrabaları ise onun ihtişamının bir anısıdır sadece. Hayvan doğrudan gözcülerin üzerine gelmeye başladı, sonra göz açıp kapayıncaya kadar dönüp toprağı ayakları altında titreterek, onların sadece birkaç metre yakınından geçti: Koca bacakları ağaç gibiydi, yelkene benzeyen muazzam kulakları yayılmış, uzun burnu saldırıya hazırlanan bir yılan gibi dikilmiş, küçük kırmızı gözleri hiddetten köpürüyordu. Yukarı dönmüş boynuzumsu dişleri altından şeritlerle bağlanmıştı ve üzerlerinden kan damlıyordu. Kızıl ve altından süslü koşum takımları etrafında çılgın parçalar halinde çırpınıyordu. Yüksek sırtında, ormandan hiddetli geçişi sırasında ezilmiş, savaş kulesi yıkıntılarına benzeyen bir şey vardı; boynunun tepesinde bir yerlerde ise minik bir şekil hâlâ ümitsizce tutunmaya çalışıyordu – kocaman bir savaşçının, bir Swerting'in dev bedeni.

Kocaman hayvan su birikintisi ve çalılıklardan gözü dönmüş bir halde geçip gitti. Oklar böğrünün üç katlı derisinden zararsızca sekiyor, etrafa saçılıyordu. Her iki tarafın adamları da onun önünden kaçıyordu ama o yetişerek onları yerle bir etti. Kısa bir süre sonra gözden kayboldu; uzaklarda hâlâ yeri dövüyor, gümbürdüyordu. Başına ne geldiğini Sam hiç öğrenemedi: Bir süre, yurdundan uzaklarda yok olup gidinceye veya derin bir çukurda bir tuzağa düşürülünceye kadar vahşi doğada dolanmak için kaçabilmiş miydi; yoksa ta Ulu Nehir'e dalıp, nehir tarafından yutuluncaya kadar koşturmaya devam mı etmişti bilmiyordu.

Sam derin bir nefes aldı. "Füldü bu!" dedi. "Demek ki fül diye bir şey varmış ve ben de bir tanesini gördüm. Ne hayat ama! Ama memlekette kimse inanmayacak bana. Eh geçti, biraz uyuyayım bari."

"Fırsatın varken uyu," dedi Mablung. "Ama eğer yaralanmamışsa Reis döner; o geri döndüğünde hızla ayrılırız buradan. Yaptıklarımız Düşman'a duyurulur duyurulmaz bizi izlemeye başlayacaklardır ve bu da çok vakit almaz."

"Gitmeniz gerektiğinde yavaş yavaş gidin!" dedi Sam. "Benim uykumu bozmanın âlemi yok. Bütün gece yürüdüm ben."

Mablung güldü. "Reis'in seni burada bırakacağını zannetmiyorum Efendi Samwise," dedi. "Ama kendin görürsün zaten."

BÖLÜM V

BATI'DAKİ PENCERE

Sam sadece birkaç dakika kestirmiş olduğunu sanıyordu, ama kalktığında akşamüstü olduğunu ve Faramir'in döndüğünü gördü. Yanında bir sürü adam getirmişti, gerçekten de akından sağ çıkan herkes yakındaki yamaçta toplanmıştı; iki-üç yüz kişi kadardılar. Tam ortasında Faramir'in oturmakta olduğu geniş bir yarım daire şeklinde toplanmışlardı. Faramir'in karşısında Frodo ayakta duruyordu. Durum, garip bir biçimde bir tutsağın sorgulanmasına benziyordu.

Sam emekleyerek eğreltiotlarının arasından çıktı ama kimse ona dikkat etmedi; o da gidip, olanları görüp duyabileceği bir yere, adamların oluşturduğu sıranın sonuna yerleşti. Dikkatle dinlemeye ve izlemeye başladı, gerektiğinde beyinin yardımına koşmaya hazır. Artık Faramir'in maskesiz yüzünü görebiliyordu: Sert ve etkili bir yüzü vardı ve etrafı araştıran bakışlarının gerisinde keskin bir zekâ yatıyordu. Dimdik Frodo'ya bakan gri gözlerinde kuşku vardı.

Sam kısa bir süre sonra Reis'in, Frodo'nun kendisi hakkında anlattıklarından birkaç noktada tatmin olmadığını fark etti: Yarmavadi'den yola çıkan Grup'ta ne rolü vardı; neden Boromir'i bırakmıştı; şimdi nereye gidiyordu? Özellikle de sık sık İsildur'un Felaketine dönüyordu. Belli ki Frodo'nun çok önemli bir meseleyi kendisinden gizlediğini fark etmişti.

"Fakat Buçukluk'un gelişiyle İsildur'un Felaketi uyanacaktı, ya da sözcükler öyle okunmalı," diye üsteledi. "Eğer bahsi geçen Buçukluk sen isen, kuşkusuz, sözünü ettiğin şey her ne ise onu Divan'a sen getirdin ve Boromir de bunu gördü. Bunu inkâr mı ediyorsun?"

Frodo hiç cevap vermedi. "İşte!" dedi Faramir. "O halde senden daha fazlasını öğrenmek istiyorum; çünkü Boromir'i ilgilendiren bir şey beni de ilgilendirir. Eski hikâyelerde anlatıldığına göre İsildur'u bir ork oku öldürmüştü. Fakat ork okları çok fazladır ve tek bir ok

Gondor'lu Boromir tarafından Kıyamet'in işareti olarak algılanmaz. Bu şey yanınızda mıydı? Gizli diyorsunuz; ama bunun nedeni sizin bunu gizlemek istemeniz değil mi?"

"Hayır, bu benim seçimim değil," diye cevap verdi Frodo. "Bana ait değil. Büyük küçük hiçbir ölümlüye ait değil; ama bunu talep edecek biri varsa o da, daha önce ismini vermiş olduğum, Grup'u Moria'dan Rauros'a götüren liderimiz Arathorn oğlu Aragorn'dur."

"Neden o da, Elendil'in oğullarının kurmuş olduğu Şehir'in prensi Boromir değil?"

"Çünkü Aragon, babadan oğula, doğrudan Elendil'in oğlu İsildur'un soyundan gelmektedir. Ve taşıdığı kılıç da Elendil'in kılıcıydı."

Bir hayret mırıltısı adamların oluşturduğu halkayı baştan başa dolaştı. Bazıları yüksek sesle bağırdı: "Elendil'in kılıcı! Elendil'in kılıcı Minas Tirith'e geliyor! Müjdeler olsun!" Ama Faramir'in yüzü hiç etkilenmemişti.

"Belki," dedi. "Fakat bu kadar büyük bir iddianın ispat edilmesi gerekir, eğer bu Aragorn Minas Tirith'e gelecek olursa bu konuda açık seçik kanıtları olması lazım. Altı gün önce yola koyulduğumda ne o, ne de grubunuzdan herhangi biri gelmişti."

"Boromir bu iddiayı haklı bulmuştu," dedi Frodo. "Gerçekten de eğer Boromir burada olsaydı bütün sorularınıza cevap verebilirdi. Üstelik birkaç gün önce Rauros'ta bulunduğuna ve dosdoğru sizin şehrinize gitmeye niyetli olduğuna göre, eğer geri dönerseniz cevapları en kısa zamanda orada bulabilirsiniz. Grup'ta benim oynadığım rolü diğerleri gibi o da biliyor, çünkü bu görev bana İmladris'li Elrond tarafından bizzat bütün Divan'ın önünde verildi. Bu görevle geldim bu topraklara, ama Grup dışından birine bilgi vermek elimde değil. Yine de Düşman'a karşı koyduğunu iddia eden biri bu işi engellemese iyi olur."

Neler hissediyor olursa olsun Frodo'nun sesindeki ton gurur yüklüydü; Sam bunu çok takdir etti ama bu Faramir'i yatıştırmamıştı.

"İyi!" dedi. "Bana kendi işime bakıp evime dönmemi, sizi de kendi halinize bırakmamı söylüyorsun. Geldiğinde her şeyi Boromir anlatacak ha! Geldiğinde diyorsun! Sen Boromir'in dostu muydun?"

Frodo'nun aklına bütün canlılığıyla Boromir'in kendisine saldırması geldi ve bir an için tereddüt etti. Faramir'in onu izlemekte olan gözleri sertleşti. "Boromir bizim Grup'umuzun yürekli bir üyesiydi," dedi Frodo sonunda. "Evet, ben kendi adıma onun dostuydum."

Faramir zalimce gülümsedi. "O zaman Boromir'in ölmüş olduğunu öğrensen üzülür müsün?"

"Elbette üzülürüm," dedi Frodo. Sonra Faramir'in gözlerindeki bakışı yakalayarak tereddüt etti. "Öldü mü?" dedi. "Yani gerçekten öldü ve sen bunu biliyorsun, öyle mi? Kelime oyunlarıyla beni tuzağa düşürmeye çalışıyor, benimle oynuyordun, öyle mi? Yoksa beni yalan dolanla tuzağa mı düşürmeye çalışıyorsun?"

"Ben yalanla bir orku bile tuzağa düşürmeye kalkmam," dedi Faramir.

"Nasıl öldü öyleyse? Sizin nasıl haberiniz oldu? Madem ayrıldığınızda şehre Grup'tan kimse gelmemişti..."

"Nasıl öldüğünü, yol arkadaşlarının, dostlarının bana anlatacaklarını umuyordum."

"Fakat biz ayrıldığımızda gücü kuvveti yerindeydi ve hayattaydı. Benim bildiğim kadarıyla da hâlâ yaşıyor. Gerçi kuşkusuz, dünyada bir sürü tehlike var."

"Çok fazla gerçekten de," dedi Faramir, "ve ihanet de pek yabana atılacak şey değildir."

Sam, bu konuşma karşısında gittikçe daha da sabırsızlaşıyor ve hiddetleniyordu. Son sözler katlanabileceği gibi değildi; halkanın ortasına fırlayarak beyinin yanına ilerledi.

"Özür dilerim Bay Frodo," dedi, "ama bu iş yeterince uzadı. Seninle öyle konuşmaya hakkı yok. Üstelik bu büyük insanlar için katlandığın onca şeyden sonra.

"Buraya bak Reis!" Elleri belinde tam Faramir'in karşısına dikildi; yüzünde, sanki meyva bahçesine yaptığı ziyaretler hakkında sorguya çektiğinde, Sam'e göre "terbiyesiz" sözler söyleyen genç bir hobbite hitap ediyormuşçasına bir ifade vardı. Etrafta bir mırıldanma oldu fakat seyretmekte olan adamların bazılarının yüzlerinde tebessüm de vardı: Reislerinin, bacaklarını iki yana açmış, hiddetten tüyleri diken diken olmuş genç bir hobbitle göz göze yerde oturuyor olması hayatlarında görmedikleri bir manzaraydı. "Buraya bak!" dedi Sam. "Ne demeye çalışıyorsun? Mordor'un bütün orkları üzerimize çullanmadan, nereye varmak istiyorsan oraya gelelim! Eğer beyimin bu Boromir denen adamı öldürüp kaçtığını zannediyorsan hiç sağduyun yok demektir; ama çıkar baklayı ağzından da için rahat etsin! Sonra da bu konuda ne yapmayı planladığını görelim hele. Ama Düşman ile dövüşmekten söz eden bir halkın, başkalarının işine burunlarını sokmadan, onlara kendilerince hareket etme şansı vermemeleri çok acı. Eğer O seni görebilseydi pek memnun olurdu. Yeni bir dostu olduğunu düşünürdü, öyle düşünürdü ya."

"Sabır!" dedi Faramir, kızmadan. "Aklı seninkinden fazla olan beyinin önünde konuşmaya kalkma. Ayrıca kimsenin bana içinde bulunduğumuz tehlikeyi hatırlatmasına gerek yok. Tehlike içinde bile olsak, karar verilmesi zor bir meselede hakkıyla bir karar vermek için birazcık zaman ayırabilirim. Eğer senin kadar aceleci olsaydım sizi çoktan öldürmüş olurdum. Çünkü Gondor Hükümdarı'nın izni olmadan bu topraklara giren herkesi öldürme emri aldım. Ama ben insanları veya hayvanları gerekmedikçe öldürmem, üstelik gerekli olursa da yaptığım işten memnuniyet duymam. Boşu boşuna da konuşmam. O yüzden için rahat olsun. Beyinin yanına otur ve sesini çıkartma!"

Sam kıpkırmızı bir yüzle, sertçe oturdu yere. Faramir yeniden Frodo'ya döndü. "Denethor'un oğlunun öldüğünü nereden bildiğimi sormuştun. Ölüm haberinin bir sürü kanadı vardır. *Gece genellikle yakın akrabalara getirir haberi,* derler. Boromir benim ağabeyimdi."

Yüzünden bir hüzün gölgesi geçti. "Boromir Bey'in yanındaki eşyalar arasında özel bir şey hatırlıyor musunuz?"

Frodo bir an düşündü, yeni bir tuzağa düşmekten korkarak ve bu konuşmanın nasıl biteceğini merak ederek. Yüzük'ü Boromir'in mağrur ellerinden zor koruyabilmişti; şimdi de cenkçi ve güçlü bu kadar adam arasında ne yapacağını bilemiyordu. Yine de yüreğinin derinlerinde, ağabeyine çok benzese de Faramir'in kendisini daha çok önemsediğini ve hem daha sert hem daha aklı selim sahibi olduğunu hissediyordu. "Boromir'in bir boru taşıdığını hatırlıyorum," dedi sonunda.

"Doğru hatırlıyorsun ve onu gerçekten görmüş biri gibi hatırlıyorsun," dedi Faramir. "O zaman belki onu zihninde canlandırabilirsin: Doğu yabani öküzünün büyük bir boynuzu gümüşle bağlanmış, üzeri kadim işaretlerle yazılmış. Nesillerdir ailenin en büyük oğlunun taşıdığı bir boru; derler ki bu boru, eski Gondor sınırları içinde bir yerde, ihtiyaç anında üflenirse sesine mutlaka bir koşan olurmuş.

"Bu maceraya atılmadan beş gün, bundan on bir gün önce, aşağı yukarı günün bu saatlerinde borunun sesini duydum: Kuzeyden geliyor gibiydi ama belli belirsizdi, sanki aklımda yankılanmış gibi. Kötüye alâmet diye yorduk babamla birlikte, çünkü gittiğinden beri Boromir'den hiç haber almamıştık ve sınırlarımızdaki hiçbir nöbetçi onun geçtiğini görmemişti. Sonra üçüncü gece daha garip başka bir şey geldi başıma.

"Gece vakti, genç ve solgun ayın altındaki gri karanlıkta, Anduin'in suları kıyısında oturmuş hiç durmadan hareket eden akarsuya bakıyordum; hüzünlü kamışlar hışırdıyordu. Böyle seyrederiz hep, kısmen düşmanlarımızın ellerinde olan Osgiliath yakınındaki kıyılardan nehri; düşmanlarımız oradan çıkıp topraklarımızı taciz eder. Fakat o gece bütün dünya uyuyordu tam gece yarısı sıralarında. Sonra, gri gri pırıldayan bir kayığın, pruvası yüksek, garip biçimli küçük bir kayığın sular üzerinde yüzmekte olduğunu gördüm; üstelik kürek çeken veya kayığı yöneten kimse de yoktu.

"Bir korku düştü içime çünkü etrafında soluk bir ışık vardı. Yine de ayağa kalkarak kıyıya gittim ve nehrin içine doğru yürümeye başladım, çünkü kayık beni çekiyordu. Sonra kayık bana doğru döndü ve hızını keserek yavaş yavaş erişebileceğim bir yere doğru yüzmeye başladı; ben yine de ellemeye cesaret edemedim. Kayık suya iyice gömülmüştü, sanki ağır bir yükü varmış gibi. Bakışlarımın altından geçip giderken, ağzına kadar, ışıldayan berrak bir suyla doluymuş gibi geldi bana; suyun bağrında da bir savaşçı uyuyordu.

"Dizlerinde kırık bir kılıç vardı. Üzerinde bir sürü yara gördüm. Boromir idi bu, ağabeyim, ölmüştü. Eşyalarını tanıyordum, kılıcını ve o güzel yüzünü. Tek bir şey eksikti sadece: Borusu. Tanımadığım tek bir şey vardı: Belinde, sanki altın yapraklarla birbirine bağlanmış gibi duran zarif bir kemer. *Boromir!* diye haykırdım. *Borun nerede? Uğrun ne yana? Hey Boromir!* Ama gitmişti. Kayık akarsuya geri döndü ve pırıldayarak geceye doğru geçip gitti. Rüya gibiydi ama rüya değildi, çünkü ardından uyanmadım. Öldüğü ve Nehir'den Deniz'e gittiği konusunda hiçbir kuşkum yok."

"Eyvah!" dedi Frodo. "Bu benim bildiğim Boromir gerçekten de. Çünkü altın kemer ona Lothlórien'de Galadriel Hanım tarafından verilmişti. Bizi bu şekilde elf grilerine bürüyen de oydu. Bu broş da aynı işçiliğe aittir." Pelerinini boynunun altından tutturan yeşil ve gümüş renkli yaprağa dokundu.

Faramir buna yakından baktı. "Çok güzel," dedi. "Evet, aynı hünerin eseri. Yani o zaman Lórien Ülkesi'nden geçtiniz, öyle mi? Laurelindórenan denirdi eskiden oraya, ama uzun zamandır insanların bilgisi dışında kalmıştı," diye ekledi yavaşça, Frodo'ya artık gözlerinde yeni bir merakla bakarken. "Sendeki garipliğin ne olduğunu şimdi şimdi anlamaya başladım. Daha fazlasını anlatmaz mısın bana? Çünkü Boromir'in yurdunun bu kadar yakınında ölmüş olması acı bir düşünce."

"Söylediklerimden daha fazlasını söyleyemem," diye cevap verdi Frodo. "Gerçi senin hikâyen beni bir çeşit önseziyle dolduruyor. Senin gördüğün bir hayaldi sanırım, o kadar; olmuş veya olabilecek kötü bir kaderin bir çeşit gölgesi. Tabii eğer bu Düşman'ın bir numarası değilse. Ben, Ölü Bataklıklar'daki su birikintilerinin dibinde eskiden uykuya dalmış olan zarif savaşçıların yüzlerini gördüm; ya da O'nun kötü sanatları sonucu öyle olduğunu zannettim."

"Hayır, öyle değildi," dedi Faramir. "Çünkü onun sanatı insanın gönlünü nefretle doldurur; ama benim gönlüm hüzün ve acımayla doldu."

"Yine de böyle bir şey nasıl olabilir?" diye sordu Frodo. "Çünkü Tol Brandir'in kayalık tepelerinden hiçbir kayık geçemez; üstelik Boromir yurduna Entsuyu ve Rohan düzlükleri üzerinden dönmeyi düşünüyordu. Ve yine de, hangi araç büyük şelalelerin köpüğünden geçer de kaynayan havuzlarda batmaz, üstelik içi su doluyken?"

"Bilmiyorum," dedi Faramir. "Ama nereden geliyordu bu kayık?"

"Lórien'den," dedi Frodo. "Anduin'den, Şelaleler'e kadar onun gibi üç kayıkla kürek çekerek geldik. Onlar da elf işidir."

"Gizli Diyar'dan geçmişsiniz," dedi Faramir, "ama onun gücünü pek anlayamamış gibisiniz. Eğer insanların, Altın Orman'da yaşayan Büyülerin Hanımı ile bir ilişkisi olursa o zaman bunu garip şeylerin izlemesi beklenmelidir. Çünkü ölümlü birinin bu güneşin dünyası dışında yürümesi tehlikelidir ve eskiden çok az kişi oradan değişmeden çıkabilmiştir, diye anlatılır.

"*Boromir, Ey Boromir!*" diye haykırdı. "*Ne dedi sana, ölmeyen o Hanım ne dedi? Ne gördü? O zaman senin gönlünde neler uyandı? Neden gittin Laurelindórenan'a ve neden yurduna kendi yolundan, sabah vakti Rohan'ın atlarına binerek gelmedin?*"

Sonra tekrar Frodo'ya dönerek bir kez daha sakin bir sesle konuştu. "Bu sorulara sanırım bazı cevaplar verebilirsin Drogo oğlu Frodo. Ama belki burada ve şimdi değil. Yine de anlattığım öykünün bir hayal olduğunu düşünüyorsan hâlâ, sana şunu da söyleyeyim. Boromir'in en azından borusu geri döndü, gerçekten, hayal olarak değil. Boru geldi ama ikiye yarılmıştı, sanki bir balta veya kılıç darbesiyle bölünmüş gibi. Parçalar birer birer vurdu kıyıya: Bir tanesi Entsuyu'nun döküldüğü yerin altında, kuzeyde, Gondor'lu gözcülerin durduğu kamışlar arasında; diğeri de su üzerinde görevi olan biri tarafından akıntıda dönerken bulundu. Garip tesadüfler, ama cinayet su yüzüne çıkar, derler.

"Büyük oğlunun borusu iki parça halinde, tahtında oturmuş haber bekleyen Denethor'un kucağında duruyor artık. Bana borunun yarılmasıyla ilgili hiçbir şey anlatamayacak mısın?"

"Hayır, bundan haberim yoktu," dedi Frodo. "Ama onun üflendiğini duyduğun gün hizmetkârım ile birlikte Grup'u terk ettiğimiz, ayrıldığımız gündü eğer hesaplarım doğruysa. Şimdi öykün beni korku içinde bıraktı işte. Çünkü eğer Boromir o zaman tehlike içine düşüp katledildiyse korkarım bütün yol arkadaşlarım da yok olmuşlardır. Üstelik onlar benim türümdendiler, dostlarımdılar.

"Benden kuşkulanmaktan vazgeçip gitmeme izin veremez misin? Yorgunum, hüzünle doluyum ve korkuyorum. Ama benim de katledilmeden önce yapmam gereken bir işim var, hiç olmazsa yapmak için gayret göstermem gereken bir iş. Ve eğer içimizden sadece biz ikimiz, iki buçukluk kaldıysak o zaman acele etmemiz için daha çok sebebimiz var demektir.

"Geri dön Faramir, Gondor'un yürekli Reisi; vakit varken şehrini koru ve bırak ben yazgıma gideyim."

"Benim açımdan bakılacak olursa, konuşmamızın tümü beni rahatlatmış sayılmaz," dedi Faramir; "ama gerektiğinden fazla korku duyduğun kesin. Eğer Lórien'in halkı kendi gelmediyse Boromir'i cenaze için kim donatmış? Orklar veya İsimsiz'in uşakları olamaz. Sizin Grup'tan birileri sanırım hâlâ hayatta.

"Fakat Kuzey Hududu'nda ne olduysa olsun senden kuşkulanmıyorum artık Frodo. Eğer bu zorlu günler beni insanların sözleri ve yüzlerini muhakeme etme konusunda yetkin kıldıysa, o zaman Buçukluklar hakkında da bir tahminde bulunabilirim! Yine de," artık gülümsüyordu, "sende garip bir şey var Frodo, bir elf havası var sende galiba. Fakat sözlerimizde ilk başta düşündüğümden daha çok şey saklı. Şimdi seni Minas Tirith'e götürmem gerekiyor, Denethor'un sorularını cevaplaman için; eğer şehrim için kötü bir yol seçersem şimdi, haklı olarak ölümüne cezalandırılırım. O yüzden ne yapılması konusunda karar vermekte aceleye etmeyeceğim. Yine de daha fazla oyalanmadan hemen hareket etmemiz gerek."

Ayağa fırlayarak bazı emirler verdi. Etrafında toplanmış olan adamlar derhal küçük gruplara ayrılıp, kayaların ve ağaçların gölgelerinde çabucak gözden kaybolarak bir o yana, bir bu yana dağıldı. Kısa bir süre sonra sadece Mablung ile Damrod kalmıştı.

"Şimdi Frodo ve Samwise, siz benimle ve muhafızlarımla geleceksiniz," dedi Faramir. "Güneye doğru giden yolu izleyemezdiniz zaten, eğer niyetiniz bu idiyse. Birkaç gün boyunca bu pek güvenli bir yol olmaz; zaten artık bu gürültüden sonra, bugüne kadar gözetlendiğinden de dikkatli gözetlenecektir. Ve sanırım, her halükârda bugün pek ilerleyemezsiniz, çünkü yorgunsunuz. Biz de öyle. Şimdi sığınağımıza gideceğiz, buradan en fazla on mil kadar uzakta bir yer. Orklar ile Düşman'ın casusları orayı bulmadı henüz; bulmuş olsalar bile, çok sayıda düşmana karşı dahi uzun süre koruyabileceğimiz bir yer. Orada bir süre yatıp dinlenebiliriz; siz de bizimle gelebilirsiniz. Sabah, hem sizin için hem kendim için ne yapmam gerektiği hakkında bir karar veririm."

Frodo'nun onun isteklerine ya da emirlerine uymaktan başka yapabileceği bir şey yoktu. O an için, Gondor'lu adamların kopardıkları gürültü İthilien'e yapılacak bir yolculuğu her zamankinden de tehlikeli kıldığından her halükârda tutulabilecek en akıllıca yol bu gibi görünüyordu.

Hemen yola koyuldular: Mablung ile Damrod biraz ileride; Faramir, Frodo ile Sam arkada. Hobbitlerin yıkandıkları havuzun berisinden dolanarak dereyi aşıp, derenin uzun kıyısını tırmandılar ve durmadan aşağıya ve batıya doğru ilerleyen, yeşil gölgeli ormanlık araziye geçtiler. Hobbitler ellerinden geldiği kadar hızlı yürürken bir yandan da alçak sesle konuşuyorlardı.

"Konuşmamızı yarıda kesmemin nedeni," dedi Faramir, "sadece zamanın ilerliyor olması değildi; aynı zamanda muhabbetimiz kalabalık önünde konuşmamamız gereken bir yere doğru geliyordu. İşte daha çok o yüzden ağabeyimin meselesine döndüm ve *İsildur'un Felaketi*'ni bir yana bıraktım. Bana karşı tam manasıyla dürüst değildin Frodo."

"Hiç yalan söylemedim ve gerçeklerin de söyleyebileceğim kadarını söyledim," dedi Frodo.

"Seni suçlamıyorum," dedi Faramir. "Zor bir durumda ustalıkla ve akıllıca konuştun gibi geldi bana. Ama sözlerinin söylediklerinden daha çok şey öğrendim senden, ya da tahmin ettim. Boromir ile pek arkadaş değilmişsiniz sanki veya arkadaşça ayrılmamışsınız. Seni ve Efendi Samwise'ı da, kederlendiren bir şey var galiba. Bakın onu çok seviyordum ve seve seve öcünü de alırdım ama onu iyi tanıyorum. *İsildur'un Felaketi* – tahminime göre *İsildur'un Felaketi* girmiş aranıza ve aynı şey Grup içinde bir tartışmaya neden olmuş. Belli ki bu çok önemli bir aile yadigârı gibi bir şey ve bu tür şeyler müttefikler arasında barış sağlamaz; eski öykülerden öğrendiğimiz kadarıyla. Yaklaştım mı?"

"Yaklaştın," dedi Frodo, "ama tam isabet ettiremedin. Grubumuzda tereddüt olduğu halde, bir mücadele yoktu: Tereddüt de, Emyn Muil'den sonra hangi yönü seçeceğimize dair bir tereddüttü. Ama unutmayalım, eski öyküler aile yadigârları gibi şeyler hakkında söylenen aceleci sözlerin tehlikesinden de söz eder."

"Demek ki doğru düşünmüşüm: Senin sorunun sadece Boromir ileydi. O, bu şeyin Minas Tirith'e getirilmesini istiyordu. Heyhat! Senin, yani onu son gören kişinin dudaklarını mühürleyen ve bu kadar çok bilmek istediğim şeyi benden gizleyen ne kem bir talih: Son saatlerinde gönlünde ve aklında neler vardı? Belki hatalıydı, belki de değildi; ama şundan eminim: İyi bir şekilde ve iyi şeyler elde ederek öldü. Yüzü, hayatta olduğundan da güzeldi.

"Fakat Frodo, başta seni *İsildur'un Felaketi* konusunda çok sıkıştırdım. Affet beni! Öyle bir yerde ve saatte bunu yapmak akıllıca değildi. Düşünecek vaktim yoktu. Sıkı bir cenkten çıkmıştık ve aklımı kurcalayan yeterinden fazla şey vardı. Ama daha seninle konuşurken bile işin özüne yaklaştığımı hissettim ve o yüzden, bile bile atış alanını genişlettim. Çünkü şehrin Yöneticileri tarafından, etrafa yayılmamış olan kadim irfanın hâlâ muhafaza ediliyor olduğunu bilmen gerekir. Benim mensup olduğum sülale, Númenor kanı taşısak da Elendil soyundan gelmez. Biz kendi soyumuzu, kral savaşa gittiği zamanlar memleketi onun adına yöneten, iyi bir vekilharç olan Mardil'e dayandırıyoruz. Sözünü ettiğim savaşa giden o kral da Kral Eärnur idi, Anárion soyunun son üyesi; hiç çocuğu yoktu ve hiç geri dönmedi. O günden sonra da ülkeyi vekilharçlar yönettiler ki bu da birçok insan nesli demektir.

"Boromir'in küçüklüğü hakkında şunu hatırlıyorum; birlikte atalarımızın hikâyelerini ve şehrimizin tarihini öğrenirken, babasının bir kral olmadığı bilgisi onu hep mutsuz ederdi. 'Bir vekilharçın kral olması için kaç yüz yıl gerekir, eğer kral geri dönmezse?' diye sormuştu. 'Birkaç yıl yeter, sadakatin daha az olduğu yerlerde,' diye cevap vermişti babam. 'Gondor'da on bin yıl bile yetmez.' Heyhat! Zavallı Boromir. Bu sana, onun hakkında bir şeyler anlatmıyor mu?"

"Anlatıyor," dedi Frodo. "Yine de Aragorn'a hep şerefli bir şekilde davrandı."

"Bundan kuşkum yok," dedi Faramir. "Eğer söylemiş olduğun gibi Aragorn'un iddiasını haklı bulduysa, ona fazlasıyla saygı göstermiştir. Çünkü esas çatışma henüz başlamamıştı. Dananın kuyruğu Minas Tirith'e varıp da şehrin savaşlarında rakip olsalardı kopacaktı.

"Yine de konumuzdan saptım. Geleneksel olarak Denethor hanedanından olan bizler, kadim irfanlar hakkında çok şey biliriz; ayrıca hazinemizde saklanan birçok şey vardır: Eski parşömenlere ve hatta taş üzerine, gümüş ve altın varaklar üzerine yazılmış çeşit çeşit kitaplar ve tabletler. Bazılarını artık kimse okuyamaz; diğerlerine gelince, çok az insan kilitli tutuldukları yerden çıkartır onları. Ben birazını okuyabiliyorum, çünkü bu eğitimi almıştım. Boz Hacı'yı bize getiren de bu kayıtlardı. Onu ilk kez çocukken görmüştüm; o gün bugündür iki üç kere daha geldi."

"Boz Hacı mı?" dedi Frodo. "Bir ismi var mıydı?"

"Mithrandir derdik ona elfler gibi," dedi Faramir, "bu da ona yetiyordu. *Birçok ülkede birçok ismim vardır,* demişti. *Elfler arasında Mithrandir, cüceler arasında Tharkûn; gençliğimde, artık belleklerden silinmiş olan Batı'da Olórin idim, Güney'de İncánus, Kuzey'de Gandalf; Doğu'ya hiç gitmem.* "

"Gandalf!" dedi Frodo. "Onun olduğunu anlamıştım. Boz Gandalf, danışmanların en azizi. Grubumuzun lideri. Moria'da kayboldu."

"Mithrandir kayıp mı oldu!" dedi Faramir. "Birliğinizi kem bir talih izliyormuş anlaşılan. Bu kadar büyük irfan ve güç sahibi birinin – çünkü aramızdayken bir sürü harika şey yapmıştı– yok olduğuna ve dünya üzerinden böyle bir irfanın silindiğine inanmak çok zor. Bundan emin misin; sizden ayrılıp kendi başına bir yere gitmediğinden emin misin?"

"Ne yazık ki eminim," dedi Frodo. "Onun o kör çukura düştüğünü gözlerimle gördüm."

"Gördüğüm kadarıyla bu işin içinde dehşet verici bir hikâye var," dedi Faramir, "belki akşam vakti bana anlatırsınız. Bu Mithrandir şimdi anladığım kadarıyla, bir irfan sahibinden öte bir şeymiş; zamanımızda gelişen olayları harekete geçiren biriymiş. Rüyalarımızdaki anlaşılması zor sözcükler konusunda bize akıl vermek için yanımızda olsaydı, bir haberciye gerek duymadan bunları bize açıklayıverirdi. Yine de bunu yapmazdı belki de, belki bu yolculuk Boromir'in yazgısıydı. Mithrandir hiçbir zaman bize olacaklardan söz etmez, niyetini açıklamazdı. Nasıl oldu bilmem, Denethor'dan hazinemizdeki gizli şeylere bakmak için izin almıştı ve ben de ondan biraz bir şeyler öğrenmiştim, öğretmeye gönlü olduğu zamanlarda (bu da pek nadiren olurdu). Her şeyden çok Gondor'un ilk zamanlarında Dagorlad'da yapılmış olan, İsmilazımdeğil'in hezimete uğratıldığı Büyük Muharebe hakkında araştırma yapar, bizi sorguya çekerdi hiç durmadan. Anlatacak şeyimiz ondan daha az olmasına rağmen İsildur ile ilgili öykülere çok meraklıydı; anlatacak şeyimiz azdı çünkü onun sonuyla ilgili kesin bir bilgimiz olmamıştır hiçbir zaman."

Faramir'in sesi bir fısıltıya dönüşmüştü artık. "Ama şu kadarını öğrendim, ya da tahmin ettim diyelim; o gün bugündür de bunu içimde bir sır olarak sakladım: Gondor'dan gitmeden önce İsildur Adlandırılmamış'ın elinden bir daha ölümlü insanlar arasında hiç görülmeyen bir şey almıştı. Mithrandir'in sorularının cevabı buradaydı sanırım. Fakat o an için bu, sadece kadim bilgilere merak salmış olanları ilgilendiren bir şey gibi gelmişti bana. Rüyalarımızın bilmece gibi sözleri aramızda tartışılırken, bu şeyin *İsildur'un Felaketi* ile aynı şey olduğu geldi aklıma. Çünkü bildiğimiz tek efsaneye göre İsildur pusuya düşürülerek ork oklarıyla öldürülmüştü ve Mithrandir bana hiçbir zaman daha fazlasını anlatmadı.

"Bu Şey'in gerçekten ne olduğunu bile tahmin edemiyorum hâlâ; ama güç ve tehlike içeren bir çeşit aile yadigârı gibi bir şey olsa gerek. Kötü bir silah belki de, Karanlıklar Efendisi tarafından hazırlanmış. Eğer savaşta avantaj sağlayan bir şeyse, mağrur, korkusuz ve genellikle de aceleci olan, hep Minas Tirith'in zaferini (ve böylelikle de kendine bir şeref payesi) arzu eden Boromir'in böyle bir şeyi isteyebileceğine ve bunun tarafından cezbedilmiş olabileceğine rahatlıkla inanabilirim. Ah keşke o göreve hiç gitmeseydi! Babam ve yaşlılar tarafından ben seçilmeliydim; ama o, daha büyük ve daha dayanıklı olduğunu söyleyerek öne çıktı, her ikisi de doğruydu bunların; ve onu durdurmak mümkün değildi.

"Fakat artık korkma! Ben bu şeyi almak istemem, şurada yol kenarında olsa bile almam. Minas Tirith'te taş taş üstünde kalmayacak olsa ve şehri kendi iyiliği ve benim şerefim için, sadece ben, ancak Karanlıklar Efendisi'nin silahını kullanarak kurtarabilecek olsam bile almam. Hayır, böyle zaferler istemiyorum Drogo oğlu Frodo."

"Divan da istemiyordu," dedi Frodo. "Ben de istemiyorum. Böyle meselelerle hiç ilgim yoktu benim."

"Kendi adıma," dedi Faramir, "Ak Ağaç'ın yeniden kralların saraylarında açmasını, Gümüş Taç'ın geri gelmesini ve Minas Tirith'in barış içinde olmasını görmek isterim: Minas Anor'un eskisi gibi, ışık içinde, âli ve zarif, eceler arasında bir ece kadar güzel olmasını: Birçok kölesi olan bir hanım gibi değil, hayır, hatta gönüllü köleler arasındaki iyi kalpli bir hanım olmasını bile istemem. Savaş olmalı; her şeyi yok etmeye çalışan bir yıkıcıya karşı kendi canlarımızı korumalıyız; fakat ben kılıcı keskin diye, oku seri diye, savaşçıyı şanı ve şerefi var diye sevmem. Ben sadece onların savundukları şeyi severim: Númenor'lu insanların şehrini. Onun da hatırasının kadimliği için, güzelliği için ve mevcut hikmeti için sevilmesini isterim. İnsan, yaşlı ve bilge bir insanın asaletinden ne kadar korkarsa, o kadar korkmalı ondan, daha fazla değil.

"O yüzden benden korkma! Bana daha fazlasını anlatmanı istemiyorum senden. Artık hedefe yaklaşıp yaklaşmadığımı bile sormuyorum. Fakat eğer bana güvenirsen, sana şu andaki maceran her neyse onun hakkında bazı öğütler verebilirim – hatta sana destek bile olurum."

Frodo hiç cevap vermedi. Neredeyse, içinden gelen yardım ve nasihat arzusuna, sözleri akıllıca ve hoş olan bu ağırbaşlı genç adama aklındaki her şeyi söyleme isteğine teslim oluyordu. Fakat bir şey onu alıkoydu. Yüreği korku ve hüzün ile ağırlaşmıştı: Eğer –ve öyle gibi de görünüyordu– Dokuz Gezgin'den sadece kendisi ile Sam kalmışsa, o zaman görevlerinin sırrının tek hâkimi oydu. Aceleyle bir şey söylemektense, güvenilmeyi hak eden birine güvenmemeyi yeğlemek lazımdı. Ve Faramir'e bakıp onun sesini dinlerken, Boromir'deki, Yüzük'ün onun üzerindeki cazibesinin meydana getirdiği korkunç değişimin hatırası daha taptazeydi: Birbirlerine hiç benzemiyorlardı ama yine de birbirlerine çok yakındılar.

Bir süre sessizlik içinde, yaşlı ağaçların gri ve yeşil gölgelerinden geçerek, ayakları hiç ses çıkarmadan yürümeye devam ettiler; yukarıda bir sürü kuş ötüyor, güneş İthelien'in yapraklarını dökmeyen ağaçlardan oluşmuş ormanlarının kara yapraklı damı üzerinde pırıldıyordu.

Sam, dinlemiş olmasına rağmen konuşmaya hiç katılmamıştı; aynı zamanda keskin hobbit kulaklarıyla etraflarındaki yumuşak orman seslerini izliyordu. Bir şey dikkatini çekti; bütün konuşma sırasında Gollum'un ismi bir kez bile ortaya çıkmamıştı. Bir daha bu ismi hiç duymayacağını ummanın biraz fazla olduğunu hissetmiş olsa da, bundan memnundu. Aynı zamanda kısa bir süre sonra tek başlarına yürüyor olsalar da yakınlarda bir sürü adam olduğunu fark etti: Sadece önlerindeki gölgeler arasında bir belirip bir kaybolan Damrod ile Mablung değil; her iki yanlarında, belirli gizli bir yere gizli bir yoldan gitmekte olan diğerlerinin de olduğunu.

Bir keresinde, sanki teninde hissettiği bir karıncalanma ona arkadan gözetlenmekte olduğunu söylemiş gibi aniden arkasına bakınca minik kara bir silueti, bir ağaç gövdesi arkasına kaçarken bir an için gözünün ucuyla yakalar gibi oldu. Ağzını açtı, sonra tekrar kapattı. "Bundan emin değilim," dedi kendi kendine, "sonra neden, onlara o hainden söz edeyim eğer hatırlamak istemiyorlarsa? Keşke ben de unutabilsem!"

Böylece, ormanlık alanlar seyrelip arazi dik bir şekilde alçalmaya başlayıncaya kadar yollarına devam ettiler. Sonra tekrar bir yana, sağa dönerek hemencecik dar bir koyak içinde akan bir dereye vardılar: Üzeri çobanpüskülü ve kara şimşir ağaçlarıyla örtülmüş, derin yatağında bir sürü kaya üzerinden sıçrayarak akan bu dere, yuvarlak havuzun çok üzerinde damla damla akan derenin ta kendisiydi. Batıya bakınca altlarında, bir ışık pusu içinden ovaları ve engin çayırları, batıya dönmekte olan güneşin pırıltıları arasında uzakta Anduin'in engin sularını görebiliyorlardı.

"Maalesef burada size bir kabalık yapmak zorundayım," dedi Faramir. "Umarım şu ana kadar nezaketi sizi öldürmek veya bağlamak için verilen emirlerin önüne geçmiş olan birini affedersiniz. Fakat hiçbir yabancının, hatta bizle birlikte savaşan Rohan'dan birinin bile şimdi gideceğimiz yolu görmesine izin yoktur. Sizin gözlerinizi bağlamak zorundayız."

"Nasıl isterseniz," dedi Frodo. "Elfler bile gerektiğinde aynı şekilde davranıyor; Lothlórien'in hudutlarını gözlerimiz kapalı geçmiştik.

Cüce Gimli buna alınmıştı ama hobbitler dayanmıştı."

"Sizi götüreceğim yer öyle hoş bir yer değil," dedi Faramir. "Ama bunu kendi rızanızla kabul ettiğinize, zorlamamıza gerek kalmadığına memnun oldum."

Hafifçe seslendi ve Mablung ile Damrod derhal ağaçların arasından çıkarak ona doğru geldiler. "Bu konukların gözlerini bağlayın," dedi Faramir. "Sıkıca ama onları rahatsız etmeyecek şekilde bağlayın. Ellerini bağlamayın. Etrafa bakmaya çalışmayacaklarına dair onlardan söz alacağız. Onların kendiliklerinden bile gözlerini yumacaklarına kuşkum yok ama ayak sürçerse gözler kırpışıverir. Tökezlemeyecekleri şekilde yol gösterin onlara."

İki muhafız hobbitlerin gözünü yeşil eşarplarla bağladılar ve başlıklarını neredeyse ağızlarına kadar indirdiler; sonra hemen hobbitlerin ellerinden tutarak yollarına devam ettiler. Frodo ile Sam'in yolun bu son kısmı hakkında bütün bildikleri, karanlıkta yaptıkları tahminden başka bir şey değildi. Bir süre sonra dimdik inmekte olan bir yolda olduklarını fark ettiler; az sonra yol o kadar daralmıştı ki, her iki yanlarındaki kayadan duvarlara sürtünerek tek sıra halinde yürümeye başlamışlardı; muhafızları onları arkadan, omuzlarına koydukları elleriyle kibarca idare ediyordu. Arada sırada geçmesi zor yerlere geliyorlar, bir süre için yerden kaldırılıp taşınıyorlar, sonra yeniden yere bırakılıyorlardı. Akan suyun sesi sürekli olarak sağ yanlarındaydı ve gittikçe yaklaşıyor, gürültüsü yükseliyordu. Sonunda durdular. Mablung ile Damrod onları hızla birkaç kez döndürdü, böylece yönlerini iyice şaşırdılar. Biraz yukarı tırmandılar: Etraf soğumuş gibiydi ve derenin sesi zayıflamıştı. Sonra onları tekrar kaldırdılar ve aşağıya, birkaç basamak aşağıya taşıyıp bir köşeyi döndüler. Aniden suyun sesini yeniden duydular; bu kez yüksek perdeden çağıldıyor, şıpırdıyordu. Sanki her yanlarını kaplamıştı; ellerinde ve yanaklarında ince damlacıklar hissediyorlardı. Sonunda bir kez daha ayaklarının üzerine bırakıldılar. Bir an için bu şekilde, yarı korkmuş, gözleri bağlı, nerede olduklarını bilmeden kaldılar; kimse konuşmadı.

Sonra Faramir'in sesi arkalarından, yakından geldi. "Açın gözlerini!" dedi. Eşarplar çıkartıldı, başlıkları geriye çekildi; gözlerini kırpıştırdılar ve birden nefesleri kesildi.

Cilalanmış kayadan ıslak bir zemin üzerinde duruyorlardı; arkalarında karanlığa açılan, bir kayaya kabaca oyulmuş bir kapının eşiğiydi bu. Fakat önünde sulardan ince bir perde asılıydı, o kadar yakındı ki Frodo sanki elini uzatsa tutacaktı. Pencere batıya bakıyordu. Batmakta olan güneşin aynı seviyedeki ışık huzmeleri suları dövüyor; kırmızı ışık devamlı değişen renklerde, kırpışan bir sürü ışın halinde kırılıyordu. Sanki hepsi tükenmez bir ateşle tutuşturulmuş iplik iplik altın ve gümüşten, yakut, safir ve ametistten mücevherlerle örtülmüş bir elf kulesinin penceresinde duruyorlardı.

"En azından sabrınızın mükâfatı olarak doğru zamanda geldik," dedi Faramir. "Bu Henneth Annûn yani Gurup Penceresi'dir, birçok pınara sahip bir ülke olan İthilien'deki şelalelerin en zarifi. Şimdiye kadar çok az yabancı görebilmiştir burayı. Fakat arkasında bir saray var zannetmeyin! Girin şimdi içeri ve görün!"

Daha o konuşurken güneş kavuştu ve akan sudaki ateş soldu. Dönüp alçak ve ürkütücü kemerden geçtiler. Kendilerini hemen, kayadan bir odada buldular, tavanı alçak, eğri büğrü, geniş ve kaba bir oda. Yanan bir iki meşale parlak duvarlara soluk bir ışık veriyordu. Daha şimdiden birçok kişi gelmişti. Diğerleri, ikişer üçer, başka bir yandaki karanlık ve dar bir kapıdan girmeye devam ediyordu. Gözleri karanlığa alışınca hobbitler mağaranın tahmin ettiklerinden daha geniş ve silah ve yiyecekle dolu olduğunu gördüler.

"İşte sığınağımız burası," dedi Faramir. "Çok rahat bir yer değil ama geceyi huzur içinde geçirebilirsiniz burada. Gerçi ateş yok ama en azından yatacak kuru bir yer ve yiyecek var. Bir zamanlar su bu mağaradan geçip kemerden dışarıya akıyormuş fakat eski bir zamanda işçiler suyun yolunu koyakta, yukarılarda bir yerde değiştirmişler ve dere ta tepedeki kayaların üzerinden, iki misli bir yükseklikten aşağıya dökülmeye başlamış. Suyun ve başka her şeyin bu mağaraya gireceği bütün yollar tıkanmış, biri hariç. Artık iki çıkış var: Biri gözleriniz kapalı girdiğiniz yer, bir de Pencere Perde'den geçerek bıçak gibi kayaların olduğu derin bir çukurdan geçen yol. Şimdi, akşam yemeği hazırlanıncaya kadar biraz dinlenin."

Hobbitleri bir köşeye götürerek isterlerse yatsınlar diye alçak bir yatak verdiler. Bu arada adamlar mağara içinde, sessizce, düzenli bir çabuklukla bir şeyler yapmaya başladı. Duvarlardan hafif masalar indirilerek ayaklıkların üzerine yerleştirildi ve üzerleri donatıldı. Çoğunlukla sade ve süssüz şeylerdi bunlar, ama hepsi zarafetle yapılmıştı: Parlak kil rengi topraktan veya tornadan çıkmış şimşir ağacından yapılmış, pürüzsüz ve temiz, yuvarlak düz tabaklar, kâseler, kaplar. Orada burada parlatılmış bronzdan bir kupa veya büyük bir kâse; Reis'in en içteki masanın tam ortasında oturduğu yere, gümüşten bir kadeh konulmuştu.

Faramir adamların yanına giderek, her yeni gelene alçak sesle sorular sordu. Kimi Güneyliler'i takipten geliyordu; diğerleri, yolun yakınında izci olarak bırakılanlar, en son geldiler. Bütün Güneyliler'e ne olduğu tek tek saptandı, büyük mûmak hariç: Kimse ona ne olduğunu söyleyemedi. Düşmandan hiçbir hareket görülmemişti; etrafta bir ork casusu dahi yoktu.

"Hiçbir şey görmedin mi, duymadın mı Anborn?" diye sordu Faramir en son gelene.

"Şey, hayır efendim," dedi adam. "En azından hiç ork yoktu. Ama biraz garip bir şey gördüm, ya da gördüğümü zannettim. Hava, gözlerin eşyaları olduğundan daha büyük gördüğü derin alacakaranlığa doğru iyice kararmaya başlamıştı. Belki de sincaptan başka bir şey değildi yani." Bunun üzerine Sam kulak kabarttı. "Eğer öyleyse bile bu kara bir sincaptı, üstelik kuyruğunu da göremedim. Yer üzerinde bir gölge gibiydi; ben yaklaşınca hızla bir ağaç gövdesinin arkasına fırladı ve bir sincap hızıyla tırmandı. Bizim vahşi hayvanları amaçsızca öldürmemize izin vermiyorsunuz; bu da hayvandan başka bir şeye benzemiyordu, o yüzden ok atmadım. Zaten nişan alıp atmak için çok karanlıktı ve yaratık göz açıp kapayıncaya kadar yaprakların karanlığına dalmıştı. Fakat bir süre oyalandım çünkü bana tuhaf gelmişti; sonra da hemen geri döndüm. Ben dönüp giderken o şeyin tepeden bana tısladığını duydum sanki. İri bir sincaptı belki de. Belki de Adlandırılmamış'ın gölgesi altındaki Kuyutorman'ın bazı hayvanları bizim ormanlarımıza geliyordur. Orada kara sincaplar olduğu söyleniyor."

"Belki de," dedi Faramir. "Fakat bu kötü bir alamet olurdu, öyle bile olsa. Biz Kuyutorman kaçkınlarını İthilien'de istemiyoruz." Sam'e, konuşurken hobbitlere şöyle yan gözle bir bakış atmış gibi geldi; fakat Sam bir şey demedi. Bir süre Frodo ile birlikte uzanarak meşale ışıklarını, bir yukarı, bir aşağı gidip gelen, alçak sesle konuşan adamları seyretti. Sonra ansızın Frodo uykuya daldı.

Sam kendi kendiyle uğraşıyor, bir öyle, bir böyle düşünüyordu. "İyi olabilir," diye düşündü, "ama olmayabilir de. Güzel sözler kötü bir yüreği saklayabilir." Esnedi. "Bir hafta uyuyabilirim, ne de iyi olur. Sonra ne yapabilirim zaten, bir ben ayık olsam, bütün bu koca insanlar etrafımdayken bir tek ben ayık olsam? Hiçbir şey, Sam Gamgee; ama yine de uyanık kalman lazım." Ve her nasılsa bunu başardı da. Işık mağara kapısında soldu, dökülen suyun gri perdesi belirsizleşti ve yoğunlaşan gölgeler arasında kayboldu. Suyun sesi hiç durmadan devam etti, sabah akşam notasını hiç değiştirmeden. Su, uyku hakkında mırıldanıyor ve fısıldıyordu. Sam yumruklarını gözlerine bastırdı.

Daha çok meşale tutuşturulmuştu artık. Bir fıçı şarap açtılar. Depolanmış variller açıldı. Adamlar şelaleden su getiriyordu. Kimisi ellerini taslarda yıkıyordu. Geniş bakır bir kâse ile beyaz bir bez Faramir'e götürüldü ve Faramir de yıkandı.

"Konuklarımızı uyandırın," dedi, "ve onlara biraz su götürün. Yemek zamanı."

Frodo oturarak esnedi ve gerindi. Kendisine hizmet edilmesine alışık olmayan Sam, eğilerek selam veren ve ona bir tas su uzatan uzun boylu adama hayretle baktı.

"Yere koyuver efendi, lütfen!" dedi. "Bu hem senin, hem benim için daha kolay olur." Sonra seyreden insanları hayrette bırakıp, hareketiyle onları eğlendirerek başını soğuk suya daldırdı ve ensesiyle kulaklarına su çarptı.

"Yemekten önce başınızı yıkamak sizin memlekette âdet midir?" diye sordu hobbitlere hizmet eden adam.

"Hayır, o kahvaltıdan önce yapılır," dedi Sam. "Ama eğer uykusuz kalırsanız, enseye dökülen soğuk su, buruşmuş marullara değen yağmur gibi etki yapar. Evet! Şimdi biraz bir şeyler yiyebilecek kadar ayık kalabilirim."

Bunun üzerine Faramir'in yanına götürüldüler: Rahat edebilmeleri için üzerine post atılmış variller, insanların sıralarından yeterince yüksek tutulmuştu. Yemekten önce Faramir ile bütün adamları bir anlık sessizlik içinde batıya döndüler. Faramir, Frodo ile Sam'e aynı şeyi yapmaları için işaret etti.

"Biz hep böyle yaparız," dedi, yemeğe otururken: "Eskiden Númenor olan yere, Elf Yurdu'na döneriz yüzümüzü yani; Elf Yurdu'nun gerisindekine ve ilelebet gerisinde kalacak olana bakarız. Sizin yemek sırasında böyle âdetleriniz yok mudur?"

"Hayır," dedi Frodo, kendini garip bir şekilde köylü gibi ve cahil hissederek. "Ama eğer bizler konuk isek, ev sahiplerimize eğilerek selam verir, yemekten sonra da ayağa kalkıp teşekkür ederiz."

"Biz de yaparız bunu," dedi Faramir.

Bu kadar uzun süre yolculuk yapıp, orada burada konakladıktan ve günlerini vahşi doğada bir başlarına geçirdikten sonra bu akşam yemeği hobbitlere ziyafet gibi gelmişti: Serin ve mis kokulu uçuk sarı şarabı içmek, temiz ellerle, temiz bıçaklarla ve tabaklarda tereyağıyla ekmek, tuzlanmış et, kurutulmuş meyva, leziz kırmızı peynir yemek. Frodo da Sam de kendilerine ikram edilen hiçbir şeyi geri çevirmiyorlardı, hatta ikinci kez, hatta hatta üçüncü kez ikram edilenleri de geri çevirmiyorlardı. Şarap damarlarında, yorgun kol ve bacaklarında dolaştı; Lórien ülkesinden ayrıldıklarından beri hissetmedikleri kadar mutlu hissettiler kendilerini, yürekleri hafifledi.

Her şey bittikten sonra Faramir onları mağaranın gerisindeki, perdelerle kısmen örtülmüş bir girintiye götürdü; bir sandalye ile iki tabure getirildi buraya. Duvardaki bir oyukta küçük toprak bir kandil yanıyordu.

"Biraz sonra uyumak isteyebilirsiniz," dedi, "özellikle de yemekten önce –ya yüce bir açlığı köreltmemek için, ya da benden korktuğu için, bilemeyeceğim– gözlerini kırpamayan iyi yürekli Samwise isteyebilir. Fakat yemekten hemen sonra uyumak iyi değildir, özellikle de bir orucun ardından yenen yemekten sonra. Gelin biraz konuşalım. Yarmavadi'den başlayan yolculuğunuzla ilgili anlatılacak çok şeyiniz olmalı. Ayrıca siz de belki bizimle ve şu anda bulunduğunuz topraklarla ilgili bir şeyler öğrenmek istersiniz. Bana ağabeyim Boromir'den söz edin; Mithrandir'den ve Lothlórien'in zarif halkından."

Frodo'nun artık uykusu yoktu ve konuşmaya gönlü vardı. Fakat yemek ve şarap onu rahatlatmış olsa da, ihtiyatı elden bırakmadı. Sam yüzünde bir memnuniyet ifadesiyle kendi kendine mırıldanıyordu ama Frodo konuşmaya başlayınca ilk başta sadece dinlemeye niyetlendi, yalnız arada sırada aynı fikirde olduğunu belirten nidalarda bulunmaya cüret ediyordu.

Frodo bir sürü öykü anlattı; yine de her seferinde konuyu Grup'un macerasından ve Yüzük'ten uzaklaştırıyor; vahşi doğada kurtlarla, Caradhras altında karla, Moria'da Gandalf'ın düştüğü madendeki maceralarında Boromir'in oynadığı yiğitçe bölümleri biraz büyütüyordu. Faramir en çok köprüdeki dövüşten etkilenmişti.

"Orklardan kaçmak Boromir'in gücüne gitmiş olmalı," dedi, "hatta, en son ayrılan o olsa da, o ismini vermiş olduğunuz kötü şeyden, Balrog'dan kaçmak bile."

"En son o ayrılmıştı," dedi Frodo, "ama Aragorn bize yol göstermek zorundaydı. Gandalf düştükten sonra yolu bilen bir tek o kalmıştı. Fakat gözetmek zorunda oldukları bizim gibi daha ufak tefek yaratıklar olmasaydı sanırım ne o kaçardı ne de Boromir."

"Belki Boromir orada Mithrandir ile düşmüş olsaydı daha iyi olurdu," dedi Faramir, "Rauros şelalelerinin üzerinde onu bekleyen kaderiyle karşılaşacağına."

"Belki. Ama şimdi bana kendi bahtınızdan söz edin," dedi Frodo, bir kez daha konunun yönünü değiştirerek. "Çünkü Minas İthil ve Osgiliath hakkında ve nicedir ayakta kalan Minas Tirith hakkında daha çok şey öğrenmeliyim. Uzun savaşınızda bu şehir için neler ümit ediyorsunuz?"

"Neler mi ümit ediyoruz?" dedi Faramir. "Bir şey ümit etmeyeli çok oluyor. Elendil'in kılıcı eğer gerçekten geri geliyorsa, biraz ümit ateşi tutuşturabilir, ama bunun o kötü günü biraz ertelemekten başka bir işe yarayabileceğini zannetmiyorum; tabii eğer gerek insanlardan gerekse de elflerden beklenmedik bir yardım daha gelmezse. Çünkü Düşman fazlalaşıyor ve biz azalıyoruz. Bizler eksilen bir halkız, baharsız bir güz.

"Númenor'lu İnsanlar, Büyük Topraklar'ın denize yakın yerlerine ve kıyılara yayılıp yerleşmişlerdi fakat genellikle kötü yola ve gaflete düştüler. Birçoğu Karanlık'a ve kara sanatlara gönül verdi; kimi tamamen aylaklığa ve rahata düştü, kimi sonunda bu zayıflık anlarında vahşi insanlar tarafından ele geçirilinceye kadar kendi aralarında savaştı.

"Gondor'da kötü sanatların yapılmış olduğu veya İsimsiz olanın orada şerefle anıldığı söylenemez; ayrıca Batı'dan getirilen irfan ve güzellik, Zarif Elendil'in oğullarının diyarında uzun süre dayandı ve hâlâ yaşıyor burada. Yine de kendi sonunu hazırlayan, yavaş yavaş unutkanlaşan, yok edilmemiş ama sadece sürgün edilmiş olan Düşman'ın uyuduğunu düşünen Gondor'un kendisidir.

"Ölüm her zaman vardı çünkü Númenor'lular hâlâ, eski krallıklarında olduğu gibi, ve zaten bu yüzden o krallığı kaybetmiş oldukları halde, ebedi yaşama karşı hiç değişmeyen bir açlık duyuyorlardı. Krallar kendilerine yaşayanların evlerinden çok daha mükemmel mezarlar yaptılar ve şecerelerinde tekrarladıkları eski isimleri oğullarının isimlerinden daha çok sevdiler. Çocuksuz hükümdarlar yaşlanıp saraylarında hanedanlarının armalarını düşünerek oturdular; gizli odalarda buruşuk yüzlü adamlar kuvvetli iksirler yaptılar ya da soğuk, yüksek kulelerde yıldızlara sorular soruldu. Ve Anárion sülalesinin son üyesinin varisi hiç olmadı.

"Fakat vekilharçlar daha akıllı ve daha şanslıymışlar. Daha akıllıymışlar çünkü onlar halkımızın güç eksiğini deniz kıyısındaki sağlam bünyeli halkla ve Ered Nimrais'in dayanıklı dağlılarıyla doldurmuşlar. Ayrıca sık sık bize saldıran, hiddetli bir yiğitlikleri olan ama yine de bizimle uzaktan bir akrabalıkları bulunan ve ne vahşi Doğulular'a ne de zalim Haradrim'e benzeyen Kuzey'in mağrur halkıyla bir anlaşma yapmışlar.

"Ve On İkinci Vekilharç Cirion'un günlerinde (babam da yirmi altıncı vekilharçtır) öyle bir zaman gelmiş ki Kuzeyliler atlarını bize yardım etmek için sürmüşler ve büyük Celebrant Ovası'nda bizim kuzey bölgelerimizi ellerinde tutan düşmanlarımızı bozguna uğratmışlar. Bunlar Rohirrimler'dir, biz böyle adlandırıyoruz onları, at efendileridirler; onlara o günden sonra Rohan adını alan Calenardhon ovalarını bıraktık çünkü o bölgede uzun zamandır çok az insan vardı. O gün bu gündür bizim müttefikimiz oldular ve bize hep sadık kaldılar, kuzey sınırlarını ve Rohan geçidini koruyarak ihtiyaç anında bizi hep desteklediler.

"Bizim irfan ve âdetlerimizi öğrenebildikleri kadar öğrendiler, hükümdarları gerektikçe bizim lisanımızı kullanır; yine de genellikle akıllarında kaldığınca kendi babalarının yolunu tutarlar ve aralarında kendi Kuzey dillerini konuşurlar. Onları çok severiz: Uzun boylu adamlar, zarif kadınlar, her iki cinsi de yiğittir; altın rengi saçları vardır, parlak gözlü, güçlü kuvvetlidirler; onlar bize insanların Eski Günler'deki gençliğini hatırlatır. Gerçekten de irfan sahiplerimiz eskiden beri bize yakınlıkları olduğunu ve Númenor'lular gibi onların da, Elf Dostu Altın Saçlı Hador'dan değil de insanların Üç Sülalesi'nden geldiğini söylerler; belki her şeye rağmen Hador'un çağrıyı reddederek, Deniz'i geçip Batı'ya gitmeyen oğulları ve halkından gelmiş olabilirler.

"Çünkü kendi irfanlarımıza göre biz insanları böyle kabul ederiz: onlara ya Yüksekler, Batı'nın İnsanları deriz ki bunlar Númenor'lulardır; ya Orta Halk, Alacakaranlık İnsanları deriz, yani Rohirrimler ve onların Kuzey'de uzaklarda yaşayan akrabaları gibi; ya da Vahşiler, Karanlığın İnsanları deriz.

"Yine de Rohirrimler artık nasıl biraz bize benzemeye başlamışlar, sanatları ve nezaketleri artmışsa, biz de onlara benzemeye başladık, Yüksek sıfatını pek talep edemeyiz artık aslında. Biz de Orta Halk' tan, Alacakaranlık İnsanları'ndan olduk, başka anılarımız olsa da. Çünkü Rohirrimler gibi biz de artık savaşı ve yiğitliği seviyoruz; bunlar güzel şeylermiş gibi, hem bir oyun hem de bir amaç olarak; bir savaşçının sadece silahlar ve adam öldürme konusunda hüneri olmasının yeterli olmadığına, daha çok becerisi ve bilgisi olması gerektiğine olan inancımızı hâlâ muhafaza etsek de, yine de bir savaşçıya, başka bir zanaate sahip olan birinden daha çok saygı gösteriyoruz. Bugünler bunu icap ettiriyor. Ağabeyim Boromir de böyleydi: Yiğit bir adam ve bu yüzden Gondor'un en iyisi kabul ediliyordu. Ve gerçekten de çok yürekliydi: Uzun zamandır Minas Tirith'in hiçbir varisi öylesine zorlu çıkmamıştı veya hiçbiri Koca Boru'dan öyle ses çıkarttıramazdı." Faramir içini çekti ve bir süre sessizleşti.

"Öykülerinde elflerle ilgili pek bir şey söylemedin beyim," dedi Sam aniden cesaretini toplayarak. Faramir'in elfleri saygıyla andığını fark etmişti; ve sadece bu bile yiyecek ve şaraptan daha ziyade Sam'in saygısını kazanmasını sağlamış, kuşkularını yatıştırmıştı.

"Gerçekten de söylemedim Efendi Samwise," dedi Faramir, "çünkü elf irfanı hakkında bir bilgim yok. Ama burada, bizim Númenor' dan Orta Dünya'ya inişimizle birlikte değişen başka bir yanımıza parmak basmış oldun. Çünkü, Mithrandir sizin yol arkadaşınız olduğuna ve Elrond ile konuşmuş olduğunuza göre, Edain'in yani Númenor'luların babasının ilk savaşlarda elflerin yanında savaşmış ve Deniz'in ortasında, Elf Yurdu'na yakın bir yerde bir krallıkla ödüllendirilmiş olduğunu belki biliyorsundur. Fakat karanlık günlerde Orta Dünya'da insanlar ve elfler, Düşman'ın becerisi ve her iki cinsin ayrı yollarında gitgide daha ilerlemesi, zamanın yavaş ilerleyen değişimleri sayesinde birbirlerine yabancılaştılar. İnsanlar artık elflerden korkuyor ve onlara güvenmiyor; yine de onlar hakkında çok az şey biliyor. Ve biz Gondor'lular da diğer insanlar gibi olmaya başladık, Rohan'lı insanlar gibi; çünkü Karanlıklar Efendisi'nin düşmanı olan onlar bile elflerden sakınıyor ve Altın Orman'dan korku ile söz ediyorlar.

"Yine de aramızda hâlâ fırsatını buldukça elflerle irtibat kuran bazıları var; arada sırada biri gizlice Lórien'e gider ve nadiren geri döner. Ben öyle değilim. Çünkü ben artık ölümlü bir insanın kendi isteğiyle Yaşlı Halkı aramasının tehlikeli olduğunu zannediyorum. Yine de Ak Hanım ile konuşmuş olan sizlere gıpta etmiyor değilim."

"Lórien'in Hanımı! Galadriel!" diye bağırdı Sam. "Onu görmelisin, gerçekten de onu görmelisin beyim. Ben sadece bir hobbitim, memleketteki işim de bahçıvanlık, bilmem anlatabiliyor muyum; şiir konusunda pek iyi sayılmam –şiir yazmak konusunda yani: Belki arada bir komik bir tekerleme falan düzdüğüm olur, anlarsınız ya, ama gerçek şiir konusunda değil yani– o yüzden size söylemek istediklerimi anlatamam. Onlar şarkı gibi söylenmeli. Bu iş için Yolgezer, yani Aragorn'u veya yaşlı Bay Bilbo'yu bulmak lazım. Ama onun için bir şarkı yakabilmek isterdim. Öyle güzel ki beyim! Latif! Bazen çiçek açmış ulu bir ağaç gibi, bazen kır bir fulyacık gibi, minik ve narin sanki. Elmas kadar sert, mehtap kadar yumuşak. Güneşin ışıkları kadar sıcak, yıldızlardaki buz kadar soğuk. Karlı bir dağ kadar mağrur ve ırak, baharda saçlarında papatyalarla gördüğüm genç kızlar kadar neşeli. Ama bütün bunların hiçbir manası yok ve demek istediğimi hiç anlatamıyor."

"Demek ki gerçekten latif," dedi Faramir. "Tehlikeli biçimde latif."

"*Tehlikeli* midir nedir bilmem," dedi Sam. "Bana öyle geliyor ki tehlikesini insan kendi yanında götürüyor Lórien'e ve orada kendi götürdüğü tehlikeyi buluyor. Ama belki de ona tehlikeli denilebilir, çünkü o kendi içinde çok güçlü. Siz, siz kendinizi onun üzerine atıp paramparça edebilirsiniz, kayalara bindiren bir gemi gibi; ya da kendinizi boğabilirsiniz, nehirdeki bir hobbit gibi. Ama ne kayalar kabahatlidir, ne de nehir. Şimdi, Boro–" Sustu ve kıpkırmızı kesildi.

"Evet? *Şimdi, Boromir* diyordun?" dedi Faramir. "Ne diyecektin? Kendi tehlikesini kendi yanında mı götürdü?"

"Evet beyim, özür dilerim ama; müsaadenizle çok iyi bir adamdı ağabeyiniz. Fakat başından beri kokuyu iyi aldınız. Şimdi, ben Boromir'i gözlüyordum ve onu dinliyordum, ta Yarmavadi'den yol boyunca –beyime göz kulak oluyordum, bunu anlayışla karşılarsınız herhalde, Boromir'e karşı beslediğim bir art niyetim yoktu– ve benim fikrimce o, Lórien'de benim sonradan tahmin ettiğim şeyi açık açık görmüştü: Ne istediğini. Gördüğü ilk andan itibaren Düşman'ın Yüzük'ünü istemişti o!"

"Sam!" diye bağırdı Frodo donakalarak. Bir süre için kendi düşüncelerine dalıp gitmişti ve aniden çıktığında ise artık çok geçti.

"Bağışla beni!" dedi Sam önce bembeyaz kesilip sonra pancar gibi kızararak. "Yine yaptım işte! *Ne zaman o koca ağzını açarsan etrafta çam kalmaz,* derdi Babalık bana, çok da haklıydı. Tüh, tüh!

"Şimdi buraya bak beyim!" Toparlayabildiği bütün cesaretle dönerek Faramir ile yüzleşti. "Uşağı ahmağın teki diye sakın beyimden faydalanmaya kalkayım demeyesin. Başından beri pek güzel konuşuyordun, beni tavladın, elflerden falan konuşup. *Güzel olan güzel davranandır,* deriz biz. Şimdi vasfını gösterme zamanı."

"Öyle gibi," dedi Faramir yavaş yavaş, alçak sesle ve garip bir tebessümle. "Demek ki bütün bilmecelerin cevabı buymuş! Dünyadan yok olduğu düşünülen Tek Yüzük. Boromir onu zorla almaya kalktı ha? Ve sen de kaçtın, öyle mi? Ve o kadar yoldan kaçıp – bana geldin! Ve burada, bu vahşi doğa içinde elimdesiniz: İki buçukluk, emrimde bir ordu adam ve Yüzüklerin Yüzüğü. Talihin ne hoş bir cilvesi! Faramir için, Gondor'un Komutanı için vasfını göstermek için bir şans! Ha!" Ayağa kalktı, çok uzun boyluydu, sertti ve gri gözleri pırıldıyordu.

Frodo ile Sam taburelerinden fırlayarak yan yana, sırtlarını duvara vererek durdular, kılıçlarının kabzasını bulmaya çalışarak. Bir sessizlik oldu. Mağaradaki bütün adamlar konuşmayı keserek hayretle onlara baktılar. Fakat Faramir tekrar sandalyesine oturdu ve sessiz sessiz gülmeye başladı; sonra aniden tekrar ciddileşti.

"Yazık Boromir'e! Bu çok zor bir sınav olmuş!" dedi. "Hüznümü nasıl da arttırdınız sizler, insanların belasını taşıyan, uzak bir memleketten gelen siz iki tuhaf gezgin! Ama siz insanları benim buçuklukları yargıladığımdan daha kötü yargılıyorsunuz. Biz sözümüzün eri insanlarız, biz Gondor'lu insanlar. Nadiren atıp tutarız; yapacağımızı yaparız veya yapmaya çalışırken ölürüz. *Yol kenarında bulsam bile almam,* demiştim. Eğer bunu arzu edecek bir adam olsaydım bile, bu şeyin ne olduğunu onun hakkında konuşurken bilmiyor olsaydım bile, yine de o sözlerimi bir yemin kabul eder, tutardım.

"Ama öyle biri değilim ben. Ya da şöyle diyelim, bir adamın kaçması gereken bazı tehlikeler olduğunu bilecek kadar aklım var. Rahat rahat oturun! Ve için rahatlasın Samwise. Eğer bir hata yapmış gibi görünüyorsan bile bunun yazgın olduğunu düşün. Gönlün sadık olduğu kadar kurnaz da, üstelik gözlerinden daha keskin görüyor. Çünkü garip gibi görünse de bunu bana söylemiş olman daha iyi. Bu kadar çok sevdiğin beyine yardımcı bile olabilir. Bu onun iyiliğine olacak, eğer elimden gelirse. O yüzden için rahat olsun. Fakat sakın bu şeyin adını bir kez daha yüksek sesle anma. Bir kere yeter."

Hobbitler taburelerine geri dönerek sessizce oturdular. İnsanlar içmelerine ve sohbetlerine geri döndüler, komutanlarının bu minik konuklarına bir şaka yaptığını ve şimdi de bunun geçtiğini anlayarak.

"E Frodo, şimdi sonunda birbirimizi anlıyoruz," dedi Faramir. "Eğer bu şeyi istemediğin halde başkalarının ricasıyla üzerinde taşıyorsan hem merhametimi, hem de saygımı kazandın demektir. Ve sana şaşıyorum: Bunu alıkoyup da kullanmamak! Benim için yeni bir halk, yeni bir dünyasınız. Bütün akrabalarınız aynı mıdır? Memleketiniz huzur ve rızayla dolu bir yer olmalı ve orada bahçıvanlara büyük hürmet gösteriyor olmalılar."

"Her şey o kadar iyi değil orada," dedi Frodo, "ama gerçekten de bahçıvanlara hürmet edilir."

"Fakat halk orada da yoruluyor olmalı, bahçelerinde olsalar bile, bu dünyada güneşin altındaki her şey gibi. Siz de evinizden uzaklardasınız ve yol yorgunusunuz. Bu akşamlık bu kadar. Uyuyun, ikiniz de – huzur içinde, eğer becerebilirseniz. Korkmayın! Onu ne görmek istiyorum, ne dokunmak istiyorum, ne de bildiğimden (ki bu kadarı yeter de artar bile) daha fazlasını bilmek istiyorum, eğer tehlike bana bir pusu kurar da ben sınavda Drogo oğlu Frodo'dan daha düşük bir sonuç alırsam, o başka. Şimdi dinlenmeye gidin – ama önce arzu ederseniz ne tarafa doğru gitmek ve ne yapmak istediğinizi söyleyin. Çünkü benim nöbet tutup beklemem ve düşünmem gerek. Zaman geçiyor. Sabah hepimiz bizlere çizilen yollara gitmek zorunda kalacağız."

Frodo, ilk korku şokunu atlattıktan sonra titremeye başladığını fark etti. Şimdi ise bir bulut gibi büyük bir yorgunluk çökmüştü üzerine. Artık bildiklerini daha fazla örtbas edemiyor ve karşı koyamıyordu.

"Mordor'a giden bir yol bulacaktım," dedi kısık bir sesle. "Gorgoroth'a gidiyordum. Ateş Dağı'nı bulup, bu şeyi Hüküm uçurumuna atacaktım. Gandalf öyle dedi. Oraya varabileceğimi hiç zannetmiyorum."

Faramir bir an için ona ciddi bir hayretle baktı. Sonra Frodo sallanırken onu yakaladı, kibarca kaldırdı, yatağa taşıdı ve oraya yatırarak güzelce örttü. Hemen derin bir uykuya daldı Frodo.

Yanına, hizmetkârı için başka bir yatak hazırlanmıştı. Sam bir an için tereddüt etti, sonra yerlere kadar eğilerek selam verdi: "İyi geceler Komutan beyim," dedi. "Önüne çıkan şansı iyi kullandın beyim."

"Öyle mi?" dedi Faramir.

"Evet beyim, vasfını gösterdin: En yükseğinden."

Faramir gülümsedi. "Küstah bir hizmetkârsın Efendi Samwise. Ama hayır: Takdire layık birinin takdiri her şeyden önemlidir. Fakat burada takdir edilecek bir şey yok. Yaptığımdan başka bir şey yapmak için içimden ne bir çağrı hissediyorum, ne de bir arzum var."

"Eh iyi öyleyse beyim," dedi Sam, "beyimde elfçe bir hava olduğunu söylemiştin; bu doğruydu. Ama ben şunu da söyleyebilirim: Sende de bir hava var beyim, bana, bana – şey Gandalf'ı, arifleri hatırlatan bir hava."

"Belki," dedi Faramir. "Belki sen uzaktan Númenor'un havasını ayırt edebiliyorsundur. İyi geceler!"

BÖLÜM VI

YASAK HAVUZ

Frodo uyandığında Faramir'in üzerine eğilmiş olduğunu gördü. Bir an için eski korkularına kapıldı, doğrulup geriye çekildi.

"Korkacak bir şey yok," dedi Faramir.

"Sabah oldu mu?" dedi Frodo esneyerek.

"Henüz olmadı ama gece sonuna yaklaşıyor ve dolunay batıyor. Gelip seyredecek misin? Ayrıca senin fikrine ihtiyaç duyduğum bir konu var. Seni uykudan uyandırdığım için üzgünüm; gelecek misin?"

"Geleceğim," dedi Frodo; ayağa kalktı, battaniye ve postunun sıcağından çıktığı için biraz titreyerek. Ateş yanmayan mağaranın içi soğuk gibiydi. Suyun sesi, sükûnetin içinde gürültülü geliyordu. Pelerinini omuzuna atarak Faramir'i izledi.

Hep tetikte olmasından kaynaklanan bir içgüdüyle aniden uyanan Sam önce beyinin boş yatağını görüp ayağa fırladı. Sonra iki kara silueti, artık soluk beyaz ışıkla dolmuş olan kemerli kapının çerçevelediği Frodo ile Faramir'i gördü. Onların arkasından aceleyle seğirtti, duvar dibinde şilteler üzerinde uyuyan adamların yanından geçti. Mağaranın ağzından geçerken Perde'nin ipekten, incilerden ve gümüş ipliklerden gözkamaştıran bir örtüye dönüştüğüne tanık oldu: Mehtabın eriyen buz salkımları. Fakat bunu takdir etmek için durmadı ve yana doğru dönerek mağaranın duvarındaki dar kapıdan beyini izledi.

İlk önce zifiri karanlık bir geçitten, sonra bir sürü ıslak basamaktan yukarı ilerlediler ve böylece kaya içine oyulmuş, yukardaki uzun, derin bir bacadan parıldayan soluk gökyüzü ile aydınlanan küçük düz bir sahanlığa vardılar. Buradan iki ayrı merdiven çıkıyordu yukarı doğru: Biri devam edip, görünüşe göre nehrin yüksek kıyısına çıkıyordu; diğeri ise sola dönüyordu. İkincisini izlediler. Minare merdiveni gibi dolana dolana çıkıyordu.

Sonunda kaya karanlığından çıkıp etraflarına bakındılar. Bir parmaklığı veya korkuluk duvarı olmayan düz, geniş bir kaya üzerindeydiler. Sağlarında, doğu yönünde su hızla dökülüp bir sürü terastan sıçraya sıçraya akıyor sonra dimdik bir oluktan geçiyor, neredeyse tam ayaklarının dibinde, sollarında dipsiz bir uçuruma açılıyormuş gibi görünen bir kıyıdan dimdik aşağıya dalarak pürüzsüzce yontulmuş bir kanalı, dönen coşan köpüklü suyun karanlık gücüyle dolduruyordu. Uçurumun kıyısında sessizce aşağı doğru bakan bir adam duruyordu.

Frodo kıvrılan, dalan suyun kaygan boynunu seyretmek için döndü. Sonra gözlerini yukarı kaldırarak uzaklara daldı. Dünya sessiz ve soğuktu, sanki tan vakti çok yakınmış gibi. Uzaklarda, Batı'da dolunay batıyordu, yusyuvarlak ve bembeyaz. Altlarındaki büyük vadide solgun sisler titreşiyordu: Altında Anduin'in serin akşam sularının aktığı gümüş bir buluttan engin bir boşluk. Gerisinde simsiyah bir karanlık yükseliyordu ve bu karanlık içinde, orada burada, soğuk, keskin, ırak, hayaletlerin dişleri kadar beyaz fırlıyordu Ered Nimrais'in, Gondor Diyarı'nın Ak Dağları'nın hiç erimeyen karlara bulanmış zirveleri.

Bir süre Frodo orada, o yüksek kaya üzerinde durdu ve gece topraklarının bu enginliğinde bir yerlerde, eski yol arkadaşlarından birilerinin yürüyüp yürümediğini, uyuyup uyumadığını veya sisle kefenlenmiş cesetlerinin yatıp yatmadığını düşündüğünde baştan aşağı ürperdi. Unutkan uykudan kaldırılıp neden buraya getirilmişti?

Sam de aynı sorunun cevabını merakla bekliyordu ve kendini homurdanmaktan alıkoyamadı, sadece beyinin kulaklarının duyacağını hesaba katarak: "Güzel bir manzara Bay Frodo, peki, ama iliklerim bir yana yüreğimi de ürpertiyor! Neler oluyor?"

Faramir söylenenleri duyarak cevap verdi. "Gondor'un üzerinden ay batıyor. Zarif İthil, Orta Dünya'dan giderken eski Mindolluin'in beyaz buklelerine bakıyor. Birazcık titremeye değer. Ama buraya bunu seyredesiniz diye getirmedim sizi – aslında Samwise seni buraya getiren de olmadı, kabahati kendi uyanıklığında bul. Bir yudum şarap bunu telafi eder. Gelin, bakın şimdi!"

Uçurumun karanlık kıyısında duran sessiz gözcünün yanına bir adım attı; Frodo onu izledi. Sam geride kaldı. Islak ve yüksek platformun bu yanında bile yeterince tehlikede hissediyordu kendini. Faramir ile Frodo aşağıya baktılar. Çok altlarında bembeyaz suların köpük köpük bir çanağa boşaldığını, sonra da yeniden dar bir geçitten dışarı çıkıp bulutlar oluşturarak aceleyle daha sakin ve kısmen düz bir biçimde uzayan alanlara akıp gitmek için yollarını buluncaya kadar kayalar arasındaki derin, oval bir havzada kara kara döndüğünü gördüler. Mehtap hâlâ şelalenin dibine doğru meylediyor ve havzanın dalgacıkları üzerinde ışıldıyordu. Frodo derhal, havzanın yakın kıyısında minik kara şekli fark etti, fakat tam ona bakarken şekil kara suyu, en az bir ok veya yassı bir taşın yardığı kadar düzgünce yararak şelalenin kaynayıp köpürdüğü yerin arkasına dalıp kayboldu.

Faramir yanındaki adama döndü. "Şimdi sence bu neydi Anborn? Bir sincap mıydı yoksa bir yalıçapkını mı? Kuyutorman'ın gece havuzlarında kara renkli yalıçapkınları var mıdır?"

"Neyse ne, ama bir kuş değil," diye cevap verdi Anborn. "Dört ayağı var ve insan gibi dalıyor; aynı zamanda oldukça da marifetli görünüyor. Neyin peşinde? Perde'nin arkasından bizim saklanma yerlerimize bir yol mu arıyor? Sonunda yerimiz bulundu galiba. Yayım burada, ayrıca her iki kıyıya da en az benim kadar nişancı başka okçular yerleştirdim. Sadece senden gelecek vur emrini bekliyoruz Komutanım."

"Vuralım mı?" dedi Faramir, hemen Frodo'ya dönerek.

Frodo bir an için cevap vermedi. Sonra, "Hayır!" dedi. "Hayır! Vurmayın ne olur." Eğer cesaret edebilseydi Sam, "Evet," derdi daha çabuk ve daha yüksek sesle. Göremiyordu ama sözlerinden neye baktıklarını gayet iyi tahmin edebiliyordu.

"O halde bu şeyin ne olduğunu biliyorsun, öyle mi?" dedi Faramir. "Haydi, şimdi gördüğüne göre, neden serbest kalması gerektiğini anlat. Birlikte sarfettiğimiz bütün o sözler arasında bu derbeder yol arkadaşınızdan hiç söz etmedin; ben de bir süre işi oluruna bıraktım. Yakalanıp önüme getirilinceye kadar bekleyebilirdi. En keskin avcılarımı onu arasınlar diye yolladım ama o hepsinden kurtuldu; şu ana kadar, dün akşam onu alacakaranlıkta bir kez gören buradaki Anborn hariç onu gören olmadı. Ama şimdi, tepelerde tavşanları kapana düşürmekten daha büyük bir tecavüzde bulundu: Henneth Annûn'a gelmeye cüret etti, şimdi bunu yaşamıyla ödeyecek. Bu yaratık çok merakımı uyandırdı: Tam bizim penceremizin önündeki havuzda eğlenmeye gelebildiğine göre çok esrarlı, çok kurnaz bir şey. Geceleri insanların nöbetçi bırakmadan uyuduklarını mı zannediyor ne? Neden böyle davranıyor?"

"Bunun iki cevabı var sanırım," dedi Frodo. "İlk başta, insanlar hakkında çok az şey biliyor ve kurnaz olsa da sığınağınız o kadar güzel gizlenmiş ki belki de burada insanların gizlendiğini bilmiyordur. Bir de, sanırım onu buraya, kendisine hâkim olan bir arzu, temkinden daha güçlü bir arzu cezbetti."

"Buraya çekildi mi demek istiyorsun yani?" dedi Faramir alçak bir sesle. "Senin yükünü bilebilir mi yani, biliyor mu?"

"Elbette biliyor. Kendisi senelerce taşıdı bunu."

"*O* mu taşıdı?" dedi Faramir, hayretle solumaya başlayarak. "Bu mesele durmadan yeni bilmecelerle karışıp duruyor. O halde, onu izliyor öyle mi?"

"Olabilir. O, onun için kıymetli. Ama ben bunu kastetmemiştim."

"O halde bu yaratık ne arıyor?"

"Balık," dedi Frodo. "Baksana!"

Karanlık havuza baktılar. Havzanın uzaktaki kıyısında, tam kayaların derin gölgeleri içinden, minik kara bir kafa belirdi. Kısa gümüşsü bir ışıltı oldu ve minik dalgacıklar oluştu. Şekil kıyıya doğru yüzdü, sonra mükemmel bir çeviklikle kurbağa gibi bir şey sudan çıkarak kıyıya tırmandı. Hemen yere oturup, döndükçe pırıldayan gümüşsü küçük bir şeyi kemirmeye başladı; ayın son ışınları artık havuzun sonundaki kayadan duvarın ardına vuruyordu.

Faramir hafif hafif güldü. "Balık!" dedi. "Bu daha zararsız bir açlık. Belki de değildir üstelik: Henneth Annûn havuzundan gelen balık, bütün varına yoğuna mal olabilir."

"Şu anda tam okumun ucunda," dedi Anborn. "Vurmayayım mı Komutanım? Çünkü çağrılmadan buraya gelenin cezası ölümdür yasalarımıza göre."

"Bekle Anborn," dedi Faramir. "Bu göründüğünden daha zor bir mesele. Şimdi ne söyleyeceksin Frodo? Neden serbest bırakalım onu?"

"Yaratık çok sefil ve çok aç," dedi Frodo, "ve içinde bulunduğu tehlikenin farkında değil. Ayrıca Gandalf, yani sizin Mithrandir'iniz, bu yüzden ve daha başka bazı nedenlerden ötürü onu öldürmemenizi söylerdi size. Elflerin bunu yapmasını yasaklamıştı. Tam olarak neden olduğunu bilmiyorum ve tahmin ettiğimi de burada açık açık söyleyemem. Fakat bu yaratığın benim görevimle bir çeşit bağı var. Siz bizi bulup getirinceye kadar rehberim oydu."

"Rehberin mi?" dedi Faramir. "Mesele gittikçe garipleşiyor. Senin için çok şey yaparım Frodo ama buna söz veremem: Bu kurnaz gezginin, eğer paşa gönlü çekerse sonra size katılsın veya orklar tarafından yakalansın da işkenceyle konuşsun diye elini kolunu sallaya sallaya buradan çıkmasına izin veremem. Ya öldürülmeli, ya da yakalanmalı. Eğer hemen yakalanmazsa öldürülmeli. Fakat bir sürü numarası olan böylesine kaygan bir şey, tüylü bir ok tarafından yakalanmazsa nasıl yakalanır?"

"Bırakın ben sessizce onun yanına ineyim," dedi Frodo. "Yaylarınızı gergin tutabilirsiniz, en azından eğer başaramazsam beni vurmak için. Ben kaçmam."

"Git o halde ve çabuk ol!" dedi Faramir. "Eğer canlı çıkarsa, şu mutsuz günlerinin sonuna kadar senin sadık bir hizmetkârın olması gerekir. Frodo'yu aşağıya götür Anborn, sessizce gidin. Bu şeyin burnu ve kulakları var. Bana yayını ver."

Anborn homurdanarak aşağıya inen döner merdivende Frodo'nun önüne düştü, sonra sonunda sık çalılarla örtülmüş dar bir açıklığa varıncaya kadar başka bir merdivenden yukarı çıktı. Sessizce buradan de geçince Frodo kendisini havuzun güney kıyısının tepesinde buldu. Artık ortalık karanlıktı ve batı göğündeki mehtabı yansıtan şelaleler soluk ve kurşuniydi. Gollum'u göremiyordu. Biraz ilerledi; Anborn yavaşça arkasından geliyordu.

"Devam et!" diye fısıldadı Frodo'nun kulağına. "Sağ tarafına dikkat et. Eğer havuza düşersen, balık avlayan arkadaşından başka kimse sana yardım edemez. Ayrıca, sen onları göremesen de el altında okçuların bulunduğunu unutma."

Frodo ileriye doğru emekledi, gittiği yeri anlamak ve dengesini sağlayabilmek için ellerini de Gollum usulü kullanıyordu. Kayalar genelde düz ve pürüzsüzdü ama kaygandı. Etrafı dinleyerek durdu. İlk başta arkasındaki şelalenin bitmek tükenmek bilmeyen çağıldamasından başka bir ses duyamadı. Derken, sesi duydu, çok uzakta olmayan bir yerde tıslayan bir mırıltı vardı.

"Balık, cici balık. Beyas Yüs gitti kıymetlim, ssonunda, evet. Artık balıkları hussur içisinde yiyebiliriss. Hayır, husur içisinde değil kıymetlim. Çünkü Kıymetli kayboldu; evet kayboldu. Pisss hobbitler, kötü hobbitler. Gidip bisi bıraktılar, *gollum*; Kıymetli de gitti. Savallı Sméagol bir başına kaldı. Hayır Kıymetlim. Kötü insanlar, onu alacaklar, Kıymetlimi çalacaklar. Hırsıslar. Onlardan nefret ediyorus. Balık, cici balık. Bisi kuvvetlendir. Göslerimisi parlak, parmaklarımısı kuvvetli yap, evet. Boğasla onları kıymetlim. Boğasla hepssini, evet ya, eğer fırssatımız olurssa. Cici balık. Cici balık!"

Arada bir duyulan hafif bir yutkunma ve gurultu sesi hariç en az şelale kadar bitmemecesine sürüp gidiyordu bu konuşmalar. Frodo dinlerken acıma ve tiksintiyle titredi. Bunun bitmesini, bu sesi bir daha hiç duymamayı diledi. Anborn arkasında pek uzakta değildi. Geriye emekleyip avcıların Gollum'u vurmasını isteyebilirdi. Büyük bir ihtimalle Gollum atıştırırken ve böyle gafil bir durumdayken ona yeterince yaklaşabilirlerdi. Tek bir isabetli atış ve Frodo bu sefil sesten sonsuza kadar kurtulabilirdi. Fakat hayır, artık Gollum'un onun üzerinde hakkı vardı. Hizmetkârın yaptığı hizmet karşılığında efendisi üzerinde hakkı vardır, bu hizmet korkudan olsa da. Eğer Gollum olmasaydı Ölü Bataklıklar'ı bulamazlardı bile. Frodo oldukça açık bir biçimde Gandalf'ın da bunu istemeyeceğini biliyordu.

"Sméagol!" dedi yavaşça.

"Balık, cici balık," dedi ses.

"Sméagol!" dedi Frodo yine, biraz daha yüksek. Ses kesildi.

"Sméagol, Bey seni aramaya geldi. Bey burada. Gel Sméagol!" Sanki biri derin bir nefes almış gibi çıkan yavaş bir tıslamadan başka bir ses gelmedi.

"Gel Sméagol!" dedi Frodo. "Tehlikedeyiz. Eğer seni burada bulurlarsa insanlar seni öldürecek. Çabuk gel, eğer ölümden kurtulmak istiyorsan. Bey'e gel!"

"Hayır!" dedi ses. "Cici Bey değil. Savallı Sméagol'ü bırakıp yeni arkadaşlarla gitti. Bey beklesin. Sméagol'ün işi bitmedi."

"Vakit yok," dedi Frodo. "Balığı yanına al. Haydi!"

"Hayır! Balıkları bitirmek lassım."

"Sméagol!" dedi Frodo çaresizlik içinde. "Kıymetli kızacak. Kıymetli'yi alıp şöyle diyeceğim: Kılçık yutsun da boğulsun. Bir daha ağzına balık alamasın. Haydi, Kıymetli bekliyor!"

Sert bir tıslama oldu. Karanlığın içinden dört ayak üzerinde emekleyerek geldi Gollum hemen, tıpkı kuyruğunu apış arasına kıstırmış bir köpek gibi. Ağzında yarı yenmiş bir balık, elinde de başka bir balık vardı. Frodo'nun yanına gitti, neredeyse burun burunaydılar; onu kokladı. Soluk gözleri parlıyordu. Sonra balığı ağzından çıkartıp ayağa kalktı.

"Cici Bey!" diye fısıldadı. "Cici hobbit, savallı Sméagol'e geri geldi. İyi kalpli Sméagol geliyor. Haydi şimdi gidelim, çabuk çabuk gidelim, evet. Yüsler karanlıktayken ağaçların arasından gidelim. Evet, haydi gidelim!"

"Evet, yakında gideceğiz," dedi Frodo. "Ama hemen değil. Söz verdiğim gibi seninle gideceğim. Bir kez daha söz veriyorum. Ama şimdi değil. Henüz emniyette değilsin. Seni kurtaracağım ama bana güvenmen lazım."

"Bey'e güvenmek mi lassım?" dedi Gollum tereddütle. "Neden? Neden hemen gidilmiyo? Öbürü nerde, o aksi, kaba hobbit? O nerde?"

"Orada yukarıda," dedi Frodo, şelaleyi işaret ederek. "O olmazsa ben de gitmem. Onun yanına dönmemiz lazım." İçi ezildi. Bu bal gibi hileydi. Faramir'in Gollum'u öldürteceğinden korkmuyordu ama büyük bir ihtimalle onu tutsak alacak ve bağlayacaktı; Frodo'nun yaptığı da bu hain yaratığa kesinlikle bir hainlik gibi görünecekti. Frodo'nun onun hayatını kurtarabilmek için önündeki tek yolu seçtiğini anlatmak veya buna inanmasını sağlamak imkânsız olacaktı büyük bir ihtimalle. Başka ne yapabilirdi her iki tarafa olan sözünü tutabilmek için? "Haydi!" dedi. "Yoksa Kıymetli kızacak. Şimdi, nehir yukarı geri döneceğiz. Haydi, haydi, sen önden yürü!"

Gollum kıyıya yakın bir yerden biraz emekledi, burnunu çeke çeke ve kuşkuyla. Derken durdu ve başını kaldırdı.

"Orada bir şey var!" dedi. "Bir hobbit değil." Aniden geri döndü. Patlak gözlerinde yeşil bir ışık oynaşıyordu. "Beyy, beyy!" diye tısladı. "Kötü! Hilekâr! Hakikatsiss!" Tükürerek, beyaz, güçlü parmaklı uzun kollarını uzattı.

Tam o anda Anborn'un koca kara silueti Gollum'un arkasında belirerek üzerine indi. Kocaman güçlü bir el onu ensesinden yakaladığı gibi hareketsiz hale getirdi. Bir şimşek hızıyla geri döndü Gollum, tamamen ıslak ve kaygan olduğundan, bir yılanbalığı gibi kıvrım kıvrım kıvrılarak, bir kedi gibi ısırıp tırmalayarak. Fakat gölgelerin içinden iki adam daha çıkageldi.

"Kıpırdamadan dur!" dedi bir tanesi. "Yoksa seni oklarımızla kirpiye çeviririz. Kırpırdamadan dur!"

Gollum gevşedi ve ağlayıp sızlamaya başladı. Onu, pek de kibar olmayan bir biçimde bağladılar.

"Yavaş, yavaş!" dedi Frodo. "Onun gücü size denk değil. Canını yakmayın eğer mümkünse. Eğer canını acıtmazsanız daha sakin olur. Sméagol! Canını yakmayacaklar. Ben de seninle geleceğim, sana hiçbir zarar gelmeyecek. Benim ölümü çiğnemeden sana bir şey yapamazlar. Bey'e güven!"

Gollum dönerek ona tükürdü. Adamlar onu kaldırarak gözlerini bir başlıkla örttüler ve taşıdılar.

Frodo onları izlerken kendini çok kötü hissediyordu. Çalılıkların gerisindeki açıklıktan geçtiler, geriye, merdivenlerden aşağıya, geçitlere ve mağaraya döndüler. İki üç meşale tutuşturulmuştu. Adamlar etrafta dolaşıp duruyordu. Sam oradaydı, adamların taşıdığı gevşek bohçaya garip bir biçimde baktı. "Yakaladın mı?" dedi Frodo'ya.

"Evet. Yani hayır, onu ben yakalamadım. O bana geldi, çünkü her şeyden önce bana güvenmişti korkarım. Onun bu şekilde bağlanmasını istemedim. Umarım iyi olur; ama bütün bunlardan nefret ediyorum."

"Ben de öyle," dedi Sam. "Ve bu acının olduğu yerde hiçbir şey doğru gitmez."

Bir adam gelerek hobbitleri çağırdı ve onları mağaranın arkasındaki bölüme götürdü. Faramir orada sandalyesinde oturuyordu ve başının üzerindeki oyukta bir lamba yakılmıştı. Onlara, yanındaki taburelere oturmalarını işaret etti. "Konuklar için şarap getirin," dedi. "Tutsağı da getirin."

Şarap getirildi; Anborn da Gollum'u taşıyarak geldi. Gollum'un başındaki örtüyü açarak onu ayakları üzerine bıraktı ve desteklemek için arkasında durdu. Gollum gözlerini kırpıştırdı, gözlerindeki garazı, ağır soluk gözkapaklarıyla örttü. Sırılsıklam bir halde, üzerinden sular damlayan ve balık gibi kokan bu halde (hâlâ bir elinde balığını sıkı sıkı tutuyordu) çok sefil bir yaratık gibi görünüyordu; seyrek bukleleri alnına sıra sıra otlar gibi sarkıyor, burnu akıyordu.

"Çössün bisssi! Çössün bisssi!" dedi. "İpler canısımısı acıtıyor, evet öyle, acıtıyor, üstelik bis bir şey yapmadık."

"Hiçbir şey mi?" dedi Faramir, sefil yaratığa keskin bir bakış atarak; yüzünde ne kızgınlık, ne acıma, ne de hayret ifadesi vardı. "Hiçbir şey mi? Bağlanmanı veya daha kötü bir cezayı gerektirecek hiçbir şey yapmadın mı bugüne kadar? Bununla beraber bunun hükmünü verecek olan ben değilim ne mutlu ki. Fakat bu gece, cezası ölüm olan bir yere geldin. Bu havuzun balıklarının bedeli çok ağırdır."

Gollum elindeki balığı yere bıraktı. "Balık istemiyorus," dedi.

"Bu bedel balığa kesilmedi," dedi Faramir. "Sadece buraya gelip havuza bakmanın cezası ölümdür. Şimdiye kadar seni, sana en azından biraz şükran borcu olduğunu söyleyen Frodo'nun ricası üzerine bağışladım. Fakat beni de ikna etmen gerekir. Adın ne? Nereden gelirsin? Nereye gidersin? İşin nedir?"

"Kaybolduk, kaybolduk," dedi Gollum. "Ne bir isim, ne bir iş, ne Kıymetli, hiçbir şey. Sadece boş. Sadece açlık; evet, açıs. Bir iki küçük balık, iğrenç, kılçıklı küçük balıklar savallı bir yaratığa; onlar da ölüm diyor. Pek akıllılar; pek adil, çok, çok çok adil."

"Pek akıllı değil," dedi Faramir. "Ama adil: Evet belki de kısa aklımızın elverdiğince adilizdir. Çöz onu Frodo!"

Kemerinden minik bir bıçak çıkartarak Frodo'ya uzattı Faramir. Gollum hareketi yanlış anlayarak viyaklayıp yere kapandı.

"Haydi Sméagol!" dedi Frodo. "Bana güvenmen lazım. Seni terk etmeyeceğim. Doğru dürüst cevap ver, eğer verebileceksen. Bunun sana zararı değil, yararı dokunur." Gollum'un bileklerindeki ipleri kesti ve onu ayağa kaldırdı.

"Beriye gel!" dedi Faramir. "Bana bak! Bu yerin ismini biliyor musun? Daha önce buraya geldin mi?"

Gollum yavaş yavaş gözlerini kaldırarak, isteksizce Faramir'in gözlerine baktı. İçlerindeki bütün fer söndü ve bir an Gondor'lu adamın berrak ve sabit gözlerine baktı solgun solgun. Hâlâ bir sessizlik vardı. Sonra Gollum titreyerek yere çömelinceye kadar boynunu bükerek büzüştü. "Bis bilmiyorus ve bis bilmek de istemiyorus," diye sızladı. "Hiç gelmedik; bir daha hiç gelmeyis."

"Kafanın içinde kilitli kapılar ve kapalı pencereler var; bunların gerisinde de karanlık odalar," dedi Faramir. "Fakat bu konuda doğruyu söylediğine hükmettim. Bu senin için iyi. Bir daha geri dönmemek ve canlı herhangi bir yaratığı, ister sözle, ister işaretle buraya yönlendirmemek için nasıl bir yemin edeceksin?"

"Bey bilir," dedi Gollum, yandan Frodo'ya bakarak. "Evet, o bilir. Eğer bisi kurtarırsa Bey'e yemin ederis. O'nun üserine yemin ederis, evet." Frodo'nun ayaklarının altına emekledi. "Kurtar bisi cici Bey!" diye zırladı. "Sméagol Kıymetli adına yemin ediyor, sadakatle yemin ediyor. Bir daha gelmek yok, bir daha konuşmak yok, hiç! Yo kıymetlim, yo!"

"Bu seni tatmin etti mi?" dedi Faramir.

"Evet," dedi Frodo. "En azından ya bu sözü kabul edeceksiniz, ya da yasalarınızı uygulayacaksınız. Daha fazlasını elde edemezsiniz. Fakat ben ona eğer yanıma gelirse, başına bir şey gelmeyeceği konusunda söz vermiştim. Ve güvenilmez biri konumuna düşmek istemem."

Faramir bir an düşünceler içinde oturdu. "Pekâlâ," dedi sonunda. "Seni beyin Drogo oğlu Frodo'ya teslim ediyorum. Bırakalım o sana ne yapacaksa bize söylesin!"

"Fakat Faramir Bey," dedi Frodo eğilip selam vererek, "siz henüz sözü geçen Frodo hakkında ne karara vardığınızı söylemediniz; bu bildirilinceye kadar ne kendi hakkında, ne de yoldaşları hakkında bir karara varamaz ki o. Kararınızı sabaha bırakmıştınız; ama sabaha bir şey kalmadı artık."

"O halde verdiğim hükmü beyan edeyim," dedi Faramir. "Frodo, hükümdarımın bana verdiği yetkiye binaen, Gondor ülkesinin eski zaman hudutları içersinde istediğin gibi gezmen için serbest bırakıldığını beyan ederim; sadece ne sen ne de yanındakilerin yasaklı olan bu yere, davet edilmeden gelmenize izin yoktur. Bu hüküm bir yıl, bir gün süreyle geçerlidir, sonra hükmünü kaybeder; tabii eğer bu süre içersinde Minas Tirith'e gelip kendini Şehrin Hükümdarı ve Vekilharç'ına takdim edersen o başka. O zaman onun benim yaptığım şeyi onaylamasını ve bunu ömürboyuna çevirmesini rica ederim. Bu arada, himayene aldığın kişi veya kişiler kim olursa olsun, hem benim hem de Gondor'un himayesi altına girmiş olacaktır. Bu cevap seni tatmin etti mi?"

Frodo yerlere kadar eğilerek selam verdi. "Evet tatmin etti," dedi, "ayrıca emrinize amadeyim; tabii eğer sizin kadar âli ve saygıdeğer biri için benim hizmetim bir değer taşırsa."

"Çok büyük değer taşır," dedi Faramir. "Şimdi bu yaratığı, bu Sméagol'ü himayene alıyor musun?"

"Sméagol'ü himayem altına alıyorum," dedi Frodo. Sam, herkesin duyacağı şekilde iç geçirdi; tepkisi karşılıklı kibarlıklar ve iltifatlara değildi – her hobbit takdir ederdi bunu. Aslında Shire'da, böyle bir konuda daha bir sürü söz ve yemin gerekirdi.

"O halde sana şunu söylüyorum," dedi Faramir Gollum'a dönerek, "hakkında ölüm kararı var; fakat Frodo ile birlikte olduğun sürece, emniyettesin demektir. Fakat eğer Gondor'lu bir insan tarafından yanında Frodo yokken dolaştığın görülürse, o zaman karar yerine getirilir. Ayrıca ister Gondor sınırları içinde olsun, ister dışında, eğer ona hizmette kusur edersen ölüm seni hemen bulsun. Şimdi bana cevap ver: Ne yana gideceksin? Onun rehberi olduğunu söylüyor. Onu nereye götürüyordun?" Gollum cevap vermedi.

"Bunun gizli kalmasına izin veremem," dedi Faramir. "Cevap ver bana, yoksa verdiğim hükmü değiştiririm!" Gollum hâlâ cevap vermiyordu.

"Ben onun adına cevap vereyim," dedi Frodo. "Beni Kara Kapı'ya götürmüştü, ondan rica etmiş olduğum gibi; fakat Kara Kapı geçit vermedi."

"İsimsiz Ülke'ye açılan hiçbir kapı yoktur," dedi Faramir.

"Bunu görünce dönerek Güney yolundan geldik," diye devam etti Frodo; "çünkü orada, Minas İthil'in yakınından bir patika olduğunu veya olabileceğini söyledi bize."

"Minas Morgul," dedi Faramir.

"Tam olarak bilmiyorum," dedi Frodo; "fakat sanırım patika, o eski şehrin bulunduğu vadinin kuzey tarafından dağlara tırmanıyor. Yüksek bir zirveyi aşarak geriye –yani işte oraya– iniyor."

"O geçidin ismini biliyor musun?" dedi Faramir.

"Hayır," dedi Frodo.

"Oraya Cirith Ungol derler." Gollum sert bir biçimde tıslayarak kendi kendine mırıldanmaya başladı. "İsmi bu değil mi?" dedi Faramir ona dönerek.

"Hayır!" dedi Gollum; sonra da sanki bir yerine bir şey batmış gibi viyakladı. "Evet, evet, ismi bir kere duymuşştuk. Ama isssimden bise ne? Bey içeri girmem lassım diyor. O halde bir yolunu bulmamıs lassım. Başka denenebilecek bir yol yok, yo."

"Başka yol yok mu?" dedi Faramir. "Bunu nereden biliyorsun? Sonra o karanlık diyarın sınırlarını kim araştırmış ki?" Gollum'a uzun uzun, düşünceli düşünceli baktı. Sonra tekrar konuştu. "Bu yaratığı götür Anborn. Ona kibar davran ama gözünü üzerinden ayırma. Ve sakın ola ki Sméagol, şelalelere dalayım deme. Oradaki kayaların öyle dişleri vardır ki daha zamanın gelmeden keserler seni. Şimdi bizi rahat bırak; balığını da al!"

Anborn dışarı çıktı; Gollum ise onun önünde sinmiş gidiyordu. Arkadaki bölmenin perdesi çekildi.

"Frodo bence bu konuda çok akılsızca davranıyorsun," dedi Faramir. "Bu yaratıkla gitmemen gerekir bence. Çok kötü."

"Hayır, tamamen kötü değil," dedi Frodo.

"Tamamen değildir belki," dedi Faramir; "fakat garaz onu içten içe bir yara gibi yiyor ve şeytani yanı büyüyor. Sizi iyiliğe götürmez. Eğer ondan ayrılmaya razı olursan ona bir seyahat tezkeresi ve himaye belgesi verir ve Gondor'un sınırlarında nereyi isterse oraya kadar da kılavuz katarım yanına."

"Bunu kabul etmez," dedi Frodo. "Uzun süredir yaptığı gibi beni izler o. Ayrıca birçok kere onu himayem altına alacağım ve beni nereye götürürse oraya gideceğim konusunda söz verdim. Ona verdiğim sözü tutmamamı istemezsin değil mi?"

"Hayır," dedi Faramir. "Ama gönlüm öyle istiyor. Çünkü başka birine sözünde durmamasını söylemek, insanın kendisinin sözünde durmamasından daha kolay, hele insan arkadaşının akılsızca kendi kendine zarar vereceğini görüyorsa. Ama hayır – eğer seninle gelmesi gerekiyorsa, şimdilik ona katlanman lazım. Ama bence Cirith Ungol'a gitmeye mecbur değilsin; sana orası hakkında bildiği her şeyi anlatmıyor. Bu kadarcığını açık açık onun zihninden okudum. Cirith Ungol'a gitme!"

"O halde nereye gideceğim?" dedi Frodo. "Kara Kapı'ya gidip kendimi nöbetçilere mi teslim edeyim? Bu yer hakkında bildiğin nedir ki ismini bile bu kadar korkunç kılıyor?"

"Kesin olarak hiçbir şey," dedi Faramir. "Bu günlerde biz Gondor' lular Yol'un doğusuna dahi geçmiyoruz; biz gençlerden hiç kimse böyle bir şey yapmadı, ayrıca hiçbirimiz Gölge Dağları'na adımımızı dahi atmadık. Buralar hakkında eski raporlar ve geçmiş günler üzerine söylentilerden başka bir şey bilmiyoruz. Fakat Minas Morgul'un üzerindeki geçitlerde karanlık bir dehşet yaşar. Cirith Ungol'un ismi geçtiğinde yaşlılar ve irfan sahiplerinin rengi atar ve sessizleşirler.

"Minas Morgul vadisi çok zaman önce kötüleşmişti ve sürülmüş olan Düşman uzakta otururken ve İthilien çoğunlukla bizim himayemizde olduğu zamanlar bile bir tehdit ve korku kaynağı idi bizim için. Bildiğiniz gibi o şehir bir zamanlar güçlü bir yerdi; bizim şehrimizin ikiz kızkardeşi mağrur ve zarif Minas İthil idi. Fakat burası, Düşman'ın güçlü olduğu o ilk zamanlarda hükmü altına aldığı, o düştükten sonra da evsiz barksız ve başsız gezen kötü adamlar tarafından ele geçirilmişti. Bunların hükümdarlarının kara şeytanlıklara düşmüş olan Númenor'lu İnsanlar olduğu söylenir; bunlara Düşman güç yüzükleri vermiş ve onları yiyip bitirmiş: Yaşayan hayaletler haline gelmişler, korkunç ve kötü. O gittikten sonra Minas İthil'i ele geçirerek burada yaşamışlar ve hem burasını, hem de içinde bulunduğu vadiyi çürütmüşler: Boş gibi görünürmüş ama öyle değilmiş çünkü biçimsiz bir korku harabe halindeki surlar içinde yaşarmış. Dokuz Hükümdar imiş bunlar; gizli gizli destekledikleri ve hazırlandıkları Efendileri geri döndükten sonra yeniden güçlenmişler. Bir gün dehşet kapılarından Dokuz Süvari fırladı ve biz onlara karşı koyamadık. Onların kalesine yaklaşma. Uzaktan görülürsünüz. Burası kapaksız gözlerle dolu, uykusuz bir tehlikenin yeridir. O tarafa gitmeyin!"

"İyi ama beni başka ne tarafa yönlendirebilirsin?" dedi Frodo. "Kendin de diyorsun ki, beni dağlara götüremezsin veya dağlardan aşıramazsın. Fakat benim yolum dağların ötesine bağlanmış, Divan'a da tüm kalbimle vaat etmiş olduğum gibi ya bir yol bulacağım, ya da bulmaya çalışırken yok olacağım. Ve eğer bu son zorlu kısmında yolu reddedip geri dönersem, o zaman insanlar veya elfler arasında nereye giderim? Bu Şey'le, ağabeyini arzudan çılgına çeviren bu Şey'le Gondor'a gelmemi ister miydiniz? Minas Tirith'te nasıl bir tılsımı olur? Çürümüşlüklerle dolu ölü topraklar üzerinden birbirine sırıtan iki Minas Morgul şehri mi olur acaba?"

"Böyle olmasını istemem," dedi Faramir.

"O zaman ne yapmamı istersin?"

"Bilmiyorum. Sadece senin ölüme veya işkenceye gitmeni istemezdim. Ayrıca Mithrandir'in de bu yolu seçeceğini zannetmem."

"Yine de o artık olmadığına göre, kendi bulduğum yolları izlemek zorundayım. Ayrıca uzun uzun araştırma yapacak kadar vakit de yok," dedi Frodo.

"Bu zor bir hüküm ve ümitsiz bir görev," dedi Faramir. "Fakat en azından uyarılarımı hatırından çıkarma: Şu rehberin Sméagol'e dikkat et. Daha önce de cinayetler işlemiş. Bunu onun yüzünden okuyabiliyorum." İçini çekti.

"Evet, böyle karşılaştık ve böyle ayrılıyoruz Drogo oğlu Frodo. Senin yumuşak sözlere hiç ihtiyacın yok: Bu güneş altında seni başka bir gün görebilmeyi ümit etmiyorum. Ama şimdi, hem kendine hem de halkına hayır duamı alıp gidiyorsun. Size yiyecek bir şeyler hazırlanıncaya kadar biraz dinlen.

"Şu sürüngen Sméagol'ün sözünü ettiğin bu Şey'i nasıl elde ettiğini ve nasıl kaybettiğini öğrenmeyi çok isterdim ama artık seni rahatsız etmeyeceğim. Eğer umudun ötesinde, yaşayanların ülkesine bir daha geri dönersen, güneşin altında surların üzerine oturur, eski sıkıntılara gülerek, öykülerimizi anlatırız, o zaman söylersin bunları bana. O zamana veya Númenor'un Gören Taşları'nın görebildiğinin dışındaki bir zamana kadar hoşça kal!"

Ayağa kalkarak Frodo'nun önünde yerlere kadar eğildi ve perdeyi çekerek mağaraya geçti.

BÖLÜM VII

KAVŞAĞA YOLCULUK

Gelen günün işleri başlayıp adamlar harekete geçtiği sırada Frodo ile Sam yataklarına geri dönüp sessizce yatarak bir süre dinlendiler. Bir süre sonra Frodo ile Sam'e su getirildi; sonra da üç kişi için hazırlanmış bir masaya götürüldüler. Faramir de onlarla birlikte kahvaltı etti. Bir gün önce yapılan savaştan sonra hiç uyumamıştı ama yine de yorgun görünmüyordu.

Yemeklerini bitirdiklerinde ayağa kalktılar. "Umarım yolda açlık size sorun yaratmaz," dedi Faramir. "Çok az tedarikiniz var ama yolcular için hazırlanmış küçük bir erzak paketini eşyalarınız arasına yerleştirttim. İthilien'de giderken su konusunda bir sıkıntınız olmaz fakat İmlad Morgul'dan yani Yaşayan Ölüler Vadisi'nden akan hiçbir sudan içmeyin. Şunu da söylemem lazım size. Bütün izcilerimle gözcülerim geri döndü, hatta Morannon'un göründüğü yerlere kadar sızmış olanlar bile. Hepsi garip şeyler bulmuş. Topraklar bomboşmuş. Yolda hiçbir şey yokmuş ve etrafta ne bir ayak sesi, ne boru sesi, ne de bir yay sesi duyuluyormuş. İsimsiz Ülke'nin üzerinde bekleyen bir sessizlik yatıyor. Bunun ne ifade ettiğini bilemiyorum. Fakat zaman hızla, muazzam bir sona doğru yaklaşıyor. Fırtına geliyor. Daha vaktiniz varken çabuk olun! Eğer hazırsanız gidelim. Güneş kısa bir süre sonra gölgenin üzerine doğacak."

Hobbitlerin denkleri (daha öncekinden biraz daha ağırdılar) getirildi; bir de cilalı tahtadan, demir kakmalı ve içinden örülmüş deri şeritlerin geçtiği oymalı başları olan iki kalın değnek.

"Ayrılırken size vermek için uygun armağanlarım yok," dedi Framir; "fakat bu değnekleri alın. Vahşi doğa içinde yürüyen, ya da tırmananlara yardımcı olur. Ak Dağlar'ın insanları kullanır bunları; gerçi bunlar sizin boyunuza göre kesilip demirleri yeniden çakıldı. Gondor'lu oymacıların sevgilisi, zarif ağaç *lebethron*'dan yapılmışlardır ve bulma ve geri dönme erdemleri vardır. Umalım ki bu erdem, gitmekte olduğunuz Gölge'nin altında tamamen etkisiz kalmaz!"

Hobbitler yerlere kadar eğilerek selam verdiler. "Merhametliler merhametlisi ev sahibimiz," dedi Frodo, "Elrond Yarıelf tarafından bana yol üzerinde hiç beklemediğim gizli dostlar bulacağım söylenmişti. Gerçekten de senin bana göstermiş olduğun dostluğu hiç beklemiyordum. Böyle bir şeyi bulmak kötülüğü, büyük bir iyiliğe çeviriyor."

Gitmek için hazırlandılar. Gollum bir köşeden, ya da saklandığı bir delikten çıkartılıp getirildi; Frodo'nun yakınında durup Faramir'in bakışlarından kaçındığı halde, eskisine göre halinden daha memnun görünüyordu.

"Rehberinizin gözlerinin kapatılması lazım," dedi Faramir, "fakat sen ve hizmetkârın Sam'i bundan azat ediyorum, eğer kabul ederseniz."

Gollum vıyaklayarak kıvrandı ve gözlerini bağlamak için geldiklerinde Frodo'ya yapıştı; Frodo şöyle dedi: "Üçümüzün de gözlerini bağlayın ve önce benim gözlerimi kapatın, o zaman belki bundan bir zarar gelmeyeceğini anlar." Söylenen yapıldı ve Henneth Annûn mağarasından çıkarıldılar. Geçitlerden ve merdivenlerden ilerledikten sonra etraflarında serin sabah havasını hissettiler, tüm tazeliği ve tatlılığıyla. Hâlâ gözleri bağlı olarak biraz daha gittiler, önce yukarı doğru, sonra yavaş yavaş aşağıya doğru. Sonunda Faramir'in sesi gözlerinin açılmasını buyurdu.

Yeniden ormanın dalları altındaydılar. Şelalenin gürültüsü duyulmuyordu, çünkü derenin aktığı koyak ile aralarında güneye doğru uzanan, uzun bir yamaç vardı. Batı tarafında, ağaçlar arasından ışık sızıyordu, sanki dünya ani bir sona ermiş, bir kıyıdan gökyüzüne açılıyormuş gibi.

"İşte yollarımızın en son ayrım noktasına geldik," dedi Faramir. "Eğer öğüdümü dinleyecek olursanız henüz doğuya dönmeyin derim. Dümdüz devam edin, çünkü bu sayede bir süre daha ormanlık arazi sizi gizlemeye devam eder. Batınızda, arazinin büyük vadiler halinde, bazen aniden ve dimdik, bazen de yayvan tepeler halinde alçaldığı topraklar var. Bu taraftan ve ormanın kıyısına yakın olan yerden uzaklaşmayın. Yolculuğunuzun ilk bölümünde, sanırım gün ışığında seyahat edebilirsiniz. Topraklar sahte bir barışın rüyasını görüyor; bir süre için bütün kötülükler çekilmiş. Elinizde fırsat varken, yolunuz açık olsun!"

Ondan sonra hobbitlere sarıldı; kendi halkının âdetlerine göre, eğilip ellerini omuzlarına koydu ve alınlarından öptü. "Bütün iyi insanların iyi niyeti üzerinize olsun!" dedi.

Onlar da yerlere kadar eğildiler. Sonra Faramir dönerek, bir daha arkasına bakmadan onlardan ayrıldı ve biraz ilerde bekleyen muhafızlarının yanına gitti. Neredeyse göz açıp kapatıncaya kadar gözden kaybolan bu yeşillere bürünmüş adamların ne kadar hızlı hareket ettiklerini görerek hayran kaldılar. Az önce Faramir'in durduğu ormanlık alan sanki bir rüya gelip geçmiş gibi boş ve kasvetli görünüyordu.

Frodo iç geçirerek güneye döndü. Bu tür kibarlıklara olan saygısızlığının altını çizmek istercesine Gollum ağacın birinin dibindeki küflü toprağı kazıp duruyordu. "Daha şimdiden acıktı mı acaba?" diye düşündü Sam. "Eh, yine çattık belaya!"

"Sonunda gittiler mi?" dedi Gollum. "Piss, kötü insanlar! Sméagol'ün boynu hâlâ canısını acıtıyo, evet acıtıyo. Haydi gidelim!"

"Evet, haydi gidelim," dedi Frodo. "Fakat sana merhamet gösterenler için sadece kötü şeyler söyleyeceksen, hiç sesini çıkarma daha iyi!"

"Cici Bey!" dedi Gollum. "Sméagol şaka yapıyordu canım. Hep affeder, öyle yapar, evet, evet, hatta Bey'inin minik hilelerini bile. A evet, cici Bey, cici Sméagol!"

Frodo ile Sam cevap vermediler. Denklerini yüklenip asalarını ellerine alarak İthilien ormanına daldılar.

İki kez dinlendiler o gün ve Faramir'in yanlarına verdiği yemeklerden yediler: Günlerce yetecek kadar kuru meyva, tuzlu et ve tazeliğini muhafaza ettiği sürece yetecek kadar ekmek. Gollum hiçbir şey yemedi.

Güneş doğarak tepelerinden görünmeden geçti gitti ve kavuşmaya başladı, ağaçlar arasından sızan ışık batı yönünde altın rengine döndü; onlar ise hep serin, yeşil bir gölgede yürüdüler, etraflarında ise sessizlik vardı. Sanki bütün kuşlar ya uzaklara uçmuştu, ya da dilleri tutulmuştu.

Karanlık, sessiz ormanlara erken indi; gece çökmeden mola verdiler yorgun argın, çünkü Henneth Annûn'dan beri en az yedi fersah yürümüşlerdi. Frodo uzanarak geceyi, kadim bir ağacın altındaki yosunlar üzerinde uyuyarak geçirdi. Sam yanında daha huzursuzdu: Birçok kez uyandı; ama diğerleri dinlenmek için yerleştikten sonra sıvışıp giden Gollum'dan iz bile yoktu. Kendi başına, yakınlarda bir delikte uyuyor muydu, yoksa gece içinde sinsi sinsi ve huzursuzca dolanıyor muydu bilemiyordu Sam; ama ışığın ilk pırıltısıyla geriye dönerek yol arkadaşlarını kaldırdı.

"Kalkmak lassım, evet kalkmaları lassım!" dedi. "Hâlâ gidecek usun bir yol var, güneye ve batıya. Hobbitler acele etmeli!"

O gün de bir önceki gibi geçti sayılır, sadece sessizlik daha da derin gibiydi; hava ağırlaşmış ve ağaçların altı boğucu olmaya başlamıştı. Sanki bir gökgürültüsü mayalanıyordu. Gollum sık sık havayı koklayarak duruyor sonra kendi kendine mırıldanıp onları daha hızlı gitmek için sıkıştırıyordu.

Günlük yürüyüşlerinin üçüncü aşaması devam ederken orman açıldı ve ağaçlar daha kocaman ve seyrek olmaya başladı. Aralarında, orada burada kır dişbudak ağaçları ve kahverengi yeşil tomurcuklarını yeni yeni kabartan dev meşeler bulunan, muazzam genişlikte gövdeleri olan çobanpüskülü ağaçları geniş açıklık alanlarda kapkara ve heybetli duruyordu. Etraflarında, o anda uyumak için katlanmış duran kırlangıçotu ve anemonlarla beyaz ve mavi benekli çimenlikler uzanıyordu; ayrıca orman sümbülü yapraklarıyla dolu alanlar vardı: Daha şimdiden ipeksi çan biçimli sapları yosunlar arasından çıkmaya başlamıştı bile. Hiçbir canlı yaratık yoktu görünürde, ne bir hayvan ne bir kuş; fakat bu açıklık yerlerde Gollum ürküyordu; dikkatle yürüyorlardı bir gölgeden diğerine sekerek.

Ormanın sonuna vardıklarında ışık büyük bir hızla azalmaya başladı. Burada köklerini derin, çökük bir tepeden aşağıya bükülmüş yılanlar gibi uzatmış eğri büğrü yaşlı bir meşenin altına oturdular. Önlerinde derin ve loş bir vadi uzanıyordu. Öte yanında orman yeniden toplanıyordu ve kasvetli akşam altında mavi mavi ve gri gri güneye doğru ilerliyordu. Sağ taraflarında Gondor Dağları parlıyordu, Batıda uzaklarda, ateşle beneklenmiş göğün altında. Sollarında karanlık uzanıyordu: Mordor'un yükselen duvarları; karanlığın içinden uzun vadi çıkıp geliyordu, Anduin'e doğru dimdik alçalan, durmadan genişleyen bir oluk gibi. Dibinde aceleci bir ırmak akıyordu: Frodo ırmağın taşlı sesinin, sessizlik içinden yükselip gelişini duyabiliyordu; ırmağın yanında bir yol, soluk bir kurdela gibi dolana dolana, gün batımının hiçbir ışınının dokunmadığı ürpertici kurşuni pusların içine doğru iniyordu. Frodo'ya, gölgeli bir deniz üzerinde yüzermiş gibi görünen eski kulelerin kasvetli ve karanlık, yüksek, sönük tepeleri ve kırık sivri uçlarını uzaktan seçebiliyormuş gibi geldi.

Gollum'a dönerek, "Nerede olduğumuzu biliyor musun?" dedi.

"Evet Beyim. Tehlikeli yerler. Burası Ay Kulesi'nden gelen yol Beyim, gelip Nehir'in kıyısılarındaki harabe şehre giden yol. Harabe şehir, evet, evet, çok kötü bir yer, düşmanlarla dolu. İnsanların öğüdünü dinlememeliydik. Hobbitler yoldan çok ayrıldılar. Şimdi doğuya gitmek lassım, ta oraya yukarı." Sıska kolunu karanlıktaki dağlara doğru salladı. "Bu yolu kullanamayıs. Yo yo! Gaddar kişiler gelir bu yoldan, Kule'den aşağı."

Frodo yola baktı. En azından o anda üzerinde hiçbir şey hareket etmiyordu. Sis içinde boş harabelere doğru inerken yapayalnız, terk edilmiş görünüyordu. Fakat havada kötü bir his vardı, sanki gerçekten de gözlerin göremediği şeyler bir yukarı bir aşağı geçip duruyormuş gibi. Frodo yeniden, artık geceye doğru erimekte olan uzaktaki kulelere baktıkça ürperdi; suyun sesi de soğuk ve zalimce geliyordu kulağa: Morgulduin'in, Tayflar Vadisi'nden çıkıp gelen pis nehrin sesi.

"Ne yapacağız?" dedi. "Uzun zamandır yürüyoruz, uzun bir yol kat ettik. Arkadaki ormanda gizlenebileceğimiz bir yerler arayalım mı?"

"Karanlıkta saklanmak lassım değil," dedi Gollum. "Artık hobbitler gündüsleri saklanmalı, evet gündüsleri."

"Haydi oradan!" dedi Sam. "Gece yarısı yeniden kalkacaksak bile biraz dinlenmemiz lazım. O zaman karanlık hâlâ sürüyor olacak, senin bizi uzun bir yürüyüşe götürebileceğin kadar uzun zaman; eğer yolu biliyorsan."

Gollum gönülsüzce kabul etmek zorunda kaldı bunu; ağaçlara dönerek ormanın dağınık kıyısı boyunca bir süre doğuya doğru güçlükle ilerledi. Kötü yolun o kadar yakınında, yerde dinlenmeyi reddediyordu; bir süre tartıştıktan sonra hepsi, kalın dalları gövdesinden bir arada fışkıran, saklanmak için güzel bir yer ve oldukça rahat bir sığınak oluşturan koca bir pırnalın dallarıyla gövdesinin birleştiği yere tırmandılar. Gece çöktü ve ağacın kubbesinin altı tamamen karardı. Frodo ile Sam biraz su içip biraz ekmek ve kuru meyva yediler ama Gollum hemen kıvrılarak uykuya daldı. Hobbitler gözlerini bile kırpmadılar.

Gollum uyandığında gece yarısını biraz geçiyor olmalıydı: Aniden soluk gözlerinin faltaşı gibi onlara doğru pırıldadığını fark ettiler. Etrafı dinleyip, havayı kokladı; bu, daha önce de fark etmiş oldukları gibi, gece zamanı anlamak için kullandığı olağan bir yöntemdi.

"Dinlendik mi? Güsel güsel uyuduk mu?" dedi. "Haydi gidelim!"

"Dinlenmedik ve uyumadık," diye homurdandı Sam. "Fakat eğer gerekiyorsa gideriz."

Gollum hemen, ağaçtan atlayıp dört ayak üzerine indi; hobbitler daha yavaş izlediler onu.

Aşağıya iner inmez yeniden Gollum önde, onlar arkada doğuya, yükselmekte olan karanlık araziye doğru gittiler. Çok az bir şey görebiliyorlardı çünkü gece artık o kadar derinleşmişti ki, tökezleyip çarpmadan önce ağaçların gövdelerini göremiyorlardı neredeyse. Zemin artık daha engebeliydi ve yürümek daha zorlaşmıştı fakat Gollum hiç rahatsız olmamış gibiydi. Onları çalılıkların ve kaba dikenliklerin içinden geçiriyor, derin bir yarığın veya kara bir çukurun kenarından dolaştırıp götürüyor, bazen kara çalılarla örtülmüş çukurlara indirip çıkartıyordu; fakat biraz yokuş inseler bile mutlaka diğer taraftaki yamaç daha yüksek ve daha dik oluyordu. Durmadan tırmanıyorlardı. İlk molalarında arkalarına baktılar ve geride bıraktıkları, kara boş gök altında daha da kara bir gece gibi, engin ve koyu bir gölge gibi uzanan ormanın tepesini zorlukla seçebildiler. Doğu'dan büyük bir siyahlık, soluk bulanık yıldızları yiyerek yavaş yavaş büyüyor gibiydi. Daha sonra batmakta olan ay peşine düşmüş olan buluttan kurtuldu, ama etrafı hastalıklı sarı bir parlaklıkla halkalanmıştı.

Sonunda Gollum hobbitlere döndü. "As var gündüse," dedi. "Hobbitler acele etmeli. Bu yerlerde açıklıklarda durmak emniyetsis. Acele edin!"

Adımlarını hızlandırdı, onlar da yorgun argın izlediler onu. Kısa bir süre sonra büyük, dimdik bir tepeye tırmanmaya başlamışlardı. Ara ara eskiden yakılmış ateşlerin izleri olan açıklıklar görülse de, çoğunluğu kalın katırtırnağı, çayüzümü ve kısa sert diken çalılarıyla örtülüydü. Tepeye yaklaşırken katırtırnağı çalılıkları daha da sıklaştı; çok yaşlı ve çok yüksektiler, altları kuru ve uzun, tepeleri kalındı ve loş ışıkta parıldayan sarı çiçeklerini açmaya başlamışlardı bile; hafif tatlı bir koku yayıyorlardı. Çalılıklar o kadar yüksekti ki hobbitler zemini dikenli yosunlarla kaplanmış uzun kuru sıralar arasından geçerken altlarında başlarını eğmeden yürüyebiliyorlardı.

Bu geniş tepenin arka yamacında yürüyüşlerine ara verip saklanmak için karmakarışık bir diken yumağının altına girdiler emekleyerek. Dikenin yerlere kadar eğilen dalları, yaşlı fundalıkların tırmanan kargaşasıyla örtülmüştü. İyice derinlerde, ölü dallar ve böğürtlen çalısı ile dolu, çatısı ilk yapraklar ve sürgünlerle örtülmüş bir boşluk vardı. Yemek dahi yiyemeyecek kadar yorgun olduklarından bir süre yattılar; örtünün arasındaki deliklerden günün yavaş yavaş doğmasını seyrettiler.

Fakat gün mün gelmedi, sadece ölü, kahverengi bir alacakaranlık vardı. Doğu'da da, alçalan bulutların altında donuk kırmızı bir parlaklık: Bu şafağın alı değildi. Arada kalan topraklarda, gecenin tüm yoğunluğuyla uzandığı ve bir türlü ayrılmadığı yerde, üzerinde çentik çentik tepeleri ve sırtlarının ana hatlarının ateşli parlaklığı önünde sert ve tehditkâr bir biçimde çizilmiş olan Ephel Dúath dağları, simsiyah ve biçimsiz bir şekilde onlara kaşlarını çatıyordu. Sağ yanlarında uzakta büyük bir dağ sırtı, gölgeler arasında batı yönüne doğru karanlık ve siyah uzanarak sıradağlardan ayrılmıştı.

"Buradan nereye gidiyoruz?" diye sordu Frodo. "Şurası – şurası, orada uzakta o siyah kütlenin arkasındaki Morgul Vadisi'nin açıklığı mı oluyor?"

"Şimdiden bunu düşünmek zorunda mıyız?" dedi Sam. "Herhalde bugün, tabii buna gün denilebilirse, daha fazla ilerleyecek değiliz?"

"Belki de değilis, belki de değilis," dedi Gollum. "Fakat en kısa samanda Kavşak'a gitmemis lassım. Evet, Kavşak'a. Bu şu taraftaki yer, evet Beyim."

Mordor'un üzerindeki kırmızı parlaklık yitip gitti. Doğu'da koca koca dumanlar yükselip üzerlerine yayıldığında, alacakaranlık derinleşti. Frodo ile Sam biraz bir şeyler yedikten sonra uzandılar fakat Gollum huzursuzdu. Onların yiyeceklerinden yemiyordu ama biraz su içti, sonra çalıların altına kıvrılarak burnunu çekmeye, mırıldanmaya başladı. Sonra aniden yok oldu.

"Avlanmaya gitti herhalde," dedi Sam ve esnedi. İlk uyuma sırası ondaydı ve kısa süre sonra derin bir rüyaya dalmıştı bile. Memlekette, Çıkın Çıkmazı'nın bahçesinde bir şey arıyor gibi geldi ona; ama sırtında onu iki büklüm eden ağır bir bohça vardı. Nedense her taraf yaban otlarıyla dolu, çok sıkışık görünüyordu; dikenler ve eğreltiotları en dipteki çalıçitin yakınındaki yataklara yayılıyordu.

"Görünüşe göre bana bir sürü iş var; ama öyle de yorgunum ki," deyip duruyordu. Derken ne aramakta olduğunu hatırladı. "Pipom!" dedi ve bununla birlikte uyandı.

"Salak!" dedi kendi kendine gözlerini açarken ve neden çitin altında yatmakta olduğunu merak etti. "Başından beri denginin içindeydi!" O zaman önce piposu denginin içinde olsa bile hiç pipo otu olmadığını, sonra da Çıkın Çıkmazı'ndan yüzlerce mil uzakta olduğunu fark etti. Doğrulup oturdu. Sanki tamamen karanlıktı. Neden beyi onun akşama kadar, sıra onda olmadığı halde uyumasına izin vermişti?

"Hiç uyumadınız mı Bay Frodo?" dedi. "Saat kaç? Geç oluyor galiba!"

"Hayır, geç değil," dedi Frodo. "Fakat gün aydınlanacağına kararıyor: Gitgide kararıyor. Anlayabildiğim kadarıyla daha gün ortası olmadı bile ve sen ancak üç saat kadar uyudun."

"Neler oluyor acaba," dedi Sam. "Bir fırtına mı yaklaşıyor? Eğer öyleyse bu şimdiye kadar olanların en berbatı olacak. Sadece bir çalının altında değil de derin bir oyukta olmadığımıza pişman olacağız." Dinledi. "O da ne? Gök gürültüsü mü yoksa davul sesi mi? Nedir o?"

"Bilmiyorum," dedi Frodo. "Epey bir zamandır bu böyle devam ediyor. Bazen yer sarsılıyor sanki, bazen kulaklarıma bir basınç oluyor."

Sam etrafına bakındı. "Gollum nerede?" dedi. "Daha geri gelmedi mi?"

"Hayır," dedi Frodo. "Ondan ne bir iz, ne de bir ses var."

"Eh, onu bağlayamam ya," dedi Sam. "Aslında, şimdiye kadar yolda kaybettiğim için daha az üzüleceğim bir şey olmamıştı yanımda. Ama bu tam ona yakışır bir hareket, bu kadar yol geldikten sonra gidip bu saatte kaybolmak, tam ona en çok ihtiyacımız olduğu anda – yani kırk yılın başında bir işe yarayacağı sırada; aslında bundan bile şüpheliyim ya!"

"Bataklıkları unutuyorsun," dedi Frodo. "Umarım ona bir şey olmamıştır."

"Umarım bir numaralar çevirmiyordur. Her halükârda, başka ellere düşmesini istemem de diyebiliriz. Çünkü eğer öyle olursa kısa bir süre sonra başımız belaya girer."

Tam o anda yeniden gürleyen, gümbürdeyen bir ses duyuldu, daha yüksekten ve daha derinden. Ayaklarının altındaki toprak titrer gibiydi. "Zaten başımız belada," dedi Frodo. "Korkarım yolculuğumuz sonuna yaklaştı."

"Belki," dedi Sam; "fakat *çıkmadık canda ümit vardır,* benim Babalık'ın da dediği gibi; *ümit olduğu gibi, kayıntıya da ihtiyaç vardır,* diye de eklerdi. Biraz bir şeyler ye Bay Frodo ve sonra biraz uyu."

Sam'in tahminine göre akşamüstü olması gereken vakit, ilerledi. Örtüden baktığında sadece yavaş yavaş özelliksiz, renksiz bir karanlığa doğru solan boz, gölgesiz bir dünya görebiliyordu. Hava boğucuydu ama sıcak değildi. Frodo huzursuzca dönüp debelenerek, bazen mırıldanarak uyuyordu. Sam iki kere, Frodo'nun Gandalf'ın adını söylediğini duyar gibi oldu. Zaman bitmez tükenmez bir şekilde sürünüp duruyordu. Sam aniden arkasından bir tıslama sesi duydu; Gollum dört ayağı üzerinde, pırıltılı gözlerle onlara bakıyordu.

"Uyanın, uyanın! Uyanın uykucular!" diye fısıldadı. "Uyanın! Kaybedecek saman yok. Gitmemis lassım, evet, hemen gitmemis lassım. Kaybedecek saman yok!"

Sam ona kuşkuyla baktı: Korkmuş ya da heyecanlanmış gibi görünüyordu. "Şimdi mi? Aklından neler geçiyor? Daha zamanı değil. Daha çay saati bile değildir, yani çay saati diye bir şeyin olduğu nezih yerlerde."

"Ssalak!" diye tısladı Gollum. "Nesih yerlerde değilis. Saman asalıyor, evet, çok hıslı geçiyor saman. Kaybedecek saman yok. Gitmek lassım. Uyan Bey, uyan!" Frodo'ya doğru emekledi; uykusundan sıçrayarak uyanan Frodo aniden oturarak Gollum'u kolundan yakaladı. Gollum kendisini zorla kurtararak geriledi.

"Salaklaşmasınlar," diye tısladı. "Gitmemis lassım. Kaybedecek saman yok!" Ve ağzından başka hiçbir şey alamadılar. Neredeydi, bu kadar acele etmesini gerektiren neler oluyordu, söylemedi. Sam derin bir kuşku ile dolmuştu ve bunu belli etti; fakat Frodo aklından neler geçtiğini gösterecek hiçbir harekette bulunmadı. İçini çekti, dengini sırtına attı ve gitgide toplanan karanlığa doğru gitmek için hazırlandı.

Gollum son derece gizli bir şekilde, mümkün olan her yerde bir şeylerin altına gizlenerek, açık yerleri geçerken koşarak ve neredeyse yere değecek kadar iki büklüm olarak onları tepenin yanından indirdi; fakat ışık artık o kadar azalmıştı ki, vahşi doğanın son derece keskin gözlere sahip hayvanları bile başlıklarını takmış, gri pelerinlerine bürünmüş hobbitleri pek göremezdi; küçük halkların dikkatli yürüyüşüne sahip oldukları için onları duyamazlardı da. Bir dal çıtırdamadan, bir yaprak hışırdamadan gelip geçtiler.

Bir saat kadar sessizce, tek sıra halinde, karanlıktan ve bulundukları toprakları saran, arada bir çok uzaklardaki bir gökgürültüsü veya boş dağlardaki davul gümbürtüsünün bozduğu mutlak hareketsizlikten içleri sıkılarak gittiler. Saklandıkları yerden aşağıya indiler önce, sonra güneye dönerek Gollum'un bulabildiğince düz bir yoldan, dağlara doğru yaslanmış uzun, kırık dökük yamaçlardan ilerlediler. Derken, önlerinde çok uzak olmayan bir yerde, kara bir duvar gibi yükselen bir ağaç kuşağı gördüler. Yaklaştıkça bu ağaçların çok kocaman olduğunu fark ettiler. Çok kadim ağaçlara benziyorlardı bunlar; tepeleri sanki bir fırtına veya yıldırım onları kasıp kavurmuş ama öldürememiş veya dipsiz köklerini sarsamamış gibi kuru ve kırık olduğu halde hâlâ yükseklere uzanıyorlardı.

"Kavşak, evet," diye fısıldadı Gollum; saklandıkları yerden çıktıklarından beri söylediği ilk sözlerdi bunlar. "O taraftan gitmemis lassım." Artık doğuya dönerek onları yokuş yukarı yönlendirdi; sonra, büyük ağaç halkasına dalıncaya kadar dağların dış eteklerinden dolanan Güney Yolu aniden önlerinde beliriverdi.

"Tek yol bu," diye fısıldadı Gollum. "Yolun gerisinde başka yol, is yok. Kavşak'a gitmek sorundayıs. Ama acele edin! Sessis olun!"

Yolda, düşmanlarının ordugâhlarına girmiş izciler kadar sessizce ve ihtiyatla ilerlemeye başladılar; batı tarafındaki kayalığın altından, kendileri de gri birer kaya gibi, avlanan kediler kadar hafif adımlarla gizlenerek yürüdüler. Bir süre sonra ağaçlara vardılar ve bunların, ortası kasvetli göğe açılan kocaman, çatısız bir çember halinde durduklarını gördüler; ağaçların geniş gövdeleri arasındaki mesafe, yıkık bir sarayın kocaman karanlık kemerleri gibi görünüyordu. Bunların gerisinde Morannon'a giden yol uzanıyordu; önlerindeki yol güneye uzanan büyük yolculuğuna doğru gidiyordu; sağlarında eski Osgiliath'tan gelen yol tırmanarak yaklaşıyor, geçip doğuda karanlığa doğru ilerliyordu: Dördüncü yol, onların tutacağı yoldu.

Orada, bir an korku içinde duran Frodo bir ışığın parlamakta olduğunu fark etti; ışığın yanında duran Sam'in yüzüne kızıl bir parlaklık yaydığını gördü. Işığa döndüğünde, dalların kemerleri gerisinde Osgiliath yolunun, neredeyse dümdüz gerilmiş bir kurdela gibi Batı'ya doğru indiğini gördü. Orada, uzakta, artık gölgelere garkolmuş Gondor'un arkasında, sonunda kocaman, yavaş yavaş ilerleyen bir bulutun kenarını bulmuş, henüz lekelenmemiş Deniz'e doğru meşum bir ateş halinde düşmekte olan güneş kavuşuyordu. Kısacık ışığı, Argonath'ın hareketsiz ve heybetli taştan kralları gibi oturmakta olan muazzam bir şeklin üzerine vurdu. Yıllar onu kemirmiş, vahşi eller sakatlamıştı. Kafası gitmişti, onun yerine alay olsun diye, yuvarlak, kabaca yontulmuş, medeniyet görmemiş eller tarafından, alnında kocaman kırmızı bir göz olan sırıtan bir yüze benzetilmeye çalışılarak kabaca boyanmış bir taş konmuştu. Dizlerinin, azametli tahtının ve kaidesinin üzerinde Mordor'un solucan halkının kullandığı cinsten kötü sembollerle karışık boş karalamalar vardı.

Aniden Frodo, eski kralın yatay ışınların çevrelediği başını gördü: Yuvarlanmış, yol kenarında yatıyordu. "Bak Sam!" diye bağırdı hayretle konuşuvererek. "Bak! Kralın yine bir tacı var!"

Gözleri oyulmuş, yontulmuş sakalı kırılmıştı ama yüksek alnının üzerinde gümüş ve altından bir taç vardı. Yıldız gibi çiçekleri olan sarmaşıksı bir bitki sanki devrilmiş olan krala hürmet göstermek istercesine kendisini onun alnına dolamıştı; taştan saçlarının çatlakları arasında da kayakorukları sarı sarı parıldıyordu.

"Sonsuza kadar fethedemezler!" dedi Frodo. Sonra aniden o kısa sahne sona erdi. Güneş batarak gözden kayboldu; sanki bir lamba söndürülmüş gibi kara gece çöktü.

BÖLÜM VIII

CİRİTH UNGOL'UN MERDİVENLERİ

Gollum Frodo'nun pelerinini çekiştirip, korkuyla ve sabırsızlıkla tıslayıp duruyordu. "Gitmemis lassım," dedi. "Burada durmamalıyıs. Acele edin!"

Frodo istemeye istemeye sırtını Batı'ya çevirdi ve onu yönlendiren rehberini Doğu'nun karanlığına doğru izledi. Ağaç çemberini arkalarında bırakmışlar ve dağlara doğru tırmanan yolda ilerlemeye başlamışlardı. Bu yol da bir süre dümdüz gidiyordu ama kısa süre sonra, uzaktan görmüş oldukları kocaman kayalığın altına gelinceye kadar güneye dönüyordu. Kayalık, tepelerinde simsiyah ve ürkütücü yükseliyordu; gerisindeki gökten daha da karanlıktı. Gölgesi altında büzülen yol devam ediyor, etrafından dolaşıp yeniden doğuya sürüyor ve dimdik bir şekilde tırmanmaya başlıyordu.

Frodo ile Sam, artık içinde bulundukları tehlikeye bile pek aldırış edemeden yüreklerinde bir ağırlıkla zoraki yürüyorlardı. Frodo'nun başı eğilmişti; yükü yeniden belini bükmeye başlamıştı. Büyük Kavşak'tan geçer geçmez, yükünün İthilien'de neredeyse unutmuş olduğu ağırlığı bir kez daha artmaya başlamıştı. Şimdi de yolun, ayakları dibinde dikleştiğini hissederek bezginlikle yukarı baktı; Gollum'un daha önce söylemiş olduğu Yüzüktayfları'nın şehrini gördü. Kayalık tepenin dibine büzüldü.

Uzun ve meyilli bir vadi, derin bir gölgeler uçurumu, dağların ta ötelerine doğru uzanıyordu. Öte yanda, vadinin kollarının yakınında bir yerlerde, Ephel Dúath'ın siyah dizlerindeki yüksek kayalık bir mevkide, Minas Morgul'un surları ve kuleleri vardı. Etrafındaki her şey, gök de yer de karanlıktı, ama orada ışıklar yanıyordu. Bir zamanların Minas İthil'inin mermer surlarından taşan tutsak ayışığı; tepelerin boşluğunda pırıl pırıl duran Ay Kulesi değildi bu. Hasta ayın tutulmuş ışığından daha solgundu; titrek ve bir çürümenin gürültülü nefesi gibi, bir ceset ışığı, hiçbir şeyi aydınlatmayan bir ışık. Surlarda ve kulelerde pencereler görünüyordu, içteki boşluğa bakan sayısız kara delik gibi; fakat kulenin en üst kısmı yavaş yavaş dönüyordu, önce bir yana, sonra öbür yana; geceyi gözleyen kocaman hayaletsi bir baş. Bir an için üç yol arkadaşı büzüşüp isteksiz gözlerle yukarı bakarak orada durdular. İlk kendine gelen Gollum oldu. Yine aceleyle onların pelerinlerini çekiştirdi ama tek bir söz söylemedi. Onları sürüklüyordu adeta. Attıkları her adım gönülsüzdü, zaman da yavaşlamıştı sanki; öyle ki ayaklarının kalkıp inmesi arasında nefret verici dakikalar geçiyordu.

Böylece yavaş yavaş ak köprüye vardılar. Burada belli belirsiz pırıldayan yol, vadinin ortasındaki derenin üzerinden geçip gidiyor, çarpık çurpuk dolanarak şehrin kapısına varıyordu: Şehrin kapısı, kuzey surlarının dış halkasına açılmış kara bir ağızdı. Her iki yanda da geniş düzlükler uzanıyordu, soluk beyaz çiçeklerle dolu gölgeli çayırlar. Çiçekler de aydınlıktı, güzellerdi güzel olmasına ama yine de biçimleri korkunçtu, tıpkı huzursuz bir rüyanın çılgın biçimleri gibi; bir de belli belirsiz, hasta edici bir mahzen kokusu yayıyorlardı; havayı bir çürümüşlük kokusu doldurdu. Çayırdan çayıra çıkıyordu köprü. Köprünün başında şekiller vardı, marifetle yontulmuş, insana ve hayvana benzeyen şeylerin suretleri; ama hepsi kokuşmuş ve iğrenç şeylerdi. Altından akan su sessizdi ve tütüyordu ama sudan yükselip köprünün etrafında kıvrılıp bükülerek dönen buhar korkunç biçimde soğuktu. Frodo duyularının sersemlediğini ve aklının karardığını fark etti. Sonra aniden, sanki kendi iradesi dışında başka bir irade iş başındaymış gibi acele etmeye, el yordamıyla ilerlemek istercesine ellerini uzatıp, başı bir yandan bir yana sallanırken ileri doğru yalpalaya yalpalaya gitmeye başladı. Hem Sam, hem Gollum onun peşinden koştular. Sam tam köprünün eşiğinde tökezlenip düşmek üzere olan beyini kolları arasına aldı.

"O taraftan değil! Hayır, o taraftan değil!" diye fısıldadı Gollum fakat dişleri arasındaki nefesi ağır sessizliği bir ıslık gibi yırttı adeta; o da dehşetle yere büzüştü.

"Sıkı dur Bay Frodo!" diye mırıldandı Sam Frodo'nun kulağına. "Geri gel! O taraftan değil. Gollum öyle diyor ve ben de ilk kez onunla aynı fikirdeyim."

Frodo yüzünü ovuşturdu ve gözlerini tepedeki şehirden zorla ayırdı. Aydınlık kule onu büyülemişti; kapıya doğru giden ışınlar saçan yoldan koşup gitmek için duyduğu arzuyla savaştı. Sonunda, bir gayret döndü; böyle yapar yapmaz Yüzük'ün, boynundaki zincire asılarak kendisine karşı koyduğunu fark etti; gözleri de, o bakışlarını çevirirken, o an için sanki körleşmişlerdi. Önündeki karanlık zifiri bir renkteydi.

Yerde ürkmüş bir hayvan gibi sürünen Gollum daha şimdiden karanlık içinde gözden kayboluyordu. Sam, tökezleye tökezleye giden beyine destek olup onu götürürken, elinden geldiğince Gollum'u izledi. Derenin yakındaki kıyısına pek uzak olmayan bir yerde yolun kenarındaki taş duvarda bir boşluk vardı. Buradan geçtiler ve Sam, ilk başta tıpkı anayol gibi belli belirsiz pırıldayan dar bir patikada olduklarını gördü; yol korkunç çiçeklerin olduğu çayırın üzerine varınca sönükleşip kararıyor, vadinin kuzey kısmına doğru dolaşık, çarpık bir güzergâh izliyordu.

Bu patikada hobbitler yan yana, zahmetle yürüdüler; arada bir onları eliyle çağırmak için döndüğü zamanlar hariç, önlerindeki Gollum'u görmüyorlardı bile. Sonra Gollum'un gözleri, belki de iğrenç Morgul pırıltısını yansıtarak veya içinden ona cevap veren bir ruh haliyle tutuşarak yeşil-beyaz bir ışıkla parladı. Frodo ve Sam, o korkunç pırıltının ve karanlık göz çukurlarının hep bilincindeydiler, durmadan omuzları üzerinden arkaya bakıyor, sonra kararmakta olan patikayı bulmak için gözlerini çeviriyorlardı. Yavaş yavaş, zahmetle devam ettiler yollarına. Leş kokusunun ve zehirli derenin buharlarının üzerine çıkınca, daha rahat nefes almaya başladılar, zihinleri de açıldı; fakat şimdi de kol ve bacakları korkunç biçimde yorgun düşmüştü, sanki bütün bir gece boyunca ağır bir yük altında yürümüşler ya da kuvvetli bir akıntıya karşı uzun süre yüzmüşler gibi. Sonunda mola vermeden daha fazla ilerleyemeyecek duruma geldiler.

Frodo durarak bir kayanın üzerine oturdu. Artık çıplak kayanın büyük kamburuna tırmanmışlardı. Önlerinde vadi tarafında bir çıkıntı vardı; bunun tepesinden, sağ tarafında derin bir yarık bulunan, geniş bir kaya çıkıntısından başka bir şey olmayan yol, dolanarak devam ediyor, dağın dik güney yüzünden yukarı doğru, sonunda yukarıdaki karanlık içinde gözden kayboluncaya kadar tırmanıyordu.

"Biraz dinlenmem lazım Sam," diye fısıldadı Frodo. "Çok ağırlık yapıyor bu nesne evladım Sam, çok ağır. Acaba nereye kadar taşıyabileceğim onu? Her halükârda bunu denemeden önce dinlenmem lazım." Önlerindeki dar yolu gösterdi.

"Şışşt! şışşt!" diye tısladı Gollum aceleyle onlara dönerek. "Şışşt!" Parmakları dudaklarının üzerindeydi ve başını telaşla sallıyordu. Frodo'nun kolundan çekerek yolu işaret etti; fakat Frodo hareket etmiyordu.

"Henüz değil," dedi, "henüz değil." Yorgunluk ve yorgunluktan da ötesi bunaltıyordu gönlünü; sanki aklı ve bedeni üzerine ağır bir büyü yapılmıştı. "Dinlenmem lazım," diye mırıldandı.

Bunun üzerine Gollum'un korkusu ve tedirginliği o kadar büyüdü ki bir kez daha konuştu, parmaklarının arasından tıslayarak sanki sesini havadaki görünmeyen dinleyicilerden saklamaya çalışırmış gibi. "Burada değil, hayır. Burada dinlenme. Aptallar! Gösler bisi görebilir. Köprüye geldiklerinde bisi görürler. Gelin usaklaşın! Tırmanın, tırmanın! Gelin!"

"Haydi Bay Frodo," dedi Sam. "Yine haklı. Burada duramayız."

"Tamam," dedi Frodo uzaktan gelen bir sesle, sanki yarı uykuluyken konuşurmuş gibi. "Deneyeceğim." Zar zor ayağa kalktı.

Fakat çok geç kalmışlardı. Tam o anda ayaklarının altındaki kaya titredi. O dev gürleme sesi, her zamankinden yüksek olarak yerden geldi ve dağlarda yankılandı. Sonra kör edici bir hızla koca, kırmızı bir şimşek çaktı. Doğudaki dağların çok ardında gökyüzüne sıçradı ve alçalmakta olan bulutları ala boyadı. O soğuk, korkunç ışığın ve gölgelerin vadisinde, dayanılmayacak kadar göz alıcı ve vahşi görünüyordu şimşek. Gorgoroth'ta coşan alevin önünde kayaların ve sırtların zirveleri dişli bıçaklar gibi, simsiyah fırlıyordu. Derken muazzam bir gökgürültüsü çatırdadı.

Ve Minas Morgul cevap verdi. Kurşun rengi şimşekler göz kamaştıran bir ışıkla parladı: Kuleden ve çevre tepelerden kasvetli bulutlara sıçrayan mavi alev çatalları. Toprak homurdandı ve şehirden bir çığlık yükseldi. Avcı kuşların tiz ve acı seslerine, öfke ve korku ile çıldırmış atların acı kişnemelerine karışan, hızla yükselerek duyma sınırının dışında, kulakları yırtan bir perdeye varan keskin bir gıcırtı duyuldu. Hobbitler sese doğru dönerek elleriyle kulaklarını kapatıp kendilerini yere attılar.

. Korkunç çığlık önce uzun, mide bulandırıcı bir ulumaya dönüşüp sonra da kaybolurken, Frodo yavaş yavaş başını kaldırdı. Dar vadinin karşısında, artık neredeyse gözleriyle aynı seviyede, şeytani şehrin surları duruyordu ve parlayan dişleriyle açık duran bir ağız biçimi verilmiş oyuk kapısı ardına kadar açılmıştı. Kapıdan dışarıya bir ordu çıktı.

Ordudakiler tamamen samur rengi, gece gibi kara giysilere bürünmüştü. Soluk surların önünde ve yolun ışıklı zemininde görebiliyordu Frodo onları; sıra sıra küçük kara siluetler, hızla ve sessizce yürüyorlar, sonu gelmez bir akışla dışarı çıkıyorlardı. Önlerinde düzenli gölgeler gibi, büyük bir süvari alayı gidiyordu; bunların da başında hepsinden daha büyük bir atlı vardı: Bir Süvari, kukuletalı başında tehlikeli bir ışıkla titreşen, taca benzeyen miğfer hariç tepeden tırnağa siyah. Artık aşağıdaki köprüye doğru yaklaşıyordu, Frodo'nun kıpırdamadan, başka bir yana çeviremeden takılıp kalmış gözleri onu izliyordu. Belli ki Dokuz Süvari'nin Efendisi, dehşetli ordusunu savaşa götürmek için geri dönmüştü. Buradaydı, evet soğuk elindeki o zehirli bıçak ile Yüzük Taşıyıcısı'nı yaralayan yabani görünüşlü kral gerçekten de buradaydı işte. Eski yara acıyla zonklamaya başladı ve Frodo'nun kalbine doğru büyük bir ürperti yayıldı.

Daha bu düşünceler, korkuyla içine işlerken ve sanki bir tılsım gibi onu bağlarken Süvari aniden tam köprünün girişinde durdu ve arkasındaki koca ordu da hareketsizleşti. Bir duraklama oldu, ölü bir sessizlik. Belki de Tayf Beyi'ni çağırmıştı Yüzük, bir an için vadisinde başka bir güç hissederek aklı karışmıştı. Korkuyla miğferlenmiş ve taçlanmış kara başı bir o yana, bir bu yana döndü, görünmeyen gözlerle gölgeleri süpürerek. Frodo bekledi, yaklaşan bir yılanı bekleyen bir kuş gibi hareket dahi edemeden. Ve beklerken, daha öncekilerden çok daha zorlayıcı bir biçimde Yüzük'ü takma emrini hissetti. Fakat baskı ne kadar büyük olursa olsun artık ona boyun eğme eğilimi yoktu içinde. Yüzük'ün yapacağı işin sadece onu ele vermek olacağını biliyordu ve Yüzük'ü taksa bile Morgul Kralı ile yüzleşmeye gücü yoktu – henüz yoktu. Artık iradesinde, dehşetle yılmış olsa bile, o emre bir karşılık yoktu; sadece dışardan büyük bir gücün kendisini zorladığını hissediyordu. Bu güç elini aldı; Frodo, istemeyerek, boşlukta asılı kalmış gibi zihniyle seyrediyordu (sanki uzaklardaki eski bir hikâyeye bakarmış gibi), güç elini milim milim boynundaki zincire doğru hareket ettirdi. Sonra kendi iradesi harekete geçti; yavaş yavaş elini zorla geri itti ve göğsünde gizli duran başka bir şeyin üzerine koydu. Eli bu şeyi sarınca soğuk ve sert geldi eline: Galadriel'in şişeciği, neredeyse o ana kadar unutulmuş, o çok değerli şişecik. Ona dokununca bir süre için Yüzük'le ilgili bütün düşünceler aklından silindi gitti. İç geçirerek başını eğdi.

Tam o anda Tayf Kralı döndü ve atını mahmuzlayarak köprüden geçip gitti; bütün karanlık ordusu da onu izledi. Belki de elf başlıkları onun görünmeyen gözlerine karşı koymuştu ve minik düşmanın zihni güçlenmiş olduğundan düşüncelerini başka yöne çevirmişti. Ama onun acelesi vardı. Daha şimdiden vakit gelmişti, büyük Efendi'sinin emriyle Batı'daki savaşa gitmesi gerekiyordu.

Kısa bir süre sonra dolanan yoldan geçip gitti, gölgelere karışan bir gölge gibi, arkasından kapkara saflar hâlâ köprüden geçiyordu. İsildur'un güçlü olduğu günlerden beri vadiden bu kadar büyük bir ordu hiç çıkmamıştı; bu kadar kötü ve bu kadar güçlü bir ordu Anduin geçitlerine hiç saldırmamıştı; ama yine de bu, o anda Mordor'un cepheye sürdüğü orduların en büyüğü değildi.

Frodo kıpırdadı. Aniden gönlüne Faramir düştü. "Fırtına sonunda koptu," diye düşündü. "Bu kocaman mızrak ve kılıç safları Osgiliath'a gidiyor. Faramir zamanında geçebilecek mi acaba? Bunu tahmin etmişti ama zamanını biliyor muydu? Kral ile Dokuz Süvari gelince geçitleri kim tutabilir ki? Üstelik başka ordular da gelecek. Çok geç kaldım. Her şey bitti. Yolda oyalandım. Her şey bitti. Görevimi yerine getirsem bile hiçbir zaman kimse bilemeyecek. Anlatabileceğim kimse kalmayacak. Her şey boşuna olacak." Zayıflığına yenilerek ağladı. Morgul ordusu köprüyü geçmeye devam ediyordu.

Sonra çok uzaktan, sanki güneş içinde bir sabah, gün kapıya dayanıp da kapılar açılırken, Shire'ın hatıraları arasından geliyormuş gibi Sam'in sesini duydu. "Uyan Bay Frodo! Uyan!" Eğer ses, "Kahvaltınız hazır," da diyeydi pek şaşırmayacaktı. Belli ki Sam'in acelesi vardı. "Uyan Bay Frodo! Gittiler," dedi.

Boğuk, madeni bir ses duyuldu. Minas Morgul'un kapıları kapanmıştı. Son mızrak dizisi de yoldan kaybolup gitmişti. Kule hâlâ vadinin karşısından sırıtıyordu ama içindeki ışık azalmaya başlamıştı. Bütün şehir yeniden kuluçkaya yatmış bir karanlık gölgeye ve sessizliğe dönüyordu. Yine de her yanı tetikteydi.

"Uyan Bay Frodo! Gittiler, biz de gitsek iyi olacak. O yerde canlı olan bir şeyler var hâlâ, gözleri olan, ya da gören aklı olan bir şey, bilmem anlatabildim mi; bir noktada çok oyalanırsak, çok geçmeden bize ulaşır. Haydi Bay Frodo!"

Frodo başını kaldırdı, sonra ayağa kalktı. Yılgınlık üzerinden gitmemişti ama o zayıflık geçmişti. Hatta, artık, biraz önce hissettiğinin tam aksini hissediyordu, yani eğer becerebiliyorsa, yapmak zorunda olduğu şeyi yapması gerektiğini; Faramir'in, Aragorn'un, Elrond'un, Galadriel'in, Gandalf'ın ya da herhangi birinin, onun yaptığını bilip bilmemesinin önemsiz olduğunu düşünerek acı acı gülümsedi bile. Asasını bir eline aldı, şişeciği öbür eline. Berrak bir ışığın parmakları arasından taşmaya başladığını fark edince şişeciği göğsüne sokup yüreğinin üzerinde tuttu. Sonra, artık karanlık uçurumun diğer tarafındaki gri bir parıltıdan başka bir şey olmayan Morgul şehrinden yüzünü çevirerek yukarı tırmanan yolu tutmak için hazırlandı.

Gollum belli ki Minas Morgul'un kapıları açıldığında hobbitleri yattıkları yerde bırakarak, kaya çıkıntısı boyunca sürünmüştü. Şimdi emekleyerek geri geldi; dişleri takırdayarak ve parmakları şakırdayarak. "Aptal! Sssalak!" diye tısladı. "Çabuk olun! Tehlike geçti sannetmesinler. Geçmedi. Acele edin!"

Hobbitler cevap vermediler ama yükselen kaya çıkıntısından onu izlediler. Başka bir sürü belayla karşılaşmış olmalarına rağmen, bu iş hâlâ ikisinin de hoşuna gitmiyordu; neyse ki uzun sürmedi. Kısa bir süre sonra patika, dağın yan tarafının yeniden yükseldiği bir dirseğe vardı; yol burada aniden kayanın içindeki dar bir geçide giriyordu. Gollum'un sözünü etmiş olduğu ilk merdivene varmışlardı. Neredeyse her yer zifiri karanlıktı, bir karış ötesini göremiyorlardı; fakat Gollum onlara döndüğünde, gözleri bir metre kadar yukarıda soluk soluk parlıyordu.

"Dikkat!" diye fısıldadı. "Basamaklar. Bissürü basamak. Dikkat lassım!"

Gerçekten de dikkat gerekiyordu. İlk başlarda, artık her iki yanlarında da duvar olduğu için Frodo ile Sam'e kolay gelmişti merdivenleri çıkmak, fakat basamaklar bir el merdiveni kadar dikti neredeyse; yukarı tırmandıkça arkalarındaki siyah, yüksek ve uzun uçurumun daha bir farkına varır oldular. Üstelik basamaklar hem dar, hem düzensiz, hem de aldatıcıydı: Basamakların kenarları yıpranmıştı ve pürüzsüzdü; bazıları kırılmıştı, bazılarıysa her adımda çatırdıyordu. Hobbitler sonunda çaresizlik içinde önlerindeki basamaklara tutunarak ve sızlayan dizlerini bükülüp düzelmeye zorlayarak, güç bela ilerlemeye devam ettiler; basamaklar dimdik dağın içine daldıkça, kaya duvarlar başlarının üzerinde daha da yukarılara uzanıyordu.

Bir zaman sonra, tam artık daha fazla dayanamayacaklarını hissettiklerinde Gollum'un gözlerinin yeniden onlara baktığını gördüler. "Çıktık," diye fısıldadı. "İlk merdivenleri geçtik. Bu kadar yükseğe tırmanan akıllı hobbitler, çok akıllı hobbitler. Sadece birkaç minik basamak daha kaldı o kadar, evet."

Son derece yorgun ve sersemlemiş olan Sam ve onu izleyen Frodo, son basamağı tırmanıp bacaklarını ve dizlerini ovuşturarak yere oturdular. Hâlâ yukarı doğru daha yumuşak bir meyille ve basamaksız olarak tırmanıyor gibi görünen koyu karanlık bir geçitte bulunuyorlardı. Gollum fazla dinlenmelerine izin vermedi.

"Bir merdiven daha var," dedi. "Çok daha usun bir merdiven. Diğer merdivenin başına varınca dinlenin. Daha değil."

Sam homurdandı. "Daha uzun mu dediydin?" diye sordu.

"Evet, evet daha usun," dedi Gollum. "Fakat o kadar güç değil. "Hobbitler Düs Merdiven'i çıktı. Şimdi sırada Döner Merdiven var."

"Ya ondan sonra ne var?" dedi Sam.

"Göreceğis," dedi Gollum yavaşça. "Evet, evet, göreceğis!"

"Bir tünel olduğunu söylemiştin sanırım," dedi Sam. "Bir tünel veya içinden geçilip gidilen bir yer yok mu?"

"A, evet, bir tünel var," dedi Gollum. "Fakat ordan geçmeye çalışmadan dinlenebilir hobbitler. Oradan geçerlerse, neredeyse tam tepeye varmış olurlar. Hemen hemen, eğer geçerlerse. Ya, öyle!"

Frodo ürperdi. Tırmanmak onu terletmişti fakat şimdi üşüyor, rutubeti hissediyordu; karanlık geçitte, yukardaki görülmeyen tepelerden gelen ürpertici bir hava akımı vardı. Ayağa kalkarak şöyle bir silkelendi. "Eh, haydi yola koyulalım!" dedi. "Burası oturulacak yer değil."

Geçit millerce uzanıyor gibiydi ve üzerlerinden hep ürpertici bir hava geçiyor, onlar ilerledikçe sert bir rüzgâra dönüşüyordu. Sanki dağlar öldürücü nefesleriyle onları, yüksek yerlerin gizlerinden geri çevirmek için yıldırmaya veya arkalarındaki karanlığa üfürmeye çalışıyorlardı. Sağ taraflarındaki duvarın aniden yok olduğunu fark ettiklerinde anladılar yolun sonuna geldiklerini. Çok az şey görebiliyorlardı. Kocaman siyah biçimsiz kütleler ve gri koyu gölgeler tepelerinde ve etraflarında yükseliyordu, ama arada bir donuk kırmızı bir ışık alçalmakta olan bulutların altından alevleniyordu; bir an için önlerinde her iki yanda bulunan, sanki bel vermiş engin bir çatıyı taşıyan sütunlar gibi duran yüksek zirveleri fark ettiler. Bu geniş kaya çıkıntısına varmak için yüzlerce ayak tırmanmış olmalılardı. Sollarında dik bir duvar yükseliyordu, sağlarında ise bir uçurum vardı.

Gollum onları duvarın dibinden götürdü. O an için tırmanmıyorlardı, ama artık bu karanlıkta ayaklarının altındaki zemin daha kırık dökük ve daha tehlikeli bir hal almıştı; önlerinde, yerde engeller, devrilmiş taş kümeleri vardı. Gidişleri yavaş ve dikkatliydi. Morgul Vadisi'ne gireli kaç saat geçtiğini ne Sam, ne Frodo artık tahmin bile edemiyordu. Gece sonsuz gibi görünüyordu.

Bir süre sonra, bir kez daha yükselmekte olan duvarı fark ettiler ve bir kez daha önlerinde bir merdiven belirdi. Yine durdular ve tırmanmaya başladılar. Bu uzun süren, yorucu bir tırmanıştı; fakat bu merdiven dağa oyulmamıştı. Burada muazzam bir uçurum duvarı geriye doğru meylediyor ve yol bir yılan gibi bir ileri, bir geri kıvrılıp duruyordu. Bir noktada yan tarafa, tam karanlık uçurum boşluğunun kenarına kadar ilerliyordu yol; Frodo buradan aşağıya bakınca, altında engin ve derin bir çukur halinde Morgul Vadisi'nin başındaki büyük koyağın bulunduğunu gördü. Derinliklerinde, sümüklüböceklerin parlayan izi gibi, ölü şehirden İsimsiz Geçit'e giden tayf yolu pırıldıyordu.

Merdiven hâlâ yukarıya doğru dönerek tırmanmaya devam ediyordu; sonunda kısa ve düz son bir katla tekrar başka bir düz zemine vardı. Patika, büyük yardaki ana geçitten ayrılarak, Ephel Dúath'ın yüksek bölgelerindeki daha alçak bir uçurumun dibinden kendi tehlikeli yolunu tuttu. Hobbitler, unutulup gitmiş kışların güneşsiz kayalarda kemirip oyduğu büyük yarıklarla, geceden daha siyah çatlaklarla bezenmiş her iki yandaki yüksek kayaları, testere uçlu zirveleri belli belirsiz seçebiliyorlardı. Artık gökyüzündeki kırmızı ışık daha güçlü gibiydi; ama bu gölge diyarına korkunç bir sabah mı geliyordu, yoksa ötedeki, acı içindeki Gorgoroth'ta Sauron'un büyük zorbalıklarından birinin alevini mi görüyorlardı, bilemiyorlardı. Daha da önlerinde ve çok yukarılarda, bu acı yolun zirvesi olduğunu tahmin ettiği bir yer gördü Frodo. Doğu göğünün kasvetli kızıllığı önünde, en yüksek tepede, dar, iki kara sırt arasında derince yarılmış bir uçurumun ana hatları belli olmuştu; her iki sırtta da kayadan birer boynuz vardı.

Durarak buraya daha dikkatle baktı. Sol taraftaki boynuz daha uzun ve inceydi; içinde kırmızı bir ışık yanıyordu ya da arkasında kalan topraklardaki kırmızı ışık buradaki bir delikten geçip geliyordu.

Artık görebiliyordu: Dış geçidin üzerine yerleştirilmiş kara bir kuleydi bu. Sam'in koluna dokunarak işaret etti.

"Görünüşünü hiç beğenmedim!" dedi Sam. "Demek ki senin bu gizli yolun da korunuyormuş," diye homurdandı Gollum'a dönerek. "Başından beri biliyordun herhalde?"

"Bütün yollar korunur, evet," dedi Gollum. "Elbette korunurlar. Fakat hobbitler yollardan birini denemek sorunda. Bu en as korunanıdır belki. Belki de hepsi büyük savaşa gitmişlerdir, belki de!"

"Belki de," diye homurdandı Sam. "Eh hâlâ oldukça uzakta görünüyor, daha oraya varmadan epey yol gideceğiz gibi. Ve bir de tünel var tabii. Bence artık dinlenmen gerekir Bay Frodo. Günün veya gecenin kaçıdır bilemiyorum ama saatlerdir durmadan gidiyoruz."

"Evet, dinlenmeliyiz," dedi Frodo. "Haydi rüzgârsız bir köşe bulup biraz gücümüzü toplayalım – son adım için." Çünkü öyle olduğunu hissediyordu. Gerideki toprakların dehşeti, burada yapılması gereken işler, uzak görünüyordu gözüne, o anda onu rahatsız edemeyecek kadar uzak. Bütün aklı fikri bu aşılmaz duvarı ve nöbetçiyi geçmekteydi. Bir kez bu imkânsız işi başarsa, sonra nasıl olsa görev tamamlanırdı; ya da hâlâ Cirith Ungol'un altındaki kayalık gölgelerde uğraştığı o yorgunluğun karanlık saatinde ona öyle gelmişti.

İki kocaman dikey kaya arasındaki karanlık bir yarığa oturdular: Frodo ile Sam biraz daha içeri, Gollum ise girişin yakınlarında, yere kıvrıldılar. Burada hobbitler, İsimsiz Ülke'ye inmeden önce, belki de birlikte yiyecekleri son yemek olduğunu düşündükleri yemeği yediler. Gondor'un yiyeceklerinin birazını ve elflerin yolluk peksimetlerini yediler ve biraz da su içtiler. Fakat sularını idareli kullanıyorlar, sadece kurumuş ağızlarını ıslatacak kadar içiyorlardı.

"Acaba bir daha ne zaman su bulacağız?" dedi Sam. "Ama herhalde orada bile su içiyorlardır, öyle değil mi? Orklar su içer, içmezler mi?"

"Evet içerler," dedi Frodo. "Ama bırak bundan konuşmayalım. Bu tür içecekler bizim için değil."

"İyi ya, demek ki mataralarımızı doldurmak için daha çok nedenimiz var," dedi Sam. "Ama burada hiç su yok: Bir şıpırtı sesi bile duymadım. Zaten Faramir de Morgul'dan hiç su içmememiz gerektiğini söylemişti."

"İmlad Morgul'dan çıkan hiçbir sudan içmeyin, demişti," dedi

Frodo. "Daha o vadide değiliz ve eğer bir pınara denk gelecek olursak, bu pınar vadiye doğru akar, vadiden dışarı değil."

"Ben buna güvenemem," dedi Sam, "susuzluktan ölmezsem. Bu yerde kötü bir his var." Etrafı kokladı. "Bir koku var, galiba. Senin de dikkatini çekmedi mi? Garip bir koku, boğucu. Hiç sevmedim."

"Ben buradaki hiçbir şeyi sevmiyorum," dedi Frodo, "ister basamak olsun, ister taş; ister et olsun ister kemik. Toprak, hava ve su, sanki hepsi lanetlenmiş. Ama yolumuz böyle gidiyor."

"Evet öyle," dedi Sam. "Zaten burada hiç olmamalıydık, yola çıkmadan önce bu konuda daha fazla şey öğrenmeliydik. Ama sanırım bu hep böyle olur. Eski masallardaki ve şarkılardaki bütün o kahramanlıklar Bay Frodo: Maceralar yani, öyle derdim adlarına. Hep bunların, o masalların mükemmel kişilerinin çıkıp aradığı şeyler olduğunu düşünürdüm, çünkü onlar macera isterlerdi, çünkü maceralar heyecan verici, yaşam ise biraz sıkıcıydı; bunu spor olsun diye yapıyorlardı falan filan. Fakat gerçekten önemli olan öykülerde, ya da akılda kalan öykülerde böyle olmuyor. Kahramanlar sanki bu olayların içine düşüyorlar – yani yolları onları o tarafa götürüyor da denebilir. Ama galiba onların da, bizim gibi bir sürü seçenekleri oluyordu ellerinde, geriye dönmek gibi; sadece onlar geri dönmüyordu. Eğer dönüyorlardıysa bile bizim bundan haberimiz olmuyordu çünkü dönenler unutuluyordu. Biz sadece yollarına devam edenlerden haberdar oluyorduk –ve dikkatini çekerim, hepsi de mutlu bir sona varmıyordu– en azından öyküdeki veya öykü dışındakilerin mutlu son dedikleri bir sona varmıyorlardı. Yani memleketine dönüp de, her şeyi bıraktığı gibi olmasa bile yolunda bulması gibi – yaşlı Bay Bilbo gibi yani. Fakat mutlu sonlu öyküler en iyileri sayılmazlar her zaman, gerçi içinde bulunulacak en iyi öyküler sayılabilirler aslında! Acaba biz ne tür bir öykünün içine düştük?"

"Kim bilir," dedi Frodo. "Ben bilmiyorum. Gerçek öykülerin âdeti de budur işte. Hoşuna giden bir tane öykü seç. Dinlediğin öykünün nasıl bir öykü olduğunu, yani sonunun mutlu mu, mutsuz mu olduğunu bilebilirsin, veya tahmin edebilirsin ama içindeki kişiler bunu bilmezler. Sen onların biliyor olmasını istemezsin zaten."

"Öyle beyim, elbette istenmez. Beren mesela, o Silmaril'i Thangorodrim'deki Demir Taç'tan alabileceğini hiç düşünmemişti, ama yine de bunu başardı; üstelik orası bizimkinden daha kötü bir yer ve daha kara bir tehlikeydi. Ama o uzun bir öykü tabii ki; mutluluğu aşıp gidiyor ve eleme, hatta elemden de ötesine uzanıyor – Silmaril de yoluna devam ederek Eärendil'e kadar geliyor. Acaba neden bunu daha önce düşünemedim beyim! Bizde –yani sizde– de o ışığın birazcığı var, Hanım'ın size vermiş olduğu o yıldızcamda! Vay canına, düşününce, biz de hâlâ aynı öykünün içindeyiz! Öykü devam ediyor. Büyük öyküler hiç bitmez mi acaba?"

"Hayır, onlar hiçbir zaman öykü olarak bitmez," dedi Frodo. "Fakat onların içindeki kahramanlar gelir, rolleri bitince giderler. Bizim bölümümüz de bir zaman sonra bitecek – ya da kısa bir süre sonra."

"O zaman biraz dinlenip, biraz da uyuyabiliriz," dedi Sam. Acı acı güldü. "Tam da bunu kastediyorum Bay Frodo. Yani bildiğimiz, basit bir istirahati, bir uykuyu ve sonra bahçedeki sabah işlerini yapmak için de uyanmayı kastediyorum. Korkarım benim bütün ümidim hep bundan ibaret olmuştur. Bütün o büyük önemli planlar benim gibilere göre değil. Yine de merak ediyorum acaba bizi şarkılara veya öykülere katacaklar mı diye? Şimdi öykünün birindeyiz elbette – ama ben şunu kastediyorum: Yani sözlere dökecekler mi, anlarsınız ya, hani yıllar, yıllar sonra ocak başında anlatılan veya kırmızı siyah harfleri olan kocaman bir kitaptan okunan bir öyküdeki sözlere. Ve insanlar şöyle diyecekler: 'Hadi bize Frodo ile Yüzük'ü anlatın!' Onlar da şöyle diyecekler: 'Evet, bu benim de en sevdiğim öykülerden biri. Frodo çok cesurmuş, öyle değil mi baba?' 'Evet oğlum, hobbitlerin en meşhuru, bu da kolay bir şey değil.'"

"Hiç kolay değil," dedi Frodo ve uzun uzun, içinden gelerek güldü. Öyle bir ses, Sauron Orta Dünya'ya geldiğinden beri bu yerlerde hiç duyulmamıştı. Sam'e aniden sanki bütün kayalar dinliyorlarmış, uzun kayalar da üzerlerine eğilmiş gibi geldi. Fakat Frodo onlara kulak asmadı; yine güldü. "Hey gidi Sam," dedi, "seni duymak, sanki öykü yazılmış gibi mutlu etti beni. Ama en önemli karakterlerden birini unuttun: Aslan yürekli Samwise. 'Ben daha çok Sam'i dinlemek istiyorum baba. Neden onun konuşmalarını daha çok katmamışlar baba? Ben en çok onu seviyorum, beni o güldürüyor. Üstelik Sam olmasaymış Frodo pek uzağa gidemezmiş, değil mi baba?'"

"Aşkolsun Bay Frodo," dedi Sam, "alay etme. Ben ciddiydim."

"Ben de ciddiydim," dedi Frodo, "ve hâlâ ciddiyim. Hızımızı alamadık. Sen ve ben, Sam, hâlâ öykünün en kötü yerlerine sıkışıp kalmış durumdayız ve bu noktada birinin şöyle demesi de çok büyük bir ihtimal: 'Kapat şu kitabı artık baba; daha fazla okumamıza gerek yok.'"

"Belki de," dedi Sam, "fakat bunu söyleyecek olan ben olmazdım. Büyük öykülerin bir parçası haline gelmiş, olup bitmiş şeyler başkadır. Belli mi olur, belki Gollum bile öyküye yakışır, yanımızda olduğundan daha iyi gider en azından. Üstelik o da bir zamanlar öyküleri seviyormuş, anlattığına göre. Acaba kendisini iyi adam gibi mi, kötü adam gibi mi görüyordur?"

"Gollum!" diye seslendi. "Sen bir kahraman mı olmak isterdin – nerelere gitti yine o?"

Ne sığınaklarının ağzında, ne de etraftaki gölgeler içinde izi bile yoktu. Her zamanki gibi bir yudum suyu kabul ettiği halde onların yiyeceklerini reddetmişti; sonra da sanki uyumak için kıvrılmıştı. Bir gün önceki uzun yokluğunun nedenlerinden birinin en azından kendi zevkine göre yiyecek bulmak olduğunu varsaymışlardı; şimdi de belli ki onlar konuşurken süzülüp gitmişti. Ama bu kez ne için?

"Haber vermeden sessizce gitmesinden hiç hoşlanmıyorum," dedi Sam. "Hele şimdi hiç hoşlanmıyorum. Buralarda yiyecek arıyor olamaz, tabii özellikle yemekten hoşlandığı bir kaya varsa o başka. Yahu burada bir parça yosun bile yok!"

"Onun için endişe etmenin bir faydası yok şimdi," dedi Frodo. "O olmasaydı buraya kadar gelemezdik, geçidi görmüş olsaydık bile; o yüzden onun bu hallerine katlanmamız gerek. Eğer kötüyse, kötü."

"Yine de onun gözümün önünde olmasını isterdim," dedi Sam. "Hele kötüyse, daha da çok isterdim. Hatırlıyor musun, geçidin gözlenip gözlenmediğini hiç söylemedi. Şimdi de orada bir kule görüyoruz – terk edilmiş de olabilir, edilmemiş de. Sence onları getirmeye mi gitti; orkları veya her neyseler onları?"

"Hayır, zannetmem," diye cevap verdi Frodo. "Eğer bir kötülük düşünüyorsa bile, ki bu pek uzak bir ihtimal değil, bunun öyle bir kötülük olduğunu zannetmem: Yani orkları veya Düşman'ın hizmetkârlarından birini çağıracağını. Neden bu ana kadar beklesindi, bütün o tırmanma zahmetine katlansındı ve o kadar korktuğu bu topraklara bu kadar yaklaşsındı? Onunla karşılaştığımızdan beri birçok kez bizi orklara teslim edebilirdi. Hayır, eğer bir şey varsa bile bu oldukça gizli tuttuğu, kendine ait özel bir numaradır."

"Eh, sanırım haklısın Bay Frodo," dedi Sam. "Bunun beni pek rahatlattığı da yok ya. Kendimi aldatmıyorum tabii: *Beni* orklara seve seve vereceğinden hiç kuşkum yok. Fakat unutuyordum – Kıymetlisi. Hayır, herhalde başından beri aklındaki *zavallı Sméagol'ün Kıymetlisi* idi. Küçük planlarındaki tek düşünce oydu, eğer bir planı varsa. Fakat bizi buraya getirmenin ona ne yararı olacağını hayal bile edemiyorum."

"Büyük bir ihtimalle o da edemiyordur," dedi Frodo. "Ayrıca o bulanık zihninde sadece tek, belirli bir planın olduğunu da zannetmiyorum. Sanırım gerçekten de bir yerde Kıymetli'yi Düşman'dan korumaya çalışıyor, koruyabildiği sürece. Çünkü bu onun için de en son felaket olur, Düşman Yüzük'ü ele geçirirse yani. Diğer taraftan belki de sadece bizi oyalayıp bir fırsat kolluyordur."

"Evet Yıvışık ile Leş, daha önce de söylemiş olduğum gibi," dedi Sam. "Fakat Düşman'ın ülkesine ne kadar yaklaşırsak, Yıvışık o kadar Leş olacak. Sözlerimi iyi dinle: Eğer o geçide varırsak, bir çeşit sorun yaratmadan bizim kıymetli şeyi öbür tarafa götürmemize izin vermeyecek."

"Daha oraya varmadık," dedi Frodo.

"Hayır, ama varıncaya kadar gözlerimizi dört açalım. Eğer şekerleme yaparken yakalanırsak Leş çabucak üste çıkıverir. Yine de senin biraz kestirmenin şimdi bir tehlikesi yok beyim. Eğer bana yakın yatarsan tehlikesi yok. Senin biraz uyumandan çok memnun olacağım. Sana göz kulak olurum; zaten kolumu sana dolayabileceğim kadar yakınımda yatarsan Sam'in haberi olmadan kimse seninle elleşemez."

"Uyku!" dedi Frodo ve içini çekti, sanki çölde, serin bir yeşilliğin serabını görüyormuş gibi. "Evet, burada bile uyuyabilirim."

"Uyu o halde beyim! Başını kucağıma koy."

Böyle buldu onları Gollum saatler sonra önlerindeki karanlıktan çıkan patikadan emekleyerek ve sürünerek geri döndüğünde. Sam kayaya dayanarak oturmuş, başı yanına düşmüş ağır ağır nefes alıyordu. Kucağında derin uykulara dalmış Frodo'nun başı vardı; bembeyaz alnında Sam'in kara ellerinden biri vardı, diğeri ise tatlı tatlı beyinin göğsü üzerinde duruyordu. Her ikisinin yüzünden de huzur okunuyordu.

Gollum onlara baktı. O ince ve aç yüzünden garip bir ifade gelip geçti. Gözlerindeki pırıltı söndü; gözleri donuklaşıp grileştiler, yaşlı ve yorgun oldular. Bir sancı kıvrandırıyordu sanki onu; dönüp geçide baktı, sanki bir iç tartışma yaşıyormuş gibi başını salladı. Sonra geri geldi, yavaş yavaş titreyen elini uzatarak, büyük bir dikkatle Frodo'nun dizini elledi – ama bu temas bir okşamaydı neredeyse. Bir minicik an için, uyuyanlardan biri onu görmüş olsaydı, onu kendi zamanından, gençliğinin tarlalarından ve derelerinden, kendi arkadaşları ve akrabalarından çok sonraya bırakmış olan yıllarla küçülmüş, bir deri bir kemik kalmış acınacak bir şey, yaşlı yorgun bir hobbit gördüklerini zannederdi.

Fakat o dokunuşla Frodo kıpırdanarak uykusunda hafifçe bağırdı ve Sam derhal uyandı. İlk gördüğü şey, tahmin etmiş olduğu gibi, beyini "elleyen" Gollum oldu.

"Hışşt sen!" dedi kabaca. "Ne halt karıştırıyorsun?"

"Hiç, hiç," dedi Gollum yavaşça. "Cici Bey!"

"Umarım," dedi Sam. "Fakat sen nerelerdeydin – sinsice bir gidiyorsun bir geliyorsun, seni ihtiyar hain seni?"

Gollum geri çekildi, ağır göz kapaklarının altından yeşil bir kıvılcım pırıldadı. Dört ayağı üzerine çömelmiş, patlak gözleriyle bir örümcek gibi bakıyordu şimdi neredeyse. O an, hatırlanmayacak şekilde geçip gitmişti. "Sinssice, sinssice!" diye tısladı. "Hobbitler hep kibardır, evet. Ey cici hobbitler! Sméagol onları kimsenin bulamayacağı gisli yollara götürüyor. Çok yorgun, çok susus, evet çok ssusus; onlara rehberlik ediyor, yolları arıyor ve onlar *sinssice, sinssice* diyor. Çok cici arkadaşlar, a evet kıymetlim, çok cici."

Sam biraz pişman olur gibi oldu ama güveni artmamıştı. "Özür dilerim," dedi. "Özür dilerim ama beni uykumdan aniden uyandırdın. Üstelik uyumamam gerekiyordu, bu da beni biraz aksi yaptı. Fakat Bay Frodo o kadar yorgundu ki ona biraz kestirmesini söyledim; eh işte böyle oldu. Kusura bakma. Ama sen nerelerdeydin?"

"Sinssice gesiyordum," dedi Gollum, yeşil kıvılcım gözlerinden gitmemişti.

"A, çok iyi," dedi Sam, "istediğin gibi olsun! Dediğin gibi bir şey yapıyordun herhalde. Ve şimdi hepimizin sessiz sedasız, sinsice ilerlememiz gerekiyor. Saat kaç? Bugün mü, yarın oldu mu?"

"Yarın oldu," dedi Gollum, "ya da hobbitler uykuya daldıklarında yarındı. Çok aptalca, çok tehlikeli – eğer savallı Sméagol etrafa gös kulak olmak için sinssice gesmeseydi."

"Galiba pek yakında o sözcükten bıkacağız," dedi Sam. "Fakat boşver. Ben beyi uyandırayım." Tatlılıkla Frodo'nun alnındaki saçı geriye doğru çekti ve eğilerek yavaşça konuştu.

"Uyan Bay Frodo! Uyan!"

Frodo kıpırdandı ve gözlerini açtı; üzerine eğilmiş Sam'in yüzünü görerek gülümsedi. "Beni yine erken kaldırdın değil mi Sam?" dedi. "Daha hava karanlık!"

"Evet, burası hep karanlık," dedi Sam. "Fakat Gollum geri geldi Bay Frodo ve yarın olduğunu söylüyor. Yani yürümeye devam etmemiz lazım. Son adım."

Frodo derin bir nefes alarak doğrulup oturdu. "Son adım!" dedi. "Hu Sméagol! Yiyecek bulabildin mi? Dinlenebildin mi?"

"Yemek yok, dinlenmek yok, Sméagol'e bir şey yok," dedi Gollum. "O sinssi biri."

Sam dilini damağında şaklattı, ama sonra kendine hâkim oldu.

"Kendine kötü sıfatlar yakıştırma Sméagol," dedi Frodo. "Bu akılsızca bir şey, doğru da olsa yanlış da olsa."

"Sméagol kendisine verileni kabul etmek sorunda," diye cevap verdi Gollum. "Bu sıfatı ona, her şeyi pek bilen iyi kalpli hobbit Efendi Samwise yakıştırdı."

Frodo Sam'e baktı. "Evet beyim," dedi. "Ben bu sözü kullanmıştım, uykumdan aniden uyanıp da onu ortalıklarda görüverince. Özür diledim ama yakında yaptığıma hiç de pişman olmamaya başlayacağım."

"Haydi o halde, bırakın bunu," dedi Frodo. "Fakat artık sen ve ben Sméagol, dönüm noktasına geldik gibi. Söyle bana. Yolun geri kalan kısmını kendi kendimize bulabilir miyiz? Geçidi ve geçide giden yolu görüyoruz artık; eğer o yolu şimdi bulabilirsek anlaşmamız bitmiş olacak. Sen verdiğin sözü tuttun ve özgürsün: Yiyeceklere ve dinlenmeye dönmek için özgürsün; Düşman'ın hizmetkârları hariç nereye gitmek istersen gidebilirsin. Hatta günün birinde seni ödüllendirebilirim, ben veya beni hatırlayanlardan biri."

"Yo, yo daha değil," diye sızlandı Gollum. "Yo hayır! Yolu kendi başlarına bulamaslar, bulabilirler mi? Yo, hayır, elbette hayır. Daha tünel var sırada. Sméagol yola devam etmeli. Dinlenme yok. Yemek yok. Daha yok."

BÖLÜM IX

SHELOB'UN İNİ

Gerçekten de gündüz olabilirdi o anda, Gollum'un söylemiş olduğu gibi, fakat hobbitler pek bir fark göremiyorlardı; olsa olsa üstlerindeki gökyüzü daha az kapkaraydı, dumandan bir damı daha çok andırıyordu; hâlâ çatlaklarda ve deliklerde oynaşan derin gecenin karanlığı yerine, kurşuni bulanık bir gölge etraflarındaki kayalık dünyayı örtüyordu. Yollarına, her iki yanlarında kocaman biçimsiz heykeller gibi duran, hava koşullarıyla yıpranmış, parçalanmış dik kayalar ve sütunlar arasındaki uzun koyaktan devam ettiler; Gollum önde, hobbitler onun ardında yan yana. Hiç ses yoktu. Önlerinde, bir mil kadar ileride, büyük kurşuni bir duvar vardı; dağ kayalarının dimdik yükselen son muazzam kütlesi. Kapkara, koskocaman büyüyordu önlerinde; onlar yaklaştıkça sinsi sinsi yükseliyor ve tepelerinde, gerisindeki bütün manzarayı kapatan bir kule gibi duruyordu. Eteğinde derin bir gölge vardı. Sam havayı kokladı.

"Öğğ! O koku!" dedi. "Gitgide kuvvetleniyor."

Derken gölgenin altına girdiler ve orada, tam ortada bir mağaranın girişini gördüler. "Giriş burası," dedi Gollum yavaşça. "Tünelin girişi burası." Tünelin ismini söylemedi: Torech Ungol, Shelob'un İni. Buradan kötü bir koku yayılıyordu, Morgul'un çayırlarındaki gibi çürümüşlüğün iğrenç kokusu değil de, sanki içerideki karanlıkta adlandırılamayacak pislikler birikmiş, istiflenmiş gibi, kötü buğu türü bir şey.

"Tek yol bu mu Sméagol?" dedi Frodo.

"Evet, evet," diye cevap verdi Gollum. "Evet, şimdi bu taraftan gitmemis lassım."

"Daha önce bu deliğe gelmiş olduğunu mu söylemek istiyorsun yani?" dedi Sam. "Üf! Ama belki de kötü kokulara aldırış etmiyorsundur sen."

Gollum'un gözleri pırıldadı. "Bisim neye aldırış ettiklerimisi bilmiyor değil mi kıymetlim? Hayır, bilmiyor. Fakat Sméagol birçok şeye tahammül edebilir. Evet. O buradan geçmişti. A, evet, dosdoğru geçti. Tek yol burası."

"Peki bu kokunun sebebi ne acaba?" dedi Sam. "Sanki – şey, bunu söylemek istemezdim... İçi yüzlerce yılın pisliğiyle dolu, orkların hayvani deliklerinden biri burası, eminim."

"Eh," dedi Frodo. "Orklar olsun olmasın eğer tek yol burasıysa buradan gideceğiz."

Derin bir nefes çekerek, içeri girdiler. Birkaç adım attıklarında zifiri, delinmez bir karanlığın içindeydiler. Moria'nın ışıksız geçitlerinden beri Frodo ve Sam böyle bir karanlık görmemişlerdi ve eğer bu mümkün idiyse, burada karanlık Moria'dan daha derin, daha yoğundu sanki. Orada hava akımları vardı, yankılar vardı ve bir mesafe hissi vardı. Burada hava durgun, hareketsiz, ağırdı ve sesler ölüyordu. Sanki karanlığın kendisinden yapılmış siyah bir buhar içersinde yürüyorlardı, öyle ki nefes aldıkça bu buhar sadece gözlere değil, zihne de bir körlük veriyordu; böylece renklerin, biçimlerin ve herhangi bir ışığın anısı, hafızadan solup gidiyordu. Her zaman gece vardı ve her zaman da olacaktı, her şey geceydi.

Ama bir süre daha hissetmeye devam ettiler; gerçekten de ayaklarındaki ve parmaklarının ucundaki duyular ilk önceleri neredeyse canlarını acıtırcasına keskinleşmiş gibi oldu. Hayretle duvarların pürüzsüz olduğunu hissettiler ve zemin de, arada bir rastladıkları basamaklar hariç, aynı seviyede ve düzdü; durmadan aynı dik meyille tırmanıyordu. Tünel yüksek ve genişti; o kadar genişti ki hobbitler yan yana yürüdükleri halde, ancak kollarını uzatınca yanlardaki duvarlara değebiliyorlardı; karanlıkta her şeyle irtibatları kesilmiş, tecrit edilmişlerdi.

Gollum önden girmişti ve sadece bir iki adım önde gibiydi. Bu tür şeylere dikkat edebilecek haldeyken, nefesinin tıslamasını ve solumasını tam önlerinde duyabiliyorlardı. Fakat bir süre sonra duyularında bir körelme oldu, hem dokunma, hem de duyma duyuları körleşir gibiydi; yollarına el yordamıyla yürüyerek devam ettiler, gittiler, gittiler, daha çok ilk girdiklerindeki isteğin, geçip gitme isteğinin ve tünelin sonundaki yüksek kapıdan çıkmak arzusunun gücüyle.

Muhtemelen daha pek fazla ilerlememişlerdi ki, zaman ile mesafeyi kısa bir süre sonra artık hesap edememeye başlayan ve sağ taraftan giden Sam, duvarı elleyerek yan tarafta bir açıklık olduğunu fark etti: Bir an için daha az ağır olan bir havanın hafif esintisini yakaladı, sonra burayı geçip gittiler.

"Burada birden fazla geçit var," diye fısıldadı zar zor: Sanki nefesinin sese dönüşmesi güç oluyordu. "Bundan daha orklara layık bir yer görmemiştim!"

Ondan sonra önce o sağ tarafta, sonra Frodo sol tarafta üç dört tane daha benzeri açıklık geçtiler, kimi daha geniş, kimi daha küçük; fakat henüz ana yoldan kuşku duymalarına neden olacak bir şey yoktu, çünkü yol dümdüzdü, hiç dönmüyor, hâlâ muntazam bir şekilde tırmanıyordu. Fakat ne kadar uzundu, bunun daha ne kadarına dayanabilirlerdi veya dayanabilirler miydi? Havanın nefessizliği onlar tırmandıkça artıyordu; artık kör karanlık içinde sık sık kötü havadan daha yoğun bir direnç hissediyorlardı adeta. İlerledikçe başlarına ya da ellerine bir şeylerin, uzun dokungaçların veya yukardan sarkan bazı bitkilerin süründüğünü hissettiler: Ne olduğunu bir türlü bulamıyorlardı. Kötü koku arttıkça artıyordu. Koku, ellerinde kalan tek net duyularının bu olduğunu hissedinceye kadar arttı; işkence gibi bir şeydi bu. Bir saat, iki saat, üç saat: Bu ışıksız delikte kaç saat geçirmişlerdi? Saatler – günler, haftalar belki. Sam tünelin yanını bırakarak Frodo'ya doğru büzüştü, elleri birleşerek kenetlendi ve böylece yollarına devam ettiler.

Zamanla sol taraftaki duvarı el yordamıyla yoklamakta olan Frodo aniden bir boşluğa vardı. Neredeyse yan taraftaki boşluğa düşüyordu. Burada kayada, o ana kadar rastladıklarından çok daha geniş bir açıklık vardı ve buradan o kadar kötü bir koku, o kadar yoğun bir pusuya yatmış kötülük duygusu geliyordu ki Frodo sendeledi. Tam o anda Sam de sendeleyerek ileri doğru yuvarlandı.

Hem mide bulantısıyla hem de korkusuyla savaşan Frodo Sam'in elini kavradı. "Kalk!" dedi, kendi sesi olmayan kaba bir fısıltıyla. "Hepsi buradan geliyor, koku da tehlike de. Davran! Çabuk!"

Kalan bütün gücünü ve cesaretini toplayarak Sam'i çekip ayağa kaldırdı ve kol ve bacaklarını hareket etmeye zorladı. Sam yanı sıra sendeleyerek yürüyordu. Bir adım, iki adım, üç adım – sonunda altı adım. Belki de o görünmeyen korkunç açıklığı geçmişlerdi; geçmişler miydi, geçmemişler miydi bilinmez ama aniden hareket etmek kolaylaşmıştı, sanki o an için düşmanca bir irade onları salıvermiş gibi. Düşe kalka ilerlemeye devam ettiler, hâlâ el ele.

Ancak hemen yeni bir zorlukla karşılaştılar. Tünel ikiye ayrılıyordu ya da öyle görünüyordu ve karanlıkta hangisinin daha geniş taraf olduğunu veya hangisinin boğaza daha yakın düştüğünü bilemiyorlardı. Hangisini seçmeliydiler, soldakini mi, sağdakini mi? Onlara yol gösterecek hiçbir şey bilmiyorlardı, yine de yanlış seçimin sonları olacağı kesin gibiydi.

"Gollum hangi taraftan gitti?" dedi Sam nefes nefese. "Ve neden bizi beklemedi?"

"Sméagol!" dedi Frodo, seslenmeye çalışarak. "Sméagol!" Fakat sesi çatladı ve isim dudaklarından dökülür dökülmez kayboldu. Ne bir cevap vardı, ne de bir yankı; havada bir titreşim bile yoktu.

"Bu sefer gerçekten gitti sanırım," diye mırıldandı Sam. "Sanırım burası tam onun bizi getirmek istediği yer. Gollum! Eğer seni bir daha elime geçirirsem, buna çok pişman olacaksın."

Derken, karanlıkta el yordamıyla araştırarak sol taraftaki yolun önünün kapatılmış olduğunu anladılar: Ya çıkmaz bir yoldu ya da büyük bir kaya düşerek geçidi kapatmıştı. "Bu taraf olamaz," diye fısıldadı Frodo. "Doğru veya yanlış diğer yolu tutmalıyız."

"Ve çabuk!" dedi Sam nefes nefese. "Etrafta Gollum'dan çok daha kötü bir şey var. Bizi seyreden bir şey olduğunu hissediyorum."

Ancak birkaç metre gitmişlerdi ki arkalarından bir ses geldi; bu ağır, yutucu sessizlikte şaşırtıcı ve korkunçtu: Bir fokurtu, bir gargara sesi ve uzun kin dolu bir tıslama. Derhal arkalarına döndüler ama hiçbir şey görünmüyordu. Taş gibi hareketsiz durdular, karanlığa bakarak ve ne olduğunu bilmedikleri şeyi bekleyerek.

"Bu bir tuzak!" dedi Sam ve elini kılıcının kabzasına koydu; bunu yaparken kılıcın gelmiş olduğu höyüğün karanlığını düşündü. "Keşke Tom şimdi yakınlarda olsaydı!" diye geçirdi aklından. Sonra, etrafında karanlık, içinde çaresizlik ve öfkenin siyahlığı dururken bir ışık görür gibi oldu: Zihninin içinde bir ışık, ilk başlarda neredeyse dayanılmayacak kadar parlak, penceresiz bir çukurda uzun süre saklanmış birinin gözüne gelen güneş ışınları gibi. Sonra ışık renk halini aldı: Yeşil, altın rengi, gümüş rengi, beyaz. Çok uzakta, sanki elf parmaklarıyla çizilmiş küçük resimdeki gibi Galadriel Hanım'ın, Lórien çimleri üzerinde durduğunu gördü; elinde de armağanları vardı. *Ve sen Yüzük Taşıyıcısı*, dediğini duydu Hanım'ın, uzaktan ama net bir şekilde, *senin için bunu hazırladım.*

Fokurtulu tıslama yaklaştı; karanlıkta ağır bir amaçla hareket eden koca eklemli bir şey çıtırdıyordu. Kendinden önce kötü kokusu geliyordu. "Beyim, beyim," diye bağırdı Sam; hayat ve telaş geri dönmüştü sesine. "Hanım'ın armağanı! Yıldızcamı! Karanlık yerlerde sana ışık olacak bir şey olduğunu söylemişti. Yıldızcamı!"

"Yıldızcamı mı?" diye mırıldandı Frodo sanki uykusunda cevap veren, pek bir şey anlayamayan biri gibi. "A, öyle ya! Neden unuttum onu? *Bütün diğer ışıklar söndüğünde bir ışık!* Ve şimdi gerçekten de ancak ışık bize yardımcı olabilir."

Eli yavaşça bağrına gitti ve yavaşça Galadriel'in Şişeciği'ni havaya kaldırdı. Bir an için şişecik yeryüzünden yükselen yoğun sis arasında çırpınan, doğmakta olan bir yıldız gibi pırıldadı, sonra gücü arttıkça ve Frodo'nun zihnindeki ümit büyüdükçe yanmaya başladı, sonunda gümüşten bir alev tutuştu; göz kamaştıran bir ışığın minik kalbi gibi; sanki Eärendil'in kendisi alnında son Silmaril ile yüksek günbatımı yollarından iniyordu. Karanlık geriledi ve şişecik şeffaf bir kristal küre içinde parlıyormuş gibi görünmeye başladı; onu tutan el ak bir ateş ile yanıyordu.

Frodo uzun süredir, değerini ve gücünü tam anlamıyla tahmin bile etmeden yanında taşıdığı bu harika armağana hayretle baktı. Yolda, Morgul Vadisi'ne gelinceye kadar çok nadiren hatırlamıştı onu ve kendini ele veren ışığından korkarak hiç kullanmamıştı. *Aiya Eärendil Elenion Ancalima!* diye bağırdı ama ne dediğini bilmiyordu; çünkü sanki başka bir ses onun sesiyle konuşmuştu, berrak bir biçimde, çukurdaki kötü havadan etkilenmeden.

Fakat Orta Dünya'da başka kudretler vardır, gecenin güçleri; üstelik bunlar hem eskidir hem de güçlü. Ve karanlıkta yürüyen Shelob elflerin bu sözleri haykırışlarını, zamanın derinliklerinde, çok eskilerde de duymuştu ve kulak asmamıştı; şimdi de bu haykırış onu yıldırmıyordu. Frodo daha konuşurken büyük bir kötülüğün kendisine doğru döndüğünü ve ölümcül bir bakışın kendisini tarttığını fark etti. Tünelde çok uzakta olmayan bir yerde, tökezlenip düştükleri açıklık ile aralarında gözlerin belirmeye başladığını fark etti; bir sürü minik gözden oluşan iki büyük küme – yaklaşmakta olan kötülük en sonunda açığa çıkmıştı. Yıldızcamı'nın ışınları bu gözlerin binlerce yüzeyinde kırılarak geriye yansıyordu ama bu pırıltıların gerisinde solgun, ölümcül bir ateş içeriden, durmadan kızarmaya, şeytani bir düşüncenin derin çukurunda bir alev tutuşmaya başlamıştı. Korkunç ve nefret verici gözlerdi bunlar, hayvani ama yine de bir amaçla ve iğrenç bir keyifle dolu, hiç kaçma umudu olmaksızın kapana kısmış avını şeytanca bir zevkle seyreden gözler.

Dehşet içinde kalan Frodo ve Sam yavaş yavaş gerilemeye başladılar, kendi bakışları, o meşum gözlerin korkunç bakışı tarafından zaptediliyordu; ama onlar geriledikçe gözler yaklaştı. Frodo'nun eli titredi, Şişecik yavaş yavaş indi. Sonra aniden, gözlere eğlence olsunlar diye, beyhude bir panikle biraz kaçsınlar diye onları bağlayan büyüden salınıverdiler; dönüp birlikte kaçtılar; fakat daha koşarlarken Frodo arkasına bakarak dehşetle gözlerin hemen arkalarından seğirtmekte olduğunu gördü. Ölümün leş kokusu bir bulut gibi etrafındaydı.

"Dur! dur!" diye bağırdı çaresizlik içinde. "Kaçmanın bir faydası yok."

Gözler yavaş yavaş yaklaştı.

"Galadriel!" diye bağırdı ve bütün cesaretini toplayarak Şişecik'i bir kez daha kaldırdı. Gözler duraksadı. Bir an için nazarları gevşedi, sanki bir kuşku kırıntısı onları huzursuz etmiş gibi. Sonra Frodo'nun yüreği içeriden tutuştu ve ne yaptığını, bu bir aptallık mıdır, çaresizlik midir, cesaret midir düşünmeden, Şişecik'i sol eline aldı ve sağ eli ile kılıcını çekti. Sting kıvılcımlar saçarak çıktı ve keskin elf bıçağı gümüşsü bir ışıkla parladı ama kenarlarında da mavi bir ışık oynaşıyordu. Sonra yıldızı yukarda tutarak, parlak kılıcıyla saldırdı Frodo, Shire'lı hobbit, gözlerle karşılaşmak için hızla ilerledi.

Gözler dalgalandı. Işık yaklaştıkça kuşku belirdi. Birer birer soldular ve yavaşça geri çekildiler. O kadar ölümcül bir parlaklık hiç yansımamıştı o gözlere bugüne kadar. Güneşten, aydan ve yıldızlardan korunmuştu yeraltında, ama şimdi bir yıldız toprağın içine kadar inmişti. Yaklaşmaya devam ediyordu ışık; gözler yılmaya başladı. Birer birer derken hepsi karardı; yana döndüler ve ışığın erişemediği bir yerdeki koca bir gövdenin gölgesi aralarına girdi. Gitmişlerdi.

"Beyim, beyim!" diye bağırdı Sam. Tam arkasındaydı, onun da kılıcı elindeydi. "Yıldızlar ve zafer! Elfler bunun için bir şarkı yakarlar eğer duyarlarsa! Umarım yaşar da onlara anlatırım, sonra da şarkılarını dinlerim. Ama daha fazla gitme beyim. O ine ineyim deme! Tek şansımız önümüzde. Haydi şimdi bu kötü delikten çıkalım!"

Ve böylece bir kez daha geri döndüler, önce yürüyerek, sonra koşarak; çünkü onlar ilerledikçe tünelin zemini dik bir biçimde yükseliyordu ve her adımda görünmeyen inin kötü kokusundan ötelere tırmanıyorlar ve kollarına bacaklarına, yüreklerine güç geri geliyordu. Ama yine de Gözcü'nün nefreti arkalarında pusuya yatmıştı, belki bir an için kör olarak ama yenilgiye uğramadan, hâlâ ölüme yönelmiş bir halde. Artık onları karşılayan bir hava akımı, soğuk ve ince bir esinti gelmeye başlamıştı. Açıklık, tünelin sonu, nihayet önlerindeydi. Nefes nefese, tavanı olmayan bir yerin özlemiyle kendilerini ileriye doğru attılar; sonra hayret içinde sendeleyerek geriye yuvarlandılar. Çıkış, bir şeylerle kapatılmıştı ama bu taş değildi: Yumuşak ve biraz esnek gibi görünüyordu ama yine de sağlamdı; içinden hava geçiyordu ama bir ışık zerreciği dahi süzülmüyordu. Bir kere daha hamle yaptılar ve yine geri yaylandılar.

Şişecik'i yukarı kaldırarak baktı Frodo ve Yıldızcamı'nın ışınlarının delemediği, aydınlatamadığı bir grilik gördü; sanki hiçbir ışık tarafından yaratılmamış ve hiçbir ışık tarafından dağıtılamayacak bir gölgeydi bu. Tünelin boyu ve eni boyunca bir ağ örülmüştü; kocaman bir örümceğin ördüğü düzgün bir ağ gibi, ama daha sık dokunmuştu, çok daha büyüktü ve her bir ipi, bir halat kadar kalındı.

Sam acı acı güldü. "Örümcek ağları!" dedi. "Hepsi bu mu? Örümcek ağları! Ama ne örümcekmiş! İşe koyulalım, indirelim şunları!"

Büyük bir şiddetle elinde kılıçla ipleri kesmeye koyuldu ama saldırdığı ip bir türlü kopmuyordu. Biraz bel veriyor sonra gerilmiş bir yay gibi, kılıcın keskin yanını çevirip, kılıç ile kılıcı tutan kolu yukarı iterek yeniden yerine dönüyordu. Tam üç kere bütün gücüyle saldırdı Sam; sonunda sayısız bağdan tek bir taneciği çıt diye koparak büküldü, kıvrılarak havayı kamçıladı. Bir ucu Sam'in eline çarptı; Sam geri geri giderken elini ağzına götürüp acıyla bağırdı.

"Yolu bu şekilde temizlemek günler alır," dedi. "Ne yapmalı? O gözler geri geldi mi?"

"Hayır, daha görünürlerde yok," dedi Frodo. "Ama hâlâ beni izlediklerini veya beni düşündüklerini hissediyorum: Belki de başka bir şeyler planlıyordur. Eğer bu ışık azalırsa veya sönerse hemen geri gelirler."

"Sonunda kapana kısıldık!" dedi Sam acı acı, kızgınlığı yeniden yorgunluğuna ve ümitsizliğine baskın çıkmaya başlamıştı. "Ağa kısmış sinekler. Faramir'in laneti o Gollum'u yesin, hem de bir an önce yesin!"

"Bunun bize bir faydası olmaz şimdi," dedi Frodo. "Haydi! Bakalım Sting neler yapabilecek. O bir elf bıçağı. Onun dövüldüğü Beleriand'ın karanlık koyaklarında da dehşet ağları vardı. Ama senin nöbet tutup gözleri yaklaştırmaman gerekiyor. Al, Yıldızcamı'nı sen tut. Korkma. Yukarı kaldır ve gözle!"

Frodo bunu söyleyerek büyük gri ağa tırmandı ve kılıcın sivri ucunu hızla sık dokunmuş merdiven şeklindeki iplerden geçirdi; onları birbirinden ayırıp yaylandırarak ağa bir darbe indirdi. Mavi mavi parlayan bıçak ipler arasında, otlar arasındaki bir tırpan gibi parladı; ipler sıçradı, kıvrıldı ve boşlukta salındı. Büyük bir yırtık açılmıştı.

Birbiri üzerine darbeler vurdu; sonunda elinin eriştiği yerdeki ağlar parçalanmış, üst kısmı içeri dolan rüzgârla savrulan bir perde gibi içeri doğru kabarıp sallanmaya başlamıştı. Tuzak bozulmuştu.

"Haydi!" diye bağırdı Frodo. "Devam! Devam!" Aniden, ümitsizliğin tam ağzından kurtulmuş olmalarının çılgın sevinci bütün zihnine hâkim olmuştu. Başı sanki sert bir şarap içmişçesine dönüyordu. Naralar atarak dışarı fırladı.

Gecenin ininden geçip gelmiş olan gözlerine o karanlık diyar aydınlık gelmişti. Koca dumanlar yükselmiş ve incelmişti, kasvetli günün son saatleri de geçiyordu; Mordor'un al parlaklığı iç karartıcı kasvet içinde yitmişti. Yine de ani bir ümit getiren bir sabaha bakıyormuş gibi geldi Frodo'ya. Hemen hemen duvarın en yüksek yerine varmıştı. Yukarıya çok az kalmıştı artık. Zirve, Cirith Ungol, önündeydi; kara sırtta karanlık bir diş ve her iki yanında, gökyüzüne doğru kararan kayadan boynuzlar. Biraz gidince, az bir yol sonra, geçmiş olacaktı!

"Geçit Sam!" diye bağırdı, tünelin boğucu havasından kurtulup yüksek ve çılgın gibi çıkan sesinin tizliğine kulak asmadan. "Geçit! Koş, koş geçelim – kimse bizi durduramadan geçip gidelim!"

Sam, bacaklarını zorlayabildiği kadar hızla arkasından tırmandı; ama serbest kaldığına memnun olduğu kadar huzursuzdu da; koşarken tünelin karanlık kemerine bakıp duruyor, o gözleri veya hayal bile edemeyeceği bir şeyin onları izlemek için sıçradığını görmekten korkuyordu. Shelob'un marifetlerini hiç bilmiyorlardı, ne o, ne de efendisi. Onun ininden bir sürü çıkışı vardı.

Orada asırlar boyudur sürdürüyordu hayatını Shelob denilen örümcek suretindeki kötü dişi; tıpkı bir zamanlar Batı'da, artık Deniz'in altında kalmış olan Elf Yurdu'nda yaşadığı, tıpkı yıllar önce Lúthien'e, köknarlar arasındaki yeşil çimenlere varan Beren'in Doriath'taki Dehşet Dağları'nda savaşmış olduğu haliyle. Shelob yok olmaktan kurtulup buraya nasıl gelmişti, hiçbir hikâyede yoktur, çünkü Karanlık Yıllar'dan çok az hikâye erişebildi bugüne. Ama işte yine de, Sauron'dan ve Barad-dûr'un ilk taşından bile önce orada olan Shelob, yine oradaydı; kendinden başka kimseye hizmet etmezdi; elflerin ve insanların kanlarını emerek, durmak dinlenmek bilmeden kendine çektiği ziyafetleri sindirmiş, karanlıktan ağlar kurmuş, şişmiş, şişmanlamıştı; çünkü bütün canlılar onun yiyeceği sayılırdı, kusmuğu ise karanlıktı. Dört bir yana, dere yataklarından dere yataklarına, Ephel Dúath'tan doğudaki tepelere, Dol Guldur'a ve Kuyutorman'ın sığınağına yayılmıştı yavruları, sefil eşlerinin piçleri, ürettiği dölleri. Ama hiçbiri onunla, Muhteşem Shelob ile, Ungoliant'ın mutsuz dünyanın başına bela olan son kızı ile boy ölçüşemezdi.

Yıllar önce Gollum onu görmüştü; bütün karanlık delikleri kurcalayan Sméagol, geçmiş günlerde onun önünde saygıyla eğilerek ona tapınmıştı ve Shelob'un kötü iradesinin karanlığı en bezgin zamanlarında yanında olmuş, onu ışıktan ve pişmanlıktan korumuştu. O da Shelob'a yiyecek getirme sözü vermişti. Fakat Shelob'un arzusu Gollum'unkinden çok farklıydı. Tüm diğer varlıklar için, hem zihnen, hem bedenen sadece ölümü, kendisi için ise sonunda dağlar onu kaldıramayacak, karanlık onu kapsayamayacak hale gelinceye kadar tıka basa yaşamı, sadece yaşamı arzulayan Shelob, kuleleri, yüzükleri ya da akıl veya el hüneriyle yaratılmış şeyleri ya pek bilmiyor, ya da umursamıyordu.

Fakat Shelob'un arzusunun gerçekleşmesine daha çok vardı; uzun zamandır da çok açtı; Sauron'un gücü artarken, ışık ile canlı şeyler sınırlarını terk edip giderken, vadideki şehir ölürken, elfler ile insanlar yanına yaklaşmaz olur ve sadece zavallı orklar yaklaşırken, o ininde pusuya yatmıştı. Hem kötü yiyecekti, hem de açıkgözdü orklar. Ama bir şeyler yemesi gerekiyordu; orklar ne kadar geçitlerinden ve kulelerinden yeni yeni yollar oysalar da, o hep onları tuzağa düşürmenin bir yolunu buluyordu. Ama daha tatlı bir et için yanıp tutuşuyordu. Ve Gollum ona istediğini getirmişti.

"Göreceğis, göreceğis," demişti sık sık kendine, Emyn Muil'den Morgul Vadisi'ne uzanan tehlikeli yolda giderken bu kötü ruh hali üzerine her çöktüğünde, "göreceğis. Olabilir, a, evet, Shelob kemiklerle boş giysileri attığında bulabiliris, olabilir, onu alırıs, Kıymetli'yi, güsel yiyecek getiren savallı Sméagol için bir ödül. Ve sös vermiş olduğumus gibi Kıymetli'yi de korumuş olacağıs. Evet, evet. Ve sağ salim elimise alınca, o saman Shelob görür gününü, evet, o saman O'na borcusumusu öderis kıymetlim. O saman herkese borcusumusu öderis!"

Böyle düşünüyordu yol arkadaşları uyurken, Shelob'a tekrar gidip, önünde eğildiği zaman bile hâlâ ondan gizleyebileceğini ümit ettiği şeytanlığının gizli odalarında.

Ve Sauron'a gelince: O Shelob'un nerelerde gizlendiğini biliyordu. Shelob'un orada aç açına ama kötülüğü hiç eksilmeden yaşıyor olması, kendi marifetiyle kendi ülkesine giden bu kadim yola yerleştirebileceği herhangi bir gözcüden çok daha emin bir gözcü olması onu memnun ediyordu. Orklara gelince, onlar yararlı kölelerdi ama sayıları çok fazlaydı. Arada bir Shelob'un açlığını bastırmak için bir ikisini yakalamasının onun için bir mahzuru yoktu: Onları gözden çıkarabilirdi. Birinin arada bir kedisine bir parça ciğer atması gibi (*kedim* diyordu ona, ama Shelob onu hiç de sahibi gibi görmüyordu); başka bir işine yaramayan tutsaklarını oraya yollardı Sauron: Onların Shelob'un deliğine sürülmelerini sağlar sonra da onun tutsaklarla nasıl oynadığının haberini dinlerdi.

Böylece yaşayıp gidiyorlardı, kendi oyunlarından zevk alıp, hiçbir saldırıdan, öfkeden veya kötülüklerinin sonundan korkmadan. Şimdiye kadar Shelob'un ağından kaçan hiçbir sinek olmamıştı ve artık öfkesi ile açlığı daha da büyümüştü.

Fakat kendilerine karşı uyandırılan bu kötülükten hiç haberi yoktu zavallı Sam'in, sadece göremediği bir tehdit vardı ve içindeki korku büyüyordu; bu öyle bir yük halini almıştı ki koşmak ona ağır geliyordu, sanki ayakları demirdendi.

Korku her yanındaydı; düşmanlar önündeki geçitteydi ve efendisi delice bir neşeyle, umursamadan onlara doğru koşuyordu. Arkasındaki gölgeden ve solunda uçurumun dibindeki karanlıktan gözlerini ayırarak önüne baktı ve dehşetini arttıran iki şey dikkatini çekti. Frodo'nun kınından çıkmış olarak hâlâ elinde tuttuğu kılıcının mavi bir alevle parladığını ve arkasındaki gökyüzü artık kararmış olduğu halde kuledeki pencerenin hâlâ al al yandığını gördü.

"Orklar!" diye mırıldandı. "Böyle koşup geçmemiz mümkün değil. Etrafta orklar var; ayrıca orklardan da beteri var." Sonra çarçabuk uzun süredir sahip olduğu gizlilik âdetine geri dönerek, hâlâ taşımakta olduğu kıymetli Şişecik'i eliyle örttü. Bir an için, yaşam dolu kanıyla eli al al parladı sonra kendini belli eden ışığı göğsüne yakın derin bir cebin içine koyup elf pelerinini üzerine kapattı. Adımlarını çabuklaştırmaya çalıştı. Beyi aralarını açmaya başlamıştı; daha şimdiden yirmi adım kadar ilerde bir gölge gibi kaçıyordu; biraz sonra gri dünyada görünmez olacaktı.

Sam Yıldızcamı'nın ışığını tam gizlemişti ki, Shelob ortaya çıktı. Biraz önünde, solda, uçurumun dibindeki siyah bir delikten, o güne kadar gördüğü en iğrenç suretin, korkunç bir rüyanın dehşetinden de dehşetli bir şeyin çıkmakta olduğunu gördü ansızın. Örümceğe çok benziyordu ama av peşinde koşan koca hayvanlardan da kocamandı ve amansız gözlerindeki kötü niyet yüzünden bunlardan çok daha korkunçtu. Yılmış ve yenilmiş olduğunu zannettiği o gözler yeniden kötü bir ışıkla tutuşmuşlar, dışarı fırlamış başında kümelenmişlerdi. Koca boynuzları vardı; kısa bir sap gibi olan boynunun arkasındaki bedeni, bacakları arasında sallanan ve sarkan geniş şiş bir torba gibiydi; büyük bir kısmı simsiyahtı, morluklarla lekelenmişti fakat karnının altı soluk ve parlaktı ve leş gibi bir koku yayıyordu. Koca boğum boğum eklemleriyle sırtından daha yukarıya çıkan bacakları eğriydi ve kılları bacaklarından çelik dikenler gibi çıkıyordu; her bacağın bitiminde bir pençe vardı.

Yumuşak pelte gibi bedenini ve katlanmış bacaklarını ininin üst deliklerinden çıkarır çıkarmaz korkunç bir hızla hareket etmeye başladı; kâh gıcırtılı bacakları üzerinde yürüyor, kâh aniden sıçrayıveriyordu. Sam ile beyinin arasındaydı. Ya Sam'i görmemişti, ya da ışığı taşıyan o olduğu için ondan sakınmış, bütün dikkatini tek bir av üzerine, Şişecik'inden ayrı, hiçbir şeyi umursamadan patikada koşan ve henüz tehlikeyi fark etmemiş olan Frodo üzerine yoğunlaştırmıştı. Hızla koşuyordu Frodo ama Shelob daha hızlıydı; bir iki sıçrayışta onu yakalayacaktı.

Sam, ağzını açtı ve kalan bütün nefesini bağırmak için topladı. "Arkana bak!" diye bağırdı. "Dikkat beyim! Ben..." ama aniden haykırışı boğuldu.

Uzun ıslak bir el ağzını kapattı ve bir şey kendisini bacaklarına sarmalarken bir başkası da ensesinden yakaladı. Boş bulunarak geriye, kendisine saldıranın kollarına yuvarlandı.

"Yakaladık!" diye tısladı Gollum kulağına. "Sonunda kıymetlim, onu yakaladık, evet, pis hobbiti yakaladık. Bunu bis alacağıs. O ise öbürüsünü alacak. Ah, evet, onu Shelob alacak, Sméagol değil: Sméagol sös verdi: O Bey'in canını hiç acıtmayacak. Ama seni eline geçirdi, seni kötü, piss minik sinssi!" Sam'in ensesine tükürdü.

Bu ihanet karşısında duyduğu hiddet ve beyi korkunç bir tehlike altındayken alıkonuyor olması Sam'e, Gollum'un bu salak ve uyuşuk hobbitten –çünkü Gollum Sam'i öyle sanıyordu– beklediğinin çok ötesinde ani bir şiddet ve güç vermişti. Gollum kendisi bile o kadar çabuk ve o kadar hiddetle dönemezdi. Sam'in ağzındaki eli kaydı; Sam yeniden, ensesindeki elden de kurtulmak için başını eğerek ileriye bir hamle yaptı. Kılıcı hâlâ elindeydi ve sol kolunda, kösele şeritlerinden asılı duran Faramir'in sopası vardı. Dönüp düşmanına kılıcıyla vurmak için delirmiş gibi çabaladı. Fakat Gollum çok atikti. Uzun sağ kolunu uzatarak Sam'in bileğini kavradı: Parmakları mengene gibiydi; yavaş yavaş amansızca Sam'in bileğini kıvırdı; acı içinde kılıcı elinden bırakıncaya kadar; bütün bu zaman zarfında Gollum'un diğer eli Sam'in boğazını gitgide daha da çok sıkıyordu.

Sonra Sam son numarasını yaptı. Bütün gücüyle kendini Gollum'dan ayırarak ayaklarını sağlam bir şekilde yere bastı; sonra aniden bacaklarıyla yerden güç alarak, vargücüyle kendisini arkaya attı.

Bu kadar basit bir numarayı dahi Sam'den beklemeyen Gollum, Sam üstünde kalacak şekilde yere yuvarlandı ve kuvvetli hobbitin bütün ağırlığını midesinde hisseti. Sert bir tıslama koyverdi ve bir an için Sam'in boğazındaki eli gevşedi; ama parmakları hâlâ kılıcı tutan elini kavrıyordu. Sam ileriye atılarak kendini ondan koparırcasına ayırdı, ayağa kalktı, sonra çabucak, bileği Gollum'un elinde olduğu için bir eksen etrafında döner gibi sağa doğru döndü. Sol elindeki sopayı kavrayarak havaya doğru savurdu ve sopa büyük bir çatırtıyla tam dirseğinin altından Gollum'un uzanmış koluna indi.

Viyaklayarak elini bıraktı Gollum. O zaman Sam şiddetle girişti; sopayı sol elinden sağ eline almak için bile vakit geçirmeden acımasız bir darbe daha indirdi. Bir yılan hızıyla Gollum kenara kaydı ve başına nişanlanmış darbe sırtına indi. Sopa çatırdayarak kırıldı. Bu Gollum'a yetti. Arkadan sarılmak onun eski bir oyunuydu ve çoğu kez başarılı olmuştu bu oyunda. Ama bu kez, kendi gareziyle aldanarak, her iki elini kurbanının boğazına yerleştirmeden konuşmak ve alay etmek hatasını yapmıştı. Karanlıkta hiç beklenmedik biçimde çakan o korkunç ışıktan beri güzelim planı baştan sona ters gitmişti. Şimdi de kendisinden biraz daha küçük olan gözü dönmüş düşmanıyla karşı karşıya kalmıştı. Bu dövüş ona göre değildi. Sam kılıcını yerden savururcasına alarak kaldırdı. Gollum viyakladı ve dört ayak üzerinde yana sıçrayarak, bir kurbağa gibi tek bir koca sıçrayışla uzaklaştı. Sam ona ulaşamadan, hayret verici bir hızla geriye, tünellere doğru gitmişti.

Elinde kılıç onu izledi Sam. O an için, beyninin içindeki kızıl hiddetten ve Gollum'u öldürme arzusundan başka her şeyi unutmuştu. Fakat onu yakalayamadan Gollum gitmişti bile. O zaman, karanlık delik önünde dururken, leş kokusu çıkıp onu karşıladı ve yüzüne çarpan bir tokat gibi Frodo ile canavarın düşüncesi Sam'in aklında çaktı. Arkasına döndü, beyinin ismini bağıra bağıra, deliler gibi yoldan koştu. Çok geç kalmıştı. Şimdilik Gollum'un planı başarılı olmuştu.

BÖLÜM X

EFENDİ SAMWİSE'IN SEÇİMİ

Frodo sırt üstü yerde yatıyordu ve canavar üzerine eğilmiş, bütün dikkatini kurbanına o kadar vermişti ki, iyice yaklaşıncaya kadar ne Sam'e, ne haykırışlarına kulak asmadı. Sam koşarken Frodo'nun bağlarla bağlanmış, bileğinden omuzuna kadar sarılıp sarmalanmış olduğunu, canavarın da onu kocaman ön bacaklarıyla yarı kaldırıp, yarı sürükleyerek götürmeye hazırlandığını gördü.

Beri yanında yerde, elinden düşmüş işe yaramaz halde yatan parlak elf kılıcı duruyordu. Sam ne yapılması gerektiğini düşünmek için, ya da bunu cesaretten mi, sadakatten mi, yoksa öfkeden mi yaptığını anlamak için durmadı. Bir narayla ileri atıldı ve beyinin kılıcını sol eline aldı. Sonra saldırdı. Tek silahı dişleri olan çaresiz, minik bir yaratığın, düşmüş olan eşinin üzerinde duran kürkten ve boynuzdan bir kuleye saldırmasının doğal olduğu hayvanların vahşi dünyasında bile böylesine şiddetli bir saldırı hiç görülmemişti.

Shelob sanki onun cılız narasıyla şeytanca zevk duyduğu bir rüyadan uyandırılmış gibi, korkunç bir kötülük taşıyan nazarını yavaş yavaş Sam'e çevirdi. Fakat henüz sayısız yıllar boyunca hiç tanımamış olduğu kadar büyük bir hiddetle yüzyüze olduğunu kavrayamadan, parlayan kılıç ayağından soktu onu ve pençesini biçti. Sam içeri, Shelob'un ayaklarının kemerleri arasına atıldı ve diğer elinin hızlı yardımıyla, Shelob'un eğilmiş başındaki göz kümesine kılıcı sapladı. Büyük bir göz karardı.

Artık o zavallı yaratık Shelob'un tam altında, o an için iğnesinin ve pençelerinin uzanamayacağı bir yerdeydi. Shelob'un iğrenç bir ışık yayan koca göbeği tam Sam'in tepesindeydi ve pis kokusu neredeyse onu yere deviriyordu. Hiddeti, Shelob üzerine çöküp onu ve cesaretinden gelen küstahlığı ezmeden, bir darbe daha indirecek kadar sürdü; parlak elf kılıcı ve deli gücüyle Shelob'u bir kez daha deşti.

Fakat Shelob ejderhalara benzemezdi, gözlerinden başka yumuşak yeri yoktu. Boğum boğum ve çukurlarla doluydu asırlarla yaşlanmış derisi, fakat içerden kat kat büyüyen şeytani katmanları onu daha da kalınlaştırmıştı. Kılıç derisini korkunç bir yara ile çentti fakat o iğrenç katmanlar, çeliği ister elfler, isterse cüceler dövmüş, ister Beren'in isterse Túrin'in eli kullanıyor olsun, insan gücüyle yırtılmazdı. Shelob darbeyi yedikten sonra karnının koca torbasını Sam'in başının üzerine kaldırdı. Yaradan köpük köpük zehir saçılıyordu. Bacaklarını yayarak koca bedenini Sam'in üzerine indirmeye başladı yine. Fazla acele etmişti. Çünkü Sam hâlâ dimdik ayakta duruyordu ve kendi kılıcını elinden bırakmış, elf kılıcını o dehşetli çatının inmesini engellemek için her iki eliyle yukarı doğru tutmuştu; böylece Shelob kendi zalim iradesinin itme gücüyle, herhangi bir savaşçının elinden çok daha büyük bir kuvvetle kendi kendini sivri bir çiviye batırmış oldu. Çivi derine, daha derine saplandı, Sam yavaş yavaş yerde ezilirken.

Hiç böyle şiddetli bir ıstırap duymamıştı Shelob, duyabileceğini de hayal bile etmemişti bütün o kötülükle dolu hayatı boyunca. Eski Gondor'un en yiğit askeri veya tuzağa düşmüş en vahşi ork bile ona bu şekilde karşı koyamamış veya onun o sevgili etine bir bıçak saplayamamıştı. Bir sıtmadır tuttu Shelob'u. Acıdan kaçınıp yeniden doğrularak kıvrılmış bacaklarını altına topladı ve geriye doğru gergin bir sıçrayışla uzaklaştı.

Sam, Frodo'nun başı yanında dizleri üzerine çöktü, kötü kokuyla sersemlemişti, iki eliyle hâlâ kılıcın kabzasını tutuyordu. Gözlerinin önündeki pustan Frodo'nun yüzünü belli belirsiz seçebildi ve inatla, kendine hâkim olmak, üzerine çöken baygınlıktan kendini kurtarmak için savaştı. Yavaş yavaş başını kaldırdığında sadece birkaç adım ötede, ağzına zehirli salya bulanmış, yaralanmış gözünden yeşil bir sızıntı damlayarak kendisini gözetleyen Shelob'u gördü. Yeniden sıçramak niyetiyle güç topluyordu; sarsılan göbeği yere yayılmış, bacaklarının koca kavisleri titreyerek çömelmişti – bu kez ezip, öldüresiye sokmak için: Avının debelenmesini engellemek için azıcık bir zehir zerketmek için değil; bu kez öldürüp sonra da parçalamak için.

Sam kendisi de ona bakıp gözlerinde kendi ölümünü görerek çömelmişken aklına bir fikir geldi, sanki uzaktan bir ses konuşmuş gibi; sol eliyle göğsünü karıştırarak aradığını buldu: Dokununca soğuk, sert ve katı geliyordu ele dehşetin hayalet dünyasında Galadriel'in Şişeciği.

"Galadriel!" dedi zayıf bir sesle, sonra uzaktan da olsa net sesler duydu: Shire'ın sevgili gölgeleri içinde, yıldızlar altında yürüyen elflerin haykırışları ve Elrond'un evinde Ateş Salonu'nda uykusu arasında duyduğu elflerin müziği.

Gilthoniel A Elbereth!

Derken dili çözülüverdi ve sesi bilmediği lisanda haykırmaya başladı:

A Elbereth Gilthoniel
o menel palan-diriel
le nallon si di'nguruthos!
A tiro nin, Fanuilos!

Ve bu haykırışla sendeleyerek ayağa kalktı, yeniden Hamfast'in oğlu, hobbit Samwise oldu.

"Haydi gel seni pislik seni!" diye bağırdı. "Beyimin canını yaktın, seni hayvan seni; bunun hesabını vereceksin. Yola devam edeceğiz; ama önce seninle işimizi halledeceğiz. Haydi gel, gel de bir daha tadına bak!"

Sanki yılmaz ruhu bütün gücünü harekete geçirmiş gibi cam aniden elinde ak bir meşale misali yanmaya başladı. Semadan sıçrayan ve karanlığı dayanılmaz bir ışıkla körleştiren bir yıldız gibi tutuştu. Daha önce semalardan gelen böylesine bir dehşet Shelob'un yüzünde yanmamıştı hiç. Işığın mızrakları yaralı kafasına girerek, başını dayanılmaz bir acıyla yaktı ve ışığın korkunç salgını gözünden gözüne yayıldı. Gözleri içten gelen şimşeklerle kavrulmuş, zihni can çekişirken havayı ön ayaklarıyla döverek sırtüstü düştü. Sonra sakatlanmış başını çevirerek yana yuvarlandı ve pençe pençe, arkadaki karanlık uçurumdaki açıklığa doğru emeklemeye başladı.

Sam üzerine gitti. Sarhoş bir adam gibi yalpalıyordu ama üzerine gitmeye devam etti. Ve Shelob sonunda büzüştü, yenilgiyle küçüldü ve ondan kaçmak için koşarken sarsıldı, titredi. Deliğe vardı; tam Sam onun arkadan sürüklediği bacaklarına son bir darbeyle bıçağı saplarken eğilip büzüldü ve sarı-yeşil bir salgı izi bırakarak içeri süzüldü. Sonra Sam yere yığıldı.

Shelob gitmişti; bu öykü onun, Gölge Dağları'nın dar vadilerinde ölüm gibi bir açlıkla korkunç tuzaklarını bir kez daha örmeye başlayıp başlamadığını, ininde yatıp kümelenmiş gözlerini tedavi ederek, kötülüğünü ve kederini besleyerek karanlığın yavaş yıllarında kendi kendini içinden iyileştirip iyileştiremediğini anlatmaz.

Sam tek başına kalmıştı. Savaş alanına İsimsiz Ülke'nin akşamı inerken yorgun argın beyinin yanına emekledi.

"Beyim, canım beyim," dedi ama Frodo konuşmadı. Serbest kaldığı için sevinçle, hevesle koşarken Shelob korkunç bir hızla arkasından gelmiş ve ani bir hareketle ensesinden sokmuştu. Şimdi bembeyaz bir yüzle, hiçbir ses duymadan, kıpırdamadan yatıyordu.

"Beyim, canım beyim!" dedi Sam, uzun bir süre sessizce bekleyip, boşu boşuna dinleyerek.

Sonra onu bağlayan bağları elinden geldiği kadar hızla keserek başını Frodo'nun göğsüne ve ağzına dayadı ama ne bir hayat kıpırtısı buldu, ne de kalbinin belli belirsiz bir pıtırtısını duydu. Sık sık beyinin ellerini ve ayaklarını ovalayıp ısıtmaya çalıştı, alnına dokundu ama hepsi buz gibiydi.

"Frodo, Bay Frodo!" diye seslendi. "Beni burada tek başına bırakma! Sam'in sesleniyor. Seni izleyemeyeceğim bir yere gitme! Uyan Bay Frodo! Ah uyan, Frodo, canım, canım. Uyan!"

Sonra içindeki kızgınlık kabardı, hiddetle kılıcıyla havayı biçerek, kayaları yumruklayarak, tehditler savurarak beyinin vücudu etrafında koşmaya başladı. Sonra hemen geri döndü, eğilerek, alacakaranlık altında solgun duran Frodo'nun yüzüne baktı. Ve aniden Lórien'deki Galadriel aynasında kendisine gösterilmiş olan resime bakmakta olduğunu anladı: Kocaman kara bir uçurumun dibinde, solgun bir yüzle derin bir uykuya dalmış Frodo. Ya da o anda derin bir uyku zannettiği halde olan Frodo. "Öldü!" dedi. "Uyumuyor, öldü!" Ve tam bunu söylerken, sanki kelimeler zehri yeniden harekete geçirmişçesine, yüzün rengi morumsu bir yeşile doğru dönüyormuş gibi oldu.

Ve sonra kara bir ümitsizlik bastı üzerine; Sam toprağa eğildi, gri başlığını başına çekti, gönlüne gece çöktü ve sonrasını hatırlamadı bile.

Sonunda içinde bulunduğu karalık geçince etrafına bakındı Sam, her yer gölge içindeydi; fakat dünya kaç dakika veya saat daha sürüklenip gitmişti bilemiyordu. Hâlâ aynı yerdeydi ve hâlâ beyi yanında ölü olarak yatıyordu. Dağlar ufalanmamış, toprak paramparça olmamıştı.

"Ne yapacağım, ne yapacağım?" dedi. "Bunca yolu bir hiç için mi gelmişim onunla?" Zamanında kendisinin de anlamlarını kavramadan söylediği sözleri hatırladı sonra, yolculuklarının başlarında söylediği sözleri: *Her şey bitmeden önce yapmam gereken bir şey var. Bunu sonuna kadar götürmeliyim beyim, bilmem anlatabildim mi.*

"Ama ne yapabilirim? Bay Frodo'yu dağların tepesinde, gömülmeden ortada bırakıp eve dönemem herhalde? Yoksa yola devam mı etmeliyim? Devam etmek mi?" diye tekrarladı ve bir an için kuşku ve korku onu sarstı. "Devam etmek mi? Yapmam gereken bu mu? Onu bırakarak mı?"

Sonunda ağlamaya başladı; Frodo'nun yanına giderek bedenini düzeltti, soğuk ellerini göğsü üzerinde kavuşturdu ve pelerinini vücuduna sardı; kendi kılıcını bir yanına, Faramir'in vermiş olduğu sopayı öteki yanına koydu.

"Eğer yola devam edeceksem," dedi, "müsaade edersen, senin kılıcını almak zorundayım Bay Frodo; ama bunu senin yanına uzatacağım tıpkı höyükteki kralın yanında uzanmış olduğu gibi; ayrıca Bay Bilbo'nun verdiği o güzel mithril zırhın da var. Yıldızcamı'nı bana ödünç vermiştin Bay Frodo; ona ihtiyacım olacak çünkü artık hep karanlıklarda olacağım. O bana layık bir şey değil, Hanım da onu sana vermişti zaten, ama belki de anlayış gösterir. *Sen* anlıyor musun Bay Frodo? Devam etmem gerekiyor."

Ama gidemedi, hemen gidemedi. Diz çökerek Frodo'nun elini tuttu, bir türlü bırakamadı. Zaman ilerledi; o hâlâ diz çökmüş, beyinin elini tutuyordu ve gönlünde tartışıp duruyordu.

Şu anda kendisini buradan koparıp, yalnız yolculuğuna devam etmek için –öç almak için– kullanacak bir güç arıyordu. Bir kere yola çıkabilse, öfkesi onu dünyanın bütün yollarından taşıyıp götürebilirdi – sonunda onu yakalayıncaya kadar: Gollum'u. Ama Gollum bir köşede ölecekti zaten. Sam bu iş için yola çıkmamıştı. Beyini bu yüzden bırakmaya değmezdi. Bu, beyini geri getirmezdi. Hiçbir şey getirmezdi. Keşke ikisi birlikte ölmüş olsalardı. Aslında o da yalnız bir yolculuk olurdu.

Kılıcının parlak ucuna baktı. Geride kalan yerleri, siyah uçurumu ve hiçliğe açılan boşluğu düşündü. O yönden bir kaçış yoktu. Bu hiçbir şey yapmamak, hatta üzülmemek anlamına gelirdi. Bu yüzden koyulmamıştı bu yolculuğa. "O halde ne yapacağım?" diye ağladı yine ve artık zor cevabı açık seçik biliyordu: *Sonuna kadar götürmek.* Başka bir yalnız yolculuk ve en kötüsü.

"Ne? Ben, tek başıma, Kıyamet Çatlağı'na falan mı gideceğim?" Daha da çok ürktü ama kararı kesinleşti. "Ne? *Ben* Yüzük'ü *ondan* mı alacağım? Divan Yüzük'ü ona verdi."

Fakat cevap derhal geldi: "Ve Divan onun yanına yol arkadaşları kattı ki görev yarım kalmasın. Ve Grup'tan geriye bir tek sen kaldın. Görev yarım kalmamalı."

"Keşke son kalan ben olmasaydım," diye homurdandı. "Keşke bizim Gandalf veya başka biri burada olaydı. Neden karar vermek için bir başıma bırakıldım sanki? Mutlaka yanlış bir şey yaparım. Üstelik Yüzük'ü almak, öne atılmak falan bana göre değil."

"Ama sen kendin öne atılmadın; sen öne sürüldün. Bu iş için doğru ve yerinde biri olup olmadığına gelince, Bay Frodo da yerinde bir seçim sayılmazdı, Bay Bilbo da. Onlar da kendileri yapmadılar bu seçimi."

"Eh tamam, bir an önce kararımı vermem lazım. Vereceğim. Ama mutlaka yanlış bir şey yaparım: Tam bizim Sam Gamgee'ye yaraşır bir hareket.

"Şimdi bir bakalım: Eğer burada bulurlarsa bizi veya Bay Frodo'yu ve Şey'i üzerinde bulurlarsa o zaman Düşman onu alır. Bu da bizim hepimizin, Lórien'in, Yarmavadi'nin, Shire'ın her şeyin sonu olur. Kaybedecek zaman yok, yoksa zaten her şey bitmiş olacak. Savaş başladı ve büyük bir ihtimalle her şey Düşman'ın istediği gibi gidiyordur. O'nu alıp geri dönmeye, akıl danışmaya, izin istemeye vakit yok. Hayır, ya burada oturup beyimin cesedinin yanında beni de öldürmelerini ve O'nu almalarını bekleyeceğim; ya da O'nu alıp yola koyulacağım." Derin bir iç geçirdi. "O halde alalım O'nu bakalım!"

Eğildi. Son derece kibarca Frodo'nun boynundaki klipsi açtı, elini tüniğinin içine soktu; sonra diğer eliyle başını kaldırarak soğuk alnını öptü, yavaşça zinciri başının üzerinden geçirdi. Sonra Frodo'nun başını tekrar huzur içinde yere bıraktı. Hareketsiz yüzde bir değişiklik olmadı; diğer veriler bir yana, en çok bu yüzden Sam sonunda Frodo'nun gerçekten ölmüş olduğuna ve Macerası'nı yarıda bıraktığına kanaat getirdi.

"Hoşça kal beyim, canım!" diye mırıldandı. "Sam'ini affet. İş tamamlanınca buraya geri gelecek – eğer becerebilirse. Ve sonra seni bir daha hiç bırakmayacak. Ben gelinceye kadar rahat uyuyasın; hiçbir kötü yaratık yanına varamasın! Hanım beni duyabilse ve benden tek bir dilekte bulunmamı isteseydi, geri dönüp seni tekrar bulmayı dilerdim. Hoşça kal!"

Sonra kendi başını eğerek zinciri boynuna geçirdi ve sanki boynuna ağır bir taş asılmış gibi derhal Yüzük'ün ağırlığıyla yere doğru çekildi. Fakat yavaş yavaş, sanki yük azalıyormuş gibi, ya da içinde yeni bir güç büyüyormuş gibi başını kaldırdı; sonra büyük bir güç sarfederek ayağa kalktı ve yürüyebildiğini, yükünü taşıyabildiğini gördü. Bir an için Şişecik'i kaldırarak beyine baktı; ışık artık bir yaz akşamı tatlı tatlı yanan akşam yıldızı gibi yumuşacık parlıyordu ve o ışıkta Frodo'nun yüzünün rengi hoş, soluk ama gölgeleri çoktan geçmiş biri gibi, elfçe bir güzellikte görünüyordu. O son görüntünün acı rahatlığıyla Sam döndü, ışığı gizledi ve artmakta olan karanlığa doğru tökezleye tökezleye ilerledi.

Çok uzağa gitmesi gerekmedi. Tünel biraz arkadaydı; Yarma ise birkaç yüz metre kadar ilerde. Alacakaranlıkta, artık uzun bir oluk gibi, her iki yanında sarp kayalıklar halinde yumuşak bir meyille tırmanan, asırların gel gitiyle yıpranmış derin bir izden ibaret olan patika görünüyordu. Oluk durmadan daralıyordu. Kısa bir süre sonra Sam, alçak, geniş basamaklardan uzun bir merdivenin başına vardı. Ork kulesi artık tepesinde kapkara somurtarak yükseliyor, içinde de kırmızı göz yanıyordu. Basamakların tepesine yaklaşmış, sonunda Yarma'ya varmıştı.

"Kararımı verdim," deyip duruyordu kendi kendine. Fakat vermemişti. İşin içinden çıkmak için elinden geleni yaptığı halde yapmakta olduğu şey doğasına çok aykırıydı. "Yanlış mı yaptım şimdi?" diye mırıldandı. "Ne yapmam gerekirdi?"

Yarma'nın dimdik yanları etrafını sararken, daha tam zirveye varmadan, daha İsimsiz Ülke'ye inen patikaya bakamadan, döndü. Bir an için dayanılmaz bir tereddüt içinde kıpırdamadan arkasına baktı. Artmakta olan karanlık içinde bir leke gibi tünelin ağzını görebiliyordu hâlâ; Frodo'nun da nerede yattığını gördüğünü veya tahmin edebildiğini sandı. Orada, yerde bir pırıltının olduğunu tahayyül etti, ya da belki de bütün yaşamının mahvolduğu o yüksek kayalık yere bakarken gözyaşlarının oynadığı bir oyundu bu.

"Dileğimin yerine geleceğini bilsem, tek dileğimin yerine geleceğini," içini çekti, "geri dönüp onu sağ bulabilsem!" Sonra, en sonunda önündeki yola dönerek bir iki adım attı: O güne kadar attığı en ağır, en gönülsüz adımlardı bunlar.

Sadece birkaç adım; birkaç adım daha atınca aşağıya inmeye başlayacak ve yüksekteki o yeri bir daha görmeyecekti. Sonra aniden bağırtılar, sesler duydu. Taş gibi kaldı olduğu yerde. Ork sesleri. Hem önünde, hem arkasındaydılar. Yeri çiğneyen ayak sesleri ve kaba haykırışlar: Orklar öte taraftan, belki de kulenin bir girişinden Yarma'ya doğru geliyorlardı. Arkadan gelen, yeri çiğneyen ayak sesleri ve bağırtılar. Arkasını döndü. Orada aşağıda, tünelden çıktıkça göz kırpan küçük kırmızı ışıklar, meşaleler gördü. Sonunda av başlamıştı. Kulenin kırmızı gözü kör değildi. Yakalanmıştı.

Artık yaklaşmakta olan meşalelerin kıpırtısı ve önden gelen çeliğin takırtısı çok yaklaşmıştı. Bir dakika içinde yukarıya varıp onu yakalayacaklardı. Karar vermek için çok oyalanmıştı ve artık verdiği kararın da bir faydası olmayacaktı. Nasıl kaçabilir, kendisini veya Yüzük'ü nasıl koruyabilirdi? Yüzük. Aklında herhangi bir düşünce veya karar yoktu. Sadece zinciri çekerek Yüzük'ü eline alırken buldu kendini. Ork grubunun başı önündeki Yarma'da belirdi. Sonra Sam Yüzük'ü taktı.

Dünya değişti, zamanın tek bir anı bir saatlik düşünce ile doluydu. Hemen, görüş kabiliyeti azaldığı halde işitme kabiliyetinin arttığını fark etti ama Shelob'un ininde olduğunun tam tersi bir şekilde. Etrafındaki her şey artık karanlık değil belirsizdi; kendisi de gri puslu bir dünyada minik, sert, siyah bir kaya gibi tek başına dururken, sol elini ağırlığıyla yere çeken Yüzük sıcak altından bir küre gibiydi. Kendini hiç de görünmez hissetmiyordu, aksine korkunç ve benzersiz bir biçimde görünür hissediyordu; bir yerlerde bir Göz'ün onu aradığını biliyordu.

Morgul Vadisi'nde çok aşağılarda taşların çatırtısını ve suyun mırıltısını; aşağıda kayaların altındaki Shelob'un kaynayan ıstırabını, el yordamıyla kör bir çıkmazda yol arayışını; kulenin mahzenlerindeki sesleri; tünelden çıkan orkların bağırtılarını; önündeki orkların yeri ezişlerinin ve haykırışlarının kulağını sağır eden sesini duyuyordu. Kayalığın dibine büzüldü. Ama orklar, eğri büğrü gri suretleri pus içinde bir grup hayaletmiş, sadece ellerinde soluk alevleriyle rüyalardan çıkıp gelmiş dehşetlermiş gibi resmi geçide başladılar. Ve yanından gelip geçtiler. Sam emekleyerek bir çatlağın içine girip saklanmaya çalıştı ve sindi.

Dinledi. Tünelden gelen orklar ile aşağıya doğru gidenler birbirlerini görmüşlerdi; artık her iki taraf da acele ediyor ve bağırışıyordu. Her iki tarafı da net bir şekilde duyuyor ve ne dediklerini anlıyordu. Belki de Yüzük dilleri anlama kabiliyeti veriyordu ona; ya da sadece anlama kabiliyeti – özellikle de yapımcısı Sauron'un hizmetkârlarını; öyle ki eğer isterse düşünceleri kendi kendine anlayıp kafasında çevirebilirdi. Belli ki Yüzük, dövülmüş olduğu yerlere yaklaştıkça gücü de çok artmıştı; ama vermediği tek bir şey vardı takan kişiye, o da cesaretti. O an için Sam hâlâ saklanmayı, her şey yeniden sakinleşinceye kadar yatıp kalmayı düşünüyordu. Endişeyle dinledi. Seslerin ne kadar yakında olduğunu bir türlü kestiremiyordu, sözcükler neredeyse kulağındaymış gibiydi.

"Hop! Gorbag! Burada ne arıyorsunuz? Savaştan bıktınız mı?"

"Emir böyle, şişko. Ya sen ne halt ediyorsun Shagrat? Orada gizlenmekten bıktın mı? İnip savaşmak mı istiyorsun yoksa?"

"Emirlerini başına çal. Bu geçidin komutası bende. O yüzden kibar konuş. Raporun nedir?"

"Hiçbir şey."

"Hey! Hay! Yoy!" Reislerin selamlaşmalarına bir bağırıştır karıştı. Daha aşağıdaki orklar aniden bir şey görmüşlerdi. Koşmaya başladılar. Diğerleri de koştu.

"Hey! Hop! Burada bir şey var! Tam yolun üstüne uzanmış. Bir casus, bir casus!" Hırıldayan boruların baykuş gibi bağırtısı ve uluyan seslerin homurtusu duyuldu.

Korkunç bir darbe ile Sam o ürkmüş haleti ruhiyesinden kurtuldu. Beyini görmüşlerdi. Ne yapacaklardı? Orklarla ilgili kan dondurucu hikâyeler duymuştu. Bunlar dayanılacak gibi değildi. Ayağa fırladı. Macerayı da, kararlarını da bir yana attı; onlarla birlikte korku ve kuşkularını da. Artık yerinin hem eskiden, hem de şimdi neresi olduğunu biliyordu: Beyinin yanı. Gerçi orada ne yapacağı da pek açık değildi ya. Merdivenlerden geriye, patikadan aşağıya Frodo'ya doğru koştu.

"Kaç kişiler?" diye düşündü. "Kuleden en az otuz, kırk tane geldi; aşağıdan da bunlardan çok daha fazla herhalde. Yakalanmadan kaç tanesini öldürebilirim? Kılıcı çeker çekmez alevini görürler ve beni eninde sonunda yakalarlar. Acaba hiç bunu anlatan bir şarkı olacak mı: Samwise'in Yüksek Geçit'te, beyinin etrafına cesetlerden bir duvar örerek nasıl öldüğünü. Hayır, şarkı markı olmayacak. Elbette olmaz çünkü Yüzük bulunacak ve şarkı markı kalmayacak. Elimde değil. Benim yerim Bay Frodo'nun yanı. Bunu anlamaları lazım – Elrond'un, Divan'ın, irfan sahibi bütün o Hanımlar ve Beylerin. Planları yanlış çıktı. Ben Yüzük Taşıyıcısı olamam. Bay Frodo olmazsa olamam."

Fakat orklar artık onun bulanık görüşünden çıkmışlardı. Kendisini düşünecek vakti yoktu, ama o anda yorgunluğunu fark etti, nerdeyse yorgunluktan kuvvetinin tükenmiş olduğunu hissetti: Bacakları onu dilediği gibi taşımıyorlardı. Çok yavaş gidiyordu. Patika millerce uzunluktaymış gibi geldi. Pusun içinde nereye kaybolmuşlardı hepsi?

İşte yine oradaydılar! Hâlâ oldukça ilerde. Yerde yatan bir şeyin etrafında halka olmuş bir şekiller yığını; bir iki tanesi bir o yöne bir bu yöne koşup duruyordu sanki, iz üzerindeki köpekler gibi iki büklüm. Ani bir hamle yapmaya çalıştı.

"Hadisene Sam!" dedi, "yoksa yine çok geç kalacaksın." Kılıcı kınının içinde çözdü. Bir dakika içinde kılıcı çekecek ve sonra...

Çılgınca bir yaygaradır koptu; sanki bir şey yerden kaldırılıyormuş gibi bağırmalar, gülmeler. "Ya hoy! Haydi hop! Kaldır! Kaldır!"

Sonra bir ses bağırdı: "Şimdi götürün! Kısa yoldan. Doğru geriye Kapıaltı'na! Görünüşe göre Shelob bu gece bizi rahatsız etmeyecek." Bütün ork gurubu hareket etmeye başladı. Ortadaki dört tanesi omuzlarının üzerinde bir beden taşıyorlardı. "Ya hoy!"

Frodo'nun cesedini almışlardı. Gidiyorlardı. Onlara yetişemeyecekti. Yine de çabalamaya devam etti. Orklar tünele varmış içeri giriyorlardı. Yükü taşıyanlar ilk önce girdi; onların gerisinde ise epey bir mücadele ve itişip kakışma oldu. Sam ilerlemeye devam etti. Kılıcını, titreyen elinde mavi bir alevcik halindeki kılıcını çekti ama orklar görmediler. Tam o nefes nefese yetişmişken, sonuncusu da siyah delikten kayboldu.

Bir an için Sam nefesi tıkanmış göğsünü tutarak durdu. Sonra giysisinin koluyla yüzünün kirini, terini ve göz yaşlarını sildi. "Lanet olsun pisliğe!" dedi ve onların arkasından karanlığa daldı.

Tünel artık ona o kadar karanlık görünmüyordu, daha ziyade, sanki ince bir pustan, daha yoğun bir sise girmiş gibi oldu. Yorgunluğu artıyordu ama niyeti gitgide daha da kesinleşiyordu. Meşaleleri biraz ileride görür gibi oldu ama ne kadar uğraşırsa uğraşsın bir türlü onlara yetişemiyordu. Zaten orklar tünellerde hızlı giderler, üstelik bu tüneli çok iyi tanıyorlardı; çünkü Shelob'a rağmen, dağları aşarken Ölü Şehir'den en kestirme yol bu olduğu için burayı kullanmak zorunda kalıyorlardı. Shelob'un geçen asırlar boyunca oturduğu bu ana tünel ve kocaman yuvarlak çukur, hangi uzak zamanda yapılmıştı bilmiyorlardı; fakat efendilerinin işi için gidip gelirken inden kurtulmak için her iki tarafa da bir sürü yan geçit kazmışlardı. Bu gece çok aşağılara gitmeye niyetleri yoktu ama kendilerini uçurumdaki nöbetçi kulesine götürecek bir yan yol bulmak için acele ediyorlardı. Çoğu, buldukları ve gördükleri şeyden mest olmuş gibi neşe içindeydi; koştukça kendi ırklarının âdeti olduğu üzre anlamsız sesler çıkarıp yaygara ediyorlardı. Sam onların kaba seslerinin çıkardığı gürültüyü duyuyor ve gürültü arasında iki sesi ayırt edebiliyordu: Bunlar daha yüksekti ve ona daha yakındı. Her iki tarafın komutanları sıranın sonuna geçmiş, bir yandan giderken bir yandan tartışıyorlardı sanki.

"Senin şu serserileri susturamaz mısın Shagrat, bu kadar şamata etmesinler?" diye homurdandı biri. "Shelob'un üzerimize gelmesini istemeyiz."

"Sen buyur Gorbag! Gürültünün yarısından çoğunu seninkiler çıkartıyor," dedi diğeri. "Ama bırak delikanlılar eğlensinler! Bence Shelob için hiç huzursuz olmaya gerek yok. Belli ki bir çiviye oturmuş; bizim de bunun için ağlamaya niyetimiz yok. Görmedin mi: o lanetli çatlağına kadar iğrenç bir pislik bırakmış ardında. Eğer bir kere durdurduysak yüz kere durdururuz. O yüzden bırak gülsünler. Sonunda şansımız biraz güldü: Lugbúrz'un istediği bir şey bulduk."

"Lugbúrz istiyor bunu ha? Sence bu ne? Elf gibi göründü bana ama biraz küçük. Böyle bir şeyin ne gibi bir tehlikesi olabilir?"

"Doğru dürüst bakmadan bir şey diyemem."

"A-ha! Yani sana ne beklemen gerektiğini söylemediler mi? Bütün bildiklerini söylemiyorlar bize, öyle değil mi? Yarısını bile. Ama hata yapabilirler, Tepedekiler bile hata yapabilir."

"Şışşt, Gorbag!" Shagrat'ın sesi alçalmıştı, o kadar ki garip bir biçimde keskinleşmiş kulaklarıyla Sam bile zar zor anlamıştı söylenenleri. "Öyle olabilir ama her yerde gözleri ve kulakları var; beğensen de beğenmesen de; benimkiler arasında bile var. Fakat, bir dertleri olduğu konusunda hiç kuşku yok. Senin anlattığına göre aşağıdaki Nazgûller dertliymiş; Lugbúrz da öyle. Bir şey ellerinden kaçıyordu neredeyse."

"Neredeyse mi diyorsun!" dedi Gorbag.

"Tamam," dedi Shagrat, "ama bunu sonra konuşuruz. Kapıaltı'na girinceye kadar bekle. Orada, çocuklar yola devam ederken bizim biraz konuşabileceğimiz bir yer var."

Kısa bir süre sonra Sam meşalelerin gözden kaybolduğunu gördü. Sonra bir gümbürtü duyuldu ve Sam aceleyle koşarken bir yere bindirdi. Tahmin edebildiği kadarıyla orklar dönerek, Frodo ile kendisinin arayıp kapalı olduğunu gördükleri o yoldan gitmişlerdi. Yol hâlâ kapalıydı.

Tam yolun ortasında büyük bir kaya vardı sanki, ama, orklar bir yolunu bulup geçmişlerdi çünkü diğer taraftan gelen sesleri duyabiliyordu. Gitgide dağın daha da derinlerine dalarak, geriye, kuleye doğru koşmaya devam ediyorlardı. Sam kendini çaresiz hissetti. Beyinin cesedini kötü bir amaç için taşıyorlardı ve o, onları izleyemiyordu. Koca kaya parçasına yaslanarak itti; kendisini kayaya çarptı ama kaya boyun eğmedi. Sonra içerde uzakta olmayan bir yerde iki komutanın konuştuklarını duyar gibi oldu. Bir süre, kıpırdamadan dinledi, yararlı bir şeyler duyabileceğini umarak. Belki Minas Morgul'lu olduğu anlaşılan Gorbag dışarı çıkar, o da içeri süzülüverirdi.

"Hayır bilmiyorum," dedi Gorbag'ın sesi. "Mesajlar hep uçan bir kuştan bile hızlı gidiyor. Ama nasıl olduğunu sormuyorum bile. Sormamak daha akıllıca. Grr! O Nazgûller tüylerimi diken diken ediyor. Bir bakışlarıyla derini yüzerler, üstüne üstlük bir de karanlıklar içinde, buz gibi kalırsın. Ama O, onları seviyor; bugünlerde O'nun gözdeleri onlar, bu yüzden homurdanmanın anlamı yok. Sana söyleyeyim, aşağıdaki şehirde çalışmak hiç kolay değil."

"Burada, Shelob'un refakatinde yaşamayı dene bir de," dedi Shagrat.

"Hiçbirinin olmadığı bir yeri tercih ederdim. Ama şimdi savaş var; savaş bitince her şey daha rahat olabilir."

"İyi gittiğini söylüyorlar."

"Söylerler," diye homurdandı Gorbag. "Göreceğiz. Ama yine de, eğer iyi giderse, çok daha fazla yerimiz olacak. Ne dersin? Eğer elimize bir şans geçerse, seninle birlikte yanımıza bir iki güvenilir delikanlı alıp, büyük patronların olmadığı, el altında yağmalanacak güzel şeylerin olduğu bir yere kaçalım mı?"

"Ah!" dedi Shagrat. "Eski zamanlardaki gibi."

"Evet," dedi Gorbag. "Ama buna güvenme. Aklımı kurcalayan bazı şeyler var. Dediğim gibi; Büyük Patronlar, evet," sesi neredeyse bir fısıltıya dönüştü, "evet, hatta en Büyüğü bile hata yapabilir. Bir şey neredeyse kaçıyordu diyorsun. Ben ise, bir şey *kaçtı* diyorum. Ve gözümüzü dört açmamız gerek. Hep zavallı Uruklar işleri yoluna kor ve karşılığında da azıcık teşekkür alırlar. Ama unutma: Düşmanlar bizi, O'nu sevdiklerinden daha fazla sevmiyor ve eğer O'nu haklarlarsa bizim de işimiz bitmiş demektir. Ama buraya bak: Seni ne zaman çağırmışlardı?"

"Tam sizi görmeden bir saat kadar önce. Bir mesaj geldi: *Nazgûl huzursuz. Merdivenlerde casuslar olduğundan şüpheleniliyor. Tedbirler iki katına çıksın. Merdivenlerin başına devriye.* Hemen geldim."

"Kötü iş," dedi Gorbag. "Buraya bak – Sessiz Gözcüler iki gün önceden huzursuzlanmaya başladı, bunu biliyorum. Fakat benim devriyem, aradan bir gün geçinceye kadar görev başına çağrılmadı, ayrıca Lugbúrz'a da mesaj yollanmadı: Büyük İşaret yükseldiği ve Yüksek Nazgûl savaşa gittiği için falan. Sonra uzun bir süre Lugbúrz'un dikkatini buraya çeviremediklerini söylediler."

"Göz başka bir yerlerde meşguldü sanırım," dedi Shagrat. "Uzakta batıda büyük şeyler dönüyor diyorlar."

"Galiba," diye homurdandı Gorbag. "Fakat bu arada düşmanlar Merdivenler'den çıkmış. Peki ya siz neyin peşindeydiniz? Sizin gözcülük etmeniz gerekiyordu değil mi, ister özel emir olsun, ister olmasın? Başka ne işe yarıyorsunuz zaten?"

"Kes! Bana işimi öğretmeye kalkma. Bizim gözümüz bal gibi açıktı. Tuhaf bir şeylerin döndüğünü biliyorduk."

"Çok tuhaf!"

"Evet, çok tuhaf: Işıklar, bağırışlar falan filan. Ama Shelob iş başındaydı. Benim çocuklar Shelob ile Sinsi'sini görmüşler."

"Sinsi'si mi? O da ne?"

"Onu görmüş olmalısın: Minik, zayıf, kara bir şey; kendi de bir örümceğe benziyor zaten, daha doğrusu açlıktan bir deri bir kemik kalmış bir kurbağaya. Daha önce de buraya gelmişti. Yıllar önce Lugbúrz'dan ilk *çıktığında* Yukarı'dan onu bırakmamız için emir gelmişti. O zamandan beri bir iki kere Merdivenler'den çıktı ama onu kendi haline bıraktık: Hanımefendi Hazretleri'yle bir anlaşmaları var gibiydi. Herhalde yiyecek olarak bir işe yaramıyor: Shelob Yukarı'dan gelen sözlere kulak asmaz. Ama vadide iyi bir gözcünüz varmış: Bütün bu yaygaradan bir gün önce geldi. Dün gece erkenden gördük onu. Her neyse, benim oğlanlar Hanımefendi Hazretleri'nin biraz eğlendiğini söylediler; bunun da benim için bir mahzuru yoktu, ta mesaj gelinceye kadar. Sinsi'si ona bir oyuncak getirdi diye düşünmüştüm; ya da belki siz ona bir armağan yollamışsınızdır, bir savaş tutsağı falan. Shelob oynadığında ben karışmam. Ava çıktığı zaman Shelob'un yanından kimse geçemez."

"Hiç kimse diyorsun! Orada gözlerini kullanmadın mı sen? Sana söylüyorum, benim aklımı kurcalayan şeyler var. Merdivenler'den her ne çıktı ise, *geçip gitmiş*. Ağını kesmiş ve delikten çıkmış. Bu düşünülmesi gereken bir şey!"

"E tamam, ama sonunda onu yakalamış öyle değil mi?"

"Onu *yakalamış* mı? *Kimi* yakalamış? Bu minik şeyi mi? Ama eğer o tek başına olsaydı şimdiye kadar çoktan kilerine götürülmüş olurdu. Ve eğer Lugbúrz istiyorsa *sizin* gidip onu getirmeniz gerekirdi. Aferin size. Ama bir kişiden fazlaymışlar."

Tam bu noktada Sam daha dikkatli dinlemeye başlayarak, kulağını kayaya dayadı.

"Shelob'un bağlarını kim kesti Shagrat? Ağı kesenle aynı kişi olmalı. Bunu görmedin mi? Sonra Hanımefendi Hazretleri'ne o iğneyi kim soktu? Herhalde aynı kişiydi. İyi de o nerede? O nerede Shagrat?"

Shagrat cevap vermedi.

"Saksını çalıştırsan iyi olacak, tabii bir saksın varsa. Bu gülünecek bir şey değil. Senin de gayet iyi bildiğin gibi daha önce hiç kimse, *hiç kimse* Shelob'a iğne saplayamamıştı. Bu üzülecek bir şey değil; ama düşün – buralarda serbest gezinen biri var, eski kötü zamanlardan, Büyük Kuşatma'dan beri buralarda dolaşan diğer lanet olası isyankârlardan çok daha tehlikeli biri. Bir şey kaçtı."

"O halde nedir o?" diye homurdandı Shagrat.

"İşaretlere göre Komutan Shagrat, iri yarı bir savaşçı etrafta dolaşıyor, büyük ihtimalle bir elf, en azından bir elf kılıcı var, belki bir de baltası vardır; ayrıca senin sınırların içinde serbest kalmış ve siz onu bulamadınız. Gerçekten de çok komik!" Gorbat tükürdü. Sam, kendi tarifine acı acı gülümsedi.

"Eh iyi, sen her zaman karamsar olmuşsundur zaten," dedi Shagrat. "İşaretleri nasıl okursan oku ama onları açıklamak için başka yollar da var. En azından her noktada bir gözcüm var ve her şeyi sırasıyla ele alacağım. Ancak yakalamış olduğumuz şeye bir baktıktan sonra başka şeyler için endişelenmeye başlayabilirim."

"O minik yaratıkta pek bir şey bulacağını zannetmiyorum," dedi Gorbag. "Onun esas zarar ziyanla bir ilgisi olmayabilir. Zaten keskin kılıçlı iri yarı olanı ona pek değer vermiyormuş belli ki – onu orada bırakmış: Her zamanki elf oyunu."

"Göreceğiz. Gel şimdi! Yeterince konuştuk. Gel gidip tutsağa bir göz atalım!"

"Ona ne yapacaksın? Unutma onu önce ben gördüm. Eğer bir eğlenti olacaksa, ben ve benim çocuklar da katılacağız."

"Dur bakalım, dur bakalım," diye homurdandı Shagrat. "Bana verilen emirler var. Onlara uymamak hem sende hem bende hazımsızlık yapar. Nöbetçiler tarafından bulunan, sınırları izinsizce aşmış *herhangi biri* kulede alıkonulacaktır. Tutsak iyice soyulacak. Üzerinde bulunan her nesne, giysi, silah, mektup, yüzük veya ufak tefek süs eşyaları hemen Lugbúrz'a ve *sadece* Lugbúrz'a yollanacak. Tutsak, O birini yollayıncaya veya kendi gelinceye kadar emniyet içinde tutulacak, el sürülmeyecek, aksi takdirde bütün nöbetçi alayı ölümle cezalandırılacak. Bu emirler yeterince açık ve ben de aynen uygulayacağım."

"Soyulacak ha?" dedi Gorbag. "Ne yani, dişleri, tırnakları, saçları falan da mı sökülecek?"

"Hayır, öyle bir şey olmayacak. O Lugbúrz'a ait, sana söyledim. Onu bir bütün halinde, sağ salim istiyor."

"Bu biraz zor," diye güldü Gorbag. "Artık bir leş o. Lugbúrz böyle bir şeyle ne halt eder aklım almıyor. Kazanda kaynamasında bir mahzur yok bence."

"Seni aptal seni," dedi Shagrat. "Pek akıllıca konuşuyordun ama diğerlerinin bildiği ve senin bilmediğin çok şey var. Eğer dikkat etmezsen, ya kazana, ya da Shelob'a gidecek sen olacaksın. Leşmiş! Hanımefendi Hazretleri hakkındaki bilgin bu kadarcık mı? Eğer avını bağlamışsa, et peşinde demektir. Ne ölü eti yer o, ne de soğuk kan içer. O şey ölü değil!"

Sam kayaya yapışarak geriledi. Bütün o karanlık dünyanın baş aşağı döndüğünü hissetti. Yaşadığı şok o kadar büyüktü ki bayılacak gibi oldu; ama tam o şuurunu kaybetmemek için savaş verirken, içinden derinden bir azarın geldiğini duydu: "Seni aptal seni, ölmemiş ve sen ta derinlerinde bir yerlerde onun ölmediğini biliyordun. Kafana güvenme Sam, senin en iyi uzvun o değil. Senin derdin neydi biliyor musun, hiçbir zaman tam anlamıyla ümidin olmamıştı. Şimdi ne yapılabilir?" O an için yerinden kıpırdamayan kayaya dayanarak dinlemekten, iğrenç ork seslerini dinlemekten başka elinden gelen hiçbir şey yoktu.

"Garn!" dedi Shagrat. "Onun birden fazla zehiri var. Avlandığı zamanlar, avlarına enselerinden bir dokunur, onlar da kılçıkları çıkmış balık gibi gevşerler; sonra Shelob onlara istediğini yapar. Bizim Ufthak'ı hatırlıyor musun? Günler boyu kaybolmuştu. Sonra onu bir köşede bulduk; asılmıştı ama tamamen kendindeydi ve dik dik bakıyordu. Ne gülmüştük! Shelob onu unutmuştu herhalde ama biz onu hiç ellemedik – Shelob'un işlerine karışılmaz. Şimdi – bu minik pislik birkaç saat içinde uyanacak ve ısırık yüzünden kendisini biraz kötü hissetmesi dışında gayet iyi olacak. Ya da gayet iyi olabilir, eğer Lugbúrz izin verirse. Tabii bir de nerede olduğu ve başına neler geldiğini merak edecek; bunun dışında gayet iyi olabilir."

"Peki ona ne yapılacak?" diye güldü Gorbag. "Eğer ona bir şey yapamayacaksak, birkaç hikâye anlatıverelim bari. Herhalde daha önce sevgili Lugbúrz'da bulunmamıştır hiç, o yüzden ne umması gerektiğini bilmek isteyebilir. Bu iş benim tahminimden de eğlenceli olacak. Haydi gidelim!"

"Eğlence filan olmayacak, söyleyeyim sana," dedi Shagrat. "Onun sağ salim korunması lazım yoksa hepimiz ölmüşten beter oluruz."

"Tamam! Ama eğer ben senin yerinde olsaydım, Lugbúrz'a haber yollamadan etrafta dolaşan büyüğünü yakalardım. Kediyi kaçırıp yavrusunu yakaladığını bildirmek kulağa pek hoş gelmez."

Sesler uzaklaşmaya başladı. Sam, uzaklaşmakta olan ayak seslerini duydu. Yaşadığı şoku yenmeye başlamıştı, artık içinde çılgın bir hiddet vardı. "Her şeyi mahvettim!" diye ağladı. "Öyle olacağını biliyordum. Şimdi onu ellerine geçirdi o iblisler! O pislikler! Beyini hiç terk etmeyecektin, hiç, hiç: Benim esas kuralım buydu. Ve bunu ta içimden hep bildim. Ah affedilebilsem! Şimdi yeniden onun yanına gitmem lazım. Bir yolunu bulmalı, bir yolunu bulmalı!"

Kılıcı yeniden çekerek kabzası ile kayaya vurmaya başladı, ama sadece boğuk bir ses çıktı o kadar. Öte yandan kılıç artık o kadar çok parlıyordu ki, kılıcın ışığıyla etrafı belli belirsiz görebiliyordu. Hayretle koca kaya parçasının bir kapı şeklinde olduğunu fark etti; yüksekliği boyunun iki mislinden biraz azdı. Üzerinde, kapının tepesi ile geçidin alçak kemeri arasında boş bir karanlık vardı. Büyük ihtimalle sadece Shelob'un davetsiz olarak girmesini engelleyen, içeriden onun şeytanlığının ulaşamayacağı bir mandal veya kol demiri ile kapatılmış bir engeldi bu kapı. Kalan bütün gücüyle sıçradı Sam ve kapının tepesini yakaladı, güçlükle tırmanıp öbür tarafa atladı; sonra parlayan kılıç elinde, bir köşeyi dönüp, döne döne giden tünelden aşağı deliler gibi koştu.

Beyinin hâlâ yaşıyor olduğu haberi onu yorgunluk düşüncesinin çok ötesinde, son bir gayretle harekete geçirmişti. Önündeki hiçbir şeyi göremiyordu, çünkü bu yeni geçit hiç durmadan dönüp duruyordu; ama o iki orka yetişmeye başladığını düşünüyordu: Sesleri yeniden yaklaşmaya başlamıştı. Artık oldukça yakın gibiydiler.

"Ben de öyle yapacağım," dedi Shagrat kızgın bir tonda. "Onu en tepedeki odaya kapatacağım."

"Ne için?" diye homurdandı Gorbag. "Aşağılarda hiç hapishanen yok mu?"

"Onu zarar gelemeyecek bir yere koyacağım, söyleyeyim," diye cevap verdi Shagrat. "Anlıyor musun? O kıymetli. Benim çocukların hepsine güvenmiyorum, seninkilerin hiçbirine güvenmiyorum; sana da tabii, özellikle eğlenmek için içinin gittiği zamanlar. O, benim istediğim yere gidiyor; yani eğer uygarca davranmazsan senin giremeyeceğin bir yere. En tepeye dedim. Orada emniyette olur."

"Öyle mi?" dedi Sam. "Ortalıklarda serbestçe dolaşan kocaman elf savaşçıyı unutuyorsun!" Ve bununla birlikte son dönemeci koşarak döndü ama tünelin bir aldatmacasından ya da Yüzük'ün ona vermiş olduğu işitme kabiliyetinden olsa gerek mesafeyi yanlış hesaplamış olduğunu gördü.

İki ork silueti hâlâ önünde, biraz ilerideydi. Artık onları görebiliyordu; al ışığın önünde kara ve bodur şekiller. Sonunda geçit bir meyille düz olarak yukarıya doğru ilerliyordu; bitiminde de büyük bir ihtimalle kulenin yüksek boynuzunun alt bölümlerine varan, sonuna kadar açılmış kocaman iki kapı vardı. Yükleriyle orklar buradan geçmişlerdi bile. Gorbag ile Shagrat da kapıya yaklaşıyordu.

Sam, aniden patlak veren kaba şarkı seslerini, üflenen boruları, çalınan gongları, kopan iğrenç yaygarayı duydu. Gorbag ile Shagrat eşiğe varmışlardı bile.

Sam haykırarak Sting'i savurdu ama onun minik sesi kargaşa içinde boğulmuştu. Kimse ona kulak asmadı.

Koca kapılar da güm diye kapandı. İçerden, demir çubuklar yerine oturtuldu. Takırt. Kapı kapanmıştı. Sam kendisini sürgülenmiş pirinç levhaların üzerine attı ve şuursuz bir halde yere yığıldı. O dışarda, karanlıkta kalmıştı. Frodo hayattaydı ama Düşman tarafından ele geçirilmişti.

HARİTALAR

HARİTALAR HAKKINDA NOT

Bu harita ilk kez eserin 1954-1955 tarihli ilk baskısı için, yazarın oğlu Christopher Tolkien tarafından çizildi. Christopher Tolkien, 1980'de yayımlanan *Bitmemiş Öyküler* için haritayı yeniden çizdi ve bu harita *Yüzüklerin Efendisi*'nin sonraki baskılarında da kullanılmaya başlandı. Eserin daha küçük boydaki baskıları için, genel harita dört parçaya bölündü ve ayrıntılı yer isimleri bu dört ayrı haritada yer aldı. Elinizdeki baskıdaki haritalar, Stephen Raw'nun bu çevirinin yapıldığı HarperCollins baskısı için hazırladığı ve Christopher Tolkien haritalarının sadık ve daha temiz kopyalarından alınmıştır.

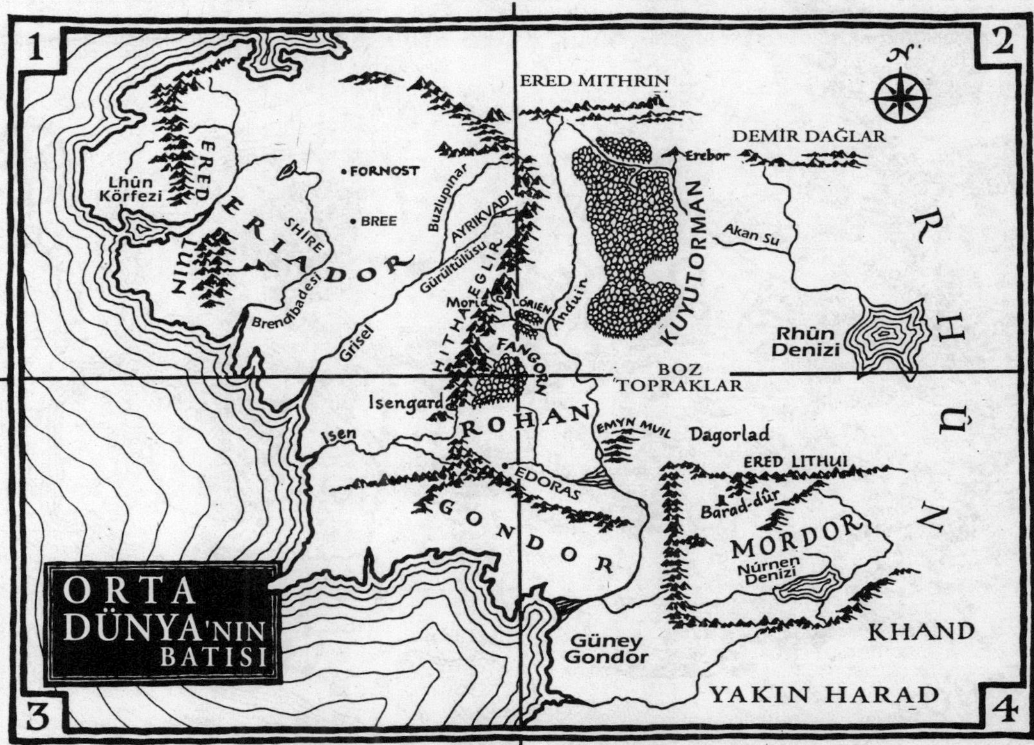
ORTA DÜNYA'NIN BATISI
1
2
3
4
ERED MITHRIN
DEMİR DAĞLAR
Erebor
KUYUTORMAN
Akan Su
RHÛN
Rhûn Denizi
BOZ TOPRAKLAR
Lhûn Körfezi
ERED LUIN
ERIADOR
SHIRE
FORNOST
BREE
Buzlupınar
AYRIKVADİ
Gürültülüsu
Brendıbadesi
Grisel
HITHAEGLIR
Moria
LÓRIEN
Anduin
FANGORN
Isengard
ROHAN
Isen
EMYN MUIL
Dagorlad
ERED LITHUI
EDORAS
GONDOR
Barad-dûr
MORDOR
Núrnen Denizi
KHAND
Güney Gondor
YAKIN HARAD

1
FORODWAITH
Angmar
Angmar Dağları
Carn Dûm
Eskiden burası Angmar'ın Cadı diyarıydı
Gundabad Dağı
HITHAEGLIR
Forochel Buzdenizi
Himling
KAYIP DİYAR
ARNOR
ERED LUIN
EMYN UIAL
Nenuial (Evendim Gölü)
Kuzey Yaylalar
Fornost
Fırtına Tepeleri
Ettenavlakları
Uzunkaynak
Greylin
Carrock
Yüksek Geçit
Eski Nehir Geçidi
Ayrıkvadi
Nehir Geçidi
RHUDAUR
Buzlupınar
(Amon Sûl) Fırtınabaşı
Doğu-Batı Yolu
Son Köprü
Titrersinek
Tokay Ormanı
Bree
Yaşlı Orman
Brendibadesi Köprüsü
Annúminas
Evendim Tepeleri
Lhûn
ERIADOR
ARTHEDAIN
Mithlond
(Gri Limanlar)
Forlindon
Forlond
Lhûn Körfezi
Kule Dağları
Ak Yaylalar
Uzak Yaylalar
SHIRE
Hobbitköy
Höyük Yaylaları
Andrath (Yeşilyol)
Güney Yaylalar
CARDOLAN
Mitheithel
Bruinen (Gürültülüsu)
Dumanlı Dağlar
Sır Ninglor
(Ferah Nehir)
Gölgelidere Vadisi
Anduin (Ulu Nehir)
Eregion (Hollin)
Moria Kapısı
Celebrant
Nimrodel
LÓRIEN
Celebrant Çayırı
Kireçışığı
Bozkır
Nîn-in-Eilph (Kuğuluk)
Tharbad
Glanduin
Harlond
(Mavi Dağlar)
Harlindon
Sarn Sığlığı
Baranduin (Brendibadesi)
MİNHİRİATH
Gwathló (Grisel)
Eryn Vorn
ENEDWAITH
Dunland
Isengard
Lond Daer
Mil
50
100
150
200

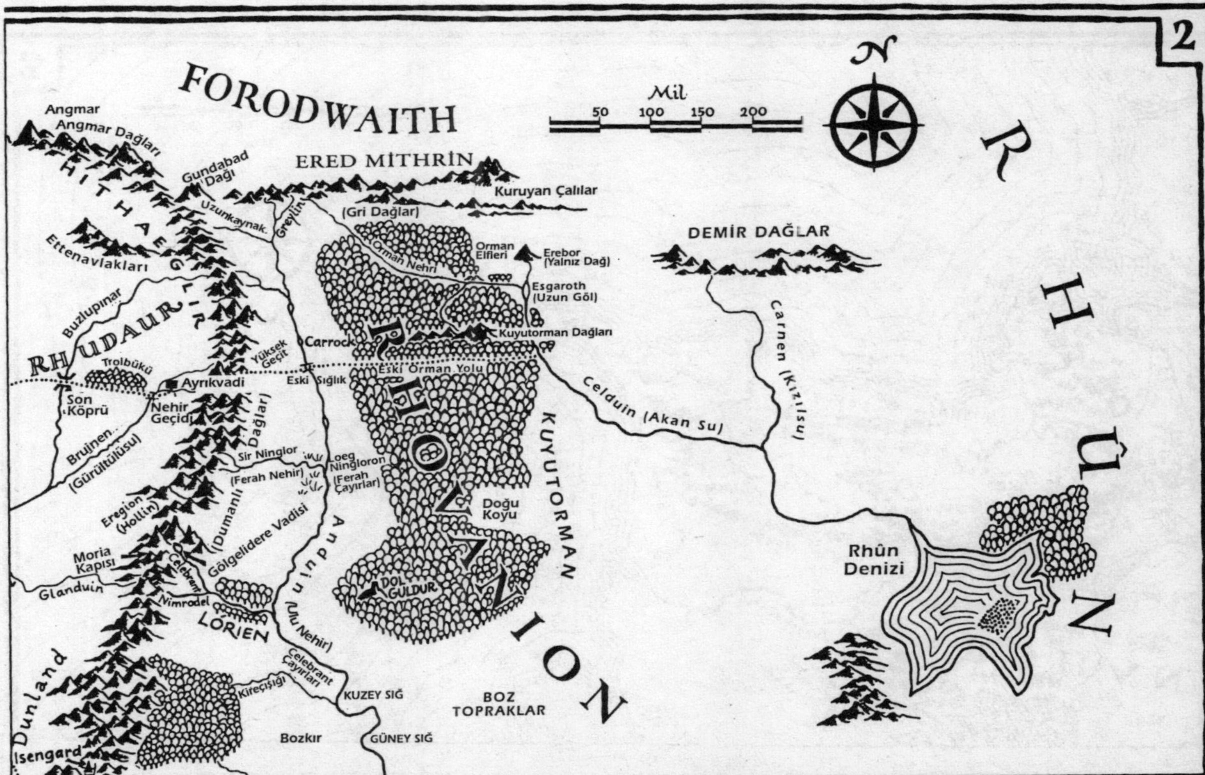
2
FORODWAITH
Mil
50
100
150
200
N
RHÛN
Angmar
Angmar Dağları
HITHAEGLIR
Gundabad Dağı
ERED MİTHRİN
Kuruyan Çalılar
Uzunkaynak.
Greylin
(Gri Dağlar)
Ettenavlakları
Orman Nehri
Orman Elfleri
Erebor (Yalnız Dağ)
DEMİR DAĞLAR
Esgaroth (Uzun Göl)
Buzlupınar
RHUDAUR
Kuyutorman Dağları
Carrock
Yüksek Geçit
Trolbükü
Eski Orman Yolu
Ayrıkvadi
Eski Sığlık
Son Köprü
Nehir Geçidi
(Dumanlı Dağlar)
Celduin (Akan Su)
Carnen (Kızılsu)
Bruinen (Gürültülüsu)
Sir Ninglor
(Ferah Nehir)
Loeg Ningloron (Ferah Çayırlar)
RHOVANION
KUYUTORMAN
Doğu Koyu
Eregion (Hollin)
Gölgelidere Vadisi
Anduin (Ulu Nehir)
Moria Kapısı
Celebrant
Rhûn Denizi
Glanduin
Nimrodel
DOL GULDUR
LÓRIEN
Dunland
Celebrant Çayırları
Kireçişığı
KUZEY SIĞ
BOZ TOPRAKLAR
Isengard
Bozkır
GÜNEY SIĞ

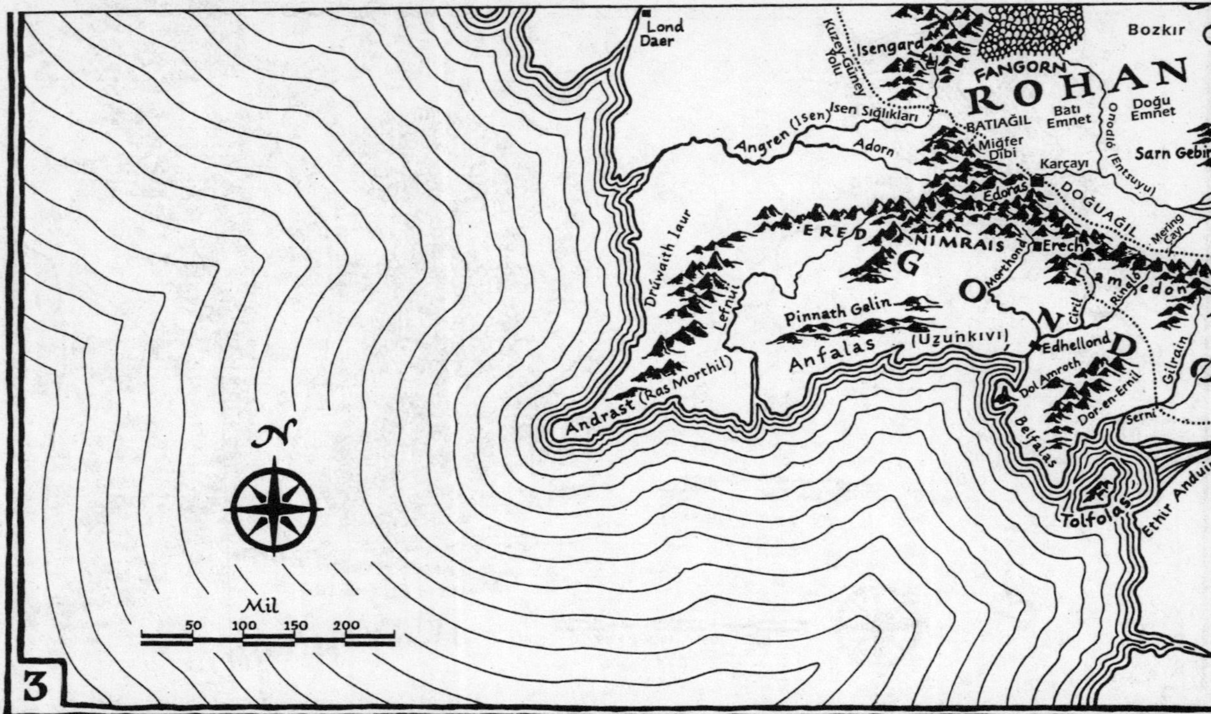
Lond Daer
Kuzey-Güney Yolu
Isengard
FANGORN
Bozkır
ROHAN
Doğu Emnet
Batı Emnet
Onodló (Entsuyu)
Sarn Gebir
Isen Sığlıkları
Angren (Isen)
Adorn
BATIAĞIL
Miğfer Dibi
Karçayı
Edoras
DOĞUAĞIL
Mering Çayı
EREDNIMRAIS
Erech
GONDOR
Morthond
Ciril
Ringló
Lamedon
Gilrain
Drúwaith Iaur
Lefnui
Pinnath Gelin
Anfalas
(Uzunkıvı)
Edhellond
Dol Amroth
Dor-en-Ernil
Serni
Andrast (Ras Morthil)
Belfalas
Tolfolas
Ethir Anduin
N
Mil
50
100
150
200
3

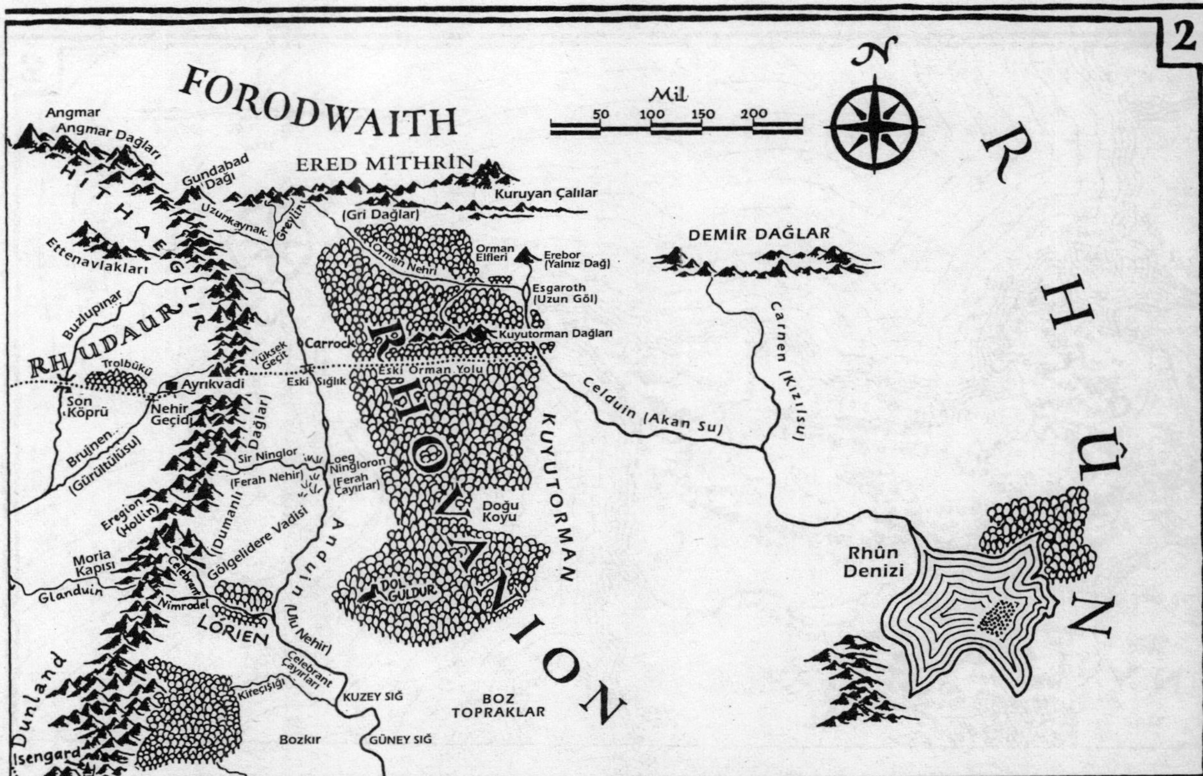
2
FORODWAITH
Mil
50
100
150
200
N
RHÛN
Angmar
Angmar Dağları
HITHAEGLIR
Gundabad Dağı
ERED MITHRIN
Kuruyan Çalılar
Uzunkaynak
Greylin
(Gri Dağlar)
Ettenavlakları
DEMİR DAĞLAR
Orman Nehri
Orman Elfleri
Erebor (Yalnız Dağ)
Esgaroth (Uzun Göl)
Buzlupınar
RHUDAUR
Kuyutorman Dağları
Carrock
Yüksek Geçit
Trolbükü
Eski Orman Yolu
Ayrıkvadi
Eski Sığlık
Son Köprü
Nehir Geçidi
Celduin (Akan Su)
Carnen (Kızılsu)
RHOVANION
Bruinen (Gürültülüsu)
Dumanlı Dağlar
Sir Ninglor
Loeg Ningloron
(Ferah Nehir)
(Ferah Çayırlar)
KUYUTORMAN
Eregion (Hollin)
Doğu Koyu
Gölgelidere Vadisi
Anduin (Ulu Nehir)
Moria Kapısı
Celebrant
Rhûn Denizi
Glanduin
Nimrodel
DOL GULDUR
LÓRIEN
Celebrant Çayırları
Kireçişiği
KUZEY SIĞ
BOZ TOPRAKLAR
Dunland
Bozkır
GÜNEY SIĞ
Isengard

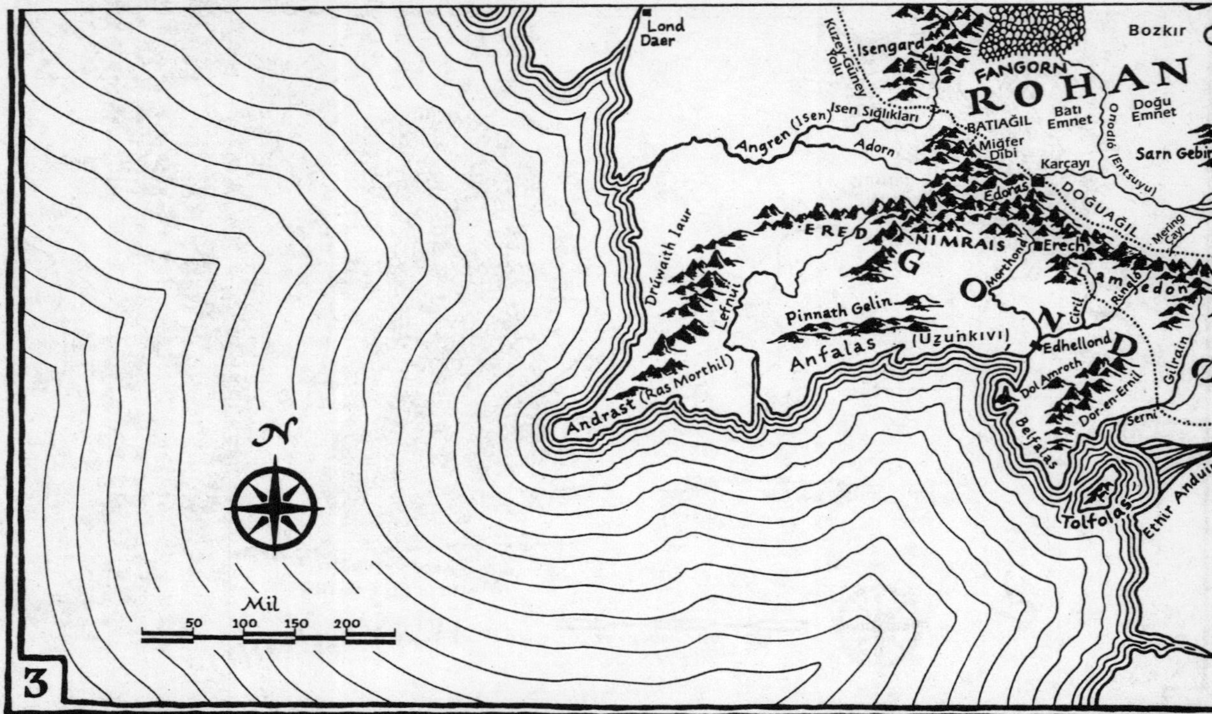
Lond Daer
Kuzey-Güney Yolu
Isengard
FANGORN
Bozkır
ROHAN
Batı Emnet
Doğu Emnet
Isen Sığlıkları
Angren (Isen)
Adorn
BATIAĞIL
Miğfer Dibi
Onodló (Entsuyu)
Sarn Gebir
Karçayı
Edoras
DOĞUAĞIL
Mering Çayı
EREDNIMRAIS
Erech
GONDOR
Morthond
Lamedon
Ringló
Ciril
Drúwaith Iaur
Lefnui
Pinnath Gelin
Anfalas
(Uzunkıvı)
Edhellond
Andrast (Ras Morthil)
Dol Amroth
Dor-en-Ernil
Gilrain
Serni
Belfalas
Tolfolas
Ethir Anduin
N
Mil
50
100
150
200
3

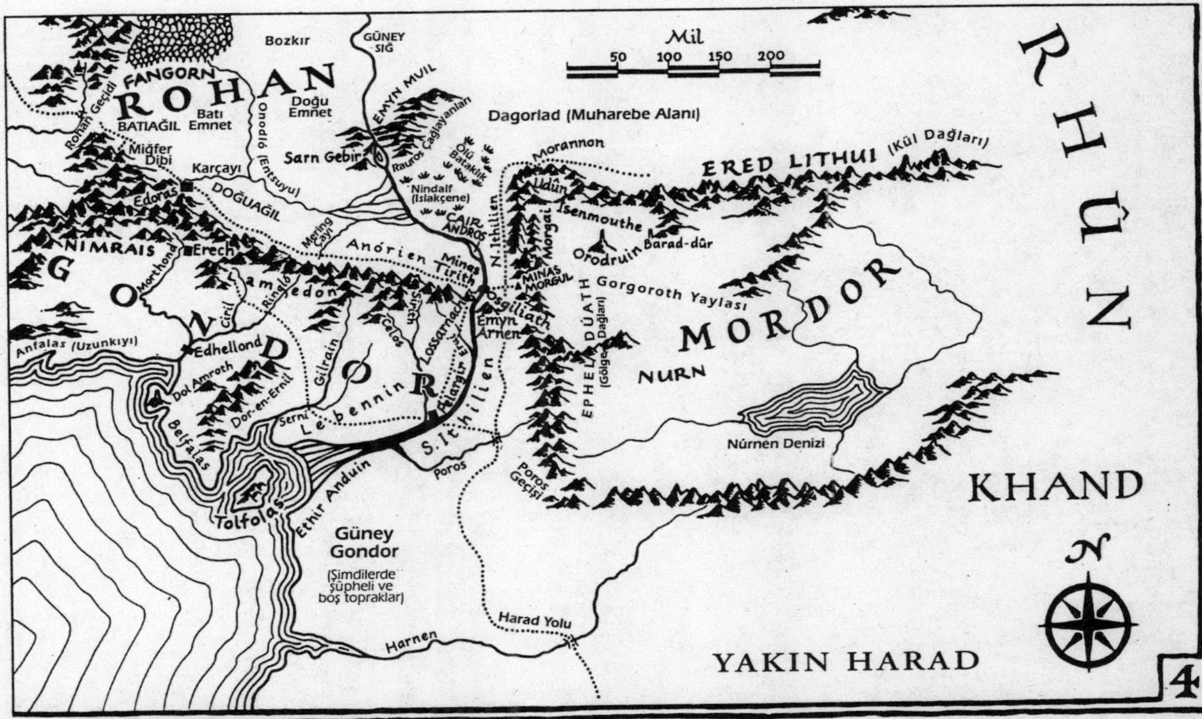

RHÛN
Mil
50 100 150 200
Bozkır
GÜNEY SIĞ
FANGORN
ROHAN
Rohan Geçidi
BATIAĞIL
Batı Emnet
Doğu Emnet
Onodló (Entsuyu)
EMYN MUIL
Rauros Çağlayanları
Dagorlad (Muharebe Alanı)
Morannon
ERED LITHUI (Kül Dağları)
Miğfer Dibi
Karçayı
Sarn Gebir
Ölü Bataklık
Edoras
DOĞUAĞIL
Nindalf (Islakçene)
CAIR ANDROS
Udûn
Isenmouthe
Barad-dûr
Orodruin
NIMRAIS
Erech
Mering Çayı
Anórien
Minas Tirith
N. Ithilien
Morgai
MINAS MORGUL
Gorgoroth Yaylası
GONDOR
Morthond
Lamedon
Ringló
Ciril
Sirith
Celos
Osgiliath
Emyn Arnen
EPHEL DÚATH (Gölge Dağları)
MORDOR
Anfalas (Uzunkıyı)
Edhellond
Gilrain
Lossarnach
Erui
NURN
Dol Amroth
Dor-en-Ernil
Lebennin
Pelargir
S. Ithilien
Serni
Belfalas
Poros
Poros Geçişi
Núrnen Denizi
Tolfolas
Ethir Anduin
KHAND
Güney Gondor
(Şimdilerde şüpheli ve boş topraklar)
N
Harad Yolu
Harnen
YAKIN HARAD
4

Ursula K. Le Guin

YERDENİZ

İngilizce'den Çeviren: Çiğdem Erkal İpek

YERDENİZ BÜYÜCÜSÜ

"Sanırım *Yerdeniz Büyücüsü*'nün en çocuksu yanı, konusu: Büyümek. Büyümek, benim yıllarımı alan bir süreç oldu; bu süreci otuz bir yaşımda tamamladım – ne kadar tamamlanabilirse; o yüzden de çok önemsiyorum. Çoğu genç de önemser. Ne de olsa esas işleri budur: Büyümek." - *Le Guin*

ATUAN MEZARLARI

"*Atuan Mezarları*'nın konusu tek kelimeyle söylemek gerekirse cinselliktir. Kitapta bir sürü simge var, tabii ki yazarken bunları bilinçli bir şekilde çözümlemedim; bu simgelerin hepsi cinsel simgeler olarak okunabilir. Açıkçası kitabı bir kadının büyümesi olarak okuyabilirsiniz. Temalar, doğum, yeniden doğum, yıkım ve özgürlük." - *Le Guin*

EN UZAK SAHİL

"*En Uzak Sahil* ölüm hakkında. Diğerlerinden daha zayıf kurgulu, daha tutarsız ve eksik olması da bu yüzden. İlk iki kitap yaşadığım ve atlattığım şeyler hakkındaydı. *En Uzak Sahil*'de konu edilen şeyi ise yaşayıp atlatamazsınız. Bu bana genç okurlar için çok uygun bir konu gibi gelmişti, çünkü çocuk yalnızca ölümün varolduğunu değil, kendisinin de bir gün öleceğini anladığı anda, çocukluk biter ve yeni hayat başlar. Bu da büyümedir, ama daha geniş bir bağlamda." –*Le Guin*

TEHANU

"Yerdeniz Üçlemesi'nin son kitabı *En Uzak Sahil*, düşlemeyi bırakmadığım bir düş gibiydi. Ve düşlemekten uzun süre vazgeçmedim. Tehanu böyle ortaya çıktı: Ged'in kendi hayatının nasıl sona ermesi gerektiği konusunda yanıldığını ve bana Yerdeniz'in gerçekten son kitabında kılavuzluk edecek kişinin Tenar olduğunu keşfetmek çok hoş bir sürpriz oldu. Üçleme'ye eklediğim bu yeni sona, 'Olsun da Geç Olsun' adını da koyabilirdim." - *Le Guin*

METİS YAYINLARI
İPEK SOKAK NO. 9, 80060 BEYOĞLU, İSTANBUL